诺贝尔文学奖作家文集·路易斯卷

巴比特

[美]辛克莱·路易斯 / 著
潘庆舲 姚祖培 / 译

Babbitt

漓江出版社

[美] 辛克莱·路易斯
(Sinclair Lewis, 1885—1951)

路易斯在工作

路易斯与爱因斯坦、1929年诺贝尔和平奖得主弗兰克·凯洛格、1932年诺贝尔化学奖得主欧文·朗缪尔参加诺贝尔百年诞辰时的合影。从左到右分别是路易斯、凯洛格、爱因斯坦、朗缪尔

1985年美国发行的路易斯头像邮票

作家·作品

巴比特这一艺术典型堪与世界上文学大师所创造的，诸如利蓓加·夏泼（Becky Sharp）、匹克斯尼夫（Pecksniff）和桑科·潘札（Sancho Panzo）相提并论。

——美国批评家亨利·S.坎比

哪一个小说家都没有描绘出那么难以忘怀的，但是每个人都很熟悉的生活画面。

《巴比特》给了我极大的欢娱。我们知道的美国小说家中没有一个能更加准确地描写出真正的美国。这简直就是一份高档次的社会文献。

——美国批评家亨利·门肯

《巴比特》是那种艺术品，它的每一行都显示着作者独特的个性，作品浸透着美国的活力，使得人们听从它舞蹈音乐的节奏，路易斯先生有一种个人的幽默天赋，是一位热爱技巧的好奇的哲人，对他自己的新型国家有一种诗样的激情。

——英国作家丽贝卡·韦斯特

《巴比特》有一种照相式的镜像的准确性，但却没有摄影对艺术的复制性的弊病；小说追索的似乎是一种传统的模仿的胜利，但模仿又岂能解释其多种偏离和转向；小说呈现的是社会现实主义类型，但作者又多次侵犯现实主义的文规；作者明显地创造性地攻击社会系统，又使得读者考虑有把小说划为讽刺文体的必要性；讽刺要求一种激进的道德口吻和只涉及表面问题的意向，以免读者看到人物的内心，产生同情而减免了读者对讽刺对象的鄙视；而作为讽刺家的路易斯又确实潜入了巴比特循规蹈矩、自满得意的外表之下，显示出一种超出了人物自我能理解的范围之内的浪漫主义的渴求。

——美国批评家格伦·A.洛佛

目 录

译 序

001 / 美国"经济膨胀"年代的史诗 / 潘庆舲

巴比特

003 / 第一章

019 / 第二章

032 / 第三章

050 / 第四章

065 / 第五章

087 / 第六章

117 / 第七章

133 / 第八章

157 / 第九章

169 / 第十章

189 / 第十一章

197 / 第十二章

202 / 第十三章

227 / 第十四章

245 / 第十五章

262 / 第十六章

275 / 第十七章

289 / 第十八章

303 / 第十九章

323 / 第二十章

332 / 第二十一章

340 / 第二十二章

347 / 第二十三章

360 / 第二十四章

376 / 第二十五章

386 / 第二十六章

397 / 第二十七章

408 / 第二十八章

422 / 第二十九章

445 / 第三十章

461 / 第三十一章

471 / 第三十二章

485 / 第三十三章

497 / 第三十四章

补　跋

513 / 修订重印感怀 / 潘庆舲

译 序

美国"经济膨胀"年代的史诗

潘庆舲

第一次世界大战后头十年（1918—1928），是美国经济膨胀，亦即出现泡沫的年代，恰好也是美国文学的繁荣时期。在群星璀璨的美国文坛上异军突起，以新现实主义创作手法揭露社会丑恶现象，"使美国文学获得新的活力"[①]的，就是来自中西部明尼苏达州大草原的小说家辛克莱·路易斯（Sinclair Lewis，1885—1951）。

1930年，路易斯"由于他的描述的刚健有力、栩栩如生和以机智幽默创造新型人物的才能"，成为荣膺诺贝尔文学奖的头一个美国作家，这一事实标志着：美国文学臻于成熟，开始走向世界。自此以后，获此殊荣的即有奥尼尔、斯坦贝克、海明威、福克纳等一大批作家。

路易斯一生创作丰富，写过二十多部中长篇小说，重要的有长篇小说《大街》（*Main Street*，1920）、《巴比特》（*Babbitt*，1922）、《阿罗史密斯》（*Arrowsmith*，1925）、《埃尔默·甘特利》（*Elmer Gantry*，1927）、《多兹沃兹》（*Dodsworth*，1929）。其中《大街》和《巴比特》历来脍炙人口，而从作品反映美国社会现实生活的深度、广度来说，似乎《巴比特》写得更为成功。路易斯创造的巴比特，既是文学中的典型，又是社会典型，在美国人的生活中产生了深远影响。美

[①] 语见哈里逊·史密斯为《从大街到斯德哥尔摩》一书所写的序言。（本书脚注若无特别说明均为译注。）

国学者认为，路易斯揭露社会现实的长篇小说，提出了至今仍值得美国深思的一些重大问题，实际上已成为当代美国"政治小说"的滥觞。研究现代美国文学，如果不认真阅读路易斯的现实主义杰作，是不可思议的事情。在路易斯以前，美国社会的真实情景都被充满乐观幻想的浪漫主义情调遮盖住了，但美国人却指望能从小说家的作品中看到他们自己和自己的生活，特别是人数众多的中产阶级和底层大众要求更为热切。事实的确如此，《巴比特》中鲜明的时代色彩和强烈的现实感，直至今日仍然深深地吸引着读者。

路易斯在小说中，从议论总统竞选到给美国政府定性，就深中肯綮地写道，"不管什么时候，我们首先需要的，是一个稳健有力的、会做生意的好政府"，好"让我们有机会获得相当可观的营业额"。殊不知《巴比特》问世后翌年，亦即1923年当选的柯立芝总统就说过：美国的问题就是做生意。即使时至今日，路易斯这一"至理名言"依然没有失去现实意义。过了数十年后，美国著名路易斯传记权威马克·肖勒教授（Prof. Mark Schorer）饶有兴味地举出了两个生动的实例加以佐证。一个实例是：南加利福尼亚某州立大学年轻的英文教师在讲授美国小说时，谈到《巴比特》主人公在泽尼斯市地产同业公会宴席上的演说（详见本书第十四章第三节），认为巴比特这篇演说的某些片段不妨当作读者来信投寄当地保守报纸，说不定也会照登不误。这一建议立即引起哄堂大笑。那位教师随口说过也就忘了，殊不知在下周某报"致编者"一栏内果然刊出那么一篇读者来信，文字上原封不动，只是将年代从1922年改为当时的1967年，读者署名则为路易斯·辛克莱。他不免大吃一惊。两天后，这个读者兼大学生还收到一封表示"完全赞同"的来信，要求他在即将来临的大选中支持某右翼候选人。那个大学生又以仿效路易斯－巴比特式的滔滔辩才写了一篇文章，果然又在报端披露了。这桩趣事雄辩有力地说明：乔治·福·巴比特和辛克莱·路易斯,至少在加利福尼亚圣迭戈又复活了。另一个实例是说:在1968年4月,美国哥伦比亚广播公司主办一档名为"伟大的美国小说"的节目,要求将所选的小说富有戏剧性的情节,同现实生活中可以类比的场景镜头并列在一起,演员则由职业演员和普通公民分别担任。这一档电视节目即以首选小说《巴比特》开始,演出如同小说本身一样,气氛闹热而又生动逼真。翌日,《纽约时报》电视评论家撰文说,导演将摄影机对准明尼苏达州都庐斯市狮社聚会,乔治·福·巴比特简直演得活灵活现。他在讨价还价的时候,不由得使观众想到自己身上好歹都有一点儿巴比特的味道。

一部长篇小说,历经几十年之后,依然跟美国现实生活如此息息相关,而又扣人心弦,这在美国小说史上也是不多见的。不难看出,路易斯确实高瞻远瞩,富有眼力,能够预示出不久即将在全国喷薄而出的重大历史转折,这种非凡的洞察力无疑是他的长篇创作获得成功的重要因素之一。

路易斯描写美国乡村生活呆滞僵化的《大街》出版的那一年(1920),可以说正式宣告美国乡村生活已成了一潭死水。根据1920年人口调查表明,从1915年到1920年之间某个时候起,美国社会已由乡村逐渐演变成为城市社会,在这期间,原来占人口多数的自耕农和村民已经退居少数,而城市居民却一下子成为新的多数了。无独有偶,《巴比特》恰好从1920年春写起。当时大战刚刚结束,美国出现了相对稳定的经济"繁荣",实质上却是经济膨胀出现泡沫的形势,资本主义在迅速扩张、发展,有产者和暴发户的财富就像滚雪球似的增长着。《巴比特》写的不仅是1929年美国大萧条前夕这个所谓"繁荣兴旺"的新的城市社会,而且还跟这个新城市对社会风尚、道德观念、价值标准以及生活方式所持的态度紧密相关,这些态度不消说又和当时美国商界文化^①联系在一起。

  《大街》还没有脱稿，路易斯就在考虑写下一部小说了。他说这部小说性质虽与《大街》相似，但故事情节迥然不同，这次写的不是卡萝尔式人物，而是一个普通的生意人，一个厌倦了的生意人，地点不是在戈镇，而是在拥有二三十万人口的城市（相当于明尼阿波利斯，或西雅图，或罗彻斯特，或亚特兰大），此人就是来自莫纳克城（Monarch）的 G.T.彭佛瑞（Pumphrey），书名《彭佛瑞》。也许读者都还记得，在《大街》接近尾声处，戈镇确实正在朝着泽尼斯（Zenith）迈进。戈镇商会为了招徕新的客户，开展了一场"繁荣戈镇运动"，唱主角的是一个新来的陌路人，名叫"诚实的杰姆·勃劳塞"，其实此人堪称一个"干劲十足"的地产投机商。在戈镇为他举行的宴席上，"大家简直就像演说家似的引经据典地畅谈什么要鼓气，要苦干，要有精神，生龙活虎，富有事业心，而且还要意志刚强，当真正的男子汉大丈夫，接着照例谈到什么漂亮的女人，本乡本土，詹姆斯·J.希尔，又从蔚蓝的天空，碧绿的田野，一直谈到庄稼丰收，以及日益增长的人口，投资后的高额利润，危及国家安全的外国煽动者，美国政体稳如磐石的基础，参议员克努特·纳尔逊，百分之百的美国精神，光荣的业绩，如此等等，不一而足"^②。这里汇集了美国商界文化的全部陈词滥调，而且这一片令人刺耳的喧嚷也只说明美国工商企业界还处在最粗俗的中产阶级水平。其实，这就是为活跃在20世纪20年代的地产商巴比特铺设的活动舞台。

  有的评论家指出，《大街》终止于1920年，正是为刚过去的这

---

① 这里大概指美国旨在营业的，或反映商界生活的文化，以下皆同。
② 详见拙译《大街》第633页。

个十年所唱的一支挽歌；而《巴比特》起始于1920年，正是为令人晕头转向而又常常没头没脑的扩张的这个十年所演出的前奏曲。因此，《巴比特》就是美国所谓经济膨胀（亦即经济出现泡沫）年代的史诗，即使在今天，它仍然不失为整个美国商界文化在文学上的重要记述。

《巴比特》是路易斯根据自己独特的"研究"方法写出来的头一部小说。他在俄亥俄州辛辛那提"王后城俱乐部"（Queen City Club）建立了一个Pied-à-terre①（书中的泽尼斯，想必就是以辛辛那提为原型），作为深入生活，观察、分析、研究各种人物的基地。首先，他选择中产阶级内一个次要阶层——小商人及其地产生意作为题材，接着随身携带笔记本，同小说里着意描摹的那一类人物厮混在一起。在普尔门式豪华卧车包厢和吸烟室，在各大饭店、餐馆休息厅，在名目繁多的俱乐部，甚至在街头巷尾，路易斯都细心观察，留神倾听，注意人们的言谈吐属，包括常用的口头禅，以及独特的口语、俚语、行话、黑话、双关语，乃至某些个别字眼的特殊发音方式。由于他的听觉特别灵敏，善于捕捉人物之间生动活泼的对话，所以，这些对话在他的小说中再现时，简直如闻其声，如见其人。故事梗概确定以后，他精心绘制了详细地图，包括有关城市、会社、寓所等场合的地图，图上还精确地列出各种家具摆设，标出许多街道名字，甚至提到在街上闲荡的狗狗的品种和毛色。书中主要人物一有了初步眉目，他先是分别给他们立传，随后写出小说概要，在此基础上扩伸枝蔓，并将每一个场面都详细加以描述，作为头稿，再经过长时间反复琢磨修改，最后方才定稿。为了创作《巴比特》，路易斯在1920年和1921年走遍美国各大城镇，仔细查阅有关地产行业的专门文献，观察了解地产

---

① 法语，歇脚处，或临时寓所。

交易活动，因此就作品的真实可信而言，他的小说就像社会学家实地考察报告那样有根有据，不爽分毫。

《巴比特》出版一年后，路易斯答读者问时说："本来我计划把整部小说都写成他[①]在二十四小时内的生活，从闹钟响起到下一次闹钟再响。其余部分多少是出于不自觉的。"迟至1921年7月，路易斯又将彭佛瑞改成菲奇（Fitch），后来才改定为巴比特。但彭佛瑞还是作为次要人物保留在书中，原来的构思也仍然保存在开头七章里。现在我们开卷捧读，果然目随着巴比特，从头一天的睡梦中到第二天的睡梦中。只是篇幅不大，仅占全书的四分之一。

不过，其余的二十七章，显然不是像作者所说的出于"不自觉的"，实际上倒是高度自觉，井井有条，安排一系列事先精心构思的场面，按照早期小说的传统，每章都有自己的主题，汇合在一起，就是有关美国商界文化与美国中产阶级生活的一份周密翔实的社会学分析。本来美国社会好像一座巨大的金字塔，顶端是豪门巨富，底层是劳苦大众，路易斯最接近、最了解的，就是金字塔中间这一层次，亦即沉默的大多数——中产阶级。路易斯选定了中产阶级，显然决心要描绘美国社会生活中迄今为止在文学领域内尚未开拓过的这一层次。全书共有三个主要故事情节，头一个故事情节直到小说过了一半才开始，并与事先精心安排好的那些场面交织在一起。以下各章，读者可以一目了然地看到：

第八、九章描写了巴比特在芙萝岗寓所举行的晚宴，是以美国家庭生活方式为主题。

第十、十一两章描写了婚姻、普尔门式豪华卧车上的商人哲学，

---

① 指原来的主人公彭佛瑞。

以及娱乐活动。

第十二章的主题是业余消遣：棒球、高尔夫球、电影、桥牌、开汽车出游等。

第十三章描写一年一度的同业公会的年会，后面还提到妓院卖淫、卖走私酒，以及少年犯罪诸问题。

第十四章以政治演说和职业演说作为主要内容，提出了标准美国公民的样板等问题。

第十五章从大学校友会的活动反映贫富悬殊、世态炎凉，进而描述了美国社会结构。

第十六、十七两章都涉及诸如主日学校等宗教问题。

第十八章写的是家庭关系，反映巴比特一家三代人，以及巴比特与当代男女青年之间的分歧。

接下来有三个互不相关的"情节"（其中头一个情节开始于第十九章）。暂时把它们撇开不谈，读者可以看到，剩下来的主题是：每周午餐会、单身汉、美发厅、劳工关系（罢工）、私卖酒店，以及"怪异"的宗教。这些章节好比一幅巨大的油画，几乎把20世纪20年代美国整个社会环境都包罗无遗了。画面尽管惊人地完整，但是这些章节排列的次序，孰先孰后，却没有定规，贯穿全书的并不是具体的戏剧性事件，而是主人公巴比特的命运，他的日益不满、他的逆反、他的退却和逆来顺受。就巴比特的心情来说，以上这三个阶段，各自集中在互不相关、多少可以独立的章节中加以叙述。第一个阶段发生在巴比特的唯一知己保罗·赖斯灵缘于向妻子开了枪而被判处三年徒刑之后。这一事件使巴比特突然感到自己生命空虚、万念俱灰。于是，他下了决心，要搞"自由主义"了（也就是说思想要开明些，尽管他并不太了解这个字眼的真正内涵是什么），宣称要超然物外，跟他的那些同业诸好不再交往了。这时，保罗·赖斯灵在小说里几乎已经销声匿迹，巴比特却遇到了一个新朋友——丹尼斯·朱迪克（这个纸商遗孀原是一个投机取巧的俗物）。巴比特趁他太太回娘家，竟然跟朱迪克太太谈情说爱来了。这次跟中产阶级佯装的道德守则的公然决裂，不啻是巴比特背叛他的商界文化价值观的一场闹剧。原来丹尼斯·朱迪克的三朋四友，都是各色各样庸俗、卑微的小人物，玩世不恭、寻欢作乐的"夜游神"，巴比特跟他们一块儿酗酒淫乐，很想借此忘却使他异常苦恼的不满情绪、不安全感和恐惧心理。一旦这些赏心乐事玩腻了，他跟丹尼斯·朱迪克一刀两断了，这个骚女人也就从小说里消失了。就在这当口，巴比特的同伙味吉尔·冈奇等人正在筹组所谓优良公民联盟（其实是一个仇视劳工的联防组织），企图胁迫巴比特加入他们的"良民联"。巴比特满肚子牢骚，竭力进行抑制，使他们未能得逞，但结果，他在社交上和经济上遭受可怕损失，并且陷于孤立。这时多亏他太太猝然得病，动了手术，使他有幸得以钻进那个优良公民联盟，重新投入促进会的安乐窝和泽尼斯冥顽不灵的商业秩序中去。到了小说末尾，巴比特重获安全感，可以高枕无忧了。他意识到：他一辈子都没有做过一件他乐意做的事情，他一心指望他的那个不太有出息的儿子西奥多·罗斯福·巴比特能够得到一种更充实、更独立的生活。他就这样叮嘱儿子说："开始干吧，老伙计！整个世界——属于你的！"这如同《大街》结尾处卡萝尔最后瞩望于2000年——伟大的未来一模一样，无非是作者聊以自嘲罢了！

20世纪20年代美国尽管已是物质生产的"巨人"，但路易斯还是用嘲讽的笔触，通过思想贫乏、空虚无聊的巴比特人物形象，将美国小商人这个精神生活的侏儒刻画得可谓入木三分："他意识到了生命的存在，心里未免有几分惆怅。……他发觉自己的生活方式太机械，机械得简直令人难以置信。机械的生意——尽快把偷工减料的蹩脚房子卖出去。机械的宗教——枯燥、冷酷无情的教会，完全脱离市井细民的真正生活,像一顶高筒大礼帽,虽然道貌岸然,却没有一丁点儿人情味。甚至于玩高尔夫球、赴宴会、打桥牌,以及摆摆龙门阵,也都机械得很。除了赖斯灵以外,他觉得跟谁个应酬交际都很机械——不外乎拍拍肩膀,嘻嘻哈哈,就是不敢让友情在默默无言之中备受考验。"巴比特在所谓离经叛道以后才尝到"自由"(这种自由充其量只不过是一种非常"机械"的冶游罢了)的短暂时刻,却感到了恐惧和孤单。缘何他会产生这种感觉呢?老实说,就是由于:他一得到自由"这个如此陌生,而又令人如此棘手的东西",便茫然若失了。最根本的原因不在他自己,而在于美国的社会制度。巴比特只不过是这种社会制度的牺牲品,他的个性早已丧失殆尽。有的评论家指出,《巴比特》出版以后,在美国人人几乎都意识到:随流循俗(Conformity)是凌驾于一切之上的商界文化迫使美国人的生活所付出的重大代价。因为任何一个富于个性的人,为了求生存,都不得不按照美国社会的模式随机应变,成为一个呆板迂腐的活物。这就是《巴比特》问世后美国人所得到的最大启示,而这部小说之所以有别于先前出版的所有其他反映美国商界的小说,也正是在这里。

美国文学历来有描写商界小说的传统,历史虽短,但内容丰富。亨利·詹姆斯(Henry James)、威廉·迪安·豪厄尔斯(William Dean Howells)、查尔斯和弗兰克·诺里斯(Charles and Frank Norris)、杰克·伦敦(Jack London)、戴维·格雷厄姆·菲利普斯(David Graham Phillips)、罗伯特·赫里克(Robert Herrick)、厄普顿·辛克莱(Upton Sinclair)、伊迪丝·华顿(Edith Wharton)、西奥多·德莱塞(Theodore Dreiser)、欧内斯特·普尔(Ernest Poole)、布思·塔金顿(Booth Tarkington)——上面列出的这些作家,都曾经把商人作为中心人物来描写,但在詹姆斯和豪厄尔斯以后，只有塔金顿在商人身上发现了美国人固有的、历久不变的品德。商界已被看成道德败坏的同义词；商界从本质上说，就是尔虞我诈、倾轧吞并，竞争之剧烈，可谓残酷无情。正如本书中销售油毛毡的商人保罗·赖斯灵所说："我们所干的只是掐断对方的脖子！"驱使商人的动力，则是权力、金钱，以及社会威望。但在路易斯以前的所有小说里，商人都是工商界阔佬大亨，比如，高门鼎贵的制造厂商、金融巨头、大投机商、企业大王和亿万富翁。第一次世界大战之后，美国社会已经转向城市文化，这些企业界巨头在商业的神话里可能依然是最富于色彩和最富于戏剧性的人物，但他们再也不是最富有特色的人物了。许多评论家认为，这一显著差别已由小说《巴比特》揭示了出来。诚然，巴比特是属于小商人（特别是中间商）的世界。"在他们看来，充满传奇色彩的英雄人物——已不再是骑士、行吟诗人、骑马牧人（亦即西部牛仔）、飞行员，也不是年轻勇敢的地方检察官，而是——了不起的主管营销的经理，在他的玻璃台面的办公桌上有一份商品推销问题分析，他的高贵的头衔是'富于积极进取精神的能人'，他自己和他的所有年轻的忠实的伙计们，都献身于销售这个无比伟大的目标……"小说真实地反映了20世纪20年代美国经济膨胀的活跃景象。再从刻画小商人典型形象来说，《巴比特》也很有特色。尽管巴比特的德行品格不见得好多少，但他背信弃义的行为，倒也并不那么显眼，无非是在做生意时稍微耍点儿花枪，对他太太说一点儿谎话，暗中还搞过一点儿私通勾当，偏要装作若无其事的样子。他一点儿都不像豪门巨富那样纵横捭阖、暴戾恣睢；他只不过是一个搞妥协的随流循俗派。他本人不是制造厂商，他的发迹完全依附于上层社会统治人物。所以说，他在社会上并不处于统治地位；他为了谋求自身安全，才不得不加入"良民联"。他跟同伙们在一起吹吹拍拍，哼哼哈哈，或者喝彩叫好，祈祷神佑，他嘲笑所有与他不同的习俗，他谴责所有一切的异端邪说——都是为了跟同伙一起向上爬。他把攀附上层社会置于首位,从而消灭了人与人之间的关系。最后,他不知怎的连自己仅有的一点儿人性也都给消灭了。

所有这一切描写,都是辛克莱·路易斯对当时美国那种商界文化所做出的真实反映。不难看出,他写小说时侧重点也是与众不同的。在此以前的小说,一般地讲,都是对那些穷凶极恶的庞然大物进行严肃的或者大事夸张的谴责,比如,德莱塞的长篇名著《欲望三部曲》中的《金融家》[①]。而路易斯在《巴比特》中,却大声喧闹地讽刺了一大群傻瓜和小丑,这伙人卑鄙、可恶而又可笑。除此以外,巴比特本人也许还会引起人们同情。路易斯晚年说过:"我塑造巴比特这一人物,是出于爱而不是恨。"旨在将谴责的目光从人物身上转向社会制度本身。整个美国社会在路易斯的笔下,有如一幅光怪陆离的图画:五光十色的街灯下游荡着一群没有灵魂、没有个性的行尸走肉。路易斯小说的社会意义也正在这里。余外,路易斯在写《巴比特》时总是自觉地力求最大限度的真实可信,一字一句地向读者提供了许许多多生动详尽的细节。他继承发扬了以美国幽默艺术大师马克·吐温为代表的现实主义文学传统,同时也吸收采用了他无限景仰的英国文学大师狄更斯在小说中常有的缜密细致、生动逼真的描写手法。比如作者描摹商人康拉德·莱特的外貌时,就是那么精细入微地写道:"他眼睛底下有两块半圆形的凹窝,像是被银圆压过之后留下的痕迹。"类似这样的绝妙描写,在本书中俯拾皆是。英国著名作家沃尔坡尔(Hugh Walpole)曾经说:"这就是路易斯先生的胜利。……他成功地塑造了巴比特……在毫不祖护巴比特的愚行、势利、诳骗、

[①] 拙译《金融家》,德莱塞著,上海译文出版社,2005年。

感伤情绪、卑鄙行径的同时，还把他塑造成具有与我们自己同样材料的人物。"正由于路易斯注意笔酣墨饱地写出人物性格的丰富性和复杂性，巴比特这个形象在我们面前便颇具立体感，他性格中的各个棱角都显得非常鲜明突出，仿佛从置放在他周围的许许多多镜子中映照出来的一模一样。"巴比特"（Babbitt）及其派生词"巴比特式"（Babbittry），早已成为美国生活中的日常用语，如同莎士比亚笔下的夏洛克（Shylock）一样，收入各种英语词典内，成了低级庸俗、夸夸其谈的商人、市侩的代名词。

《巴比特》于1922年9月问世，获得了巨大的成功。路易斯声名大噪，几乎轰动整个美国，按照纯粹美国的模式备受欢迎。当然，小说引起的严肃的批评反应，更是引人瞩目。著名文学批评家亨利·塞德尔·坎比（Henry Seidel Canby）在《星期六文学评论》上撰文时，曾将巴比特这一艺术典型与世界上文学大师所创造的，诸如利蓓加·夏泼（Becky Sharp）[①]、匹克斯尼夫（Pecksniff）[②]和桑科·潘扎（Sancho Panzo）[③]相提并论。女作家伊迪丝·华顿[④]认为，若与《大街》相比，《巴比特》里描写了更多的"生活、痛苦，充满了想象力"。文学批评家亨利·门肯（Henry L. Menchen）一贯抨击美国市侩，反对愚民（booboisie，亦译笨伯）和愚民阶级，对路易斯在书中的观点自然发生共鸣。他赞叹道："哪一个小说家（不包括早期的H.G.威尔斯）都没有描绘出那么难以忘怀的，但是每个人都很熟悉的生活画面。"

[①] 英国著名作家萨克雷名著《名利场》中一主要人物。
[②] 英国著名作家狄更斯小说《马丁·瞿述维》中的伪君子。
[③] 西班牙古典作家塞万提斯巨著《堂·吉诃德》中主人公的仆人。
[④] 路易斯写《巴比特》原是呈献给伊迪丝·华顿的。

不言而喻,路易斯对美国经济膨胀年代"金圆文明"如此嘲弄,远不合所有人的口味。当时著名政论家沃尔特·李普曼(Walter Lippmann)在《命中注定的人们》(Men of Destiny)一书中,就谴责了路易斯,说他笔下的巴比特好像"缺乏生命力的老框框",仅仅是"剖析美国中产阶级的样板","纯属理念"。斯图尔特·谢尔曼(Stuart Sherman)撰文抨击德莱塞时,还劝告过作家路易斯要多写一些"可敬的英雄",言外之意,就是要为美国商人歌功颂德。

至于《巴比特》在国外,特别是在欧洲,可以说大快人心。最主要的原因是:本来在欧洲人的心目中,美国人的愚蠢粗鄙、自鸣得意、实利主义、沙文主义是由来已久——现如今居然由一个美国作家通过一个小说人物形象向全世界直认不讳了,怎地能不为之雀跃呢?他们认为:巴比特这个典型人物所具有的意义在现代文学中还未被超越过。美国人也可以或多或少地从这个人物身上看到自己的形象。当然,《巴比特》在英国文学界也受到了好评。以揭露社会小说闻名于世的英国作家 H.G. 威尔斯,在给路易斯的信中就这样说过,"别人几乎觉察不到的",或者只是"模模糊糊地感觉到的人物典型",路易斯却成功地刻画出来了。沃尔坡尔更是推崇备至,把巴比特这一人物典型看成英国文学作品中的波利先生(Mr. Polly)[①]、庞德罗佛(Uncle Ponderovo)[②]、五城的敦瑞(Denry of Five Towns)[③]、福尔赛

[①] H.G.威尔斯的小说《波利先生传》(The History of Mr Polly)的主人公,为性情暴躁、经营不善的商店老板。
[②] H.G.威尔斯又一小说《托诺-邦盖》(Tono-Bungay)中的药剂师。作者通过庞德罗佛发财致富和死亡的故事,描绘了"商业文明"的命运。
[③] 此处指英国作家安诺德·贝内特(Arnold Bennett, 1861—1931)小说中描写的顿斯泰尔等五个城市。

世家（The Forsyte Saga）[1]，甚至乔治·摩尔先生（Mr. George Moore）[2]的亲兄弟了。像这样的评价，也许并不算过分。马克·肖勒教授就说得很中肯：路易斯的小说《巴比特》是成功的，是自有出版史以来最伟大的国际成功作品之一。

1982.10—1984.10 识于上海社会科学院文学研究所

---

[1] 英国著名作家高尔斯华绥（John Galsworthy, 1867—1933）的《福尔赛世家》三部曲。
[2] 爱尔兰小说家、剧作家。

巴比特

第一章

一

泽尼斯[①]的一幢幢高楼森然耸起,逸出在晨雾之上;这些严峻的钢骨水泥和石灰岩筑成的高楼,坚实如同峭壁,而纤巧却像银笏。它们既不是城堡,也不是教堂,一望而知,就是美轮美奂的企业办公大楼。

晨雾仿佛出于怜悯,将历经几个世代风雨销蚀的建筑物都给遮没了:双重斜坡的四边形屋顶上盖板都已翘裂的邮政局;大而无当的老式房子上的红砖尖塔;窗眼既小,而又被煤烟熏黑了的工厂;还有灰不溜秋的几户合住的木头房子。类似这样千奇百怪的房子在这个城市里虽然比比皆是,但那些整洁的高楼大厦,正把它们从商业中心区撵走,近郊的小山冈上,却闪现许许多多崭新的房子,看来那里家家户户都充满笑声和宁静。

一辆豪华的小轿车从一座混凝土大桥上疾驰而过,它那长长的车盖晶光锃亮,而且几乎听不见发动机的响声。车里的人身穿晚礼服,

[①] 泽尼斯,作者虚构的一个中等城市,原词寓有"天顶""顶峰"等含义。也许还象征当地市侩们(包括巴比特在内)趾高气扬,自以为"顶呱呱"的心态。

整晚排完一个小剧场①剧本之后正好回来，这是一次艺术上的大胆探索，兼有香槟助兴，所以更为光彩夺目。大桥下是一条弧形的铁路轨道，无数红红绿绿的信号灯使人眼花缭乱。纽约特快列车轰隆隆地刚驶过，二十条闪闪发亮的钢轨一下子跃入令人目眩的光照里。

在一座摩天大楼里，美联社的电讯线路刚关闭。报务员一整夜与巴黎和北京通话之后，疲惫不堪地摘下了他们的赛璐珞眼罩。女清洁工打着呵欠，趿拉着旧鞋，在大楼各处走动。晨雾已渐渐消散。排着长队的人，带着午餐盒，迈出沉重的步伐，拥向巨大无比的新工厂，大玻璃窗、空心砖瓦、闪闪发亮的车间，五千人就在同一个屋顶下面干活，推出地道的产品，行销所至，远溯幼发拉底河流域，横越非洲南部草原。汽笛一响，传来了有如四月黎明时万众齐欢的歌声，这是给仿佛为巨人们建造的城市所谱写的一支劳动之歌。

二

在泽尼斯的名叫芙萝岗的住宅区，有一所荷兰殖民时期风格的住宅，睡在卧室前面走廊里的人这时正好醒来。不过，此人的外表却丝毫没有巨人的特征。

他名叫乔治·福·巴比特，现年（1920年4月）四十六岁。事实上，他什么都不会干，既不生产黄油，也不制造鞋子，更不会制作诗篇，但他就是有一手，能把房子以高于一般人出得起的价格推销出去。

---

① 大约从1910年以来，小剧场（也叫"实验剧场"）运动在美国有了广泛发展，它的方向跟纽约百老汇旨在商业营利的戏剧基本上针锋相对。

他的大脑门上略微有些透红，棕色的头发稀疏而又干燥。虽然脸上已有了皱纹，鼻梁两侧各有一点眼镜留下的红红的痕印，但在微睡时却带着几分稚气。他长得并不胖，但营养极佳，两颊圆圆地鼓了起来，一只纤嫩的手无力地搭在黄褐色毯子上，显得有点儿浮肿。看来他很富裕，婚后极少罗曼蒂克情调。他的这个睡廊，看来同样没有一点儿罗曼蒂克色彩。向窗外望去，是一棵高大的榆树，两块整齐的草坪，一条混凝土车道，还有一间铺上了波纹铁皮的汽车房。可是，巴比特却又一次在梦中见到了那位年轻的仙子，梦里的情景比银白色大海之滨的红宝塔还要富于诗情画意。

这个年轻的仙女与他神游已有多年。虽然在众人看来，他只不过是乔治·巴比特，唯有她独具慧眼，看出他是个英俊少年。她在神秘的小树林那边的幽暗处等着他。他只要能从挤满了人的屋子里脱身出来，就一缕烟似的朝她那里跑去。他的妻子，他的那些吵吵嚷嚷的朋友，都千方百计想跟住他，但他还是逃走了。年轻的仙女在他身边迅跑，他们一起蹲在浓荫蔽日的山脚边。她是那么苗条，那么白净，那么急切！她说他无忧无虑、英姿飒爽，又说她会等着他，他们将一起航行到远方去——

送牛奶的卡车隆隆开过，车门发出碰击的声音。

巴比特嘴里叽里咕噜，翻了个身，想回到梦境中去。此刻他只能隔着雾气茫茫的水面，依稀望见她的脸庞。烧暖气锅炉的工人把地下室的门砰地关上了。隔壁院子里一条狗在汪汪地吠叫。正当巴比特又美滋滋地沉浸在朦胧不清的暖流里的时候，送报人吹着口哨走过，噗的一声把一卷《鼓吹时报》塞进了大门。巴比特一惊，胃猛地收缩起来。惊魂稍定,他又听到一阵熟悉而又恼人的声音——有人在摇曲柄,发动福特汽车,嘎轧轧,嘎轧轧。原来巴比特本人就是个汽车迷,他心里正帮着那位看不见的司机摇呀摇,紧张地同他一起等上好几个钟头,让发动机响起来,不久又同他一起感到气恼,听那发动机声音停了一会儿,稍后又重新发出这可恶的没完没了的嘎轧轧,嘎轧轧——一种声响极大而又单调乏味的浊音,在冷得瑟瑟发抖的早晨,真使人恼火,但又无法回避。直到发动机起动时越来越大的声音告诉他,福特汽车开走了,他方才不再紧张得气喘心跳。他抬头瞧了一眼他那心爱的榆树,它的枝柯正衬映在金灿灿的天穹上。然后,他像找什么麻醉药似的,开始寻摸睡觉。他小时候对于生活原是信心十足,可是现在,他对于每个新的一天里可能发生的,而又未必如此的新奇事物,早已无动于衷了。

他就是这样逃避现实,直到七点二十分闹钟铃响。

三

这是一种在全国大做广告、大量生产的最佳闹钟,凡属现代化的附加装置都已配备齐全,包括仿大教堂的鸣钟报时、间歇铃响,以及夜光钟面。被这样一个珍贵的装置闹醒,巴比特不禁感到十分自豪。这差不多跟购买昂贵的衬线加固汽车轮胎一样,使人顿时身价百倍似的。

他没好气地承认,此刻再也没法逃避了,可他还是躺着纹丝不动,心里憎恨他的地产生意这个苦差事,讨厌他的一家人,因而也就讨厌他自己。昨天晚上,他在味吉尔·冈奇家打了半夜扑克,而每当这样度过休假日之后,到转天吃早饭之前,他总是最容易动火。也许是他喝了大量禁酒年代的家酿啤酒，烟瘾一上来，又抽了太多的雪茄；也许是他不乐意离开这个淋漓痛快的须眉汉子世界，回到妻子和速记员的裙钗之辈的小圈子里，听她们喋喋不休地关照你可不要抽那么多烟。

从睡廊里面的卧室传来了他妻子高兴得叫他腻味的呼喊声："该起床啦，亲爱的乔吉①！"还有她用硬刷子梳头发时噗嚓噗嚓地乱搔一气的声音，听起来真叫人浑身发痒。

他先是哼了一声，就让滚粗的大腿从黄褐色毯子底下伸了出来，身上穿的浅蓝色睡衣早已褪了色。他坐在床沿上，用手指去拢他乱蓬蓬的头发，两只胖乎乎的脚丫子却在机械地寻摸自己的拖鞋。他难过地看了他的毯子一眼——这条毯子永远叫他想起自由自在与英雄气概。原来他是为了野营旅行才买这条毯子，但后来旅行永远没能成为事实。它却已成为可以身穿雄赳赳的法兰绒衬衣、满嘴污言秽语、东游西逛的象征。

他好不容易站起身来，顿感眼球后面一阵阵剧痛，喊了几声哎哟。他虽然在等待剧痛再次发作，但还是两眼模糊地望着窗外的院子。如同往常一样，这个院子总是使他感到高兴。那是一个买卖兴旺的泽尼斯商人的整洁的院子，换句话说，就是完美的典范，因而连他本人也都十全十美了。他凝望着波纹铁皮顶棚的汽车房，这是他一年之中第三百六十五次在暗自思忖："那个铁皮车房，可太差劲啦。我得盖一个像样的木板车房才好。唉，我的天哪，这里样样都好，就是这个玩意儿不现代化！"他一边凝望，一边想道，他的金莺谷住宅区开发规

---

① 乔吉，乔治的昵称。

划内必须包括修建一个公用汽车房。这时,他不再气喘吁吁,也不再摇头晃脑了。他两手叉着腰,暴躁而又睡肿了的脸上表情显得更加坚决了。他突然感到自己有能耐,是一个办事干练、善于出谋划策、指挥若定、有所成就的人。

他一想到这里就来了劲儿,便穿过坚实、整洁、似乎未曾启用过的前厅,走进了浴室。

巴比特的这座房子虽然不大,但像芙萝岗所有别墅一样,都有一个第一流的浴室,全套细瓷卫生设备、釉面花砖,以及银光闪闪的金属配件,丝毫不逊于皇家豪华的气派。毛巾架上有一条透明的玻璃棒,两端镶了镍。浴缸长得很,就连普鲁士近卫军也可以躺下。洗脸盆上方赫然在目地摆着一排排牙刷、修面刷、肥皂盒、海绵缸、药品橱,都光艳夺目,精美雅致,就像一块电气仪器板。巴比特虽说非常崇拜现代化设备,但此刻却皱起眉头,很不满意。整个浴室里散发着一股浓浓的牙膏的怪味儿。"维罗娜又用这个怪东西了!她就是不肯用丽丽多尔①,尽管我接二连三地跟她讲了,她偏要寻摸一些该死的臭东西来,简直叫人恶心!"

浴室里的草垫子都给弄皱了,地板上一片稀湿。(他的女儿维罗娜脾气真怪,常常大清早就洗澡。)巴比特在草垫子上滑了一下,撞在浴缸上。他说了一声:"真见鬼!"气呼呼地抓起他的那管刮胡膏,气呼呼地抹上皂沫,操起滑腻腻的修面刷,像揪人嘴巴子似的乱揪一通,然后气呼呼地又用保险剃刀往他的胖脸上刮将起来。刀片钝了,

---

① 丽丽多尔,一种牙膏商标。

刮不干净。他又说:"见鬼!嘿,嘿,真见鬼!"

他翻检药品橱,想找出一包新刀片。(他心里照例在琢磨:"就得买那么一个小玩意儿,自己来磨刀片,可要便宜得多。")当他在盛小苏打的圆盒后面找到那包刀片时,他心里埋怨他妻子把东西摆错了地方,同时又因为自己没有喊"见鬼"而感到非常得意。但隔不多久,他毕竟还是喊出了口。当他用沾满皂沫、又湿又滑的手指,试着打开讨厌的小封套,想撕去粘在新刀片上松脆的油纸的时候,他还是大声喊道:"真见鬼。"

接着又发生了他时常考虑但始终解决不了的那个老问题:旧刀片该怎么办?要不然,它会割破他的孩子们的手指。跟往常一样,他把它往药品橱上一扔,心里暗暗记住,总有一天他要把那些也是暂时放在那里的五六十片废刀片一起取走的。他一边刮胡子,一边感到烦躁,再加上头痛目眩,肚子饿,越发烦躁不安了。当他刮完了以后,圆圆的脸上既光滑又湿润,无奈眼里却因进了皂沫而有些刺痛,他伸出手去抓了一条毛巾。家里人的毛巾都是湿的,又湿又黏,还有怪味儿,他来回瞎摸,抓了一条又一条,他发现无论是他自己的脸巾,他妻子的、维罗娜的、特德的、婷卡的,还是那块单独挂开、边上镶着一个大大的"B"字(巴比特家姓的头一个字母)的浴巾,通通都是湿漉漉的。没奈何,乔治·福·巴比特做了一件令人震惊的事:他竟然在客人专用的毛巾上揩脸了!那块毛巾,上面绣着三色紫罗兰,老是挂在那里,表示巴比特家乃是属于芙萝岗上流社会的一员。从来没有人用过它,客人也不敢动它一动。客人们总是顺手拣最近的普通毛巾,偷偷地在角儿上擦一擦了事。

他怒冲冲地说:"我的天哪,怎么搞的,所有的毛巾通通用过了,都是混账东西,把毛巾全用了,弄得稀湿稀湿,从来不给我放上一条干的——当然咯,我老是替他们受罪!——偏偏是在我要用毛巾的时候——在这个混账的家里,唯独我一个人替别人着想,至少还有这么一点最起码也要为别人考虑考虑,想一想在我用了以后也许还有其他的人要使用这个混账的浴室,末了,要考虑到——"

他狠狠地把那些冰冷的、可恶的湿毛巾一条条地扔进浴缸里,从它们啪嗒啪嗒落下去的浊音里泄了愤,这才痛快了。这会儿正赶上他妻子安详地走了进来,安详地向他问道:"哦,亲爱的乔吉,你在干什么呀?你想把这些毛巾都洗了吗?哦,用不着你去洗嘛。哎哟哟,乔吉,你没动过客人专用的毛巾,是吗?"

至于他是如何回答的,那就没有下文了。

这是好几个星期以来,他妻子头一次把他激怒了,他不由得瞪了她一眼。

四

麦拉·巴比特——乔治·福·巴比特太太——肯定是青春已过。从她嘴角边直到下巴颏儿爬满了皱纹,她的脖子窝里胖肉已然下垂。但说明她早已越过年龄界线的最重要标志是,她在她丈夫面前不再故作羞涩之态,也不再为自己不作羞涩之态而发愁了。这时,她身上穿着衬裙和胸衣,即便胸衣胀鼓鼓地凸了出来,她也并没有发觉。她对于婚后生活,早已习以为常了,因此,她完全是一副主妇的模样儿,就跟一个贫血的修女那样毫无性感。她是一个善良的、和蔼的、勤劳的女人,但在家里,也许除了她十岁的女儿婷卡以外,谁个都对她不感兴趣,甚至完全不知道她还活在人间。

从家庭和社会的各个角度相当详尽地议论过毛巾问题之后,她已向巴比特赔了个不是,因为他喝醉以后闹头痛了。后来他神志有所清醒,好歹把一件 B.V.D.① 衬衣给找出来了,虽然他说不知是哪一位恶作剧,把这件汗衫故意藏在他的一堆干净的睡衣里。

在谈论他的那套棕色便服时,他已变得相当和蔼可亲了。

"你看怎么样,麦拉?"他用手乱抓了一下搭在他们卧室里一张椅子背上的衣服,这时麦拉只管自己转来转去,故弄玄虚地整整自己的裙子,用他带有偏见的眼光来看,她好像永远穿不好衣服似的。"你看怎样?赶明儿我再穿这套棕色的,行吗?"

"那敢情好,你穿着合身极了。"

"我知道,但是,嗯,还得熨一熨。"

"这倒也是。也许要熨一熨。"

"它当然经得起熨的,没有事。"

"是的,也许熨不坏。"

"不过,嗯,上装用不着熨。既然上装不用熨,那么,整套都拿去熨,就没意思了。"

"这倒也是。"

"但是裤子非熨不可。你瞧——你瞧瞧这么多皱褶——裤子非熨

---

① B.V.D.,当时美国一种内衣的商标,后来泛指内衣。

不可。"

"这倒也是。啊,乔吉,你干吗不穿棕色上装,配上我们不知道该怎么处置的那条蓝色裤子呢?"

"哎哟哟,我的老天爷!你几时看见我穿过不配套的上装和裤子?你把我看成是什么人?难道是一个倒了霉的记账的?"

"得了,你今天干吗不穿上那一套深灰色的,路过裁缝铺就把棕色裤子撂在那里?"

"噢,这条裤子还是非熨不可——但深灰色的那套放到哪个鬼地方去了?哦,瞧,原来就在这儿。"

至于穿着方面的其他难关,他倒是比较果断而平静地渡过了。

他给自己打扮的头一件行头,就是凸纹方格细布无袖 B.V.D. 衬衣。他穿着它,活像全市化装游行时身穿粗布坎肩的一个滑稽的小伢儿。他一穿上 B.V.D. 衬衣,总是感谢进步之神,为的是他用不着像他的岳父兼合伙人亨利·汤普森那样还得穿又长又窄的旧式内衣。他给自己打扮的第二件事,就是把头发往后面梳。这么一来,他的发型底线要比原来升高了两英寸,使他的额角显得格外宽广。但是,最最妙不可言的,还是他的那一副眼镜。

每种眼镜都有自己的特性——有自命不凡的玳瑁架眼镜,有小学教员的温顺谦和的夹鼻眼镜,还有村中遗老的变了形的银边镜框的眼镜。而巴比特所戴的,是一副又圆又大的无边透镜,上等晶片,金丝镜架。一戴上眼镜,他就是一副摩登商人的派头:向手下的雇员发号施令,自己驾驶汽车,偶尔打打高尔夫球,谈到推销术真有一大套学问。他一下子变得老成持重,再也没有孩子气了,你看到的是他的大脑袋,迟钝的大鼻子,方方正正的嘴巴,又厚又长的上唇,以及他那稍嫌肥厚,但仍显得坚强有力的下巴颏儿。你怀着敬意,看他把符合他殷实市民身份的礼服的其他配件一一穿上。

他的这套深灰色衣服,剪裁合身,缝工精致,十分大方得体。这是一套标准服装。上衣V字形领口镶上一道白色花边,给他平添了一点儿严肃而又有学问的味道。他脚上穿的是有鞋带的黑皮靴,是质地优良、经久耐用的标准皮鞋,可惜式样非常不好看。唯一花里胡哨的东西,是他的紫色针织领带。这还是在他向巴比特太太(可她正在玩杂耍似的,用一枚安全别针把她的罩衫后裾扣在裙子上面,一句话也没有听见)发了一通议论之后,才在紫色领带与花锦缎领带(上面的图案是鲜花盛开的棕榈树加上棕色的无弦竖琴)之间做出的选择。稍后,他又给紫色针织领带插上一枚蛇头胸针,蛇的眼睛上则镶嵌着蛋白石作为装饰。

从棕色衣服的口袋里把东西挪腾到灰色衣服的口袋里,这也是一件非同小可的大事。他对待那些东西非常认真,觉得它们如同棒球或者共和党一样具有永恒的价值。它们包括一支自来水笔和一支银铅笔(老是不去配新的笔芯),这两样东西都插在右上方的口袋里,少了它们,他就会觉得自己身上光溜溜的,好像赤膊一样。他的表链上挂的是一把金鞘铅笔刀、一只镀银的雪茄烟头的切割器、七把钥匙(其中两把钥匙的用处,他早已忘得一干二净了),附带一块好表。拴在表链上的,还有一颗个儿很大、略呈黄色的麋鹿牙齿——说明他本人乃是友麋会[①]

[①] 友麋会,按字面可译为"保护麋鹿友好协会",实则为人数众多,并以召开豪华的会议著称的美国企业协会之一。为适应我国读者习惯,今译"友麋会"。

的会员。但千重要万重要的,还是他的那个袖珍活页笔记本。这是一个既时髦而又很实用的笔记本,里面包括:他早已置之脑后的一些人的通讯处;精心保存的一些邮政汇款收据,虽然那些汇款好几个月前早已到达了目的地;背面胶水已失去黏性的邮票;一些剪下来的 T. 考尔蒙迪雷·弗林克的诗句和报纸社论(巴比特的见解和深奥词汇即来源于此);一些备忘录,记上他应该做但根本不乐意去做的事情,等等,此外还有一行稀奇古怪的大写字母——D.S.S.D.M.Y.P.D.F.[①]。

但是他唯独没有香烟盒。从来也没有人送一个给他,所以他至今没有这种习惯,见到别人带香烟盒,他还认为脂粉气十足呢。

最后,他把促进会[②]的圆形小徽章别在上装胸前的翻领上。徽章上只有"促进会友——加劲干"两个单词,可以说寓简洁于伟大的艺术性之中。一戴上这个玩意儿,巴比特确实感到忠贞不贰和自命不凡。它把他和"好伙伴",以及那些富于人情味的工商界巨子联系在了一起。在巴比特看来,它就是他的维多利亚十字勋章[③]、他的荣誉军团[④]绶带、他的菲·比塔·卡帕[⑤]的钥匙圈。

穿着上这些微妙的细节,同其他复杂的烦恼连在一起了。"今天早晨我感到有点儿不好受,"他说,"我想昨儿晚上我吃得太多了。

[①] 这一串字母的意义,作者在全书中都没有做出交代。
[②] 促进会,按字面可译为"促进者俱乐部",简称"促进会"。所谓俱乐部,实则都是会社团体,以下皆同。"促进者"一词兼有"热情的支持者""助推者""后援者""冒进者",或"价格看涨""拥趸""捧场"等意,不一而足。路易斯在本书中着重描写了这一个美国商人社团。
[③] 为英国维多利亚女王于1856年创立的勋章,颁给陆、海、空军的英勇战士。
[④] 拿破仑一世于1802年创立的一个荣誉社团,对法国有殊勋者可列名为会员。
[⑤] 为成绩优秀的美国大学生及毕业生所组成的荣誉学会。

你不该做那些香蕉馅儿过多的油煎饼。"

"可是你自己叫我做的嘛。"

"我知道,可是——我告诉你,一个人四十岁一过,就得注意自己的消化能力了。有许多人就是对自己的健康不够关心。现在我要告诉你,人到四十,只要不是傻瓜,准是一个医生。我的意思是说,做他自己的保健医生。人们对于饮食问题总是没有给予足够的重视。现在我想——当然咯,一个人忙活了一天之后,理应好好地吃一顿,不过,要是我们能吃得清淡些,对咱们俩都会有好处。"

"可是,乔吉,我在家里吃的总是再清淡不过咯。"

"你言外之意,是说我在出去上班时像一头猪那样大吃大喝?是的,差不离呢!你要是到了康乐会①,新来的跑堂端上一份邋里邋遢的饭菜,叫你非吃不可的时候,那才叫美呢!可是今儿早上我真的觉得不太舒服。真怪,就在这儿,左边,觉得有些痛——不,不会是阑尾炎吧?昨儿晚上,我开车到味吉尔·冈奇家去,一路上就觉得肚子也在痛。就在这儿——好像是在阵阵剧痛。我——那个十分钱硬币是花到哪儿去啦?早餐时你干吗不多上一些梅脯?当然,我每天晚上吃一只苹果——一天一只大苹果,不找大夫乐呵呵——可是,你还得多寻摸些梅脯来,不要净搞这些花色点心。"

"上次我拿出梅脯来,可你又不吃。"

"哦,那一次我怕是不想吃呗。其实,我好像还是吃过一点的。反正——我告诉你,最最要紧的是——昨儿晚上我还对味吉尔·冈奇

---

① 按字面可译为"体育俱乐部",实则是工商界人士的社团,并非体育界人士的团体组织。

第一章 · 015 ·

说过，大多数人都不够注意自己的消化能力——"

"咱们下星期请冈奇一家子来吃饭，好不好？"

"哦，当然行，你放心好了。"

"现在你听我说，乔治，到那天晚上，我要你穿上你那套漂亮的晚礼服。"

"胡扯淡！他们都不会穿晚礼服的。"

"当然他们都会穿的。你记得那次利特尔菲尔德家的晚宴，你没穿礼服，而别人都穿了，你多窘呀。"

"说我多窘，真见鬼！我才不窘呢。谁都知道，哪怕是再贵的塔克司①，别人穿得起，我也穿得起。要是有时候我难得没有穿上，我才不在乎呢。反正是个累赘呗。穿这穿那，对你们娘儿们来说，反正一天到晚净在家里转悠，那并不费事。可是，爷儿拼死拼活地干了一整天活，他才不愿意被人硬催着去穿什么燕尾服呢，无非是给人家看的，其实他当天看见人家穿的，也才不过是平平常常的便服罢了。"

"可你知道你还是挺喜欢让人家看见你穿礼服的。几天前的晚上，你自己也承认，多亏我一个劲儿要你换礼服。你说你一穿上就感到舒坦多了。不过，哦，乔吉，我真希望你不要再说'塔克司'，应该说'晚礼服'嘛。"

"废话，那又能有啥两样？"

"可是，有文化教养的人都是这么说的。哦，要是露西儿·麦凯尔维听到你管这个叫塔克司呢？"

---

① 译音，按美国中西部方言，意即燕尾服。

"哦,得了吧。露西儿·麦凯尔维哪儿都不见得比我强!她自己的亲戚并不是什么了不起的人物,尽管她的老公和她的亲爹还都是百万富翁。我估摸你这是想强调一下**你自己的**崇高的社会地位。得了吧,让我干脆告诉你,令尊大人亨利·汤就连'塔克司'这个字眼都不乐意用!他只管叫它'卷尾巴猁猁穿的截尾巴夹克衫',你不用想叫他穿上这个玩意儿,除非你用氯仿①把他全身麻醉了。"

"算了,你可不要满嘴都是粗言恶语的,乔治。"

"哦,我可不想说什么粗言恶语,但是我的天哪!你却变得跟维罗娜一样好找碴儿了。大学毕业以后,她简直太任性了,真没法跟她住在一起——她不知道自个儿想要吗——哼,我倒知道她要的是吗——她还不是想要嫁给一个百万富翁,定居在欧洲,跟哪个传教士手牵手,而同时,嘿,她又要待在泽尼斯娘家,当一名讨厌的社会主义吹鼓手,或者趾高气扬的慈善机构工作人员,或者别的什么混账东西!我的老天哪,特德也是同样的糟糕!他一会儿想进大学,可一会儿又不想进大学。三个孩子里头只有婷卡才知道自己要动动脑子。简直闹不明白,我怎么会有罗娜②和特德这样游手好闲的一对宝贝疙瘩!当然咯,我自己既不是洛克菲勒,也不是詹姆斯·杰·莎士比亚③,但我确实知道我在想些什么,我在公事房④里总是辛辛苦苦地忙活,还有——可你知不知道最新消息?据我猜测,特德新近竟然胡

---

① 一种有香味的无色液体,用作麻醉剂。
② 罗娜是维罗娜的昵称。
③ 指举世闻名的英国大文豪,应为威廉·莎士比亚,显然巴比特说错了。
④ 指巴比特的地产交易所。

思乱想去当电影演员，还有——我成百遍跟他念叨过，他要是上大学，进了法学完，学成以后，我就会帮他开个事务所。维罗娜也是同样糟糕透顶。她不知道自己要干什么。得了，得了，走吧！你准备好了没有？女用人打铃，已然过了三分钟啦。"

五

　　巴比特在跟他妻子下楼以前，是伫立在他们房间西边尽头的那个窗口。芙萝岗这个住宅区坐落在一座小山坡上，虽然市中心是在三英里以外——现在泽尼斯已有三四十万居民——他望得见第二国民大厦那座高达三十五层、用印地安纳州石灰岩砌成的建筑物的屋顶。

　　这座大厦闪闪发亮的墙壁高高耸立，顶端还装饰着一圈简朴的飞檐，在四月晴空的衬托下，放眼望去有如一道白色的火焰。它坚强有力而又浑然一体。它貌似轻盈，其实强劲，好像一名身材高大的士兵。巴比特纵目远眺，紧张不安的神色已从他脸上消失，他带着崇敬的心情抬起了他那松弛的下巴颏儿。他禁不住脱口而出："这景色真美！"他在这个城市的旋律的鼓舞之下，对它的爱又油然而生。这座大厦——在他看来如同代表商业这一神圣的殿堂的塔尖，一种热烈、崇高、超群绝伦的信仰。他拖着沉重的脚步下楼进早餐，一面吹着口哨，哼着"哎哟哟"民谣的调子，仿佛这是一首忧伤而崇高的赞美诗。

第二章

一

 于巴比特唠唠叨叨发牢骚，他的妻子已有不少经验，心里就不
装░░情了。然而，也正因为经验实在太多了，她又不得不对他轻
░░吆░和几句。现如今，唠叨和咕哝都已听不见了，他们的卧室便
░░░了个性。

 ░的卧室直接通向睡廊，亦即他们两人合用的梳妆室。赶上最
░░░晚，巴比特贪图舒适，不想充当好汉了，就后撤到里面眠床上，
░░烘烘的被窝，身子蜷缩一团，嘲笑窗外一月里的寒风。

 ░间卧室的色调，是仿照某某装潢专家的最佳标准设计而配置的，
既机░大方，又赏心悦目。泽尼斯善于投机的营造厂商的房屋内部装
潢░，大多数都出自这位装潢专家之手。墙壁呈淡灰色，门窗一律白色，
░地毯则是天蓝色的。家具看上去很像桃花心木——一口镶着明净的
大镜子的衣橱，一张梳妆台上置放着巴比特太太的各种几乎都是纯银
的梳妆用具，两张毫无雕饰的对床，中间有一张小桌子，上面放着一
盏标准型号的床头灯，一只喝水用的玻璃杯，还有一本印有彩色插图、
合乎标准的床头书——是什么样的一本书说不准，因为从来没有人翻
开来看过。床垫子虽然结实，但并不梆硬，是款式新颖的最佳产品，

花了很多钱买来的。热水汀的散热面经过十分科学的设计,与卧室的空间体积恰好相称。窗子很大,开启方便,并装上了最佳搭钩和拉索,以及荷兰滚卷式窗帘,保证不会开裂。这是卧室设计中的杰作之一,完全来自"适合中等收入家庭居住的令人愉快的现代化住宅"的建筑蓝图。只不过这一切对巴比特夫妇来说都不相干,而且对任何人也同样不相干。因为根本看不出人们有没有住在这里相爱过,而且半夜里还在看惊险小说,到了星期天早晨却在美滋滋地睡懒觉。但这里却有这么一种气氛,好像是高级旅馆里的一个头等房间。你仿佛觉得,女茶房就会进来,为其他客人拾掇东西,而这种客人只住一宿之后就头也不回地走了,永远不再想到它。

芙萝岗每户人家的卧室,都跟它一模一样。

巴比特家的房子是在五年前修建的。整幢房子都跟这间卧室一模一样,既舒适又美观。它具有高雅的情趣,价廉物美的地毯,简单朴素而值得称道的建筑工艺,以及款式最新颖的各种设备。里里外外,电气取代了蜡烛和不太洁净的壁炉。卧室墙脚四周的底板上安了三个电灯插座,都用铜片遮住了。过道里装着可接真空吸尘器的插座,小客厅也有可接钢琴台灯和电扇的插座。整洁的餐室里(置放着一个令人羡慕的栎木餐具柜,一个铅框镶嵌玻璃的碗橱,四壁涂上了奶油色墙粉,墙上挂着一幅很朴实的画,画面上是一条鲑鱼在一堆牡蛎上张口鼓鳃),此外还有给电气咖啡壶和烤面包炉子专用的插座。事实上,巴比特的住宅唯一美中不足之处就是:它根本不是一个家。

二

往常巴比特吃早饭时，总是乐乐呵呵，爱开玩笑。但今天却不知怎的，好像很别扭似的。他大摇大摆地经过楼上走廊时，往维罗娜的卧室望了一眼，气呼呼地说："给老婆孩子高级房子住有什么用呢，他们偏偏不识抬举，不务正业，又不谈实质性问题！"

他一面闯进他们的房间，一面暗自琢磨着：维罗娜，是个矮胖的棕发姑娘，二十二岁，刚从布林·莫尔女子学院① 毕业，热衷于探讨有关义务、性和上帝等问题，以及此刻她所穿的那套鼓鼓囊囊的灰色运动衣。特德——全名叫西奥多·罗斯福·巴比特②——今年十七岁，是个卖相不错的小伙子。婷卡，即凯瑟琳，十岁了，还是娃娃的模样儿，闪闪发亮的红头发，细嫩的肌肤，一望而知这小妞儿太贪嘴，吃了太多的糖果和冰激凌汽水。巴比特进餐室时，没有把自己这阵闷气发泄出来。说真的，他并不喜欢在家里做一个混世魔王，尽管他动不动就絮絮叨叨地责骂他们，但心里却丝毫没有恶意。他冲着婷卡大声喊道："好哇，小猫咪！"这是他词汇中除了招呼妻子时用过"亲爱的"和"宝贝"以外唯一的昵称，每天早晨他都是这样冲婷卡叫喊。

他一口气喝完了一杯咖啡，希望自己的胃和心情一下子安定下来。果然，原来他的胃好像不属于自己的那种感觉，此刻早已消失了，但

---

① 美国费城有名的女子学院。
② 巴比特给儿子特德取这个名字，系纪念美国共和党执政时（1901—1909）总统西奥多·罗斯福（1858—1919）。

维罗娜却又一本正经地提到那些令人烦恼的事情来。于是,有关人生、家庭和事业的种种疑虑,一下子又涌上巴比特心头。正如刚才他的美梦一醒,那苗条的年轻的仙子杳然消逝时一模一样。

维罗娜已在格仑斯伯格皮革公司做职员,管理文书档案,已有六个月,而且还有希望提升为格仑斯伯格先生的秘书,因此,正如巴比特所说的:"现在趁你还没有结婚、成家立业,你上大学付出了高昂的代价,总得捞一点儿好处回来嘛。"

可是现在维罗娜却说:"爸爸!我跟我的一个在慈善事业公会工作的同班同学谈过——哦,老爸,你看,跑到免费供应站去领牛奶的那些小宝宝多可爱呀!——我觉得好像我也应该做有如上面那样值得一做的工作。"

"你说的'值得'是什么意思?如果你当上了格仑斯伯格的秘书——我说,只要你把速记坚持学下去,每个晚上不要溜出去听音乐会和聊天会,也许你很可能会当上的——我想,你会发现每周挣三十五或四十美元,那才值得呢!"

"我知道,可是……哦,我想要……有所贡献……我多么希望能在某个街坊文教馆①工作。我不知道我能不能找到一家百货公司,让我在他们那里设立一个福利部,开辟一间漂亮的休息室,桌子铺上抛光印花布,再摆上几只柳条椅等等其他东西。或者能不能让我……"

"得了,你就仔细听着!首先你得了解,所有这一切什么社会运动啦,福利事业啦,以及消遣娱乐啦,说实在的,只是准备给社会主

---

① 专指为城市贫民区提供教育、娱乐等社会服务的场所。

义打进来的楔子罢了。要知道一个人既不会得到人家的特殊照顾，人家也不会白白养活他，所以说，既然这些东西连他自己都挣不来，嗯，那就别指望他的子女能得到什么免费上学以及其他等等鬼名堂——这个道理，只要他明白了，马上就能好好干活儿，去生产—生产—生产！国家需要的就是生产，而不是那些空想的东西，因为空想的东西只会削弱工人的意志力，并使他们的子女产生许许多多超过自己阶级的思想、看法。而你呢，你要是专心工作，不做蠢事，不去鬼混，不要整天价瞎胡闹就好了！我年轻的时候，就明确知道我所要做的什么事情，而且不顾一切艰难险阻，总是坚持下去，所以说，今天我之所以成为我，其原因就在这里。还有，哦——麦拉！你干吗让女用人把吐司面包切成这样的薄片儿？用手都抓不起来，何况还是冷的！"

特德·巴比特——他是有名的东城中学三年级学生——一直在喉咙里发出打嗝儿似的声音，很想把他父亲的话儿给打断。这时他脱口而出："喂，罗娜，你想去……"

维罗娜急忙转过身来。"特德！我们正在谈正经事，劳驾别打扰我们，好吗？"

"嘿，胡扯淡，"特德仿佛打着官腔地说，"人家由于一时闪失，这才让你从大学毕了业，打这以后，你——阿摩尼亚[①]——你就一天到晚夸夸其谈，谈这谈那，真是没完没了的。这会儿你想去哪儿——今儿晚上车子我可要用呢。"

巴比特哼了一声，说："哼，你要用呢！也许我自己要用！"维

---

① 这个词儿（暗喻酸臭的意思）和下面的斯马梯（意谓自作聪明的人）先生是他们姐弟俩互相用来取笑的。

罗娜不以为然地说："哦，你要用，斯马梯先生！我自己要用呢！"婷卡装着哭脸说："哦，爸爸，你说过，你也许带我们上蔷薇谷去！"巴比特太太插进来说："当心点，婷卡，你袖子沾上黄油啦。"大家都瞪着眼睛，维罗娜冲口而出，说："特德，你想要用车，真是十十足足像头笨猪！"

"当然，你可不是笨猪！一点儿都不像！"特德回答时不温不火的样子，真把人没给气昏了，"你无非是想一吃好晚饭就把车抢走，整晚把它停在哪个小妮子家门口，你自己却大谈特谈什么文学呀，还有你一心想嫁的什么文人才子——只要他们开口一提就得！"

"哼，老爸真的不该让你用车的！你和琼斯家那些野小子开起车来，就像疯子似的。想一想你以四十英里的时速在乔陶夸广场拐弯儿，好险啊！"

"噢，你打哪儿听来的新闻！你呀一开车就怕得要死，上坡时还踩着紧急刹车闸呢！"

"哪儿的话！瞧你——常常说自己是汽车专家，可是尤妮斯·利特尔菲尔德告诉我，你说蓄电池就是给发电机供电的！"

"你呀——唉，我的好姐姐，你连发电机和差速器都分不清。"特德瞧不起她，不是没有理由的。他是天生的机械匠，天生的装配工和修理工，他还是一个娃娃的时候，就爱拿着机械图纸玩儿。①

---

① 此处原文是：He lisped in blueprints for the blueprints came. 显然，作者套用了英国著名诗人蒲伯（1688—1744）的名句：
　　As yet a child, nor yet a fool to fame,
　　I lisped in numbers, for the numbers came.
　　A. Pope: Epistle to Dr. Arbuthnot
　　蒲伯说他用诗的节奏咿咿呀呀学说话，因为诗句不召自来。

"算了吧！"巴比特机械地插上一句，美滋滋地点上这天的头一支雪茄，醉心于《鼓吹时报》的大标题之中。

特德带着商量的口吻说："咳，说实话，罗娜，我实在不想开那辆破车，但是，我已答应两个同班女同学，把她们捎去学校合唱团参加排练。老实说，我并不想去，可是一个堂堂男子汉有约在先，总得遵守呗。"

"哎哟哟，你这个中学生还有约会呢！"

"哦，我们进了女子学校，难道还不神气吗！让我告诉你，全州哪个私立学校都比不上我们加玛·迪加玛①，因为我们今年招进了一批了不起的同学。有两个同学，他们的爸爸都是百万富翁哩。天知道，我多咱自己能有一辆车子，就像班上许多同学那样。"

巴比特差一点从原地蹦了起来。"一辆归你自己的车子！你倒不说你要一条游艇，一幢花园别墅？这几乎就像全部奖牌由你一人包圆啦！一个小鬼连拉丁文都考不及格，跟其他孩子相比差远了，居然指望我给他一辆汽车，我想也许还要一个司机，说不定再加上一架飞机，作为对他辛辛苦苦陪着尤妮斯·利特尔菲尔德去看电影的犒赏！等着瞧，我会给你——"

过了不多久，特德施出了巧妙手腕，说得维罗娜不能不承认，她当天晚上只不过是到阿尔姆里②去看猫狗竞技会。特德叫她把车子停在阿尔姆里对面糖果店门前，他自己会把车子开走的。至于车钥匙放在哪里和谁给油箱加油的问题，他们俩都做出了非常巧妙的安排；因

---

① 一座私立女校校名。
② 美国国民警备队操练厅。

为他们俩笃信伟大的汽车之神,所以他们甚至对备用内胎上的补丁和丢失了的锤把手都热情地赞美备至。

但是他们的休战很快即告结束,特德说她的那些朋友是"一帮子滑稽得很的家伙——自高自大、多嘴多舌的牛皮大王"。维罗娜则指出,他的朋友是一些"令人恶心的冒牌花花公子,还有就是尖声叫喊的、令人害怕的无知小丫头"。余外还有:"瞧你抽烟和这个那个德行真讨厌,你今天早晨穿上的那身衣着打扮,太滑稽了。说实话,简直叫人恶心。"

特德摇摇晃晃地走到餐具柜上那块又低又斜的镜子跟前,孤芳自赏地傻笑着。他身上穿的这一套是老爱丽·托格斯服装店的最新款式紧身衣服,小裤脚管一直拖到擦得发亮的棕黄色皮靴上面,又细又窄的就像歌舞团团员使用的围腰,上面印着斜方格子图案,背后还有一条根本没有用处的带子。他的领带就像是一大块黑绸围脖。他那亚麻色头发梳向背后,中间不分开,抹得一溜光滑。他上学校时,还要戴上一顶便帽,那长长的帽舌有如一把铁锹。但他觉得最自豪的还是他的那件背心,为了它,他曾经省吃俭用,向父母乞求过,而且还耍弄过花招才得来的钱买的,真是来之不易。它是一件地地道道的花哨背心,浅黄褐色面子上缀满暗红色圆形斑点,背心门襟下端两个尖角却长得出奇。背心下沿别着一枚中学校徽、一枚级徽,还有一枚联谊会的饰针。

但所有这一切都不算了不起。最要紧的是他这个小伙子秉性柔顺,动作敏捷,精力旺盛,两眼(他自以为是玩世不恭的)充满坦率而又热切的神情。不过,要说他温文尔雅,也还是不太够格的。他向可怜巴巴的、矮小的维罗娜摆摆手，拖长声调说："是的，我想在你看来我们是太可笑和太讨厌啦。而且我还觉得，连我们的新领带也像一块脏兮兮的抹布啦！"

巴比特大声吼道："是啊，真的像脏兮兮的抹布！趁你在自我欣赏的时候，让我干脆告诉你，你要是把嘴上的蛋黄抹干净，也许还可以增加几分男性美呢！"

维罗娜咯咯地笑了，她暂时打赢了这场最最了不起的家庭战争。特德无可奈何地瞅着她，突然对婷卡尖声吆喝道："看在圣·彼得①分上，别把整碗糖都往你的玉米粥里倒！"

维罗娜和特德走了，婷卡上了楼之后，巴比特唉声叹气地对他太太说："我说，真是好一对活宝！我并不妄想当什么咩咩叫的小绵羊，也许赶上吃早饭时我脾气不太好，不过，他们叽叽喳喳没完没了地吵嘴，我简直受不了。老实说，我真巴不得到哪儿去图个清静呢。我觉得，一个人花了一辈子心血，竭尽全力，为的就是让他的孩子们受到良好的教育，将来好有一个安身立命之所；可是听他们整天价像一群鬣狗那样不停地吵嘴，从来，从来也不会停歇一下的，真是叫人太泄气啦——嘿，真怪！这儿报上正好在说——一刻儿都不安宁——你看过晨报了没有？"

"没有，亲爱的。"巴比特太太婚后二十三年以来，赶在她丈夫前头看报只有六十七次。

"许许多多有趣的消息。南方刮了一场可怕的特大龙卷风。真倒

---

① 基督教传说中天堂的看门人。

霉，算了。但这个，嘿，这可太棒啦！那批家伙末日临头了！纽约州议会众议院通过了几项法案，社会主义者即将被宣布为全部非法！[①]还有纽约开电梯的工人罢工，一些大学生正在接替他们的遗缺。那才带劲儿！还有人在伯明翰群众大会上，要求把德·瓦勒拉[②]这个米克[③]的鼓动家驱逐出境。完全对头，我的天哪！反正所有这些鼓动家都被德国人用黄金收买了的。而我们也用不着去干涉爱尔兰政府或者任何别的外国政府。严格地说，就要袖手旁观。还有一条来自俄国的完全证实了的传闻，说是……列宁死了。这个好得很。可我闹不明白，我们干吗不干脆开进俄国，把那些布尔什维克祸根通通拔掉。"

"那倒也是。"巴比特太太说。

"这里还报道说有一个在就任市长仪式时身穿工装裤的人——居然是个传教士呢！你对这有什么看法？"

"嗯，这还行吗？！"

巴比特连自己都不知道该怎么表态，因为不论作为共和党人也好，还是长老会教友、友麋会会友、房地产经纪人也好，他都寻摸不到任何有关如何对待这些传教士兼市长的指示，使他有所依据，所以他只好咕哝了一声，继续看报纸。她以同情的眼光看着他，至于他说些什么话她都没有听到。反正等一会儿，她自己会去浏览大标题，以及社交新闻和百货公司的广告。

[①] 此处实有其事。1920年春，纽约州议会开除了五名信奉社会主义的议员，指控他们已加入"完全由变节分子组成的不法组织"。
[②] 德·瓦勒拉（1882—1975），爱尔兰民族领袖之一。
[③] 美国俚语中对爱尔兰人的蔑称。

"真是想不到！查理·麦凯尔维还是那么起劲地在社交界大出风头。你听，这是那位乱动感情的女记者就昨晚见闻所写的报道：

昨晚本市社交界闻人名流应邀赴查理·L.麦凯尔维先生与太太华贵好客的公馆参加盛会，咸感无上荣幸。该公馆系坐落在皇家岭最负盛名的风景区，四周围草地广阔，景致幽雅。整个公馆建筑，尽管高大的石墙巍然耸立，宽大的厅室内装潢陈设素称豪华，但仍令人感到舒适温馨。昨晚此间特为招待麦凯尔维太太的来自华盛顿的嘉宾J.斯尼思小姐举行盛大舞会。大厅极其宽敞，当即成为一座美轮美奂的舞厅，硬木地板光亮有如明镜，映出一对对身穿盛装艳服的舞伴的倩影，煞是动人。但使婆娑起舞的乐趣相形见绌的，乃是诸如下述盛事，即在长长的书斋里，豪华的壁炉前，两人温言款语，喁喁而谈；或坐在休憩室宽大舒适的扶手椅里，在透过灯罩的柔和的光影下，两人絮絮细语，互诉衷曲，实在令人心荡神移；或在弹子房里，有人手执弹子球棒，表明他们除了精通丘比特和忒耳西科瑞①所主管之游艺以外，还能在弹子球台上大显威风呢。"

上述报道篇幅还很长，是《鼓吹时报》颇孚众望的社交新闻版编辑艾尔诺拉·珀尔·贝茨小姐以她最佳的都市新闻文体写成的，可是巴比特却偏偏受不了。他鼻子里哼了一声，把报纸揉成一团，愤愤地说："去你的！我可不否认，查理·麦凯尔维现在名气大大的。当初我们

---

① 都是古希腊、罗马神话里的神，前者主管爱情，后者是九位缪斯（文艺女神）之一，主管舞蹈。

一起上大学的时候，他像我们大伙儿一样是个穷光蛋。他靠的是承包合同挣来了百万家私，但他这个人不算特别滑头，也没有随随便便收买过更多的市议会议员。他是有一所好房子，不过说不上是什么'高大的石墙巍然耸立'，也根本不值他买进时的九万美元。但是，把查理·麦凯尔维和他那帮子花天酒地的家伙通通说成是什么了不起的一拨范德尔比尔特[①]，老天哪，这才叫我听厌烦呢！"

巴比特太太怯生生地说："我倒很想看看他们房子内部，想必挺美的。可我从来都没有进去过。"

"哦，我倒是去过！有好多次——大概有两次吧。到查兹[②]那儿去谈生意的，是在晚上。那里没有什么特别了不起。要我同那帮子阔佬一块儿进晚餐，我才不乐意。我敢说，我比那些牛皮大王中间某几位赚的钱可要多得多呢！他们都是银样镴枪头，把全部家当都花在大礼服上，其实连一件像样的衬衣都拿不出来！嘿，这个你觉得怎么样？"

巴比特太太却出奇地不动声色，听他念着《鼓吹时报》上的《地产与建筑》栏下面的启事：

阿什塔布拉街496号——J.K.道森抵押给托马斯·穆拉利，面积为15.7×112.2，押金4000美元，……立此存照。

四月十七日

[①] 当时美国大资本家。专指范德尔比尔特家族第三代人物。该家族是美国最富有的家族之一。
[②] 即查理的昵称。

这天早晨巴比特情绪不太安宁，所以没有把"机械士留置权声明""地产抵押登记"，以及"承包合同"等栏的启事全部读出来，供他太太欣赏。他站了起来，看了她一眼，他的两道粗眉，好像比往常更加散乱。突然间，他说：

"是的，也许——不跟像麦凯尔维家的人保持来往，要被人看不起。我们不妨试一试，哪天晚上请他们过来吃饭。啊，见鬼去吧，我们别净想着他们，浪费我们宝贵的时间了！我们自己一伙人玩起来，比他们那些大阔佬要更痛快呢。不妨做一个比较，你是一位真正有血有肉的人，而露西儿·麦凯尔维却是一个神经质的娘儿们——满嘴高谈阔论，身上打扮得花花绿绿，就像马戏团里的一匹马！嘿，你可真是一个了不起的好女人，我的心肝儿！"

为了掩饰他无意中流露出来的柔情，他马上发牢骚说："喂，别让婷卡再去吃有毒的核桃软糖。谢天谢地，千万不要让她吃得败胃呀。我对你讲过，大多数人都不懂得要获得良好的消化能力，养成正常的习惯该有多么重要！喂，我说，我回家的时间大概跟往常差不离。"

他吻了她一下——说实话，这哪儿像在吻她——他只是把不翕动的嘴唇碰了一下她根本没有泛上红晕的面颊。他急匆匆朝汽车房走去，自言自语道："天哪，这个一家子真够受的！现在麦拉也冲我动感情啦，为的是我们没有跟这一拨贩私酒的人来往。哦，老天哪，有时候我真的想要离开这个人世间。还有交易所里叫人烦心的那些琐事，同样够你受的。我脾气又急躁——我可不是故意这样，但我只好——真是疲倦死啦！"

第三章

一

乔治·福·巴比特正如泽尼斯绝大多数殷富市民一样，认为他的汽车就是诗和悲剧，爱和英雄主义。如果说交易所是他的海盗船，那么，开汽车好比他上岸之后铤而走险。

在每日重大的关键性时刻里，没有比发动引擎时更富于戏剧性了。赶上寒冷的早晨，发动引擎很费劲；起动机长时间呜呜地发出令人焦急的声响；有时候，他还得从旋塞中往气缸里滴注乙醚。这个过程十分有趣，以至他午餐时会一滴一滴地加以描述，嘴里还在计算每一滴乙醚花去了他多少钱。

这天早晨他一肚子闷气，准备碰上不顺心的事儿。当这种混合液轻快有力地一起爆，他把汽车从车房倒退出来，连被挡泥板磨出毛糙的槽痕的门框都没有擦着，他自己觉得还不够味儿，因而有些惘然。他向萨姆·道佩尔勃劳大声喊着"早上好"，语气比他原来预计的要和气多了。

巴比特的绿白相间的荷兰殖民时期风格的房子，是在查坦姆路上一排三幢住宅中间的一幢。左边住的是萨缪尔·道佩尔勃劳先生[1]，他在一家生意兴旺的承装浴室设备的批发商号当秘书。他的房子虽然舒适，可是建筑式样极差，像一个大木箱，低矮的顶楼，宽大的门廊，油光锃亮的漆水，有如鸡蛋黄一般。巴比特看不起道佩尔勃劳夫妇，说他们像波希米亚人[2]。深更半夜，他们家里放送出靡靡之音和猥亵的笑声；街坊邻居还在传说他们家喝走私的威士忌，开快车兜风取乐。这些传闻为巴比特晚上提供谈资。他多次毅然决然地说："我是不拘小节的，要是我看到有人偶尔喝上几口，也不会见怪，但是，像道佩尔勃劳一家子那样故意闹得天翻地覆，我可实在受不了！"

　　巴比特的右邻是哲学博士霍华德·利特尔菲尔德。他住的是一幢堪称摩登的房子，底层是暗红色花砖墙，有嵌着铅框的玻璃凸窗，上层是灰色拉毛水泥墙，以及铺着红瓦的屋顶。利特尔菲尔德是附近这一带了不起的学者，也是除了婴孩、烹饪和汽车以外所有一切的学问的权威。他得过布洛杰特学院的文学士和耶鲁大学的经济学博士学位。他是泽尼斯市电车股份公司职工管理部经理和广告顾问。他只要在十小时以前接到通知，就会来到市议会或州议会作证，列举出一排排数字，以及波兰和新西兰的大量先例，绝对精确地证明：电车公司热爱公众，并对自己的雇员关怀备至；公司的全部股票全为寡妇孤儿所持有；而且，公司想要做的事情，都会通过提高房价使房主得到好处，并通过降低租金对穷人有帮助。凡是跟他熟识的人，想知道萨拉戈萨

---

[1] 即上面的萨姆·道佩尔勃劳，萨姆是萨缪尔的昵称。
[2] 指生活放纵、不拘礼法的人。

之役的年代①。"怠工"这个词儿的确切意义，德国马克的前景，"hinc illoe lachrimoe"②的译法，或者想知道从煤焦油可以提炼出多少种产品，等等，都要登门向他求教。他曾对巴比特说过，他常常熬夜，研究政府报告里的数字和脚注，或者浏览有关化学、考古学、鱼类学的最新书籍（有时发现作者错误，觉得十分好笑）。巴比特听了，对他不胜钦佩之至。

然而，利特尔菲尔德最最了不起的地方，就在于他可以作为一种超世脱俗的典范。别看他的学问渊博得出奇，他跟乔·福·巴比特一样，是一个严格的长老会教友和坚定的共和党人。而且，他还能坚定商人们的信心。他们只凭热情的本能，认为他们的产业体系和个人生活作风都是完美无缺的，但是，霍华德·利特尔菲尔德却能援引历史学、经济学，以及洗心革面的激进分子的自白书，向他们提供论证。

巴比特因有这样一位学问渊博的邻居，再加上特德和尤妮斯·利特尔菲尔德之间的亲密关系，打从心眼里感到沾沾自喜。尤妮斯虽然十六岁了，但除了有关电影明星的年龄和薪金的数目以外，她对统计数字压根儿不感兴趣，正如巴比特所说："反正是有其父必有其女嘛。"

轻松愉快的萨姆·道佩尔勃劳与儒雅斯文的利特尔菲尔德，就是在外貌上也有显著差别。道佩尔勃劳已经四十八岁了，但看上去却年轻得令人难以置信。他的圆顶礼帽总是扣在后脑勺上，红通通的脸上露出毫无意义的笑容，因而经常皱纹迭起。利特尔菲尔德才只有

---

① 萨拉戈萨，西班牙东北萨拉戈萨省首府。该战役发生于1710年为继承西班牙霸权的战争期间，当时英法两国为了攫取殖民地、海洋与欧洲市场而进行激烈竞争。
② 拉丁语词组，意为"因而有这些眼泪"。

四十二岁,但看上去就显得老相了。他个子长得高大、魁伟、壮实;他的金边眼镜似乎已深陷在他长脸的褶皱中间;他的额前堆起一团乱蓬蓬的、乌黑油亮的头发;他说话时气喘吁吁,声音低沉;他的菲·比塔·卡帕的钥匙圈在他布满污点的黑背心上闪闪发亮;他身上有一股老抽烟斗的气味;他那严肃的神情俨如葬礼上一位副主祭;他给地产经纪商和承包浴室设备的批发商号增添了一种圣洁的韵味。

这天早晨,利特尔菲尔德正站在家门口,查看大街的镶边石和宽阔的水泥人行道之间的那块草地。巴比特停了车,探出身子喊道:"早上好!"利特尔菲尔德步履蹒跚地走过来,一只脚搭在汽车踏脚板上。

"今天真好。"巴比特说,破了戒似的过早点上了他这一天中的第二支雪茄。

"是啊,今天早晨真是大大的好。"利特尔菲尔德说。

"春天差不离快到了。"

"是的,不错,眼下就是春天啦。"利特尔菲尔德说。

"可晚上还很冷呢。昨晚在睡廊里,还得盖上两条毛毯。"

"是啊,昨晚真的一点儿也不暖和呢。"利特尔菲尔德说。

"可我并不认为往后真的还会冷呢。"

"也许不会了,可是昨天在第比利斯、蒙大拿还下雪呢,"这位"学者"说,"你记不记得三天前西部的一场暴风雪——在科罗拉多州格里雷下的雪,达三十英寸深——还有两年前的四月二十五号,就在此地泽尼斯,我们也遇到过一场大风雪呢。"

"当真有这样的事吗?喂,老兄,你对共和党候选人有何看法?他们会提名谁来当总统?你不认为现在我们该有一个真正会做生意的政府吗?"①

"我认为,美国首先需要的,是稳健有力、实事求是地去处理它的事务。我们需要一个会做生意的政府!"利特尔菲尔德说。

"听到你这样说,我很高兴!当然咯,我真的太高兴了!先前我不知道你对这个问题有何看法,毕竟你同一些大学有交往的,所以现在听了你这么谈,我感到很高兴。尤其在目前这个关键时刻,美国所需要的,不是哪一个大学教授来当总统,也不是大量插手外国事务,而是需要一个稳健有力的、讲究经济的、会做生意的好政府,让我们有机会获得相当可观的营业额。"

"是的。人们还都没有认识到,甚至在中国,有学问的人也正在给更加注重实用的人让路。这意味着什么,你当然知道的。"

"真有这样的事吗?那敢情好!"巴比特吸了一口气说,当前世界局势的发展使他心里更加平静、快活了。"是的,停下车来跟你瞎扯一会儿真不赖。可是这会儿我得上交易所,敲几个顾客竹杠去。好吧,再见,老兄。晚上见。"

二

这些殷实的市民,毕竟也做了不少事情。如今芙萝岗上屋宇鳞次栉比,草坪整齐美观,各种家用设备也是惊人的,但在二十年前,这里还是一个小山坡,满目荒凉,到处都是砍伐后再次长出来的榆树、

---

① 《巴比特》出版于1922年9月。1923年当选的美国总统柯立芝(1872—1933)曾经说过:美国的问题就是做生意。

栎树和枫树。现在，沿着齐齐整整的街道两旁，还有一些杂树丛生的空地和一座老果园的部分遗址。今天天气十分晴朗，苹果树枝头上长满嫩叶，好像一支支迸射出绿色烈焰的火炬。樱花的花瓣纷纷扬扬地落在溪谷里，已是白花花一片。知更鸟叽叽喳喳地叫得正欢。

巴比特使劲地闻着大地的芳香，冲着如痴似狂的知更鸟发笑，正如他看到小猫咪或者滑稽电影发笑一模一样。先从外表来看，他是一个地地道道的前去公司上班的经理人物——一个营养极佳的人，戴着一顶正好合适的棕色软呢帽，一副无边框眼镜，抽着一支大号雪茄，驾着一辆漂亮的汽车，奔驰在近郊有草地和树木点缀的大道上。可是，他对他的邻里、他的城市和他的家族却怀有一种纯真的爱。冬天过去了，建筑的季节已经来到，眼看着建筑物日益增多，这才是他的一大乐事。他在大清早的懊丧情绪，这时全都消失了。当他的车子停在史密斯街，把棕色裤子送去熨烫，再给汽车加油时，他已是兴高采烈，满面春风了。

加油站这一套例规他很熟悉，这就使他信心倍增：一看到高大的红色油泵，空心瓷砖和赤土筑成的车房，橱窗里摆满了最诱人的零配件——乌光油亮的外胎、盖上洁白的瓷套的火花塞，以及金黄色和银白色的轮胎防滑链套，他心里就乐了。雪尔弗斯特·穆恩，那位身上最脏、手艺最高明的汽车机械师出来热情接待了他，使他感到十分得意。"你早，巴比特先生！"穆恩说。巴比特立时觉得自己是个重要人物，他的大名甚至连忙忙碌碌的汽车房修理技工也都记得——而不是一个开了蹩脚汽车到处转悠的穷小子。他赞赏那个无比精巧的自动计油磅秤，嘀嘀嗒嗒地响着指出一加仑一加仑的数字来；他赞赏那块标价牌写得真帅:"及时加油,以免路上抛锚——今日汽油售价三十一美分"①;他赞赏汽油流进油箱时富有节奏的汩汩声,以及穆恩转动把手时机械刻板的动作。

"今天加多少?"穆恩开口问道,语调里掺和着一位大行家的独立性、老相识的深厚交情,以及对乔治·福·巴比特这种在社会上有分量的人的敬意。

"加满呗。"

"你支持谁当共和党候选人,巴比特先生?"

"现在预测为时尚早。毕竟还有整整一个月又两星期——不,三星期——确实差不多有三星期呗——一句话,离共和党全国大会至少还有六个星期,我觉得每个人都应该不存任何偏见,给所有的候选人一个表现的机会——对他们加以全面观察、估价,然后再审慎地做出决定。"

"这话可一点儿都不错,巴比特先生。"

"可是我要对你说,我在这个问题上的立场跟四年前,跟八年前完全相同,即使再过四年,我还是这个立场——是的,甚至在八年以后也还是一模一样!我跟谁都是这样说的,可惜不是人人都能懂得,那就是说,不管什么时候,我们首先需要的,是一个稳健有力的、会做生意的好政府!"

"我的天哪,你说的是至理名言啊!"

"你看那一对前轮胎怎么样?"

----

① 指一加仑的售价。

"很好！很好！要是人人都像你那样把车子保养得好好的，那我们汽车房就没有活儿可干啦。"

"是啊，我对这个事儿可要尽量留意呗。"巴比特付了钱，落落大方地说，"哦，零头不必找了。"稍后扬扬自得地把车子开走了。他俨如一个乐善好施者，冲着一个正在等候有轨电车、看上去很有身份的人大声喊道："要搭车吧？"那个人一上了车，巴比特便屈尊俯就地问道："去商业中心区吗？每次我看到有人在等有轨电车，总是照例让他搭我的车——当然咯，只要那个人看上去不像是流浪汉就行。"

"但愿有更多的人都这样慷慨大方，让人家搭车子才好呢。"这位叨了光的乘客只好恭恭敬敬地回答说。

"哦，不，这不是一个什么慷慨大方的问题，远非如此。说真的，我始终认为——不久前有一个晚上，我正好给我儿子讲过——世界上的好东西人人都应该和他的近邻街坊共同分享。有人做了一丁点儿好事，就自以为了不起，到处吹得天花乱坠，这才叫我生气呢。"

这位叨了光的乘客，似乎找不到适当的话儿来回答。

巴比特就像连珠炮似的接下去说：

"这几条线路上电车公司的服务，真是糟透了。波特兰路上的车子，每隔七分钟才来一辆，太混账了。冬天早晨，站在街头等车，风飕飕地吹在脚踝处，真是透骨冷啊！"

"一点儿不错。什么为我们乘客服务，电车公司才不管呢！应该让他们碰上什么钉子才好。"

巴比特大吃一惊。"不过，当然咯，就像那拨主张改为市营的狂热分子那样，一味指责电车公司，不了解他们经营中也有难处，那是要不得的。还有那些工人要挟公司，要求提高工资，这种做法简直是犯罪。当然咯，这一沉重的负担，还是落在像你我这些不得不要买七分钱电车票的乘客身上。其实，就事论事，他们在所有线路上的服务，倒是挺不错的。"

"嗯——"搭车的乘客不安地说。

"今儿早上天气太好了，"巴比特却岔了开去说，"春天来得真快。"

"是的，真是大好春光啦。"

这位叨了光的乘客，既没有想象力，说话又不风趣，巴比特只好默默无言，心中却一个劲儿在琢磨怎样在拐弯处赶超电车：首先冲刺一下，咬住尾巴不放，再在电车黄色车厢的一侧与参差不齐地停着的一排汽车之间拼命加速冲过去，电车一停，便唰地一掠而过——这出色的一招，可需要多大勇气啊。

与这同时，他一直感到泽尼斯很可爱。几个星期以来，他专心注意的只是客户，以及令人着恼的与他争生意的其他经纪人的"招租"公告。今天，他不知怎的感到特别不痛快，时而恼怒，时而高兴，简直反复无常。可是今天，春光确实诱人，他不由得抬起头来，纵目四望。

他特别熟悉去交易所的路径，对每个街区都是赞不绝口：芙萝岗的小别墅、小树林，以及迂回曲折的行车道。史密斯街上一些平房商号店铺、大型玻璃橱窗和崭新的黄砖墙面真是光彩夺目；食品店、洗染店、药房，向东城的家庭主妇们供应每日必需品。荷兰坳专门供应市场的菜园子，以及用波纹铁皮和偷来的门板拼凑搭成的矮棚屋。广告牌上色彩鲜红的大美人高达九英尺，为电影故事片、板烟丝和爽身粉大做广告。

沿东南区第九街上一幢幢旧式邸宅，好像上了年纪、身穿脏衣服的花花公子；昔日庞大的木头房子已然改为兼供膳食的寄宿舍，门前依然是烂泥路面和铁锈栅栏，但四周围都是迅速挤进来的汽车房、租金便宜的公寓房子，还有由温和而又圆滑的雅典人所开设的水果摊。铁路轨道对面那一带，都是工厂，高大的水塔、烟囱林立——生产炼乳、纸盒、照明设备和汽车。然后是商业中心区，可以看到风驰电掣的来往车辆，乘客好不容易从拥挤的电车里下来，余外还有由大理石和磨光花岗岩砌成的高大的门廊。

这一切气魄该有多大——而任何东西，不论是山岭、珠宝、肌肉、财富，或字眼，只要是大大的，巴比特无不钦佩之至。在这春色醉人的时刻，巴比特仿佛变成了泽尼斯的抒情诗人和几乎无私的恋人。他心里想道：郊外工厂的四周田野，两岸被冲蚀得奇形怪状的查卢萨河，北面有许多果园点缀其间的托纳旺达群山，以及所有富饶的牧场、巨大的谷仓和悠然自得的牛群。他在送他的乘客下车时，大声嚷道："天哪，今儿早上我觉得开心极了！"

三

巴比特进入交易所之前把汽车如何停放，就像发动汽车一样，都是惊天动地的大事。他在奥伯林大街转弯，拐进东北区第三街，两眼费劲地往前探望，想在一排停着的汽车中间找个空当。见到刚被另一辆车子抢先插入，他很恼火。前面还有一辆车子恰好离开街沿，巴比特放慢车速，伸出手向背后冲他开来的汽车示意，又慌里慌张地招呼一位老太太往前紧走一步，同时又避开了从旁边驶过来的一辆卡车。前轮擦着前面一辆汽车的锻钢保险杠，他便把车子停下来，一个劲儿转动方向盘，朝后面那个空当退去，在仅有十八英寸宽的间隙里，竭力挪腾，总算把车子齐街边石停妥了。这一惊人的壮举，他居然就那样出色地完成了。他高兴地给前轮锁上防盗保险钢楔，穿过大街，来到了设在利福斯大楼的铺面——他的地产交易所。

利福斯大楼既有岩石一样的防火性能，同时又有打字机那样高的效率；它是用黄色压模砖砌成的一幢十四层楼，没有任何雕饰，但线条却十分鲜明。大楼内部设有各种公事房，比如有律师事务所、医师诊疗所，还有承接各类机器配件、砂轮、铁丝网，以及矿业股票等经纪人的办事处。它们金色招牌在窗口闪闪发亮。大楼入口处完全现代化，见不到任何华丽的廊柱，因而显得雅静、机灵、整洁。靠第三街那一面，就是西联电报局、蓝德尔夫糖果店、肖特韦尔文具店，以及巴比特-汤普森地产公司。

巴比特本来可以像顾客一样，从大街直接走进他的交易所，但他觉得自己是享有某种方便的人，偏要经过大楼的走廊，从后门走进去。这样一来，大楼里的"村民们"都会纷纷向他打招呼。

住在利福斯大楼走廊里的，都是一些默默无闻的小人物：电梯司机、车辆调度员、机电修理技师、监工，还有一个形迹可疑、摆个香烟摊兼售报纸的瘸子——他们说不上是城市居民，其实都是乡巴佬，住在这个犄角旮旯里，只对大楼和他们自己那个圈子里的人感兴趣。

他们的"大街"①是大楼进门处的那个石头铺砌的地坪、大理石做天花板的大厅,以及各家商号的后窗。这条"大街"上最活跃的场所,乃是利福斯大楼理发室,但是这里也叫巴比特感到十分尴尬。他本人常常做成桑蕾旅馆里那家华丽的庞贝美发厅的生意,所以他每次经过利福斯大楼的理发室——一天十次,甚至一百次——对"本村"总是感到内疚似的。

此刻,他作为乡绅阶级的一员,在村民们恭恭敬敬的欢迎声中,大摇大摆地走进他的公事房,居然心平气和而又神气活现,仿佛早上不和谐的噪音全都消失了。

哪知道马上又听到了那种噪音。

跑外勤的推销员②斯坦利·格拉夫正在打电话,说话时一点都没有劲儿,怎么也没法使客户就范。他说:"喂,嗳,我想我找到了一处房子对你正合适,那就是碧西坊,在林顿道那一带……哦,你已经看见过啦。是的。你觉得怎么样?……嗳?……哦。"他依然优柔寡断地说:"哦,我明白啦。"

交易所后面有一个巴比特专用的小间,其实只是用栎木板和毛玻璃跟大房间隔开罢了。巴比特一走进他的小间,心中在想,要找到像他那样信心十足、准能做成交易的雇员,该有多难呀。

除了巴比特和他的岳父兼合伙人——亨利·汤普森平时很少上

---

① 长篇小说《大街》是辛克莱·路易斯的成名作。他在《大街》中淋漓尽致地刻画的戈镇小市民的各种丑态,也就是美国各地城镇所在都有的大街的陋风恶习的缩影。
② 此处照原文译出,实则按旧时地产(包括房产在内)的名称来说,格拉夫即是"跑街"或"捐客",以下皆同。

第三章 · 043 ·

班——以外,这个交易所还有九个办事人员。他们是:斯坦利·格拉夫,跑外勤的推销员——此人年纪还不算太大,但是爱好抽烟和赌博;老马特·彭尼曼,庶务,兼房租收款员和保险公司推销员——颓唐、沉默、灰溜溜的,是一个神秘莫测的人,据说过去是个呱呱叫的地产经纪人,在不可一世的布鲁克林[①]开过自己的商号;切斯特·柯尔比·莱洛克,常驻金莺谷住宅开发区的推销员——此人办事热心,嘴上蓄一撇细丝似的小胡子,家里人口多,拖累重;特丽萨·麦戈恩小姐,速记员,动作敏捷,模样儿相当标致;维尔伯塔·班尼甘小姐,会计兼管文书档案,长得矮胖,行动缓慢,但工作很勤劳;余外还有四个只提取佣金的临时推销员。

巴比特从他的斗室直瞅着那个大房间,有点儿伤心地说:"麦戈恩倒是个不错的速记员,而且聪明伶俐,可是斯坦·格拉夫[②]和所有其他的笨蛋——"春天早晨的情趣已在沉闷的交易所空气里窒息了。

平常,他赞赏这个交易所,为自己居然能创办这么一个殷实可靠的企业机构而感到惊喜交集;平常,他还会被交易所的整洁、簇新的环境和忙碌的气氛所激励不已;但是在今天,这里一切都显得那么平淡无奇——有如浴室一般的瓷砖地坪、赭石色金属天花板、硬邦邦的灰泥墙壁上褪了色的地图、清漆罩光的浅色栎木椅子,以及漆成黄褐色的钢制桌子和收藏文书档案的立柜。这简直像是一个地下墓穴,一间钢铸的小礼拜堂,游手好闲与高声谈笑在这里都是罪孽深重的。

他甚至对那个崭新的冷水器都感到不满!而它——还是最佳的一

[①] 纽约一繁华市区。
[②] 斯坦是上面提到的斯坦利的昵称。

种冷水器呢，结构新颖，设计科学，可谓尽善尽美，但是价格十分昂贵（昂贵本身就是一大优点）。它包括一个用不导热的纤维制成的盛冰器，一只盛水瓷罐（保证卫生），一个能杜绝漏塞的卫生水龙头。冷水器外表是用机器喷漆，漆上深浅不同的两种金黄色装饰性图案。他的目光越过严酷无情的瓷砖地坪，直瞅着那个冷水器，暗自揣摸，利福斯大楼里哪一家都没有比这冷水器更昂贵的东西了，但是冷水器给过他的那种社会优越感，这时已然难以找回了。"我真想马上奔到树林子里去。"他突然咕哝着，真叫人大吃一惊，"玩他个一整天。可今儿个晚上还得上冈奇家去打打扑克，敞开嘴巴说个痛快，末了再喝他个十万九千瓶啤酒。"

他叹了一口气，看完了函件，大声喊道"梅司戈恩"，那意思是叫"麦戈恩小姐"，于是便开始向她口授回信。

他口述的头一封信，全文如下：

"奥马尔·格里勃尔，寄到他的事务所去，麦戈恩小姐[①]，你的二十日来信已收到，回信说，请注意，格里勃尔，我非常担心，如果我们还是继续这样犹豫不决，我们自然就会失掉艾伦这笔生意，前天我已找过艾伦，所有一切细节都谈妥了，我想我不妨可以向你保证——哦，哦，不，把这个改了：根据我的长期经验，看得出他这个人是不错的，他愿意成交，我了解过他的经济收支情况良好——这个句子似乎有点儿含糊不清，麦戈恩小姐，必要时你就把它改成两句好了，句号，另起一段。

[①] 这里巴比特是在向麦戈恩小姐口授给奥马尔·格里勃尔的回信，所以他一会儿对这个说话，一会儿又对那个说话，想到哪里说到哪里。

"关于按专门估定的款额所分摊到的那部分税金,他完全愿意缴纳,我觉得,我非常有把握,要他交付契据保险费是没有什么困难的,所以现在,看在老天爷分上,让我们加紧干吧——不,改为:所以,现在就让我们开始办理,赶快把它办成——不,够了——麦戈恩小姐,你打字的时候不妨把这两个句子连在一起,改得好一点,末了写上你的忠诚的等等。"

当天下午,麦戈恩小姐打好了字,他拿到了他口述的那个信件,全文如下:

巴比特－汤普森地产公司

住宅部

泽尼斯市

奥伯林大街与东北第三街街口

利福斯大楼

奥马尔·格里勒尔先生

泽尼斯

北美大厦 576 号

亲爱的格里勒尔先生:

你二十日来信收到。我必须说,我非常担心,如果我们还是继续这样犹豫不决,我们自然就会失掉艾伦这笔生意。前天我已找过艾伦,并且将一切细节都已谈妥了。根据我的长期经验看得出他是愿意成交的。我还了解过他的经济收支状况良好。

他完全愿意缴纳按专门估定的款额所分摊到的那部分税金,要他交付契据保险费也不会有什么困难。

因此让我们抓紧去办吧!

你的忠诚的

他看完以后就签了名,是在商学院一手练就的正确而又流利的字体。他心里想道:"这封信是写得清清楚楚,十分有力,没有一句多余的话。但这是什么?我可没有叫麦戈恩写上那第三段呀!我口授过的话,希望她以后不要来修正!但我闹不明白:为什么斯坦·格拉夫或者切特·莱洛克[①]就是写不出这样的信呢?写得那么有劲儿,真过瘾!"

那天早晨,他口授了一个最重要的文件,那就是每隔半月打印一次的信件,准备印发给上千个"可望成为买主"的客户。信中字字句句,悉心模仿当代最佳的文体典范,促膝谈心式的广告,"兜生意"的信件,有关"培养意志力"的讲演,以及如同商界诗人这个新的流派大量抛出的、与顾客亲切握手、为增进营业额而印行的专刊。他煞费苦心地先写了一份初稿,此刻就像一个弱不禁风而又心神恍惚的诗人似的大声朗诵起来:

喂,老朋友!

我正想知道我能不能为您大大地效劳?说实话,我不会开玩笑!

---

① 切特即上文提到的切斯特的昵称。

我知道您很想购置一所房子，那里您不仅仅可以挂挂旧帽子，而且还是您的爱妻和子女们的安乐窝——也许在种山药蛋的小园子旁边（麦戈恩小姐，"旁边"这个"边"字，一定要写成"走"字旁再加上个"力"）还可以停放您的小汽车呢。喂，您过去想过没有，我们就是一心想让您省去一些麻烦？我们就是靠这个挣钱过活的——人们肯付钱给我们，可不是因为我们脸蛋儿长得俊呀！现在请您往下看：

请您在漂亮的桃花心木雕成的写字台前坐下来，动手写那么一行字，把您的要求告诉我们，我们如能寻摸到合适的房子，自当立即上门向您报告好消息，寻摸不到也绝不会来打扰您的。为了节省您的时间，请填一下附寄的空白表格就成。有关购置地产的空白表格，函索即寄。下列各处，均有现货待售：芙萝岗、银林阁、林顿道、碧乐坞，以及东城各住宅区。

为您服务的

巴比特－汤普森地产公司

附言：

今有俏货一批诚意成交，特向您提供以下线索：

银林阁——呱呱叫的四间一套的加利福尼亚式小别墅，附近有汽车房，树木成荫，周围环境幽美恬静，汽车出入十分方便。售价三千七百美元，先付七百八十元，余款按巴比特－汤普森公司的优惠条件分期偿付，比付房租还便宜。

独翠坛——真棒！房子精巧，可供两户合住，全部栎木门窗，硬木镶嵌地板，漂亮的煤气壁炉，宽大的门廊，殖民时期建筑风格，并有冬季供应暖气的汽车房,现以一万一千二百五十美元廉价出售。

口授时,需要坐下来思考,不能到处乱走,大声喧嚷,实际上也干不了别的事情。现在口授完毕,巴比特身子向后一靠,转椅立刻吱嘎发响,他却朝着麦戈恩小姐微笑。他意识到她是个姑娘,粉颊两旁衬着乌黑的短头发,脸蛋儿显得那么娴静。一种与孤单寂寞几乎不相上下的渴望,使他浑身酥软下来。她一面等着,一面用她的铅笔尖轻轻敲着记事本,他心里差点儿认为她和他梦见过的那位仙子就是同一人呢。他心里正想象:他们俩的目光碰到时还得惊呼似曾相识,他却带着敬畏的心情去吻她的嘴唇,以及……她低声细语地问道:"下面还有什么,巴比特先生?"他咕哝着说:"我想就到此为止吧。"说完,身子便沉重地侧转过去了。

尽管他有这么多的胡思乱想,但他们之间从来都没有过比这更亲密的表现。他常常暗自寻思:"千万别忘了老贾克·奥法特所说的,聪明人从来不在自己的公事房或者自己家里调情。自找麻烦呗。说得真对。不过——"

他结婚已有二十三个春秋,每次见到女人漂亮的脚踝和白嫩的肩膀时,总要偷偷地看上一眼,心中自然爱慕不已,但怕丢面子,从来都不敢大胆放肆。此刻,他正在盘算丽都村住宅重新糊上墙纸的费用,便又烦躁起来,不知怎的对什么事都感到不满,可是对自己的这种不满又感到羞惭,因而一想到梦中仙子,不觉自己十分孤单。

第四章

一

　　这天早晨，巴比特诗兴勃发，用瑰丽的散文写好打印信。过了十五分钟，派驻金莺谷的推销员切斯特·柯尔比·莱洛克走了进来，汇报一笔房产生意，并送上一份广告稿。巴比特对莱洛克一向看不顺眼，因为他常去合唱团唱歌，而且还在家里打扑克寻开心，玩那个红心与老处女纸牌游戏。他有一副男高音的嗓子，一头拳曲的栗壳色头发，嘴上一撇小胡子，望去有如一把驼毛刷子。巴比特认为，一个有家室的人粗声粗气地说："你见过我这个小子新拍的照片吗——一个挺结实的小鬼，呃？"还是情有可原的，可是，莱洛克谈起自己的家里的事来，简直就像娘儿们一样有声有色。

　　"巴比特先生，我说我给金莺谷刚拟好一份妙极了的广告。我们干吗不搞一点诗歌形式试一试？老实说，准有极大的吸引力。请听：

　　琼宫玉宇快乐之乡，[①]
　　任凭您到哪里游逛，

[①] 这一句抄袭英国名歌《可爱的家》的头一句。

只要您能找到新娘,

我们就供应您新房。

"你听了感觉怎么样?你说——很像《可爱的家》。你认为——"

"好,好,好,挺好,我当然全都听得出来呀。可是——哦,我说,我们最好还是用一些更加正经、更加有劲儿的词汇,比如说,'我们带了头,别人跟着走',或者说'切莫迟疑,坐失良机'。当然咯,要想达到目的,我也相信不妨运用一下诗歌和幽默或所有其他的噱头,可是,对于金莺谷这样限制甚严的高级住宅开发区,我们最好还得采用更加审慎的办法,你听懂我的意思了吗?得了,切特,我想今儿早上就这样算了吧。"

二

这种悲剧在艺术界已是司空见惯:切特·莱洛克的早春四月的热情,只不过激发了这位年高艺精的乔治·福·巴比特的才思罢了。他虽然向斯坦利·格拉夫诉苦说:"切特的怪腔怪调,真烦得我要死。"可是,他毕竟受到了启发,一气呵成地写了如下这份广告:

你尊敬你的亲人吗?

令人悲痛的丧礼仪式一结束,你敢说,你对你仙逝的亲人已经算尽了孝心吗?不,你还没有呢,除非你的亲人安眠在——

林顿道

的美丽墓园。这是泽尼斯及其附近地区唯一真正现代化的墓园,墓地场圃幽美精致,坐落在雏菊点缀其间的山坡之上,俯瞰独翠坛的景色宜人的田野。

独家经营

巴比特－汤普森地产公司

利福斯大楼

他得意扬扬地说:"我想,这会儿就让钱·莫特和他那个长满杂草的野林墓园看看现代化的经营究竟是啥样子!"

三

他派马特·彭尼曼到登记处,去了解请别家经纪人代办招租广告的所有业主的姓名;他跟一个想租某座仓库开设赌场的客户进行洽谈;他看了一遍住房租约快要满期的清单;他打发托马斯·拜瓦特斯——电车售票员,业余时间兼做地产生意赚点外快——去走访冷僻的小街里"可望成为买主"的客户,对于这类客户根本用不着施展斯坦利·格拉夫的那一大套手腕。但是,巴比特那种荒诞的创作冲动早已消失殆尽,而且这些日常事务也使他厌烦透顶。他突然发现了一种新的戒烟办法,只有那一瞬间才感到自己是个英雄好汉。

他戒烟每月不少于一次。这一戒烟的过程和他身为殷实的市民,真可以说相映成趣:他承认烟草有害,发了狠心,定出戒烟规划,逐日减少吸烟支数,逢人就谈修养德行的乐趣。事实上,样样他都做到了,就是没有戒烟。

两个月前,他画了一张时间表,规定抽每一支烟的具体时刻,欣喜若狂地把相隔的时间拉长,结果缩减到每天只抽三支雪茄。可惜后来他的这张时间表也不翼而飞了。

一星期前,他发明了一个新花招,那就是:让雪茄烟盒和香烟盒都丢在大办公室函件柜底下一个不常使用的抽屉里。他振振有词地说:"我总不好意思整天价到那里去找这找那,在我自己的雇员面前出洋相!"可是过了三天,他动不动就离开自己的写字台,走到柜子跟前,取出一支雪茄,随手点上火,根本不知道自己在干啥。

今天早晨,他突然发现要打开柜子未免太容易了。把它锁上,那才对呢!灵机一动,他马上跑出去,把他的雪茄和香烟,甚至连安全火柴也都锁了进去,并把柜子抽屉的钥匙藏在他的写字台里。可是,这一禁烟壮举使他的烟瘾难受极了,他马上把钥匙给找回来,凛然不可侵犯地走到柜子那里,取出一支雪茄和一根火柴棍儿。"但就用这一根火柴棍儿,要是这一支倒霉的雪茄自己熄了,那就天知道也只好算了!"后来,雪茄果真熄了,他又从柜子里取出一根火柴棍。到了十一点三十分,来了两个客户(一是买主,一是卖主)洽谈业务,他自然少不得递上雪茄烟给他们抽。他的良心在抗议:"喂,你怎么跟他们一起抽烟呢!"但他对它大声呵斥道:"呸,住嘴!现在我可忙着业务。当然咯,一忽儿就——"虽然这个"一忽儿"并不存在,可他相信本人已然破除了抽烟这个恶习,所以他感到自己很高尚,而又非常幸福。这时,他给保罗·赖斯灵打电话,也就神气活现,显得格外热乎。

除了他自己和他的女儿婷卡以外,巴比特在这个世界上就最喜欢保罗·赖斯灵了。他们在州立大学时是同班同学,又是同住一室的好友;但是,巴比特一直把保罗·赖斯灵看作自己的小弟弟,需要给予宠爱和保护。保罗·赖斯灵皮肤黝黑,身材颀长,头发纹路清晰,戴着一副夹鼻眼镜,说话犹犹豫豫,经常郁郁不乐,只是一味爱好音乐。保罗大学毕业不久就继承了父业,现在是油毛毡批发商兼小制造业主。可是,巴比特一个劲儿相信,并且喋喋不休地向"正派人"[1]大声发表自己的看法,那就是说,保罗本来准可以成为一个了不起的小提琴家、画家,或者作家。"真的,这个小伙子在加拿大落基山脉旅游时写给我的信,写得那样绘声绘色,使你感到自己宛如身临其境似的。我敢说,就凭他的文笔,管保把目前那些红得发紫的作家远远地甩在后面!"

可是在电话里,他们交谈的只不过是:

"南城343号。不,不,不!我是说**南城**——南城343号。喂,总机接线小姐,怎么搞的?你干吗不给我接343?当然咯,他们有人会接的。哦,哈啰[2],是343吗?我找赖斯灵先生,我是巴比特先生……你好,你就是保罗吗?"

"是的。"

"我是乔治。"

---

[1] 意谓正统的(或传统的、保守的)生意人,以下皆同。
[2] 译音,意谓"你好"。以下一概译成"你好"。

"嗯。"

"怎么样,好家伙?"

"不好也不坏。那你呢?"

"很好,保利巴斯①。喂,你有什么消息?"

"哦,好像没有什么。"

"你上哪儿去了?"

"哦,就在附近转转。你有什么事,乔吉?"

"今午十二点后,咱们一块儿进午餐,怎么样?"

"我想没有问题吧。在俱乐部吗?"

"好的。十二点三十分在那里碰头。"

"得了。十二点三十分。再见,乔吉。"

四

巴比特对上午的办公时间并没有划分得一清二楚。与口授回信和草拟广告交织在一起的,还有说不尽的恼人琐事:不时有小职员打来电话,满心希望想找到月租六十美元的一套五室,家具齐全,另加浴室的房子。而且还得具体点拨马特·彭尼曼如何向没有钱的房客催收租金。

巴比特作为一个地产经纪人,也就是作为一个给人们寻找寓所、给食品商寻找铺面的社会公仆来说,他的主要优点是坚定与勤勉。按

---

① 巴比特对保罗的亲密称呼。

照当时公认的标准来看,他是诚实的,他对买主、卖主都有完整的记录,他办理租约和产权契据合同很有经验,而且,他对各种价格记性极好。他的肩膀宽阔得很,说话时声音低沉有力,并且富有强烈的幽默感,足以使他成为"正派人"的统治阶层中的一员。其实,除了知道善于投机的营造厂商那几种房子式样以外,他对建筑一窍不通;除了懂得曲径的功用、草地,以及六种常见的灌木以外,他对园林景观也是一窍不通;甚至连最普通的一些经济学原理,他也还是一窍不通。纵然一窍不通,他依然神气十足,自命不凡,这样一来,他对人类可能具有的重大价值也许有所减少。他心安理得地深信:地产生意的唯一目的,就是让乔治·福·巴比特赚大钱。果然不错,在促进会的午餐会上,以及"正派人"应邀参加的形形色色的年会宴席上,声若洪钟大谈其无私地为公众服务、经纪人绝不辜负客户的信任,以及谈论到所谓伦理道德时,便说,伦理道德这东西的性质叫人很难捉摸,但是,如果有了它,你就是一个高级的地产经纪商;而反过来说,如果没有它,那你就是一个大滑头、一个小瘪三、一个夜间逃债鬼。以上这些的确可以大大地吹嘘一通。反正你有了这些品德,就可以博取人们的信任,去办更大的事业。但是这也并不意味着:你要是碰到买主是个大傻瓜,不向你杀价时,你就死心眼儿拒绝收取高于房价两倍的钱。

巴比特常常在这些宣扬经商道德的宴会上发表宏论。他说:"地产经纪人的作用,首先在于他能够预见到社会的未来发展,并且还得具有先知之明,为不可避免的变化扫清道路。"言外之意是说,地产经纪人只要善于猜测城市的发展方向,就可以赚大钱。他管这种猜测叫作"有远见"。

他在促进会的一次演说中承认："地产经纪人的义务与权利，就在于了解他自己所在的城市及其周围的一切情况。正如外科医生是熟悉人体每一根血管和每一个神秘的细胞的专家，工程师是了解电气的各种特性，或者深知横跨汹涌江河的大桥之上每一个螺栓的专家一模一样，地产经纪人必须了解他的城市，了解它的每一寸土地，以及它的所有优缺点。"

他确实知道泽尼斯某几个区每一寸地皮的市价，可他并不知道警察力量是太大了还是太小了，更不知道他们是不是与赌场和妓院串通一气。他尽管知道建筑物上的防火设施，也知道保险费缴纳标准是按照防火安全程度而定，可他并不知道市内一共有多少个救火队员，他们是怎样进行训练的、他们的工资收入又有多少，以及他们的救火器械是否完备。他尽管大声赞美学校校舍靠近出租房子的好处，可他并不知道——而且他也不知道了解到这些是很有必要的——那就是说，市内各校教室暖气、照明、通风等设备是否安装齐全；他也不知道那些教师是怎样选聘的。他虽然引吭高歌说："我们教师的薪金特别优厚，是值得泽尼斯引以为自豪的。"那是因为他看到《鼓吹时报》上就是这么说的。至于他自己呢，他可说不出泽尼斯或者别的地方的教师的平均薪金究竟有多少。

他曾听人说过县监狱与泽尼斯市监狱的"卫生条件"远远不符合"现代科学化要求"。泽尼斯受到这样的批评，不由得使他感到气愤。他翻阅了臭名昭著的悲观派塞尼卡·多恩（亦即那位激进派律师）[1]

---

[1] 此处"臭名昭著""悲观派""激进"等字眼，都是从巴比特的视角出发而使用的。

的一份报告,其中声称:把少男少女扔进挤满了患有梅毒、震颤性谵妄与精神病的犯人的牢房,这并不是教育他们青年人的好办法。他气呼呼地驳斥了那份报告,说:"有人认为监狱就是要办成豪华的桑蕾旅馆那样,真叫我听了作呕。你要是不欢喜监狱,那自个儿要品德端正,不让关进去就得了嘛。再说,这些狂热的革新派老是要夸大事实嘛。"这就是他对泽尼斯的慈善事业和惩戒所、感化院进行调查的始末。至于那些"有伤风化的场所",他倒是兴致勃勃地表示:"这些事情嘛,正派人都不敢问津的。不过,事实上,我可要给你说句心里话:这对我们自己的闺女和正派女人倒是一种保护措施,反正有了这些场所,流氓阿飞要胡闹,也就有地方可去了,包管不会闯进我们自己的家门啦。"

不过,有关劳工情况,巴比特倒是想得很多,他的意见不妨归纳如下:

"一个好的工会,它之所以有价值,就是因为它拒不接纳那些破坏财产的激进工会。不过,可不应该强迫人家加入某个工会。所有企图强迫人家加入工会的劳工鼓动者,通通都得绞死。事实上,咱们关起门来说一句话,任何工会都不应该容许存在;作为与工会斗争的最好办法,就是每一个商人都应该参加雇主联合会和商会。联合起来就有力量嘛。所以,我说凡是没有参加商会的自私鬼,就是非要强迫他参加不可。"

巴比特俨如行家里手,循循善诱,能叫人家迁入新的住宅区住上一辈子,但他对环境卫生学的无知,真可以说妙不可言。他甚至连疟蚊和蝙蝠也都分不清;他对饮用水的化验法一无所知;别看他一谈到水管装置与污水处理就头头是道，实则也是一窍不通。他时常提到他经手售出的房子里的浴室如何美不胜收。他喜欢解释欧洲人为什么从来不洗澡的原因。他在二十二岁时，有人对他说过，凡是污水池都不卫生，以后他就一直公开指摘污水池。要是有一个客户很不识相地托他卖掉一所有污水池的房子，巴比特在把房子接过来再卖出去之前，老是提到这一话题。

他拟定了金莺谷住宅区开发规划，将林地和低洼的草地铲平垫高，成为一无谷、二无莺的，只被烈日炙烤的一块平地，到处插着小木牌，标上他想象中的一些街名。这时，他自以为是地埋设了一套完整的下水道系统。这一创举就使他感到自己确实高人一等，可以暗中窃笑马丁·拉姆森所拟定的筑有污水池的爱芳里开发规划；他还大吹大擂，登出整版广告，赞扬金莺谷住宅区除了幽美、方便、价廉之外，尚有最高级的卫生设施。唯一的缺点是：金莺谷住宅区下水道出口太窄，所以常有污物淤积，很不雅观，而爱芳里的污水池倒是一个韦林[①]式的化粪池。

综观金莺谷整个工程，可以看出，巴比特虽然打心眼儿里憎恨那些公认的骗子手，但他自己也并不见得太过分的老实。投机商和买主最喜欢掮客不要越俎代庖，同他们去竞争，而只要一心照顾他们的客户的利益就行了。从表面上看，巴比特-汤普森公司仅仅是经营金莺谷地产的代理人，是替真正的主人贾克·奥法特效劳的。然而，事实上，巴比特和汤普森拥有金莺谷股份的百分之六十二，泽尼斯电车公司总

[①] 韦林，美国19世纪有名的卫生工程师。

经理兼采购代理人拥有百分之二十八,而贾克·奥法特(此人是一个帮会头子、小业主、爱嚼烟叶的引人发笑的老丑角,喜欢搞一些肮脏的政治交易、商业外交,甚至打扑克时还要搞鬼)总共只占百分之十,而且还是巴比特和电车公司送给他的,请他帮衬去"疏通"卫生检查员、消防检查员和本州交通管理委员会里的一位委员的。

但巴比特却是有品德的人。他赞成禁酒,但他自己并不身体力行;他称赞限制汽车超速行驶的法令,但他自己并不遵守;他有债务必定清偿;他向教会、红十字会和基督教青年会捐过款;他遵循他的那个家族的习俗,仅仅是在有先例可援的情况下才堂而皇之地搞个骗局;而他本人还没有堕落到搞骗局那样的地步——虽然他曾经这样关照过保罗·赖斯灵:

"当然咯,我的意思不是说,我写的每一个广告都是真实可靠的,也不是说,我每次给买主大谈生意经时所说的每一句话,我自己都是深信无疑。你要明白——你要明白,事情是这样的:第一,也许是那个业主在委托我经办他的产业时夸大了事实,由于我所处的地位,我当然不便戳穿他来证明我的东家是满嘴谎言!其次,眼下人们多数是自己心术不正,巴不得别人也要说点假话,所以说,我要是像个大傻瓜似的从不虚晃一招,反正别人照样也认为我在说假话!为了自卫起见,我不得不自吹自擂,正像律师替他的委托人辩护一模一样——把那个受审的可怜虫的优点一一给指出来,难道这不是律师应尽的职责吗?嘿,如果这位律师不这样做,连法官本人也会非难律师,即使他们两人都知道那个被告是有罪的。可是,即使这样,我也不随意歪曲事实真相,就像塞西尔·劳恩特里或塞耶或其他地产掮客那样。事实上,我认为:要是有人存心撒谎,从中谋利,就应该枪毙!"

巴比特对他的委托人该有多大的重要性,且看今天上午十一点三十分,巴比特和康拉德·莱特、阿奇博尔德·珀迪一起开会的情景就行。

五

康拉德·莱特专干地产投机生意,他这个投机商神经很紧张。他在下赌注之前,总是请教银行家、律师、建筑师、承包营造厂商[①],以及他们所有的办事员和速记员,只要他们肯动脑筋,就给他出主意。他是一个大胆的企业家,他只是要求他的投资应该绝对保险,自己不想为琐事操心,但希望得到百分之三十或百分之四十的利润——根据所有权威人士的意见,这是每一个既有远见卓识,又要经受风险的首创者理应得到的利润。莱特是个矮胖子,灰色拳曲的短发,活像一顶鸭舌帽;他身上的衣服哪怕是名师精工缝制,看上去还是很寒碜。他眼睛底下有两块半圆形的凹窝,像是被银圆压过之后留下的痕迹。

莱特不仅特别喜欢,而且还经常找巴比特商量,相信他办起事来从容不迫,缜密周到。

六个月前,巴比特打听到,在那个名叫林顿的尚待形成的住宅区里,有一个叫阿奇博尔德·珀迪的食品商,谈起要在他的食品店旁边开设一家肉店。巴比特查了一下附近地皮的业主的情况,发现珀迪只

---

① 我国历来使用"营造厂"这个名词,专指眼下建筑公司。

有他眼前的店铺地面，但近旁毗连的那块地皮并不归他所有。他就劝康拉德·莱特出价一万一千美元把那块地皮买下来，虽然按租金来估算，那块地皮的价值最多也不会超过九千美元。巴比特说，尽管目前的地租太低，但是，等上一段时间，他们就能迫使珀迪按照他们的开价拿出钱来。（这就是"有远见"。）他不得不要挟一下莱特把那块地皮买下。作为莱特的代理人，他所采取的头一个行动，就是增加那块地基上的破旧不堪的仓库的租金。租户尽管说了不少污言秽语，不过租金还得照付。

这么一来，珀迪似乎有些想买的样子了，但他由于行动迟缓，慢了一步，使他不得不多花一万美元——这是社会付给康拉德·莱特先生的酬金，多亏他的主意高明，雇来了一个富有远见，并深知论据、战略价值、关键时刻、"过低估价"，以及推销心理学的掮客。

莱特兴冲冲赶来参加会商。今天上午，他特别喜欢巴比特，管他叫"老兄"。食品商珀迪（此人鼻子很长，神情十分严肃）似乎不太喜欢巴比特和他的"远见"，但巴比特却在交易所大门口迎接他，并把他领到自己那个房间，一面怪热乎地低声说道："珀迪兄，这边请，请！"他从文书柜里拿出一整盒雪茄，向客人们殷切劝烟。他把他们的座椅向前推了两英寸，可又往后挪了三英寸（算是表示殷勤好客），然后仰靠在自己的转椅里，好一副发福的高兴样子。可是，他对那位懦弱的食品商说话时，语调却很坚决。

"嗯，珀迪兄，近来有一些肉店掌柜，还有不少其他的人都到我们这里来说，他们愿意出好价钱，购置贵店隔壁的那块地皮，可是，我劝莱特老兄说，我们应该首先让你得到购置那块地产的机会。我对莱特这样说的：'要是有人跑来，就在隔壁开设一家兼售各种食品的肉店，把珀迪好端端的铺号给挤垮了，那真是太缺德啦。'特别是——"巴比特身子微微向前凑过去，用刺耳的声音说："如果那些现金购买、自行运送的联号商店在这里开设一个支店，不顾血本，来个大削价，把所有竞争对手通通压倒，直逼得你走投无路，那才真的倒霉呢！"

珀迪一会儿把两只瘦手从裤袋里抽出来，随手往上拉了一下裤子，一会儿又把两手插进裤袋，身子歪靠在笨重的栎木椅子里。他强颜欢笑，替自己据理力争，说：

"是的，那当然招架不住啦。可是，我认为你也许不了解：在那一带开店做买卖，个人的信誉很有吸引力呢。"

了不起的巴比特笑了一笑，说："那倒也是。老兄，你想得倒很不错呀。可我们呢，只不过把机会优先给你。好吧，那么——"

"且慢，且慢！"珀迪苦苦哀求，"我知道有一块地皮，大小与这个差不多，离我铺子很近很近，大约是在两年前卖了，八千五还不到，那是千真万确的事；而今天，你们几位倒要我出两万四！噢哟哟，我马上就得把所有一切都给抵押出去了。要是出一万二，我倒不会有多大计较。可是，我的老天哪，巴比特先生，你现在的要价是比翻一番还高呢！而且还威胁说，要是我不买，就要毁了我！"

"珀迪，你那么个说法我可不喜欢！真的，我一丁点儿都不喜欢！假定说莱特和我真的卑鄙透顶，要叫众乡亲都给毁了，难道你不想一想，要是泽尼斯人人都富起来，岂不是更符合我们自己的利益吗？但这些都是题外的话。老实告诉你，我们的想法是：现在我们愿意减到二万三——五千要现付，其余可作抵押欠款——你要是想把旧房子拆掉重建，我想我不妨就请莱特爽气大方一点，以宽厚的条件给予（用房子作抵押）借款。我的天哪，我们多愿意为你老兄效力呀！我们跟你一样，也不喜欢这些外国佬的食品商托拉斯呀！可是，指望我们仅仅为了跟乡亲套交情而牺牲一万一千美元或者更多一些，那是要不得的，**可不是**吗？你看怎么样，莱特？你愿意把价钱减点下来吗？"

巴比特既然如此热心替珀迪说话，也就说服了好心肠的莱特先生，把他的价钱减至二万一。巴比特一看时机合适，就从抽屉里取出他一星期前叫麦戈恩小姐打好了字的那份合同，把它塞到珀迪手里。他露出亲切的微笑，抖抖他的自来水笔，确实知道里面有墨水，然后递给了珀迪，用赞许的眼光看着他签字画押。

这么一来，买卖就算办成了。莱特一下子赚了九千多美元，巴比特拿到佣金四百五十美元，珀迪依靠现代金融极为微妙的结构，获得了一座商业大楼。没有多久，林顿道幸福的居民们，将会得到大量肉类供应，只是价格比闹市区略高一些。

这是一场要有男子汉魄力的硬仗啊，但硬仗一过，巴比特也就浑身疲惫无力了。在他不断策划的钩心斗角之中，唯有今天这一回真的最费劲，下面不会再有逗人发笑的场面，剩下的只是有关租约、估价、抵押等琐事。

他喃喃自语地说："所有的工作都是我一人干的，赚来的钱绝大部分被莱特这个老剥皮拿走了，一想起来就挺别扭！哦，得了吧——今儿个我还得要干些什么呢？……真想来一个时间长一些的假期。开了汽车去旅游，等等。"

他一想到要跟保罗·赖斯灵共进午餐，就又精神奕奕，便一跃而起。

· 064 · 巴比特

第五章

一

在一个半钟头的午餐时间里,巴比特要离开交易所去逍遥一番,他在事前所做的准备工作,虽然没有像拟定一场欧洲大战的计划那么详尽,但也相差无几。

他烦躁不安地对麦戈恩小姐说:"你什么时候去吃午饭?喂,你一定要让班尼甘小姐来了再走。转告她,万一维登凡尔特来电话,就说我已经叫人把地契拿去复制了。还有,顺便提一下,明天提醒我,要叫彭尼曼复制好。再有,要是有人来打听,想要找一所便宜的房子,可得记住,我们务必把班戈尔路那处小房子脱手。你要是有事找我的话,我在康乐会。还有……呃……还有……呃……我两点钟回来。"

他掸去了背心上的雪茄烟灰。他把暂时还很难回复的一封信放在待办事项的案卷上面,免得下午回来忘了去处理。(他把同一封信放在待办事项的案卷里,已有三个中午了。)他在一张发黄的包装纸上潦草地写上"检寓门",作为备忘录——这么一来,他心里感到十分愉快,仿佛公寓的大门已经检查了一遍。

他发现自己又点上了一支雪茄。他马上把它丢掉,气愤地说:"该死,我还以为你早已戒了烟呢!"他毅然把雪茄烟盒放回文书柜,上了锁,并把钥匙藏在更难找到的地方,怒气冲冲地说:"应该多想想自己的健康。需要多活动活动——每天中午安步当车上俱乐部去——每天中午——我就是要这么办——一概不坐小汽车。"

他觉得自己的决心着实可以为人表率。可是转念一想,他今天中午要是徒步走去,不免时间太迟了。

要是步行,走过三个半街区就到俱乐部,要是发动起汽车,再开到车水马龙的大街上去,反正比步行也只不过多花一点点时间罢了。

二

他在开车时两眼还望着路旁熟悉的建筑物,满怀一种亲切之感。

要是有一个外地人突然闯进泽尼斯的闹市区,简直不知道他到了哪个州哪个城市,是在俄勒冈还是佐治亚,俄亥俄还是缅因,俄克拉荷马还是马尼托巴①。但是,在巴比特看来,这里每一寸土地都有其独特之处,使他激动不已。如同往常一样,他注意到,大街对过的加利福尼亚大楼比他的利福斯大楼要矮三层,因而美观方面也要差三层。如同往常一样,当他经过帕特农擦皮鞋室的时候,他看到这个只有一层的小棚屋紧挨在老加利福尼亚大楼花岗石和红砖的巨大建筑旁边,相形之下,如同悬崖下面一间海水浴场盥洗室,他不免脱口而出:"哦,今天下午我的皮鞋可得叫他们擦擦亮。该死,怎么老是忘掉。"在简朴办公设备商店和国民现金收入记录机代销处,他渴望得到一架口授

---

① 马尼托巴,加拿大中南部的一个省。前面几个地名都是美国的州。

录音机，一架计算时能加能乘的新式打字机，正如诗人渴望出版自己的四开本诗集，医生渴望得到镭锭一模一样。

路过诺贝男子服饰用品商店时，他左手甩开方向盘，捋了一下他的领带，觉得自己很了不起，肯花钱买这么昂贵的领带，"而且，嘿嘿，又是用现钱买的"。到了金碧辉煌的联合雪茄烟店前，他暗自忖度："看来我好像要买一些雪茄——我这个糊涂虫——全忘了——我得戒掉这倒霉的烟。"他瞧瞧他的开户银行——矿业畜牧国民银行，觉得自己同如此豪华的大理石宫殿一般的银行有来往，该有多么聪明而又殷实。到了车辆稠密的交叉路口，他的车子被停在高高的第二国民大厦底下的犄角上，这时他是最最兴高采烈了。他的车子与其他四辆车子一起停下来，组成一道钢铁防线，但又跃跃欲试，有如焦躁不安的骑兵队。而横贯城市的车辆，有漂亮的小轿车，有运货的大篷车，也有走不完的摩托车，都浩浩荡荡地开了过去；离这儿更远的街角上，正在新建一座大楼，气压铆钉枪在被阳光照得闪亮的钢骨架上隆隆发响；从这阵旋风中突然闪过一张熟悉的脸孔，那是一个促进会会友在大声嚷叫："你好，乔治！"巴比特仿佛挺热乎地挥挥手，这时警察一抬手，他就随着车流一起开走了。他注意到他的汽车一下子飞也似的奔驰起来，从而感到自己高人一等，强大有力，好像是一支烁亮的钢梭，在一台巨大的纺织机器上来回飞穿。

如同往常一样，他对前面这两个街区根本不屑一顾，那里破房子至今没有翻建，还残留着1885年旧日泽尼斯满目尘垢的破落景象。当他路过小小杂货店、达科他寄宿舍，以及提供租金低廉的出租房间，并设有算命先生与按摩师的接待室的康柯狄亚旅社，他心中盘算着自己赚了多少钱,不觉有点儿沾沾自喜,但又有点儿惴惴不安,就来回盘算那笔旧账。

"今儿个上午,从莱特这笔买卖赚到四百五十美元。可是还得缴税。让我再算一下:今年我应该净赚八千块,把其中的一千五百攒起来——不,要是我搭建汽车房,那就不成了。等一等,让我再算算看:上个月净赚六百四,六百四乘上十二……就是……就是……让我再算算看:十二乘上六……就是七千二……唉,少啰唆,反正我就得要赚他个八千块——嘿嘿,这可不赖呀,有几个人能在一年之内赚八千块——八千块叮叮当当发响的美元啊——我敢说走遍全美国,比你乔治大叔赚得还多的人,包管不超过全国总人口的百分之五,乖乖,我的老天哪!真可以说是顶尖儿的了!可是话又说回来,各种开销在增加,一家子都在浪费汽油,身上总是穿得像百万富翁,每月还要寄八十块钱给老娘,还有这许多速记员和推销员全都坑我诈我,能多拿一文钱就多拿一文钱——"

他按照科学的预算计划所得出的结果是,他觉得自己虽然富贵荣华,但同时又是穷愁潦倒。他正在暗自寻思之时,突然停下车来,急匆匆走进一家兼售报纸杂志的小杂货铺,买了他垂涎已达一个星期之久的那个电动点烟器。为了逃避良心的谴责,他说话时故意结结巴巴,冲店里的伙计大声嚷道:"买了这个差不多等于买火柴的钱,你说合算不合算,呃?"

这个电动点烟器非常精致,包括一个镀镍的圆筒和一个仿银的插座,可以安装在他汽车的仪表板上。正如柜台上广告所说的,它不但"精美绝伦,玲珑剔透,使绅士们的汽车更加阔气大方",而且还是可以节省时间的无价之宝。有了它,划火柴时不用停车,一两个月内就可以节约十分钟时间。

他一边还在开车,一边目不转睛地瞅着它。"这玩意儿真帅,我老早就想买,"他若有所思地说,"何况,吸烟人也少不了它呗。"

于是,他马上想起他早已不抽烟了。

"该死的!"他后悔地说,"哦,得了吧,我想,难道我还不可以偶尔抽上一支吗?而且以后——对别人也很方便嘛!有了它,同客户谈生意时也许更可以套近乎,真是大不一样呢。而且,不用说——装在那里可真漂亮。说实话,那是一个灵巧极了的新发明。真是派头十足。我——乖乖,我说,我只要看中了它,我就能买下来。难道说家里唯独我一个人不想享受享受吗?不,我才不干呢!"

就这么着,他带上这个无价之宝,经过三个半街区富有传奇色彩的历程,终于把车子开到了自己的俱乐部。

三

泽尼斯康乐会既谈不上是体育界团体,也不是一个名副其实的俱乐部,但它却是泽尼斯的完美典范。它有一个气氛活跃、烟雾腾腾的弹子房,还有自己的棒球、足球代表队,有十分之一的会友经常到游泳池和健身房去进行减肥活动。可是,在它的三千名会友中间,绝大多数都把它当作咖啡馆,在里面吃午饭、玩纸牌、讲掌故、同客户会面,以及为外地来的叔叔舅舅接风洗尘。这是泽尼斯市里最大的俱乐部,它的冤家对头就是保守的协和会,康乐会里所有正派的会友都管它叫作"一个蹩脚、势利、沉闷、费钱的破窟窿眼儿——里面连一个嘻嘻哈哈的人都没有——你倒赔我钱,我都不加入"。但是,统计数字表明,康乐会会友被遴选参加协和会时,从来没有人表示拒绝,而且被入选的人中间,倒有百分之六十七的人随即退出康乐会,以后他们在协和会令人昏昏欲睡的圣地——休息厅里见人便说:"康乐会对会友入会要是限制得更严格些,说不定可以办成一家很不错的旅馆呢。"

康乐会的大楼是一幢黄砖砌成的九层楼,上面有一个亮丽的屋顶花园,底下是有巨大的石灰石圆柱的门廊。大楼的门厅①,好像既是教堂的地下墓穴,又是德国式的地下酒馆,有粗大的多孔的冈②石柱子,尖拱顶,褐色瓷砖地坪赛过烤得恰到好处的面包皮似的。会友们急匆匆走进门厅,好像是来买东西似的,不想在这里逗留很久。巴比特也是这样走进来的,冲着站在雪茄烟柜旁边的那伙人高声喊道:"怎么样,伙计们?你们都好哇,伙计们!哈哈哈,今儿个天气可真好呀!"

他们也是兴高采烈地回答。他们里面有:煤炭商人味吉尔·冈奇;派彻尔-斯坦百货公司女子服装部进货主任席德尼·芬克尔斯坦;约瑟夫·K.彭佛瑞教授,此人是赖特维商学院的校董,并在那里讲授演说学、商业英语、电影剧本写作法、商业法规等课程。巴比特虽然钦佩这位大学问家,欣赏席德尼·芬克尔斯坦"做生意了不起,花钱也挺阔气",但他心里只对味吉尔·冈奇大为折服。冈奇先生是促进会会长,促进会是全国性组织的一个地方分支机构,每周要举行一次聚餐会,是以促进实业,增进同仁之间的友谊为宗旨。余外,冈奇还有

---

① 时下也译成大堂。
② 冈是法国西北部一港口,位于奥恩河畔。

友麋会"可尊敬的理事"头衔,据说下次选举时,他将被提名为"高贵的会长"的候选人。他天性快活,喜欢演说,同艺术界很亲热。如著名的演员和歌舞杂耍演员来到泽尼斯市,冈奇就去登门拜访,送给他们雪茄烟,用他们的教名称呼他们。有的时候,还请他们到聚餐会上去演出,"免费招待促进会同仁"。他身材魁梧,头发很短,活像一把板刷;他对最新的笑话了如指掌,打起扑克来也特别精明。巴比特就是因为昨晚去冈奇家里聚会,才引起了今天情绪焦躁不安。

冈奇大声喊道:"老布尔什维克①,你怎么啦?过了一宿,今儿早晨你感觉怎样?"

"哦,好家伙!有点儿头痛!是你昨儿晚上请的客呀,味格②!我说,别忘了最后是我赢了你的!"巴比特回答时也提高了嗓门。(此刻他正站在离冈奇三英尺远的地方。)

"好,好!你就等着瞧吧,下次该是我赢你了,乔吉!喂,你看到报上刊登的纽约州议会对付赤色分子的消息吗?"

"我当然看过。那敢情好,可不是?今儿个天气有多好啊。"

"是的,真是大好春光,可夜里还冷着呢。"

"是的,你可说得对,夜里还是冷。昨儿晚上在睡廊里,我还得盖上两条毯子。喂,席德③,"巴比特转过身来,冲进货主任芬克尔斯坦说,"有些事要向你讨教。今天中午我出门,买了一只电动点烟

---

① 此处按原文直译。这是冈奇在开巴比特的玩笑,寓有"煽动者""扰乱分子"等意思。
② 味吉尔的昵称。
③ 席德尼的昵称。

器——"

"好眼力！"芬克尔斯坦说。甚至连学问渊博的彭佛瑞教授也插话说："好一个漂亮的小摆设。装在仪表板上，真是锦上添花。"彭佛瑞教授是一位身材圆胖的矮个儿，穿着椒盐色斜摆燕尾服，一副好嗓子，有如管风琴一般嘹亮。

"是啊，所以我终于决定买了一个。是市上最好的一种，那是店里伙计这么说的。我给了五块钱买的。我正在纳闷，是不是给多，吃亏了。这个东西在百货公司要卖多少钱，席德？"

芬克尔斯坦说五块钱并不是太大的数目，真正高级的点烟器，既要精工镀镍，还要配上各种优质的接头，所以说并不算贵。"我总是说，买东西嘛，从长远看，货色越好，其实价钱越便宜。请相信我，我这是根据自己长年累月的经商经验才得出的结论。当然咯，要是有人买东西像犹太人喜欢杀价，那他也可以买到便宜的破烂货。但是你买东西，**说到底**，一句话，就是要货色最好，价钱却最便宜！你就不妨听我说，不久前我给自己的旧车子换上新的车顶和一些座椅面子，我付了一百二十六块五毛钱，当然咯，有许多人会说这可花费得太多了——我的天哪，如果让我的老爹老娘知道——他们住在边远的乡下小镇上，他们压根儿闹不明白城里人是怎么个想法；而且，他们，当然咯，都是犹太人，如果他们知道我席德花费了一百二十六块大洋，他们准会晕倒。可是，我并不认为自己吃亏，乔治，一点儿都不吃亏。现在，我的车子看上去簇新——当然咯，原来也并不太旧。我买了还不到三个年头，可我把它糟蹋得够呛。每到星期天，少不得要跑他个一百英里以上，而且——哦，我真的认为你并没有吃亏，乔治。**归根到底，**

最好的东西,你不妨可以说,毫无疑问价钱最上算啦。"

"说得对,"味吉尔·冈奇说,"我也是这么个看法。一个人如果过着你们泽尼斯那种所谓节奏很快的生活,如同促进会和泽尼斯康乐会里那些生龙活虎的会友——整天价那么忙忙碌碌,精神上又是那么紧张,那么,他就要好好地保护自己的脑筋,当然什么都得使用最好的东西啦。"

巴比特听着冈奇声调越来越高的宏论,每隔五个词儿就点点头表示赞赏。末了,冈奇照例弹出了他那有名的幽默调子,巴比特简直听得入了迷。

"乔治,我可不知道你怎么还买得起那个玩意儿。我听说,自从你盗卖了伊桑公园后面那块地皮以后,政府一直在监视你的买卖活动呀!"

"哦,你真会开玩笑,味格。但是,既然说到笑话嘛,据说你偷了邮政局门口的黑色大理石阶沿,冒充优质煤卖了,这是怎么回事?"巴比特乐呵呵地拍拍冈奇的后背,又将了一下他的胳膊。

"那可没有什么,但我想知道的是:给自己的那些公寓房子买下那批煤的那个地产商大骗子又是谁呢?"

"我看这一下子你可没得说了,乔治!"芬克尔斯坦插进来说,"不过,伙计们,我想把我所听到的事情给你们说说,乔治的那位太太到派彻尔百货公司男子服装部去给他买些领饰,你猜怎么着,她还没有说出他脖颈的尺码,店里那个伙计就扔给她好几条十三号的领饰。'你怎么知道是这一号的?'巴比特太太问。店里伙计回答说:'让他们太太给自己买领饰的男人,照例是戴十三号的,太太。'这是怎么回事?

第五章 · 073 ·

讲得不错吧，呃？是这么一回事吧，呃？我想这一下你就服气了吧，乔治！"

"我……我……"巴比特竭力想用不伤友情的挖苦话来回敬，但他突然顿口无言，两眼直瞅着门口。保罗·赖斯灵刚进来。巴比特说了一声"回头见，伙计们"，急急忙忙穿过门厅迎上去。这时候，他既不是睡廊里的赌气孩子，也不是早餐桌上一家的暴君；既不是莱特—珀迪洽谈时那个老奸巨猾的钱商，也不是康乐会里吵吵嚷嚷的"好伙伴"和爱开玩笑的"正派人"了。巴比特一下子成为保罗·赖斯灵的老大哥，动不动就保护他，对他倾注着比女人的爱情有过之无不及的一种自豪和轻信的爱慕之情。保罗一本正经地与他握握手，他们腼腆地笑了笑，好像暌别已有三个春秋，而不是才三天。他们说：

"喂，你怎么样了，老盗马贼？"

"我说，很好。你怎么样，你这个可怜的小东西？"

"我什么都很好，你这个老阔佬。"

他们就这么着满怀深情地寒暄一番之后，巴比特咕哝着说："你这个人可好，真是没得说的！迟到了整整十分钟！"赖斯灵连忙接口说："哦，你能同一位绅士共进午餐，就算交好运呢！"他们都咧着嘴大笑，走进了那间有如尼禄大澡堂①的盥洗室，那里有一排洗脸盆嵌在巨大的大理石板壁上，一长溜人正弯着身子，瞅着那面大镜子里头自己的形象，仿佛在大教堂里顶礼膜拜似的。他们说话时粗重、自满而又颐指气使的声音，响彻大理石四壁，又在淡紫色镶边、乳白色

---

① 指古罗马暴君尼禄（公元37—68）统治时期所建的公共澡堂。

瓷砖铺砌的天花板上来回荡漾着。此时此刻，本市的大亨阔佬们，那些保险业、司法界、化肥和汽车轮胎制造业的巨子，正在为泽尼斯制定法律。他们大声宣告：今天天气暖和——是的，不用说春暖洋洋了；工资太高了，而抵押贷款的利息又太低了；杰出的棒球名将贝比·卢斯，是一个了不起的人物；"本星期在歌舞剧院饰演的那两个疯子，确实是一对很棒的演员"。别看巴比特平时说话的声音最自信、最有威力，现在他却缄口不言。在满头黑发、沉默寡言的保罗·赖斯灵面前，他感到有些拘束，他真巴不得自己能保持安静、坚定和老练。

　　康乐会的门厅是哥特式建筑风格，盥洗室是罗马帝国式，休息厅是西班牙教会式，阅览室是中国风格与奇彭代尔①兼而有之，但康乐会的明珠，则是它的餐厅，那是泽尼斯的大忙人、建筑师斐迪南德·赖特曼的精心杰作。这个餐厅高大轩敞，四壁下半截镶着栎木饰板，都铎式铅框玻璃尖拱窗，一间凸肚窗边厢，一座难得见到乐师的乐师廊台，还有织锦挂毯，据说上面画的是大宪章②的授予仪式。天花板上露出的横梁，是在贾克·奥法特的汽车车厢车间手工雕制的，铰链都用熟铁锻成，护壁板上缀满许多手工精制的装饰性木钉，餐厅的尽头是一座饰有纹章和檐披的石砌壁炉，据康乐会广泛散发的小册子上说，这座壁炉不但比欧洲所有城堡中的壁炉还要大，而且通风设计极其科学，是后者所没法相比的，此外又特别清洁，因为里面从来没有生过火。

　　所有圆桌中有半数都是大得出奇的桌面，可以围坐二三十人。通

---

① 奇彭代尔，18世纪英国家具制造家。
② 指1215年英王颁布的大宪章，限制王室权力，反映了封建大地主的利益。

常巴比特总是坐在靠近门口的那一张，同桌的有：冈奇、芬克尔斯坦、彭佛瑞教授、他的邻居霍华德·利特尔菲尔德、诗人兼广告代理商 T. 考尔蒙迪雷·弗林克，以及奥维尔·琼斯，此人开设的洗衣店，从各方面来说，在泽尼斯都是首屈一指。他们这一伙人，已在康乐会里另成一派，而且还逗着玩儿自称为"大老粗"。今天，当巴比特从他们桌子前走过时，那些大老粗高声招呼他："来吧，跟咱们坐在一块儿！难道你和保罗太傲气，不乐意和穷哥儿们一起吃饭吗？生怕有人敲你竹杠，要你乔治请喝一瓶矿泉水吗？我说，你们这些阔佬独来独往，也太那个啦！"

巴比特大声回答说："可不是！我们保住名声可要紧，万一给人看见跟你们吝啬鬼在一起就糟了！"说着，他把保罗领到乐师廊台下面的一张小桌子旁边。他仿佛自己感到羞愧。在泽尼斯康乐会里，离群独处是很不礼貌的，可是他偏要保罗跟他单独在一起。

今天早晨，他还在大力主张午餐要尽量清淡些，现在他只叫了英国式羊排、红萝卜、小豌豆、苹果馅儿饼、一些乳酪、一壶咖啡加奶油，此外总是一成不变地找补着说："还有……嗯……哦，劳你驾再给我一份法式油煎土豆。"羊排端上来时，他一个劲儿往上撒胡椒粉和细盐。平时他每餐少不了都要使劲儿加胡椒粉和细盐，稍后再尝味道。

保罗和他开始闲扯淡，从春意渐浓的天气一直扯到电动点烟器的各种优点，以及纽约州议会的行动。后来，巴比特因为羊排吃多了，感到油腻难受，突然敞开嘴巴乱说了一通：

"今儿个早晨，我同康拉德·莱特一起做成一笔小买卖，五百块滴溜圆的美元落进了腰包，真是棒极了——棒极了！可是，我连自己都不知道我今儿个怎么搞的。也许是发了春瘟病，要不然就是待在味格·冈奇家里玩得太晚了，或者说不定就是入冬以来，工作太累人，反正我总是觉得整天价不痛快。当然咯，我不会对那一桌子大老粗诉苦的，可是你——保罗，你也有过这种感觉吗？我仿佛觉得有点儿莫名其妙似的：凡是我该做的事，差不多全都尽力做到；是我养活一家子，购置了一幢好房子和一辆六个汽缸的车子，而且还开起了好一个小小的事务所；而且，除了抽烟以外，我也并没有什么其他特别的坏习惯——顺便提一提，事实上我连抽烟这个玩意儿差不多也给戒掉了。此外，我还入了教会，为了不要发胖，我使劲儿打高尔夫球，而且我只跟正经八百的好人有来往。可是，即使这样，我知道到头来我还不是完全满意呗！"

他慢腾腾地说出了这番话，但是不时被邻近的桌子上的大声叫喊，跟女招待机械刻板的调情，他自己因为喝多了咖啡感到头晕胃痛而发出的呼噜声所打断。他为自己辩护，而又疑虑重重，但还是保罗细声细气地把眼前的迷雾拨开了。

"我的天哪，乔治，我们这些整天价忙忙碌碌的人，以为自己成就非常了不起，实际上却是啥也没有，这一点我早就发现了，一点儿都不新鲜，而你呢？照你那个德行，好像认为我会声张出去，说你是个煽动分子呢！可你了解我自己过的日子又是怎么样呢。"

"我了解，老兄。"

"我早先想当一个小提琴家，而现在我是个油毛毡贩子！至于季拉呢——哦，我压根儿不想叹苦经，可是，你就像我一样知道得很清楚，她是一个多么叫人伤脑筋的老婆啊！……就拿昨晚的例子说真够典型：我们一起去看电影。那时门厅里许多人都在等着入场，我们就在排尾。于是，她就是一个劲儿往前面挤，摆出她的那种架势来，仿佛在说：'先生，看你敢怎么的？'说实话，有时我看到她老是给自己涂脂抹粉，浑身散发香水味儿，到处胡闹，还尖着嗓门儿乱嚷嚷：'我干脆告诉你，我是个——阔太太，你见鬼吧！'唉，我真恨不得宰了她！可她呀，还是死劲儿往人堆里挤，让我跟在她后面，真是叫我丢脸，直到她挤到挂着丝绒门帘的入口处，只差一点儿没进去。前面正有一位小矮个儿——说不定此人已等上半个钟头了——对这个小矮个儿，我可真有点儿佩服——他回转身来，非常有礼貌地对着季拉说：'太太，你干吗拼命想挤到我前头去？'季拉二话没说——我的天哪，真叫我害臊得没处可藏！她索性就骂街了：'你这人真缺德！'还把我也给拉了进去，大声嚷着：'保罗，这个人侮辱我！'直气得那个倒霉鬼差点要动武了。

"不用说，我就装作什么都没有听见——反正好像锅炉厂轰隆隆响，你不去听就得了！我故意抬头往上看——门厅天花板上每一块瓷砖的形状，我都可以准确无误地讲给你听，有一块上面密密麻麻都是棕色斑点，赛过魔鬼的怪脸儿。这时候，门厅那里，被挤得像沙丁鱼一样的人们，一直在风言风语，议论我们，而季拉还在一个劲儿数落那个小矮个儿，尖声叫嚷着说：'这里**按说**是只给太太绅士们出入的场所，像他这号人就不应该放进来。''保罗，劳驾马上把经理叫来，好让我控告这么个大坏蛋，好不好？'以及还有——哎哟哟，我的老天呀！那时候，我多么想溜进伸手不见五指的影院大厅藏起来呀！

"就像这样的日子过了二十四年以后，你隐隐约约向我暗示，说这种甜蜜、洁净、文雅、合乎道德的生活，原来并不是人们所想象的那么一回事——那你总不会指望我会晕倒在地，口吐白沫吧？除了你以外，这种事我对谁都不乐意讲，因为生怕别人会认为我这个人太懦弱了。也许，我就是懦弱呗。再也管不得那么多了……老天呀，反正你得忍着听我发这么一通牢骚，乔治！"

"废话，保罗，其实你从来都没有发过像你所说的牢骚呢。有的时候——我常常在麦拉和孩子们面前吹嘘，说自己是多么了不起的一个地产经纪商，可是，有的时候，我暗自寻思，我终究不是像我想假装出来的那个皮尔庞特·摩根①呀。不过，话又说回来，我要是多少能帮助你乐乐呵呵地过日子，那么，保罗斯基②，我想，赶明儿圣·彼得也许会让我进天堂去的！"

"没错，你是一个吹牛大王，乔吉，你太荒唐可笑，但你确实不断地给我打气。"

"你干吗不同季拉离婚？"

"我干吗不！我真是求之不得！只是她根本不给我机会！可你没法逼她跟我离婚，不，你也没法逼她抛弃我！她实在太舍不得她的一天三顿美餐，其间还有几磅桃仁巧克力。她要是真的就像人们所说的对我不忠实，那就好啦！乔治，我并不想做一个卑鄙下流的人。要是上大学的时候有人说得出这句话来，我也许早就说应该毙了他。老实说，她要是真的同人家谈情说爱去了，那我岂不开心死啦。可惜这样的希望太小啦！当然咯，她也会卖弄风情，不管碰上谁——你知道她

---

① 美国金融资本家（1837—1913），摩根财团的创业人。
② 巴比特对保罗的又一昵称。

第五章 · 079 ·

拉住人家的手咯咯大笑的那副样子——哦,那样的笑声,真是刺耳,吓坏了人。她呀一个劲儿哇啦哇啦乱嚷嚷:'你这个调皮鬼,你还是留点神,要不然我那大个儿的丈夫会来找你算账的!'那个家伙冲我上下打量一下,心里在想:'喂,你这个黄口小儿,快拔脚逃了吧,要不我就给你一耳光!'于是,她就让他天晓得干些什么,好叫自己得到一些刺激,然后突然开始装成一个清白无辜的受害者,仿佛美滋滋地号啕大哭起来:'哦,我从来也没想到你是那样的人。'那些 demivierges① 在小说里描写得可多着呢——"

"那些什么东西?"

"——可是,像季拉那样的聪明、调皮、穿紧身胸衣、上了年纪的已婚妇女,倒比任何一个短发女郎还要坏得多!通常这种短发女郎虽然冒冒失失地闯入生活的大风暴中去,但她们还只是偷偷地把小阳伞藏在自己袖子里,有所防备!可是,你知道季拉是个怎么样的人!她呀老是絮聒不休地缠着……缠着……缠着我!无论什么东西,只要我买得起,她通通都要,还有很多我买不起的,可她也要呀,她这个人简直太不讲道理了。而等到我恼火了,准备跟她说明道理的时候,她就装成一个不折不扣的名门闺秀的样子,真的装得神极了,一会儿问'你为什么说那种话',一会儿又说'我要说的又不是这样的意思',连我自己都给糊弄得晕头转向了。我告诉你,乔吉,你知道我可不是那么喜欢挑剔的——至少在吃东西方面就是这样。当然咯,正如你老是指摘我喜欢抽昂贵的上等雪茄,而不是你抽的那种'卡巴果之

---

① 法语,品行不端的女人。

花'①——"

"一点不错!那种雪茄两分钱一支,价廉物美。再说,保罗,我不是对你说过,我已然决定真的把烟戒掉——"

"没错,你是说过——同时,我要是得不到我喜欢的东西,照样也行嘛。我就是吃烧煳了的牛排,饭后还有罐头桃子和店里买来的蛋糕这么一道甜食,也都满不在乎。可是现在叫我再去疼季拉,那就办不到了,因为是她发了臭脾气,家里连个厨师都留不住,走了。而她整个下午身上穿着邋里邋遢的花边宽罩袍,没命似的在看什么西部豪侠的逸事小说,自然忙得连做饭的工夫都没有了。现在你老是在谈'道德''风化'问题——我想你的意思就是指一夫一妻制吧。不错,你在我面前俨然耶稣基督,可是从实质上说,你却是一个傻瓜。你——"

"你凭什么说我是傻瓜,伙计?让我告诉你——"

"——你喜欢摆出一本正经的样子来,逢人便说:'可信赖的商人应尽的本分,就是严格遵守道德,成为众人的表率。'我的天哪,你对道德问题竟然看得这样认真,老乔吉,我真不乐意去想,你骨子里必然是不道德的。得了,你不妨——"

"等等,等一等!你怎么——"

"你不妨尽管侈谈你的道德观好了,老家伙,可是,相信我,要不是有你这个老相识,晚上偶尔跟特里尔·欧法雷尔的大提琴搭档,拉拉小提琴,此外还同三四个逗人喜爱的姑娘在一起,好让我忘掉了这种所谓'文雅的生活'的荒唐透顶的笑话,那我好几年前就自杀了。

---

① 一种雪茄的牌子。

"还有我的那个行业，油毛毡生意！是给牲口棚盖的屋顶！哦！我倒并不是说，我没有从这个行当中得到很多乐趣：比方说，欺骗工会啦，收进大笔头的支票啦，生意越做越兴旺啦，等等，自然叫我开心。可是这些又有什么用？你知道，我的这个行业并不是仅仅销售油毛毡——主要就是不让跟我竞争的同行也干这个买卖呗。而你的那个行业，也是这样。我们所干的只是掐断对方的脖子，从而叫顾客吃亏！"

"当心呀，保罗！天哪，你谈的差不多就像是社会主义了！"

"哦，是的，当然咯，我想，我并不是真的有这个意思。当然咯，生存竞争，优胜劣败，适者生存嘛。可是……可是我的意思是说，就拿我们认识的这些熟人，也就是此刻在俱乐部里的这些人来说，他们看上去好像对自己的家庭生活和自己的买卖完全满意，也就是他们把泽尼斯和商会吹捧上了天，并且扯破嗓门在高喊，要泽尼斯市增加到百万人口。我敢打赌说，要是你能剖开他们的脑袋，你就会发现：三分之一的人对他们的老婆、子女、朋友和事务所感到非常满意；三分之一的人感到焦躁不安，只是自己不肯承认罢了；还剩下的三分之一的人，则感到痛苦，而且也只好自己心里有数。他们憎恨这一整套拼命使劲、吹嘘、胜过对方的勾当，他们讨厌自己的妻子，认为他们家的孩子都是一些蠢货——至少他们一到四十或四十五岁，就对什么都感到厌烦了——他们憎恨自己的行业，恨不得一甩手就走——你不妨想想，为什么会有那么多'神秘的'自杀案件？你说说为什么会有那么多殷实公民偷偷出去打仗？你以为个个都是出于爱国之心吗？"

巴比特从鼻子里哼了一声说："你还在指望些什么？你以为我们来到这个世界上，为的是享乐，正如常言道，'舒舒服服地躺在花团锦簇的眠床上'吗？你以为人生来就是享福的吗？"

"难道说不是吗？虽然我从来没有发现有谁知道——人生下来究竟是干啥的！"

"不过，我们大家都知道——不但在《圣经》里这么说过，而且还言之有理，认为一个不肯干活、不尽本分的人，哪怕他有时候也不免感到厌烦，但充其量也只不过是一个——哦，不错，他只不过是一个弱者。说真的，是一个名副其实的懦夫！而你却说成什么来着呢？还是直截了当举例说吧！假如有一个人对他妻子感到了厌烦，难道你当真认为他就有权利抛弃她，再跟不明不白的女人鬼混？或者甚至干脆去自杀？"

"我的天哪，我可不知道一个男人有什么样的'权利'！我也不知道解决厌烦有什么好办法。要是我真的知道，我就是唯一能治疗活人的心灵的哲学家了。不过我确实知道，尽管认为生活枯燥乏味，而且无聊透顶的人很多，但公开承认这一点的人，却只占十分之一。而且，我还真的相信，如果我们按捺不住，有时候还公开承认生活枯燥这一点，而不是温顺、耐心、忠贞地过上六十年，然后又温顺、耐心地瞑目死去，这样，说不定我们也许生活得更有乐趣呢。"

他们的谈话越来越玄虚了。巴比特显得非常局促不安。保罗说话虽然很大胆，但连自己也说不出所以然来。有的时候，巴比特突然同意保罗的说法，结果却跟他为天职和基督教忍耐精神声辩所做出的种种论证大相径庭，所以，每次承认的时候，他都感到一阵奇怪的大有豁出去的快乐。最后他说：

"喂，老保罗，你常常谈到有很多东西都要加以反对，可你却从

第五章 · 083 ·

来没有反对过。那你为什么不反对？"

"谁都不会这么干的，毕竟习惯势力太大了。可是，乔吉，我老是想去狂饮作乐一番。哦，别害怕，你这个一夫一妻制的老台柱，这是完全正当的事。现在看来事情已经定下来了，可不是吗？反正季拉总是一个劲儿闹着，要去纽约和大西洋城胡乱花钱地度假，在那令人耀眼的灯光下喝喝走私的鸡尾酒，跟专门侍候太太小姐的小白脸跳跳舞——但是，看来巴比特和赖斯灵夫妇，不用说一定去苏纳斯夸姆湖，是吗？你和我干吗不找一个借口——比方说，在纽约有公事要办——比他们早四五天到缅因州，我们两个就东游西逛、嘴里净抽烟、说粗话，自由自在多痛快？"

巴比特啧啧称赞说："了不起！真是神机妙算啊！"

最近十四年以来，他没有一次不带太太去度假的，他们两人谁都不大相信他们居然会如此大胆放肆。诚然，康乐会里有许多会友野营时确实没有捎着太太一块儿去的，但他们都是一本正经地去钓鱼和打猎的，而巴比特和保罗·赖斯灵两人神圣的、始终不变的活动，却是打高尔夫球、开汽车兜风和玩桥牌。若要垂钓者或高尔夫球迷改变自己的习惯，乃是有违他们自己制定的个人守则，将使所有思想健全、品行端正的公民大为震惊。

巴比特大声咆哮："我们干吗不坚决地说：'我们比你们先动身，就是这么一回事呗！'这又算不上犯了什么法。只要跟季拉说一说——"

"跟季拉简直无话可说。唉，乔吉，她跟你差不多，也是喜欢道德说教，要是我对她照实说了，反正她就会相信我们准是到纽约去同女人幽会。至于你的麦拉,哪怕她从来不像季拉那样缠住你,可是她心里也会犯疑的。她会这样说:'你真的不要我和你一起去缅因吗?老实说,你既然不要我去,那我也绝不想入非非要去呢。'为了不让她伤心,你就只好迁就一下她。哦,真是见鬼!让我们玩一会儿滚木球[①]吧。"

玩保龄球戏[②]的初级形式的滚木球时,保罗一言不发。当他们走下康乐会的台阶时——巴比特回去的时间,事前正言厉色地告诉过麦戈恩小姐,但现在差不多已晚了半个小时——保罗叹了一口气说:"喂,老兄,我真不应该像刚才那样议论季拉的。"

"胡扯淡,老兄,说出来了,心里的气就全消了。"

"哦,我知道!整整一个中午我在你面前把所有传统东西挖苦了一遍。但我自己身上因循守旧的东西也很多,只是为了消闷解愁,才发了一大通牢骚,真叫我感到害臊呢!"

"老保罗,你的神经好像出了一点儿毛病。我就要把你带走。这一切都由我来安排。我打算在纽约做一笔大生意——当然咯,准有把握的!我需要你在建筑物的屋顶方面出出主意!万一生意吹掉了,我们没有事儿可做,也只好一径去缅因了。我——保罗,到了这一地步之后,你到底爱怎么干——反正我就不管了。当然咯,我喜欢自己在正派人中享有好的名声,可是,如果你需要我的话,我就愿意抛掉一切,挺身出来做你后盾!当然咯,这不是说你会——当然咯,我的意思不是说你会干出任何玷污声名地位的事情来——可是话又说回来——我

[①] 亦名十柱戏,一种以小球撞倒短柱的游戏。
[②] 亦称滚木球戏,一种用球撞倒木瓶的游戏。

的意思你明白了吗？我是一个笨手笨脚的怪老头儿，我就是需要你那漂亮的不露痕迹的绝招儿①。我们——哦，见鬼去吧。我可不能整天价在这里闲扯淡呀！开始干吧！哦，再见吧！别再受人欺骗了，保利巴斯！一忽儿见！再见！"

---

① 指保罗善于音乐、绘画的艺术气质。

第六章

一

那天,他为了一些还算顺心的琐事忙了整整一个下午,早把保罗·赖斯灵给忘掉了。交易所在他暂时离开期间,好歹平安无事,但他一回来,就开了车子,带领一位"可望成为买主"的客户去林顿区看一幢有四套房间的公寓。这位客户十分赞赏那个新式的电动点烟器,使他非常高兴。这个新奇的东西他一连使用了三次,每次都把抽了一半的香烟扔到车外,大声嚷道:"唉,这该死的烟我**非得**戒掉不可!"

他们从详细讨论电动点烟器开始,范围很广,一直谈到电熨斗和床用电热器。巴比特面有愧色地承认自己既寒碜而又守旧,至今还在使用热水袋,他公开说要马上给他睡廊安上电线装置。他虽然对机械设施知之甚少,但心中却充满了富于诗意的无比赞美之情。在他看来,它们就是真和美的象征。每一件新的复杂难懂的机械器具——金属车床、双喷嘴汽化器、机关枪、氧乙炔焊机——他总是先学会了一个听起来很逼真的技术用语,喜欢把它一再挂在嘴上,得意扬扬地自命为懂得机械知识的行家里手了。

那位客户和他一样,对机器也很崇拜。他们兴致勃勃地来到了那幢出租公寓,开始查看石膏板瓦屋顶、双扇门、八分之七英寸的暗钉镶木地板，随后便施展外交手腕进行谈判：先是大吃一惊，假装生气的样子，接着表示可以迁就，愿意商量，并按照早先的决定做出让步，最后就在某一天正式成交了。

回去的路上，巴比特在他的合伙人兼岳父亨利·T.汤普森的餐具柜制造厂门口，让他搭上便车，一起驶过泽尼斯南区。那是一个色彩缤纷、声音嘈杂、令人激奋的市区，有许多空心砖建筑的新工厂，巨大的玻璃窗，外面罩着铁丝网；灰暗陈旧的红砖小厂房上，涂满柏油污迹；高高耸立的水塔，望去很像火车头的红色大卡车，以及奔驰在极其紧张忙碌的铁路专用网线上的一列列货车，它们路远迢迢地来自纽约中央线和沿线的苹果园，大北线和盛产小麦的平原，以及南太平洋线和沿线的橘子林。

他们是去找泽尼斯铸造公司秘书商谈一项饶有趣味的艺术性设计工程，即给林顿道墓园制造一道铸铁栅栏。接着，他们又驱车到济科汽车公司，会见销售部经理诺埃尔·赖兰德，问汤普森要买一辆济科牌汽车能不能打个折扣。巴比特和赖兰德都是促进会会友。通常，一个促进会会友向另一个促进会会友不论买什么东西，如果得不到折扣优待，就会感到自己吃亏。可是，亨利·汤普森却大声咆哮说："见他们的鬼！我可不愿到处哈着腰，求人家打折扣，不，我才不求人哩。"要知道他们翁婿之间的差别就在这里：汤普森是传统的北方佬[1]，体形消瘦，作风粗野，就像舞台上出现的一个老式美国商人；而巴比特呢，身体肥胖，为人圆滑，精明能干，最爱赶时髦，在各个方面几乎都是

---

[1] 指守旧、节俭、精明的新英格兰人。

十全十美的现代化。每当汤普森带着鼻音说"你马上亲笔画押就得了"时,巴比特觉得他那老八辈儿的土里土气很好笑,正如一个地地道道的英国人觉得美国人说话很好笑一模一样。他知道自己的教养,要比汤普森更加敏感,而又富有审美观。他是大学毕业生,他打高尔夫球,经常抽香烟(而不是抽雪茄),他到了芝加哥,总要在旅馆里租住有独用浴室的房间。"总而言之,"他对保罗·赖斯灵解释说,"这些怪老头儿缺少的,正是现代人必不可缺的刁滑劲儿。"

巴比特心里觉得,文明进步说不定走得太远了。济科公司销售部经理诺埃尔·赖兰德是个轻浮的人,毕业于普林斯顿大学,而巴比特却是州立大学这所了不起的百货公司出来的标准合格产品。赖兰德脚上穿着鞋罩,撰写长篇通讯,大谈城市规划和合唱团;他虽然身为促进会会友,据说口袋里还常有几卷小开本的外文版诗集。这一切都走得太远了。亨利·汤普森是胸襟偏狭的极端,诺埃尔·赖兰德却是轻浮浅薄的极端,处在他们中间,就是巴比特和他的那一帮子朋友,全力支持本州、捍卫福音派新教会、保护幸福的家庭和繁荣的商业。

他带着这种公允的自我估价——还有汤普森购车时可打折扣优待的承诺,得意扬扬地回到了交易所。

可是,他一走进利福斯大楼走廊,就叹了一口气说:"可怜的保罗呀!我一定要——哦,该死的诺埃尔·赖兰德!该死的查理·麦凯尔维!他们只不过因为赚的钱比我多,就自以为高人一等呗。他们那个死气沉沉的协和会呀,我可不愿活活地被闷死在那里!我——今儿个不知怎的,不想回去工作啦。哦,那就算了吧——"

二

  他接了几回电话，看了四点钟送到的邮件，签发他上午口述的信函，同一位租户商谈有关修缮的事情，此外还跟斯坦·利·格拉夫唇枪舌剑干了一仗。

  跑外勤的推销员，年轻的格拉夫，说话时老是在暗示，他的佣金应该增加。今天，他又发牢骚说："海勒这笔买卖如果是我办成的，我想我应该得到一笔奖金。为了办这件事，我几乎每天晚上都在奔波呢。"

  巴比特时常向他妻子念叨："对你手下的那帮子人，要好好开导他们，叫他们心里高兴，总比叱责他们，撩拨他们好得多——这样准保叫他们多干活儿。"但是今天，格拉夫这种没有先例的不识好歹的举动，却使他十分恼火，于是他向格拉夫勃然大怒。

  "你听着，斯坦，让我们把这个事儿说说清楚。你脑瓜里似乎有一种想法，认为所有的买卖都是你一个人办成的。你哪儿来的这种糊涂想法？你不妨想一想，要是我们的资本没有给你撑腰，我们一览表上没有这么多的地产，我们没有给你找到可望成为买主的客户，看你还有什么办法没有。你所要干的事，只不过是依照我们提供的线索去成交就是了。就凭巴比特-汤普森交易所花名册，连看门的老头儿都卖得出去！你说你已经跟一位姑娘订了婚，可现在你晚上时间不得不用去寻摸买主。是啊，这有什么不应该的？你到底想干些什么？难道说整天价捏着她的纤手，吗事都不干？让我告诉你，斯坦，要是你的女朋友真的够朋友,那么,她知道你在外面四处奔波,赚一些钱来搞一个小家庭,连谈情说爱都顾不上,她只会感到高兴那才对头。要是有人一超过工作时间就闹情绪,把晚上时间都浪费在看乱七八糟的小说,或者找个小娘儿们在一起鬼混,说的都是一些废话、蠢话,等等——这号人我们可不要,我们这里要的是那种诚实的、有干劲、有前途、**有远见**的年轻人!你说怎么样?你的**理想**究竟是什么?你是想要赚大钱,在这个社会上占一席之地,还是去做一个没有**出息**、没有**劲儿**的游手好闲的人?"

今天格拉夫可不比往常,对"**有远见**"和"**理想**"就那么服服帖帖了。"当然我要多赚些钱!所以我才要奖金呗!说句老实话,巴比特先生,不是我在你面前说话放肆,而是海勒这处房子太差劲,真是吓人。谁都不肯上当。那里地板烂了,墙上到处都裂了缝。"

"我要说的,恰恰就是这些!对于一个热爱本职的推销员来说,正是那样的难题,才能激励他倾其全力干出成绩来。再说,斯坦,事实上,汤普森和我从原则上说都是反对奖金的。我们喜欢你,我们乐意帮助你早日结婚成家,可是,我们对本所其他人员也不能不一视同仁。如果我们开了头,给了你奖金,我们就会得罪彭尼曼和莱洛克,对他们未免不公正了,难道你看不到这一点?公正合理总是对的,厚此薄彼就不公平——我们这个交易所里绝不允许发生这样的事。不要再有这种想法,斯坦,认为过去在战时[1]推销员很难雇到,而现在,许许多多人都在闹失业,不少聪明能干的年轻人乐意进来接替你的位

---

[1] 指第一次世界大战。

子,享受我们给你的待遇,他们总不会把汤普森和我当作冤家对头,什么活都不干,只是一个劲儿想拿奖金。你说怎么样,嗯?你说说呗?"

"噢……是的……嗯……当然咯——"格拉夫叹了一口气,侧着身子往外走了。

巴比特并不常常和他的雇员争吵。他巴不得周围的人都喜欢他,要是他们不喜欢他,他就感到十分沮丧。只有当他们向神圣的钱包进攻时,他才惊慌失措,大发雷霆。但是,作为一个喜欢夸夸其谈、信奉崇高的原则的人,他对自己的嘉言懿行滔滔雄辩却是十分欣赏。今天,他竟是这样一个劲儿自我吹嘘,以至连自己心里都在纳闷,他对待斯坦是不是完全公正。

"斯坦毕竟不是小孩子啦,犯不着对他这么狠心。不过,为了他们自己好,有时还得来一番吹毛求疵呢。这个差事可不愉快啦,但是——我不知道斯坦是不是恼火了。他在外间跟麦戈恩说些什么来着?"

外间的公事房吹来一阵憎恨的冷风,使他平时傍晚下班回家的乐趣都消失了。行政长官最爱听下属的赞扬声,巴比特现在什么都听不到,不觉感到十分苦恼。平时他离开交易所时,总是忙得不亦乐乎,下达一些指示就喜欢说上一千遍,大意是:明天毫无疑问会有极其重要的任务,麦戈恩小姐和班尼甘小姐最好早点来上班,他一进门,务必提醒他打电话给康拉德·莱特。今晚他离开的时候,故意装出满脸高兴和心有愧疚的神色来。他害怕他的雇员都板着脸孔,害怕他们的眼光全集中到他身上,麦戈恩小姐从打字机上昂起头来,瞪了他一眼,班尼甘小姐从账册上抬头乜斜着他,巴特·彭尼曼从他幽暗的凹室里写字台前伸长了脖子东张西望，斯坦利·格拉夫闷闷不乐，脸上毫无表情——这时，巴比特像一位暴发户，在自己过分拘礼的管家面前显得很窘。他死也不乐意听到他们背后嘲笑他，使劲装出若无其事的愉快样子。这时，他说话结结巴巴，声音沙哑，一个劲儿跟他们套近乎，最后就灰溜溜地从大门溜了出去。

可是，他从史密斯街一看到芙萝岗的美景：红瓦绿石板的屋顶、闪闪发亮的崭新的日光室和一尘不染的墙壁。这时，他心中的苦恼早已忘得一干二净了。

三

巴比特把车子停在学问渊博的邻居霍华德·利特尔菲尔德的家门口，就对他说，虽然白天像春天那样暖和，晚上也许还会变冷。巴比特一进门，冲着妻子高声嚷着"你在哪儿呀"，其实心里并不一定想知道她在哪里。他查看了一下草坪，检查那位司炉工有没有好好地耙过。巴比特同他的太太、特德，以及霍华德·利特尔菲尔德充分讨论以后，才相当满意地下结论说，司炉工耙得十分差劲。他用他妻子那把最大的裁衣剪刀剪去了两丛野草；他对特德说，雇一个司炉工实在没有意思，"像你这样的棒小伙子，家里所有的活儿通通应该包下来了"；可是，他又暗自思忖，要是街坊邻居知道他家里很殷富，根本用不着他儿子操劳，心里倒也是挺适意的。

他站在睡廊里，做他每天规定的健身体操：两臂左右并举两分钟，再向上举臂两分钟，嘴里还在喃喃自语"应该多做健身体操，保持身体健康"。然后走进里间去看看他的衬衫硬领要不要在晚饭前换一换。如同往常一样，看来根本不用换了。

那位莱特裔克罗坦人① 女仆——一个身体健壮的女人——敲了开晚饭的小锣。

今晚的烤牛肉、烤土豆和菜豆，都做得很出色。他不厌其烦地描述了当天天气的进展情况，他的四百五十美元的进款，他同保罗·赖斯灵共进的午餐，以及新买的电动点烟器及其被证实了的各种优点，谈得津津有味，不觉心肠一软，说："很想买一辆新车。不知道今年怎么样，但是说不定也许我们能买哩。"

大女儿维罗娜大声嚷道："哦，爹爹，你既然要买，干吗不买一辆轿车？那才漂亮呢！轿车比敞篷车要舒服得多呢。"

"得了，得了，那我可不知道。反正我倒是喜欢敞篷车，可以呼吸到更多的新鲜空气。"

"哦，说呀，那正是因为你从来没坐过轿车。我们快去买一辆吧！这才够派头呢。"特德说。

巴比特太太首先插了一句："坐在轿车里，衣服可要整洁得多。"维罗娜接着说："你的头发也不会被风吹得乱蓬蓬的。"特德也应声附和说："轿车——那才阔气呢。"甚至连最小的女儿婷卡都说："哦，我们就买一辆轿车吧！玛丽·爱伦的爸爸早已买了。"特德总结说："哦，现在人人都有轿车，只是我们除外！"

巴比特冲着他们说："我想你们根本用不着大发牢骚的！反正我

---

① 拉脱维亚裔的克罗坦（在北卡罗来纳州沿海）人。

买车子，可不是让你们这些孩子装出百万富翁的气派来！至于我呢，倒是挺喜欢敞篷车，夏天晚上顶篷一放下来，开出去兜兜风，吸吸新鲜空气。再说，买轿车花钱也太多了。"

"哦，哎哟哟！既然道佩尔勃劳家都买得起，我想我们也买得起！"特德故意激了他父亲一句。

"哼，哼！我一年赚八千块，他总共才七千块！可是我一个子儿都不浪费，不像他那样胡乱花钱！为了摆阔气，挥金如土的那种作风，我就是看不惯——"

他们热烈地，而且相当详尽地讨论了有关流线型车身、爬坡能力、加链轮胎、铬钢、发火装置，以及车身颜色等问题。这大大地超出探讨运输工具的范围，反映出一种急欲达到有如昔日骑士等级的愿望。在泽尼斯市，在世风粗野的20世纪，一个家庭的汽车准确地显示了它的社会等级。有如贵族中的爵位等级决定一个英国家庭的地位——而且，其准确性有过之而无不及，不信请看那些古老的郡中世家[①]如何瞧不起暴发的啤酒大王和毛纺大王就清楚了。诚然，在泽尼斯，尊荣卑贱的差别从来没有正式规定过。哪家驾驶皮尔斯箭头牌小轿车的次子，在赴晚宴时应不应该走在哪家驾驶别克牌小型敞篷车的长子前面，也用不着法院出来裁定。可是他们的社会地位，谁高谁低，却是一清二楚，毋庸置疑的。从前巴比特还是孩提的时候，就一心想当总统，现如今特德却渴望有一辆帕卡德[②]牌十二个汽缸的豪华轿车，以便在

[①] 指英国世居郡内的某一家族。
[②] 美国底特律的一家汽车公司。

拥有汽车的绅士阶层中稳占一席之地。①

巴比特原说要买一辆新汽车，从而赢得全家人的好感，但他们一领会到他今年根本不想买的时候，这种好感也就烟消云散了。特德哭丧着脸说："嗯，没有劲儿！这辆旧车子好像长了跳蚤，一个劲儿抓呀搔呀，漆皮全都掉了。"巴比特太太悯然地说："跟你老爸说话不该这样没大没小的。"巴比特大发雷霆："如果说你是个呱呱叫的高级绅士，出入上流社会的时髦人物，那你今儿晚上不必用那辆车就得了。"特德解释说："不，我可不是那个意思——"就像往常全家欢聚一堂那样，晚餐延续时间很长，最后巴比特不耐烦了，才正式宣告结束："行了，行了，我们可不能整个晚上都坐在这里呀，让女仆赶紧拾掇桌子吧。"

这时，他心里很恼火。"瞧这一家子！我真闹不明白我们一家子都会这样喜欢吵嘴。我真想到哪个地方去，让自己好好思考思考……保罗……缅因……穿上旧裤子，东游西逛，该有多痛快。"他小心翼翼地对他妻子说："最近有人从纽约给我来信，要我前去洽谈一笔地产生意，也许要到夏天才走得成。但愿不要赶在我们和赖斯灵夫妇动身去缅因的时候给吹掉了。我们要是不能一块儿去那里旅游，真是太可惜啦。不过，现在担心也没用。"

维罗娜一吃好饭就溜掉了，没有引起议论，只要巴比特机械地吭

---

① 请读者注意："有如贵族中的爵位等级……以便在拥有汽车的绅士阶层中稳占一席之地。"这一大段文字在英国出版的《巴比特》各种版本中照例被删去，很有意思。一是路易斯讽刺艺术的高超与富有杀伤力，竟使大英帝国在世人面前丢了丑；二是西方大国一向自诩言论自由、出版自由，居然美国作家的文字也被砍删，充分暴露了它的真面目。

了一句:"你在家里干吗总待不住?"

在小客厅沙发这一边,特德开始做家庭作业,平面几何、西塞罗①,以及《考玛斯》②里那些叫人伤透脑筋的隐喻。

"我闹不明白,他们干吗要叫我们学弥尔顿、莎士比亚和华兹华斯的破玩意儿。还有其他许许多多老古董,"他抗议说,"唉,我想如果让我去看莎士比亚写的一出戏,那还可以凑合,反正只要台上布景漂亮些,噱头多一些就行,可是,叫我冷冷清清地坐下来**读**剧本——嘿,这些老师——亏他们想得出来呀?"

巴比特太太在织补袜子,若有所思地说:"是啊,我心里也在纳闷,真不知道干吗这样。当然,我不想大胆反对这些教授等人,可是话又说回来,我认为莎士比亚笔下有些东西——倒不是说莎士比亚的东西我读得很多了,可是,在我年轻的时候,女同学常常把一段一段话指给我看,说真的,实在很不文雅哩。"

巴比特正在看《鼓吹晚报》上的连环图画,这时抬起头来,含怒地看了她一眼。这些连环图画,再加上一些文字说明,就是他最喜爱的文学和艺术,其中有:马特先生给杰夫先生扔臭鸡蛋,妈妈用擀面杖教训爸爸别说粗话。他脸上的表情犹如虔诚的教徒那样严肃,嘴巴张大着,吸着一口口长气,孜孜不倦地每图必读,夜夜如此,这时候,他最恨有人来打扰。再说,在莎士比亚这个题目上,他觉得自己真的算不上权威。无论《鼓吹时报》《鼓吹晚报》,还是《泽尼斯商会简

---

① 西塞罗,古罗马作家和演说家(公元前106—前43),这里指的是他的拉丁文学作品。
② 英国著名诗人弥尔顿(1608—1674)所写的假面剧《考玛斯》。

讯》也好，对这个问题从未发表过一篇社论，而在各报尚未表态之前，他觉得个人很难想得出一种独特的见解来。但是，每当公开地争论时，哪怕有身陷陌生的泥坑的危险，他也绝不会置之度外。

"我就给你说明一下，为什么你非要读莎士比亚等人的作品不可。原来这是进大学的必要条件，如此而已！就个人来说，我自己也说不出道理来，我们这个州为什么要把这些东西塞进现代化的高中教学大纲中去。要是你学习商业英语，知道怎样拟写广告稿，或者招揽生意的函件，那对你的好处就多得多了。但是，既然明摆着这样的课程，那就根本没有商量、争辩、讨论的余地！特德，你总是想干出一些与众不同的事情，你的毛病就是出在这里！如果你准备上法学院——是的，你一定要上！过去我从来没有机会，可是现在我一定要使你能上法学院——那你就务必要把英文和拉丁文学到手。"

"嘿，没有劲儿。我可看不出法学院有啥用处——即使读完高中又有吗用呢。我并不特别想进大学。说实话，很多大学毕业生开头赚到的钱，还没有就业早的人赚得多呢。就说在中学里教拉丁文的老希米·彼得斯，他是哥伦比亚大学的一个什么什么'士'，经常熬夜，阅读许许多多早已翻得油腻腻的书本，老是在那里唠叨着什么'语言的价值'，那个可怜虫一年才拿一千八百块，只挣这么一点儿钱，随便哪个跑外勤的推销员都不干呢。我知道我自己喜欢干什么。赶明儿我想当个飞行员，或者开设一个漂亮的汽车修理厂，要不然——有人昨天给我谈到的——我想最好进入标准石油公司①，把我派到中国去，

---

① 即旧时美孚油公司。

住在四合院里,根本用不着干什么活儿,到时候你就可以大开眼界,观看那里的宝塔、海洋,等等!那时候我就可以选修函授课程了。那东西才实惠呢!你用不着在那个铁面无情但又拼命想讨好校长的老太太跟前背书了,你想学哪一门就尽管学去吧。你就听听这些广告吧!有好几门最棒的课程的广告,我已经都剪下来了。"

他从他的几何读本里拿出五十来份有关家庭自学课程的广告,这些课程是美国商业的充沛活力和远见卓识对教育科学所做出的贡献。第一张广告上面,画着一个青年,光洁的额角,坚定的下巴,穿着真丝短袜,头发赛过黑漆皮。他站在那里,一手插在裤袋里,一手向前仰举,竖起食指,仿佛指点着什么东西,听众像着了魔似的。这些听众中间,有的胡子灰白,有的挺着大肚子,有的秃了顶,总之都具备智慧和富裕的所有其他特征。图像的上方有一个令人鼓舞的象征教育的徽号——不是古色古香的神灯或火炬,也不是密涅发[1]的猫头鹰,而是一长溜美元的符号。并有文字说明如下:

$ $ $ $ $ $ $ $
演说术带来了权力和财富
记俱乐部里一席奇谈

那天晚上,我在豪华餐厅碰到一个人,你猜他是谁?哦,原来是弗雷迪·达尔奇老兄,就在我从前那个公事房里做运务员的——我们

---

[1] 密涅发,希腊罗马神话里司智慧、诗、纺织及其他艺术与科学的女神。猫头鹰则被认为是密涅发的神鸟及其象征。

常常给那位老好人开玩笑,管他叫"耗子先生"。那时候,他非常胆小,在监督面前吓得简直要死,尽管他工作干得非常出色,可从来得不到人家夸赞。这会儿他——居然出入在豪华餐厅!他打算美餐一顿,正在点菜,从芹菜到果仁甜点心应有尽有!想到过去的好时光[①],我们在小馆子里吃饭,他常常被堂倌弄得窘相毕露,而现在他却指挥他们满堂跑,简直就像一位百万富翁!

我谦恭有加地问他现下在做什么工作。弗雷迪哈哈大笑说:"哦,老兄,我猜想你正在纳闷我怎么会变成现在这个样子的。你一定会高兴知道,现在我是老公事房的副总监,走上了通往富裕和权力的康庄大道,而且我蛮有把握,不久前打算买一辆十二个汽缸的豪华轿车,我妻子正忙于上流社会交际酬酢,孩子们都在第一流学校接受教育。

"事情经过是这样的:有一次,我偶然看到一份广告,介绍一门教程,说是能教会人们谈话时怎样掌握分寸,应对自如,怎样对付人们提出的意见,怎样向老板提出建议,怎样寻摸到银行贷款,怎样运

> 我们将教会您
> 怎样在各会社发表演说
> 怎样在宴会上祝酒
> 怎样谈掌故、讲笑话
> 怎样向名门闺秀求婚
> 怎样在宴席上谈笑风生
> 怎样最有说服力地
> 　　向顾客推销商品
> 怎样扩大词汇
> 怎样养成坚强的个性
> 怎样成为有理智、有权势、
> 　　有独创性的思想家
> 怎样成为能主宰一切的人

[①] 这个词,原文用大写字母开头,是苏格兰诗人彭斯歌颂和怀念老朋友的深厚情谊的民歌的标题。

用妙语警句、幽默诙谐、奇闻逸事、激发鼓舞等手段，使广大听众着迷。该教程系由演说大师沃尔多·福·皮特教授编写的。当时，我虽说也不免有些怀疑，但我还是写了信（其实只写了一张明信片，附上姓名地址）给出版商索取讲义——要求寄来试用一下，如果不绝对满意的话，书款照退。一共寄来了八讲，文字通俗，内容浅显，人人易懂，每天晚上我阅读一两个钟头，随即在我妻子那里进行实践。没有多久，我发现我能和总监随便闲聊天了，我的工作做得很好，也都得到了应有的好评。他们开始看重

> **W.F. 皮特教授**
>
> 系演讲速成教程的著者，亦是实用文、心理学和演说术的最卓越的大师。他毕业于我国一些最著名的大学，是演讲家、旅游客、著述家、诗作者等，具有大智之士的完美性格。他愿意通过几次（不妨碍其他业务工作）简易讲座，将他的文化和感人力量的全部秘密传授给您。

我了，很快就提拔我。嘿，老兄，你猜，现在他们给我多少钱？每年六千五百美元啦！嘿，现在我发现我在大庭广众一张嘴，就叫他们听得着了迷，不管我谈的是什么题目。作为老朋友，我奉劝你去信索取简章（不附带任何义务），和珍贵的艺术画片（免费奉送），请寄——

艾奥瓦州桑德皮特

速成教育出版公司

你是狂热的爱国者，还是抽成的经纪人[①]？"

[①] 前者指"极端民族主义者"，后者指"抽取百分之十佣金的人"，一般指"演员、作家的代理人，赚取他们收入的百分之十"，这两种人都以吹牛为主。

这一下巴比特又为难了，因为没法引经据典，就说不出具有权威性的话来。无论开汽车，还是做地产生意，从来不曾听说过一个殷实的公民和正派人对函授教育应持什么态度。他犹豫不决地说道：

"嗯——听起来倒像是面面俱到的。当然咯，能巧言善辩总是好事情呗。有时候我认为自己在这方面也有些才能，我也清楚地知道，为什么像钱·莫特这样专爱吹吹拍拍的老滑头能在地产行业中吃得开，原因就在于他能说会道，有时根本没有什么屁话好说的！当然咯，如今他们按各种不同题材和学科都编成函授教程，也的确很聪明。不过，我还得告诉你，你根本用不着为这个玩意儿白白地花掉很多的钱，反正你在自己的学校——而且，它在本州还是规模最大的学校之一——就可以学到第一流的演说术和英语知识，等等。"

"那倒也是啊。"巴比特太太轻描淡写地说了一句，但特德却有些怨气地说：

"话虽不错，可是，老爸，学校里教的净是一些破烂货，一点儿都派不上用场——除了手工、打字、篮球、跳舞以外——但是，从这些函授教程里，嘿，你反而可以学到所有一切马上能派用场的东西。不妨请听听这个：

你真的是个堂堂男子汉吗？

如果你陪同你母亲、姐妹或女友出外散步，突然有人出言不逊，恣意侮辱，而你却不能加以保护时，你不感到丢脸吗？嘿，问题就看

你敢不敢挺身而出。

我们函授拳击与自卫本领。许多学生来信说,经过一两课以后,他们居然击败了身材、体重都比他们大得多的对手。该套课程从简单动作开始,可以对着镜子练习,比方说,像接钱似的伸出你的手来,做俯泳时的挥臂动作,等等。你就不知不觉地学会了如何科学地出击、闪躲、护卫、佯攻等绝招,好像真的如临大敌似的。"

"嘿,乖乖,这真的最最合我的胃口呢!"特德啧啧称赞说,"我要公开地说!我们学校里有一个家伙老是瞎吹牛,赶明儿我想单独跟他干一仗——"

"废话!胡说八道!我从没听到过这样的傻话!"巴比特大声呵斥道。

"不过,你也不妨设想一下,要是我跟妈或者罗娜在一起走路,突然有人出言不逊,恣意侮蔑,那我该怎么办?"

"那你呀,也许拔脚就跑,会打破一百码短跑纪录!"

"我**才不会**呢!哪个坏蛋敢侮辱**我的**姐姐,我可要给他一点儿颜色看看——"

"喂,你得留神,小邓普塞①!我要是一看到你在跟人打架,就狠狠地揍你一顿,叫你半死不活——虽然我用不着面对镜子练习什么伸手动作!"

"唉,亲爱的特德,"巴比特太太温和地说,"一谈到打架就那

---

① 杰克·邓普塞是1918年至1923年间美国最红的重量级拳击家,荣膺世界拳击冠军。巴比特在这里是讽刺特德。

么起劲,你也太不像话了!"

"哎哟哟,我的老天爷,你好像还不领情呢——妈,不妨想一想,万一我和你在一块儿走,突然有个人对你出言不逊——"

"我说谁对谁都不会出言不逊的,"巴比特说,"只要他们都待在家里学习几何,忙着干自己的事情,而不是一天到晚泡在弹子房、冷饮咖啡馆,还有那些跟你不相干的地方!"

"可是,我的老——老——天哪,唉,唉——老爸,要是他们**真的胆敢**!"

巴比特太太细声细气地说:"哦,如果他们真的敢来,我压根儿不睬他们!何况这样的事也从来都没过。你总是听人说有些女人被盯梢,受侮辱,等等,可我一点儿都不相信,要不然就怪她们自己,有些女人瞧起男人来的那个德行呵。不管怎么说,人家可从来没有侮辱过我。"

"别这样说,妈,不妨假定说,有一天你**真的受侮辱**了!这里只不过是**假定**呗!难道说你就不能来一番假定吗?你也不能想象一下吗?"

"我当然能想象!真是岂有此理!"

"你妈妈当然能想象——也能来一番假定!你以为咱们家里唯独你一个人才有想象力吗?"巴比特责问道,"但是,要这么多的假定又有什么用呀?假定从来不会给你带来什么好处。明摆着有那么多真正需要考虑的事实,却偏偏去搞什么假定,这才是无聊透顶。"

"你听,老爸,假定说——我只不过是假定说——你正待在你的交易所里,而那个跟你作对的做地产生意的掮客——"

"地产商[①]！"

"——就是你恨之切骨的那个地产商走了进来——"

"不论哪个地产商我都不恨呢。"

"但是，不妨假定说你**恨之切骨**！"

"我可不愿假定说竟然会有这样的事情！是的，在我这个行业里，的确有许多人竟然咬牙切齿地憎恨他们的同行劲敌，可是，你如果年纪再大一点，明辨事理了，而不再老是找那些傻丫头——她们涂脂抹粉，裙子短到膝盖，还有天晓得的什么，仿佛都是合唱团的姑娘——去看电影，到处乱转悠，只有那时候，你才会知道，你就能来一番假定——如果说我认为在泽尼斯地产界要有一种风气的话，那就是：我们相互之间总是应该和蔼可亲，树立起一种友爱合作的精神。因此这么说来，我既不能假定，也不能想象我会憎恨任何一个地产商，即便是那个卑鄙透顶、专吹牛皮的社会败类——塞西尔·劳恩特里！"

"可是——"

"我说这里根本谈不上什么'如果'呀、'而且'呀、'可是'呀！可是话又说回来，我如果**要**狠揍某一个人，压根儿用不着面对镜子做假想的躲闪，或者做俯泳动作，我才不要这些取巧的花招！假定说你到某个地方去了，突然有人冲你骂街，难道说你就像舞蹈老师那样举手投足，蹦蹦跳跳围着他转圈子？你还不如干脆狠狠一击，把他打倒在地，（至少我当然巴不得我的儿子都有这样的能耐！）然后拍掉你手上的尘土，继续干自己的事去，这不就完事了吗？我说你也就根本

[①] 巴比特喜欢人家就这样称他为"地产商"，而不喜欢人家称他为做地产生意的掮客、跑街。

用不着什么函授拳击法教程!"

"你说得不错,可是——是的——我只不过是想叫你看看函授教程真是门类齐全、花样繁多,不像中学里教的东西那么叫人倒胃口。"

"不过我想,学校的健身房里也在教拳击吧。"

"那可大不一样呀。他们要你莫名其妙地站着,让一个傻大个儿寻开心,把你打得屁滚尿流,那你还能学到一些什么呢?空屁!什么都没有!不过——你最好还是再听听其他一些广告吧。"

这些广告真的好像大发善心似的。其中有一则广告印着如此醒目的大标题:"金钱!金钱!!金钱!!!"另一则广告公开宣称:"P.R.先生,过去在理发店每周只赚十八美元,如今来信告诉我们说,自从学了我们的课程以后,现在他已成为正骨科主治医师,年收入达五千美元。"第三则广告上说:"J.L.小姐,不久前还是某家商店的包装工,现在我处教授'印度气功和心理控制教程',每日收入十美元。"

特德已收集的五六十则广告,都是来自各种年鉴、主日学校的校刊、小说杂志,以及报道专题讨论的各种学校。有一位好心人恳求说:"交际场合切莫做壁上之花①——要多出风头,赚大钱——**您用尤克里里琴**②**或唱歌准能名噪一时!**根据最新发现的音乐教学法的一些秘诀,任何人——不论是男女或孩童——不必经过令人厌烦的练习、特殊训练或者长期学习,也不必浪费时间、金钱或精力,就能学会看谱演奏钢琴、班卓琴③、短号、单簧管、萨克斯管、小提琴或者击鼓,

---

① 原文为美国口语,意指在舞会上没有舞伴而坐着看的女子,叫"壁上之花"。
② 一种类似吉他的四弦琴,流行于夏威夷等地。
③ 一种类似吉他的弦乐器,最早来自非洲。

以及学会视唱①本领。"

下面另一则广告,在诚意"**征聘指纹侦探——进项可观!**"大标题之后,干脆开门见山地说:"**你们**这些精力充沛的男男女女——这就是你们谋求已久的职业。这里可以赚大钱,**收益巨大惊人**,还有经常改换工作环境、具有令人神往、无法抑制的兴趣和魅力——这些都是您那灵活的头脑和冒险精神所渴望得到的东西。不妨想一想,在分析扑朔离奇的案件和令人难以索解的罪行时,成为一个主要角色和主导因素,该是多么诱人!这个了不起的职业,使您可以同有权有势的人物平起平坐,而且还常常指派您去外地出差,也许到一些遥远的地方——一切费用有人代付。**不需要受过特种教育。**"

"哦,乖乖!我想那可准有说不尽的好处!到各处去旅游,捉拿一个出名的罪犯,多美!"特德高声嚷道。

"哦,我看并不怎么样。说不定还会挨刀子呢。不过,学音乐的那个花招也许很不错。既然讲究效率的专家们能在工厂设计出增加产品的方案,为什么偏偏想不出一套方法来,使人们用不着经过那么多的实践和练习,就学会了音乐?"巴比特不仅觉得印象很深,而且还有一种愉快的为父的感情,因为家里就数他们两个须眉汉子之间最默契。

他仔细倾听了许多函授大学的广告,他们开设的课程,有教授短篇小说创作法、怎样增进记忆力、怎样当电影演员、如何启发精神力量、银行学、西班牙语、手足病治疗学、摄影技术、电机工程、橱窗陈列方法、

---

① 指事前无准备,看谱即席演唱。

家禽饲养学,以及化学,等等。

"那敢情好啊,那敢情好啊——"巴比特真不知道该用什么词儿才能充分表达他的钦佩之情,"真该死!我早就听说函授学校这个买卖是一本万利呀。相比之下,近郊地产生意也就一文不值了!可我没有想到它会发展成为这样一种受人欢迎的重要产业!一定会跟食品业和电影业并驾齐驱。我常常这样想,赶明儿某些聪明人总会出来大刀阔斧地办教育,而不会再让一大堆书蛀虫和不切实际的理论家垄断教育事业。是的,现在我才懂得,这许多课程怎么会使你发生了兴趣。我必须向康乐会里的那些人问个明白,他们是不是真的懂得,但与此同时,特德,你知道凡是做广告的人,这里我是指某些做广告的人,照例要夸大一番的。我可不知道他们能不能老像他们广告上所说的那样,一下子就让你学完那些课程。"

"哦,一定能,老爸,那还用说吗?"特德的话儿连自己的长辈都在洗耳恭听,所以他觉得自己十分老练而特别高兴。巴比特把满腔感激之情全部倾注在他身上,说:

"是的,这些课程对整个教育事业会产生什么样影响,我是看得出来的。这一点,当然咯,我绝不会公开地说的——像我这样的州立大学毕业生给母校吹嘘捧场,那是完全合情合理,也是出于爱国热忱嘛。但是,说实话,即使在州立大学读书,也浪费过许多宝贵时间,去学什么诗艺、法语,以及绝不会给你挣来一分钱的其他科目。虽然现在我还说不准,但是这些函授课程也许会成为美国最最重要的发明之一哩。

"当前许多人的毛病在于:他们都是彻头彻尾的实利主义者;他

们看不到美国在精神上和智力上具有优越性这一面；他们认为我们只是主张一些机械技术上的进步，比方说，发明了电话和飞机和无线电之类的东西——不，无线电是一个意大利人所发明的①，但这个可无关宏旨。然而，对于一个真正的思想家来说，他知道能在精神上主宰一切的因素，是**效率**、**扶轮国际**②、**禁酒**、**民主**，等等，就是这些东西构成了我们最深刻与最真实的财富。而足不出户的函授教育这个新玩意儿，也许就是另一种……另一种因素。我跟你说，特德，我们还得要有**远见**——"

"我认为那些函授课程——糟得很！"

两位哲学家都张口结舌了。本来他们俩心里都想到一块去了，哪知道巴比特太太却出来唱反调。巴比特太太的美德之一在于：除了在家里准备酒宴请客时，她才变成一位出色的女主人以外，平时她只知道操持家务，从来不谈自己的想法，叫男人们感到为难。现在她却坚决地继续说道：

"我认为太糟糕了，在他们的哄诱之下，年轻人自以为用不着旁人点拨帮助就可以学到了什么东西——你们两个也许一学就会，可是我呢，我一向很迟钝。不过，反正还得——"

巴比特转过身来对她说："废话！在家里自学照样也能学到同样多的东西。难道你认为一个人只要花掉他父亲辛辛苦苦赚来的钱，优

---

① 指意大利工程师马可尼（1874—1937），他首先发明了无线电。
② 即旧译"扶轮社"，为企业界人士和各种职业人士的一个国际性交谊团体，1905年成立于美国芝加哥，新中国成立前在我国上海、天津等大城市设立过分支机构。

哉游哉坐在哈佛大学漂亮的宿舍莫理斯椅子①里,四周都是图画、盾形徽章、台罩以及种种其他玩意儿,就能学到更多的东西了吗?我跟你说,我是上过大学的人——我自己**知道**!不过,你也许可以提出反对的意见。现在有一些人企图从理发店和工厂里寻摸人从事自由职业的工作,我当然要竭力反对。这些职业早就有人满之患,要是那些人都去受教育了,我们上哪儿去找工人?"

特德仰着脖子靠在椅背上抽烟卷,并没有受到指责。在这一瞬间,他也悠然浸沉在巴比特的缥缈遐想之中,仿佛自己就是保罗·赖斯灵,甚至还是霍华德·利特尔菲尔德博士。他就暗示着说:

"哦,老爸,不知你的意见怎样?如果说我能到中国或者别的更有劲的地方去,同时通过函授学习工程学或者别的课程,这不是一个好主意吗?"

"我说这可不行,孩子,为什么呢,我这就细说给你听听。我觉得,你如果能说自己是个大学毕业的文学士,那才够神气的啦。有的顾客不知道你是吗样的人物,以为你是一个没有噱头的买卖人,他就夸夸其谈,胡扯什么经济学呀,什么文学呀,还有什么对外贸易现状,那时你只消轻描淡写地说上这么一句话:'从前我上大学的时候——当然咯,我得过社会学的学士,还有什么什么——'嘿,你这么一说,马上就把他们的气焰给煞住了!可是,你如果说:'我在贝朱朱斯函授大学得过一个舔舔邮票的学位!'那就什么屁用都没有了。你要明白——我老爸是出名的老好人,可是从来没有摆过阔气,所以我不得

---

① 英国19世纪诗人和实业家莫理斯设计的一种类似柔软沙发的椅子。

不拼命干活，自己赚钱才念完大学的。是的，这还是划得来的，所以今天我才能够和泽尼斯最高贵的绅士们来往，自由出入俱乐部，等等。而我可不乐意你被排斥在绅士阶级之外——这个阶级虽像普通人一样精力充沛，但它还有权力和个性。你如果被绅士阶级所抛弃，会使我伤心的，老弟！"

"我明白，老爸！我当然明白！是的。我会坚持下去的。啊，老天哪！我完全给忘了，我答应过要把那些姑娘送去排练合唱呢。我得赶快走啦！"

"可是你家庭作业还都没有做完呢。"

"明儿大清早做。"

"嗯——"

最近六十天里，巴比特大发雷霆已有六次了："你可不能'明儿大清早做'，你得现在就做！"但今儿晚上他只说："得了，赶快走吧。"这时他脸上露出了又腼腆又喜悦的笑容，而它，通常只对保罗·赖斯灵才偶尔展现。

四

"特德是个好后生。"巴比特对他太太说。

"当然咯，是的！"

"由他开车送去的那些姑娘是些什么人？她们作风都正派吗？"

"我不知道。哎哟哟，现在特德什么事都不跟我说了。我不明白眼下这一代的孩子是怎么搞的。从前我什么事情都要告诉爸爸妈妈，但现如今的孩子早已不听大人的管教啦。"

"我希望她们都是作风正派的女孩。当然咯,特德不再是个小伢儿了,我不愿意他跟人家——哦——纠缠不清。"

"乔治,我心里在琢磨,你是不是应该跟他单独谈一谈——**有些事情**跟他念叨念叨!"她涨红了脸,两眼低垂下来了。

"哦,我也不太清楚呢。依我看,麦拉,让孩子脑子里琢磨那么多的事情,也没有什么意思。料他自己想出来的鬼把戏已经够多的了。但我心里纳闷——这个问题相当棘手。我可不知道利特尔菲尔德对此有何想法。"

"当然咯,爸爸同意你的看法。他说所有这些函授说明书都是……他说……简直不像话。"

"哦,他真的这样说过?好吧,让我告诉你,不管亨利·T.汤普森怎么个想法——我指的是有关道德方面的问题,虽然你肯定哄骗不了这个老笨蛋——"

"哎哟哟,你怎能这样议论爸爸!"

"要是说做买卖赚大钱,我硬是哄骗不了他,可是,让我告诉你,他只要一谈到高深学问和教育问题,我就马上知道他的想法正好跟我截然相反。你自然不会把我看成一个了不起的智囊人物,可是,请相信我,同亨利·T.相比,我完全可以当上一个正经八百的大学校长!是的,我亲爱的女士先生,哎哟哟,我一定要和特德单独谈谈,告诉他我为什么过着严守道德的生活。"

"哦,是真的要谈吗?是在什么时候?"

"什么时候?什么时候?干吗要用**什么时候**、**什么缘故**、**什么地**

点、**什么方式**,以及**什么时候**一长串扯儿把我牢牢拴住了,这又有什么用?娘儿们就有这种毛病呗,所以她们成不了高级经理人才,她们毫无外交头脑可言。一有适当的机会和方便的时候,自然,我就友好地跟他谈谈心,而且……而且……那是婷卡在楼上乱嚷嚷吗?她早就该睡了。"

他悄没声儿穿过小客厅,走进了日光室。那是一个以玻璃为墙的房间,里面备有柳条椅和摇椅,每到星期天下午,他们一家人都在这里憩息。窗外,柔和的四月夜色中,依稀可见只有道佩尔勃劳家的灯光和巴比特喜爱的榆树朦朦胧胧的影子。

"跟这孩子见面谈谈真愉快。[①] 今儿早上烦躁不安的情绪,早已一扫而光。可是,我的天哪,我还得要同保罗一起到缅因去几天!……季拉那个恶婆娘!……不过……特德还不错。全家也都不错。生意也很好。我今天一点儿不费劲儿,就赚了四百五十美元(几乎就是半千美元啦),像这样的人并不很多呢!要是我们大家一块儿吵闹的时候,也许我跟他们一模一样,也会有过错。我可不应该动不动就发脾气。唉——但愿就像我爷爷那样也是一个拓荒者该有多好。不过那样的话,我就不会有眼前这样的房子了。我——哦,我的天哪,连**我自己都不知道呀!**"

他满怀忧郁地想着保罗·赖斯灵,想着他们一同度过的青年时代,以及他们结识过的姑娘。

二十四年前,巴比特在州立大学毕业时,就想去当律师。他在大

---

① 这是巴比特的内心独白,在回想他与保罗·赖斯灵见面的情景。

学里常常喋喋不休地跟人家抬杠；他觉得自己是个天生演说家；他梦想自己有一天会当上州长。他一面攻读法律，一面兼做地产推销员。他一个劲儿攒钱，住在兼供膳食的寄宿舍，晚饭只吃肉糜水煮蛋。快活的保罗·赖斯灵——当时他一直蛮有把握地说，不是下个月，就是明年，他就要到欧洲去学小提琴——是他在困难时刻可以与之倾吐积愫、得到慰藉的人，到后来保罗才被季拉·科尔贝克迷住了。这个爱笑、爱跳舞的季拉，只要一摆弄她那丰腴的小手指，所有的男人都得围着她转。

那时候，巴比特一到晚上总感到枯燥乏味，只有在保罗的堂表妹麦拉·汤普森那里得到安慰。麦拉·汤普森是个纤秀温柔的姑娘，而且独具慧眼，她与热情似火的年轻的巴比特看法一致，认为将来他肯定有这么一天要当上州长。季拉嘲笑他是个乡下孩子，麦拉愤愤不平地说，他比那些出生在大城市泽尼斯的花花公子可要有出息得多哩。1897年，泽尼斯这块古老的居留地，已有一百零五年的历史，二十万人口，是独冠全州、叹为奇观的一大城市，在乔治·巴比特这个来自卡托巴[①]的孩子看来，泽尼斯却是那么巨大，那么喧闹，那么繁华，所以他能结识到一位出生于泽尼斯的名门闺秀，可说是三生有幸了。

他们俩之间没有谈情说爱过。他知道自己要是去读法律，好几年都结不了婚。不容分说，麦拉是个**好姑娘**——这样的姑娘，要是你不打算跟她结婚，你不会去吻她一下的，你"对她压根儿都不会想到那样的事情"。然而，她是一个可靠的伴侣。不论什么时候，她都高高

---

① 河名，其流域在美国北卡罗来纳州和南卡罗来纳州。

兴兴陪他一起溜冰、散步；她总是乐于聆听他的长篇宏论，比方说，他将要去从事伟大事业呀，他要保护那些可怜的穷人不受富人欺凌呀，他将要在宴会上发表演说呀，以及他将要纠正一般人的不正确思想认识，等等。

有一天晚上，他缘于疲倦不觉感到有些心神恍惚。这时候，他发现她在抽抽噎噎地哭泣。原来季拉主办舞会没有邀请她去。不知怎的，她的头突然靠在他肩膀上，他吻干了她脸上的泪痕——她抬起头来，信任地瞅着他说："我们既然定下来了，那我们是马上结婚呢，还是要再等下去？"

定下来了？这——他可从来都没有想过。他对这个棕色头发、温柔的女性的好感，顿时变冷，而且可怕，但是他不能伤她的心，也不能辜负她的信任。他支支吾吾地说了要等一下的意思，就拔脚逃跑了。他踅来踅去地走了个把钟头，要想个办法告诉她所有这一切都是误会。随后的整整一个月里，有好多回他差一点儿要对她讲了，但怀里搂着一个姑娘毕竟是愉快的，他也就越来越难于开口，生怕突然对她说自己并不爱她会使她伤心。但他自己心里明白他是不爱她的。结婚的前夕，他感到非常痛苦，第二天一清早他真恨不得还想逃走呢。

后来，她成为他的人所共知的**好妻子**，她忠实、勤劳、偶尔也很快活。对于他们的婚后生活，她先是感到有几分嫌恶，继而转为好像挺热和的恩爱，但最后却一蹶一振，变成令人厌烦的例行公事了。反正她活在人间，只不过是为了他、为了孩子们罢了。当他放弃了法律，而为地产生意疲于奔命时，她跟他一样感到惋惜不安。

"可怜的女人，她心里并不比我轻松多少，"巴比特站在昏暗的日光室里独自思忖,"可惜的是,我没能当上律师,在政界一显身手。且看我一定能干出一些名堂来的。唉,也许,我会挣到比现在还多的钱呢。"

他回到了小客厅,但在坐下以前,他抚摸着他妻子的头发,这时她抬眼一看,露出快活而又有些吃惊的神情。

第七章

一

他一本正经地看完了最近一期《美利坚杂志》,他妻子叹了一口气,放下手里织补的活儿,不胜羡慕地直瞅着一本妇女杂志里的女式内衣设计图样。房间里非常雅静。

房间里所有一切都是按照芙萝岗的最高标准装潢布置的。灰色墙壁被白漆松木板条隔成一块块做工精巧的镶板。两把精雕细琢的摇椅,是从巴比特的旧居搬来的,其他的椅子都是全新的,而且凹进很深,坐着十分舒适,外面还罩着金色条纹的蓝丝绒椅子套。壁炉前有一张蓝丝绒坐卧两用的沙发,沙发后面是一张樱桃木桌子和一盏金黄色绢丝灯罩的落地钢琴台灯。(芙萝岗每三所住宅中,就有两所住宅的壁炉前面有一个坐卧两用沙发,一张真红木或者仿红木的桌子,一盏落地钢琴台灯或者看书用的台灯,配上金黄色或玫瑰红绢丝灯罩。)

桌子上铺着一长条夹着金丝的中国织锦台布,还有四本杂志,一只盛香烟屑的银碟子,三本"作为奉送的礼品书"——那是一些昂贵的大开本神话故事集,附有英国画家所作的插图,除了婷卡以外,巴比特家里谁个都还没有看过。

靠近前窗的一个角落里,摆着一架外壳很大的留声机。(芙萝岗住宅中十之八九都配置这么一架留声机。）

墙上每一块灰色镶板的正中央，都挂着一张画，其中有一张红黑两色的英国狩猎图的复制品；一张模糊不清的闺房图的复制品，附有法文说明词，但巴比特历来觉得有碍观瞻；余外还有一幅"手工着色"的殖民时期老式房间的照片——碎布编成的炉边地毯、纺纱姑娘、一只小猫咪悠然蹲在白色壁炉前。（芙萝岗每二十所住宅中，就有十九所住宅都挂着一张狩猎图，或是一张贵妇梳妆图，或是一张新英格兰故居的着色照片，或是一张落基山的照片，要不然四张图片齐全。）

这个房间从舒适方面来说，远远超过巴比特孩提时代的"客厅"，犹如他的汽车远远胜过他父亲的轻便马车一模一样。房间里虽然没有特别逗人喜爱的东西，但也没有什么讨人厌恶的东西。它像一大块人造冰，那样整整齐齐，而又空洞无物。壁炉里既没有羽绒般的灰烬，也没有熏黑的炉砖，毫无暖意可言；黄铜的火钳火叉，还是擦得晶光锃亮；炉内炭火架就像商店里陈列的那些冷冷清清、死气沉沉、无人问津的滞销品。

靠墙有一架钢琴，又配上一盏落地台灯，但是除了婷卡以外，家里根本没有人使用过。他们已从留声机里那种刺耳的噪声中得到完全满足；他们收藏的爵士音乐唱片，使他们感到自己既有钱又有文化；巴比特一家人都知道，只要把唱针轻轻地一旋紧，就会产生音乐出来。桌子上那几本书摆得整整齐齐，一点儿污迹都没有；小地毯四角平整，没有一只角卷起；哪儿都看不到一根曲棍球棒、一本撕破了的图画书、一顶旧帽子，或者一头汪汪乱吠净捣蛋的狗狗。

二

巴比特在家里看书时从来都不是专心一志。他在交易所里真可以说全神贯注,但到了家里,他就叉起两腿,来回不停地摆动。赶上故事内容有趣的时候,他就把最精彩的亦即最滑稽的一些片段念给妻子听;要是故事吸引不了他,他就一个劲儿咳嗽,搔搔脚踝和右耳朵,让左手大拇指塞进马甲口袋里,把银币抖弄得叮当响,又叫表链上的雪茄烟刀具和钥匙团团旋转,到末了擦鼻子,打呵欠,时常没事找事去做。一会儿他上楼去换拖鞋——他的那双棕色优美高雅的海豹皮拖鞋,式样却像中世纪的鞋子;一会儿他从地下室壁柜旁边大圆桶里取了一只苹果上来。

"每天一只苹果,不用医生进屋嘛。"他拿这两句话去开导巴比特太太,不用说,在今天十四个钟头里,这还是头一次哩。

"是的,一点也不错。"

"苹果是利尿通便的珍品嘛。"

"是的,苹果——"

"女人就有个怪毛病:她们压根儿不懂得要养成良好的习惯。"

"哦,我——"

"饭后总是爱嚼零食呗。"

"乔治!"她按下书本,抬起头来,"你今天的午餐可要吃得清淡些,就像你原来说的那样?我可吃得够清淡呢!"

这一无缘无故的恶意进攻,使他大吃一惊。"嗯,也许并不见得那么清淡——今儿个我要跟保罗一块儿进午餐,没有机会按量定食。哦,你用不着咧嘴大笑,就像一只彻西猫[①]那样!要不是我经心在意,亲自掌握我们的食谱——我们家里只有我一个人真正懂得早餐要吃麦片粥的价值。我——"

她低下头看她的小说,他毕恭毕敬地把苹果一块块切开,一面狼吞虎咽吃着,一面唠唠叨叨地说:

"可是,有一件事我总算做到了,把烟给戒掉了。

"在交易所跟格拉夫吵了一架。他越来越放肆了。我一直容忍了很久,但有的时候我也得树立一下我的威信,所以我就突然训了他一顿。'斯坦',我说——哼,总之一句话,我老实告诉他……

"今儿个天气真怪,叫人坐也不是,立也不是。

"唔唔唔——嗯——"这最后发出的呵欠,是世界上最容易使人瞌睡的声音。巴比特太太跟着也打起呵欠来,脸上露出感激的神情,听他用低沉的声音说:"去睡觉怎么样,嗯?看来罗娜和特德要到深更半夜才回来。哦,今儿个天气真怪,热得并不难受,可还是——我的天哪,我想,哪天我要开车出去,做一次长途旅行。"

"是的,那时候我们才够痛快呢。"她回答时又打了一个呵欠。

他根本一眼也都不看她。他心里明白他出门时并不想捎着她一起走。他锁上门,检查一下窗子,又拨好热度调节器,这样,天一亮,炉子的通风管就会自动打开。他轻轻地叹了一口气,一种孤独感压抑着他,使他感到恐惧,茫然不知所措。他由于心不在焉,竟然记不得

[①] 文学作品中虚构的猫,笑起来嘴巴张得很大。这一典故出自英国作家L.卡罗尔(1832—1898)的著名小说《爱丽丝漫游奇境记》。

哪几扇窗上钩子已经检查过,所以只好摸黑回去,重新检查一遍,又生怕碰到看不见的椅子。他上楼时脚步很重,震得楼梯板嘎嘎直响。这是了不起的、隐藏着反叛的危机的一天,好歹总算结束了。

三

每天早饭以前,他总要重温一下他在边远的乡村度过的童年时代,对于城市生活中的繁文缛节,他竭力躲避,比方说,他怕刮胡子,怕洗澡,甚至对眼前身上的衬衫还很干净,可不可再穿一天,也很难决定。晚上要是在家不出门的话,他就很早上床,并且提前要把那些乏味的事儿办完。他有一个非常讲究的习惯,就是要舒舒服服地坐在盛满热水的浴缸里刮脸。今晚,请看他这个身腰滚圆、肌肤光滑、白里透红、脑门微秃、又矮又胖的一家之主,摘去了那副神气活现的眼镜,蹲坐在齐胸深的水里,拿了一把好像微型割草机似的保险剃刀,正在沾满皂沫的脸颊上刮,并且还用手在水里东寻西摸,郁郁不乐而又要保住面子地想把那块滑溜溜的肥皂给找回来。

温暖舒适的浴水轻轻地荡漾,几乎使他进入梦乡。灯光透过清水折射在浴缸内壁,构成了柔和的曲线图案,随着清水颤动,绿幽幽的光点在瓷缸的曲面上忽闪忽现。巴比特懒洋洋地观赏着,他注意到自己两腿倒映在光亮的瓷缸底面的轮廓,黏附在汗毛上的小气泡,都在缸底投下一个个奇怪的影子,好像丛林里的青苔似的。他轻轻地拍打着水面,反射的灯光时而倾覆,时而跳跃,时而齐射。他简直乐不可支,就像孩子似的逗着玩儿,把自己胖乎乎的腿肚上的茸毛刮了一绺下来。

排水管里在滴水，像一支活泼悦耳的歌儿，滴滴答，滴滴答，滴滴答答答答，叫他听得出了神。他两眼直瞅着坚固的浴缸，精美的镀镍水龙头，瓷砖铺砌的墙壁，为拥有这个华丽的浴室而感到自豪。

他突然惊醒过来，竟然冲着他的洗澡用品粗声呵斥起来。他责备那块调皮捣蛋的肥皂说："过来！你调皮得已经够了！"他气呼呼地对着叫他发痒的指甲刷子说："嘿，我看你，你敢不敢！"他给自己擦肥皂，冲洗，狠劲地搓身。他发现浴巾上有一个破窟窿眼儿，若有所思地把一个指头插进眼儿里，迈开大步回到卧室，俨如一个严肃而又矜持的公民。

他取出一条干净的硬领，一看，发现前面已经磨损，就吱的一声把它撕碎，声音清脆极了，这是他狂放不羁的一刹那，就像他死劲儿开汽车时一样淋漓痛快。

但最重要的却是给他拾掇睡廊和准备床铺。

他喜欢在睡廊里宿夜，是因为那里空气新鲜，还是因为殷实富户都有这么一个睡廊，那就不得而知了。

正如他是友麇会、促进会和商会会员，正如长老会里那些牧师决定他的全部宗教信仰，那些控制共和党的参议员在华盛顿烟雾弥漫的密室里决定他对裁军、关税和德国应持何种态度那样，全国各大广告商确定了他生活的外表的这一面，确定了他自己心目中所谓的个性。所有这些大做广告的标准商品——牙膏、短袜、轮胎、照相机、快速加热器，都是他地位优越的象征和证据。这些东西最初只是欢乐、热情和智慧的标志，后来却成为欢乐、热情和智慧的代用品。

但是，所有这些大做广告、象征社会经济繁荣昌盛的东西，在巴比特生活中远没有底下就是日光室的睡廊来得重要。

上床之前那一套的程式,是很细致复杂,而且总是一成不变。毯子一定要在他的小床脚跟边掖进去。(要是女仆没有掖进去,也得向巴比特太太说明原因。)碎布小地毯一定要摆得合适,这样早上起床时,他光脚板一伸马上就踩着。闹钟发条一定要旋紧,暖水瓶要灌得满满的,安放在离床底正好两英尺的地方。

这些艰巨的项目,由于他的指挥若定,都已妥妥解决,而且他还逐项将进度及其大功告成的情况告知巴比特太太。最后,他的眉头舒展了,他喊了一声"晚安",颇有堂堂男子汉的气概。可是,即便在这个时候,也还需要拿出一些勇气来。正当他昏昏欲睡刚要进入甜蜜的梦乡时,邻居道佩尔勃劳的车子回来了。猛地他惊跳一下,懵里懵懂地嘀咕着:"真见鬼,为什么有人从来就不准时上床睡觉呢?"他对自己停放汽车的过程非常熟悉,所以,他就像一个熟练的刽子手自己已被判处酷刑那样,等待着每一个步骤。

这时汽车呜呜地冲上车道闹腾得正欢呢。听那车门刚打开,又砰的一声关上,接着是车房拉门打开时在底槽吱嘎发响的刺耳声,然后又是开车门的声音。汽车往上开进车房时,引擎呜呜地轰响着,但在关上之前,又响起了一阵爆裂声。然后是最后一次开车门和关车门的声音。接下去是寂静——一种充满期待的可怕的寂静,直到从容不迫的道佩尔勃劳先生检查了轮胎情况,最后关上了车房大门。巴比特一下子万事全忘,美滋滋地进入了梦乡。

四

就在这一时刻，泽尼斯城皇家岭麦凯尔维家的淡紫色客厅里，霍勒斯·厄普代克正在向露西儿·麦凯尔维大献殷勤。他们刚好听了一位著名的英国小说家的讲演回来。厄普代克是泽尼斯有专门职业的未婚男子，四十六岁，腰身细长，说话娇声娇气；他喜爱花卉、彩色印花细布和奇装艳服、举止轻浮的姑娘。麦凯尔维太太是一个红头发、肌肤白皙的女人，总是觉得什么都不满意，她讲究衣饰，但是为人直率、诚实。厄普代克总是万变不离其宗，使出他的头一招——抚摸一下她那敏感的手腕。

"不要瞎胡闹！"她说。

"你觉得非常别扭吗？"

"不！我就是觉得别扭呗！"

他就随机而变，开始闲聊天。本来他就是以闲聊天出了名的。他头头是道地谈到了心理分析[1]、长岛的马球，以及他在温哥华所发现的（中国）明代瓷盘。她答应今年夏天与他在多维尔[2]会面。"不过，"她叹了一口气说，"多维尔那个地方实在太俗气，没味儿，除了美国人和酸臭的英国男爵夫人以外，啥东西都没有。"

就在这一时刻，泽尼斯前街希利·汉森小酒馆里，一个可卡因走私犯和一个妓女正在喝鸡尾酒。由于全国正在厉行禁酒，泽尼斯又以

---

[1] 指奥地利医生弗洛伊德所倡立的心理分析学说。
[2] 法国西北濒临英吉利海峡的旅游胜地。

奉公守法著称，他们只好偷偷摸摸地用茶杯来喝鸡尾酒。这个女人把自己的杯子向可卡因走私犯的头上摔去。他从口袋里偷偷掏出左轮手枪，藏在袖子管里，漫不经心地把她毙了。

就在这一时刻，有两个人正坐在泽尼斯某实验室里。他们连续工作已有三十七个小时，准备写一份关于合成橡胶的实验报告。

就在这一时刻，泽尼斯有四名工会领导成员正在开会，研究本城方圆一百英里以内的一万二千名煤矿工人应该不应该罢工。其中有一个看上去像是脾气暴躁、生意兴旺的杂货商，另一个是来自北方的木匠，还有一个是卖苏打水的冷饮店伙计，最后一个是俄国籍的犹太演员。俄国籍的犹太人援引了考茨基[①]、尤金·德布斯[②]和亚伯拉罕·林肯的一些言论。

就在这一时刻，一位退伍的老战士快要咽下最后的一口气。内战[③]一结束，他就直接来到了一个农场，那个农场虽然名义上属于泽尼斯市管辖，却跟荒凉的林区同样愚昧落后。他从来没有坐过汽车，没有见过浴缸，除了《圣经》《麦格菲读本》和宗教小册子以外，他什么书都不读。他相信，地球是扁平的，英国人就是以色列十个迷途的部落[④]，而美国却是一个民主国家。

就在这一时刻，泽尼斯普尔摩尔拖拉机公司这个钢骨水泥城里正

---

① 考茨基（1854—1938），德国社会民主党与第二国际的机会主义领导人之一。
② 德布斯（1855—1926），美国劳工运动领袖和社会活动家。路易斯撰写本书期间，德布斯因发表反战言论被监禁。
③ 指美国南北战争。
④ 相传以色列即《圣经》中雅各的别名，是犹太人的祖先，他有十二个儿子（后发展为十二部落）。其中十个曾同谋加害于以色列的宠子约瑟，所以称他们为迷途的部落，迷途有坏的意思。详见《旧约·创世纪》第三十五章以下。

第七章 · 125 ·

在开夜工,为波兰陆军订货制造一批牵引机。它像一百万只蜜蜂在嗡嗡作响,宽敞的窗子里耀眼的亮光冲天,仿佛火山在爆发。探照灯沿着高大的铁丝网移动,不时照亮了铺着煤渣的露天工场、铁轨侧线,以及巡逻的武装警卫。

就在这一时刻,麦克·蒙代正在结束一次祈祷会。蒙代先生是杰出的福音传教士,美国大名鼎鼎的新教会主教,一度当过职业拳击家。但是,撒旦[①]对他很不公正。作为一个职业拳击家,他得到的只是他的那个歪鼻子、他有名的骂街脏话和他在台上的噱头,此外便一无所得了。看来为上帝效劳反而有利可图。他已然准备引退纳福了。这对他来说是完全受之无愧,因为可以援引有关他的最后一篇报道佐证:

"可尊敬的蒙代先生,这位洞察一切的先知已然证明,他是世界上最伟大的拯救灵魂的推销员,并且,通过卓有成效的组织工作,为促使灵魂新生所需的经常性开支,即可降至前所未有的最低水平。他迄今已使二十万误入迷途的可贵的灵魂幡然醒悟,皈依宗教,而所耗成本每人平均还不到十美元。"

在国内一些比较大的城市中间,只有泽尼斯迟疑不决,没有立时将自己的罪恶向麦克·蒙代和他的经验丰富的感化团和盘托出,请求惩治。泽尼斯市一些富有进取精神的组织一致赞同邀请他——有一次,乔治·福·巴比特先生在促进会讲演时还赞扬过他,但是遭到圣公会和公理会某些牧师反对。他们原是教会中的一些败类,蒙代先生绘声绘色地称他们为"一帮子血管里流的只是洗碗脏水,而不是热血的福

[①] 基督教神话中的魔鬼。

音贩子，只会一个劲儿尖叫，说真的，还是让他们裤脚管上多沾些泥巴，皮包骨头的胸脯前多长些汗毛才好呢"。可是，商会秘书向制造厂商的一个委员会汇报说，蒙代先生每到一个城市，就把工人们的思想从提高工资和缩短工时转移到崇高的事业上去了，从而避免了罢工。这么一来，上面反对意见就不攻自破了，蒙代先生立刻被邀请到泽尼斯来了。

大家认捐了四万美元基金作为经费开支，在本城集市广场建造了一座麦克·蒙代礼拜堂，可以容纳听众一万五千人。这会儿蒙代先生这位先知的说教快要讲完了。

"在我们这个小城市里，有许多自作聪明的大学教授和只会喝喝茶、闲扯淡的蠢材，他们说我蒙代是个大老粗、窝囊废，还说我的历史知识等于零。哦，有那么一帮子满脸胡子的书蛀虫，自以为他们知道的东西比万能的上帝还要多，他们一个劲儿搞什么匈奴人[①]的科学和德国人的旁门左道，偏偏不爱听**上帝的直截了当的话**，哦，有那么一大拨脂粉气十足的纨绔子弟，嘴里流着涎水的，厚颜无耻的小阿飞，不相信基督的邪教授，还有让啤酒喝肿了脸的蹩脚文人，他们喜欢满嘴喷粪似的猖猖狂吠，说什么麦克·蒙代庸俗下流、废话连篇。这些狗崽子正在说我是卖狗皮膏药的，传播福音完全为了——赚钱。好吧，弟兄们听着，我就给这些家伙一个辩论的机会！他们尽管可以站出来，当着我的面，说我是个蠢货，是骗子手、乡巴佬！只要他们敢——他们敢这么说！站出来！——瞧，这些狂妄不可一世的骗子手，尝尝我

---

① 原指公元四、五世纪蹂躏欧洲的匈奴人，此处则引申为"破坏者""野蛮人"。

第七章 · 127 ·

麦克的老拳的滋味,要知道这个老拳后面,有**上帝的热情似火的正义力量**做后盾!——吓得他们不昏过去才怪呢!好吧,有种的就上来!有哪一位敢说?那一位说麦克·蒙代净是虚张声势的土佬儿。嘿,有哪一位站出来?好嘛,既然没有人,那就得了!现在我看本市乡亲们不会再去听那些躲在篱笆后面的狂吠声了;我想你们不会再去听那一拨家伙吹毛求疵和挖苦抱怨了,不会再去听他们满嘴肮脏的无神论了。现在,我请你们大家拿出全部劲头和虔敬的心情来,一起默默地祈祷,赞颂耶稣基督和他的永恒慈悲和至爱!"

五

就在这一时刻,思想激进的律师塞尼卡·多恩和组织学家库尔特·亚维奇博士,正在多恩的书房里闲谈。亚维奇博士写的有关镭射线破坏上皮细胞的科研报告,使泽尼斯名扬慕尼黑、布拉格和罗马。

"泽尼斯这个城市,有巨大的潜力,有巨大的建筑物、巨大的机器、巨大的运输能力。"多恩若有所思地说。

"我憎恨你们这个城市。它把生活中所有美好的东西都给标准化了,结果一点儿生气都没有了。它好像是一座巨大的火车站——大家都是行色匆匆,拿着车票直奔最佳的墓地。"亚维奇博士平静地说。

多恩激动了。"胡说八道!你可真叫我恶心,库尔特,净在那儿没完没了瞎嘀咕什么'标准化'。依你看,别的国家就没有'标准化'吗?哪儿还有比英国更加'标准化'的?要知道在英国,每一个有条件的人家,在下午同一时间用茶点,吃同样的松饼,每一位退休的将军在同一时刻都要到同样的有方形塔楼耸立的灰石教堂参加同样的晚祷，每一个身穿哈里斯花呢的高尔夫球迷，见了另外一个有钱的傻瓜，总是正经八百地说：'要得，要得！'难道说还有比这些个更标准化的吗？不过话又说回来，我还得爱英国。再说标准化嘛——你就不妨看看法国人行道上的露天咖啡茶座和意大利人的谈情说爱吧！

"至于标准化 Perse[①]，这个玩意儿好极了。我买一块英格索尔手表或者一辆福特汽车，我没花多少钱就得到了一件蛮不错的工具，它是什么样的玩意儿，在我心里一清二楚——反正它给我的个人生活留出了更多的时间和精力来。而且——我记得在伦敦的时候，在《星期六晚邮报》封底看到一幅牙膏广告，上面画的是美国某地近郊景色——积雪的大街两旁，榆树成行，新房子鳞次栉比，其中有的是佐治亚式的，有的是低矮倾斜的屋顶，也就是你在泽尼斯，比方说，芙萝岗所看到的那种街道，开阔，有树木，有草坪。我一下子就得了思乡病啦！那样令人愉快的房子，天底下哪个国家都没有。我并不计较它们**是不是**标准化啦。那种标准化才是呱呱叫呢！

"不，我在泽尼斯反对的，只是思想的标准化，当然咯，还有根深蒂固的竞争理念。这出戏里真正的坏蛋，倒是那些衣饰洁净、一团和气、勤勤恳恳的一家之主，他们为了确保自己子女过上好日子，就巧取豪夺，无所不用其极。这些家伙最坏的地方是，他们非常善良，非常聪明，至少在他们工作中就是如此这般。你对他们压根儿恨不起来，但是他们标准化了的思想，确实是你的敌人。

[①] 拉丁文，意谓本身。

"再说,还有所谓促进精神——我私下有一个想法,认为定居泽尼斯比在曼彻斯特、格拉斯哥、里昂、柏林或都灵还要好一些——"

"不对,上面这几个城市我多半都住过。"亚维奇博士喃喃自语道。

"嗯,那是各人爱好不同呗。就个人来讲,我喜欢一个未来的前景难以预测的城市,因为它可以激发我的想象力。不过,我特别需要的是——"

"你是个温和的自由自主者,"亚维奇博士插话说,"你根本不知道你自己需要什么。作为革命者,我明确知道我需要些什么——而现在我需要的是喝点酒。"

六

就在这一时刻,政客贾克·奥法特正在泽尼斯与亨利·T.汤普森磋商。奥法特建议:"当务之急就是要让你的傻瓜姑爷巴比特为众人所赏识。依我看,他这个人倒是有点儿爱国爱民之心的。他原是为我们同人抢到了一宗产业,但他居然可以装出这么一副样子,好像我们热爱众乡——乡亲——简直热爱得快要死啦。这也好,我何乐不为,出钱买个体面——当然价格要合适。我可不知道我们还能支撑多久,汉克[①]。只要像乔治·巴比特这样的好后生和那些可尊敬的、思想稳当的劳工领袖认为你我都是憨直的爱国者,我们也就万无一失了。是的,在这里,对一个诚实的政治家来讲,真是有利可图啊,汉克。全

[①] 对亨利的昵称。

城人人都在干活儿,为我们提供雪茄、油炸仔鸡和马提尼酒①。而且,只要塞尼卡·多恩这一类叫嚣者一跳出来,嘿,他们就义愤填膺地聚集在我们的旗帜底下。说实话,汉克,要是奶水胀得难受的母牛哞哞叫着,团团乱转让人挤奶,而像我这样精明的老头儿却不去挤,那简直太丢脸了!但是电车公司那一帮子人,再也不能让他们像过去那样在大量盗窃之后照样逍遥法外。我可不知道要到什么时候——汉克,我希望我们能寻摸出一个办法来,把塞尼卡·多恩这个家伙从城里赶出去。反正有了他,就没有咱们!"

就在这一时刻,泽尼斯全城三十四五万普通市民睡得正酣畅,犹如茫茫无际一片阴影,神秘莫测。在铁路轨道那边的贫民窟里,一个长达半年之久谋职不成的年轻人旋开了煤气,把自己和妻子双双毒死。

就在这一时刻,兼营哈菲兹②书店的诗人劳埃德·马拉姆,正写完一首叠句诗③,他在诗里写的是:生活在中世纪佛罗伦萨的封地采邑里该是多么有趣,而在泽尼斯那样平平常常的地方又是多么乏味。

就在这一时刻,乔治·福·巴比特在床上沉重地翻身,这是最后一次翻身,说明他翻来覆去睡不着的难受劲儿已经过去,这会儿他真的就要睡着了。

他一下子就进入了神奇的梦境。他站在一群陌生人中间,他们一个劲儿在嘲笑他。他溜走了,顺着深更半夜的花园里的小径走去。年

---

① 与鸡尾酒相似。
② 哈菲兹(1320—1391),举世驰名的波斯抒情诗歌大师。
③ 原文Ronbeau,一种诗的格律,由十行或十三行组成,押两个韵,第一节诗开头的几个词要在以后重复两次。

轻的仙子正在大门口引颈鹄候。她那亲昵的宁静的手抚摸着他的面颊。他一下子变得英姿飒爽、聪明伶俐、深受宠爱,她那温暖的手臂好似象牙一般,危险的沼泽地那一边,波澜壮阔的大海在闪闪发亮。

第八章

一

今年春上巴比特办了两件大事：一是赶在林顿大道延长电车线路的公告还没有发表之前，他替电车公司的几位身居要职的人偷偷地购进林顿大道那一带的地产买卖特权；余外就是主办了一次宴会。这次宴会，正如他兴高采烈地关照妻子说，不仅是"一个正式的社交宴会，而且还是一个地地道道的高雅别致的盛会，到时候本市最杰出、最风雅的才子佳人都要光临"。他对这事件是那样全神贯注，差一点使他忘记了自己原来的计划，那就是同保罗·赖斯灵一起到缅因去玩儿。

巴比特虽然出生于卡托巴这个小村子，但他早已跻身于大都会社交界。作为东道主，邀请多至四位客人来家便餐，只要花上一两个黄昏，准备一下就成。可是一次正式宴会，要招待十二位客人，又要从花店采购鲜花，而且还要动用全部雕花玻璃器皿，连巴比特夫妇也感到不易措手啦。

那张客人的名单，他们就研究讨论了两个星期，最后才算敲定下来。

巴比特不胜惊讶地说："当然咯，我们自己也够赶时髦的啦，可是，想一想我们还要招待像丘姆·弗林克这样有名的诗人，他老兄每天只写一两首诗和几则广告,一年就拿一万五千!"

"是啊,还有霍华德·利特尔菲尔德。你可知道,昨儿晚上尤妮斯告诉我,她老爸会说三种语言呢!"巴比特太太说。

"嘿,那才胡扯淡哩!我也会说三种语言——美国话、棒球行话,还有扑克术语!"

"我觉得在这种事情上开玩笑不太合适。我想,能讲三种语言,一定很了不起,而且也一定很有用处,而且——既然这样的人物都请来了,我不知道为什么还要请奥维尔·琼斯夫妇。"

"嗯,你要知道,奥维尔这个人前途未可限量!"

"是的,我知道,可是,他是开洗衣铺的!"

"我得承认,开洗衣铺的当然没有写诗的、干地产买卖的那么高级,话尽管可以这么说,反正奥维[①]的学问博大精深。你听过他像摆龙门阵似的大淡特谈园艺没有?嘿,各种树木的名字,他都可以告诉你,有的他还可以叫出希腊文和拉丁文的名字来!何况,琼斯两口子请我们吃过饭,我们至今还欠情哩。此外,嘿,等到弗林克和利特尔菲尔德这样的吹牛大王一吹起来的时候,我们总得找个把傻瓜权当听众才好。"

"是啊,亲爱的——我想说的是这么个意思——我认为作为东道主,你应该靠边坐着,洗耳恭听,让你的客人们有机会也说上两句!"

"噢,你说你有这样的想法吗?是的,我一个人哇啦哇啦说个没完!当然咯,我算是什么呀?才不过是一个普通的商人——真的,一

---

① 奥维尔的昵称。

点儿不错!我不像利特尔菲尔德那样有哲学博士头衔,我也不是诗人,依我看,我就没得好说的!好吧,现在让我告诉你,就在不久前,你的那位大名鼎鼎的丘姆·弗林克在俱乐部里特地走到我身跟边,请我讲讲对斯普林菲尔德学校基金公债一案的意见。那么,是谁给他讲的?是我呗!我也不用打赌,除了我,还有谁呢?的的确确就是——鄙人!当时他走到我身跟边问我,我就一五一十地全都告诉了他!难道你还不信吗?嘿,他才非常乐意听我说哩,而且——至于东道主的职责所在,我想我好歹知道一点儿,这会儿就让我一一跟你说——"

闲话少说,奥维尔·琼斯夫妇被列为邀请的客人了。

二

宴会的那天早晨,巴比特太太就觉得坐也不是,立也不是。

"喂,乔治,我可有言在先,今晚你务必早点回家。记住,你还得换上晚礼服呢。"

"嘿,我在《鼓吹时报》上看到长老会教友大会通过投票表决,退出世界宗教联盟。那——"

"乔治,你听到我说的话没有?今晚你务必及时赶回来换衣服。"

"换衣服?见鬼!我现在不就穿得好好的!难道你以为我不穿B.V.D.衬衣就上交易所吗?"

"我可不喜欢你在孩子们面前耍贫嘴!你怎么也得穿上你的晚礼服!"

"我猜你是指我的塔克司。我老实告诉你,自从世界上有人发明了最无聊、最混账的东西以来，我最讨厌的就是——"

三分钟之后，巴比特只好哭丧着脸嚷道："也罢，我还不知道自己到底该不该**穿晚礼服**呢。"这意思是说他准备穿晚礼服，他们的谈话才转到别的话题上去了。

"喂，乔治，你回家路上别忘了到维佳冷饮店里去，把冰激凌给捎回来。他们的送货车坏了，他们让别人送来我觉得靠不住——"

"行了！早餐前你已经给我讲过了！"

"是啊，我只不过再叮嘱你一遍。今天我可要穷忙活，非得头疼脑涨不可了，对那个临时请来帮厨的女用人也还得要指点一番——"

"只是请人吃一顿饭，犯不着另外再雇一个女用人嘛。玛蒂尔达一个人完全绰绰有余——"

"——并且我还得出去把鲜花买来，再要插好，还得摆桌面，还得去预订椒盐杏仁，还得看看炸仔鸡好了没有，安排孩子们在楼上吃晚饭，以及还有——我只好指着你上维佳店里去取冰激凌。"

"行，行，行，我这就去就得了！"

"你只要走进去，说你要巴比特太太昨天电话订购的冰激凌，那里都已经给你准备好了。"

十点三十分，她打去了电话，提醒他别忘了到维佳店里去取冰激凌。

这时，他突然一个闪念，愣住了。他暗自纳闷，在芙萝岗举办宴会要花费那么大的力气，到底值不值得？但到采办调制鸡尾酒的原料时，他一激动就后悔自己刚才实在不该有这种想法。

下面是禁酒法施行时期取得酒精饮料的经过：

他驱车经过现代化商业中心区整齐划一的大街,来到了旧城曲里拐弯的小胡同——参差不齐的街区一片连一片,都是被煤烟熏黑了的仓库和屋顶厢楼。接着,他进入"小树林"——这里原是一个景色幽美的果园,现在却成了杂八地——寄宿舍、分间出租的廉价公寓和娼寮到处可见。他感到一阵阵异常的寒栗,冷彻脊骨,蹿入腹内。他见到每一个警察,就摆出一副清白无辜的样子来,犹如一个热爱法律、赞成武力、很想停下来跟他们开开玩笑的人。他把自己的车子停在离希利·汉森的酒馆还有一个街区的地方,心里一直有些忐忑不安。"哼,得了吧,即使有人看见我,还以为我到这里做生意来了。"

他走进的那个地方,酷似禁酒时期以前的酒馆,一长溜油腻腻的柜台,前面铺着木屑,后面挂着一块有流痕的镜子。一个邋里邋遢的老头儿坐在一张松木桌旁,仿佛对着一杯很像威士忌的东西在打盹儿。还有两个人在柜台旁边喝一种很像啤酒的饮料,给人的印象是:酒吧间里只要有两个人就常常是高朋满座似的。酒吧间侍者是个身材高大、皮肤白皙的瑞典人,他的淡紫色领带上插着一枚钻石饰针,两眼不眨地盯住巴比特。巴比特磕磕绊绊地走近柜台,低声说道:"我嘛,呃——汉森的朋友叫我来的。我想搞一点杜松子酒。"

酒吧间侍者居高临下地瞧了他一眼,那神气活像一位蒙受奇耻大辱的主教。"我想你找错了地方,我的朋友。我们这里只卖软饮料[①]。"他用一块本身就需要好好洗一洗的抹布揩擦柜台,一面机械地动着两肘,一面瞪眼直瞅着他。

[①] 指不含酒精的饮料。

在桌子旁边打盹儿的老头对酒吧间侍者恳求说:"嗳,奥斯卡,你就听我说呗。"

奥斯卡并不听他的话。

"噢,嗳,奥斯卡,你到底肯不肯听?喂,你听着!"

那个酒囊之徒懵里懵懂的虚弱的声音和啤酒杯脚的诱人的芳香,仿佛使巴比特立时迷住了。酒吧间侍者板着脸,朝只有两位酒客的那一拨人走去。巴比特像一只猫咪那样小心翼翼地跟住他,讨好地说:"嗳,奥斯卡,我要找汉森先生说句话。"

"你要找他干吗?"

"我只想找他谈一些事。这是我的名片。"

那是一张镌版印刷的精美名片,黑字黑得漆黑,红字红得鲜艳,说明乔治·福·巴比特先生经营地产、保险和出租房屋业务。酒吧间侍者拿着它,好像它有十磅重那样,又看着它,好像它上面印有一百个字儿那样。他没有失去自己主教般的尊严,只是粗声粗气地说了一句:"我去看看他在不在。"

他从里屋引出来一个老气横秋的年轻人,此人眼光敏锐而又平静,身穿黄褐色绸衬衫,格子花纹的马甲,胸前敞开没扣上,下身是一条耀眼的红棕色裤子,这就是希利·汉森先生,他只说了一声:"你?"但是他那冷酷、轻蔑的眼光一下子刺透了巴比特的灵魂。对于巴比特花了一百二十五美元置备的深灰色新装(他对康乐会里每一个熟人都提到过),汉森也好像熟视无睹似的。

"见到你很高兴,汉森先生。嗳,嗯——我是巴比特-汤普森地产公司的乔治·巴比特。我是贾克·奥法特的好朋友。"

"唔，这又是怎么啦？"

"嗳，嗯，我想设宴招待几个朋友，贾克对我说你能给我寻摸到一些杜松子酒。"当汉森的眼色显得更加不耐烦时，巴比特慌了神，十分巴结地找补上一句，"你不妨打个电话去问问贾克好啦。"

汉森没有直接回答，只是把脑袋一扬，指向里屋门口，就独自走了过去。巴比特鬼鬼祟祟地钻进一个房间，里面有四张圆桌、十一把椅子、一本酿造厂赠送的挂历，还散发着一股子气味。他一个劲儿等着，只见希利·汉森晃晃悠悠地走过三次，嘴里哼着小调，两手插在口袋里，压根儿不理睬他。

这天早晨，巴比特勇气十足地赌咒发誓说"我只肯出七美元一夸脱，多一分钱也不行"，这会儿却改变为"我也许得付十美元"了。汉森再一次疲沓沓地走进来，他恳求道："那个你能供应吗？"汉森皱皱眉头，粗声说："等一会儿——看在圣·彼得面上——再等一会儿！"巴比特继续等着，显得越来越卑顺的样子，直到汉森大大咧咧地重新走了进来，他那双倨傲的白净的长手拿着一夸脱——这只是美其名曰一夸脱杜松子酒。

"十二块钱。"他高声地说。

"嗳，嗯，可是大老板，贾克认为你能按八九块钱价格供应我一瓶呢。"

"不。十二块钱。这是真货，从加拿大走私进来的，不是坊间那种掺上一两滴杜松子汁的中性酒精。"那个诚实的商人说的倒是心里话，"如果你要的话——十二块钱。你当然懂得，我这还是看贾克朋友的情面哩！"

"当然，当然！我懂！"巴比特感激不尽地掏出十二块钱来。汉森打了一个呵欠，数也不数就把钱塞进那件相当耀眼的马甲口袋里，大摇大摆地走了。巴比特觉得能跟这么一位伟人打交道很光彩。

巴比特先是把酒瓶藏在衣襟里带回来，然后又藏到办公桌里，心里可真是阵阵发痒。整个下午，他一想到自己"今晚能给伙计们来一点儿真正的兴奋剂"，就一迭连声喷鼻息，咪咪地暗自发笑。事实上，他心里实在太兴奋了，直到离家只有一个街区时，才想起他妻子交代过的那一桩事儿，就是到维佳店里去取冰激凌。他脱口而出："哎哟哟，真浑——"就把车子往回开走了。

维佳不是普通的小吃店，而是泽尼斯首屈一指承办宴席的酒家。为介绍年轻闺秀初次进入社交界举行的正式舞会，大都假座维佳酒家鎏金闪银的舞厅。在所有讲究的茶会上，客人们一眼就能认出维佳的五种特色三明治和七种特色蛋糕。所有真正讲究的宴会上，最后少不得要上的一道点心，总是维佳特有的层次分明、色香味俱佳的冰激凌——就是说，在椭圆似西瓜、圆如分层蛋糕，或长似方砖的这三种形状不同的冰激凌中，必有一种。

维佳酒家四壁都是淡蓝色镶板，窗格上饰有玫瑰花纹，女侍都穿着有饰边的围裙，玻璃柜台里还摆出了精美的蛋白小甜酥。巴比特置身于这一家精美雅致的点心店，觉得自己又粗鄙又臃肿。在他等着冰激凌时，他断定准有一个年轻的女顾客在咯咯地笑他，感到脖颈后面热辣辣的一阵鸡皮疙瘩。他回家时还带着一肚子气，劈头就听到他妻子焦急地问：

"乔治！你**可没有**忘了上维佳去取冰激凌？"

"啊，你看这里！难道我多咱忘了啥来着？"

"是啊，你常常忘记！"

"得了，我很少会忘记的。真的把我累坏了，到维佳那么一个吃吃喝喝的鬼地方，还得站在那里傻等着，净看那些几乎赤身裸体的年轻姑娘，胭脂口红抹得活像是六十岁的老娘们，她们还吃了那么多的东西，准会把肚子撑坏——"

"哦，真是太委屈你啦！我早就注意到你不喜欢看漂亮的姑娘！"

巴比特心中一震，意识到他妻子此刻正忙得不可开交，所以对男性借以统治世界的那种合乎道德的义愤完全无动于衷，他只好乖乖地上楼换衣服去了。至于光彩夺目的餐厅、雕花玻璃器皿、烛台、抛光的木器家具、花边、银质餐具和玫瑰花，他只是匆匆看了一眼。对于宴请宾客这样的大事，他总是心潮起伏，一连四次很想穿那件百褶的白衬衫，但到最后还是改换了主意，拿出一件全新的衬衫，系上黑色蝴蝶领结，用手绢擦了一下浅口黑漆皮鞋。他扬扬自得地看看他的石榴红和银白两色相间的衬衫饰纽。乔治·巴比特轻轻地捋了两下脚踝，再把短丝袜穿上，他的粗壮的小腿就变成了所谓交际家的优雅的下肢。他站在穿衣镜前，直瞅着自己整齐的晚礼服和饰有三道镶边的漂亮的裤子，忘乎所以地喃喃自语道："凭良心说，我的卖相还挺不错呢。当然咯，不像是卡托巴乡下来的。要是我老家那些乡巴佬看到我这身行头打扮，他们准会昏倒呢！"

他堂而皇之地下楼去调制鸡尾酒。当他敲碎冰块，挤压橘子汁，又把大批瓶子、玻璃杯和调羹集中到餐具室洗涤槽旁边时，他觉得自己就像希利·汉森酒吧间侍者那样说了算数。然而，巴比特太太却说

第八章　·141·

他碍手碍脚,玛蒂尔达和今晚请来帮厨的女用人端着盘子跟跟跄跄地进进出出时,胳膊肘都要磕碰着他,还尖声叫嚷"劳驾开开门",但在如此重大的紧要关头,他压根儿不理会她们。

除了这瓶新买来的杜松子酒以外,他的"酒窖"里还有半瓶波旁烈性威士忌、四分之一瓶带甜味的苦艾酒和近一百滴苦味橘子药酒。他家里没有鸡尾酒混合器。混合器是纵欲的证据,是酒徒的象征,巴比特虽然也喜欢呷上两口,但是很不喜欢被人看成一个酒鬼。配制鸡尾酒时,他用一只旧酱碟来舀酒,然后倒进一只无柄水罐里,在玛兹达①圆球形电灯泡的强光照射下,他在一本正经地舀酒,而且还把配制器皿举得高高的,脸上发热,衬衫的前襟白得刺眼,擦洗干净的铜水槽像赤金似的在闪闪发亮。

他尝了一尝这玉液琼浆。"嘿,天哪,这才是地地道道的陈年味醇的鸡尾酒啊!有点儿像布朗克斯,可又像曼哈顿②。嗯——唔!喂,麦拉,趁客人还没有来,要不要先呷一口?"

巴比特太太身穿镶有银白色花边的上衣,唯恐弄脏,外面还罩了一条围裙。她急匆匆跑到餐厅,把每只杯子都挪动了四分之一英寸,又急匆匆跑回来,脸上露出非常坚决、毫不动摇的表情。她瞪了他一眼,责备他说:"我才不喝呢!"

"那么,"他就像随便开玩笑似的说,"我想老头儿可要呷一口呢。"

这一口鸡尾酒下去,使他兴奋得心摇神荡起来。他迷迷糊糊地感到许多难以压抑的欲念——开了汽车满处飞、跟姑娘们亲吻、哼哼歌、

---

① 此词原为波斯古教传说中光明之神胡腊玛兹达,后为一种美国电灯泡的商标。
② 布朗克斯与曼哈顿,都是当时美国名酒商标。

说说俏皮话。他为了挽回自己失去的尊严，就关照玛蒂尔达：

"这会儿我就把这罐鸡尾酒放在冰箱里。请你千万别把它弄翻啦。"

"是。"

"嗯，可要注意，顶头一格别放东西。"

"是。"

"嗯，你可要留点神——"他有点儿头晕，觉得自己的声音很细弱，很遥远。"嘻！"他又神气十足地吩咐道，"嗯，可要留神。"他踩着碎步走进小客厅，免得出丑。他心里纳闷，不知道自己能不能劝说"像麦拉和利特尔菲尔德夫妇那帮子不肯吭气的人，在晚餐之后往外找个地方胡闹一阵，也许再搞点酒来喝喝"。他发觉自己天生就是放荡成性，只不过一向被忽视罢了。

客人虽已陆续到齐，但少不了总有那么一两位要姗姗来迟，大家只好装出友好的样子等候他们。这时，旋涡在巴比特头脑里的如火如荼的快感，已被灰蒙蒙的一大片空虚所取代。但为了尽到芙萝岗东道主的本分，他还得热热乎乎地跟客人敷衍应酬一番。

这些客人是：霍华德·利特尔菲尔德，哲学博士，此人常为电车公司提供宣传资料和令人宽慰的经济学信息；味吉尔·冈奇，煤炭商人，他在友麋会和促进会同样有权有势；埃迪·斯旺森，贾弗林汽车厂代理商，此人住在街对面；奥维尔·琼斯，白百合洗衣店老板，这家洗衣店振振有词地自称为"泽尼斯最大、最忙、最佳的洗衣店"。不过，最杰出的客人，当然要算 T.考尔蒙迪雷·弗林克了。他不但是所谓《诗荟》的作者——他的《诗荟》通过报业辛迪加每天在六十七种主要报纸上发表，使他成为世界上拥有最广大读者的诗人之一——而且又是乐观的讲演人和"百看不厌的广告一览"的创始人。他的诗句虽然充满深邃的哲理和崇高的道德说教，但是写得十分幽默，连十二岁的小孩也都看得懂。而且，这些诗句干脆按照散文形式排印，因而更加耐人玩味。从东海岸到西海岸，弗林克先生以"丘姆"这个名字饮誉全美国。

跟他们一起来的大约有六位太太——因为今儿晚上时间还很早，也很难说准谁是谁。乍一看，她们彼此都很相像，而且她们都异口同声地用一种坚定活泼的口气说："哦，你们这儿真太好啊！"从外表来看，爷儿们就不那么相似：利特尔菲尔德是个寒酸的学者，高个儿，马脸；丘姆·弗林克个子矮小，一头软绵绵的灰发，夹鼻眼镜上挂着一根丝带，表明他的职业是诗人；味吉尔·冈奇，肩膀宽阔，头发又粗又黑，像一把毛刷子；埃迪·斯旺森是个秃顶的、生气勃勃的年轻人，讲究漂亮，这从他缀有玻璃纽扣的晚礼服的黑绸波纹马甲上就可以看出来；奥维尔·琼斯，外貌稳重，身材结实，蓄着一撇硬邦邦的浅黄色胡子，一点儿都不引人注目。可是他们个个都吃得白白胖胖，仪容整洁干净，一进门就乐乐呵呵，大声嚷道："晚上好，乔吉！"所以看起来他们好像都是堂兄弟一模一样。说来也真怪，你跟那些太太相处时间一长，就会觉得她们不太一样，可是你同那些爷儿们混熟了，就会觉得他们好像都是从一个模子里浇出来的。

喝鸡尾酒与调制鸡尾酒，同样有一些繁文缛节。客人们焦躁不安地、满怀希望地等待着，勉强地表示同意说天气相当暖和，但仍有点儿凉，不过巴比特依然缄口不谈鸡尾酒一事。他们未免有些泄气了。

就在这时,姗姗来迟的一对夫妇(斯旺森夫妇)进了门,巴比特暗示说:"喂,诸位,你们觉得稍微违法一下,都能受得了吗?"

他们直瞅着公认的语言艺术大师丘姆·弗林克。弗林克拉了一下夹鼻眼镜上的丝带,就像拉着撞钟绳一样。他清了一下喉咙,就按照惯例说:

"我要告诉你,乔治,我是个奉公守法的人,但人们都说味格·冈奇是个惯窃,不用说他的力气要比我大,他要是逼着我铤而走险,我可就不知道该怎么办了!"

冈奇马上大吼一声,说:"好吧,我这就来试试——"话音未落,弗林克又举起手,接下去说:"既然味格和你,乔吉,硬是要我这么干,我就把车子停在不准停车的地方,因为我深信无疑,你们说的正是这种违章行为!"

这下子引起了哄堂大笑。琼斯太太咬定:"弗林克先生简直要笑死人啦!没想到他还是那么天真呢!"

巴比特大声叫喊说:"你是怎么想的,丘姆?喂,你们大家稍等片刻,我出去一下,去取——你们的汽车钥匙!"在一阵欢笑声中,巴比特把那亮晃晃的、自己答应过的东西给端来了——一只大托盘里,围着中间的玻璃罐有许多玻璃杯,罐里盛着黄澄澄的鸡尾酒。爷儿们一下子都说漏了嘴:"哦,乖乖,我来看看!""这可正中下怀啊!""让我先尝一口吧!"可是丘姆·弗林克见多识广,饱经沧桑,忽然一个闪念,深恐这种饮料仅仅是果子露加上一点中性酒精。当巴比特俨然兴奋得满头大汗的救济品发放人似的举杯劝酒时,弗林克显得有些怯生生的,但他在尝了一口以后,马上尖着嗓子说:"哦,伙计,让我

第八章 · 145 ·

继续沉醉在梦中吧！这虽然不是真的在做梦，但是别把我叫醒！就让我沉入梦乡吧！"

两个小时以前，弗林克刚为报刊写完一篇抒情诗，开头是这样的：

我独自坐下，满怀愁绪，暗中思忖；我搔首眨眼，喟然长叹："唉！现在还有一些笨伯，恨不得恢复往昔的烧酒作坊，以及能使圣贤变成蠢货的旧时令人作呕的酒馆！"我只要有汩汩清泉可饮，在欢愉的清晨能使我头脑有如新生婴孩那样清醒，我绝不会去喝那含毒的浊酒！

巴比特跟大家一起喝酒，他刚才郁郁不乐的心情顿时消失了，他觉得世界上就数他们这些人最好，他要让他们喝鸡尾酒喝个痛快。"你再来一杯，行吗？"他大声问道。太太们咯咯地笑着回绝了，爷儿们却眉开眼笑，馋涎三尺地说："行啊，只要你不心疼，乔吉——"

"给你们分红来啦。"巴比特对每一个人说。每一个人都拉长了调门回答："尽量倒吧，乔吉，来个滴酒不剩！"

当酒罐倒空，再也没有指望时，大家站着，又开始谈论禁酒了。爷儿们脚跟着地，往后仰着身子，两手插在裤袋里，就像红运亨通的须眉汉子那样大放厥词。其实，他们只是老调重弹，拾人牙慧，自己对所谈的问题根本一无所知。

"我这就告诉你们，"味吉尔·冈奇说，"我的看法是这样的，可以说有书为证，因为我曾经跟许多医生和内行交谈过，依我看，取缔酒馆是一件好事，不过应该让人们喝点啤酒和酒精成分不多的淡酒。"

霍华德·利特尔菲尔德说："现在人人还没有都意识到，侵犯个人自由的权利是一种该有多危险的论调。不妨就举个例子来说，那我就说说巴伐利亚的国王吧？我想就是巴伐利亚——不错，就是巴伐利亚的事——在1862年，1862年3月，他颁布了一道禁令，不准在公地放养牲口。对于过重的赋税，农民们毫无怨言地都熬过来了，可是这道禁令一出来，他们就起来造反了。也许这是发生在萨克森的事吧。反正这件事足以说明：侵犯个人自由的权利该有多么危险。"

"说得对——谁都无权侵犯个人自由。"奥维尔·琼斯说。

"尽管如此，你们可别忘了，禁酒对工人阶级来说，倒是件大好的事，叫他们免得浪费金钱和降低劳动生产率。"味吉尔·冈奇说。

"对，言之有理。可是，麻烦出在如何实施禁酒法的方式方法上，"霍华德·利特尔菲尔德坚持说，"国会不懂得采取正确的途径。如果由我来管事，我就会这样安排，让喝酒的人领到饮酒的许可证，那时我们就可以管好那些好吃懒做的工人，不准他们喝酒。同时，我们也没有干预别人的权利——干预个人自由——干预像你、我这等人的个人自由。"

大家都点点头，深为钦佩地互换了一下眼色，说道："是这样的，那才发噱。"

"我所担心的是，这些家伙中间有许多人会去吸毒。"埃迪·斯旺森叹了一口气说。

他们更加起劲地点着头，瓮声瓮气地说："是这样的，确有那种危险呀。"

丘姆·弗林克忽然兴致勃勃地说："嗳，前几天我寻摸到一份家酿啤酒的新配方,真是棒极了。你用——"

冈奇插嘴说:"等一等,我把我的配方说给你听!"利特尔菲尔德哼了一声说:"啤酒可算不了什么!有本领就做苹果酒!"琼斯硬是说:"我的配方才灵光!"斯旺森恳求说:"嗳,让我讲给你们听听——"可是弗林克坚决地接下去说:"你先把豌豆荚壳剥下,集中在一起,一蒲式耳荚壳掺上六加仑水一块儿煮,直到——"

巴比特太太殷勤亲切地向他们走来,弗林克急匆匆地把他最佳的啤酒秘方讲完,她愉快地说:"请各位入席。"

至少谁应该走在最后头,却在爷儿们中间展开了一番友好的争论。当他们从小客厅穿过门厅步入餐厅的时候,味吉尔·冈奇大声说道:"要是不让我坐在麦拉·巴比特身旁,并在桌子底下握着她的手的话,我就不干——我要回家去了。"这一下子引起了哄堂大笑。到了餐厅,大家都站着,茫然不知所措。巴比特太太心乱如麻地说:"哦,让我看看——哦,我原来倒想给你们各位准备一些精美的入座卡片,可是——哦,让我想想看,弗林克先生,你就在那儿入座。"

晚宴完全符合妇女杂志里最佳的规格,色拉盛在镂空的苹果中间,除了油炸仔鸡照旧不变以外,每一道菜都装点成好像是别的菜品一模一样。

通常,爷儿们总觉得很难跟女士们说话。在芙萝岗,调情是一种陌生的艺术,而公事房和厨房是两个互不搭界的领域。可是在鸡尾酒的启人灵感之下,谈话却十分激烈。关于禁酒的问题,每一个爷儿们还有许多重要的想法要说,现在既然邻座可以充当他的忠实的听众,所以谁都冲口而出,说道:

"我寻摸到一个地方，可以搞到八块钱一夸脱的走私酒，要多少就有多少——"

"你在报上看到过有这么一个人，他花了一千块钱买了十箱威士忌，结果发现里面装的都是水。听说当时这个家伙好像站在街角，突然有个人向他走过来——"

"据说有一大批走私酒已到了底特律——"

"我常常说的是——许多人对禁酒总是不理解——"

"于是就出现了许许多多骇人的毒品，比如说甲醇，等等。"

"当然咯，禁酒嘛，我原则上是赞成的，不过，我可不乐意别人来指点我应该怎么想、怎么做。那样做法，不是哪个美国人都受不了吗？！"

可是，当奥维尔·琼斯说："事实上，禁酒的目的，说到底，并不在于节省几文钱，而是在于防止酒后滋事呗。"大家觉得这话简直不登大雅之堂，好在他还没有被人当作宴席上最善于说笑的人物。

等到这个人人必谈的正题讲深讲透之后，谈话才转到一般性的问题上去。

人们一谈到味吉尔·冈奇通常总是十分钦佩："嘿嘿，那家伙可真有一招！嘿，即使在大庭广众，当着所有的女宾面，他都能胡编出一些不堪入耳的笑话来，直逗得在座的太太都捧腹大笑。可是我呀，哼，我要是稍微说漏了嘴，准定受到严厉谴责！"这时候，冈奇开了腔，又叫大家乐一乐，他对女宾中最年轻的埃迪·斯旺森太太高声说："洛埃塔！我把埃迪口袋里的房门钥匙弄到手了，你和我趁大伙儿不注意的时候偷偷溜到街对面去，你说好吗？我有——"故意把眼一乜说："非常非常重要的事儿要跟你说！"

太太们哧哧地笑了起来。巴比特听得心里痒痒的，也想插科打诨一番。"听着，伙计们，我很想给你们看一本书，可我还拿不住主意。这本书我是从派登医生那里借来的！"

"啊，乔治！亏你不怕害臊！"巴比特太太警告他。

"这本书呀——说它富于挑逗性，那还不足以概括呢！似乎是一篇人类学的调查报告，写的是有关……有关南太平洋各地的风俗，简直是**无所不谈**！这本书坊间买不到。味格，我可以借给你看看。"

"先借给我呀！"埃迪·斯旺森抢先说，"听来真够味儿！"

奥维尔·琼斯告诉大家说："喂，几天前我听到一段**趣闻**，讲的是两个瑞典人和他们的妻子的事。"然后，他就用最纯正的犹太口音一鼓作气讲完了，只不过在结尾部分稍加消毒，却又被冈奇润饰了一番。不过，鸡尾酒的劲道一过去，这批寻欢作乐的家伙却又回到谨小慎微的现实生活中去了。

不久前，丘姆·弗林克曾到一些小城镇做了巡回讲座，他咯咯地笑着说："回到文明生活中来，真太好了！我真的看到了穷乡僻壤的一些小城镇！我是说——当然咯，小城镇的老百姓是那么好，走遍全世界都难找，可是，哎哟哟，我的老天哪，那些小城镇的生活气氛太沉闷了，谅你们各位断断乎体会不到，眼下这许多生龙活虎的人济济一堂，该是多么有劲儿呀！"

"可不是吗？"奥维尔·琼斯兴冲冲地说，"那些小城镇的老百姓，世界上就数他们顶呱呱，不过，哎哟哟，我的妈呀！他们谈起话来，可真乏味透了！唉，他们除了天气和新款式福特汽车以外，就什么都谈不上来，我的天哪！"

"是呀，他们谈来谈去，都是同样的事儿。"埃迪·斯旺森说。

"可不是吗？他们就是把同样的事儿唠叨了一遍又一遍。"味吉尔·冈奇说。

"是的，这真是咄咄怪事。他们似乎一点都没有客观地观察事物的能力。他们净是翻来覆去地谈福特汽车和天气等等老一套的话题。"霍华德·利特尔菲尔德说。

"不过，那样的事情你也不能完全责怪他们呀。他们不像你们生活在大城市里，在智力上根本得不到刺激呗。"丘姆·弗林克说。

"嘿，这可说到点子上了。"巴比特说，"当然咯，我并不希望你们这些有高深学问的人一个劲儿自命不凡，不过，我还得要说，能跟一位诗人和像霍华德这样精通经济学的人士在一起叨陪末座，真的使人头脑开了窍！可是，那些小城镇的傻瓜蛋，除了他们自个儿唠叨以外，没有外人和他们谈话沟通，所以他们的言语粗俗不雅，而且思想一团糟，也就不足为奇啦。"

奥维尔·琼斯接茬说："我们还有其他的优越条件——就以电影为例来说，那些乡下阔佬要是每星期换一次新片子，就觉得了不起了，而我们在大城市里，哪天晚上都有十几部不同的片子供你选择！"

"一点不错，还有我们整天价要跟精明强干的上等人接触，也都受到潜移默化嘛。"埃迪·斯旺森说。

"而且，"巴比特说，"轻易替那些土佬儿辩解也没有意思。一个人如果没有进取心，不像你我过去那样一个劲儿往城里奔，那就只好怪他自己咯。咱们老朋友之间说句知心话也无妨，他们对城里人嫉妒得要死。我每次回到老家卡托巴,总得去串串门,求得那些跟我一块儿长大的哥们儿的谅解,因为我多少有了一点儿成就,而他们却什么都没有。你要是就像你、我之间那样自然地跟他们说话,耍上点手腕,或者表现出所谓开明的思想观点的话,嘿,他们就认为你这是在装腔作势。我有一个同父异母兄弟马丁——他在经管我老爸开的那爿小小的百货铺。嘿,我敢说他压根儿不知道世界上有一种叫塔克司——那就是晚礼服的这种东西。他要是现在到这儿来的话,准会认为我们是一伙……一伙……嘿,我的天哪,我发誓,他压根儿不知道该怎么想!真的,列位先生,他们就是喜欢嫉妒啊!"

丘姆·弗林克附和说:"是这样的。不过,我最关注的是他们缺少文化和审美感——请原谅我使用了这样高雅的词汇。诚然,我喜欢做高深的讲座,朗诵自己的一些最好的诗篇——我指的不是报纸上,而是在杂志上刊出的那些东西。可是,唉,当我把这样高雅的东西拿去的时候,他们除了一些低级的老掉牙的故事,还有俚语和废话以外,什么都不要,而这些玩意儿——要是我们这里有人敢讲出来,准要把他轰出门外,弄得他晕头转向。"

味吉尔·冈奇最后加以概括说:"这帮子城里人既有审美感,又懂生意经,我们跟他们朝夕相处,可真是三生有幸呢。如果我们泡在某个小城镇里,一个劲儿让那里的怪老头儿了解我们这里的城市生活,准定碰上一鼻子灰。不过,我的天哪,你也得替他们说句公道话:每一个美国的小城镇都在设法增加人口,实现现代化的理想。而且,真该死,它们没有不成功的!有人开始时对乡下的十字路口也是鸡蛋里挑刺的,说他在1900年到过那里,那里什么都没有,只有一条烂泥地小街，是的，数来数去，只有一条；居民通共只有九百，个个闭紧嘴巴不说话，活像蛤蚌呢。可是，你在1920年再回到那里，就发现水泥铺筑的人行道了，一家很不错的小旅馆，还有一家第一流的女子服装商店——真是满目琳琅，美不胜收！你不要先看这些小城镇的现状，你应该看它们未来的宏图大业，它们都雄心勃勃，而有了这股子雄心，到头来会把它们变为世界上最美好的城市——它们都要把咱们泽尼斯作为榜样！"

三

T. 考尔蒙迪雷·弗林克是他们的邻居，平时向他们借用过割草机和活络扳手，过往算得上十分密切了，可他们知道：他还是一位**著名的诗人**和杰出的广告代理商；他那平易近人的态度后面，隐藏着神秘莫测的文学冲动。今儿晚上，他喝了杜松子酒之后，就无所顾忌，向他们吐露了真情。

"我碰到一个文学上的问题，简直烦得我要死。我正在替济科汽车公司写一系列广告，我想让每一则广告都成为小小一颗明珠——地地道道的艺术珍品。我完全信奉这样的理论：要写得尽善尽美，才有噱头，不然便毫无价值，而这些广告是我碰到的最棘手的难题。你也许认为要是我写诗比这个还要难一些——所有这些**抒发感情的题目**，什么可爱的家庭呀，炉边的絮语呀，还有什么幸福、欢乐，等等——可是这些都是信手拈来的东西。写这些题目管保不会有差错；任何一个正派的人有哪些思想感情，你是知道的，所以只要如实表现出来就行了。可是，这种写工业主义的诗歌，却是一种新的文学体裁，一个有待于开拓的新的领域。你们知道**那个**真的可以称为美国天才的人吗？虽然他的名字你我都不知道，但是他的作品应该保存下来，好让后代借以判断今天我们美国的思想和独创性。嘿，这就是那位替阿伯特王子牌烟丝写广告的人！请听这一则广告：

阿伯特王子牌烟丝给漂亮的烟斗充塞了那么多的乐趣。喂——你肯定常常听到汽车司机夸口说"稍微踩一下油门"，车速一下子就从五迈①跳到五十迈！是的，那当然是够上瘾了，可是，说句知心话，漂亮的烟斗，燃起了至上妙品——**阿伯特王子牌烟丝**的时候，你最好还是使用一套快速记录法，以便记录你的情绪从低沉骤然上升到顶峰状态。

阿伯特王子牌烟丝质地真正好——烟味历久弥醇，始终凉爽芳香！真的，你从来没有尝到过这样妙不可言的吸烟的乐趣！

抽上一斗烟丝——你马上赛过活神仙！嘿——装上**阿伯特王子牌烟丝**，你顿时浑身是劲，稳操胜券！那时你方才明白这话一点儿不假！

"乖乖！"汽车公司代理商埃迪·斯旺森赞不绝口地喊道，"那就是我所说的真正男性文学！那个写阿伯特王子牌烟丝广告的人——虽然不止一个人写的，必然是由一拨高级文人经过集思广益之后才动笔写的。但不管怎么说，他写出来不是给蓄长头发的胆小鬼看的；他

---

① 按英语译音，汽车司机常用语，一迈即一英里。

是写给**正派人**，写给**鄙人**看的，鄙人特向他致敬！不过，话又说回来，只有一个问题：我怀疑它到底能不能把商品销售出去。当然咯，如同所有的诗人一样，写阿伯特王子牌烟丝广告的这个人只不过兴之所至，胡诌一通罢了。它读起来娓娓动听，其实言之无物。我看了以后，绝不会就跑去购买阿伯特王子牌烟丝，因为它根本没有向我介绍有关烟丝的情况，全是胡编乱造呢。"

弗林克冲着他说："噢哟哟，你疯了！难道我还得向你讲一讲什么才算文笔优美吗？反正我真巴不得给济科汽车公司写出恰好就是这一类的东西来，可我就是写不来。所以，我决计按照纯粹的诗体，替济科汽车公司草拟了一则高雅的广告稿。不知道你对下面这一段文字喜欢不喜欢。

那条白茫茫的漫长的崎岖小道正在召唤——召唤——它越过群山，伸向远方，在期待着那些心中热血沸腾、嘴里哼着古老的勇士歌曲的男男女女。它远离单调乏味的工作，把忧虑全部抛到九霄云外。**速度**——光辉灿烂的**速度**——这远不是片刻之间的欢乐，而是你我的**生活**！济科汽车制造厂商，在考虑价格和款式的同时，对于这一新的伟大真理也给予充分考虑。济科汽车——迅疾有如羚羊，平稳犹似飞燕，而冲劲之大简直赛过公象。它的每一根线条都显出豪华的气派。喂，老兄！你要领略一下长途旅行的高超艺术，不妨一试生活中最欢蹦乱跳的——济科汽车！

"不错，"弗林克沉思地说，"这段文字说得上色彩雅致，可就是缺少独创性！"

全体在座的客人都满怀同情地赞叹着。

第九章

一

巴比特打从心坎里喜欢自己的那些朋友。他乐于做东道主,大声劝客进餐:"当然咯,你们得再吃一点儿炸仔鸡——我这才高兴!"他赞赏 T. 考尔蒙迪雷·弗林克的天才,可是鸡尾酒的劲儿一过去,他越吃越觉得不高兴了,何况斯旺森夫妇俩一个劲儿唠叨不休,把晚宴的友爱和睦气氛给毁掉了。

在芙萝岗和泽尼斯其他富裕的市区,特别是在"一些新婚的年轻人"中间,有许多女人整天价简直没事可做。虽然她们手下仆人不多,但她们家里都有煤气灶、电气炉灶、洗碗机、真空除尘器、厨房墙壁铺砌釉面瓷砖,样样都非常方便,所以,她们的家务事简直很少很少,何况吃的东西大多数又来自面包房和熟食店。她们一般只有一两个孩子,甚至一个也没有。尽管据说在大战[①]以后,人们认为参加任何工作都是体面的事,但是,她们的丈夫既反对她们参加不取报酬的社会工作,说她们是在"浪费时间,还给自己脑子里装满了许多傻念头",更反对她们挣了钱以后引起别人闲话,说是家里养不起她们。每天她

---

① 指第一次世界大战。

们大概只要干两个钟头的活儿，余下的时间就吃巧克力糖，上电影院，逛商店，三三两两地聚在一起闲聊天，玩纸牌，看杂志，怯生生地想念从来没有露过面的情人，最后感到心里越来越不耐烦，便向自己的丈夫找碴儿发泄一通。丈夫们也用同样的办法来回敬她们。

斯旺森夫妇便是专找碴儿的最佳榜样。

整个晚宴期间，埃迪·斯旺森一直在公开挑剔他妻子身上的新上衣。他认为那件上衣太短，领口太低，衣料薄得太不像话，而且价钱又特别昂贵。他居然向巴比特讨救兵来了。

"凭良心说，乔治，你觉得洛埃塔买的那件破烂货怎么样？你不觉得是糟透了吗？"

"你怎么啦，埃迪？我说那才是了不起的一件好衣服。"

"啊，是的，斯旺森先生。那件上衣简直漂亮极了。"巴比特太太明确地力挺丈夫说。

"喂，你听见了没有，亏你自作聪明呢！还自以为是懂得服装的专家呢！"洛埃塔怒冲冲地说，这时，客人们嘴里正在嚼咽东西，两眼偷偷地乜着她袒露的肩膀。

"住嘴，"斯旺森说，"我当然是个服装专家，所以，我知道这是把钱白白地给扔了。你有了满满的一壁橱的衣服，一辈子都穿不破，叫我看了心里怎么不烦呢。我这个意见以前也说过，显然你一点儿都不理会。可你干什么事儿，我都得紧紧地钉住你——"

斯旺森夫妻拌嘴，真可以说没完没了，除了巴比特没吭声以外，大家还从旁帮衬，凑趣儿。巴比特觉得他周围的一切都是模模糊糊的，只有他肚子里却像火燎似的乱翻腾。"吃得太多了，这个东西真不该吃啊。"他轻轻地哼了一声，同时还是照吃不误，一口吞下了一块凉丝丝、黏糊糊的冰砖，还有一个好像剃须膏软泥似的椰子馅儿饼。他觉得肚子里仿佛装满了泥巴；他的身体要爆炸了，喉咙要爆炸了，脑袋里是一团滚烫的泥浆；他只好忍着剧痛，继续赔着笑脸，高声劝客，这才算尽到芙萝岗的东道主的情谊。

要不是为了他的客人，他真想逃到户外去溜达溜达，消消食，但是客人们始终坐在烟雾腾腾的房间里闲聊天，仿佛永远聊不完似的。他刚才还在埋怨自己，"我真傻，吃了这么多东西——再来一口都吃不下了"，过一会儿发现自己又在品尝盘子里融化了的腻嘴的冰激凌底汁了。这时，他的朋友们早已失去了魅力，甚至当霍华德·利特尔菲尔德从他的知识宝库里引出这么一则科学珍闻，说生橡胶的化学式是 $C_{10}H_{16}$，它可以转化为异戊二烯，亦即 $2C_5H_8$，也都没有使巴比特提起精神来。突然间，巴比特不但感到厌烦，而且承认自己厌烦了，那是破例儿头一遭呢。离开餐桌，从坐着吃力的直背椅子上站了起来，懒洋洋地躺在小客厅长沙发上，可真是乐陶陶呀。

根据他们前言不搭后语、没精打采的谈话，以及他们脸上那种好像慢慢地被窒息至死的痛苦表情来看，大家似乎也同巴比特一样，都在社交生活的累赘和佳馔美肴的恐怖下活受罪呢。直到有人建议打桥牌，大家才算松了一口气。

巴比特从他刚才像在沸水里熬煮似的感觉中恢复过来。打桥牌时，他赢了。他又能忍受味吉尔·冈奇那种无法遏制的豪爽劲儿。可他心中却在想着跟保罗·赖斯灵在缅因州湖畔闲逛的情景。这如同怀乡病那样，是一种难于抗拒的、富于想象力的情感。他从来没有到过缅因州，可是他仿佛看到了云雾缭绕的群山和黄昏时分恬静的湖泊。"保罗·赖斯灵那小伙子比所有这些自吹自擂、附庸风雅的人都要强,"他喃喃自语道,"我真恨不得离开——世上这一切。"

即便是洛埃塔·斯旺森,也引不起他的兴致来了。

斯旺森太太是一个长得秀丽而又娇滴滴的女人。巴比特对女人没有仔细加以分析过,他只注意到她们对备有成套家具的出租房子的兴趣爱好。他把女人分为四类:名副其实的太太、劳动妇女、古怪的老妇人和伶俐的黄花闺女。他暗自琢磨着她们的魅力,但他又认为所有的女人(除了他自己家里的几个女眷以外)都是"各个不同"的和"神秘莫测"的。不过,他本能地知道洛埃塔·斯旺森是可以亲近的。她的眼睛和嘴唇都是水灵灵的。她长着一张俊俏的瓜子脸,嘴唇虽然细薄,但看上去有一股渴望的劲儿,眉宇之间有两弯脉脉传情的皱纹。她年纪在三十上下,也许还要年轻些。虽然从来没有人说过她的闲话,但是,不论哪个男人,只要跟她一搭上话,自然马上向她大献殷勤,而在场的每一个女人都矜持不语,冷眼看着她。

在打牌的间歇时,巴比特坐在长沙发上跟她说话,显出一种必不可少的殷勤态度来——这在芙萝岗并不是调情,而是害怕调情而采取的一种遁法。他说:

"洛埃塔,今儿个晚上,你看起来真像一只崭新的冷饮柜。"

"真的吗?"

"老埃迪有些乱来一气呢。"

"是的,这可真叫我心烦呢。"

"好吧,你只要觉得自己的先生讨厌的时候,可以跟乔治大叔一

· 160 ·　巴比特

起儿逃跑。"

"我要是逃跑的话——哦,我就——"

"可有谁对你说过你的手长得漂亮极了?"

她两眼瞧了一下自己的手,将袖口上的花边拉下来遮住它,再也没有理睬巴比特,只是浸沉在没有表达出来的遐想之中。

巴比特今晚太疲乏了,无法尽到自己作为一个迷人的(但是严守道德的)男性的责任了。他慢腾腾地朝桥牌桌走回去。弗林克太太提议搞招魂术的时候,也丝毫没有使他为之激动。弗林克太太是一个喜欢叽叽喳喳的小妇人,她说这个招魂术不妨试试看,只要砰砰地敲敲桌子就行——你们知道,丘姆就是能够把亡魂招来——真的,他简直把我吓死啦!

整个晚上赴宴的太太们,好像还没有正式抛头露面过,可是现在,她们采取主动,高声嚷道:"行,让我们快试试吧!"反正女人最喜爱的是精神世界,而男人常常为卑劣的物质利益而格斗。黑了灯之后,大家都围桌而坐,爷儿们相当庄严,显得傻里傻气的;太太们兴奋得几乎浑身直哆嗦。爷儿们一握住她们的手,她们就咯咯地笑着说:"喂,你得放老实些,要不我就喊出来!"

当洛埃塔·斯旺森悄悄地握紧巴比特的手,他觉得有些激动,对生活才又感到一丝儿兴趣。

他们大家都聚精会神地弯着身子往前探。有人觉得太紧张,抽了一口气,也不由得使邻座心惊肉跳。在前厅透进来的昏暗的灯光下,他们好像不是有血有肉的活人,他们觉得自己灵魂早已离开了躯体似的。冈奇太太突然一声尖叫,大家只好凑趣地惊跳起来,但在弗林克嘘声之下,大家又都乖乖地鸦雀无声了。他们几乎连自己都不信,突然会听到了砰地敲了一下的响声。他们瞪大眼睛盯住弗林克隐约可见的双手,发现它们仍然安放在那里,压根儿没有动弹过。他们扭动了一下身子,假装一点儿没受惊动。

弗林克郑重其事地开口问:"有谁在那儿吗?"砰的一声响!"砰的一声响,是表示'对了'?"砰的一声响!"砰砰的两声响,表示'不对'?"砰的一声响。

"喂,女士们,先生们,我们请圣灵的指引,让我们同哪一位已故的伟大人物的亡灵交谈,好吗?"弗林克喃喃自语道。

奥维尔·琼斯太太请求说:"哦,那就让我们找但丁谈谈!我们在文学小组会上读过他的作品。你当然知道他是谁,奥维。"

"我当然知道他咯!一位意大利诗人。你以为我就没有文化修养?"她的丈夫生气地说。

"是啊——我记得,就是那个走马看花地游过地狱的家伙。我从来没有念过他的诗,不过在大学里听人家讲起过他。"巴比特说。

"那就恭请但——丁先生!"埃迪·斯旺森声调悠扬地说道。

"你找他也许很容易,弗林克先生,你跟他是'同行,都是诗人嘛'!"洛埃塔·斯旺森说。

"同行诗人,呸!你哪儿来的废话!"味吉尔·冈奇不以为然地说,"我认为,作为一位古人,但丁是有些花招的——当然,这不是说我真的读过他的作品——可是,说实话,要是叫他死乞白赖地也来搞实用文学,就像丘姆那样每天给报业辛迪加写一篇诗来,他准招架不住呢!"

"是啊,说得对,"埃迪·斯旺森说,"古人有的是时间,可以慢慢地写嘛。嘿，我要是有整整一年时间，光写但丁写过的那些过了时的破玩意儿，那我也能写诗。"

弗林克要求说："大家别吱声！我就要把他叫来了……啊，微笑的圣灵呀，劳您大驾，呃，下至九泉，引领但丁的亡灵来这儿，让我们这些凡夫俗子得以聆听他那睿智的言辞。"

"你忘了报上他的地址呢：地狱，烈焰岗，硫黄路一六五八号。"冈奇咯咯地笑了，但大家却觉得这是在亵渎神明。他居然还这样说："也许这声音就是丘姆敲出来的，不过，要是真有其事的话，跟一个——古代的老头儿闲聊天，倒也是挺有劲儿的。"

砰的一声响！但丁的亡灵已然来到了乔治·福·巴比特的小客厅。

看样子，他很乐意回答他们的问题。他甚至说："今天晚上跟他们在一起，觉得很高兴。"

弗林克先把全部字母念出来，凡是用得到的字母，担任翻译的亡灵就会敲一下，只要逐个记下来，立即得到全部信息了。

利特尔菲尔德用学者的口气问道："先师，您在天堂里称心如意吧？"

"我们在九重天幸福极了，先生。你们正在研究招魂术这一伟大真理，这使我们感到高兴。"但丁回答道。

大家听了吓得直哆嗦，连女士们的紧身胸衣和爷儿们的衬衫前襟都在窸窣作响。"假定说——假定说真的有些道理？"

可巴比特担心的却是另一回事。"假定丘姆·弗林克真的是一个招魂术士！作为一个文人来说，丘姆一贯像是个正派人。他经常到查坦姆路的长老会教堂去，参加促进会会友的午餐会，他还喜欢雪茄、

第九章 · 163 ·

汽车和富于刺激性的笑话。不过，假定他秘密地搞——唉，真是天晓得，这些风雅之士——你怎么看，也看不透呀。一个彻头彻尾的招魂术士，就跟一个社会主义者差不离呢！"

但是，只要味吉尔·冈奇在座，谁也休想长时间保持一本正经。他大声说："替我问问但丁，杰克·莎士比亚和老味格①——就是那位拿我的名字命名的朋友——近况可好，问问他们想不想拍电影、上银幕！"经他这么一逗，立即引起了哄堂大笑。琼斯太太尖叫起来，埃迪·斯旺森急切地很想问问但丁头上只戴一顶桂冠之外，身上会不会受凉。

受宠若惊的但丁谦虚地一一做了回答。

可是巴比特——那种可恶的不满情绪又在折磨他了，他在冥冥之中郁郁不乐地寻思道："我自己都不明白——我们都是这么轻浮，还自以为很了不起。像但丁这样的人——也许会有——可惜他的作品我没有读过。不过，我看这种雅兴现在早已消失了！"

不知怎的，他仿佛看到：颤巍巍的巉岩上，站着一个孤独、严峻的身形，在阴森可怖的乌云衬托下，轮廓显得格外清晰。他突然对自己最信赖的朋友表示鄙视，从而使他感到十分伤心。他捏紧洛埃塔·斯旺森的手，从她温暖的手中得到一点安慰。他的旧习气又来了，但他振作了一下精神，说："今晚真见鬼，我怎么啦！"

他轻轻地拍拍洛埃塔的手，表示刚才捏紧她的手并不是什么居心

---

① 指罗马诗人维吉尔（Publius Vergilus Maro，公元前70—公元前19年），著名诗篇《埃涅阿斯纪》的作者。但丁在《神曲》中写到游历地狱时的引路人，即维吉尔。而按西俗，维吉尔的昵称，即是味格。

不良。他冲着弗林克大声说:"喂,你能不能请老但丁给我们朗诵一些自己的诗?你跟他说:'Buena giorna, Señor, com sa va, wie geht's? Keskersaykersa a little pome, señor?①,'"

二

电灯又亮了,女士们都已坐到椅子边沿上,露出极不耐烦的神色。这种神色常常表明:一个妻子只等眼下说话的人一停嘴,就会敦促她的丈夫说:"喂,亲爱的,我想现在我们**也许**该告辞了吧。"这一次巴比特算是例外,没有大声嚷嚷地竭力留客。他觉得有一件事——他非得要好好思考一下——哪知道客人们又在谈论亡灵研究了。("他们干吗不回家!他们干吗不回家!")霍华德·利特尔菲尔德大发议论说:"全世界唯有美国的政府才是精神文明的典范,而不仅仅是一种社会组织设施。"对于上面寓意深刻的这段话,巴比特虽然有所感动,但是并没有引起他的热烈反应。("对啦——对啦——他们**真的**不打算回家啦?")平时他挺喜欢探听有关汽车这一重要行业的"内部秘密",可是今晚他对埃迪·斯旺森所透露的消息简直都不想听。"如果你想要买一辆比贾弗林牌更高级的车子,那么,济科牌价廉物美,最合算。两星期前——你们注意听着,有过一次不偏不倚的公正测验,他们开了一辆济科普通旅游车,只用第三挡速度,就轻轻地爬上托纳旺达山顶,有人还告诉我——"(济科——这车子好确实是好,可是——

---

① 原文中夹杂意大利文、法文、德文等,意思是:"您好,先生,近来贵体可好,先生?来一首小诗,怎么样,先生?"

难道说他们打算在这里待一个通宵吗？！）

他们终于真的起身走了，轻松地说："今儿个晚上，我们玩得真痛快！"

告别时表现得最友好的是巴比特，他一面满口客套忙于应酬，一面暗自思忖："嘿，我可算熬过来啦，几分钟前我还觉得自己简直支撑不下去了。"他曾经琢磨过做东道主的最微妙的乐趣：半夜里还要取笑他的客人。大门一关上，他就大声打呵欠，挺起胸膛，扭动肩胛，冷眼看了他妻子一眼。

她满面春风。"啊，这次聚会真好，真好！我知道他们每一分钟都玩得很乐。你说是吗？"

他没有法子，他可不能嘲弄她。要不然简直就像讥笑一个乐乐呵呵的小孩。他撒了一个弥天大谎："当然啦！是今年最好的一次聚会，还用说吗？"

"这一顿饭菜可真好！老实说，我觉得油炸仔鸡的味儿挺鲜美！"

"当然啦！真可以宴请王后陛下呢。我一辈子都没吃到过这么好的炸鸡了。"

"玛蒂尔达炸鸡可真棒呀！你不觉得汤也鲜极了？"

"那当然啦！太棒了！我打娘胎里起还没喝过这么好的汤！"可是，他的声音一下子变了。他们伫立在门厅里，在镀镍的红玻璃方框灯罩的电灯光底下。她瞪眼直瞅着他。

"啊，乔治，怎么啦，你的声音不对头——听起来好像你心里并不真的高兴。"

"我可真的高兴！我当然高兴！"

"乔治！这是怎么回事？"

"哦，我想我大概有点疲倦了。我在交易所里活儿太累了，需要出去休息一段时间。"

"是啊，再过几个星期，我们就要去缅因州了，亲爱的。"

"是啊——"然后，他再也不加掩饰，干脆和盘托出说，"麦拉，我想最好还是让我早点儿去。"

"可你不是跟某人约定，要在纽约洽谈生意吗？"

"什么人？哦，当然啦。就是他。哦，那全都了结啦。可是我要早一点到缅因去——捕捕鱼，逮上一条大鳟鱼，我的天哪！"他神经质地、不自然地笑了笑。

"是啊，那我们干吗不也早点去呢？维罗娜和玛蒂尔达两人准能管好这个家，你和我随时都可以去的，只要你自己能脱身出来就行。"

"不过，那可不行——近来我觉得心里很着急，所以，我想要是让我独个儿去，先去消消闷气，也许好一些。"

"乔治！难道你**不要**我一起去吗？"她真的伤心透顶了，所以也来不及想到什么不幸，或奇耻大辱这一类的事，她只好闷声不响，无力自卫，脸孔涨得通红，活像沸水里煮过的甜菜头。

"我当然要你一起去的！我只不过是说——"他想起保罗·赖斯灵早就料到这种情况，所以此刻心中所感到的难受劲儿完全跟她相同，"我是说，像我这样坏脾气的老头儿，要是一个人出去走一圈，散散心，有时候倒是一件好事情。"他装出有如慈父一般的口吻说："等到你和孩子们都到的时候——我估计我也许比你们早几天到缅因——我心里早就乐不可支，你听懂我的意思了吗？"他用响亮的声调、殷勤的笑脸哄她、逗她，像一位受人爱戴的牧师在替参加复活节礼拜的会众祝福，又像一位幽默的演讲大师只消三言两语，便使听众为之倾倒，更像所有一切擅长男性骗术的老行家。

她向他瞪了一眼，像过节日一般的欢欣劲儿已从她脸上消失了。"难道说我们一块儿去度假，我会使你心烦吗？难道说我没有给你增添一分乐趣吗？"

他一下子蔫了。突然间，他歇斯底里发作，真可怕，活像一个婴儿似的号哭起来。"是的，是的，是的！是的，真糟糕！可是，难道你没看到我快要垮下来了？我疲劳极了！我得爱惜一下我自己的身体！我告诉你，我得——不管是什么事，或什么人，我都厌烦透啦！我得——"

现在，她俨如一位老练的大姐姐来安慰他了。"哦，是啊，当然啦！你就一个人去好啦！你干吗不找保罗一块儿去，你们两个可以钓钓鱼，玩个痛快？"她轻轻地拍拍他的肩膀——踮起脚靠了上去——他像瘫痪了一样，全身无力地在发抖，这会儿他不仅出于习惯喜欢她，而且紧紧地依靠她的力量了。

她兴冲冲地嚷了起来："现在你上楼去，赶紧上床吧。这里的一切事情，我们都会安排好的。我这就去查看一下门窗有没有关好。你快走吧！"

有好几分钟，好几个钟头，那段时间仿佛是无限长似的，他难以入眠地躺着，他怀着一种原始的恐惧而浑身颤抖，他明白他已经赢得了自由，但现在有了自由这个如此陌生，而又令人如此棘手的东西，他反而不知道该怎么着。

第十章

一

保罗·赖斯灵和季拉住在乐味坊的一套公寓里。乐味坊是泽尼斯试验紧缩住房面积最坚决的一个街区。床铺只要往低矮的壁橱里一推,卧室马上就成为起坐间了。整个厨房仿佛像是一排小橱,里面分别安放一套电气炉灶、一个铜质洗涤糟、一只电冰箱,偶尔还有一个来自巴尔干国家的女仆。乐味坊里的一切都非常现代化,一切又都紧缩得不能再小了——只有汽车房例外。

巴比特夫妇正在乐味坊拜访赖斯灵夫妇。拜访赖斯灵夫妇不免要冒些风险;纵然十分有趣,但有时也叫人很难堪。季拉是个碧眼金发、肌肤白皙的女人,性格活泼、嗓门尖细、体态丰满、两乳高耸。只要她纡尊降贵、心情愉快的时候,她这个人是极其有趣的。她在评论人品时,往往尖酸泼辣;就是公认的伪善行径,她也能一眼识破。"是啊,她说得一点不错!"你嘴上会这样说,但脸上却感到羞愧不已。她跳起舞来像发了疯一样,直逗得大家乐不可支,但就在这当儿,她会一下子愤然作色。平时,她也动辄愤愤不平的。生活就像是存心跟她作对的阴谋,她要愤怒地揭穿它。

今晚,她显得格外和蔼可亲。她只不过暗示说:奥维尔·琼斯秃脑门上戴的是一绺假发，T.考尔蒙迪雷·弗林克太太唱歌，听起来很像高速行驶时的福特汽车声，泽尼斯市长和国会议员候选人奥蒂斯·迪波尔阁下是个自命不凡的傻瓜（这话倒是一语中的）。那个小小的起坐间里，只有壁炉架，却没有壁炉；闪闪发亮的全新的自动钢琴上，覆盖着厚厚的一块嵌着金线的织锦琴罩；巴比特夫妇和赖斯灵夫妇坐在硬邦邦的织锦缎垫座的椅子上，拿不定主意似的，直到赖斯灵太太尖声嚷了起来："来吧！咱们就乐一乐吧！保罗，把你的小提琴拿出来，我可要教乔吉跳个像样的交际舞。"

巴比特夫妇神情严肃，正在策划去缅因的事。可是，只要巴比特太太满脸堆笑地暗示说："保罗干了一冬的活儿，是不是像乔吉一样，也觉得很累呢？"季拉马上就想起了一件受委屈的事。而每当季拉一想起受委屈的事，还在没有弄清楚谁是谁非以前，世界上一切仿佛都得停顿下来。

"他累了？不，他并不累，他只不过是装疯卖傻罢了！人们都认为保罗这个人很通情达理，哦，是的，他还喜欢装得像一只小绵羊那样，哪知道他才倔呢，活像一匹骡子。哦，要是你跟他一块儿过日子，你会发现他有多可爱呀！他只是假装温顺罢了，为的是自己可以为所欲为。而我呢，我却落了个脾气坏的老娘们的名声，不过，要不是我偶然发点脾气，找个岔子闹闹，我管保闷得差点儿没长霉枯死呢。他什么地方都不想去——就说昨儿晚上，只是因为车子出了毛病——而且，那也是他的过错，因为他早就应该把车子开到修理站去，请他们检查一下蓄电池——可他就是不肯搭乘电车到电影院去。后来我去还是去了，结果碰到了一个蛮不讲理的售票员，而保罗却一点儿不动声色。

"我站在平台上,等前面的人让我走进车厢,可是那个畜生,那个售票员,冲我大声吼道:'喂,你快点儿,上啊!'嘿,我活了一辈子,从来没见过哪一位对我说话有这样德行!我几乎愣了一下,就转过身去对他说——我以为准是他弄错了,所以我客客气气地对他说:'你这是跟我说话吗?'不料,他还是冲我大声吆喝:'是,我就是指着你说的!你把车子都给卡住了,开不走啦!'于是,我瞅了他一眼,发现他是那种没有教养的臭瘪三,跟他说好话完全是白搭,所以我停了下来,眼睛盯着他,说,'我——说——对——不——起,我可没有卡住车子',我说,'是我前面的人不肯上去嘛',我说,'而且,让我告诉你,年轻人,你是一个下流的、满嘴脏话、不讲礼貌的坏小子',我说,'你呀根本不是好东西!我一定要把你汇报给电车公司上级',我说,'岂能让你这个穿了一身破制服的酒鬼去侮辱一位太太',我说,'谢天谢地,你的那些脏话还是留着你自个儿用吧'。然后,我等保罗站出来替我帮帮腔,想看看他少说还是半拉个血性汉子,可他只是站在那儿,假装一句话都没听见,所以我就对他说:'噢哟哟。'我说——"

"哦,别说了,别说了,季尔[①]!"保罗直叹苦经地说,"大伙儿都知道我是个孱头,你是碰不得的嫩蕾,就包涵一点,算了吧!"

"算了?"季拉脸上堆满皱皮疙瘩,如同美杜莎[②]一样,她的嗓音发颤,就像一把烂铜匕首。她自以为理直气壮,乐得发发脾气呢。

[①] 对季拉的昵称。
[②] 古希腊神话中的女妖怪,每根头发都是一头蛇,谁被她目光所触及,立即化为石头。

她竟然以十字军骑士①自居；正像每一个十字军骑士总要在行善的名义下作恶，她只要一有这样的机会，自然就乐此不疲了。"算了？如果人们知道有多少事情我都让它算了——"

"哦，你可别这样吓唬我呀。"

"嘿，我要是不这样吓唬你，真不知道你会变成大好佬呢！赶明儿你会睡懒觉，直到中午才起来，傻呵呵地拉你的小提琴，一直拉到深更半夜！你一生下来就是懒骨头、胆小鬼、窝囊废，保罗·赖斯灵——"

"哦，得了，别那么说啦，季拉。你说的可不是心里话！"巴比特太太反对说。

"我偏要说，我说的每一个字儿——都是心里话！"

"哦，得了，季拉，哪能这样啊！"巴比特太太俨如慈母一般细心体贴地说。论年龄，她不比季拉大，但是，乍一看，她似乎要大一些。她是那么娴静、丰腴、成熟；再看四十五岁的季拉，虽然头发已经染过，胸衣还束得紧紧的，但你一望可知比她的实际年龄要大一些。"你怎地跟可怜巴巴的保罗说这样的话啊！"

"是啊，保罗确实可怜！我要是不叫他加把劲儿干，我们俩恐怕早就可怜巴巴地进了济贫院了！"

"喂，季拉，你听着，刚才乔吉和我正谈到，保罗工作了一整年，挺辛苦的，我们正在想，让他们两位当家的出去走走，散散心，该有多好！我自己一直在劝乔治不妨先去缅因歇歇气，这样在我们赶到之

---

① 中世纪欧洲基督教国家东侵的军队。

前,他也就一点儿都不疲劳了。我想,保罗如果能够跟乔治一块儿走,该有多好啊!"

保罗一听到他秘密出走的计划已被泄露,这才从无动于衷的状态中猛醒过来。他揉揉手指,双手微微抽搐。

季拉拖长了声调说:"是啊,你真幸运!你可以放心让乔治走,用不着管住他。你的那个发福的老乔治,目不斜视,从来也不偷看别的女人!谅他没有胆量呗!"

"见鬼,谁说我没有!"巴比特认为自己的品行不端乃是无价之宝,正要热烈为之辩护,这时保罗却打断了他的话——保罗的脸色看上去挺可怕。他猛地站起身,悄悄地对季拉说:

"我想你的意思是说我有许许多多情人。"

"是的,我说的正是这个意思!"

"那么,好吧,我亲爱的,既然你自己问起这个事情,我不妨跟你讲明——过去十年里,不论什么时候,我都能从这个或那个漂亮的年轻女人那里得到一些安慰,只要你继续对我如此这般温柔可爱,我也许还会继续欺骗你。这可并不困难,反正你太愚蠢啦。"

这时,气急败坏的季拉早已语无伦次了。突然,她大声吼叫起来,从她满口咒骂、号啕痛哭声中压根儿听不出她到底说些什么来着。

就在这时候,和蔼的巴比特突然变了样。假定说保罗已变得狰狞可怕,假定说季拉成了那个狂怒的蛇发女妖,假定说乐味坊里到处都有的脉脉温情已被转化为刻骨仇恨,最最可怕的反而倒是——巴比特。他猛地蹦了起来。他的身躯好像显得无限高大。他抓住季拉的肩膀。经纪人的那种谨小慎微的神色,已然从他脸上一扫而光。他用恶狠狠的声音说：

"所有这些该死的废话，我可听够了！季尔，我认识你已经有二十五个年头了，我知道你自己碰了壁，净拿保罗来出气，只要有机会你是从来都不放过的。不，你心眼儿还不算坏，但很糟糕，你是个蠢货。让我告诉你，保罗是走遍天下都找不到的好小子。你依仗自己是个妇道人家，挖空心思用最卑鄙的含沙射影的手法来挖苦他，叫每一个正派的人都听得厌烦恶心了。像保罗这样的人跟我一块儿出门，居然还要得到你的**许可**，你算是什么东西？难道说你自以为一身两役，即是维多利亚女王，同时又是克里奥佩特拉[①]吗？你这个蠢货，难道你没看见大家都在窃笑你、嘲弄你？"

季拉抽抽搭搭地说："我从来没有……我从来没有……我一辈子都没有听到哪一个对我这样说话的！"

"是啊，当然没有，可是人家都在背后这样说你哩！历来如此！他们说你是个爱骂街的老泼妇。的的确确是个老泼妇呀！"

这一阵深恶痛绝的攻讦，彻底使她垮了。她两眼顿时发愣。她在低声哭泣。但是巴比特目光炯炯，仍然不为所动。他觉得自己仿佛是全权在握的一员大官，保罗和巴比特太太以敬畏的目光直瞅着她，唯独他一个人方能处理这个案子。

季拉浑身颤抖，她恳求说："哦，人们不会这样说我的！"

"人们当然就是这样说你的！"

"是的，我是个坏女人！我觉得非常对不起！我要给自己抹脖

[①] 指古代埃及一女王（公元前一世纪）。

子！我什么事都做得出来。哦，我要——你要我干什么呢？"

她把自己完全贬低了，但同时又感到十分得意。对于一个喜欢吵吵闹闹的行家里手来说，只有彻底的、富于戏剧性的自我贬损才感到更大的愉快。

"我要你让保罗跟我一块儿去缅因州。"巴比特提出要求说。

"我怎么能阻止他去呢？你刚才还说我是个白痴，谁都不理睬我呀。"

"哦，你当然能阻止他去，那还用说吗！你应该做的，就是不再向人们暗示说，他只要一离开你，就会去追求哪个哪个姑娘啦。老实说，正是你自己引导他走上了邪路。你头脑就得更聪明一些——"

"好吧，乔治，老实说，我一定会这样做的。我知道自己过去表现很不好。哦，原谅我，请你们大家都原谅我——"

说完之后，她反而觉得挺愉快。

巴比特也觉得挺愉快。他先是堂而皇之地宣判季拉有罪，随后又道貌岸然地宽恕了她。他高视阔步地偕同妻子离开保罗家时，扬扬自得地向她做了一番解释：

"像这样威胁季拉当然有些不大妥当，不过也只有这样才能制服她。天哪，我真心叫她乖乖地在地上匍匐爬行啦！"

她平静地说："是啊，你当时简直太咄咄逼人。你是在装腔作势嘛。你自以为是个什么了不起的好人。当时感到很得意吧！"

"嘿，我的老天哪！说得也未免太过分啦！我当然可以料到你不会站在我这一边！我料得到，你们女人家总是帮女人家的！"

"是啊。可怜巴巴的季拉，她是那么不快活，于是，她就找保罗

第十章 · 175 ·

出气。她在那套小公寓里简直没事可干,于是,她就整天价胡思乱想了。她在年轻时长得挺俊俏,无忧无虑的,眼下这一切都已没影儿了,她心里可怨着呢。而你刚才对她说话时,真是粗野、卑鄙到了极点。这时,保罗居然还在吹嘘自己的艳情丑闻。我真的为你——同时也为保罗而觉得丢脸呢!"

他顿时脸色一沉,缄口不言。在走过四个街区的回家路上,他一直绷着脸,气呼呼的,觉得自己出于好心,反而惹了祸呢。到了大门口,他神气活现地撇下了她,独自在草坪上踱来踱去。

他心中突然大吃一惊:"天哪,我可不知道,也许是她说得有道理——哪怕是一部分有道理?"想必是工作过度劳累,使他神经过敏得有些反常了;他认为自己一直超群逸类,但此刻却对此表示怀疑,这在过去是绝无仅有的事;他目睹着这夏夜的景色,闻到了湿润的青草的气息。他暗自寻思:"我才不管呢!我目的已经达到了。我们要痛痛快快地乐一乐。为了保罗,我什么都愿意干。"

二

他们在威里斯·艾詹姆斯(此人是促进会会友)的协助下,到艾詹姆斯兄弟开设的体育运动用品商店采购去缅因州的装备。巴比特高兴得完全像疯了一样。他嘴里一直在哼哼唧唧,同时还手舞足蹈起来。他悄悄地咬着保罗耳朵说:"你说,这真太好啦,呃?采购这些东西真有意思,呃?还有好心人威里斯·艾詹姆斯老兄亲自下柜台来陪伴我们!嘿,要是他们——就是到北方大湖区度假、正在准备用具的人们——知道我们要直接去缅因州的话，准会晕倒在地的，呢？……喂，来吧，艾詹姆斯兄弟——我是说威里斯。你赚大钱的机会已到！我们是一对容易上当的顾客！哈，哈！你就露一手，让我看看吧！我可要把店里的东西通通买下来！"

他几乎垂涎三尺地直瞅着钓鱼竿和漂亮的、高至臀部的长筒橡皮靴、装有赛璐珞窗口的帐篷、折椅和冰箱。他心里挺天真的，几乎什么都想买。平时，他总是有意无意地保护着保罗，而现在他的这些如痴似醉的欲念，却被保罗给制住了。

可是，威里斯·艾詹姆斯在推销商品时，既富于诗情画意，而又擅长外交辞令。他一谈到钓蝇[①]的时候，甚至连保罗也笑逐颜开了。"伙伴们，"他说，"你们当然知道，争论最大的是——干蝇和湿蝇到底哪一个好。就个人来说，我是喜欢干蝇的，觉得干蝇更好玩儿。"

"没错。那才大大地好玩呢。"巴比特好像突然浑身来了劲儿说，尽管他对钓蝇，无论是干蝇还是湿蝇，根本一窍不通。

"假如你乐意听从我的忠告，乔吉，你就得贮备充足，最好多买一些淡白色的夜蛾、银白色的石蚕蛾，还有红蚂蚁。喂，伙计，你看，那个红蚂蚁，才是顶呱呱的钓蝇！"

"当然咯！那才是真正的——钓蝇！"巴比特欣喜若狂地说。

"是啊，先生，"艾詹姆斯说，"红蚂蚁真是地地道道的**钓蝇**！"

"哦，我想，只要我把这么一只红蚂蚁投在水中，鲑鱼老先生不急吼吼赶来，那才怪呢！"巴比特一口肯定说，他的粗胖的手腕狂喜

[①] 垂钓用的，形如苍蝇、蜻蜓之类的虫子的鱼饵。

地一甩,做了一个仿佛鲑鱼上钩的姿势。

"是啊,连那些淡水鲑鱼也会上钩呢。"艾詹姆斯说,虽然他从来没见过一条淡水鲑鱼[①]。

"鲑鱼!还有鳟鱼!喂,保罗,你就等着瞧你的乔治大叔身穿卡其短裤,早上七点来钟,硬是一条一条地把它们拉了上来。哈,哈!"

三

他们居然令人难以置信地坐上了开往缅因州的纽约的快车,根本没有携带家属。他们自由自在,置身在须眉汉子的世界里,在普尔门高级豪华卧车的吸烟室里。

车厢窗外是一片漆黑,偶尔有星星点点的神秘的金黄色灯光掠过。在火车的摇晃和威严的轰隆声中,巴比特很得意地感觉到自己在行进,继续不断地在行进。他身子微微前倾,咕哝着对保罗说:"像这样出门旅游真不赖,呢?"

这间小小的吸烟室四壁都是赭石色钢板,里面的人十之八九是巴比特称之为属于"天底下顶呱呱的这一号人"——真正善于交际的人。那张长椅子上坐着四个人:一个是胖子,胖墩墩的脸儿显得很精明;另一个是头戴绿丝绒帽子,长着削骨脸的人;再一个是口衔假琥珀香烟嘴、非常年轻的小伙子;还有一个就是巴比特。坐在他们对面两张可移动的皮椅上的,一个是保罗,还有一个是身材瘦长、穿着打扮早

[①] 专指盛产于北美东北部各淡水湖中的鲑鱼。

已过时的人,看上去很狡猾,嘴角边有两道括弧一样的皱纹。他们都在看报纸,或者看有关皮鞋、皮靴、陶瓷等各种商业杂志,等待着谈话的乐趣。首先开了腔的是头一次乘坐普尔门高级豪华卧车旅游的那个非常年轻的小伙子。

"哎呀,我在泽尼斯过得真是痛快极了!"他扬扬得意地说,"嘿,只要懂得窍门,在那里照样可以像在纽约一样寻欢作乐!"

"是啊,我敢打赌,你硬是在那里胡闹了一阵子。我一看到你上火车,心里就估摸着你可不是个好东西!"胖子哧哧地笑着说。

其余的人很高兴地放下了手里的报刊。

"嗯,现在说说可算不了什么!我想,我在树荫深处花棚藤架下看到的一些东西,你们就从来没见过吧!"小伙子言下不胜惋惜地说。

"哦,我敢打赌说你准见过!你准像个小鬼把麦乳精都给舔干净啦!"

那个小伙子只是起了抛砖引玉的作用,大家也就不再理会他,开始一本正经地交谈起来了。只有保罗独自坐在一边,看报上的一篇连载故事,没有同他们一块儿攀谈。除了巴比特以外,大家都认为他这个人势利、古怪、无聊透顶。

至于他们中间谁说了哪些话,从来分辨不清,不过这也无关宏旨,因为他们的思路个个相同,而且总是同样令人厌烦地、厚颜无耻地、狂妄自信地把他们的想法给抖搂出来。即使宣布最后的裁决书的不是巴比特,至少他对宣布这一裁决书的法官是点头含笑,洗耳恭听的。

"顺便谈一下,"第一个人说,"泽尼斯这个地方卖酒可方便呢。依我看,简直到处都有卖的。我可不知道你们诸位对禁酒持什么态度,

第十章 · 179 ·

不过,我总觉得,禁酒对那些毫无意志力的穷光蛋来说是天大的好事,而对我们这些人来说,这简直就是侵犯个人自由啦。"

"这确是事实。国会无权干涉我们的个人自由。"第二个人帮腔说。

这时走进来一个人,但因为吸烟室里早已座无虚席了,他就只好站着抽烟卷。他是个外来人,并不属于吸烟室的"旧世家"。他们冷冷地直瞅着他,他先是想装出若无其事的样子,照着镜子端详自己的下巴颏儿,然后自觉没趣,就悄没声儿走了出去。

"我刚从南方转了一圈,那里的商情不太妙啊。"参加评议的一个成员说。

"果然是真的吗?不太妙吗,呃?"

"不太妙,我看是不够正常呗。"

"不够正常吗,呃?"

"我说就是不够正常。"

全体在座评议的成员都明智地点点头,断定说:"那倒也是,简直够不上正常的标准。"

"而且,西部的商情也不像意料之中的那么好,不,简直差远呢。"

"一点不错。我想这一点从旅馆业上已反映出来了,不过,那也是一件好事:这些旅馆通常开一个蹩脚房间,每天要价五美元——是的,也许还有要六块、七块的——往后拿到四美元也很高兴啦,说不定对你还会服务周到一些呢。"

"一点不错。哦,谈起旅馆,前几天我在旧金山,第一次住上圣·弗朗西斯旅馆。嘿,确实是第一流旅馆哪。"

"你说得对,老兄!圣·弗朗西斯是个阔地方——完全是第一流旅馆。"

"一点不错,我的想法跟你完全一致,那是个第一流旅馆。"

"这话虽然不错,不过,喂,你们有哪一位住过芝加哥的里普尔顿旅馆吗?我这个人并不喜欢吹毛求疵——我认为只要可能的话,也不妨吹捧一通——不过,嘿,在所有冒充第一流旅馆的臭地方中间,里普尔顿可是最最坏的一家了。总有一天我要**教训教训**他们,而且我就是这么说给他们听的。你们知道,我是——噢,也许你们并不知道,我是住惯第一流房间的,房价只要合理,我也完全乐意照付不误。不久前,我到芝加哥时已是深夜,而这家里普尔顿旅馆正好靠近车站——虽然过去我从来没有到过那里,但我还是对出租汽车司机说送我去——要是你晚上到达一个地方,我总觉得叫一辆出租汽车是划得来的。也许多花一点儿钱,可还是合算的,嘿,因为你第二天就得赶早起来,出去推销货色——所以,我就对出租汽车司机说:'喂,就送我去里普尔顿吧。'

"我们到了旅馆那里,我满不在乎地走进柜台,对掌柜的伙计说:'喂,老兄,有好房间的没有?给比尔表兄开一个,而且要有浴室的,'瞧他那副样子,你们简直以为我好像是在向他兜售次货,或者叫他在赎罪日①照常上班干活呢!他冷冰冰地瞪了我一眼,粗声粗气地说:'我可不晓得,朋友,让我看一下再说。'说完,他就一头钻进他们记录所有房间号码的那个登记室去了。嘿,我想他大概挂电话到信贷协会和美国安全同盟去了解我是不是有问题了——反正他确实花了很

---

① 犹太教的重要节日。

长时间——要不然他就是打盹儿去了。不过,最后他还是出来了,看了我一眼,脸上挺不高兴,用嘶哑的声音说:'我想我可以给你一个有浴室的房间。''噢,你真太好了——我给你添了麻烦呢——我得花多少钱?'我非常和气地问。'你一天得付七美元,朋友。'他说。

"当然,时间已经很晚了,反正这笔钱可以向公司报销——我的天哪,如果不是公司开支,而是要我自个儿掏钱的话,我宁可在大街上溜达一个通宵,也绝不让哪一家土里土气的小客栈骗去我七块又大又圆的美元!所以,我就这样定下来,算了。嘿,这位掌柜的叫醒了一个听候差遣的茶房——一个好小伙子——年纪大约有七十九岁,包管不会再多一天的——他曾经参加过葛底斯堡战役①,但他至今还不知道战事早已结束啦——从他瞧着我的神气来看,我想他还以为我是支持南部邦联②的呢——于是,这个李普·凡·温克尔③把我带到了一个地方——后来我才发现他们管这个叫客房的——开头我觉得好像他们弄错了——我还以为他们要把我安顿在救世军④募捐用的箱子里呢!**每天**还得付七美元的房钱!真是天晓得!"

"是啊,我也听说过里普尔顿相当糟糕。嘿,我每次去芝加哥,总是耽搁在布拉克斯顿或者拉萨勒——第一流的旅馆。"

---

① 美国南北战争中一次重大战役:1863年,北方军队在宾州葛底斯堡大败南方军队。
② 指1860—1861年间美国南方十一州组成的南方邦联。
③ 美国著名作家华盛顿·欧文(1783—1859)名著《见闻杂记》一书同名短篇小说里的主人公,转喻为大大落后于时代的人。本书作者在这里借以形容旅馆里的老茶房。
④ 基督教的一个慈善组织。

"喂，你们哪一位在德勒·贺德①的伯奇代尔旅馆住过？那里怎么样？"

"哦，伯奇代尔是第一流的旅馆哪。"

（他们花了十二分钟，讨论了南本德、弗林特、代顿、塔尔萨、维奇塔、沃思堡、维诺纳、伊里、法戈、穆斯·乔②等城市的旅馆情况。）

"说起物价，"头戴丝绒帽子的人一面说，一面用手指耍弄着挂在他那沉甸甸的表链上的一颗麋鹿牙齿，"我们想知道，他们打哪儿听来的，说衣服料子跌价了。现在就说说我身上穿的这套衣服吧。"他用手指捏了一下自己的裤腿。"四年前，我花了四十二块半美元买的，那才是货真价实。可是，前几天，我在老家走进一家铺子，想看看衣服，那个伙计随便抽出来一套现成的衣服，老实说，给用人穿我都嫌太差劲。我出于好奇问他：'那样货色你要卖多少钱？''喂，'他说，'你说的货色到底是什么意思？那是呱呱叫的料子，全羊毛——'真见鬼！这明摆着是植物纤维，直接从种植园来的！'那是纯羊毛，'铺子里那个伙计说，'我们要卖六十七元九角。''哦，你爱怎么卖就怎么卖！'我说，'反正我可不买你们的。'我一说完，扭头就走了出来。真的！我对我的老婆说：'只要你有力气，还能给老爷子的旧裤子缝缝补补，咱们也就压根儿不用添置什么衣服了。'"

"说得真棒，老兄。就拿硬领来说吧——"

"嘿，等一下！"那个胖子抗议说，"硬领又怎么啦？！我就是——卖硬领的！你了解不了解，硬领的工钱开支，现在已经超过百分之

---

① 美国印第安纳州西部一城市。
② 以上这些都是美国城市名字。

二百零七——"

　　他们一致表示，既然他们的胖个儿老朋友是卖硬领的，那么，硬领的价格确实分毫不差的；但是其他服装商品却昂贵得太可怕了。他们现在已是相敬相爱了。他们深入地探讨了商业这门学问，并指出制造一张犁或一块砖的目的就在于把它卖出去。在他们看来，充满传奇色彩的英雄人物，已不再是骑士、行吟诗人、骑马牧人①、飞行员，也不是年轻勇敢的地方检察官，而是——了不起的主管经销的经理，在他的玻璃台面的办公桌上有一份商品推销问题分析，他的高贵的头衔是"富于积极进取精神的能人"，他自己和他的所有年轻的忠实的伙计们，都献身于**销售**这个无比伟大的目标——并不是推销某一种特定的商品，也不是专为某一个特定的人，或者专向某一个特定的人推销，而是纯粹的**推销**。

　　有关商情的这一席谈话，引起了保罗·赖斯灵的兴趣。虽然他平日喜欢拉小提琴，是个有不幸的艳史的丈夫，但也是推销油毛毡的能手。他倾听那个胖子在大发高论，说"商号刊物②和商情公报，对于激励跑外勤的推销员很起作用"；他自己也出了一两个妙极了的点子，比如说，贴上两分邮票，寄发一些商品说明书，效果不错。接下来他却犯了一个错误，触犯了这一伙"正人君子"的神圣戒律。他是在炫耀自己清高儒雅了。

　　列车快要进入一个城市了。他们经过郊区一座炼钢厂，厂里亮成一片的是猩红色和橘红色的火焰，火舌儿正舔着死灰色的烟囱、表面

---

① 通常亦指美国西部牛仔。
② 商号为了增进营业而出版的刊物。

包着铁皮的墙壁和阴沉沉的转炉。

"我的天哪,看那儿——真美呀!"保罗说。

"那还用说嘛,朋友。那是谢林-霍顿钢铁厂,有人告诉我说,老约翰·谢林在战时[①]出售军火,十十足足赚进了三百万美元呢!"戴丝绒皮帽的人毕恭毕敬地说。

"我不是那个意思——我是说,在这个一片漆黑,但很别致的场院里,废品杂物堆积如山,不过,在火光的映照之下,倒是显得十分可爱。"保罗说。

他们都向他瞪了一眼,可是,巴比特却扬扬自得地说:"保罗在这里无疑是独具慧眼,特别善于发现优美的景物和幽雅的情趣等等东西。他要是不干油毛毡这个行当,也许早就成为作家这一类人物了。"

保罗脸上露出不高兴的神色。(巴比特有时还纳闷,真不知道保罗对他的忠心耿耿的吹捧是不是领情。)戴丝绒帽子的人咕哝着说:"哼,我个人认为谢林-霍顿的厂房里脏得要命,简直糟糕透顶。不过,当然咯,我觉得你要是认为它'别致',反正谁都没有禁止你这么说!"

保罗绷着脸,重新拿起报纸来看。话题当然也就转到了火车上。

"我们什么时候到匹兹堡?"巴比特问。

"匹兹堡?我想要在——不,那是去年的时刻表——等一下——让我想想看——手边就一份时刻表。"

"我不知道我们能不能正点到达。"

"当然咯,我说肯定差不离呢。"

[①] 指第一次世界大战。

"不，前一站——我们就晚点七分钟。"

"我们晚点了吗？说真的？哎哟哟，我的天哪，我还以为我们这趟车是正点呢。"

"不，我们大约晚点了七分钟。"

"是啊，晚点了七分钟。"

列车上的侍者进来了——一个身穿铜纽扣白大褂的黑人。

"我们晚点了多少时间，乔治？"胖子粗鲁地问。

"说实话，我也不知道，先生。我想我们这趟车好像并没有晚点，"那个黑人侍者说，一边把毛巾叠好，熟练地甩到洗脸盆上方的毛巾架上。大家沉着脸，两眼直盯着他，等他一走出去，就大发牢骚说：

"我真不知道眼下这些黑鬼是怎么搞的，给你回话时一点儿礼貌都没有。"

"一点不错，现在他们对我们一点儿都不尊敬啦。过去的黑人才好呢——都是顶呱呱的——他们知道自己的身份地位。可是现在，这些年轻的黑小子不愿当列车上的侍者，也不愿去摘棉花。嘿，不！他们非要当律师、当教授，还有天知道当什么玩意儿！我说，这已成为一个相当严重的问题啦。我们应该联合起来，让黑人，对，还有黄种人，知道他们自己的身份地位。我可一丁点儿的种族偏见都没有。我可最愿意看到这些黑鬼马到成功——只要他们不越出雷池一步，不打算搞掉白人的合法权利和办事威信就行。"

"这可说到了点子上！还有一件事我们非干不可的，"戴丝绒帽子的人（此人名叫科普林斯基）说，"那就是不让这些该死的外国佬进入我们美国。谢天谢地，我们已然有了限制移民入境的法令。叫这些达戈人①和亨基人②必须明白,我们这里是白人的国家,不需要他们。只有等到我们把现有的外国佬加以同化,让他们接受了美国生活方式,并把他们改变为正经八百的人以后,那时候也许我们可以再接纳少量的移民入境。"

"说得真棒,事实确实如此。"他们一致同意说,然后转到一些比较轻松的话题上去。他们一下子议论开了:什么汽车的价格、轮胎按里程行驶的寿命、石油股票、钓鱼,以及达科他州小麦收成的前景。

可是,那个胖子觉得这样闲扯是浪费时间,因而有些不耐烦了。他是个经常走南闯北的推销员,从来不存任何幻想。他早就自我介绍说是个"老油子"。此刻他身子向前微倾,先是露出一副狡黠的滑稽表情,吸引大家的注意,随后咕哝着说:"哦,够了,伙计们,让我们不拘形式,随便谈些逸事趣闻吧!"

于是,他们立刻变得十分活跃而又亲密无间了。

保罗和那个小伙子一下子不见了。其余的人身子靠在长椅子上,解开了背心上的扣子,两脚伸开,搁在椅子上,把那些黄铜痰盂移到身边,拉下绿色窗帘,跟窗外令人陌生而又感到不舒服的夜色隔绝。在每阵狂笑之后,他们都大声嚷嚷:"喂,这事你可听到过没有——"巴比特也是一个劲儿开怀畅谈,显得昂藏不凡。列车在一个大站停靠时,他们四个人在混凝土站台上来回踱步,抬头望是积满烟灰、犹如乌云密布的天空似的巨大顶棚和人行天桥,旁边都是装满鸭子的板条箱和整片整片牛肉,这个陌生城市真是令人感到神秘莫测。他们肩并

---

① 原文为Dago,美国人对肤色浅黑的意大利人或西班牙人、葡萄牙人的蔑称。
② 原文为Hunky,美国人对匈牙利人或东欧人的蔑称。

肩地溜达着,就像老朋友似的,感到非常得意。一听到"大——大——家——家——上——上——车"这一悠长的叫唤声——好像暮色四合时山间居民的呼唤声一样——他们赶紧上车,又回到吸烟室,继续谈令人发噱的逸事趣闻,一直谈到凌晨两点钟,雪茄烟雾和哈哈大笑使他们两眼模糊不清了。临别时,他们相互握手,咯咯大笑着说:"先生,今儿个欢聚一堂,真是难得。可惜马上就得分手啦。认识你真是非常高兴。"

巴比特躺在闷热得有如墓穴似的普尔门高级豪华卧铺上,久久不能入寐。他回味着胖子嘲笑荡妇念的那首五行打油诗,不觉心摇神荡。他拉起窗帘,让他胖乎乎的胳膊肘支在小枕头上,抬头望着窗外向后退去的树木的轮廓和好像惊叹号似的村中灯火。他简直快乐极了。

第十一章

一

他们在纽约转车,可以待四个钟头。巴比特一心想看一看他上次到纽约之后才兴建的宾夕法尼亚旅馆。举目仰望,不由得暗自赞叹道:两千两百个房间,还有两千两百个浴室!这么大的旅馆,真可以说举世无双!我的天哪,他们的营业额想必有——嗯,假定说房间的租金每天是四至八美元,我猜想有的房间也许是要十美元——四乘以两千两百——喔,六乘以两千两百——嗯,不管怎么样,反正加上餐厅等等其他进项,赶上夏季,每天总在八千至一万五千之间。要知道,这是每天的进项啊!想不到我居然能看到这样的庞然大物!了不起的城市!当然咯,我们泽尼斯每一个正派的人,比这里的吹牛大王更富有个人首创精神,不过,我还得佩服纽约。是的,先生,你这个纽约城啊,你确实很了不起——在某些方面。"喂,老保罗斯基[①],我想值得一看的地方我们通通都看过了。余下来的时间我们怎么个消磨?想看看电影?"

可是,保罗想看看定期航行的大轮船。"我一直想到欧洲去——咳,我敢发誓,在我一命呜呼以前,总有一天我要去的。"他叹了一口气说。

[①] 巴比特对保罗的另一昵称。

他们从北河简陋的码头上，目不转睛地看着阿奎坦尼亚号大轮船的尾部，以及她的高出码头栈房的烟囱和无线电天线，大轮船的其余部分都被码头栈房遮住了。

"我的天哪，"巴比特咕噜着说，"漂洋过海到故乡[①]去，看看那里的历史古迹和莎士比亚出生的地方，可真不赖呢。再说，到了那里，你什么时候想喝酒，都行！随便走进一家酒吧间，高声一喊：'给我来杯鸡尾酒，让警察见鬼去吧！'可真不赖呀。保利巴斯，你到了那边，想看什么呢？"

保罗没有回答。巴比特转过身去。保罗正捏紧拳头站着，耷拉着脑袋，仿佛恐怖似的睁大眼睛看着大轮船。他那瘦小的身体，在被盛夏骄阳照得发亮的码头木板衬托之下，越发显得像伢儿似的细瘦不堪。

巴比特又问："到了大海那边，你还想去哪儿呢，保罗？"

保罗皱紧眉头，瞪了大轮船一眼，胸脯一个劲儿起伏着，低声地说："哦，我的老天哪！"巴比特焦急地注视着他，不料他脱口而出，说："走吧，我们快离开这里。"就头也不回地赶紧沿着码头走去。

"真怪，"巴比特暗自寻思道，"原来这小伙子压根儿不想看跑远洋的大轮船。我原以为他兴趣可大哩。"

二

当他们的列车爬上缅因山脊，巴比特从山顶上俯瞰松树林里闪闪

[①] 由于美国是英国统治下独立出去的，且居民多为英国后裔。因此，美国人常常以"故乡"来称呼英国。

发亮的铁轨时，他欣喜若狂而又十分高明地思索过这台机车的马力；他一发现列车终点站卡塔达姆库克原是一节破旧的货车车厢，便大吃一惊说："哟，我的老天哪！"可是，巴比特的狂喜之情真正迸发出来，却要等到他们坐在苏纳斯夸姆湖畔一个小码头上，伫候着旅馆专门放来的游艇。一排木筏从湖上漂浮过来；圆木和湖岸之间，浅浅的湖水看上去清澈晶莹，鲦鱼游动使湖面上银光闪闪。一位导游头戴一顶黑毡帽，帽带里掖着几头鲑鱼爱吃的钓蝇，身上穿的一件蓝色法兰绒衬衫看去特别醒目。他坐在一段圆木上，默不出声地在切削一块木片。一条呱呱叫的乡下狗，毛色乌黑，间有灰色花斑，悠闲地、若有所思地用脚爪搔了几下，嘴里咕噜了几声，就打起盹儿来了。灼热的阳光倾泻在明晃晃的水面，黄绿相间的香脂树枝条的边缘，银白色的桦树以及热带蕨类植物的叶子上，也把大湖对岸巍峨雄壮的群山支脉照得火红一片。这里一切都被一种宁静、肃穆的气氛笼罩着。

他们默默地在码头边沿歇息，两腿在水面上来回晃荡。这里风景如画，不由得使巴比特心中充满了无限柔情。他低声耳语地说："我真想就这么着坐在这儿——坐上一辈子——雕凿木头——就这么着坐着呗。再也听不到打字机的声音。再也听不见斯坦·格拉夫打电话时的唠叨声。再也听不见罗娜和特德吵嘴的声音。就是如此这般坐着。我的老天哪！"

他拍拍保罗的肩膀。"这个地方你觉得怎么样，你这个蔫不拉唧的家伙？"

"哦，这儿真的太好了，乔吉。仿佛给人以一种永恒的感觉。"

这一回，巴比特才理解了他的心情。

三

他们坐上游艇，绕过一个弯子，便看到在大湖的尽头、山坡底下有一座木棚屋，那是他们旅馆的小小的中心餐厅，此外还有一排形似月牙儿的、充当卧室的低矮圆木小屋。他们就在那些下榻已有一周整的老房客审视的目光之下上了岸。他们的屋子里有一个高大的石砌壁炉。他们赶紧换装打扮起来，正如巴比特所说的，"换上了真正男子汉的行头"。他们从屋子里走了出来，保罗身上穿的是一套灰色旧装和柔软的白衬衫，巴比特穿上卡其衬衫、背心和一条随风飘动的卡其裤子。他的这身卡其装上下都是一簇新的；他的无边框眼镜就是城里人在公事房戴的；他的脸上带着城里人的浅红色，一点儿都没有晒黑的痕迹。在这个地方，他喜欢大声喧嚷，显得很不协调。可是，他自己却感到无比满意，拍拍大腿，得意扬扬地说："咳，这可真像是回到了老家，呃？"

他们伫立在旅馆门前的码头上。他向保罗眨眨眼，从他后面裤袋里掏出一块嚼烟——嚼烟这一陋习在巴比特家里历来严加禁绝。他咬了一口，使劲拉碎烟块时，不由得摇头晃脑，笑容满面了。"嘿！嘿！我可一直在想弄一小块嚼烟尝尝，你也来一块嚼嚼，好吗？"

他们互瞅了一眼，会心地笑了起来。保罗含了一块，放到嘴里嚼将起来。他们伫立着一动也不动，只有上下颚在嗑动。他们一本正经地依次往平静的湖水啐吐唾液。他们美滋滋地伸伸手臂，弯弯腰，舒展了一下身子。群山后面传来远处隐隐约约的火车声。一条鲑鱼从水面跃起,随即沉落下去,激起一圈银色涟漪。他们两人不约而同地叹了一口气。

四

在他们的家眷来到之前,他们自由自在地度过了一个星期。每天晚上,他们就计划第二天早早起床,赶在早饭前先去钓钓鱼。每天早晨,他们都赖在眠床上,直到早饭铃响才起身,一想到能干的妻子没在身边把他们叫醒真高兴哩。早晨天气往往很冷,他们在烧得正旺的火炉边穿衣服,感到格外适意。

保罗打扮得干干净净,几乎令人难以置信。可是,巴比特却邋里邋遢,心里不对劲,连胡子都不肯刮刮,而且还扬扬自得地认为是健康美。甚至沾在他的新卡其裤子上的每一朵油渍和每一片鱼鳞,在他看来都像宝贝似的。

整个上午,他们懒洋洋地钓鱼,要不就在长满了蕨类植物和青苔、点缀着深红色钟形花、忽明忽暗的小径上来回溜达。整个下午,他们睡懒觉,晚上就跟导游们打扑克,一直打到午夜。导游们打扑克才顶真呢。他们一句闲话都不说,尽管纸牌很厚又油腻不堪,但他们洗起牌来的那股子熟练的劲儿,竟然使那些"赌鬼"望而生畏。乔·帕拉代斯号称导游之王,谁要是敢停下来搔搔痒,误了打牌的话,他少不得都要挖苦一番。

深更半夜,保罗和他踩着湿淋淋的多刺的榛莽和黑暗中看不见的松树根,跟跟跄跄地回到小屋时,巴比特一想到不必向妻子解释自己整晚上去了哪儿，就喜不自胜。

他们话儿谈得不多。泽尼斯康乐会里那种神经质的健谈和武断的作风，已从他们身上消失了。可是，他们只要一聊天，就不知不觉地回到了天真亲密的大学时代。有一回，他们把独木船划到苏纳斯夸姆小溪边。小溪两旁长满了郁郁葱葱的绣线菊灌木丛，好像两座绿色围墙似的。骄阳虽然炙烤着绿色丛林，但在树荫底下却是一片催人入睡的静谧，小溪上泛着金色涟漪。巴比特把手伸进清凉的溪水里，若有所思地说：

"我们可从来没想到会一块儿到缅因来！"

"是啊。我们可从来都没有称心如意过。我曾经想到德国去，跟我爷爷在一起，学学小提琴。"

"一点不错。可你还记得，我曾经想当律师和进入政界？直到此刻我仍然在想，我要是进入政界的话，也许还可望成功呢。看来我的口才真不赖——反正我思路快，料事如有神，不管什么问题，都可以说上一大套。当然咯，进入政界，就是要有这套本领。老天哪，特德可要去上法学院，虽然过去我没有这种机会。不过——我看一切总算还不错。麦拉是个好妻子。季拉的心眼儿也是好的，保利巴斯？"

"是啊。这会儿我已想尽了一切办法，要使她生活得更愉快。我仿佛觉得，现在生活开始有些不一样，只要我们在这里好好地休息，回去之后，一切就可以从头做起。"

"但愿如此，老兄。"接着，他腼腆地说，"嘿，跟你在一起，就像这样东逛逛，西坐坐，玩玩纸牌，乱来一气，真痛快极了，你这个偷马贼！"

"是啊,你知道这次出门对我意味着什么,乔吉。救了我的命啦。"

正是真情溢于言表,他们觉得很难为情,就咒骂了几声,借以证明他们是不拘小节的粗汉子。在令人沉醉的阒寂中,巴比特吹着口哨,保罗哼着小曲,划着小船,回到了旅馆。

五

本来显得过于疲劳的是保罗,而巴比特一向是保护他的老大哥;现在保罗变得眼目清亮,愉快活泼,而巴比特却情绪低落,烦躁易怒了。原先他深藏不露的疲倦,一层又一层地显露出来了。最初,他对保罗扮演了逗人笑乐的角色,千方百计为保罗寻找乐趣;一星期快结束时,保罗仿佛成了他的护士,巴比特好像对待耐心的护士似的,屈尊俯就地接受了他的好心照料。

他们的家眷到达的前一天,旅馆里的女客人都沸沸扬扬地说:"喔唷,这可太好了!想必你们二位一定很兴奋吧!"巴比特和保罗出于礼节起见,不得不装出兴奋的样子。但是那天晚上,他们心里怄了气,很早就上床了。

麦拉一到就说:"喂,我们可要你们二位还是照样玩儿去,就当我们不在这里似的。"

头一个晚上,巴比特就跟导游们打扑克去了,麦拉平静而又愉快地说:"哎哟哟,你可真是个活宝!"第二天晚上,她睡眼蒙眬地嘟囔着说:"天哪,你真的每晚都要出去玩儿?"第三个晚上,他方才不去打扑克了。

现在，他身上每一个细胞都感到疲累了。"真怪！度假看来对我一点儿好处都没有，"他叫苦不迭地说，"保罗欢蹦乱跳的，像一匹小马，可是我呢，说实话，比刚来这儿时更要心神不定，动不动就生气。"

他在缅因逗留了三个星期。两个星期结束时，他心情才开始平静下来，对周围的生活感兴趣。他计划攀登萨切姆山，还想在博克斯卡湖畔宿营过夜。他遍体乏力得出奇，但还是兴高采烈，好像他已清除了血管里有毒的成分，开始输入了健康的血液似的。

特德曾被一个女招待弄得神魂颠倒（这是他今年第七次悲剧性的罗曼史了），巴比特也不再恼火了；他跟特德一块儿钓鱼去，在斯各多特湖边寂静的松树荫底下，还十分自豪地教儿子怎样投掷钓蝇。

临到结束时，他叹了一口气说："真见鬼，我还刚开始享受我的休假呢。不过，哦，我自己感觉好得多了。说不定今年可要走运呢。地产业公会也许会选我当会长，替换钱·莫特那样迷迷糊糊的老滑头。"

在回家的火车上，他每次走进吸烟室，把妻子撇在一边，不免有些内疚，又由于她指望自己会内疚而感到愠怒，但他每次都是扬扬自得地想道："哦，今年可要交好运，真的了不起！"

第十二章

一

从缅因回家的路上,巴比特深信自己好像脱胎换骨似的。他的心情已变得很平静了。他将不再为自己的生意而牵肠挂肚了。他觉得生活里会有更多的"兴趣爱好"——比方说,看看戏、从事公益活动、阅读书报。他刚抽完了一支特别浓烈的雪茄,突然决定要戒烟了。

他发明了一整套完美无缺的新办法。他不打算再买烟了,憋不住时就向人家借烟抽。当然咯,常常借人家的,他会感到难为情的。他心里一激动,竟把雪茄烟盒扔到了吸烟室窗外。他回到自己的车厢,不知怎的对他妻子特别有好感。他佩服自己的纯洁无瑕,坚定不移地想道:"这个可简单极了,仅仅是个意志力问题嘛。"他打开一本杂志,开始看一篇有关科学侦探的连载小说。火车开了十英里之后,他感到自己烟瘾上来了。他脑袋一缩,活像甲鱼把头缩进硬壳里去似的,他显得很不自在,他一目十行地扫了两页,也不知道这小说里讲的是什么内容。车子又过了五英里,他猛地站了起来,去找列车上的茶房。"喂,乔治,你可有——呃。"茶房看上去很有耐性。"你可有一份时刻表吗?"巴比特终于一口气说了出来。到了下一站,他下车去买了一支雪茄。想必这是他抵达泽尼斯之前最末一支雪茄,他竟然把它抽到只剩短短的一英寸烟蒂。

四天之后,他又想起自己已经戒了烟,可是,他要赶紧办理积压公事,忙得不可开交,也就把戒烟这回事忘了。

二

他认定,棒球运动是一种最好的消遣。"一个人像傻瓜似的不停地拼命干活儿,真太没意思啦。我打算每星期去看三场棒球赛。再说,你总得给本城球队捧捧场呀。"

他果然真的给本城球队捧场去了。他声嘶力竭地嚷叫着"好小子"和"真混蛋",为泽尼斯的光荣增色不少。他遵守观看球赛的习俗,真可以说一丝不苟。他在脖颈上扎了一条纯棉手帕,满头大汗,敞开嘴巴哈哈大笑,直接对着瓶口喝柠檬汽水。头一个星期,他一连看了三场球赛。随后,他采取了一个折中办法,只看《鼓吹时报》上的广告栏。他伫立在最稠密、最热闹的人群里,当站在高台上的记分员写出投手大个儿比尔·波斯特维克的得分成绩时,巴比特对身旁完全不认识的陌生人说:"真不赖!打得多棒呀!"一说完,就赶紧回交易所。

他真的相信自己爱好棒球。诚然,他自己二十五年来从来没有打过棒球,只是在后院空地上跟特德玩玩投球、接球——一举一动非常斯文,时间严格限制在十分钟以内。但棒球运动是他这个阶层里的一种习俗,通过棒球赛,互相残杀和袒护一方的本能完全可以发泄出来,而且,巴比特还把这些本能称之为"热爱乡土"和"热爱体育运动"。

他走近交易所时,步子越走越快,嘴里还嘀咕着:"我想我还得赶紧一点好。"在他的周围，整个城市都在为了赶紧而赶紧。人们驾着汽车，在喧嚣的车流中你赶我超。人们急急匆匆地赶电车，哪怕一分钟之后又会来一趟车；人们急急匆匆地跳下车，直奔人行道，冲进大楼，赶紧挤进快速电梯。在小馆子里，人们一仰脖就把厨师匆匆做好的快餐吞了下去。在理发馆里，人们急如星火地说："快给我刮一刮胡子，我得赶紧就走。"为了杜绝来访者，人们急急忙忙地在办公处挂出了下面这些牌子："本人今日大忙"和"上帝在六天之内创造了整个世界——你要谈的话务必在六分钟之内谈完"。前年赚了五千、去年赚进一万的人，仍在加紧驱使自己浑身疼痛的躯体和思路枯竭的脑袋，以便今年赚进两万元；而赚了两万之后身体马上垮掉的人，急急忙忙地在赶火车，遵照急急忙忙的医生们的叮嘱，赶紧去度假休养。

巴比特就在这些人中间急急忙忙地赶回交易所，其实也没有多少事可做的，无非是坐下来看看，好让他的雇员们看上去都在赶紧忙活儿似的。

三

每星期六下午，他急急匆匆出了城，赶到乡谊会[①]，匆匆打完了一场九穴高尔夫球，作为忙碌了一个星期以后的休息。

在泽尼斯，凡是一帆风顺的人都得参加一个乡谊会，正如他必须

[①] 原为Country Club，意谓设在效区的拥有户外健身活动设施的俱乐部，也是一种交际团体。新中国成立前我国天津也有，译为乡谊会。

戴上亚麻布硬领一样，都是必不可少的事。巴比特参加的是近郊高尔夫球乡谊会。它是一幢令人悦目的、有宽大游廊的灰色木瓦盖顶的建筑物，坐落在肯尼普斯湖边、长满了雏菊的悬崖上。另有一个名叫托纳旺达的乡谊会，参加者有查理·麦凯尔维、霍勒斯·厄普代克，以及其他不在康乐会而在协和会进午餐的阔佬们。巴比特曾经反复说明："你就是拉我去参加托纳旺达，我都不去呢，哪怕是一百八十美元入会费白扔了，我也不在乎。在我们近郊乡谊会里，我们有一批真正了不起的好小伙子，还有许多女人，就是在本市也数她们最漂亮、最聪明伶俐——她们特别善于逗人玩笑，完全跟男人一个样——可是在托纳旺达，只有那些按照纽约时髦样式打扮得花里胡哨、神气活现的家伙在那儿喝茶，臭架子摆得倒挺足呢。哼，我才不参加托纳旺达，即使他们——反正我一辈子都不参加！"

他打过四五个高尔夫球穴以后，才喘了一口气，他因吸烟过度而严重急颤的心脏，这时跳动得比较正常了，他说话时也是慢吞吞的，拉长了调门，跟他世世代代的务农祖辈完全一个样。

四

巴比特夫妇和婷卡每星期至少去看一次电影。他们最爱去的是沙多电影院，那里可容纳三千名观众，还有一支拥有五十人的管弦乐队，演奏一些根据歌剧改编的乐曲，以及描写农庄的一日，或者以一场四次报警的大火为题材的组曲。巨石砌成的圆形大厅里，赫然在目的是：绣有皇冠的天鹅绒椅子和酷似中世纪的织锦挂毯，鎏金莲花雕饰的圆柱上栖息着长尾小鹦鹉。

巴比特衷心钦佩沙多电影院,连声赞叹"啊,真是棒极了",以及"天底下哪儿还有比它更帅的地方呀"。他在暗淡无光的影院里纵目凝视,几千名观众的脑袋仿佛是一片灰色平原,他闻到盛装艳服、淡淡的香水和口香糖的气味时,觉得好像初次看见一座大山,意识到大山上上下下不知道该有多少的泥土和岩石哩。

他喜欢三种影片:一是光着大腿游泳的漂亮女郎;二是警察或西部牛仔玩命似的开枪射击;三是滑稽的大胖子在吃通心面条。只要描写小狗、小猫和胖娃娃的镜头一出现,他就情不自禁,咯咯地笑得眼里掉泪;看到主人公临终时的场面和在早已抵押出去的小屋里含垢忍辱的年迈母亲时,他也会潸然泪下。巴比特太太喜欢看的影片是,里面有穿着精美女上衣的年轻貌美的女郎,在布置得像纽约百万富翁的客厅里进进出出的镜头。至于婷卡,她喜欢(或者说,她父母相信她喜欢)她父母叫她喜欢的任何影片。

巴比特的所有这些娱乐——棒球、高尔夫球、电影、桥牌、驾驶汽车、跟保罗在康乐会,或在专售味美红烤老式英国牛排的小馆子里促膝长谈——对巴比特都是必不可少的,因为他将要进入的这一年,里面充满了他从未经历过的急剧的活动。

第十三章

一

巴比特纯属偶然在"州地联"大会上发表了演说。

"州地联"——它的会员们由于普遍爱用令人神秘、听起来派头很大的简称,所以就这样叫开了——其实,它的全称是全州地产业公会联合会(地产业经纪人和商人的组织)。"州地联"将在本州唯一可以和泽尼斯匹敌的城市——莫纳克[①]举行年会。巴比特是正式代表,还有一名代表是塞西尔·劳恩特里。他在冒险投机时就有一股子豁出去的胆量,因此巴比特很钦佩他;但是,由于他的社会地位,加上他又经常出入皇家岭最时髦的舞会,巴比特心中不由得嫉恨他。劳恩特里是负责安排议事日程委员会主席。

巴比特曾向他大发牢骚:"这些医生、教授和牧师神气活现的,摆出'从事自由职业的专家'的架子,真叫我讨厌。一个好的地产经纪商必须具备的知识和技巧,比他们里面哪一位都要多得多呢。"

"你可说到坎儿上了!我说,你干吗不把这层意思写成一篇讲稿,在'州地联'大会上发个言呢?"劳恩特里建议说。

[①] 原文为Monarch,意谓"君主"。

"好吧,要是这个有助于你安排议事日程的话——告诉你我对这个问题的看法是这样的:第一,我们应当坚持要求人们称呼我们时用'地产经纪商',而不要用'地产掮客'。这样听起来就更像一种正式职业。第二——自由职业和简易的行业、生意,或者任何一种技艺,究竟有什么区别?区别又在哪里?嘿,是在于为公共服务和技能,在于经过专门训练后具备的技能,在于知识,还有,呃,就在于所有这一切,而一个人要是只想为了赚钱,那他就断断乎不考虑到——为公共服务,以及经过专门训练后具备的技能,等等。可是,作为一个自己职业的——"

"行!你这个高见,真是好极了!棒极了!现在你就去写发言稿吧。"劳恩特里一说完,就迅速而坚定地走开了。

二

巴比特尽管习惯于撰写广告和通信函件等文字工作,晚上他坐了下来,准备写一篇十分钟的发言稿,却感到一筹莫展了。

他在小客厅里撑起他妻子的可以折叠的缝纫机的工作台,摊开新买来的一角五分一本的中学生练习簿。他关照家里人谁都得肃静无声,维罗娜和特德最好干脆离开,而且还这样吓唬婷卡说:"要是我听到你敢哼哧一声——要是你乱嚷着要喝水,哪怕仅仅嚷一声——你最好还是不吭声,那就得了!"巴比特太太坐在钢琴旁边缝制一件睡衣,肃然起敬地直瞅着巴比特在练习簿上写字,缝纫时用的工作台有节奏地在抖动,发出咯吱咯吱的响声。

他站了起来，满脸淌汗，心神不安，嗓子眼里因为抽烟过多而发痒。她大吃一惊说："我真不明白，怎么你只要一坐下来，脑子里就什么都想得出来！"

"哦，这就是经过现代商业生活的训练，才获得的建设性的想象力。"

他写了七页，其中第一页上写着：

（1）专门职业

（2）不仅仅是一门行业

（3）应该称为"地产经纪商"而不仅仅是地产掮客

乔·福·巴地产经纪商

其余六页也跟第一页差不多。

整整一个星期，他一直显出了不起的样子。每天早晨穿衣时，他不觉把心里想的事说了出来："你可思考过没有，麦拉，任何一个城市，在营造各种建筑物，或使百业兴旺，或具有类似种种设施之前，首先得有地产经纪商把地皮卖给人家吧？所有一切文明，都从他这里开始。这一点你想到过没有？"在康乐会，他不管人家乐意不乐意，老是把他们拉到一边，就问："喂，要是你在一个大会上发表演说，一开头你就讲一些逗人的趣闻呢，还是把它们分开穿插在整个演说过程中？"他请霍华德·利特尔菲尔德帮忙，收集"一套有关出售地产方面的统计数字，要可靠，给人以深刻印象"。利特尔菲尔德果然提供了非常可靠、给人深刻印象的资料。

巴比特请教得最多的，还是Ｔ．考尔蒙迪雷·弗林克。每天中午，他在俱乐部总是钉住弗林克不放；尽管弗林克露出紧逼之下只好躲闪的样子，巴比特硬是问他："喂，丘姆——写东西嘛，你很内行——这个句子要是你该怎么表达？看这里，我的手稿——手稿——哎哟哟，这个句子在哪个鬼地方呀？哦，没错，在这儿。你是怎么说的，是'我们也不应该光是想'，还是'我们也不光应该想到'，还是——"

有一个晚上，他妻子不在家，也就没有人来接受他所给予的深刻印象了，巴比特把文章风格、结构次序等等奥秘通通置之脑后，只是把他有关地产业以及个人的真实感想乱涂了一通，回头一看，这篇讲演稿居然一气呵成了。后来，他把讲演稿念给他妻子听时，她不胜钦佩地说："啊，亲爱的，这太好了，写得真漂亮，这样条理清楚，这样生动有趣，而且思想又是那么了不起的呀！啊，这简直——简直太好了！"

第二天，他截住丘姆·弗林克，扬扬得意地说："喂，老兄，我昨晚写好了！反正只要灵机一动——就出来了！过去我一直以为，你们这些摇笔杆的写东西一定很费劲儿，可是，老天哪，原来是十拿九稳的事儿。对你们几位老兄来说，真是太惬意了，你们的钱肯定很好赚！将来有一天，到我准备退休时，我说我也要来写写东西，写给你们看看。过去我一向认为自己能写东西，比你见过的所有书上的、报上的更要好，更有劲儿，更有新意。现在，我可感到挺有把握啦！"

他吩咐这篇讲演稿要打印四份，正文用黑色铅字，加上套红标题，显得鲜艳夺目，又让人用淡蓝色马尼拉硬纸的封面装订成册，和颜悦色地送了一份给《鼓吹时报》总编辑老艾拉·鲁尼恩。鲁尼恩一迭连声说,好,很好,当然咯,他非常高兴,他一定会拜读全文——只要他有时间。

巴比特太太不能去莫纳克,她要参加一个妇女俱乐部的会议。巴比特说他感到非常遗憾。

三

巴比特、劳恩特里、W.A. 罗杰斯、阿尔文·塞耶和埃尔伯特·温是参加大会的五位正式代表,此外还有五十位非正式代表。他们绝大多数都带妻子一同去的。

他们在联合车站集合,等候开往莫纳克的那趟夜车。塞西尔·劳恩特里是个势利小人,从来不佩徽章,除了他以外,大家都戴着一块银币大小的赛璐珞徽章,上面的字样是"让泽尼斯名震四方"。正式代表还佩上银白和品红两色的闪闪发亮的绶带。马丁·拉姆森的小儿子威利扯起一杆飘着流苏的旗子,上面写着"繁荣城市泽尼斯——热情、风趣和活力——1939年人口目标一百万"。代表们去车站时,坐的都是由大儿子或者弗雷德表弟驾驶的自备汽车,没有一个搭乘出租汽车的。他们到达车站后,候车室就出现了一支临时组成的游行队伍。

这个候车室新建不久,非常宽大,大理石的壁柱,还有描绘1740年爱弥尔·佛突神父到查洛萨河谷探险情景的壁画。座凳是又厚又重的桃花心木板制成的;书报摊是由大理石砌成的一个小亭子,四周围上一道铜格栅。代表们跟在威利·拉姆森的旗子后面,在回声振荡的大厅里列队行进,爷儿们挥动着手中的雪茄烟,太太们自我炫耀身上的新衣裳和脖子上的一串串珠玑项链。大家都按照《友谊地久天长》①的曲调，同声齐唱由丘姆·弗林克配词的正式《市歌》：

可爱的泽尼斯啊，

我们亲爱的家乡，

不论到了哪个地方，

我们都要为你争光，

我们要尽情地歌唱，

歌唱你的繁荣兴旺。

经纪人沃伦·惠特比是擅于撰写喜庆华诞酒宴上应酬诗句的能手，他此次为了地产商年会的召开，特地给弗林克的《市歌》末尾还续上了一节歌词：

嗨，我们一伙子都来啦，

就是来自泽尼斯，

这个繁荣兴旺的城市。

我们心里都想透露：

要说地产生意兴隆，

谁都比不上我们火红。

---

① 歌曲《友谊地久天长》根据苏格兰著名诗人罗伯特·彭斯(1759—1796)的同名诗歌创作。

巴比特热爱乡土的感情歇斯底里似的迸发出来。他跳到长凳上,向人群高声喊道:

"瞧泽尼斯怎么样?"

"她挺不错呀!"

"美国哪一个城市最好?"

"泽——尼——斯!"

那些可怜巴巴的、耐心等候午夜列车的人,惊奇地在冷眼旁观——他们中间有围着长披肩的意大利女人,趿拉着破鞋的困倦的老人,以及饱经风霜、到处流浪的季节工人,他们身上的衣服簇新的时候本来还是挺漂亮的,可现在都已褪色、起皱。

巴比特觉得,自己既然跃居正式代表,气派势必要比别人大些。他跟埃尔伯特·温和罗杰斯一起在混凝土站台上,沿着停在那里的普尔门高级豪华卧车来回踱方步。运送行李的机动车和头戴红帽、扛着行李的搬运工在站台上来回迅跑,给四周围增添了一种愉快的繁忙景象。弧光灯在头顶子十分耀眼地照着,有时又闪烁不定,好像说话结巴似的。亮黄色的卧车车厢晶光锃亮,给人以富丽堂皇的感觉。巴比特说话时故意慢条斯理,神气十足,凸出肚子,用深沉的声调说:"我们务必通过这次年会,让立法机关知道,他们要征地产过户税,休想那么容易呢。"埃尔伯特·温咕哝了几声,表示赞成,巴比特扬扬得意——觉得自己太了不起。

一间卧车包厢的窗帘给卷了上去,巴比特往里一瞧,看到了一个他所不熟悉的世界。包厢里坐着露西儿·麦凯尔维,就是那位百万豪富的承包商的标致的太太。也许,巴比特心中一阵震颤,暗想:她是去欧洲呀！她身边的座位上有一束兰花和紫罗兰，还有一本黄色纸面装印的书，看上去像是外文版。当巴比特两眼盯住看着时，她捡起了书本，然后凭窗往外看了一下，仿佛感到很腻味的样子。她准定看到了他，尽管他们两人都认得，但她偏偏装出不认识的样子。她懒洋洋地放下窗帘，他呆若木鸡地站着，想到人家并不把他放在眼里，不由得心里凉了半截。

可是，上了火车后，他遇到来自斯巴达、派欧尼尔[①]，以及本州其他小城镇的代表，他的自豪感又复燃了。他作为通都大邑泽尼斯的一位大人物，向他们解释政治和一个**好的坚强的做生意的**政府的价值，代表们都肃然起敬地聆听着。他们美滋滋地沉浸在有关自己行业的谈话之中——世界上就数这种谈话形式最纯正完美和最兴高采烈的了。

"劳恩特里要想兴建公寓大楼，现在怎么样啦？打算怎么办呢？是不是发行公债来筹措资金呢？"一个斯巴达的掮客问道。

"噢，我来告诉你，"巴比特说，"要是由我经办这事——"

"哦，要是我就这么干，"埃尔伯特·温瓮声瓮气地说，"把这家商店橱窗租用一个星期，竖起一大块广告牌，上面写'小娃娃的玩具城'，橱窗里摆上许许多多洋娃娃房子和一些漂亮的小树，底下写上'小宝贝喜欢这个玩具城，可是爸爸和妈妈偏偏喜欢我们漂亮的别墅'，你们知道，人们看了以后当然要议论纷纷，这样，头一个星期我们就可卖出——"

火车穿过工厂区时，车轮发出嘎嘎嘎、嘎嘎嘎单调的响声。高炉

[①] 此词意译，则为"先驱"。

里喷出烈焰,汽锤砰砰地震响。红灯、绿灯、炽烈的白色火花飞也似的向后掠去,巴比特又觉得自命不凡,浑身是劲了。

四

他做了一桩阔气非凡的事:他在列车上把自己的衣服让侍者拿去给熨烫了。早晨,在列车到达莫纳克前半个钟头光景,侍者走到他的铺位跟前轻声地说:"有一间客房空了,先生。我已把您的衣服放在那里了。"巴比特穿着睡衣,再披上一件棕色秋大衣,通过挂有绿色帘幕的走廊,来到了他生平头一次住上的豪华的单间包厢。侍者表示自己一望而知巴比特平时穿戴打扮都要有贴身男仆侍候的;他就提着巴比特的裤脚管一头,以免熨得漂亮挺括的裤子弄脏,然后把单人盥洗室脸盆里放满了水,拿着一条毛巾在旁边听候吩咐。

有一间单人盥洗室真是太舒适了。普尔门高级豪华卧车的吸烟室,尽管夜间热闹非凡,可是,一到早晨,即使巴比特也会觉得太扫兴了:这时,吸烟室里已经挤满了穿着羊毛内衣的胖子,每个衣钩上都挂满了皱巴巴的布衬衫,皮面椅座上零零落落地摆满了肮脏的盥洗用品,空气里充满了肥皂和牙膏的气味,叫人闻了恶心。本来巴比特并不怎么喜欢独自关在个人的小天地,但现在他对此却大为欣赏,而且对他的侍者也很赏识。巴比特给了侍者一块半钱小费,高兴得嘴里还在低声哼着什么。

巴比特穿着刚熨过的笔挺的衣服,在莫纳克下车时,无限钦慕的侍者替他拎手提箱,他真巴不得最好人人都抬眼看到他。

他已在塞奇威克旅馆预订好房间，与 W.A. 罗杰斯合住。罗杰斯在泽尼斯专门经营耕地买卖，办事精明，只是看上去有些土头土脑。他们一起吃了一顿丰盛的早餐，还有华夫饼干和咖啡——喝的时候不是用小杯子，而是用大瓷壶。巴比特谈锋越来越健了。他向罗杰斯面授写东西的技巧，他给了旅馆茶房二角五分钱，叫他到门厅去买份报纸；他还给婷卡寄了一张明信片，上面写着："老爸多么希望你也能在这里，跟他到处逛着玩儿。"

五

这次年会假座艾伦大楼的舞厅举行会议。厅前一个小房间作为执行委员会主席的办公室。开年会，主席是最忙的人，忙这忙那，几乎什么事情都做不成。他坐在一张细工镶嵌的办公桌前，房间里到处是皱成一团的废纸。整天价不断来人找他，里面有的打算促进一下城镇繁荣，有的善于疏通关节进行游说，也有的想在大会辩论时发表一下演说，他们一进来就跟他说了几句悄悄话，这时他神色虽然显得惘然，但很好地回答说："是的，是的，这个主意很好嘛，我们就照办。"话刚出口，立刻把这件事忘得一干二净。他点燃了一支雪茄，随即把雪茄也给忘了抽，同时电话铃又在无情地响个不停，在他周围的人一个劲儿恳求说："喂，主席先生——喂，主席先生！"但他疲乏极了，压根儿什么都听不清楚。

陈列室里展出了斯巴达的新郊区规划图，位于嘉洛普·德·瓦彻的新州议会大厦的图片和硕大无朋的玉米穗，还加上这样的标签："天然黄金产品,来自人杰地灵、物华天宝的谢尔比县。"

其实,真正的年会是在旅馆房间里窃窃私语,或在旅馆休息厅里佩戴徽章的人东一堆、西一簇地悄悄说话声中进行的,但是也冠冕堂皇地开过一会会,纯粹摆摆阔气罢了。

第一次会议开始,由莫纳克市长致欢迎词。莫纳克市第一基督教堂的牧师(此人身材高大,一绺湿头发黏附在额角上),向上帝汇报说,现在地产经纪人都已到齐,准备开会了。

可尊敬的明尼玛甘特市的地产商卡尔顿·图克少校,在宣读讲稿时谴责了某些合作商号。来自尤里卡市的威廉·A.拉金讲演时,就"建筑业发展前景"问题做出了令人欣慰的预测,并提醒到会代表们注意:平板玻璃的价格已经下跌了二点。

年会在继续进行中。

代表们应接不暇地受到盛情款待。莫纳克市商会为他们举行了盛大宴会,制造商联谊会为他们也举行了一次茶会,向每位到会的女士赠送一朵菊花,向每位先生赠送一个皮面笔记本,上面印着"莫纳克市汽车贸易中心敬赠"。

飞翼牌汽车制造厂商的妻子克罗斯比·诺尔顿太太开放了她那久享盛名的意大利式私人花园,举行茶话会。六百个地产经纪人亲携他们的太太,款步走入秋色宜人的园中小径。他们中间约莫有三百人走进来时悄没声儿,约莫有三百人一个劲儿高喊:"这个地方真太棒,呃?"一边偷偷地把迟开的翠菊花摘下来,往口袋里掖,并且尽量挨近诺尔顿太太,真想握一握她的纤手。泽尼斯的代表(劳恩特里除外)不约而同地聚集在一尊舞姿婀娜的大理石女神雕像周围唱了起来:

"嗨,我们一伙子都来啦,就是来自泽尼斯,这个繁荣兴旺的城市。"

却说派欧尼尔的全体代表,碰巧都是友麋会的会友,他们扛着一幅巨大的旌旗,上面的字样是:"B.P.O.E.①——世上最好的人们——促进派欧尼尔繁荣昌盛,哦,艾迪!"州首府嘉洛普·德·瓦彻市也不甘示弱。嘉洛普·德·瓦彻代表团领队是身材魁梧、肌肤红润、腰圆膀粗的大个子,然而手脚倒很灵活。他脱掉外套,把他的黑色宽边呢帽往地上一扔,捋起袖子,爬到日晷②高台上,啐了一口唾沫,放开喉咙说:

"我们要向全世界,向今天下午盛会的主持者、热情好客的女东道主郑重宣告:本州最最了不起的城市,便是——嘉洛普·德·瓦彻。小伙子们,你们尽管可以吹嘘自己怎样卖力,可是我要悄悄地告诉各位,就本州居民私人住宅拥有的比例来说,要数嘉洛普·德·瓦彻最大。人们一旦自己有了住房,就不会闹劳工纠纷啦,他们就只管自己生儿育女,不会再滋事生非了!嘉洛普·德·瓦彻万岁!住在我们这个城市里的人们,简直舍不得离开自己的家!我们这个城市也恨不得把他们活活地一口吞下去啊!嗨!我——们——要——向——全——世——界——高——呼——万——岁!"

贵宾们驱车离去,刚才喧嚣的花园又瑟瑟地寂静了下来。克罗斯比·诺尔顿太太两眼瞅着一条来自阿马尔斐③、曾在那里饱经烈日炙

---

① B.P.O.E.,即"友麋会"的缩写简称,也有"世上最好的人们"的意思。下面"促进派欧尼尔繁荣昌盛,哦,艾迪"在原文中是四个英语词儿,每个词儿开头的字母,也是B.P.O.E.。
② 根据太阳投射的影子来测定时刻的一种装置,也叫"日规"。
③ 意大利南部一城市。

烤、长达五百年的大理石座椅。石椅底座是一尊有翅膀的斯芬克斯[①]雕像,在它的脸上,不知是谁用铅笔给画上了一撇小胡子。揉成一团团的当作餐巾用的烂纸头,乱七八糟地给扔在紫菀花丛里。不久前才摘下来向女人献殷勤的玫瑰花瓣,如今宛如雪肤玉肌刚被切成碎片,零零落落地给撒在花园小径上。金鱼池里漂起了几个烟蒂,泡烂后在池面上划出一道道恶浊的污斑。大理石座椅底下小心地堆起了一摊碎片,原来是一只打碎了的茶杯。

六

巴比特在坐车回旅馆的路上暗自思忖:"所有这些应酬交际真荒唐,不过,麦拉要是在这里,说不定她会很欣赏呢。"就他自己来说,他觉得这次游园会还不如莫纳克市商会举办的汽车参观游览更有劲儿。他不知疲倦地参观水库、郊区电车站和鞣皮厂。人家提供给他的统计数字,他狼吞虎咽似的都记了下来,回头又惊诧地对同房间的W.A.罗杰斯说:"这个城镇当然不能跟泽尼斯相比,它哪儿有我们的发展前途和自然资源。可你知道吗?——我是直到今天才知道的——他们去年生产了七亿六千三百万立方英尺的木材!你说说怎么样?"

眼看着他上台发言的时间快到了,他就有点儿紧张。当他站在低矮的讲台上,面对年会全体代表时,他浑身瑟瑟发抖,眼前只见茫茫一片青紫色雾气。但是,他十分认真,读完正式讲稿,就当众发表了

[①] 希腊神话中的人面狮身添翼的女怪,有时亦指埃及的人面狮身像。

即兴式谈话。他两手插在口袋里，戴着眼镜的脸膛亮晶晶的，就像灯光下竖起来的一只玻璃圆盘。听众们高喊："讲得太棒了！"随后，他们在讨论时，都印象深刻地称他为"咱们的朋友和兄弟乔治·福·巴比特先生"。在短短的十五分钟之内，他从一个默默无闻的小代表，一跃而为一个大好佬，几乎跟那位商界外交家塞西卡·劳恩特里齐名了。会后，全州各地代表都过来向他寒暄问候："你好，巴比特兄弟？"十六位素不相识的人都管他叫"乔治"，三个人把他拉到旮旯里说了知心话："你真有胆量，站出来替我们这一行说话、撑腰，叫我太高兴啦。我始终坚持认为——"

翌晨，巴比特大大咧咧地向旅馆里书亭的女侍者把所有泽尼斯的报纸都要了过来。《新闻报》上只字未登，可是，在《鼓吹时报》第三版上——他心中突然一急，几乎透不过气来。原来报上刊登了他的照片和一篇占了半栏篇幅的报道，标题是《地产经纪人年会引起极大轰动。我市著名地产商乔·福·巴比特在大会上发表重要演说》。

他毕恭毕敬地喃喃自语："我估摸这会儿芙萝岗有些人会突然关切起来，对老乔刮目相看啦！"

七

年会最后一次会议行将结束。好几个城市的代表团纷纷提出申请，各自要求主办下一届年会。他们竞相宣传，有的说："首府嘉洛普·德·瓦彻是克雷默学院和阿坡尔兹针织厂的所在地，是公认的文化中心和高级企业的中心。"有的还说："著名小城汉堡，风景如画，名冠全州，那里男人个个慷慨大方，女人都是天生的殷勤好客。汉堡向你敞开大门，竭诚迎候嘉宾。"

就在这阵阵自信心尚嫌不足的邀请声中，蓦然间舞厅各道金色的门都打开了，喇叭一响，马戏团全班人马就拥进场。那就是泽尼斯的一些经纪人的即兴表演，分别打扮成牛仔、无鞍马骑手和日本魔术师的模样儿。走在最前面的是大高个儿的沃伦·惠特比，头戴熊皮帽，身穿马戏团鼓手长的大红闪金的短大褂。后面是巴比特，他打扮成小丑，一个劲儿在敲低音铜鼓，那样乐呵呵，闹嚷嚷，真是十分难得。

沃伦·惠特比一跃跳上讲台，轻快地耍了一会儿指挥棒，就开了腔说："小伙子们和姑娘们，现在闲话少说，还是言归正传吧。地地道道的泽尼斯人当然爱他的乡邻，可是，我们已发了狠心，要把下届年会会址从我们的毗邻城市夺过来，犹如我们已经夺过来的炼乳业、纸板箱业和——"

年会主席J.哈利·巴姆希尔暗示说："我们当然很感激你，呃——呃——先生，但你也得让别人有机会提出他们的邀请。"

一个声如雾中的汽笛似的大嗓门高喊着："我们尤里卡将免费招待汽车游览乡间最迷人的景色——"

一个身材瘦削、秃脑门的年轻人从中间过道奔过来，一面拍手，一面大声嚷嚷："我是斯巴达代表！我们的商会打来电报说，已经拨出现款八千块，专门作为下届年会的招待费用！"

一个牧师模样儿的人站起来，大声喊道："有了钱，一切就好办！因此我提议大会接受斯巴达的邀请！"

最后，大会果然接受了。

八

决议起草委员会在做报告。他们声称:鉴于上年度本州有三十六位地产商承蒙万能的上帝眷爱,已被召回天国,委以重任,本届年会一致认为,既然上帝圣裁如此,只好深表惋惜,并且就此做出了决议,着令秘书将记录在案的决议副本立即分送给死者家属,以示慰问。

第二项决议,授权"州地联"主席,动用款项一万五千美元,作为在州议会进行院外游说活动时的经费,以便争取到合理的征税办法。这项决议还长篇累牍地谈到了**危及正当商业的种种威胁**,以及如何为**进步的巨轮**扫除各种愚昧近视的障碍。

各专门委员会也开会做了报告,巴比特惊喜交集地获悉自己被任命为托伦斯产权法[①]研究委员会的委员。

他大喜过望地自言自语说:"我早就说过今年将是开门大吉!乔吉兄弟,这下子你可前程远大啦!你天生就是一个演说家,又会交际应酬和——乖乖!"

九

最后一个晚上没有安排正式的娱乐节目。巴比特本来打算回家,

[①] 由英国经济学家、澳大利亚殖民地化领导人罗伯特·托伦斯(Robert Torrens,1780—1864)制订的土地与产权注册登记法,主要在澳大利亚与美国普遍采用,根据该法,政府当局有责任对土地与产权加以控制,并对合法注册登记的产权负责。

但是那天下午，来自派欧尼尔的杰雷德·萨斯伯格夫妇邀请巴比特和W.A.罗杰斯与他们一起去卡塔尔帕旅馆喝茶。

茶会对巴比特来说并不陌生——他妻子和他一年当中少说也要得意扬扬地参加两次——但是，这些异常华丽动人的场面，常常使巴比特感到自己确实不同凡响。他坐在旅馆雅致的大厅里一张铺着玻璃板的小圆桌跟前，大厅壁上画有兔子和刻在桦树皮上的格言，女侍者都戴着荷兰式帽子，富有艺术情趣。他吃着味道欠佳的莴苣三明治，谈笑风生，一个劲儿跟长着一对大眼睛、身材酷肖时装模特儿那样匀称的萨斯伯格太太逗趣。萨斯伯格两天前已经跟他见过面，所以此刻他们就熟不拘礼，相互称呼"乔吉"和"萨希"了。

萨斯伯格诚恳地说："喂，伙计们，在你们离开之前，这是最后的一次机会啦，我楼上房间里已**有那个好东西**了，我的那位米丽亚姆调制鸡尾酒，恐怕是'合众国'（我们意大利人称呼美国时常常这么说的）最出色的行家里手。"

巴比特和罗杰斯简直高兴得手舞足蹈似的，跟萨斯伯格夫妇走进了他们的房间。萨斯伯格太太一看到她丢在床上那件薄如蝉翼的淡紫色绉绸贴身内衣，就尖叫了起来："哎哟哟，多可怕呀！"随手把它塞进一个拎包里，巴比特却咯咯地傻笑着说："别见外啦，我们两个都是嘎小子！"

萨斯伯格打电话要冰块，侍者送来时不用吩咐，照例是干巴巴地问："来几杯威士忌，还是鸡尾酒？"米丽亚姆·萨斯伯格已在一个唯独旅馆里才有的、难看的、无彩白陶水罐里调制了鸡尾酒。他们喝完一巡之后，她声调拖长地说："想来你们几位还能喝上一巡——再给你们添一点儿吧。"由此可见,她虽然仅仅是个裙钗之辈,但对饮用鸡尾酒的整套礼数却了如指掌。

一到门外,巴比特就向罗杰斯探探口气说:"喂,W.A.老兄,我觉得,今儿个晚上真棒,我们要是不回到爱妻那里去,就待在莫纳克痛痛快快地乐一乐,岂不更好,那你说呢?"

"乔治,你说的话太明智了,真是高见。埃尔①·温的太太到匹兹堡去了,让我们看看能不能把他也拉进来。"

七点半钟,他们坐在旅馆房间里,跟他们一起的有埃尔伯特·温,还有两个偏僻县城的代表。他们都脱了上装,解开马甲,脸上涨得通红,说话时声音很大。一瓶走私的烈性威士忌快要喝光了,他们正在央求侍者:"喂,小伙计,你能给我们再添点这种香喷喷的防腐药水,好吗?"他们抽着颗头很大的雪茄,烟灰和烟蒂往地毯上乱丢一气。他们高谈山海经,逗得大家哄笑不止。的确,他们这一拨男人真的好像回到了怡然自得的原始状态似的。

巴比特叹了一口气说:"我可不知道你们这些捣蛋鬼是怎么想的,不过,我个人倒是喜欢这么喝个饱,闹得痛快,换换空气。我真恨不得跨过几座大山,登上北极之巅,一挥手,就叫北极光横空起舞!"

来自斯巴达的那个代表,是个严肃认真的年轻小伙子,他絮絮叨叨地说:"唉!我估摸自己也算得上是个好丈夫了,可是老天哪,每天晚上回家,除了去电影院以外,什么玩意儿都看不到,真叫我太腻

---

① 埃尔,埃尔伯特的简称。

味了。正是这个缘故,我才去参加国民警卫队①。我说我的那个老婆在我们城里要算最出挑得好的了,可是——唉!你们知道,我小时候想当什么吗?你们知道我究竟想当什么吗?我真想当一个伟大的化学家呢。那就是我的个人抱负。可是老爸逼着我走上这条路——推销厨房用具,我干上这一行就出不来了——一辈子都出不来了——再也没得出路啦!哟,真见鬼,谁开的头,扯起一套不吉利的话儿来着?怎么样,再来一杯?'再来一杯,绝不会有任何害……害……害……处的。'"

"得了吧。别说那些伤心话了,"W.A. 罗杰斯乐呵呵地说,"你们几位知不知道我在村子里还是个歌手呢?来吧——一块儿唱:

老俄巴底亚对小俄巴底亚说:
'我口渴,俄巴底亚,我口渴。'
小俄巴底亚回答老俄巴底亚说:
'我也口渴,俄巴底亚,我也口渴。'"

十

他们在塞奇威克旅馆的摩尔式烤肉餐厅吃饭。不知怎的,他们又从哪儿拉来了两个同道:一个是捕蝇纸制造商,另一个是牙科医生。大伙儿都用茶杯喝威士忌,说说俏皮话,不过从来不听对方说的话,只有 W.A. 罗杰斯在"戏弄"那个意大利侍者时例外。

---

① 自愿参加的美国各州民兵,并与正规部队、预备役士兵一起组成,服从州长命令,必要时还履行警察使命。

"喂,古色比,"他挺天真地问,"我要一对油炸象耳朵。"

"对不起,先生,这玩意儿我们没有。"

"呃?没有象耳朵?你晓得那是什么?!"罗杰斯转身向巴比特说,"佩德罗说象耳朵都卖光了!"

"好吧,那我就只好换别的啦!"从斯巴达来的人说,好不容易才忍住,没有笑出来。

"好吧,既然如此,卡尔洛,你就给我一大块牛排、两蒲式耳的法式油炸土豆,再来一点儿豌豆,"罗杰斯继续说,"我估摸,在你们阳光灿烂的意大利老家,所有的意大利人只有从罐头里才吃得到新鲜豌豆呢。"

"不,先生,我们意大利的豌豆可太好啦。"

"真的那样吗?!乔吉,你听到了吗?在意大利,新鲜豌豆是从菜园子里长出来的!我的天哪,真是活到老学不了,可不是吗,安东尼奥?你即便能活到老,身上还有气力,真的是学不了呀。好吧,加里巴尔迪,那块牛排给我拿来,还要两令[①]左右法式油炸土豆,都搁在上层甲板上,comprehenez-vous[②]?米凯洛维奇·安琪洛尼?"

稍后,埃尔伯特·温钦佩地说:"天哪,你真的把那个可怜的达戈人[③]搞得晕头转向啦,W.A.。你说的话他一点儿都听不懂!"

巴比特发现《莫纳克先驱报》上有一条广告,他高声念了出来,

[①] "令"本来是计数纸张的单位,上面"蒲式耳"是计算粮食的单位,数量极大,这里是罗杰斯在向侍者开玩笑。
[②] 法语,意谓:你明白了吗?
[③] 达戈,对南欧人的蔑称。

博得大伙哄然大笑,喝彩叫好:

老侨民戏院
照常献演

鹡鸰欢欢笑笑剧团

滑稽喜剧
出水芙蓉
歌舞杂耍精彩卓绝
庇特·梅诺蒂及其
俊俏姑娘们同台演出

本尼[1],不瞒您说,过去所有来我市演出的剧团中,就数鹡鸰欢欢笑笑剧团里一群无忧无虑的小妞儿最可爱。劳您大驾,来买一张座票,睁大眼睛盯住那最精彩的一瞬间的表演。您这花钱娱乐真合算,每一分钱包管叫您赚回百分之一百一十的乐趣。卡尔罗莎两姐妹确实是美人儿,看了包您称心满意,钞票不算白扔。乔克·西尔伯斯汀的滑稽绝技,必定逗得您捧腹大笑。杰克逊和威斯特舞姿那么轻巧优雅,几乎使全场观众一跃起舞。普罗文和亚当姆斯将演出滑稽短剧《胡奇·蒙!》,叫您心中烦闷一扫而光。朋友们,快来一看!凡是看过

---

[1] 此处不是专指某人,而是泛指看报的广大读者,犹如先生、朋友、老兄等。

的观众，无不啧啧称赞。

"我一听，真够味儿的，咱们都去看看吧。"巴比特说。

可是他们尽量推迟动身的时间。他们坐在这里觉得万无一失，桌子底下叉起两腿也很稳，但是一站起来，他们就摇摇晃晃了；他们就是害怕在别的顾客和过分招待周到的侍者的众目睽睽之下，走过烤肉餐厅那一长段滑溜溜的地板。

最后，他们还是决定豁出去，站起来，东碰西撞，净是桌子挡住了他们的去路。到了衣帽间，他们故意大声取闹，来掩饰自己的窘态。女侍者把帽子递给他们时，他们一个劲儿冲她笑，巴不得她这位冷静、老练的"法官"会把他们看成有身份地位的人。他们喉咙嘶哑地相互打趣："这顶破帽儿是谁的？""你净拣好的拿，乔治，剩下来的给我。"他们口齿不清地对灰帽间的女侍者说："跟咱们一块儿走吧，小东西！今儿个晚上咱们要热热火火地大闹一场呢！"大家争着掏钱给她小费，你推我搡地说："不！我来！你别给了！我这儿已经有了！"就这么着，他们一共给了她三块钱。

十一

他们坐在包厢里，大模大样地抽着雪茄，两脚撂在厢座前面的栏杆上，观看滑稽表演：二十名愁容满面的老太太，尽管个个涂脂抹粉，无奈也掩盖不了自己臃肿的老态，她们正在撩大腿，做一些像在夜总会里常有的最基本的动作；又有一个犹太丑角演员在恶毒地挖苦犹太人。幕间休息时，他们碰上了另外几位单个儿的代表。他们合在一起十二三人，坐上出租汽车，径直前往嫩蕾小酒馆。所谓嫩蕾，其实是一些纸扎的花，早已沾满了灰尘，成串地挂在一个低矮的房间里，那里空气污浊，好像是一间早已弃置不用的牛棚散发出来的气味。

在这里，威士忌是盛在玻璃杯子里公开供应的。有两三个小职员刚领到薪水，恨不得人家把他们当作百万富翁，正搂着电话公司里接线小姐和修指甲女郎，羞怯怯地在桌子之间狭窄的过道里跳舞。一对职业舞伴在疯狂地转着圈子，一个是身穿雅致的晚礼服的年轻小伙子，一个是身材苗条、穿着绿宝石色薄绸衫、发了疯似的姑娘，她的琥珀色长发，仿佛一股股火焰参差不齐地在狂飞乱舞。巴比特想要跟她跳舞。他在地板上拖着沉重的脚步，因为身子太胖了，对方根本带不动他，他的步子又跟不上那种疯狂音乐的拍子，要不是那个姑娘好心地用自己柔软而有力的手搀扶住，他摇摇晃晃的，早就栽倒在地上了。禁酒年代的烈酒，使他眼昏耳聋，什么桌子、脸孔都看不见了。但是那个姑娘和她年轻柔软的温暖身躯，却使他心荡神移了。

她稳稳当当地把他送回到他们一伙人那里时，他不知怎的心血来潮，忽然回想到他母亲的母亲是苏格兰人，于是，他脑袋往后一仰，闭起眼睛，张开嘴巴，显出心醉神迷的样子，用非常缓慢而又浑厚的低音唱起了《罗梦湖》[①]。

可是，没有多久，他那怡然自得的喜悦心情突然消失殆尽。来自斯巴达的那个人说他"唱得糟透了"，巴比特怒气冲冲，声嘶力竭地

[①] 著名苏格兰歌谣。罗梦湖位于苏格兰中部。

跟他足足吵了十分钟。他们频频地叫添酒，后来经理坚持说酒馆要打烊了方才作罢。巴比特一直感到有一股欲火炽烈地在心中燃烧，很想更加粗野地乐一乐。当 W.A. 罗杰斯声调拖长地说："咱们到市中心去找找姑娘，你说怎么样？"他像野性发作似的表示赞成。临走之前，他们里头有三人偷偷地跟上面讲到的那个职业舞女订了约会，她事事都表示同意，说："好的，好的，一准定去，亲爱的。"殊不知一转眼，早就给忘得一干二净了。

当他们驱车穿过莫纳克市郊回去时，街道两旁都是工人聚居的矮小的棕色木棚屋，像单人牢房似的没有特色；他们的汽车呜呜地穿过仓库堆栈区时，深夜——在他们这些醉汉眼里，仿佛显得广阔无边而又阴森可怖；当他们快要被带到红灯高悬、疯狂的自动钢琴喧闹和满脸傻笑的粗壮的女人跟前时，巴比特突然感到恐惧万状。他真想从出租汽车里跳出去，不过，他浑身感到一团无名火，叫苦不迭地说："已经太晚了，跑不掉了。"其实，他心里知道，自己并不想跑掉。

路上发生了一个他们认为非常好笑的小插曲。一个来自明尼玛甘蒂克的经纪人说："莫纳克要比泽尼斯好玩多了。你们泽尼斯那些吝啬鬼，就是没有像这儿好玩的地方。"巴比特火冒十丈地说："这是撒谎，真卑鄙！在泽尼斯，你要吗就有吗。说真格的，我们那里的妓院、卖私酒的馆子和形形色色的娱乐场所，比州里任何一个城市要多得多。"

他突然发觉自己说漏了嘴，有人在讥笑他。开头他很想跟人打架，但随后也就给忘了，因为在他离开大学之后一直没有碰到过这样令人难堪的事情。

第十三章 ・225・

翌晨，他回到了泽尼斯，觉得他的逆反愿望部分得到了满足。他表面上感到羞愧，内心还是乐滋滋的。但他很容易生气。W.A.罗杰斯抱怨说："唉，我的头真痛啊！今儿早上我真的觉得好像遭到了天谴。喂，我知道毛病出在哪里！昨儿晚上准有人在我的酒杯里故意掺进了酒精啦。"巴比特听了之后，觉得不屑一笑。

巴比特这一次浪漫之旅，他家里一直不知道，而且在泽尼斯，除了罗杰斯和埃尔伯特·温两人以外，谁也不知道。甚至他本人也从未正式承认过。至于有没有什么影响，迄今还没有被发现。

第十四章

一

这年秋季，俄亥俄州玛利昂县的沃·盖·哈定先生①当选为美国总统，可是，泽尼斯人感兴趣的，不是什么全国大选，而是地方上的选举。塞尼卡·多恩虽然是一位律师和州立大学的毕业生，但出乎意料地被劳工组织推举为市长候选人。民主党和共和党联合推定卢卡斯·普劳特为候选人，作为他的竞选对手。普劳特先生是弹簧床垫制造厂商，历来以思想稳健著称。支持他的有银行界、商会和所有正派的报纸，此外还有乔治·巴比特。

巴比特是芙萝岗选区的主任。这是个稳操胜券的选区，可他却渴望着能奋战一场。他在"州地联"年会上发过言，已使他在演讲方面开始有了一点名气，因此，共和、民主两党中央委员会派他到第七选区和泽尼斯南区，在一些小型集会上对工人、职员和新近获得选举权、心里还举棋不定的妇女们发表演说。他赢得了名声，而且，他的声望在好几个星期里一直持续不衰。不时有新闻记者出席他的讲演会，报上的标题（虽然不是特大字体）写道，乔治·福·巴比特向"高声欢

---

① 沃·盖·哈定（Warren Gamaliel Harding, 1865—1923），美国第二十九任总统（1921—1923），共和党人。

呼的群众"发表了演说,以及"杰出的实业家"揭穿了"多恩的种种谬论"。有一次,在《鼓吹时报》星期日版图片栏里,登载了巴比特和另外十几位商人的合影,附上说明词是:"泽尼斯金融界、商界首领一致支持普劳特。"

巴比特得到的这种荣誉是当之无愧的。他极其出色地领导了这一场竞选运动。他有信心,他相信:林肯要是还活着,也会帮助沃·盖·哈定进行竞选的——只不过林肯不是到泽尼斯来给卢卡斯·普劳特拉选票罢了。他讲演时不喜欢用傻里傻气的微妙字句,把听众都给搞糊涂了;他开门见山地说:普劳特代表诚实勤劳,塞尼卡·多恩代表牢骚懒散,这样,你们自己就可以决定取舍了。巴比特肩膀宽阔,嗓音洪亮,一望而知是个"好人";尤其可贵的是,他待人接物确实好,几乎连普通工人他都喜欢。他乐意他们多挣工资,好让他们付得起高额房租——不过,当然咯,绝不能让他们干预股东的合理利润。他有了这种非凡的禀赋,又因为发觉自己是个天生的演说家,调子也越来越升高了,深受听众欢迎,在整个竞选过程中,他出足风头,不仅在第七、第八选区,甚至在第十六选区的某些地段,也声名大噪了。

二

巴比特夫妇、维罗娜、特德、保罗·赖斯灵和季拉夫妇——一行六人,都挤在巴比特的车子里,径直往南泽尼斯的特恩弗仑大厅驶去。这个大厅位于一家熟食店楼上,大街上有轨电车的叮当声和一股股洋葱、汽油和炸鱼的气味羼杂在一起。如今,大家(甚至包括巴比特本人在内）对巴比特早已刮目相看了。

保罗说："我真不知道，你怎么顶下来的，一个晚上居然对三批听众演讲。我要是有你那样的气力就好了。"特德赞不绝口地对维罗娜说："咱们的老头儿糊弄这帮子大老粗，可真行呀！"

穿玄色锦缎衬衫的男人们，刚洗过脸，眼皮底下污痕依稀可见，慢腾腾地踩着宽阔的楼梯梯级往大厅走去。巴比特一行人彬彬有礼地紧挨着他们身旁走过，来到了那个粉刷一新的房间，房间前端是一个临时搭成的戏台，台上有一张铺着红丝绒的座椅，一个漆成湖蓝色的松木"祭坛"。这里就是无数兄弟会、共济会的大宗师和最高头领们每晚使用的地方。大厅里挤得水泄不通。当巴比特站在后面打从人堆里往前挤去时，他听见有人低声耳语道："那就是他呗！"他觉得这就是对他的褒词，十分可贵。会议主席急忙从中间过道走来，郑重其事地问："您就是主讲人吗？一切都准备好了，先生！呃——请问，先生尊姓大名？"

随后，巴比特话匣子一打开，就是洋洋洒洒的一大篇。

"第十六选区的女士们，先生们，今儿个晚上，可惜有一个人没能跟我们一起到会，在整个政治舞台上，他是一名坚定刚强的特洛伊勇士[①]，谁都比不上他——我指的是我们的领袖、整个泽尼斯市县的旗手——尊敬的卢卡斯·普劳特。既然普劳特先生不在这里，我相信各位允许我先说几句话。作为朋友和乡亲，作为伟大城市泽尼斯的居民、并与各位有福共享而深感荣幸的人，我将以十分坦率、十分真诚、

[①] 指古希腊荷马史诗《伊利亚特》（The Illiad）中跟希腊人作战的特洛伊人。这里是借喻。

十分恳切的心情，想跟各位谈谈，一个平凡的实业家对这次极其重要的竞选运动有什么看法——这个人原是贫苦子弟出身，深知体力劳动的滋味，后来才过上了好日子，即使现在命运安排他坐写字台，可他还是没有忘记大清早五点三十分——真是活见鬼——就得起床，长了茧子的手里提着午饭罐，急匆匆赶去上班的那种滋味——那时工厂上班七点整拉汽笛，不过有时老板还暗中多占我们十分钟，提前拉响了汽笛！（哄堂大笑。）谈到这次竞选运动最基本的关键问题，我说天大的错误，就是塞尼卡·多恩假仁假义地大肆渲染的——"

有几个工人在挖苦巴比特——这些玩世不恭的青年工人，多半是外国佬：犹太人、瑞典人、爱尔兰人、意大利人——但是年纪大一些、较有耐性、脸色苍白、弯腰曲背的木匠和机械匠，却都为他喝彩叫好；当他激昂慷慨地谈到林肯逸事时，他们竟然感动得热泪盈眶。

在令人欣喜的鼓掌声中，他谦逊地匆匆步出大厅，赶紧上路，向当天晚上第三批听众演讲。"特德，还是你来开车吧，"他说，"扯了一阵之后，我有点儿疲劳。喂，保罗，你说我讲得怎么样？他们究竟听懂了没有？"

"棒！讲得棒极了！你真是劲头十足。"

巴比特太太对丈夫崇拜得五体投地，说："啊，真是太帅呀！说得那么清楚，那么逗人，见解又是那么精彩。我听你演讲，才深深体会到自己过去根本不了解你的思想那么深刻，你的头脑那么灵敏，你的词汇又是那么丰富。嘿，简直是——呱呱叫。"

可是，维罗娜偏叫他感到恼火。"爹，"她忧心忡忡地说，"你怎么知道，公用事业国有化以及诸如此类的问题，肯定要以失败告终呢？"

巴比特太太责备女儿说："罗娜，我想你总看到，而且也明白，刚才你老爸已经讲得精疲力竭了，再指望他解释这些复杂的问题，恐怕不是时候吧。我相信，等他好好休息之后，他自然乐意解释给你听的。让咱们大家都静下来，给老爸一个机会，准备下一场讲演。只要想一想，这会儿他们正聚集在麦卡比俱乐部里，**等着我们呢！**"

三

卢卡斯·普劳特先生及其后台**殷实的商界**人士击败了塞尼卡·多恩先生及其所标榜的**阶级统治**，泽尼斯又一次地幸免于难了。市政府要给巴比特几个小小不言的空缺作为酬劳，好让他分送给穷亲戚做人情，巴比特婉谢了，只是要求市政府把有关公路延伸铺筑的消息事先透露给他，市政府感念他劳苦功高，欣然同意了。此外，市商会为了庆祝竞选胜利（他们管这叫"正义必胜"）而举行的宴会上有十九人发表演说，巴比特也是其中之一。

巴比特擅长演说的声誉早已远播四方。在泽尼斯地产同业公会的宴会上，由他做了年度讲话。对此，《鼓吹时报》做了异乎寻常的详尽报道：

"一年一度的泽尼斯地产同业公会，昨晚假座奥·赫恩大厦威尔斯舞厅举行联欢会，还是最近以来最热闹的宴会之一。东道主吉尔·奥·赫恩平素自奉优厚，此次殷勤招待，使与会者莫不朵颐大快。席上杯盘之盛，肴馔之丰，实为纽约以西任何餐馆酒家所望尘莫及。

席间劝饮时用的是钱德勒·莫特[①]农庄精心酿制的苹果酒,此种饮料只能怡神益智,不会醉人。莫特先生系同业公会会长,精明干练,隽语连珠,主持了昨晚的联欢会。

"由于莫特先生近日稍感风寒,咽喉不适,由乔·福·巴比特做主要讲话。巴比特先生概述了采用托伦斯产权法后建筑业进展神速情况之余,还发表了长篇宏论,部分记述如下:

"'当我小心翼翼地把我的即兴讲话稿塞进自己马甲口袋里,站起来向各位致辞时,我不知怎的想起了迈克和帕特这两个爱尔兰人搭乘普尔门高级豪华卧车的故事。我差点儿忘了说,他们两个都是在海军服役的水兵。迈克,哦,是的,好像迈克睡的是下铺,他躺了一会儿,突然听到上铺闹腾得够呛,就大声嚷嚷问上面究竟出了什么事啦。帕特回答说:"真该死,今儿个晚上叫我怎么睡,怎么睡呀?打从八点钟起,我就想尽办法往这个该死的小吊床里钻,可就是怎么也钻不进去!"'

"'先生们,此刻我站在各位面前,真的跟帕特有同样的感觉,也许我扯了一阵之后,自个儿会变得非常非常之小,就毫不费劲儿地钻进了普尔门高级豪华卧车的吊铺啦!

"'先生们,我觉得,每年在这个一年一度的盛会上,朋友和冤家共聚一堂,各自放下厮杀用的大板斧,让亲善和睦精神化作阵阵波涛,漂送到繁花似锦的友爱的彼岸,此时此刻,我们作为这个世界上最佳城市的公民,面对面、肩并肩地站在一起,就应该从我们个人、

[①] 即本书第四章第二节里提到过的钱·莫特。

同时也从社会公益出发,来考虑一下我们目前的处境。

"'即使目前我们人口有三十六万一千,或者说事实上已达到三十六万二千人,根据上次人口普查的统计,全美国人口比我们多的城市几乎有二十个。可是,先生们,如果说下一次人口普查,我们的人口还没有上去,至少要升到第十位,那么,我首先要请哪个吹毛求疵的人把我的贴身衬衫剥下来,直往肚子里咽下去,就算是我乔·福·巴比特先生奉送吧!当然咯,很有可能,纽约、芝加哥和费城仍将名列前茅,比我们的城市大。但是,先撇开不说这三大城市是那样畸形发展,已然尽人皆知,不论是正派的白人也好,还是爱自己的老婆孩子、享受上天赐给他的到户外吸吸新鲜空气、喜欢跟街坊四邻握手寒暄的人也好,他们都不愿意在这三大城市安家落户——现在,我不妨在这里直截了当地告诉各位,哪怕是拿整条百老汇大街或州邑大街[①]来换取泽尼斯的一处高级住宅开发区,我还不干呢!抛开这三大城市不说,凡是有头脑的人都能看到:我们的泽尼斯才是美国生活和美国繁荣的最好的样板。

"'我并不是说,我们已然十全十美了。我们还有许多事要去做,比方说,新的林荫大道有待延伸铺筑。因为,我老实告诉各位,真正推动历史车轮前进的,就是每年收入在四千到一万块之间、有一辆汽车、有一个美满的小家庭、住在市郊小别墅里的人!

"'今天统治美国的,就是这个类型的人。事实上,如果我们这个小小寰球想有一个正派、和谐、符合基督精神,而且积极进取的未来,

---

① 百老汇大街是纽约著名大街,为戏院、剧场、夜总会等集中地。州邑大街是波士顿著名大街,为银行业、金融业集中地。

那么，全世界必然向这种理想的类型发展！有时候，我就是喜欢自然而然地坐下来，暗自估摸着这一类型的**殷实的美国公民**，这时我心里才痛快极了。

"'**我们的理想公民**——在我想象中，他首先应该比一头捕鸟的猎狗还要忙碌，他不是整天价在胡思乱想，交际应酬，或者瞎管闲事，把宝贵的时间白白地浪费了，而是应该把全副精力都扑在某种生意上、行业上，或者手艺上。到了傍晚，他点燃一支上等雪茄，开着自己的小汽车，也许还咒骂一声汽化器，一溜烟也似的赶回家去。他在草坪上修剪了一会儿，或者悄悄地练了几下高尔夫球，然后就准备吃晚饭了。晚饭以后，他给孩子们讲讲故事，或者带上一家人去看电影，或者打几局桥牌，或者看看晚报，假定说他爱好文学，他会拿起一本吸引人的西部牛仔小说，读上一两章，也许隔壁邻居串门来了，他们就坐下来，谈谈朋友的事儿，或者当天的热门新闻。然后，他愉快地上床安息，问心无愧地深知自己对本城的繁荣和本人的银行存款已经竭尽了绵薄之力。

"'在政治上和宗教上，这种**明智的公民**是世界上最最精明不过的人了；在艺术上，他有天生的鉴赏力，总是挑选最好的作品。世界上哪一个国家都不像美国那样，客厅四壁照例挂着这么许多古典艺术大师的杰作和名画的复制品。哪一个国家都不像我们美国那样，拥有数量这么多的留声机，不但有舞曲唱片和滑稽戏唱片，而且还有诸如威尔第[①]作曲、由世界上报酬最高的歌唱家灌制的最好的歌剧唱片。

[①] 威尔第（Giuseppe Verdi, 1813—1901），意大利著名歌剧作曲家。

"'在别的国家里，搞文学艺术的，都是住破阁楼、吃细条实心面、喝得醉醺醺的落拓文丐；但是在美国，飞黄腾达的作家或画家，跟正派的实业家简直没有什么区别。有人要是技巧高超出众，能把干巴巴的思想内容写成生动有趣的读物；并且，处理他的一些文学货色时，能使寓意与噱头都得到充分表现，每年有机会挣到五万块收入，可以跟董事长、总经理一流人物平起平坐，住的是巨大府邸，坐的是豪华轿车，跟任何**实业界巨子**相比，一点儿也不逊色！对于这样的人，我本人心里不用说只有欣然景佩！不过，这里要请各位注意啦，这种作家之所以能够那样一帆风顺，完全是缘于他得到了我刚才所谈过的**正派的商人**的赏识，所以嘛，你还得要把功劳归诸**正派的商人**，而不是仅仅归诸作家本人。

"'最后，可也是最最重要的，就是我们的**标准公民**——哪怕他是个未婚男子，也是热爱儿童，拥护家庭观念，而家庭自始至终，永远是我们美国文明的重要基础，也是我们跟欧洲一些衰落国家之间的最大的区别所在。

"'迄今我还没有去过欧洲——事实上，我们美国自己就有许多大城市和崇山峻岭，够你游览观光的，所以我去不去倒也并不在乎——不过，据我估摸，国外想必也有许许多多跟我们志趣相投的人。说真的，不久前我见过一个热心透顶的扶轮社的会友。他在夸口称赞百分之百的美国人心眼灵、劲头足时，嘟噜嘟噜地发着颤舌音[①]，叫人一听，

[①] 指苏格兰方音，在发 r 音时，舌尖振动。

第十四章 · 235 ·

就知道是古色古香的苏格兰和博比·彭斯① 故乡的"繁花似锦的山坡那一带"的口音。不过，话又得说回来，我们跟我们的好兄弟（那些大洋彼岸的机灵鬼②）毕竟有所不同，那就是说，他们心甘情愿跟着那些势利鬼、新闻记者和政客们鹦鹉学舌，而现代化的美国商人却善于保卫自己，而且毫不含糊地告诉大家：他要自己来当家做主。当我们健全、合理的生活方式受到歪曲攻击，他认为必须做出回击时，他根本用不着寻摸什么自炫学问高深的雇用文人。他可不是哑巴，就像老式的商人那样。现代化的美国商人有的是舌剑唇枪，再加上几手好拳嘛。

"'现在我可不是出言不逊，不过，作为一个有代表性的商界人士，我要在这里挺直身子站起来，向各位说上几句悄悄话："这就是咱们美国人！这就是**标准美国公民**的样板！这就是新一代的美国人：他们是胸口有毛、眼角含笑、事务所里摆着最新加算器的人。不，我们不是在吹牛说大话，可是，我们总觉得自己最最了不起，你要是不喜欢我们，那么，就得小心点——在旋风还没有席卷全城之前，你还是趁早躲了起来吧！"

"'得了吧！尽管我笨嘴钝舌，好歹给这个**真正的男子汉**，这个**精力充沛**、**热情洋溢**的人勾勒出了一个轮廓。正是因为这样的人在泽尼斯简直多如牛毛，泽尼斯才成为我们美国最稳定、最伟大的城市。纽约虽然也有成千上万的**真正的男子汉**，但在那里外国人多得不知其

---

① 即罗伯特·彭斯（Robert Burns, 1759—1796），苏格兰著名诗人。博比（Bobby）是罗伯特的昵称。
② 指旧大陆商人。

数,真叫纽约受罪啦。芝加哥和旧金山也是如此。哦,当然咯,我们有一连串明珠般的大城市——比方说,拥有著名工厂的底特律和克利夫兰,制造重型机床和生产肥皂的辛辛那提,铸铁炼钢的匹兹堡和伯明翰,像海洋一般的麦田敞开慷慨好客大门的堪萨斯城、明尼阿波利斯和奥马哈,还有数不尽的其他了不起的姐妹城市——反正根据上次人口普查的统计,人口十万以上、久享盛名的美国城市不下六十八个呢!所有这些城市就是代表我们强大的力量和纯洁性,去反对外国思潮和共产主义——让它们两两携起手来并肩前进:亚特兰大和哈特福德,罗彻斯特和丹佛,密尔沃基和印第安纳波利斯,洛杉矶和斯克兰顿,缅因州的波特兰和俄勒冈州的波特兰。来自巴尔的摩、西雅图,或都庐斯的一个生龙活虎般的人,跟布法罗、阿克伦、沃思堡或奥斯卡洛萨的任何一个同样虎虎有生气的实干家,原来就是一对孪生弟兄啊!

"'可是,只有在我们的家乡——泽尼斯这个城市,男人威武豪放,女人温柔娴静,孩子聪明活泼,而且**殷实的公民**所占的比例最大。所以,我们的泽尼斯也就出类拔萃,独具一格,而且,我们的泽尼斯还将因为开创了一种新的文明而彪炳史册。当老一套慢条斯理的生活方式一去不复返,励精图治、奋发有为的时代像曙光似的普照全球时,泽尼斯倡导的这种文明将千秋万代地继续传承下去!

"'我希望有那么一天,人们将不再吹嘘那是虫蛀发霉、过了时、老掉牙的欧洲破烂不堪的城市,而是应该恰如其分地归功于赫赫有名的泽尼斯精神——正是这种明确要为**胜利**而斗争的决心,已使我们这个可爱的、生龙活虎一般的城市誉满全球,凡是有炼乳和纸板箱的地方都知道泽尼斯!**说真格的**,那些日益衰败的国家除了鞋油、风景和

第十四章 ·237·

酒类以外什么都不生产,平均每一百个人还捞不到一间浴室,连活页账册和包在书籍外面的封套都分不清。由于世界长期以来受到他们影响太大了,现在正该轮到泽尼斯人挺起腰杆,大声高呼,要求摊牌了!

"'我告诉各位,泽尼斯和她的姐妹城市,正在建设一种新型的文明。泽尼斯和这些城市之间有许多相似之处,我为此感到非常高兴!从体现在全美国所有商店、办事处、街道、旅馆、衣着和报纸上的异乎寻常、方兴未艾和健全明智的标准化来看,我们这种新型的文明该是多么持久有力啊!

"'我老是喜欢提到丘姆·弗林克给报纸写的有关他巡回讲演的一篇东西。你们各位一定有许多人已经看过,如蒙你们允许,我将借此机会念一下。这是一首诗,已然成了不朽名著,有如吉卜林[1]的《假如》,或者埃拉·惠勒·威尔科克斯[2]的《有价值的人》一样。我一直把这首诗的剪报夹在我的笔记本里:

当我这个诗人匆匆登程上路,肩驮货筐,总是热情地歌唱,嘴里嚼着烟叶,两脚不停地走,拿出货样,推销欢乐牌的明媚阳光,并向各文艺会堂、扶轮社,以及基沃尼斯俱乐部[3],兜售乐观派插科打诨的货色,既有噱头又有笑话,反正我觉得自己跟别的傻瓜蛋大不一样。

---

[1] 吉卜林(Rudyard Kippling, 1865—1936),英国诗人和小说家,诺贝尔文学奖获得者。
[2] 威尔科克斯(Ella Wheeler Wilcox, 1855—1919),美国女诗人。
[3] 原文为Kiwanis' Club,是美国企业界人士的一种国际联谊组织,1915年创立于底特律。

不想来了个老赛拉斯·撒旦少校①,这个老在窥测时机的机灵鬼,把尾巴轻轻地一甩,马上就为非作歹啦。他使我满怀沮丧;他戗毛揉搓我,恁地不叫我恼火呢;他弄得我栖栖惶惶,有如丧家之犬,星期天人家都已外出,可我却不知道去哪儿。就这么着,我的天哪,我真不愿再当什么演讲家,开着高级的漂亮汽车,叼着半块钱一支的高级雪茄,到处转悠,浪迹天涯。我一心只想回到家里,还是吃吃油煎饼、肉糜杂烩和火腿,跟知道鄙人是谁的乡亲们在一起!

但是,每当我感到孤身只影时,不论在哪个城市——圣保罗、托利多、凯西②、还是华盛顿、斯克奈克塔迪,还是路易斯维尔或者奥尔巴尼——我就去找个最好的旅馆。一到旅馆,我就浑身感到舒适,好像回到了自己家里。那是个第一流的旅馆,殷勤周到地招徕走南闯北的推销员,对面还有一家挺大的电影院。我站在旅馆大门口老半天,这边看看,那边转转,想闹个明白自己究竟是在哪个城市,可是我敢说,我怎么也闹不清楚!原来周围所有的人都是那么阔气,穿着打扮那么时髦,跟我的家乡一模一样,凡是女人头上都戴漂亮的无檐小帽儿,人们在这里站站,那里转转,东拉西拉的,我敢担保,同样都是些老生常谈:汽车、政治、走私威士忌,以及棒球明星,跟我家乡的上等人所谈的并无二致!

于是,我走进那家旅馆,四周围扫了一眼,一迭连声地说:"行,真行!"原来那里有同样的报摊、同样的杂志和上等糖果,还有同样的名牌香烟,简直就跟我家乡的一模一样!当我两眼瞅着那一伙人乐

---

① 撒旦(Satan)是基督教《圣经》里的魔鬼,少校是这位"诗人"随便加上去的。
② 凯西(K.C.),堪萨斯城的简称。

乐呵呵地好像踩着华尔兹舞步，纷纷走进来就餐，个个穿着整洁，摆好姿势，叫来了大盘大盘的法式油炸土豆丝，嗨，我简直就立时站了起来，哇啦一声嚷道："我可压根儿没有离开我的家乡呀！"饱餐一顿之后，我就坐在大堂的一张丝绒软椅里，旁边正好有一个头戴棕色常礼帽的家伙。我就咬着他耳朵悄悄地问："你好，比尔，老兄，请问你的股票行情怎么样？"这么一搭讪，我们两个谈得很合辙儿，一下子把话匣儿打开，像傻丫头似的谈个不完：汽车、天气、家庭、老婆，还有兄弟会里的伙友们，什么都谈了。所以嘛，要是萨姆·撒旦再使你满怀愁闷时，好朋友，你不妨照我的样儿试一下，因为，你在这些州邑里，不管走到哪儿，压根儿就像没有离开你的那个可爱的家一模一样。

"'是啊，先生们，所有这些城市，都是我们在这场了不起的、令人振奋的生活竞赛中真正的伙伴。可是，对于这个问题，我们千万不要产生误会。我认为，在所有这些伙伴中间，就要数泽尼斯市最优越，发展也最快了。我相信，我要是在这里举出一些统计数字来支持我的看法，谁也不会见怪。这些数字对你们里面某些人来说，并不是什么新鲜东西，但是，反映我们繁荣兴旺的喜讯，正如《圣经》里的福音一样，尽管讲了一遍又一遍，对一个真正的实干家来说，总是百听不厌的。每一个知书识礼的人都知道，泽尼斯生产的炼乳和脱水乳脂、纸板箱和照相器材，比美国（且不说全世界）哪一个城市都要多得多。此外，还有一些数据，并不是人人都知道的，比方说，我们生产的包装黄油占全国第二位，汽车这个大工业占第六位，我们生产的乳酪、皮革制品、油毛毡、早餐食品和工装裤大约居第三位。

"'然而,我们的光荣伟大,不仅仅在于繁荣昌盛,同样,还在于我们的先辈们建城以来使泽尼斯一直保持的那种热心公益的精神,以及我们高瞻远瞩的理想主义和亲如兄弟般的互敬互爱。我们的中等学校所有的设备和通风装置,在全国都是首屈一指;我们有宏伟壮观的新建旅馆、银行,门廊里都有名画和大理石雕像;我们的第二国民大厦,在全国各内陆城市① 中是第二幢最高的企业大楼——所有这些事实,我们要广为宣扬,这是我们的权利,事实上,也是我们对这个美丽的城市应尽的义务。在这里,我还要补充一下:我们所铺筑的街道里程、浴室、真空除尘器的数字,以及其他标志现代文明的种种设施,都是无与伦比的;我们的图书馆和艺术博物馆馆藏丰富,厅堂宽敞舒适;我们的停车场设施超过一般水平,整齐美观的行车道两旁,都有草坪、灌木和雕像。我在上面所补充的这些情况,就泽尼斯包罗万象、永无止境的光荣伟大来说,只不过是一点一滴罢了!

"'不过,我还是喜欢把最好的故意留到最后来讲。当我提醒各位,说本市每五又八分之七个人就有一辆汽车,我只是给你们举出一个颠扑不破的实例来,说明泽尼斯这个名字已成为进步与智慧的同义词了。

"'可是,摆在正义者面前的道路,并不遍地都是撒满了玫瑰花。我在结束讲话之前,必须提请各位注意我们在新的一年里将要碰到的一个问题,政治稳定的最大威胁,倒不是那些身份公开了的社会主义者,而是一批隐蔽很深的胆小鬼——他们是一伙留长头发的、自称"自

---

① 指美国中西部。

由主义者""激进派""无党派""知识界",以及许许多多只有天知道的鬼名堂!这一伙人中最坏的,就是一些不负责任的教师和教授,里头有几个还在我们伟大的州立大学任教,说出来真叫我丢脸哩!这所州立大学是我的母校,我作为校友而感到骄傲,可是,那里居然有某些教师似乎认为我们应该把国家的政权拱手交给无业游民和扛短活的打杂工去管哩!

"'这些教授,还有和他们一路货的那些烂脓包——就应该像打毒蛇似的使劲儿揍他们!美国实业家历来宽宏大量,有时真的也太宽大无边了,但是,他向所有教师、讲师,和新闻记者提出一个要求:如果要我们拿出辛辛苦苦挣来的钱养活他们,那么,他们就得帮助我们,让人接受提高效率的思想,并为合理的繁荣捧场叫好!至于说到这些喋喋不休、吹毛求疵、悲观消极、玩世不恭的大学教师,就让我告诉你们吧,在这即将到来的兴隆昌盛的新的一年里,我们必须施加影响,把那些坏蛋通通辞退,这是我们的职责所在,正如我们必须尽力设法售出所有的地产、挣到尽可能挣到的所有的钱,同样是责无旁贷嘛。

"'只有到了那个时候,我们的子女才能认识到,理想中既有气魄又有文化的美国人的完美典范,并不是一帮子只知道坐着闲扯孰是孰非的、头脑发疯的怪家伙,而是那些敬畏上帝、奋发有为、卓有成就、坚强有力的**正统的生意人**——他皈依某个挺有劲儿而又虔信的教会,加入促进会、扶轮社、基沃尼斯,或者友麋会、驼鹿①会、红番②会、

---

① 美洲产的驼鹿,亦属麋鹿的一种。
② 美国土著印第安人的旧称。

哥仑布骑士团①,或者,从其他二十来个由正直善良、喜欢逗笑、乐乐呵呵、埋头干活、乐于助人的**殷实公民**所组成的团体中随便加入一个——他玩的时候痛快地玩,干活的时候拼命地干,谁要是批评他,他就飞起一脚,饱之以方头大皮靴作为回敬,教训一下那些满腹牢骚和自作聪明的家伙:你们就得尊敬**真正的男子汉**,乖乖地滚回去,好好地替山姆大叔——咱们的美利坚合众国——干活儿!'"

四

看来巴比特大有希望成为一个公认的演说家。有一次,在查坦姆路长老会教堂男子俱乐部的非正式交际场合,他用爱尔兰、犹太和中国等地的方言来讲笑话逸闻,逗得大家直乐。

他在泽尼斯基督教青年会主办的"**推销术**"讲习班上所做的题为《实话实说地产生意》的讲座,再清楚不过地表明了他那**杰出市民**的身份地位。

《鼓吹时报》极其详尽地报道了这次讲座,以至味吉尔·冈奇对巴比特说:"你快要成为全市最能吸引听众的演说家了。不管我拿起什么报纸,好像都可以看到你那滔滔雄辩的演说词。你老这么夸夸其谈,总会给你的交易所捞到不少生意。真有本事!好好干下去吧!"

"得了,别嘲笑,好吗?"巴比特低声说。但是,冈奇本人也是个名气不小的演说家,如今承他赞赏,巴比特心里格外高兴,甚至感

---

① 美国天主教主办的慈善组织,成立于1882年。

到奇怪，上次度假之前，自己不知怎么搞的，竟然还会质疑作为殷实市民的乐趣呢。

第十五章

一

巴比特在向伟大迈进的历程中,不是没有遇到灾难性的颠踬。

他出了名,可并没有给巴比特夫妇带来他们应得的社会地位。他们没有被邀请加入托纳旺达乡谊会,也没有被邀请出席在协和会举行的舞会。巴比特憋了一肚子气说,他本人嘛,"压根儿不把这帮子花天酒地的家伙放在眼里,不过他的太太倒是很想被列入**到会贵宾的名单**"。他焦躁不安地期待大学校友聚餐会,到了那个晚上,他就跟一些社会名流,比方说,百万豪富的承包商查理·麦凯尔维、银行家马克斯·克鲁格、机床制造厂商欧文·塔特,以及室内时式装潢专家艾德尔伯特·多布森等人热热火火地欢聚一堂。从理论上说,他是他们的朋友,和在大学的时候一模一样;见面时,他们还是管他叫"乔治",但事实上,他似乎很难得跟他们碰面,他们也从来不请他到他们在皇家岭的府邸去赴宴(席间有香槟酒,并由一名男管家斟酒上菜)。

聚餐会前有整整一个星期,他一直都在怀念他们。他暗自思忖着:"现在我干吗不跟他们表示更亲热些呢!"

二

如同所有地地道道的美国式的、让热情发泄一下的娱乐消遣一模一样,一八九六届同学聚聚会是经过了一番周密的筹备的。筹备委员会就像拍卖行似的,老是在敲木槌。每星期发出一个通知。

备忘录 第三号

老兄:

你准备参加我们母校有史以来最热闹的男校友聚餐吗?一九○八届女校友百分之六十都出席了。难道我们眉须汉子反而不及裙钗之辈吗?来吧,小伙子,让我们一齐鼓起劲来,把聚餐会办得有声有色!精美的食品,生动的交谈,共叙我们一生中最美好的时光。

聚餐会假座协和会的一间小餐厅里举行。这个会社的建筑早已黯淡无光,原是三座自命不凡的老式住宅,现在连成一气了,门厅很像贮藏土豆的地窖,巴比特虽然经常自由自在地出入豪华的康乐会,此刻到了这里,却有点儿尴尬。看门的是一个相当傲气的老黑人,身上穿着黄铜纽扣的蓝色燕尾服。巴比特向他点点头,竭力装出自己是正式会员的神气,高视阔步地穿过大厅。

有六十人来赴宴。他们在餐厅里,东一堆、西一簇的,形成许多岛屿和旋涡,他们挤满了电梯和小餐厅的每一个角落。他们都竭力想表现得亲切、热情。大家都觉得自己就像在校时完全一模一样——都是初出茅庐的小伙子,现在的胡子、秃顶、大肚子和皱纹,只不过为了今晚欢聚一堂而临时化装一下才加上去的。"你可一点儿都没有变呀!"他们大声惊呼说。遇到记不得姓甚名谁的人,他们只好这样招呼说:"嘿,嘿,又见到你真太高兴了,老兄。你呀——还是在干老行当?"

有人总想叫大家高兴一下,或者唱唱大学校歌,无奈没有人附和响应,到头来还是以冷场告终。尽管他们决心要充分发扬民主,不分贵贱,结果还是分成了两大帮:穿燕尾服的和没有穿燕尾服的。巴比特穿的燕尾服特别讲究,所以他在这两大帮人之间来回穿梭。虽然他竭尽全力要跻身于上流社会(对此,他几乎毫不掩饰),可他还是首先去找保罗·赖斯灵。他发现保罗一个人待在那里,穿着整齐,默默无言。

保罗叹了一口气,说:"这一套又是握手寒暄,又是应酬敷衍的空话,我可不会。"

"得了吧,保利巴斯,你散散心,还是随便去周旋一下吧!这拨小伙子可是天底下最好的了!嗨,你好像有点儿不太高兴——怎么回事呀?"

"唉,还是老问题,跟季拉吵嘴啦。"

"得了吧!让我们一块儿交际去,把烦恼给忘了吧。"

巴比特把保罗带在身边,却一个劲儿往查理·麦凯尔维那个人堆里挤去。麦凯尔维四周被他的仰慕者团团围住,好像让他们在炉边取暖似的。

麦凯尔维是一八九六届的英雄。他不仅是足球队长和链球运动员,

第十五章 · 247 ·

而且还喜欢参加辩论，即便按州立大学的水平来说，学业上也算过得去。他毕业之后一帆风顺，把最早来泽尼斯开疆拓土的、鼎鼎大名的多兹沃兹家族的那家建筑公司弄到了手。由他承建的工程，就有州议会大厦、摩天大楼和铁路枢纽车站。他是个两肩宽阔、胸脯厚实的人，但行动并不迟钝。他的眼神中有一点儿幽默感，说起话来像糖浆似的滑溜，使政客望而生畏，记者颇存戒心；最睿智的科学家，或者最敏感的艺术家在他跟前，都有点儿自惭形秽，深感自己抱残守缺，不谙世故。特别是在他对立法机关施加影响，或者收买工贼时，他的神态显得更加和蔼可亲，落落大方。他高贵有如男爵，事实上已然跻身于正在迅速形成的美国贵族阶层，地位仅次于高傲的**名门世家**。（在泽尼斯，所谓世家是指 1840 年以前就来到此地的家族。）麦凯尔维根本不受老一辈清教徒传统的善恶观念的束缚，做起事来毫无顾忌，所以，他的权势也就比名门世家更大了。

此刻麦凯尔维正和大人物在一起，不用说心里乐滋滋的——这些大人物里面就有制造厂商、银行家、地产大王、律师和外科医生，他们都是雇私人汽车夫、经常周游欧洲各国的阔佬大亨。巴比特挤到了他们身跟边。他喜欢麦凯尔维脸上的笑容，当然他更喜欢博得麦凯尔维的青睐，来提高他的社会地位。如果说跟保罗在一起，他感到很自负，竟然以保护人自居，那么，跟麦凯尔维在一起，他就觉得自己微不足道，而对麦凯尔维只有不胜仰慕之情。

他听到麦凯尔维对银行家马克斯·克鲁格说："是啊，杰拉尔德·多克爵士我们要接待。"原来以民主自诩的巴比特，也很崇拜爵位，一下子听得心花怒放了。"马克斯，你知道，他是英国钢铁大王之一呢。

钱多得邪门……你好，是你呀，老乔吉！喂，马克斯，你瞧，乔治·巴比特都发胖了，比我还胖乎乎呢！"

主席高声喊道："各位学长，大家入座吧！"

"咱们就过去，好吧，查理？"巴比特似乎漫不经心地对麦凯尔维说。

"行呀。你好，保罗！咱们的老提琴手，你好啊？你打算在哪儿落座啊，乔治？得了吧，咱们就坐在一块儿。来吧，马克斯。乔吉，我在报上看到了你在竞选期间的一些演说词，可真棒！"

承他那么夸奖，就是跟着他赴汤蹈火，巴比特也心甘情愿了。席间，巴比特真的忙得不可开交，一忽儿结结巴巴地在给保罗逗乐，一忽儿向麦凯尔维套近乎，问"听说你要在布鲁克林修建一些码头，是吗"，一忽儿注意到那些郁郁不得志的同班同学灰溜溜地坐在一堆，用妒忌的眼光看着他跟阔佬们打交道，一忽儿又津津有味地侧耳倾听麦凯尔维和马克斯·克鲁格之间的"上流人物谈话"。他们扯到莫娜·多兹沃兹举办的一次"丛林舞会"，动用了几千盆兰花来装点她的邸宅。他们又故意漫不经心地（妙就妙在这里）谈道：在华盛顿的一次宴会上，麦凯尔维遇见一位参议员，一位巴尔干国家[①]的公主，还有一位英国少将。麦凯尔维称那位公主为"珍妮"，而且还让大家都知道，他同公主一起跳过舞。

巴比特听了万分激动，只是还没有吓得噤若寒蝉罢了。虽说阔佬他们设宴时都没有邀请过他，但是，他的旧雨新知中也有银行总裁、

---

① 指巴尔干半岛（欧洲南部）某个小国。

第十五章 · 249 ·

国会议员,以及诗人沙龙里的交际花,他跟他们却是相知有素。他在麦凯尔维跟前谈笑风生,甚至抚今追昔地说:

"喂,查理,你还记得,我们在三年级的时候,包了一条船,赶到里弗代尔,去看布朗夫人剧团的演出吗?还记得那个笨头笨脑的警察想抓我们,你却狠揍了他一顿吗?我们还把那块'此处专熨裤子'的招牌偷走,挂在莫里逊教授的大门上?咳,天哪,那些日子真带劲儿!"

麦凯尔维同意,那些日子真带劲儿。

坐在餐桌头几把交椅上的人开始唱歌的时候,巴比特刚说到"不是你在大学里念过的书,而是你交上的朋友最要紧"。他单刀直入地对麦凯尔维说:

"可惜,呃,真的太可惜,平时我们很少碰面,就是因为我们现在干的行业不同。回想起过去美好的岁月,我心里很高兴。哪天请您和麦凯尔维太太准得来我们家吃一顿便饭吧。"

麦凯尔维的回答相当含糊:"哦,是啊——"

"我很想跟你谈谈您的格朗茨维尔仓库那一边地产发展的情况。也许我可以给你通一点内部消息。"

"那敢情好!我们准定来叙一叙,乔吉。你多咱通知,我马上就到,得了。你和你太太要是光临寒舍,一定会非常愉快的。"麦凯尔维说,不像刚才那么含糊其辞了。

这时突然响起了主持人的声音。他还是当年那个大嗓门,带领大伙儿跟俄亥俄州、密歇根州,或者印第安纳州来的啦啦队比试高低,这会儿大声嚷道:"来吧,你们这帮子袋熊!大伙儿一块儿使劲唱吧!"巴比特感到生活不可能比眼前这一瞬间更甜蜜的了。他跟保罗·赖斯

灵和最近才旧友重逢的英雄麦凯尔维在一起使劲儿干号:

战呀战呀战——斧,

操起一把战——斧,

一——把——战——斧,

操起——一把战——斧,

谁呀,谁呀?——

咱们州立大学!

万——岁!万万岁!

三

十二月初,巴比特夫妇邀请麦凯尔维夫妇来家吃晚饭,麦凯尔维夫妇不但接受了邀请,而且,在日期改过了一两次之后,居然真的拨冗光临了。

巴比特夫妇对这次晚宴的细节讨论得相当全面,从购买一瓶香槟酒到每位客人面前该放几颗椒盐杏仁都没漏掉。他们还特别提出了该请哪些人做陪客的事。巴比特始终坚持要让保罗·赖斯灵有幸拜识一下麦凯尔维夫妇。"咱们的老查理喜欢的是保罗和味格·冈奇,而不是那些自吹自擂的怪家伙!"他坚持说。但巴比特太太打断了他的话:"是啊——也许——我琢磨我还得去买些林黑文牡蛎[①] 来呢 。"等到

[①] 此处指盛产于弗吉尼亚州或马里兰州沿海的一种大牡蛎。巴比特太太可能借此影射保罗的沉默。

一切准备就绪,她就邀请了眼科医生 J.T. 安格斯大夫,和一个名叫马克斯韦尔的装得正经八百的律师,以及他们的珠光宝气的太太。

安格斯和马克斯韦尔既不是友糜会,也不是康乐会的会友;他们从来不跟巴比特"称兄道弟",也从不征询他对汽化器的意见。巴比特大发雷霆,说她邀请的客人里头,只有利特尔菲尔德夫妇还算"像个人的模样儿";但利特尔菲尔德有时候满口都是统计数字,巴比特真巴不得能听到冈奇说这么的发噱话来解释闷呢:"喂,老柠檬馅饼似的脸蛋儿,可有什么好消息吗?"

午饭刚吃过,巴比特太太立即动手摆桌面,准备七点三十分招待麦凯尔维夫妇的晚宴了。巴比特遵命在四点钟回到了家里,可是,怎么也找不出什么事儿给他做做,巴比特太太责怪了他三次:"请你千万别在这儿转悠,碍手碍脚的!"他站在汽车房门口,噘着嘴巴,心里巴不得利特尔菲尔德,或者萨姆·道佩尔勃劳,或者随便哪个人过来跟他聊聊,那就好了。蓦然间,他看到特德鬼鬼祟祟地打从院子角落里走过来。

"怎么啦,老伙计?"巴比特问。

"是你吗,可怜巴巴的老头儿?嘻,妈可真的冒火了!我告诉她,罗娜和我压根儿不想参加今儿个晚上的宴会,她就往我头上出气了。她说我还得去洗个澡。不过,嘿,巴比特家的爷儿们今晚可阔气啦!小西奥多也穿上燕尾服啦!"

"巴比特家的爷儿们!"巴比特一听到这么个叫法,心里就美滋滋的。他用手搂住儿子的肩膀。唉,要是保罗·赖斯灵有一个女儿,特德就可以娶她做媳妇,该有多好啊。"是啊,你妈今天可穷忙活呢。"

· 252 · 巴比特

说罢，他们一起大笑，又同声叹息，乖乖地进去换衣服。

麦凯尔维夫妇来了，只不过迟到了十五分钟。

巴比特希望道佩尔勃劳一家人会看见麦凯尔维家的豪华小轿车和身穿制服、站在车前侍候他们的汽车夫。

晚宴菜肴做得都很好，并且丰盛得令人难以置信。巴比特太太还把老奶奶的银烛台都端了出来。巴比特非常给力，表现得十分出色。往常他很喜欢说说笑笑，可今晚一个也不说，净听别人说话。他声若洪钟似的撺掇马克斯韦尔说："让我们听听你的黄石公园①之行呗。"他对谁都一味阿谀奉承。一有机会，他就说安格斯大夫是济世良医，马克斯韦尔和霍华德·利特尔菲尔德都是非常渊博的学者，查理·麦凯尔维是鼓舞有志青年一代的好榜样，而麦凯尔维太太，却灿若明珠一般，给泽尼斯、华盛顿、纽约、巴黎等许多大都会的社交界增添了异彩。

不过尽管好话说尽，他还是鼓不起他们的劲头来。席间一丁点儿都没有轻松活泼的气氛。巴比特闹不明白，干吗他们都是那么沉闷，没话找话，显得很吃力，而且又很别别扭扭。

他就全神贯注地去奉承露西儿·麦凯尔维，小心翼翼地，两眼尽量避开，不去看她那酥嫩的肩膀和系住她外衣的茶绿色缎带。

"我想你不久又要到欧洲去了，可不是？"他搭讪说。

"我真巴不得到罗马去待几个星期呢。"

"我想你在那里会听到许许多多音乐，看到许许多多名画，以及古玩等等东西？"

---

① 位于美国怀俄明与蒙大拿两州之间，以喷泉、温泉、瀑布著称。

"不，我去的真正目的是：在维亚代拉斯克罗发路上有一家小小的 Trattoria①，在那里你可以吃到世界上最好的 fettuccine②。"

"哦，我——是啊。那敢情好。是啊。"

九点三刻，麦凯尔维深感抱歉地发觉他太太头痛。巴比特帮他穿外衣时，他挺爽快地说："咱们一定得找个时间一边吃午饭，一边叙叙旧吧。"

挨到了十点半钟，好不容易别的客人都走了，巴比特好像向他妻子辩解说："查理说今晚他过得挺痛快，要我一准去吃午饭——他说不久就要请我们上他家去吃晚饭。"

她好容易才说出了口："啊，今晚席上是那么安安静静地叙了一叙，往往比那些闹哄哄的宴会还要愉快得多呢。在那些宴会上，大伙儿一窝蜂似的抢着说话，压根儿安静不下来——也就享受不到安静的乐趣！"

可是，他从睡廊里的小床上，听到了妻子缓慢的、失望的哭泣声。

四

足足有一个月之久，他们天天盯着报上的社交新闻栏，等待设宴回请他们的消息。

巴比特请客之后整整一个星期，麦凯尔维夫妇的名字，一直作为杰拉尔德·多克爵士的东道主，出现在报纸的头条新闻标题上。泽尼

---

① 意大利语：菜馆。
② 意大利语：面条。

斯市热烈地接待杰拉尔德爵士（他是专程来美国采购煤炭的）。各家报纸纷纷前来采访，采访内容是有关禁酒、爱尔兰、失业、海上航空、货币兑换率、饮茶和喝威士忌孰优孰劣、美国妇女心理，以及英国郡中世家的日常生活等等问题，请他谈谈自己的看法。反正以上这些问题，杰拉尔德爵士似乎多少还都懂得一些。麦凯尔维夫妇举行了一个僧伽罗①式的宴会替他洗尘接风，《鼓吹时报》社交新闻编辑埃尔诺拉·珀尔·贝茨小姐报道时，用她那有如百灵鸟的歌喉，唱出了最高音，简直响彻云霄似的。巴比特在早餐桌上大声朗读着：

昨晚，查理·麦凯尔维夫妇为杰拉尔德·多克爵士洗尘接风，举行了锡兰②式晚宴舞会。宴会大厅陈设独具一格，富有东方色彩；席上珍馐佳肴，味美可口；更兼人物鼎盛，有显贵的嘉宾，迷人的女主人和赫赫有名的男主人：如此嘉会，诚为泽尼斯所空前罕见。笔者等人有幸亲临目睹这一宛如天上仙境之异国情调，都认为：即使有如举世闻名之赌城蒙特卡洛③，或任何驻外大使馆最豪华的府邸，亦无法与之比拟。泽尼斯市在社交活动方面一跃而为美国内陆城市中的佼佼者，绝非偶然。

多克勋爵莅临我市是西汀伯恩伯爵那次令人难忘的访问以来，泽尼斯市所荣膺之最大殊荣；多克勋爵过于谦逊，自然不肯承认，但他的莅临，无疑是对我市之嘉许。多克勋爵不仅是英国贵爵世家出身，

---

① 斯里兰卡的主要民族之一。
② 今国名斯里兰卡。
③ 一译蒙的卡罗，欧洲摩纳哥公国首都。

据传还是英国冶金工业的巨擘。他祖籍诺丁汉,其地尝为罗宾汉①出没之处,多承多克勋爵见告,现已成为繁华的现代化城市,居民人口为二十七万五千五百七十三人,并以花边制造工艺和其他工业著称。我们不禁浮想联翩:勋爵的脉管里,容或仍有昔日绿林豪杰罗宾汉身上兼有的雄健的鲜红血液与高贵的蓝色血液②。

可爱的麦凯尔维太太昨晚身穿玄色网纱长袍,四周有精美绝伦的银白色镶边,纤细的腰际挎着一束亚伦·瓦德花圃精心栽培的玫瑰花,比以往任何时候显得楚楚动人。

巴比特颇不服气地说:"多亏他们没有请我们去跟这个叫什么多克勋爵的家伙见面。我的天哪,还是跟查理和他太太在一起,安安静静地吃一顿晚饭要开心些。"

人们在泽尼斯康乐会里议论开了。席德尼·芬克尔斯坦说:"天哪,我说往后我们就得管麦凯尔维叫'查兹勋爵'了。"

"这简直是荒唐透顶,"在数据问题上一丝不苟的霍华德·利特尔菲尔德若有所思地说,"有些人就是连再简单不过的事情都搞不清楚。他们管这个家伙叫'多克勋爵',其实按说应该叫'杰拉尔德爵士'才对呢。"

巴比特一愣,说道:"这可是真的吗?好,好!该叫'杰拉尔德爵士'吗,呢?你就是那样称呼他,是吗?那敢情好,爵士,知道了这一点,

---

① 中世纪英国传奇式的抗暴除恶、济弱扶困的英雄人物,据说原为亨廷登伯爵,后落草为绿林好汉。
② 按西俗,蓝色血液即指贵族出身。

我可真高兴。"

后来，他对他的推销员说："这真叫人笑痛肚皮，有的人只因为发了一笔大财，就去请客招待外国名人，可是，压根儿不懂得怎样正确地称呼他们，方能让人家感到宾至如归！说真格的，这种人的头脑连个兔崽子的都不如！

那天傍晚，他开车回家，路上正好从麦凯尔维的豪华小轿车旁边擦过。他一眼瞧见了杰拉尔德爵士，是个大块头、红脸膛、暴眼睛、具有条顿民族素质的英国人，他那两小撇黄胡子，稀稀落落，使他显得阴郁可疑。巴比特还是在慢慢地往前驶去，想到自己一切都是徒劳无益，心情不由得特别沉重。蓦然间，他莫名其妙而又惊恐万状地感到，好像麦凯尔维夫妇正在嘲笑他。

他跟他太太气呼呼地说话时，暴露了自己这种沮丧心情："真正有志于事业的人，舍不得把时间浪费在麦凯尔维那一帮子人身上。交际这个玩意儿，也就像其他的个人癖好一样：只要你一心扑上去，就有所得。不过，只要有机会，我倒是挺喜欢跟你和孩子们一块儿摆摆龙门阵，我才不会像他们那样傻乎乎地东追西赶呢。"

从此，他们再也不谈起麦凯尔维夫妇了。

五

在这恼人的时刻还得想到奥弗布鲁克夫妇，更叫巴比特心烦了。

埃德·奥弗布鲁克是巴比特的同班同学，一向郁郁不得志。他结婚后拖家带口，在郊区独翠坛干保险这一行，生意十分清淡。他两鬓斑白，身材瘦削，很不显眼——历来如此。他就是这种类型的人：你往往先是忘了介绍他，后来才忽然想起来了，就得特别热情地再把他介绍给大家。他在大学时就羡慕巴比特交游广阔，离校以后又一直羡慕巴比特的地产生意兴隆，又有漂亮的住宅和时髦的衣着。这使巴比特感到高兴，同时出于某种责任感，又使他伤足脑筋。校友聚餐会上，他看见可怜巴巴的奥弗布鲁克穿着一身磨得发亮的蓝哔叽西服，怯生生地跟另外三个穷愁潦倒的同学躲在一个角落里。他走过去，热情地跟他打招呼："你好，小埃德！我听说独翠坛的保险生意现在全归你承包了，干得挺不错呀！"

他们回想起过去的好时光，那时奥弗布鲁克还经常写写诗什么的呢。冷不防奥弗布鲁克冲口说道："喂，乔吉，后来咱们怎么会越来越疏远的，现在我压根儿不再去想了。我倒是希望你和巴比特太太多咱请过来吃晚饭。"

这一来可叫巴比特为难了，他支吾着说：那敢情好！一准去！你通知我就得了。我妻子和我也都欢迎你们来我家。"不过这件事他说过也就全忘了，但不幸的是，埃德·奥弗布鲁克并没有忘记。他接二连三地打电话给巴比特，邀他去吃饭。"看来还得去一趟，免得他老是纠缠不清。"巴比特对妻子咕哝着说，"但你说怪不怪，这个倒霉鬼连最基本的交际礼节也都不懂！他只是一个劲儿给我挂电话，却不知道叫他妻子坐下来写一份正式请帖给我们！唉，我估摸我们说什么也都摆脱不了。搞校友会就有这样的好事呗。"

当奥弗布鲁克下一次苦苦哀求地邀请时，巴比特终于接受了，时间定在两星期后的一个晚上。两星期以后的晚宴，即使是一次家宴，乍一听倒也并不是那么可怕；但是两个星期一眨眼就过去，那个致命的时刻便不知不觉地来到了，这才叫人大为惊讶，茫然不知所措。他们不得不要求改期，因为他们自己要请麦凯尔维夫妇吃晚饭。但到最后，他们还是没精打采地开车，去了独翠坛的奥弗布鲁克家。

事情一开始就很别扭。奥弗布鲁克家是六点半吃晚饭，而巴比特家从来不在七点以前开饭的。巴比特还故意让自己迟到十分钟。"让我们尽可能把时间缩短就得了。我想我们得尽快溜出来。我说明儿一大早我还得上班，不就得了。"他心中就这样盘算着。

奥弗布鲁克的住房，看了真叫人丧气。这是两户合住的木头房子的二层楼，好几辆童车乱放在那里，走廊里挂着不少旧帽子，还闻得到一股卷心菜的味儿，起居室的小桌上放着一本家用的《圣经》。埃德·奥弗布鲁克和他妻子笨拙寒碜，跟平时没有两样，还有两对简直要吓坏人的夫妇做陪客，至于他们姓甚名谁，巴比特都没有听清楚，也根本不想听清楚。可是，奥弗布鲁克一个劲儿恭维他，丝毫不讲策略，却使他很受感动，却又觉得十分别扭。奥弗布鲁克说："多承老乔治今晚光临，我们感到无上荣幸！想必各位在报上看到了他的演说词——你们瞧，这小伙子长得还挺俊的，可不是？不过，我老是想到早年在大学里的情景，那时候，他不仅是个了不起的交际家，而且还是班上的游泳健将呢。"

巴比特很想使座上客人说说笑笑，气氛活跃起来，为此自己也想尽了种种办法。但是，眼看着奥弗布鲁克胆小如鼠的神色，陪客们呆若木鸡的表情，还有脸上戴一副大眼镜、皮肤土灰色、头发束得紧紧的奥弗布鲁克太太，不消说，他也就索然无味了。他讲了最精彩的爱尔兰笑话逸事,可是毫无反应,就像蛋糕没烘透,落地连响声都听不见。不过,巴比特觉得最迷糊的是,那位要照料八个孩子、整天价做饭烧菜、洗洗擦擦的奥弗布鲁克太太,居然还有雅兴聊天,她看准空当儿,就插进来说上两句。

"我想你经常去芝加哥和纽约吧,巴比特先生?"她先是探探口气说。

"可不是?我常去芝加哥。"

"那一定非常好玩。我想那里的戏园子你一定都去过了。"

"哦,说实话,奥弗布鲁克太太,我觉得最合我胃口的东西,还是卢普[①]那一带的一家荷兰馆子里个儿大、味儿又好的牛排!"

他们没有别的话儿可说了。巴比特感到遗憾,但是又没有辙,这个晚宴显然失败了。无聊透顶的闲扯淡,早已使大家昏昏欲睡;到了十点钟,巴比特好像从迷迷糊糊的状态中惊醒过来,强打起精神,尽可能高高兴兴地说:"恐怕我们该走啦,埃德。明儿个一大早,约定有人来看我。"奥弗布鲁克帮他穿外衣时,巴比特说:"重温了一下往事,真有意思!我们一定得**尽快**地在一起吃顿午饭。"

在他们坐车回家路上,巴比特太太叹了口气说:"真是太无聊了。不过,奥弗布鲁克先生可真钦佩你啊!"

"可不是,这个可怜虫!好像把我当作玲珑剔透的玩具小天使和泽尼斯最漂亮的美男子啦。"

"嘿,你当然不是,不过——哦,乔吉,你倒真的说说我们就非

---

① 卢管(Loop),芝加哥重要商业区之一。

得要请他们来我们家吃午饭不成？"

"噢哟哟！我的天哪，我才不想请呢！"

"喂，乔治！吃午饭的事你真的没有对奥弗布鲁克先生提过，是吗？"

"没有！我的天哪！绝对没有！说实话，我没有提过。我只不过是顺便说了一句什么时候请他吃午饭。"

"嗯……哦，亲爱的……我可不想使他们伤心。不过，像今儿晚上这样的招待再来一次，我可真受不了。再说，要是我们请奥弗布鲁克夫妇来家吃饭的时候，正好安格斯大夫和他太太这样的客人来串门，就以为他们是我们的朋友，那怎么办呢？"

足足一个星期叫他们俩心烦意乱："真的，我们应该回请一下埃德和他老婆，那些穷鬼！"不过，缘于他们压根儿碰不到奥弗布鲁克夫妇，也就把他们给忘了。过了一两个月，他们说："说实话，最好让它稀里糊涂过去就得了。再说，请他们到我们家里来，不一定就算待**他们**好。他们会觉得自己寒碜，跟我们很不般配啊。"

从此，他们再也不提奥弗布鲁克夫妇了。

第十五章 · 261 ·

第十六章

一

巴比特终于肯定麦凯尔维夫妇不会提携他了。他觉得自己仿佛出了差错，甚至有点儿荒唐可笑。不过友麋会那里，他却去得更勤了。有一次，在商会举办的午餐会上，他滔滔雄辩地谈到了罢工的危害性，这么一来，他又以**杰出的公民**自居了。

他从自己加入的各种会社团体中得到了精神慰藉。

泽尼斯有数不清的会社"分社"和旨在促进繁荣的午餐俱乐部，凡是正派人都得参加一个社团，如能参加两三个，那就更好，例如：扶轮社、基沃尼斯会、或促进会；畸人会、驼鹿会、共济会、红番会、林民会、爱枭会、雄鹰会、麦卡比会、派西亚斯骑士团、哥伦布骑士团，以及其他各种以高度热忱、优良品德和尊重宪法为特点的秘密会社。加入这些社团，有四条理由：首先是沿袭旧俗入会；第二，有利于兜揽生意，因为会社会友兄弟往往一转眼就成为主顾、客户；第三，对于那些得不到**枢密院咨议或骑士团最高首领**的美国人，这些会社可以授予诸如"可尊敬的书记官""大统领""大将军"等荣誉称号，加在他们原有的**上校**、**法官**，以及**教授**等普通头衔上面，确实怪好听的；第四，入会以后，受到太太严加管束的美国男子，每星期有一个晚上管保获准外出。这些会社对他们来说，就像是意大利人观看杂耍游艺的广场和法国人的露天咖啡茶座，在那里他们可以打打弹子球，像粗野汉子似的肆无忌惮地闲扯淡，以至说一些乌七八糟的下流话。

基于上述几条理由，巴比特就是他自己所说的喜欢加入许多会社团体的"百搭"。

他已在社会上获得的成就，有如一面金碧辉煌的优胜锦旗，锦旗后面就是暗淡无光的交易所里的日常事务性工作：租约、承包合同，以及招租清单。晚上，他就像喝了白兰地似的沉醉在各个会社分社和委员会以及演说活动之中，但是，一到每天早上，他的舌头就差点儿动弹不得。一周接一周地过去，他的情绪越来越烦躁。他跟跑外勤的推销员斯坦利·格拉夫公开闹别扭。有一次，麦戈恩小姐改动了他口述函件中的几个字，他竟然也对她大声呵斥，虽然她那迷人的姿色免不了使他常有非分之想。

不过，他只要一见到保罗·赖斯灵，就心情舒畅了。至少每周一次，他们两人逃脱了阃教的管束。星期六，他们打高尔夫球，两人互相挖苦说："你打起高尔夫球来，倒挺像一个网球名手呢。"要不，整整一个星期天下午，开汽车去兜风，常在乡村小酒馆歇歇脚，坐在柜台前面的高脚凳上，用大口杯子喝咖啡。有的时候，保罗在晚上带着小提琴来串门，当这个迷了途、始终在陌生的道路上徘徊彷徨的孤独者拨动琴弦，发抒他忧郁的心情时，哪怕是季拉也不免为之黯然神伤。

二

巴比特为主日学校①效劳，最大的收获就是使他涤净邪念和扬名四方。

他归属于查坦姆路长老会教会，这是泽尼斯最大、最富、栎木雕饰和丝绒帷幔最多的教会之一。这个教会的牧师叫约翰·詹尼森·德鲁牧师，此人既是文学硕士，又兼神学博士和法学博士。（文学硕士和神学博士是内布拉斯加州埃尔伯特大学授予的，法学博士则是俄克拉荷马州沃特伯里大学授予的。）他能言善辩，办事干练，多才多艺。他主持的各种集会，都是旨在谴责工会，或者要求改善公用事业。他还向会众吐露真情，说自己是个穷孩子出身，曾经当过报童。他给《鼓吹晚报》周末版写过题为《真正的男子汉的宗教》《美元与基督教的意识价值》等社论，全文用黑体字排印，四周还加花边框框。他常常说，他"引以为自豪的，就是因为自己首先以生意人的身份才出了名"，所以他说，办起事来就要泼辣利索，绝不"让老撒旦一手独揽"。他是个身材瘦削、脸孔长得土里土气的年轻人，戴着一副金丝边眼镜，暗棕色的头发剪得短短的，活像刘海。不过，他一开口演说，就容光焕发，浑身是劲。他承认自己身上那种学者兼诗人的气质太重，不屑效法那位传播福音的教士迈克·蒙代。但是，有一回，他要激发他的

---

① 主日学校：基督教（新教）仿照学校方式在星期日开设的一种儿童宗教班级，专对少年儿童灌输宗教思想。1780年英国人雷克斯首创，后逐渐在英美等国教会中推广。因基督教称"星期日为主日"，故名。过去，在我国常简译为"主日学"。

会众走向新生活、慷慨捐献时,就公然煽动说:"我的弟兄们,凡是不乐意把钱借给上帝的人,才是真正的吝啬鬼!"

他已然把自己的教堂变成一个真正的公众活动中心。除了酒吧间之外,教堂里几乎样样都有。有托儿所,有星期四晚餐会,餐后还有一堂简短愉快的布道课,有健身房,每两周放映一次电影,还有一个供青年工人借阅技术读物的图书馆——可惜,除了进去洗窗子或修炉子之外,青年工人从来不进教堂的——还有一个缝纫组,她们一面在给穷人家的孩子做小裤衩,一面在听德鲁太太放声朗读一些情节紧张的小说。

德鲁博士的神学思想虽然属于长老会的一派,他的教堂建筑却富有优雅的圣公会风格。正如他所说,它具有"雄伟瑰丽的古色古香的英国宗教建筑的不朽特色,可以看作是永恒信仰——包括宗教的与世俗的——的象征"。这座教堂按照仿哥特式风格,采用令人悦目的斑斑驳驳的灰砖砌成,大礼拜堂电灯都暗装在豪华的雪花石膏形似杯碗的大吊灯里,由于间接照明,光线显得异常柔和。

十二月的一个上午,巴比特一家去教堂做礼拜,约翰·詹尼森·德鲁博士正讲得特别起劲。整个会场都被听众挤满了。十个引领会众入座的年轻小伙子身穿晨礼服,胸前佩戴白玫瑰花,正手脚勤快地把一张张折叠椅从地下室搬上来。音乐节目也是令人难忘,由谢米登·史米斯担任指挥。谢尔登·史米斯是基督教青年会主管教育的指导,举行奉献仪式时还领唱圣诗。巴比特对这一套很不感兴趣,因为不知哪个指导无方的家伙把年轻的史米斯先生教错了,他在唱圣诗的时候脸上一个劲儿在笑,真是太不成体统了。但是,他对德鲁的布道却佩服

第十六章 ·265·

得五体投地,可说是惺惺惜惺惺了。这篇布道演说里包含睿智的结晶,从而使查坦姆路教堂的会众跟史密斯街上那些邋里邋遢的小礼拜堂里的会众大有天壤之别。

"一年之中,自然是丰收季节最好,"德鲁博士豪情满怀地说,"此时此刻,虽然天上乌云密布,摆在长途跋涉的旅人面前的,是充满艰难险阻的道路,但是,凌空翱翔、无形无体的圣灵,正从刚逝去的一年之中的辛勤劳动和愿望热切的人们头上一掠而过。啊,我仿佛隐约听到,在我们表面上看似乎失败了的人们后面,响起了铿锵有力的合唱声——那就是超升上界的幸福灵魂正向我们欢呼致意呢。看呀!就在那朦朦胧胧的天边,愁云惨雾的后面,我们依稀可辨地见到了无数巍峨的群山之巅——那是笙歌弦乐之山、其乐融融之山、充满威力之山啊!"

"这种既有学问又有思想的布道我当然喜欢听啦。"巴比特暗自寻思道。

礼拜结束后,牧师在教堂大门口跟他热烈握手时,悄悄地说:"哦,巴比特兄弟,你可以多留一会儿吗?我有事想向你求教。"巴比特一听,可乐坏了。

"当然可以,博士!准行!"

"请上我的办公室去。我想你会喜欢抽那里的雪茄。"果然不错,巴比特喜欢抽那里的雪茄,他也喜欢牧师的那间办公室,其实,它跟其他任何的办公室无分轩轾,只是把平时墙上常见的标语牌悬挂得更为醒目:"吾主昼夜会客"。丘姆·弗林克也进来了,接着是威廉·华·伊桑。

伊桑先生已有七十高龄，是泽尼斯第一州立银行董事长。他至今还留着两小撮雅雅的连鬓胡子——它在1870年就作为银行家身份的一种统一标志。如果说巴比特非常妒忌麦凯尔维这帮子**时髦人物**，那么，他在威廉·华盛顿·伊桑跟前却是毕恭毕敬。伊桑先生高人一等，同**时髦人物**毫无往来。他是1792年开创泽尼斯的五位元老之一的曾孙，如果排辈分，他已是第三代的银行家了。他有权审查贷方的偿还能力、发放贷款，甚至还能叫某人的生意兴隆或者亏损倒台。在他面前，巴比特呼吸急促，只好自认晚生小辈了。

牧师德鲁博士飞也似的走进办公室，滔滔不绝地说：

"我请你们几位先生留下来，想向你们提出一个建议，就是：主日学校需要大家支持。论规模，它在泽尼斯算是第四名，但是，我们没有理由落人之后。我们应该跃居第一。我想请求你们，如果你们愿意的话，为主日学校成立一个咨询暨宣传委员会；提出改进工作的建议，并加以督促指导；此外，还得提请报界要对我们引起足够注意——给公众一些真正有益的和建设性的新闻，而不要长篇累牍地报道那些凶杀和离婚案件。"

"那敢情好啊。"银行家说。

巴比特和弗林克也惊喜若狂地支持了他。

三

假如你问巴比特，他的宗教信仰是什么，他就会用促进会特有的语汇响亮地回答说："我的宗教信仰就是为我的同胞服务，像尊重自己一样尊重我的兄弟,尽我自己一分力量,让人人生活得更加幸福。"假如你要他进一步说得具体些,他就公然声称:"本人身为长老会的一名教友,当然承认它的全部教义。"假如你太不识相,还要追问下去,他就老实不客气地对你说:"探讨宗教问题嘛,老是争论不休,真没意思,那只会使人引起反感。"

实际上,他的神学的含义是这样的:冥冥之中有一个至高无上的神,曾经想方设法要使我们变得至善至美,但是看样子没有成功;如果你是个**好人**,你就会到一个叫作天堂的地方去(巴比特无意识地把它描绘成类似一家有幽静花园的高级旅馆);如果你是个**坏人**,也就是说,要是你干过谋财害命、偷盗行窃的勾当,或者吸毒、结交姘头,或者做"空头"的地产生意,你就要受到惩罚。不过,巴比特还是对自己所说的"地狱这个玩意儿"心存怀疑。他开导特德说:"当然,我的思想是相当开明的;我并不真的相信有一个什么烈火燃烧着硫黄的地狱。不过,道理也很清楚,一个**作恶多端**的人,总不能逍遥法外,不受惩罚,你明白我的意思了吗?"

其实,对于神学上这些奥妙的问题,连他自己都很少深思过。他那实用主义宗教观的核心就是:上教堂做礼拜,为的是让人们瞧得起自己,对生意有好处;教堂能防止**坏人**不致变得**更加十恶不赦**;牧师的布道,尽管听起来有多么乏味,还是有一种类似伏都教[①]的魔力,"对人确有好处——能使他与**至高无上的圣灵**息息相通"。

他为主日学校咨询委员会做了初步调查,结果却使他大失所望。

[①] 西印度群岛与美国南部等地某些黑人中盛行的一种迷信活动与巫术信仰。

他对那个"业余查经班"表示满意，参加查经班的都是成年男女，由守旧派医生 T. 阿特金斯·乔丹大夫担任主讲。他讲得生动活泼，妙趣横生，可与晚餐后布道的那些比较文雅、幽默的主讲人相媲美，可是，巴比特跑到少年班一看，就伤透脑筋了。他听了谢尔登·史米斯的课。史米斯是基督教青年会主管教育的指导兼教堂唱诗班领唱，年纪虽轻，脸色苍白，满头鬈发，笑容可掬，精力十分健旺，上他的那个查经班的，都是十五六岁的男孩子。史米斯谆谆告诫他们说："孩子们，记住，下星期四晚上到我家里来，我想好好地跟你们**谈谈心**。咱们都是老相识了，各人有各人的**心事**，也**不用瞒着**，干脆都给抖搂出来。你们就是要像人家到青年会找我单独谈心那样，应该对老谢尔迪①无话不谈。我想索性开门见山地跟你们谈谈清楚：要是没有**老大哥**的指点，一个男小子准会干出种种可怕的丑事来，此外，我还要谈谈有关'交欢'时一则以喜、一则以忧的问题。"这个"老谢尔迪"说得笑逐颜开直冒汗，可孩子们脸上却羞怯怯的，很不好意思；巴比特感到特别窘，真不知道眼睛该往哪儿瞧才好。

还有几个人数不多的班级，就由一些面孔铁板的老小姐讲授哲学和东方人种学，内容虽然并不叫人反感，但是非常枯燥乏味。主日学校有一个房间，经过装修粉刷，焕然一新，大多数班级都在那里听课，但因场地小，容纳不下，也有一些班级只好到地下室去。地下室里横七竖八的水管好像静脉曲张似的，渗水的墙沿上开着几眼小窗口，光线就从那儿透进来。不过，巴比特眼前看到的，活脱脱就像卡托巴公

---

① 谢尔登的昵称。

理会的第一教堂。顿时他仿佛又回到了他孩提时代的主日学校。他又闻到了只有教堂会客室里才有的斯文而又沉闷的气息；他回想到摆在主日学校书架上那些枯燥乏味的书籍——《赫蒂：一个默默无闻的巾帼英雄》和《优素福：一个巴勒斯坦青年》。他又一次摩挲着那些色彩鲜艳、印有《圣经》原文的卡片。其实，这些卡片孩子们谁都不要，可又舍不得扔掉，因为它们毕竟有一种说不出的神圣的味道。这时，他在偌大的泽尼斯教堂里，仿佛又听到了三十五年前叫他头痛的那种结结巴巴、死记硬背的对话声音：

"现在，埃德加，你念下面一节。《圣经》里说，'骆驼穿过针的眼，比财主进上帝的国还容易呢'[1]，这是什么意思啊？这句话对我们有什么启示？克拉伦斯，请你别老是扭动身子，你要是把课文都学过，就不会这样坐不住了。现在，厄尔，你说说，耶稣基督给他的十二门徒的教导是什么呀？孩子们，我要你们特别记住的，就是这么一句话：'上帝是无所不能，无所不在的。'要永远记住这句话——克拉伦斯，**请你注意**，今后你要是感到信心不足的时候，你就说：'上帝是无所不能，无所不在的。'亚历克，请你念下面一节，好吗？刚才你要是在注意听着，就不会找不到地方吧！"

嗡——嗡——嗡——仿佛巨大的蜜蜂在令人昏昏欲睡的洞穴里发出嗡嗡的响声——

巴比特从两眼睁着的瞌睡中惊醒过来。因为有幸听了她精彩的讲课，特向那位女教师表示感谢，旋即踉踉跄跄地走到了另一个班级。

---

[1] 详见《圣经·新约全书》马太福音第19章第24节。

这样过了两个星期,他觉得对德鲁牧师根本提不出任何意见来。

后来,他发现有关主日学校的刊物简直多得不可胜计,有的是周刊,也有的是月刊,真是名目繁多,内容丰富,如同报上地产专栏或制鞋业杂志那样:专业性强、实用价值高,而且又富有远见。他在一家宗教书店买了五六本,看着看着不觉过了午夜,还是赞不绝口。

他在《惹人注目的感召力》《征求新生》,以及《广泛散发说明书,招徕听众报名参加主日学校》等文章里,得到了许多有益的启发。他特别喜欢"广泛散发说明书"这几个字眼儿,并且被下面这段按语深深地打动了:

"社会生活的道德来源于主日学校——主日学校乃是专门从事宗教教育,并以激发人们宗教信仰为宗旨。现时如果不加注意,在未来的岁月中必将丧失心灵力量和道德力量……如上列举事实,再加上直接的感召力,必将引起人们注意,原来他们不管是冷嘲热讽也好,还是规劝诱导也好,都不肯尽自己的本分。"

巴比特承认说:"啊,一点不错。我在卡托巴的时候,只要一有机会,就从主日学校溜出去,不过话又说回来,要不是主日学校培养了我,特别是培养了我的高尚道德品质,说不定我今天也不会有这样的声望地位。就拿《圣经》来说吧,真是了不起的经典。哪天有空,我还得再念念才好。"

巴比特从《威斯敏斯特成人查经班》一篇文章里,学到了如何用科学的方法办好主日学校:

"第二副主任注意发扬班上的团结友爱精神。她挑选了一个小组当她的助手。这些人就负责招待工作。每进来一个人,招待就迎上去热情握手。告别的时候,谁都不再陌生了。小组中有一人站在大门口,邀请过路行人进来。"

巴比特最欣赏的恐怕是《主日学校时报》上威廉·H.李奇微的那篇评论文章了:

"如果说你在主日学校里的那个班级,死气沉沉,没精打采,肯定说,丝毫引不起人们兴趣,他们好像发了春瘟似的,三天两头不到班上来,那就让老李奇微博士给你开个药方吧。处方是:招待那帮子人吃一顿晚饭。"

主日学校的各种刊物,内容全面而又实用,哪一门艺术都不忽视。就说音乐吧,《主日学校时报》吹嘘说:"以写神圣的宗教乐曲为成千上万的人所熟知的C.哈罗德·洛登,新近创作了另一篇题为《怀念你》的不朽杰作。歌词是哈利·D.克尔的一首诗,字句优美,佳妙无双。乐曲曼妙动听,也不是笔墨所能形容。批评家们一致认为它将风靡全国。只消换上赞美诗《我听到了耶稣基督的声音》的词句,就可以把它改成一首动人的圣歌。"

甚至连手工劳动也适当地给予考虑了。巴比特注意到一个借以表明"耶稣基督复活"的妙法:

"**可供学生自制模型 装有可以辊动的墓门的坟墓**——利用一个有盖的方盒,盒盖朝下倒置。把盒盖稍微拉出一些,底下留出一道缝隙。盒壁上开一个方门,再剪一块圆形的硬纸板,要稍微大些,才能把方门遮住。用细沙、面粉加水混合拌匀,然后将这种混合物厚厚地涂在圆门和墓室上,待其干透便成。这就是妇女们在复活节早上所发现的,墓前'已经辊开的'那块笨重的圆石头[1]了。我们就是要'利用实物模型来讲解'《圣经》里的故事。"

主日学校刊物上所刊登的广告非常起作用。巴比特最感兴趣的是这样一种的成药,据说"久坐不动的案头工作的人常服后,身体可以不必进行锻炼,不仅能使衰竭的神经组织增强机能,而且补脑健胃,亦有奇效"。他得悉销售《圣经》原是一门生意兴隆、竞争激烈的行业后,觉得获益匪浅。作为一个养生学专家,他对洁美圣餐用品公司的广告深感满意。这个广告说到道:"有一整套经过精心改进、保证人人满意的必备用具,包括一个晶光锃亮、精美细巧的桃花心木托盘。这种托盘[2]保证不出响声,跟别的盘子相比,不仅更为轻巧,使用方便,而且同教堂里的陈设相配也最协调,远非其他材料制成的盘子所能比拟。"

四

他放下了那一大沓主日学校刊物。

他暗自寻思道:"唔,真是英雄大有用武之地。简直太棒啦!

"我没能参加更多的活动,真惭愧!在社会上有影响的人——如

---

[1] 耶稣受难后,财主约瑟(也是耶稣的门徒)索取到耶稣的遗体,即用干净细麻布裹好,安放在他凿在磐石里的坟墓内,他又把大石头滚到墓门口。后来,抹大拉的马利亚和约瑟的母亲马利亚来看坟墓,忽然地大震动,天使下凡,已将石头辊开,坐在上面,告诉妇女们耶稣复活了。详见《圣经·新约全书·马太福音》等章节。
[2] 礼拜结束前向教友募捐时常用托盘。此处是说:即使教友扔掷硬币,上述托盘也不会发出响声。桃花心木是美洲盛产的一种硬木,类似我国红木。

果不是真的扎扎实实、大刀阔斧地支持教会的活动,简直不像话。也许你还可以这么说,它好像就是一个基督教股份有限公司。

"当然,这完全是恭而敬之地说的。

"也许有人会说,这些热衷于主日学校的人有失身份,俗不可耐,等等。当然咯!鸡蛋里挑刺的人总是有的!我说,找碴儿,挖苦,拆台——比搭台自然要容易多了。可我本人,当然全力支持这些刊物。它们已把我老乔治·福·巴比特当作知音啦,这就是对那帮子批评家的回答!

"一个人越是有男子汉魄力,越是讲究实际,越是应该过积极进取的基督徒的生活。我就——算是认定了目标!再也不放肆啦,酗酒啦,还有——罗娜!你究竟去哪儿了?回来这么晚,像话吗?"

第十七章

一

芙萝岗通共只有三四幢老房子——这里所说的老房子，就是指1880年以前建造的房子。其中最大的一幢就是第一州立银行董事长威廉·华盛顿·伊桑的府邸。

从1860年到1900年间，泽尼斯出现了"豪华住宅区"以来，伊桑邸宅至今还原封不动地保存着当年的风貌。那个庞然大物由红砖砌成，门窗四周镶嵌灰砂岩，屋顶上铺的是红、绿、暗黄色的石板瓦，层次分明。边上有两个寒碜的塔楼，一个楼顶上盖着铜皮，另一个罩上了铸有蕨叶花纹的铁皮顶盖。门廊好像敞开的墓穴，粗矮的花岗岩廊柱上端饰有形似瀑布波纹的砖瓦飞檐。邸宅一侧有一扇巨大的五彩玻璃窗，形状活像是钥匙孔。

但是那幢邸宅给人的印象，一点儿都不滑稽好笑。它体现了维多利亚时代金融家们的庄重尊严气概，这些金融家们统治了介于早年拓荒者和朝气蓬勃的"兼销货物的工程师"之间的那一代人，取得对银行、工厂、土地、铁路以及矿山的控制权，从而建立了阴森可怖的寡头统治。作为一个整体，十来个各不相同的泽尼斯构成了真正的大泽尼斯，其中最有势力、经久不衰、并且不为市民们所熟知的一个，就是威廉·华盛顿·伊桑家族那个小不点儿、静止不动、枯燥乏味、彬彬有礼,而又冷酷无情的泽尼斯。其余几个泽尼斯都不知不觉地为这个小小的统治集团效劳,无声无息地消失了。

现如今,这些维多利亚时代暴戾恣睢的寡头统治者的堡垒,绝大多数业已绝迹,或者已趋衰微,沦为供膳的寄宿舍,唯有伊桑邸宅还是完好如初,岿然独存,使人不禁联想到古老的伦敦、巴克·贝[①]和里顿豪斯广场。它的大理石台阶,每日价洗刷得干干净净,黄铜门牌仔细揩擦得闪闪发亮,花边门帘高雅整洁,不同凡俗,有如威廉·华盛顿·伊桑本人。

巴比特与丘姆·弗林克为了主日学校咨询委员会开会事宜,带着几分敬畏心情专程拜访了伊桑。他们惴惴不安地跟着一个身穿制服的女仆,不声不响地穿过几间地下墓穴似的接待室,才来到了书房。这个书房的陈设,一望就知它是殷实的老银行家的,正如伊桑的连鬓胡子乃是殷实的老银行家的标志,不容置疑。绝大部分书籍都是成套丛书,封面一丝不苟地按照传统的风格,有的是暗蓝色,有的烫上金边,也有用光洁的小牛皮精心装帧的。壁炉也丝毫不差,符合传统款式;炉火同样也按照传统要求,烧得不是很旺,而是平稳、均匀、适中;擦得晶光锃亮的火钳火筷,与闪烁不定的炉火相映生辉。深色的栎木书桌,可以说古色古香、十全十美;连那些椅子似乎也有点儿高傲的样子。

伊桑问起巴比特太太、巴比特小姐,以及"其他的孩子们"身体

[①] 波士顿时髦住宅区之一。

可好，他说话时语气温和，好像老长辈一样，可是巴比特却不知道该怎么回答。平时碰到诸如味吉尔·冈奇、弗林克和霍华德·利特尔菲尔德等等——迄今为止，似乎都是一帆风顺、爱赶时髦的人物——用"你的鬼花招怎么啦，老兄"这样的扯儿招呼一下，包管很合他们的胃口。但是，移用到伊桑身上，也就太不成体统了。巴比特和弗林克毕恭毕敬地端坐着，伊桑的薄嘴唇稍微露出一条缝儿，彬彬有礼地挤出这么几句话来："多谢你们二位先生上这儿来——省得我这个老头儿跑一趟——一路上想必很冷——在我们开始谈话之前——来一杯兑热水的威士忌，怎么样？"

本来，巴比特嘴上就有一套"正派人"的口头禅，不消说，可以应对自如，所以他差点儿冲口而出："不用什么客套啦，只要禁酒检察官没躲在你的字纸篓里，就得了——"幸亏这两句话哽住在喉咙口，好歹又咽了回去，要不然就出尽洋相了。他慌慌张张，但又俯首帖耳地鞠了一躬。丘姆·弗林克也一样。

伊桑按铃把女仆叫来。

巴比特虽然生活阔绰，又喜欢现代化，可他从来没见过哪个私人家里，除了用餐时间以外还有按铃叫唤下人的。他自己住旅馆时虽然按铃叫过侍者，可是在家里，他怕玛蒂尔达会生气，总是跑出去叫她。再说，自从禁酒以来，他从没见过有哪个人随随便便说喝就喝，根本不当一回事儿。像他这样啜饮着兑了热水的威士忌，只是不敢嚷出声来："啊，我的老——老——老——兄，这可叫我乐死啦！"也真是破天荒的事。他常常像年轻小伙子遇见大人物那样，又惊又喜地想道："瞧那个脸上长绒毛的干瘪小老头，嘿，他能耐真大，可以叫我赚钱，也可以叫我亏本呢！要是他关照与我有往来的那家银行老板催我归还货款，那可——呸！那个小不点儿的老头儿！看样子他那么安安稳稳，一点儿都不使劲啊！我可闹不明白——难道说我们这些促进会友使出的劲儿都过了头吗？"

他打了一个寒噤，不敢再往下想了，就洗耳恭听伊桑谈怎样改进主日学校工作的设想，这些设想非常明确，但是也非常不合时宜。

巴比特战战兢兢地陈述了自己的建议：

"我认为，如果你分析一下学校的当前需要，事实上，不妨直截了当地把它看作一个商业性的问题来研究。当然咯，最基本、最根本的就是需要加以发展。不过，我估计有一个问题我们大家已经一致同意，那就是要把我们的主日学校办成全州规模最大，务使查坦姆路长老会在哪个方面都不至于落在人家后面。现在谈谈有关怎样招徕听众的问题：有的学校已将孩子们编成小组，开展竞赛，看谁招徕得最多，就把奖品发给谁。但是在这上头却出了一个差错：他们所发出的奖品，只是一些像诗集和附有插图的《新约全书》之类无聊透顶的，或者不值钱的小东西，而不是一个机灵活泼的孩子孜孜以求的东西，比如说——现钱，或者可以装在他摩托车上的速度计。当然咯，讲课时利用一些花里胡哨的书签和黑板画，使课文讲得生动点，我看倒也蛮不错呢，不过，真的想要招徕主顾——我在这里指的是新生，嘿，你总得要给孩子们一点实惠的东西，哪能叫他们白干一场呢。

"现在我想提出两个新花招：第一，按照年龄大小，整个主日学校建立四个军。每个人根据他所招募的新生人数多寡，在他所属的军内得到一个军衔；那些偷懒怕苦、一名都招不到的笨蛋，就只好当列兵。

牧师和校长荣膺将军衔,人人都要像在正规军里头那样,见了他们就得举手行礼,来那么一套花哨玩意儿,让孩子们感到,荣膺军衔——该有多神气啊。

"再说说第二点:固然,学校有了一个宣传委员会,可是,天晓得,谁都没有好好地干——光凭兴趣爱好,事情怎么也干不好的。当前,我们就是要讲究实际,迎合时代潮流,雇用一名真正给主日学校工作的、拿工资的宣传干事[①]——或者干脆来个兼职的新闻工作者也好。"

"是呀,说得一点不错!"丘姆·弗林克说。

"你不妨想一想,凭他这支笔就可以拼凑出多少有劲儿的新闻消息呢!"巴比特扬扬自得地说,"不仅报道有关主日学校如何迅速发展以及募捐等重大突出的事件,而且还可以耍花招、摆噱头,比方说,某个吹牛大王原先夸口说招到许多新生,结果没有兑现,'圣三一'[②]班女生在熏香肠聚餐会上该有多么热闹,等等。此外,顺便说一说,这位宣传干事要是有时间,甚至还可以拿我们讲课为题目,给吹捧吹捧——其实,也就是给本市所有主日学校做一点广告。只要我们在完成招生数字上遥遥领先,也就用不着眼热人家了。举个例说,他可以在报刊上写些——当然咯,我可没有在座的弗林克那样的文学修养,我只是心里在揣摩那些文章该怎么写,不过,举个例吧,假定本星期课文讲的是有关雅各的故事[③],那么,宣传干事不妨就写些寓

[①] 按原文字义,指美国影剧院中负责广告、宣传业务的干事。
[②] "三位一体"的简称,即指基督教中圣父、圣子及圣灵合成一位神。
[③] 雅各以为人精明、善于敛财著称,有关他的故事详见《圣经·旧约全书·创世记》。

有深刻教训的文章，再加上一个有点噱头的标题，一下子把读者吸引住——比如**《今日雅各诳骗老人，少女钱钞俱被拐跑》**。明白我的意思没有？那就会引起人们的兴趣！当然咯，伊桑先生，你素来是稳健保守，也许觉得这些花招不登大雅之堂，不过，老实说，我相信它们一定会大发利市的。"

伊桑双手合抱，搁在他感觉舒适的小肚子上，扬扬自得地活像一头老猫咪呜咪呜地说：

"首先，允许我指出，巴比特先生，我对你所做的情况分析感到非常满意。正如你刚才说中的，处在**我的地位**，稳健保守是必要的，也许还得在某种程度上要保持尊严。不过，我想你会发现我还是相当进步的。举例说，在我们银行里，我敢大胆说，我们搞广告、搞宣传的方法跟本市任何一家银行一样现代化。是的，我想你会发现我们这些老头儿是充分认识到这个时代的日新月异的精神价值。是啊，唉，就是这样嘛。其实，我可以很愉快地告诉你们，虽然就个人而言，我也许更喜欢早年严肃得多的长老会教派的宗旨，可是，我还——"

巴比特终于听清楚了，原来伊桑并没有表示异议。

丘姆·弗林克提议，请《鼓吹时报》一个名叫肯尼思·埃斯科特的记者担任兼职宣传干事。

他们在充满了崇高的友情和基督教助人为乐的精神的气氛中告别了。

巴比特并没有立即回家，而是开车驶往市中心。他要独自一人待一会儿，美滋滋地回味一下自己拜识威廉·华盛顿·伊桑时的狂喜心情。

二

夜晚一片皑皑白雪，人行道上瑟瑟发响，街灯亮得叫人耀眼。

有轨电车射出金黄色的灯光，擦着路旁雪堆徐徐驶过。沿街的小屋子里，灯光摇曳不定。远处铸造厂喷射出阵阵烈焰，好像把天上明亮的星星一扫而光。毗邻几家杂货铺里灯火通明，伙计们忙活了一天之后，正在闲聊天，显得挺高兴的。

警察分局的绿幽幽的灯光，映照在雪地上绿得格外耀眼；一辆惹人注目的警车——铃声好像受惊的心脏怦怦地乱跳不停，前灯几乎快把晶晶放光的街道烤煳了；开车的不是普通司机，而是一个身穿制服、趾高气扬的警察，另有一个警察摇来晃去踩在后面踏板上挺悬乎，一眼还可以瞅见车里的囚犯。莫非是杀人犯、惯窃，或者被巧计擒获的制造伪币的人？

一座尖塔高耸、庞大的青灰色石砌教堂，窗里透出朦朦胧胧的灯光，传来了练习合唱时愉快的嗡嗡声。照相制版师傅的阁楼里，绿莹莹的水银灯光在颤抖。接下来的闹市区，真是五光十色，令人眼花缭乱；停着的汽车打开红宝石似的尾灯；电影院雪白的拱门，宛如严冬时节山洞结满了冰霜的入口；电光广告牌上——有的像龙蛇飞动，也有的像小小的舞俑在烈火中翩翩飞舞；楼上一家收费低廉的舞厅，悬着粉红色的球形灯罩，正在演奏几乎达到了白热化的爵士音乐；在中国餐馆闪闪发亮的黑漆烫金的格子窗外，悬挂着彩绘樱花和宝塔的宫灯。臭气扑鼻的小吃店里，连灯光也是一片黑乎乎的。在时髦的商店区，挂着天鹅绒帷幕的精致的橱窗里，灯光柔和而又华丽，照在水晶垂饰、名袭大衣，以及精美的细工木器家具光洁的表面上。沿街黑咕隆咚的高楼上，出人意外地露出一方块亮光，那是一间公事房的窗口，有人在开夜车，不知道为了啥，却很耐人寻味。是一个面临破产、无法脱身的人，还是一个雄心勃勃的年轻人，一个暴富的石油商人？

寒气凛冽，深巷里来不及清扫，积雪已经很深了。巴比特知道，郊外的小山坡上，入冬后的栎树林里，早已积雪成堆，弯弯曲曲的小河也被冰雪封冻了。

如今，他怀着惊喜交集的心情，热爱他的城市。他平时为生意操劳，又爱到处演说，从而日积月累的疲劳，这时一股脑儿消失了；他觉得自己还年轻，有潜力。他——雄心勃勃，仅仅像味吉尔·冈奇或奥维尔·琼斯那样是很不够的。不！"他们是好样的，挺可爱，可是他们不懂权术。"不！他要做到像伊桑那样，外柔内刚，冷酷有力。

"那样才算得上高明呢：天鹅绒手套里藏着铁拳头。谁都不敢在你面前放肆。最近以来我用的扯儿太随便了，满口都是俚语、大白话，就得改掉。在大学里的时候，我念的修辞学的成绩是呱呱叫的。我记得那题目，是——不去管它，反正不坏。最近我就是胡闹、鬼混，还有只管跟那伙人狎昵的事儿，真够受的了。我——有朝一日，我干吗不能自己来开一家银行呢？再让特德来接我的班！"

他乐呵呵地开车回家，在巴比特太太跟前，他俨然以威廉·华盛顿·伊桑自居，只是她一点儿都没有觉察到罢了。

三

《鼓吹时报》的年轻记者，肯尼思·埃斯科特应聘担任查坦姆路长老会主日学校的宣传干事，每周工作六个小时——至少他是按每周六小时工作计酬的。他在泽尼斯市《新闻报》和《公报》两家报社都有朋友，他的这个宣传干事的兼职差使也不（正式）公开。他采用细水长流的办法，悄悄地发表了一些意味深长的文章，论述睦邻关系、《圣经》、班级聚餐会（愉快而富有教育意义），以及虔诚祷祝的生活对金融事业上成就的影响。

主日学校采纳了巴比特的军衔制。这个军衔制使大家精神上为之一爽，主日学校果然突飞猛进。它虽然还没有成为泽尼斯最大的主日学校——中央卫理公会由于采取了德鲁博士斥之为"不正当、不体面、不是美国气派、不是绅士风度、以及不符合基督精神的"手段，仍然居于首位——但是，它却从第四位上升到第二位，因此普天同庆，薄海欢腾——至少在德鲁博士的教区范围内那部分天穹之下就是如此。与此同时，巴比特备受嘉许，声名大噪。

他在学校的总参谋部荣膺上校军衔。他在街上看到不认识的小孩向他敬礼，顿时感到得意非凡；听到有人称呼他"上校"，直乐得他耳根发紫；如果说他关心主日学校的目的，不是仅仅为了得到这样殊荣，那么，说他在去学校的路上预先体会了这种殊荣，倒是千真万确的。

他对宣传干事肯尼思·埃斯科特特别殷勤。他带埃斯科特上康乐会共进午餐，还请埃斯科特到家里吃晚饭。

有许多盲目自信的青年人，看上去踌躇满志，在各城市里到处转悠，靠打秋风混日子，满嘴都是傲视一切的俚语，借以表示他们愤世嫉俗。埃斯科特跟他们一样，但是性格羞怯孤独。今晚席间，他可吃得真痛快，他那张机灵、瘦削的脸不由得开朗起来，他脱口而出说："哎哟哟，我的天哪，可真乐死我啦！巴比特太太，你知道，赶明儿要是还能吃到这样的家常饭菜，该有多好呀！"

埃斯科特和维罗娜相互表示爱慕。整整一个晚上，他们"谈的都是思想观点"。他们发现他们两人都是**激进派**。不错，他们对激进派问题掌握得很有分寸。他们一致认为所有共产党都是罪不容诛的；所谓 Vers libre[①] 完全是瞎扯淡；全球普遍裁军固然必要，但是，大不列颠和美利坚合众国为了维护受压迫的弱小国家的利益，必须保持一支和世界上其他所有国家的总吨位相等的海军。但是，他们两人的思想又非常革命，他们甚至预言（这使巴比特十分恼火），总有一天美国会出现第三党，给共和、民主两党增添麻烦。

临别时，埃斯科特跟巴比特频频握手，竟达三次之多。

巴比特提到他自己对伊桑怀着无限倾慕之情。

不出一个星期，三家报社不约而同地发表文章，报道了巴比特为普及宗教事业所做出的光辉业绩，三家报社都很巧妙地提到威廉·华盛顿·伊桑就是巴比特的合作者。

那些文章比什么都灵，给巴比特带来好处极大，他在友麋会、康乐会，以及促进会的声望随之大增。以往，他的朋友们常常因为他的

---

① 法文：意谓自由诗。

演说成功而向他表示祝贺,但在赞誉声中,难免疑信参半,因为,即使是在给本市捧场的演说里,就跟写诗一样,难免也有某些过分文绉绉,甚至颓废的东西。可如今不同了,奥维尔·琼斯在康乐会餐厅的尽头就远远地向他打招呼,说:"第一州立银行的新任行长来啦!"著名的水暖管道器材批发商格罗弗·巴特堡咯咯大笑说:"想不到你握过了伊桑的贵手以后,总算还没有嫌弃我们这些平头老百姓呢!"珠宝商埃米尔·温格特终于表示乐意就有关在独翠坛购置住房的问题进行洽谈。

四

主日学校的宣传活动结束后,巴比特向肯尼思·埃斯科特建议:"喂,给德鲁博士个人捧捧场,怎么样?"

埃斯科特咧嘴笑了。"巴比特先生,请你放心,这位博士才会自我吹嘘呢!他几乎没有一个星期不给报馆打电话说:如果我们能派一名记者到他书房去采访,他乐意先向我们透露一下他即将宣讲的有关穿短裙的坏处那篇精彩布道的内容,还有关于《旧约全书》开头五卷书[①] 的作者考证等等。你大可不必为他操心。全市只有一个人比他更会在报上沽名钓誉,那就是主管儿童福利会和美国化同盟的多拉·吉布森·塔克,而她之所以胜过德鲁的唯一原因,就在于她**有点儿头脑!**"

"哦,不过,肯尼思,我想你可不应该把博士说成那个样子。牧

---

① 亦称"摩西五经",即《创世记》《出埃及记》《利未记》《民数记》《申命记》。

师也得照顾照顾他自己的利益嘛,是不是?你记得《圣经》里说过,有关……有关要勤勤恳恳地侍奉上帝,或者类似的话吗?"

"好吧,巴比特先生,如果你要我写,我就写那么一篇吧,不过,我得等总编辑去外地的时候,才好叫城市新闻编辑通融一下,签发出去呢。"

结果,《鼓吹时报》星期日版上登出了德鲁博士的一帧照片:面孔铁板,目光炯炯,花岗石似的方颔,鬈发虽然土里土气,但仍派头十足;照片下面附有一段文字,说明——那是一座以木浆为材料制成的纪念碑,足以使他流芳于世二十四个小时,碑上有文曰:

可爱的芙萝岗上,美丽的查坦姆路长老会教堂的牧师、可尊敬的约翰·詹尼森·德鲁博士,文学硕士,他真像巫师一般善于拯救迷途的灵魂。经他规劝入教者甚多,因而他始终保持当地最高纪录。在他履任牧师职务期间,每年几乎平均有一百人决心弃恶从善,获得新生,找到了风平浪静的避风港。

查坦姆路教堂一派生机蓬勃的气象,所有附属机构都办得井然有序,效率特高。德鲁博士对优秀的合唱尤为关注。每次集会都选用了爽朗愉快的圣歌,特别是教堂在做礼拜时的合唱,真是不同凡响,吸引了来自全市各个角落的音乐爱好者和职业音乐家。

德鲁博士不论在大庭广众的讲坛上,还是在教堂布道的讲坛上,都是闻名遐迩、绘声绘色的语言艺术家。每年应邀到本市和外地各种盛大集会讲演,竟达数十次之多。

五

巴比特让德鲁博士知道，这篇对博士的歌功颂德的文章是经他说项后才促成的。德鲁博士亲切地叫他"老兄"，拿着他的手使劲地握个不停。

咨询委员会历次开会时，巴比特都暗示过，如蒙伊桑俯允共进午餐，他将感到莫大荣幸，可是伊桑却喃喃地说："谢谢你的美意——不过，人老了——现在我几乎从不出门。"伊桑自然不会拒绝他自己教区的牧师的邀请吧。巴比特孩子气十足地对德鲁说：

"喂，博士，眼下我们总算大功告成，我不由得想起，你牧师先生该请我们三个吃晚饭了吧？"

"那敢情好！那还用说吗？太高兴了！"德鲁博士扯高嗓门，当机立断地说。（有人告诉他，他说起话来的神态，挺像已故的罗斯福总统。）

"唔，呃，博士，一定要把伊桑先生请来。你要请，就得坚持到底。呃——我想，他老是待在家里，对自己的健康也不利嘛。"

伊桑果然来了。

晚宴上洋溢着友好的气氛。巴比特谈到了银行家对社会发挥了稳定和教育作用，谈得还算得体。他说，银行家是商界人士的牧师。伊桑第一次离开主日学校这个正题，问到巴比特的生意进展情况。巴比特一一做了回答，几乎像儿子对老子一模一样，可谓谦恭备至。

几个月以后，巴比特得到一个机会，参加了电车公司有关汽车终点站的一宗重大的交易，巴比特不愿向自己经常有往来的那家银行申请贷款。那宗交易相当秘密，要是泄露出去，生怕公众不会谅解。他就去找他的朋友伊桑先生；他受到盛情款待，取到了伊桑以私人名义给他的贷款；就这么着，双方从他们新结成的愉快的关系中都获益匪浅。

以后，巴比特经常去教堂，只是入春以后的星期日上午除外，因为，显而易见，那是开车出去兜风的好时光。他嘱咐特德："要记住，孩子，福音派新教会是稳健保守的最强大的堡垒；你自己所属的教会，是你交朋友的最好地方，因为那些朋友能帮助你在社会上得到应有的地位！"

第十八章

一

巴比特虽然每天两次见到他的子女,对他们的花销也了解得一清二楚,甚至每一个细目都做过详细讨论,可是,接连几个星期,他心里根本没有想到他们,就像他不会想到自己袖口背面的纽扣一模一样。

肯尼思·埃斯科特对维罗娜大献殷勤,这才使他注意到维罗娜的存在。

维罗娜现在担任格仓斯伯格皮革公司老板格仓斯伯格先生的秘书;她做起事来专心致志,仔细周到,重视条分缕析,但从来不求彻底理解;给人以这样一种心惊胆战的印象,仿佛随时会走极端——比方说,胆敢做出扔掉工作,或者扔掉丈夫这样的事来——但她却又从来不会付诸行动。埃斯科特向她献殷勤吞吞吐吐,若即若离,巴比特反而觉得大有希望,因此,他变成了一个爱开玩笑的父亲。他从友麋会回家,偷偷地朝小客厅瞅了一眼,咯咯地笑着说:"我们的肯尼①今晚来过了没有?"维罗娜提出抗议说:"得了,肯②和我只不过是好朋友,我们谈的都是有关思想观点的问题。那种卿卿我我的蠢事,

---

①② 肯尼、肯,都是肯尼思的昵称。

准会把什么都给搞糟了,我才不会干呢。"

最让巴比特伤脑筋的是特德。

特德正在东城中学念最后一学年功课,觉得非常吃力,拉丁文和英语都要补考,但是在劳作、篮球和组织舞会方面却成绩斐然。在家里,只有汽车点火装置不知在哪里出了故障,请他检查时,他才觉得有劲。尽管父亲"得了,得了"地连声反对,他还是接二连三地向父亲说自己根本不想上大学或者上法学院。特德的"没有出息"和他跟隔壁的尤妮斯·利特尔菲尔德的关系,同样弄得巴比特焦躁不安。

尽管尤妮斯的父亲,就是那个长着马脸的霍华德·利特尔菲尔德,喜欢援引像铁一样硬的事实,同时又是私有制的卫道士,她本人却像是明媚的阳光底下的一只小蝴蝶[①]。她经常轻飘飘地飞进了屋里,身子猛地一纵,坐到正在看报的巴比特膝盖上,随手把报纸揉成一团。巴比特不厌其烦地告诉她,他不喜欢团皱了的报纸,正像他不喜欢撕毁了的卖房契合同一模一样,尤妮斯听了冲他哈哈大笑。她今年十七岁了,她心里老想着要当一个电影演员。每一部"艺术故事片"上映,她一定到场,而且还阅读过各种电影杂志。作为这个"精力充沛"的时代异乎寻常的征兆,那些电影杂志里面——有月刊,又有周刊,插图精彩,都是浓艳的照片,照片里头的年轻姑娘,前不久还是个修指甲女郎,连修指甲技术也不熟练,演技更不用说了,反正她们的一颦一笑都得听从导演的摆布,要不然,她们到中央卫理公会教堂复活节大合唱里凑个数儿,还不够资格呢;充斥杂志篇幅里的,有的是马裤

---

① 借以形容这位小姑娘的纤小、轻盈。

和加利福尼亚小别墅的图片，夹在中间的是一篇篇"访问记"，煞有介事地报道了漂亮得没有表情，甚至令人可疑的年轻人对于雕塑和国际政治的观点；杂志还介绍了一些影片的情节（有的描写无辜的妓女，有的描写抢劫火车的大侠盗）；此外还向读者介绍了擦皮鞋的小鬼如何在一夜之间变成著名的电影编剧专家的诀窍。

尤妮斯潜心研究这些权威性的文章。她能分毫不爽地说出——而且还经常这样念叨过——在银幕上以扮演西部牛仔和坏蛋而出了名的麦克·哈克尔开始他的艺术生涯的日期，是在1905年11月，还是12月，那时他在《啊，你这淘气的姑娘》里担任合唱队队员。据她父亲霍华德·利特尔菲尔德说，尤妮斯在房间墙上贴了二十一张男演员的照片。但是最最迷人的电影英雄亲笔签名的一张照片，她一直珍藏在她那豆蔻少女的胸口。

这种新的偶像崇拜使巴比特感到迷惑不解，他疑心尤妮斯还抽烟呢。他闻到楼上有一股令人恶心的烟臭，听到她和特德一起在咪咪地傻笑。可他从来也不过问一声。这个可爱的小姑娘竟然弄得他莫名其妙，不知所措。她把头发剪成娃娃发型，使她秀丽动人的脸蛋儿显得更俏；裙子很短，连长筒丝袜筒口都看得见，她在特德背后飞跑时，白嫩的膝盖在丝袜筒口忽隐忽现，使巴比特看了之后觉得既别扭又苦恼，心想莫不是她认为他已经老态龙钟了。有时候，他在梦中见到向他急奔而来的那个年轻仙子，活灵活现就像是尤妮斯·利特尔菲尔德。

正如尤妮斯是电影迷，特德是个汽车迷。

他一个劲儿跟巴比特吵着给他买一辆汽车，老爸千百次讥刺挖苦的回绝，还是不能使他断念。要他早点起床，或者要他钻研维吉尔诗中的韵律,他都懒得要命,可是,要他敲敲打打、修修补补,他就乐此不疲了。他和另外三个男小子合伙,买了一个生锈的旧福特汽车底盘,令人难以置信地用马口铁和松木板居然做成赛跑车的外壳,开了这辆危险的玩意儿上街到处兜风,然后又把它卖了,赚到一笔钱。巴比特给他买了一辆摩托车,此后,每逢星期六下午,他口袋里装上七块三明治和一瓶可口可乐,让尤妮斯蹲坐在后座真够悬乎,他开足马力,噗噗噗地到遥远的城镇玩儿去了。

一般说来,尤妮斯和他是贴邻街坊,至多不过是青梅竹马,有时吵起嘴来真够呛,一点儿也不怕难为情;可是,有时只要经过一场色香俱佳的舞会以后,他们两人会悄没声儿坐在一起,有点儿鬼鬼祟祟的样子。巴比特见了怎地不揪心呢?

巴比特跟寻常人家的父亲一个样。他有时慈爱,有时专横、非常固执、无知,有时还相当忧虑重重。跟大多数父母一样,他好像在做游戏时善于耐心等待,喜欢等到子女的差错彰明昭著的时候,才头头是道地把他们教训一顿。他给自己辩解说:"唉,是特德他妈把他宠坏了。总得有个人跟他讲讲道理,这个苦差事就只好落在我头上。正因为我想方设法要把他培养成为一个真正的、正派的、有头脑的人,而不是一个傻头傻脑、游手好闲的窝囊废,当然咯,他们个个都骂我是个老牢骚鬼!"

自古以来,人类就有一种亘古不变的禀赋,那就是通过最坏的途径出人意料地达到差强人意的目标;缘于这个道理,巴比特始终疼爱他的儿子,喜欢跟他待在一起,甚至愿意为他牺牲一切——只要相信自己肯定能赢得不小的声誉。

二

特德正打算当东道主,招待他的同班同学。

巴比特乐意帮忙,存心凑热闹儿。根据他早年在卡托巴中学里搞过娱乐活动的记忆,他提出了几种最好玩的游戏:到波士顿去[1],拿蒸锅当头盔蒙住眼睛猜字谜游戏[2],以及每个参加的人认定自己是哪个形容词或哪种属性的文字游戏。他说得挺起劲的时候,发现大家压根儿没有注意听,只是出于礼貌起见,才没有把他的话儿打断。至于这次聚会,他们早已成竹在胸,准备达到协和会的舞会[3]那样标准。小客厅里可以跳舞,餐室备有精美的点心小吃,前厅摆上两桌桥牌,照特德的说法,就是让那些"可怜巴巴的笨蛋去玩纸牌,他们跳了还不到半夜工夫就没劲儿了,你再也叫不动他们跳啦"。

每天吃早饭的时间都是专门讨论这件大事。巴比特报告二月份的天气简报,或者边清喉咙边评论报上大字标出的重要标题,但没有一个人听他的。他气冲冲地说:"可不可以**允许**我打断一下你们全神贯注的**密谈**——你们可听到我刚才说的话吗?"

"哦,别再像小伢儿似的胡闹啦!特德和我跟你一样,也完全有权谈话!"巴比特太太光火了。

聚会那天晚上,玛蒂尔达已把冰激凌和花色蛋糕从维佳冷饮店取

---

[1] 可能是一种玩纸牌的游戏。
[2] Charades,是一种用字句或动作等作为线索,叫对方猜出字谜的游戏。
[3] 指不严肃正派的舞会。

来，根本用不着他帮忙，这时他就可以作壁上观了。但他看了之后心里很不平静。八年前，维罗娜也同样招待过她中学里的同学，那时来的都是清一色的黄花闺女。如今，他们都是深谙世故的成年男女，而且还自高自大，对待巴比特的态度自然目无尊上，简慢少礼；这些小伙子身穿燕尾服，神气活现地打开银烟盒互相敬烟。巴比特在康乐会里听人说过那些小青年在聚会时的"一些勾当"，姑娘们偷偷地把自己的紧身胸衣脱下来，"寄存"在化妆室里；还有什么"搂搂抱抱"和"亲亲摸摸"，以及种种可想而知的所谓"伤风败俗"的事。这一切今晚他都信了。看来这批孩子对他非常大胆放肆，而又冷若冰霜。姑娘们身上穿的是薄如轻雾的绸衫、红珊瑚色丝绒，或者镶嵌金线的织锦缎；她们剪短的鬈发上戴着闪闪发光的花环。他经过认真秘密察访，了解到还没有人将紧身胸衣寄存在楼上，但是，这些轻佻的身体毫无疑问早已不受钢丝箍紧的胸衣束缚了。她们的长筒丝袜闪闪发亮，鞋子价格昂贵，款式怪异，嘴唇抹得红里发紫，眉毛都用眉笔描画过。她们跟小伙子跳舞时，脸儿贴着脸儿，巴比特既担心而又不自觉地嫉妒，不由得感到恶心。

最最要不得的姑娘是尤妮斯·利特尔菲尔德，男孩子里头最最轻狂的要算是特德。尤妮斯好像是一个满场飞的小妖仙，一闪溜就从房间这一头闪到了那一头，柔嫩的肩膀在摆动，两只脚丫子像织布机上的梭子那样灵活。她咯咯地笑个不停，甚至还撺掇巴比特大叔跟她跳舞。

巴比特发现他们除了聚会之外还别有天地呢。

那些小伙子和姑娘们，常常一转眼就不见影儿了。他想起来了，有人风言风语地说过眼下小青年们往往在一块儿偷着喝藏在裤子后袋瓶里的烈酒。他蹑着脚尖往屋外走去,街上停了十多辆车子,里面都有星星点点的香烟火光,还听得见咯咯大笑的声音。他很想把他们当场捉住,可(他站在雪地里,只是从黑黝黝的角落里探头偷看)他又不敢,他想要讲究一些策略。他回到前厅,就哄诱小伙子们说:"喂,你们哪位要是觉得口渴,我这儿的姜汁啤酒,味道挺不错呢。"

"哦,多谢啦!"他们露出降尊纡贵的神情说。

他在餐具室找到了他妻子,暴跳如雷地说:

"我真恨不得进去,把那几个小畜生都给撵出去!他们跟我说话,简直把我当成男管家了!我真恨——"

"我知道,"她叹了一口气说,"不过大家都这么说,做妈妈的也都告诉过我,说你要是看不惯他们,并且看到他们在自己车里喝酒,就大发脾气了,赶明儿他们就不再上你的家门来了。咱们可不乐意他们跟特德不来往,是不是?"

他声明说,他要是发现他们跟特德不来往,那才皆大欢喜呢。但他急急忙忙走进去,对那一伙年轻人尽量客客气气,生怕他们真的跟特德不来往。

不过,他下了决心,要是发现小伙子们在喝酒,那么,他——嘿,他就要"给他们点颜色看看,叫他们直发愣"。他一面尽可能去讨好那些宽肩膀的小浑蛋,一面又很顶真地去闻他们身上有什么气味。有两次闻到了禁酒时期的威士忌的酒味,然而也只不过两次——

霍华德·利特尔菲尔德拖着笨重的脚步进来了。

他怀着父辈爱护子女的严肃心情过来看看。特德和尤妮斯正在跳舞,两人搂得紧紧的,好像浑然一体似的。利特尔菲尔德看了以后直喘气。他把尤妮斯叫了过来,父女俩喊喊喳喳说了几句话,然后,利特尔菲尔德向巴比特解释,说尤妮斯的妈妈头痛,要她马上回家去。她两眼噙满泪水走了。巴比特气呼呼地瞅着他们出去了:"那个小妖精!是她把咱特德拖下水了!还有利特尔菲尔德这个多嘴多舌、自命不凡的老家伙,神气活现的,好像说就是咱特德把他女儿带坏了!"

稍后,他从特德嘴里闻到了一股子威士忌的酒味。

彬彬有礼地把客人送走之后,家里吵得不可开交;真是一出不折不扣的家庭闹剧,好像势不可挡的雪崩似的。巴比特大发雷霆,巴比特太太抽抽噎噎地哭了,特德还是令人难以置信地回嘴顶撞,毫不相让,维罗娜手足无措,不知道自己该站在哪一边好。

有好几个月巴比特和利特尔菲尔德两家人之间一直很冷淡,只是各自管好家里的小羊羔,免得给隔壁的狼崽子叼走。巴比特和利特尔菲尔德两人照旧还以倨傲的口气议论汽车和参议院,但是绝口不提自己家里的事儿。尤妮斯每次到巴比特家,总是亲切愉快地说她家里不让她来这里串门。巴比特也像慈父一般规劝过她,但结果毫不奏效。

三

"天哪,真糟糕!"特德向尤妮斯诉苦说。他们两人在装潢华丽、四壁都是细工镶嵌的皇家杂货食品店里狼吞虎咽地吃热巧克力饮料、吃牛轧糖和糖渍胡桃。"我真闹不明白,老爸为什么总是这么死气沉沉,一点儿都没有劲儿。每天晚上他就是这么坐着,好像在打盹儿,要是罗娜或者我对他说：'喂，咱们一块儿玩玩去吧？'他甚至连考虑都懒得考虑了，只是打了个呵欠，说：'不，我待在这里也蛮不错的。'他压根儿不知道世界上还有好玩的事儿呢。我想，他跟你和我一样，心里一定也在琢磨什么事儿，可是天哪，我怎么也都说不上来。我说，他除了每天上交易所，星期六凑合着打打高尔夫球以外，就不知道世界上还有什么事情可做，只会坐在那里——每晚都坐在那里——哪儿都不想去——啥也不想做——还以为我们年轻人全都疯来疯去的——他老是坐在那儿——天哪！"

四

如果说特德的不图长进使巴比特感到忧心忡忡，维罗娜倒并不使他特别担心。她太稳重了。她老是生活在自己心灵的一尘不染的小天地里。她和肯尼思总是形影不离。他们要么待在家里，一面研究一大堆统计材料，一面小心而又激进地在谈情说爱，要么就不辞辛劳地去听某些作家、印度哲学家和瑞典中尉的讲演。

"天哪，"他们刚从福加蒂家打桥牌回来，巴比特就向他妻子抱怨说，"我真不明白，罗娜和那个家伙怎么会这样死气沉沉。每天晚上只要他不在工作，他们俩就坐在一块儿，压根儿不知道世界上还有好玩的事儿。没完没了地谈话、讨论——我的天哪！老是坐着——坐在那儿——一夜又一夜地坐在一起——啥都不想做——因为我喜欢出去打打纸牌，就以为我发疯了——可他们两个老是坐在那儿——我的天哪！"

他刚从无穷无尽的家庭生活的波涛里挣扎过来，早已身心交瘁。殊不知新的波涛又在四周围向他涌来。

五

巴比特的岳父母亨利·T.汤普森先生和太太把他们在碧乐坞的老宅出租后，旋即迁往哈顿旅馆居住。那是一家富丽堂皇的供膳寄宿舍，里面住满了富孀，备有红丝绒家具，而且还听得到冰水罐滴答滴答的声音。汤普森先生和太太住在那里深感寂寞，每隔一周，巴比特夫妇都得在星期日晚上去陪他们吃饭，品尝浓汁炖鸡、去味芹菜、含有淀粉的冰激凌，饭后就斯斯文文、规规矩矩地坐在旅馆休息厅里，听一位年轻的女小提琴手演奏经由百老汇各剧场流传到这里的德国乐曲。

接着，巴比特自己的母亲从卡托巴来了，准备待三个星期。

她是个好心肠的老太太，但是脑子里想的却天真得出奇。她夸这位向旧俗分庭抗礼的维罗娜是个"很有孝心、寸步都不离家门的好闺女，不像眼下许多姑娘似乎满脑子都是这样那样的'**怪思想**'"；特德由于特别喜欢机器，自己给汽车差速器灌油时不怕身上被油污弄脏，他的老奶奶高兴得不得了，夸他"在家里很有能耐，帮他爹做这做那，而不是一天到晚带了闺蜜出去玩儿，冒充是个爱交际的花花公子"。

巴比特爱他母亲，有时候还特别喜欢她，可是，她的那种**基督徒的忍耐精神**，却使他很不高兴。当她滔滔不绝地谈到那个管他叫"你爸爸"的颇有神话色彩的英雄时，巴比特就不由得浑身战栗了。

你可不记得啦，乔吉，那时候你还是个小伢儿呢——唉，我至今还清清楚楚记得你那天的模样儿,金光闪闪的棕色鬈发,花边衣领,你向来是那么一个挺秀气的孩子,是的,个儿长得瘦小,脸色苍白,你非常喜欢漂亮的东西,连扎在你小靴子上的红缎带都喜欢——**你爸爸**带我们上教堂做礼拜,有一个人把我们拦住,称呼**你爸爸**'少校'——那时节,许多街坊邻居常常管**你爸爸**叫'少校';当然,他在**战争**[①]中只是个列兵,但人人都知道,只是因为那个连长妒忌他的缘故,要不然,他早就应该当上高级军官啦,他天生就有指挥的才能,这种才能极其难得,只有极少数人才有——那个人走到马路当中,一举起手来,就把我们的轻便马车拦住了,他说:'少校,这里附近有许多人决定支持斯坎内尔上校竞选国会议员,我们希望你也参加。你在店号里接触的人多,可以帮我们一个大忙。'

"嘿,**你爸爸**只是朝他瞅了一眼,就说:'这种事我才不干呢。我不喜欢他的政治信仰。'嘿,那个人——人们一向管他叫史密斯上尉,为什么要这样称呼,那只有天晓得啦,因为他没有丝毫权利得让人家叫他'上尉'或者任何别的头衔——那位史密斯上尉说:'你要是不够朋友交情,我们就叫你不好受,少校。'嘿,你知道**你爸爸**是个什么样的人,这位史密斯也知道,他知道**你爸爸**是一个**真正的血性汉子**,他也知道**你爸爸**对政治形势了如指掌,他心里应该明白,**你爸爸**绝不肯买他的账,可他还是一个劲儿缠住不放,又是暗示,又是威胁,最后,**你爸爸**突然开口,对他说:'史密斯上尉,这一带大家都知道我这个人自己管自己的事,可以说绰绰有余,还是请你少管闲事为好!'

[①] 指美国南北战争。

第十八章　・299・

说完就赶车走了，让那个家伙像呆木头似的站在马路中间！"

她在儿孙们面前揭露了巴比特小时候的真相，使巴比特感到非常恼火。据老奶奶说，巴比特小时候很喜欢吃麦芽糖，"在他的鬈发里扎上一个挺漂亮的粉红色小蝴蝶结"，把自个儿名字"乔治"都念错变成了"咕咕"。巴比特听见（但不是冠冕堂皇地听到的）特德告诫婷卡说："快一点，小鬼，扎上你那可爱的粉红色小蝴蝶红，快下去吃早饭，要不然'咕咕'一口就把你脑袋吃下去。"

巴比特的隔山兄弟马丁带着他的妻子和最小的娃娃也从卡托巴来了，准备待上两天。马丁以繁殖母牛为业，兼营一家小小的烟杂百货店。他以新英格兰名门出身、自由独立的美国人而感到自豪，同时又以诚实、坦率、丑陋、粗暴而感到沾沾自喜。他爱说的口头禅是："这玩意儿你花了多少钱买的？"他把维罗娜的书籍、巴比特的银铅笔和摆在桌子上的瓶花，通通看作是城里人的用钱散漫，他心里这么想的，嘴上也就这么说了。要不是看在他腼腆的妻子和娃娃的分上，巴比特简直就要跟他吵嘴了。巴比特用手指逗弄着娃娃说：

"我看这伢儿是个要饭的，没错，先生，我看这小伢儿是个要饭的，他就是个要饭的，没错，先生，他就是个要饭的，他不折不扣是个要饭的，这伢儿是个要饭的，不是别的，他就是个要饭的，不折不扣是个——要饭的！"

与此同时，维罗娜和肯尼思·埃斯科特一直在探讨认识论；特德是个失宠了的叛逆；十一岁的婷卡要求让他每星期看三次电影，"跟别的女孩子一模一样"。

巴比特暴跳如雷地说："我可烦死啦！三代人都得由我来供养。

该死的重担子全压在我一个人脖子上。母亲的花销要负担一半，又要听亨利·汤普森的唠叨，听麦拉的埋怨，跟马特①还得要客客气气，帮了孩子们的忙，反而说我是爱发牢骚的怪老头儿。他们通通指靠我，又捉弄我，谁个都不说我一句感激的话！一点儿安慰、面子都不给我，谁个都不来帮帮我的忙。老天爷哪，这样的日子——我还得熬多久啊？"

二月间，他突然病倒了，还自以为——因病得福呢。没想到他——他们的顶梁柱石突然坍下来，家里的人都惊恐万状，他本人却暗自高兴。

他这次闹病是因为吃了不新鲜的蛤蜊引起的。两天来，他浑身感到困倦乏力，受到爱抚和尊重。现在样样都依着他，反正他可以粗声嚷嚷："哦，别打扰我！"别人都迁就他，不跟他顶嘴了。他躺在睡廊里，仔细观察冬天的阳光，沿着拉得紧紧的窗帘慢慢移动，使窗帘的颜色由红褐色渐渐变成淡淡的血红色。窗帘拉索将浓黑的影子落在窗帘帆布上，形成了迷人的涟漪。这一道微微荡漾着的曲线——叫他看得津津有味，哪知道在夕照中变得模糊不清了，他不由得叹了一口气。他意识到了生命的存在，心里未免有几分惆怅。他在味吉尔·冈奇面前，自己脸上总要摆出坚定乐观的神情，但眼下冈奇不在，他发觉——而且几乎自己都承认——他发觉自己的生活方式太机械，机械得简直令人难以置信。机械的生意——尽快把偷工减料的蹩脚房子卖出去。机械的宗教——枯燥、冷酷无情的教会，完全脱离市井细民的

---

① 马丁的昵称。

真正生活，像一顶高筒大礼帽，虽然道貌岸然，却没有一丁点儿人情味。甚至于玩高尔夫球、赴宴会、打桥牌，以及摆摆龙门阵，也都机械得很。除了赖斯灵以外，他觉得跟谁个应酬交际都很机械——不外乎拍拍肩膀，嘻嘻哈哈，就是不敢让友情在默默无言之中备受考验。

他烦躁不安地在床上来回翻身。

他仿佛看到逝去了的那些岁月——熠熠发光的冬日和夏天在草地上度过的漫长的午后时光——都在瞬息即逝的装模作样之中消失了。他想到了整日价打电话洽谈租赁合同，想到了有些客户自己心里虽然憎恨，但是还得赔着笑脸与之打交道，或者为了做买卖亲自出去走访，在肮脏的接待室里恭候的情景——帽子搁在膝盖上，两眼瞧着沾满蝇屎的挂历，而且对那里的仆役还得客客气气。

"我简直不想回交易所工作去啦，"他一厢情愿地想道，"现在我真巴不得——可连我自个儿都不知道该怎么着。"

可是，转天他就回到了交易所，忙于工作，尽管心绪不佳。

第十九章

一

泽尼斯电车公司计划在郊区独翠坛修建车辆修理工场,可是派人去洽购地皮时,却发现买卖此项地产的特权[①]已归巴比特－汤普森地产公司所有。洽购地皮的经纪人、第一副经理,乃至公司总经理,对巴比特地产公司开出的价格都提出抗议。他们提到要对公司股东负责,并以向法院起诉相威胁,不过,后来不知怎的,始终没有上诉法院,电车公司主管当局认为还不如与巴比特达成妥协,方为上策。公司就把双方来往函件的复写副本存档,以备日后随便哪个公众委员会查阅。

这个交易刚结束,巴比特的银行存款多了三千美元,电车公司洽购地皮的经纪人买了一辆价值五千美元的汽车,第一副经理在德文伍兹盖了一幢房子,总经理被任命为派驻某国的公使。

要取得买卖的特权,套牢某个业主的地皮而又不让近邻知道,对巴比特来说,确实煞费苦心。他首先必须放出风声,说要在那里计划建造一些汽车房和店面房子,假装自己并不是想谋取地产买卖的特权;要是某一块重要的地皮弄不到手,全盘计划都要告吹,所以,在这个

---

① 指根据契约,对某宗财产或货物在特定期间内可以按规定价格购买或出卖的权利。以下皆同。

关键时刻，他就得像打扑克牌那样，装出十分厌烦的样子，耐心等待。这还不算，在这场交易中，他还得跟他的秘密同伙们唇枪舌剑地争吵不休。他们不乐意让巴比特和汤普森直接参与这项买卖，只许他们作为经纪人提取佣金。对此，巴比特倒是颇表同意。他对汤普森说："经商道德嘛——经纪人应该严格代表自己的客户利益，任何情况下自己不要直接插手买卖。"

老亨利哼哧哼哧地喷着鼻息说："什么道德不道德，全是胡扯！你以为我就眼看着那帮子贪污受贿的家伙大发不义之财，而我们自己反而袖手旁观吗？"

"可我不喜欢这么干。这有点儿像耍两面派手法。"

"不，这是在耍三面派手法哩。反正受骗的是公众。是的，咱们就这样说出了心里话，也算是谈过道德啦。但问题是，咱们上哪儿去筹集到一笔贷款，自己就悄悄地把那块地皮买下来。咱们可不能到跟自己有往来的银行去借款。也许那就会露出马脚来的。"

"我可以去找老伊桑。他的嘴巴就跟坟墓一样严丝密缝。"

"那就再好也没有了。"

伊桑说，他乐于"买进一个有特色的人物"，愿意给巴比特一笔贷款，并且保证不在银行入账。就这么着，在巴比特和汤普森取得买卖特权的那些地皮中，有一部分事实上已归他们自己所有，只不过这些地产登记时不是用他们的名字罢了。

这笔出色的交易提供了一个范例，说明地产交易十分活跃，从而增进了商界和公众的信心。可是，就在这笔交易圆满结束时，巴比特吃惊地发现，在他手下工作的人中间有一个人很不老实。

这个很不老实的人——就是他的外勤推销员斯坦利·格拉夫。

巴比特对格拉夫很不放心,已有好些日子了。格拉夫对租户就是不守信用。他为了要把房子租出去,未经房东同意,就擅自答应修葺房子。有人还怀疑他在备有成套家具的出租房子的财物清单上做过手脚,租户迁离时就得为房子里根本不曾有过的财物赔钱,而这些钱却落进了格拉夫的腰包。巴比特对于这些怀疑还没能得到确证,虽然早就打算歇掉格拉夫,可就是一直没有找到恰当的时机。

这时,有一个人满脸涨得通红,闯进了巴比特的小小的密室,气急败坏地说:"你听着,要是你不把那家伙抓起来,我就跟你们闹个天翻地覆!"

"什么事——别激动啦,老兄。出了什么事?"

"什么事!哼!事情是这样的——"

"请坐下来,别着急!你这么大声嚷嚷,整个大楼都听见了!"

"你手下的格拉夫这个家伙,由他经手租给了我一所房子。昨天我来过,签了租约,一切手续都办好了,他说要请房东在上面签了字之后,晚上再把租约邮寄给我。他确实说到做到了。今天早上,我下楼吃早饭,女用人说,早班邮件刚送到之后,就有一个人来我家,说他要取回寄错了地址的一封信,是一个长长的大信封,角上印有'巴比特-汤普森'字样。果然不错,是有这么一封信,所以女用人就让他拿走了。她把那个家伙的模样儿讲给我听,就是这个格拉夫嘛。所以,我就打电话给他,这个可怜巴巴的傻瓜蛋承认有这码事。他说,就在我的租约签好之后,另外一个人也想承租,肯出更多的钱,所以他要收回我的租约。这件事你看怎么办?"

第十九章 · 305 ·

"你贵姓是？"

"威廉·瓦尼——W.K. 瓦尼。"

"哦，记得，记得。就是加里森的那所房子。"巴比特按了一下电铃。麦戈恩小姐进来时，他问道："格拉夫出去了吗？"

"是的，先生。"

"请你看看他的办公桌上有没有一份以瓦尼先生名义租用加里森的房子的租约。"他转过身去对瓦尼说，"出了这样的事，我真不知道该怎么向您赔礼道歉。不用说，格拉夫一回来，我就把他开革掉。当然，您的租约还是有效的。但我还要做一件事，就是我要通知房东，叫他不用付给我们佣金了，把它留着给您抵房租。不！准没有错！我说就要这么办！老实说，这件事使我深为震惊。我一向自以为是个**讲究实际的生意人**。也许我活了一辈子，也有一两回把话说过了头，那是出于实际需要嘛——你知道，有时候为了让那些傻瓜蛋深受感动，就不得不过分恭维一番。不过，我这是破题儿头一遭听到我手下还有这么一个很不老实的雇员！我们交易所里从来没有发生过这种事，因为这里即使是几张邮票也都很少丢失过。老实说，要是我们就指靠这个占一点儿小便宜，才叫我伤心呢。好了吧，你就让我把佣金交给您付房租吧？那不就完事了吗？"

二

巴比特沿着早春二月的市街步行走去，载重汽车从街上驶过，溅起了雪水泥浆，灰暗的砖瓦屋檐上空也是一片灰暗。他回到交易所之后，心里觉得很苦恼。他一贯尊重法律，现在却把窃取邮件这一触犯联邦法令的罪行隐瞒不报，岂不是破坏了法律吗？可是，眼看着格拉夫锒铛入狱，还连累到他老婆受罪——他是于心不忍的。更糟的是他不得不把格拉夫辞退，在日常的例行公事中间他最怕的就是这种事。原来他待人很热和，也喜欢别人待他很热和，自然就不忍心叫别人受委屈了。

麦戈恩小姐预感到马上有热闹场面可看，显得十分激动。她急匆匆进来，悄悄地对他说："他来了！"

"是格拉夫先生吗？请他进来。"

他坐在椅子里，竭力装得稳重沉着，眼里露出无动于衷的神情。格拉夫昂首阔步走了进来——他现年三十五岁，衣冠楚楚，戴眼镜，蓄着纨绔子弟那样的小胡子。

"找我吗？"格拉夫说。

"没错，坐下。"

格拉夫还是站着，气呼呼地说："我估摸瓦尼那个老浑蛋来找过你了。就让我把他的事说说清楚吧。他这个吝啬鬼手真紧，一个铜子儿都抠得很，他说他实在付不起那么多的房租，实际上，他对我说的都是假话——可惜是在我们刚签完了租约之后我才发现。接着来了另外一个人也想租那所房子，愿意租金多付一些，我觉得为了本公司着想，我就有责任把瓦尼甩掉。那时，我心里急得火燎似的，就窜到他那里，把租约取了回来。老实说，巴比特先生，我并不存心想干什么亏心缺德的事。我只不过想使公司能多赚一些佣金——"

"等一下，斯坦。你说的也许都是实话，但是，人家来我这儿告

第十九章 · 307 ·

你的状,可不是头一次啦。我并不是说你存心要干坏事。我认为你要是能吸取这次教训,让你头脑稍微清醒一下,你还是可以成为第一流的地产经纪人。不过,我可看不出还有什么办法再挽留你了。"

格拉夫身子靠着文件柜,两手插在口袋里,哈哈大笑起来。"这意思说——我是被你开革掉啦。哼,去你的,什么**远见**和**道德**,我都快要笑死了!但是,我得让你明白,别以为你还能继续佯装假仁假义的伪君子。当然,有时候我也搞了点坑蒙哄骗——只不过是一丁点儿——可是话又说回来,在你这个交易所里,我不搞这一套行吗?"

"瞧你好大胆的,年轻人——"

"得了,得了!你别发脾气了,也别大声嚷嚷,外间公事房里人人都听见你的声音了。也许他们此刻就在侧耳倾听哩。巴比特,我亲爱的老伙计,首先,你自己是——个老滑头,其次是个该死的吝啬鬼。要是你给我的薪水我够用了,我干吗还去偷瞎子的几个铜子儿,为的是不让我妻子饿肚子?我们结婚才不过五个月,我的妻子——是世界上再也找不到的好女人,而你却叫我们老是揭不开锅,吃不上饭,你这个该死的老贼,你这样搜刮来的钱,就是留给你的傻瓜儿子和笨蛋女儿呗!等一等,别插嘴,你得听完,要不我就大叫大嚷啦,让整个交易所人人都听得见,我的天哪!是的,你这个老滑头——嘿,要是我去报告检察官,把我所知道的最近这一次电车公司买地时的诈骗活动通通揭出来,你和我都得去坐大牢,还有主管电车公司的那几位道貌岸然、假仁假义的大扒手也都跑不了!"

"得了,斯坦,看来我们两人就得言归正传了。那笔生意嘛——公平交易,丝毫没有不老实的地方。要知道,你想要把事情办成,唯一的办法就得请商界巨头出面，这么一来，理所当然地要给他们酬劳——"

"唉，看在圣·彼得分上，别跟我来这一套假道学了！我心里很清楚，你这是向我下逐客令。那敢情好。对我来说，这倒不算是坏事。要是你对哪个公司说我的坏话，被我听到了，我就把我所知道的内情——有关你和亨利·T的，还有你们这帮子商界的小喽啰替更老奸巨猾的大骗子所干的那些卑鄙无耻的肮脏交易——通通抖搂出来，不把你们从城里撵走才怪。至于我——你说得对，巴比特，过去我走的是邪道，现在我可要走正道啦，第一步就是到哪个事务所去找一个事由儿，那里的老板压根儿不谈什么理想不理想。更不像话的是，老家伙，你还想把干过的勾当从阴沟里掏出来，脱尽干系——没门！"

巴比特好半天呆坐在那里，一会儿暴跳如雷说："我要叫他坐班房。"一会儿苦思冥索："我纳闷会不会——不，不可能，凡是我所做的事情，对推动繁荣进步的巨轮来说，都是必不可少的。"

翌日，他雇用了弗里茨·韦林格来接替格拉夫的空缺。弗里茨原是东城住宅开发公司（使巴比特最头痛的劲敌）的推销员，所以说，这么一来，巴比特既让他的劲敌恼羞成怒，自己又得到一个得心应手的伙计，可谓一举两得。年轻的弗里茨长着一头鬈发，喜欢打网球，是一个乐乐呵呵的小伙子。顾客们乐于上门找他洽谈业务。在巴比特的心目中简直就把他当成亲儿子似的，而且从他身上真正得到了安慰。

三

芝加哥市郊有一座赛马场早已废弃不用，准备拍卖，是修建工厂的理想厂址，贾克·奥法特委托巴比特代他去投标，打算把它买下。巴比特在电车公司那场紧张的交易中已经心力交瘁，接着又在斯坦利·格拉夫那里碰了钉子，使他坐在交易所里忐忑不安，思想怎么都集中不起来。他向他家里人公开说："喂，请各位听着！你们可知道，谁个要去芝加哥逛他个一两天——就在这个周末去；只不过耽误一天的功课——你们猜一猜，谁个打算陪同——那位鼎鼎大名的商务大使乔治·福·巴比特——一块儿去？哎哟，就是这位西奥多·罗斯福·巴比特先生呢！"

"好哇！"特德高声喊道。"啊，咱们巴比特家的男子汉的光临要不给芝加哥这么小小的豆儿城增光添彩，叫它发红发紫，那才怪呢！"

只消一撇开那种熟悉的家庭辈分，他们父子俩就是完全平等的两个成年男子了。特德只是在佯装自己老成持重时才露出一点儿稚气来，而巴比特的知识比特德较为丰富、老练的领域，显然只限于地产交易中的一些具体细节，以及一套政治词汇。当普尔门高级豪华卧车里其他贤哲们纷纷离开吸烟室，只剩下他们父子俩时，巴比特并没有改用只适合于逗弄孩子、要是换在别的场合就会得罪人的声调说话，他仍旧用他压倒一切的单调低沉的声音说话。特德使劲地用刺耳的男高音来模仿他说话：

"嘿，老爸，刚才那个可怜巴巴的糊涂虫在瞎吹国际联盟的时候，你真的叫他出足洋相啦！"

"是啊，这帮子家伙的毛病就在于连他们自己都不知道在胡诌些什么。他们压根儿不承认事实呗……你对肯·埃斯科特有什么看法？"

"我就告诉你，老爸，依我看，肯是个好青年；除了烟抽得太多之外，没有什么特别严重的缺点；不过喜欢拖拖拉拉，我的天哪！唉，要是我们不狠狠地催他一下，这个可怜巴巴的傻瓜一辈子也不会来求婚的！而罗娜也有同样的毛病：太拖拖拉拉了。"

"没错，我认为你说得一针见血。他们是太拖拉了。他们俩哪个都没有咱们这股子冲劲。"

"一点不错，他们两个太拖拉了。老实说，老爸，我真不明白咱们家里怎地会有罗娜这样慢慢悠悠的孩子！我敢说，你年轻的时候准是个老油子呢！"

"哦，我可没有那么迟疑不决过！"

"当然咯，你可没有！我敢说，你从来都不会错过搞鬼的机会！"

"哦，那时我带着姑娘们出去玩儿，我可不会给她们谈论什么针织业的罢工事件，把宝贵时间白白地都浪费了。"

他们一块儿哄然大笑，一块儿点燃了雪茄。

"那我们对他们该怎么办呢？"巴比特想找特德商量对策。

"真该死，连我自个儿都不知道。老实说，有时候我真想把肯拉到一边，打消他的顾虑，好好地跟他说：'小伙子，你打算跟年轻的罗娜结婚呢，还是想跟她一直谈到老死？一眨眼，你都快三十岁了，每周只挣二十到二十五块钱。你要到什么时候才不再马马虎虎，才会

第十九章 · 311 ·

增加一点薪水呢？要是需要乔治·福或者我帮帮忙的话，尽管来找我们，但无论如何，你自己总得抓紧点。'"

"是啊，不管是你还是我跟他谈一谈，也许都不会有什么坏处，怕就怕他不了解我们的意图。他就是自命清高的那种人。他不像你我那样，把问题摆到桌面上，直截了当地谈一谈——这个他就偏偏不会。"

"对，他跟所有那些自命清高的人完全一样。"

"是啊，跟他们一模一样。"

"一点不错。"

他们俩叹了口气，就陶醉在默默的沉思之中。

列车员走了进来。不知怎的他到过巴比特的交易所，打听有关房子的事。"你好，巴比特先生！你是搭我们这趟车去芝加哥，是吗？这是你的孩子？"

"是的，这是我的儿子特德。"

"哎哟哟，真想不到！我一直以为你自己挺年轻，还到不了四十呢。哪知道你都有了这么大的儿子啦！"

"四十？唉，老兄，我四十五都过了！"

"是真的吗？真是万万想不到！"

"是啊，先生，你跟像特德这么大的小伙子一块儿出门旅游，人们一望而知，你就是个老头儿啊！"

"你说到点子上了，真是这样。"他转过身去对特德说，"我说，你是在大学念书吧？"

特德自豪地回答："不，还没有，要到明年秋季。眼下我正在选择，究竟哪一个大学最好。"

和蔼可亲的列车员终于走开了，他的蓝色制服胸前挂着一条粗表链在叮当作响。巴比特和特德就一本正经地考虑各个大学问题。他们深夜抵达芝加哥；翌晨，他们两人一觉醒来，躺在床上，还乐着说："用不着起床、下楼去吃早饭，太舒服了，呃？"他们住在陈设简朴的伊甸旅馆，因为泽尼斯的生意人到了芝加哥，必定在伊甸下榻，但是用餐却到摄政旅馆里那家用织锦缎和水晶装饰得豪华阔气的凡尔赛官餐厅。巴比特点菜时要了加上开胃的鲜汁蓝角牡蛎[①]、块儿特大的牛排和盆子特大的法式油炸土豆、两大杯咖啡、两份苹果馅儿饼加冰激凌——又为特德额外添了一个碎肉馅儿饼。

"真够味！美餐一顿啦，小伙子！"特德啧啧称赞说。

"嘿，你只要紧跟着我转，老伙计，我一准让你玩个痛快！"

他们去看音乐喜剧，看到有关夫妻之间和有关禁酒的不成体统的笑话时，互相碰碰胳膊肘；幕间休息时，他们手挽手迈步走进门厅。特德为头一次打消了使父子隔阂的羞耻心而感到高兴极了，他咪咪地笑着说："老爸，你有没有听到过关于三个女帽工和法官的那个笑话？"

特德回泽尼斯以后，巴比特觉得很孤单，当时，他正在想方设法把奥法特和某个也想购买赛马场地基的密尔沃基[②]经纪人串联在一起，所以大部分时间都花在等电话上……他久久地坐在床沿，拿着手提式电话，疲惫不堪地问道："赛根先生还没回来吗？他有没有留话给我？好，那我还得拿着话筒等呗。"他两眼盯住墙上的一块污斑，觉得它像一只鞋子，到了第二十次发现它还是像一只鞋子，他不由得

[①] 美国长岛附近著名特产。
[②] 美国威斯康星州城市，濒密执安湖。

感到厌烦了。他点燃了一支香烟;可他不敢离开电话机,附近又没有烟灰缸,手里点着了的香烟头,真不知道该扔在哪儿,一时着急,很想把它扔到瓷砖铺地的浴室里。最后,电话响了,他对着话筒说:"没有留话吗,呃?好吧,我过一会儿再打。"

有一天下午,他在雪泥满地、到处可见车辙的市街上闲逛。这种街道他还从来没有听人说起过,两旁都是一些低矮的小公寓、两户合住的房子和无人居住的小屋。他突然感到自己无事可做,而且也不想做什么事。傍晚,他独自一人在摄政旅馆用餐时,感到更加孤单了。餐后,他来到了休息厅,坐在一张饰有萨克斯-科伯格①纹章的丝绒椅子里,点起了一支雪茄烟,看看有哪个人过来跟他逗着玩儿,替他解解闷。坐在他旁边的饰有立陶宛纹章的椅子上的那个人仿佛有些面熟:大个儿、红脸盘、暴眼睛、稀稀落落的黄胡子。看上去那个人挺随和温顺,不是什么大人物,而且跟巴比特自己一样孤单。他穿着一套苏格兰花呢衣服,一条橙红色领带难看极了。

巴比特突然一怔:原来这位孤独的陌客就是杰拉尔德·多克爵士。

巴比特不由自主地一跃而起,喃喃地说:"你好,杰拉尔德爵士?我们在泽尼斯——就是在查理·麦凯尔维家里见过面,还记得吗?鄙姓巴比特——地产经纪人。"

"哦!你好。"杰拉尔德爵士有气无力地跟他握握手。

巴比特站着直发窘,真不知道自己该怎样滑脚溜走,只好乱说一气:"哦,我想,自从我们在泽尼斯分手以后,你大概又游历过许多地方吧。"

---

① 萨克斯-科伯格公爵(Prince of Saxe-Coburg, 1737—1815),奥国将军。

"不错。不列颠哥伦比亚[1]和加利福尼亚等等,哪儿都去了。"他含糊其词地说,没精打采地看了巴比特一眼。

"你觉得不列颠哥伦比亚那里生意怎么样?我想也许你感兴趣的不是这些东西,而是什么湖光山色、健身活动等?"

"湖光山色吗?哦,真是呱呱叫。可是生意嘛——你知道,巴比特先生,他们那里失业的人几乎跟我们一样多。"这一下杰拉尔德谈得热乎起来了。

"是吗?生意不那么好吗,呃?"

"不好,完全不像我原先希望的那么好。"

"不好,呃?"

"不好,真的——糟透了。"

"真该死,太可惜啦。嗯——我想你是在等什么人,把你一块儿带去参加盛大的宴会吧,杰拉尔德爵士。"

"盛大的宴会?哦,什么宴会。不,不瞒你说,我心里正在纳闷,真不知道今晚怎么个打发过去呢。我在支[芝]加哥一个人也都不认识。你听说过这里有好的戏园子没有?"

"好的戏园子?是啊,此刻正在上演大型歌剧呢!我想你也许喜欢吧。"

"嗯?嗯?我在伦敦只看过一次歌剧。大概是在科文特加登[2]吧。糟透啦。不,我很想知道有没有好的电影院——电影?"

巴比特坐了下来,顺手把椅子挪到杰拉尔德爵士身边,大声嚷道:

---

[1] 不列颠哥伦比亚,加拿大西部,濒临太平洋的一个省,温哥华即在此省内。
[2] 科文特加登(Covent Garden),英国伦敦一广场,有时也指该广场附近一剧院。

第十九章 · 315 ·

"电影？唉，杰拉尔德爵士，我还以为准有一帮子太太小姐们在等着，把你拖到什么时髦的 Soireè① 上去呢——"

"哪儿的事！"

"——既然没有，那么，你和我不妨一块儿去看一场电影，你说怎么样？格兰瑟姆②正在放映一部顶呱呱的片子，片中大盗由比尔·哈特主演。"

"那敢情好！等一下，我这就去穿外套。"

多承杰拉尔德爵士赏脸，巴比特简直飘飘然，但又有点儿担心，生怕这位具有诺丁汉③高贵血统的贵胄改变主意，到了哪个街角一拐弯，就把他甩掉了。巴比特陪着杰拉尔德·多克爵士迈开大步，来到了电影院，一声不响地坐在他身旁，感到无比幸福，但又不敢露出太狂热的劲儿，以免这位爵士见到自己对六响手枪和西部牛仔如此崇拜而瞧不起他。哪知道在电影快要结束时，杰拉尔德爵士喃喃地说："老实说，这片子太棒了。多谢你陪我来这儿。好几个星期以来，我都没有像今晚这么痛快过。我去做客时，这些女主人——她们可从来也不让你去电影院！"

"你这是说着玩儿吧！"巴比特刚才说话时十分讲究，字正腔圆，这时却又恢复了平时那种豪爽、自然的声调，"我的天哪，这个片子你喜欢——我简直高兴死啦，杰拉尔德爵士！"

他们俯身弯腰，擦着胖女人的膝盖走到过道里；他们站在休息厅，

---

① 法语：晚会。
② 一家电影院名。
③ 英格兰中部诺丁汉郡首府。

挥动胳膊,穿上了大衣。巴比特暗示说:"喂,去吃点儿东西怎么样?我知道有个地方,那里的吐司、乳酪好极了,也许还可以搞到一点儿喝的——当然咯,如果你也喜欢呷上一口的话。"

"好极了!可你干吗不上我房间去呢?我有点苏格兰威士忌——还是名牌货呢。"

"哦,我不想把你的私酒都给喝光了。多谢你的美意,不过——也许你要上床睡觉啦。"

杰拉尔德爵士好像变了个样,他一个劲儿恳切地说:"哦,说真格的,好久以来我没有一个晚上过得很舒畅。总是去参加舞会。没有机会谈生意和其他的事情。听我的,好朋友,跟我去,愿意吗?"

"问我愿不愿意?那还用说吗?我只是在想,也许——可是,老实说,参加了舞会、化装舞会、宴会,以及那么许多社交活动之后,能够坐下来,谈谈生意,确实大有好处,可不是吗?我在泽尼斯也常常有这种感觉。当然,我一定去。"

"那敢情好。"他们两人在街上走着,满面笑容。"喂,老朋友,你能不能告诉我,美国所有的城市真的都有这样令人可怕的狂热的生活调子吗?到处都有那么多豪华的盛会吗?"

"得了,得了,别逗着我玩儿啦!你们那里还不是也有什么宫廷舞会、盛大宴会等等——"

"不,你说到哪儿去了,老朋友!妈妈和我——我说的是多克太太,我们平时只打打别齐克纸牌[①],到十点钟就上床了。说真格的,

---

① 原文为bezique,即用六十四张牌,两人或四人同玩的纸牌戏。

我可受不了你们那种糟糕透顶的生活调子！还有你们的那种胡扯淡！你们的美国太太小姐，她们知道的东西有那么多——什么文化呀，以及其他等等。那位麦凯尔维太太——你的朋友——"

"没错，露西儿，真是个好妞儿。"

"——她问我：在佛罗伦萨，哪个画廊我最喜欢——也许她说的就是意大利语翡冷翠吧？——我一辈子都没有去过意大利！还问到早期作品①，她问我喜欢不喜欢早期作品。那你知道早期作品到底是吗玩意儿？"

"我？我可说不上来。但是我知道贴现是怎么回事。"

"一点不错！天哪，我也知道！早期作品我可不懂！"

"呃——呃！早期作品！"

他们哈哈大笑，听起来几乎就像在促进会的午餐会上。

杰拉尔德爵士的房间，除了几只笨重、结实的英国旅行包以外，和乔治·福·巴比特的房间十分相像。他双手捧出一大瓶威士忌，咯咯地笑着说："喂，老朋友，尽够你喝的。"瞧他踌躇满志而又殷勤好客的劲儿，简直跟巴比特一模一样。

喝完第三杯之后，杰拉尔德爵士才开口说："你们，美国佬哪来的这种想法，说什么像伯特兰·萧②和这个威尔斯③这些耍笔杆子的家伙就可以代表我们英国人呢？作为真正的英国商界人士，我们认为

---

① 此处意谓艺术家的早期作品，尤指意大利文艺复兴以前的艺术作品。
② 此处应该是说萧伯纳(Bernard Shaw, 1856—1950)，英国著名戏剧家、小说家、思想家。本书作者在这里故意让书中人物杰拉尔德爵士把萧伯纳与现代英国著名哲学家伯特兰·罗素（Bertrand Russell, 1872—1970）混为一谈，意味深长。
③ 威尔斯（H.G.Wells, 1866—1946），英国著名小说家、历史学家。

这些家伙都是卖国贼。当然,我们两国都有自己可笑的**老贵族**——你知道,我指的是那些自古以来居于一郡的名门世家,打围狩猎等等玩意儿——我们两国都还有可恶的劳工领袖,但是我们也都有殷实的生意人这个顶梁柱,是他们掌管一切呢。"

"一点不错。为那些真正的好汉干杯!"

"我奉陪!为咱们自个儿干杯!"

酒过四杯之后,杰拉尔德爵士十分谦虚地说:"你对北达科他州所搞的抵押借贷有什么看法?"但是,喝到第五杯酒之后,巴比特已开始管他叫"杰利"①,同时,杰拉尔德爵士对他也熟不拘礼地问:"喂,要是我把靴子脱了,你介意吗?"话音刚落,他喜滋滋地把他那两只爵士老爷的脚丫子——两只劳累、发热、肿胀、可怜的脚丫子——伸到了床上。

喝过了第六杯之后,巴比特歪歪斜斜地站了起来。"哦,我得开路啦。杰利,你可是真够朋友啊!干吗我们没有在泽尼斯就一见如故呢?听着,你不能跟我一块儿回去,咱们俩就一起待会儿,好吗?"

"真抱歉——明儿个我就得去纽约。真是大抱歉啦,老兄。我到了美国之后,就数今儿个晚上最过瘾。真的谈得很对劲儿。绝不是那些应酬话敷衍一下。我要是早知道非得跟这些女人谈什么早期作品和马球不可,也就不让他们加给我这么一个傻里傻气的头衔——自然,我这个头衔也不是白白得到的,可不是?不过,话又得说回来,这个爵位头衔在诺丁汉,还是蛮有意思的东西。我得到它的时候,可叫市

---

① 杰拉尔德的昵称。

第十九章

长先生气坏了,我太太当然乐不可支了。不过,现在再也没有人叫我'杰利'啦——"他几乎在抽抽噎噎地说,"——除了今儿个晚上你以外,美国没有一个人把我当作朋友来看待的!再见了,老朋友,再见!真是太感谢你啦!"

"别提这个,杰利。记住,你多咱来泽尼斯,我就多咱在家恭候。"

"可你也别忘了,老兄,你要是来诺丁汉,多克太太和我见到你都会感到说不出的高兴。在下一次我们扶轮社的午餐会上,我将要把你关于**远见**和**真正的好汉**的想法一一讲给诺丁汉的朋友们听听——"

四

第二天早上,巴比特还躺在旅馆房间的床上,暗自想象泽尼斯康乐会里人们问他:"你在芝加哥过得怎么样?"他就回答说:"哦,挺不错,跟杰拉尔德爵士泡了不少时间。"他又想象自己碰到露西儿·麦凯尔维,一个劲儿关照她:"麦克太太,你要是不摆出那种附庸风雅的姿态,就什么都好了。这就是杰拉尔德·多克在芝加哥亲口对我说的——哦,是啊,杰利是我的老朋友了——我太太和我正在考虑明年动身去英国,就住在杰利那个古堡似的巨邸——他还对我说过:'乔吉,老弟啊,我喜欢露西儿,这可一点不错,不过我和你,乔治,咱们俩非得叫她那种目中无人的怪脾气收敛一下不可。'"

可是那天晚上出了一件事,对他来说,简直太煞风景了。

五

在摄政旅馆专售雪茄的柜台边,他无意中跟一个卖钢琴的推销员兜搭了几句,他们就在一起吃了饭。巴比特心中不由得充满了友情和幸福的感觉。他正津津有味地在欣赏这个餐厅的豪华气派:偌大的枝形吊灯,环状花纹锦缎帷幔、四壁嵌着镀金栎木镶板,上面都是一些法国国王的肖像。他同样用欣赏的眼光在观看前来进餐的人们:多么漂亮的女人,多么殷富的好人——他们花起钱来又是多么"落落大方"。

蓦然间,他怔住了。他瞪大眼睛看了一下,又赶紧转过脸去,再凝神看着。原来隔着三张桌子,和一个来路不明、卖弄风骚、容颜衰老的女人坐在一起的,竟然是保罗·赖斯灵,而大家还以为保罗到阿克伦兜售油毛毡去了。那个女人轻轻地捋着他的手,瞅着他出神,正在咯咯地笑。巴比特感到自己碰上了错综复杂、极为不妙的事情。保罗谈得正起劲,好像在倾诉自己的烦恼,简直忘乎所以了。他一个劲儿盯住那女人暗淡无光的眼睛。有一回,他握住她的手,还有一回,他旁若无人地噘起了嘴唇,好像要吻吻她的样子。巴比特顿时感到一股强烈的冲动,很想走到保罗跟前去,他甚至觉得浑身肌肉绷紧,肩膀发颤,但他又无可奈何地想到,不管怎样,他总得讲究一点策略,所以一直等到保罗付账,才粗声对钢琴推销员说:"天哪——原来对面是我的一个朋友——对不起,我一下子就来——只是跟他打个招呼。"

他碰了一下保罗的肩膀,大声嚷道:"喂,你多咱来芝加哥的?"

保罗抬起头,瞪了他一眼,沉下了脸。"哦,你好,乔治。我还以为你已经回泽尼斯去了。"他并没有介绍他的女伴。巴比特也斜着眼睛瞅了她一眼。她四十二岁上下,长得还算标致,只是稍嫌肥胖,喜欢搔首弄姿,头上的帽子花哨得太扎眼了。她脸上胭脂很浓,但是搽得很不到家。

"你榻下在哪里,保利巴斯?"

那女人转身过去,打了一个呵欠,低头细看自己的指甲。看来并不介意见了人不介绍她的身份,好像习以为常了。

保罗嘟囔着说:"坎贝尔旅社,在南城。"

"你一个人吗?"他这一问,话音里听得出话中有话呢。

"是啊,真够倒霉!"保罗悻悻然掉过头去,朝那女人媚笑了一下,叫巴比特看了恶心。"玫!我来给你介绍一下。这位是安诺德太太,这位是我的老——老相识,乔治·巴比特。"

"荣幸荣幸。"巴比特扯开嗓门说。她却咯咯地笑着说:"哦,有缘结识赖斯灵先生的朋友,我当然太高兴啦。"

巴比特接着又问:"今晚回到旅馆去吗,保罗?我要去看你。"

"不,还是——咱们还是明天一块儿吃午饭吧。"

"那敢情好,不过今晚我也要去看你,保罗。我要到你旅馆去,我会等你的!"

第二十章

一

他跟钢琴推销员坐在一起抽烟,有一搭没一搭地穷聊天,生怕一冷场,他心里又会想起保罗。从外表看,他越是和蔼可亲,内心却越是惊恐、空虚。他深信:保罗来到芝加哥是瞒着季拉的,并且正在干的事情既不道德,而又相当危险。当钢琴推销员打着呵欠,说他还得去填写订货单时,巴比特便跟他告别,悠闲自得地离开了旅馆。可是,他却冲着出租汽车司机吆喝道:"去坎贝尔旅社!"他焦躁不安地坐在光滑的皮面座位上,感到车里又冷又暗,而且羼杂着一股灰尘、香水和土耳其香烟的气味。积雪的湖滨,幽暗的空地,以及闹市区卢普南面不知什么地方,突然灯火辉煌的街角——他都无心一一细看了。

坎贝尔旅社崭新的账房看上去冷酷、生硬,值夜班的伙计却显得更冷酷、生硬。"唔?"他问巴比特。

"保罗·赖斯灵先生就住在这里吗?"

"唔。"

"他在房间里吗?"

"不在。"

"那你就请把钥匙给我,我等他回来。"

"不行，老兄。你要是乐意，就在这儿——楼下等。"

刚才巴比特说话的态度，就像所有**正派人**对旅馆掌柜、伙计一样，都是彬彬有礼的。但在这时，他却突然咆哮起来说：

"也许我就得等很长时间。我是赖斯灵的姐夫。我要上楼到他房间去。你看我像个小偷吗？"

他说话的声调低沉而不愉快。旅社伙计不敢怠慢，连忙把钥匙拿下来，替自己辩白说："我可没有说你像个小偷。这只不过是我们旅社里的规矩呗。但你既然想要——"

巴比特上了电梯之后，真不知道自己为什么要上这儿来。保罗为什么不可以跟一个正派的已婚妇女一块儿吃饭呢？他为什么要向旅社伙计谎报自己是保罗的姐夫呢？多么幼稚可笑呀！他一定得注意，可不能对保罗说出什么蠢话来。主意既定以后，他竭力故作镇静，装出一副自高自大的样子。突然，他一个闪念，想到了——自杀。不知怎的他一直害怕的就是这个事情。保罗正是会干出这种蠢事来的人。想必他头脑发昏了，要不然他断断乎不会向那个——那个干瘪老太婆吐露真情的。

季拉（唉，该死的季拉！这个唠唠叨叨没有个完的母夜叉，真恨不得把她掐死才好！）——也许她终于如愿以偿，把保罗给逼疯了。

自杀！就在那边，岸旁结满冰凌的湖底下。今晚落水，可真是冷得彻骨呀！

或者——在浴室里——割断喉管——

巴比特一头闯进保罗的浴室。里面空荡荡的。他茫然地笑了。

他松开了憋得透不过气来的领带，看了看表，打开窗子，定神望着下面的街道,又看了看表,很想看看放在玻璃台面的柜子上的晚报,可最后还是看看表。从头一次看表到这时,只过去了三分钟。

他等了足足三个钟头。

他纹丝不动地坐在那里,冷得浑身直哆嗦,忽然门上把手一转,保罗进来了,眼里露出愤怒的神情。

"喂,"保罗说,"久等了吗?"

"是的,等了一会儿。"

"嗯?"

"嗯什么?我这是来想了解一下,这一趟去阿克伦,你自己觉得怎么样?"

"我觉得挺不错。反正对你还不是一样吗?"

"保罗,你怎么啦,你干吗生气?"

"你干吗瞎管我的闲事?"

"唉,保罗,你怎么可以跟我说这样的话呢?我这并不是在管闲事嘛。我一看到你的这张其貌不扬的老脸儿,可真高兴呢,这才找你闲磕牙来了。"

"哼,我可不喜欢有人到处盯住我,想要牵着我的鼻子走。这一切我在家里已经受够了,再也容忍不了!"

"唉,天哪,我可不是——"

"我不喜欢刚才你瞅着玫·安诺德时的那副神气,也不喜欢你在她跟前说话时的那副德行。"

"好,那也行!既然你说我爱管闲事,那我就偏要管一管!我不知道你那个玫·安诺德是什么人,但是,我敢拿脑袋打赌说,你跟她

第二十章 · 325 ·

谈的既不是油毛毡生意,也不是什么拉小提琴这玩意儿,吗都不是!即使你不从个人品德方面替自己考虑考虑,你也得顾全一下自己的社会地位啊。瞧你在大庭广众之下,两眼竟敢贼骨碌碌地紧盯住女人不放,活像一头发情的哈巴狗!当然咯,一个人偶然失足一次,我可以原谅他;可是,我不忍看到像你这样跟我生死之交的人走下坡路,居然把妻子抛掉——哪怕这个妻子的脾气怪得像季拉一样——到处去追野女人——"

"哦,你呀——真是好一个模范丈夫!"

"是的,那还用说吗?打从我结婚之后,除了麦拉以外,可以说目不斜视——事实上——哪一个女人我都没有偷看过——往后我也不会的!我跟你说,伤风败俗的事是一点儿好处都没有的。太不合算啦。这只会使季拉脾气变得更坏,老兄,难道你还看不到吗?"

保罗的意志如同他的身体一样薄弱。他把沾着点点雪花的大衣扔在地上,坐在一张单薄的藤椅上,身子蜷缩着。"哦,你这个老家伙净爱吹牛,什么道德不道德,你知道的还不如婷卡呢,不过,你毕竟是个好人,乔吉。可你不理解——我已算是完了。季拉的吵闹——我再也忍受不了。她已然认定我真的是个恶鬼——不,那简直就像是宗教裁判。严刑拷问。她挺喜欢这样折磨我。她就是拿我寻开心,看到我越是难受,她心里越是高兴。而我呢,要是不去找一点小小不言的安慰——也就不管是在什么地方,找到了什么样的安慰——也许我还会干出更不像话的事情来。眼下这位安诺德太太,当然,她年纪不轻了,可她是个好女人,她能谅解人,而且她自己也有不少苦恼。"

"是吗?我想她就是'得不到丈夫谅解'的那号女人!"

"我可不知道。也许正是这样。她丈夫在战争中死了。"

巴比特身子笨重地站了起来,站到保罗身旁,拍拍他的肩膀,低声嘟囔着,表示赔礼道歉。

"说实话,乔治,她是个好女人,她这个人一辈子也够苦的。我们两个怎么都得好好地相互鼓鼓劲。我们都说,我们两个是天生的一对,举世无双哩。这一点也许连我们自己都不相信,不过,要是有一个人你可以跟他谈谈心、解解闷,而不是一天到晚什么抬杠呀——什么辩白呀——也就算是三生有幸啦!"

"难道说你们之间的关系只要到此为止吗?"

"不,当然不是!你想说,就尽管说吧!"

"哦,我可不——我不能说我赞成这样的事,可是——"他突然一阵激动,觉得自己为人一向宽宏大量,就马上改口说,"这样的事我可管不着!你有事要我帮忙,只要办得到,我一定为你效劳。"

"你也许可以帮些忙。从阿克伦转来了季拉的几封信,依我看,她对我在外边待了这么久产生了怀疑。她完全有可能叫人盯我的梢,然后亲自赶到芝加哥来,闯进一家旅馆的餐厅,当着许多人的面跟我大吵大闹——"

"季拉那里就由我来对付好啦。我回到泽尼斯之后,在她面前编一套好话蒙蒙她就得了。"

"我看不行——我想你还是犯不着。你是个好人,可我知道你压根儿不会耍手腕。"保罗看到巴比特先是好像受了委屈似的,稍后却怒形于色,便接下去说,"我是说跟女人打交道,我说的是跟女人打交道呀!当然咯,不拘是谁,休想做生意时耍手腕胜过你,可我在这里说的只是跟女人打交道。别看季拉说话粗野刻薄,她可怪机灵的,只消三言两语,准把真话从你嘴里套了出来。"

"好吧,就这么着,可是——"由于没让他充当"**密探**",巴比特心里总觉得怏怏不乐。保罗安慰他说:

"当然,也许你可以告诉她,你到过阿克伦,还在那里见到了我。"

"好吧,你尽管放心!反正我要去阿克伦看一看那家糖果店的房产,可不是吗?虽然我心里急着回家,可是中途还得在那儿耽搁一下,真是不像话!你说是不是像话?我说,真是太不像话了!"

"得了,得了!谢天谢地,你可千万别说得牛头不对马嘴。爷儿们撒谎的时候,总是喜欢编得天衣无缝似的,反而引起娘儿们怀疑,因此露了马脚——咱们就来喝一杯吧,乔吉。我这儿有杜松子酒,还有一点儿苦艾酒。"

保罗本来连第二杯鸡尾酒都不喝的,这会儿却一连喝了第二杯,还喝了第三杯。他两眼发红了,舌头说话也不利落了。他一下子变得滑稽可笑而又猥亵下流,真叫巴比特发窘。

巴比特坐上出租汽车回家,不知怎的发现自己泪水已是夺眶而出了。

二

他并没有把自己的计划告诉保罗,但是他果真在阿克伦转车,特意给季拉寄去了一张明信片,上面写道:"有事不得不在这里逗留一天,碰到了保罗。"回到泽尼斯之后,他就去看望季拉。季拉在大庭广众很讲究梳妆打扮，涂脂抹粉，还非得要扎上紧身胸衣，可是独个儿在家自怨自艾的时候，她身上只穿一件邋里邋遢的蓝色晨衣，脚底下是破袜子和粉红色条纹缎子拖鞋。她面容消瘦，头发好像只剩下了巴比特记忆中的一半，而且这一半几乎也粘连成丝了。她坐在一张摇椅里，周围都是乱七八糟的糖果盒和廉价杂志。她说话的声调，只要不带讥嘲时，就充满了忧伤。但是巴比特却显得特别兴高采烈。

"得了，得了，季尔[①]，亲爱的嫂夫人，老公不在家，日子过得挺舒心吧？那敢情好！我打赌说，我在芝加哥的时候，麦拉每天早上不睡到十点钟都不起来。喂，我可以借用一下你的保温瓶吗？我这次特地上门来找你，就是想借用一下你的保温瓶。我们准备去滑雪橇——想把热咖啡也一块儿捎去。哦，你收到了我从阿克伦寄出的明信片，上面告诉你我还碰到了保罗？"

"收到了。他在干什么呀？"

"你这是什么意思？"他解开了大衣的扣子，试探性地坐到了一张椅子的扶手上。

"你知道我说的是什么意思！"她气呼呼地往一本杂志上拍了一下，"我想他准是在跟旅馆里哪个女招待，或者修指甲女郎，或者别的什么骚货大献殷勤呢。"

"胡扯，你总是含沙射影地说保罗到哪儿都要追野女人。首先，他没有那样的事，即使他真的这样做了，多半也因为你老是责怪他，天晓得在他耳边念叨什么玩意儿啦。本来我并不想说的，季拉，但是，

[①] 季拉的昵称。

第二十章 · 329 ·

既然保罗不在家，在阿克伦——"

"他真的在阿克伦吗？可我知道，他在芝加哥有个危险女人，他经常给她写信。"

"我不是对你说过，我在阿克伦见过他了吗？你这是打算干什么呀？难道是你要我说假话？"

"不，我只是——我真是放心不下。"

"唉，你又提那个啦！那可真要把我气坏啦！事实上你是很爱保罗的，可是你一个劲儿折磨他，咒骂他，好像你在忌恨他似的。我简直闹不明白，为什么有的人越是爱谁，就越是使劲儿叫谁受苦受罪。"

"你是爱特德和罗娜的——我想——可你自个儿也净找他们的碴儿。"

"哦。你说什么来着？那可是另码事。再说，我并没有找他们碴儿，也根本不是你所说的找碴儿。但我方才还在说，保罗——他是世界上最好、最聪明、最机灵的人。你这样折磨他，应该感到害臊。嘿，你跟他说话的那个样子，活像是个洗衣女工。你竟然会这样俗气，真叫我吃惊，季拉呀！"

她低下头，瞅着自己交叉在一起的手指。"哦，我知道。有时候我的确也太过分，事后我却又后悔了。可是，哦，乔吉，保罗也太叫我恼火了！说实话，这几年来，我都尽了最大努力，想好好儿待他，只是因为我以前怀恨在心——也许只是我的样子看起来像是怀恨在心；实际上，我不是这样的，真的，不过，我说话一向太直率，脑子里想到什么就说什么——所以他就干脆一口咬定都是我的过错。哪能什么都是我的过错，你说是不是？而现在，只要我有一点烦躁，他就一声不吭,哦,真可怕,他连一眼也都不看我——仿佛压根儿没有我这个人似的。他简直太不近人情了。他还故意撩拨我非得发脾气不可,以至于说了许许多多我不想说的话。他就是那样一声不吭——哦,你们这些德行端正的爷儿们!你们多可恶呀!真是可恶透顶!"

他们翻来覆去地谈了半个钟头。临了,季拉呜呜咽咽地哭了起来,还答应往后要多多克制自己。

四天后,保罗回来了,巴比特和赖斯灵两对夫妇欢欢喜喜地一同去看了电影,还在一家中国菜馆吃了炒什锦。他们刚才来菜馆时,走过了一条两旁都是裁缝铺和理发店的小街,两位太太在前面,絮絮叨叨地谈论厨娘,巴比特悄悄地对保罗说:"看来现在季尔的心情比过去要好得多了。"

"是的,她好得多了。最近只有一两次是例外。不过,现在已经太晚了。只是我——我现在不想谈论这个问题,我就是怕她呗。一丁点儿感情都没有了。我再也不想见到她了。反正不管怎么着,有朝一日,我总会突然离开她的。"

第二十一章

一

促进会的国际组织已在全世界成为乐观主义、豪爽的诙谐,以及生意兴旺的象征。如今,它有一千个分会,遍布在三十个国家,其中九百二十个都在美国。

这些分会里头搞得最竭诚、最热忱的就数泽尼斯促进会了。

泽尼斯促进会三月二日的午餐会,在一年之中显得特别重要,因为一年一度的干事改选就要在餐后举行。大家心情都非常激动。午餐会假座奥·赫恩大厦舞厅举行。四百名促进会会友进场时,每人从板壁上取下一枚巨大的赛璐珞制的圆牌,上面早已写明各人姓名、绰号以及行业。在午餐会上,促进会友互相称呼只准用他的绰号,否则就得罚款,每次十个美分。当巴比特兴冲冲进去存放帽子时,四下里响起了一片招呼声:"你好,切特!""你好,矮个儿!"以及"早上好,麦克!"

他们抓阄入席,八个人一桌。跟巴比特同桌的是:服装商埃尔伯特·布斯、小囟牌炼乳公司老板赫克托·赛波尔特、珠宝商埃米尔·温格特、赖特维商学院院长彭佛瑞教授、瓦尔特·高巴特医师、摄影师罗伊·蒂加登,以及照相感光制版师本·伯凯。促进会的优点之一,就是规定每一个行业只准吸收两个人参加,因此,它的会友既可以会见其他行业的代表人物,又可以体会到各行各业——从水暖管道作业到肖像画绘制,从医疗保健事业到口香糖的生产——极其玄乎的一致性。

巴比特这一桌上今日特别欢畅,因为彭佛瑞教授刚过了生日,大伙就拿他来寻开心。

"让咱们用泵来压一下彭普①,看看他有多大年纪了!"埃米尔·温格特说。

"不,最好咱们用大棒狠狠地揍他一顿!"本·伯凯说。

但博得大伙儿喝彩的还是巴比特,他说:"别跟那家伙谈什么水泵不水泵了!他心目中的水泵,只是酒瓶子!说真格的,人家告诉我,说他打算在商学院里新开一门家酿私酒的课程!"

每个座位前都摆上一小本促进会会友花名册。虽然促进会的宗旨在于联络感情,增进友谊,可他们谁都离不开生意经,总想多做点买卖。每个会友的姓名底下注明他的职业。这本小册子里还刊登了几十幅广告。其中有一页上面印了这样恳切的劝告:"本会虽然没有明文规定您必须跟您的会友做生意,可是,朋友,要记住——让这么多的钱从咱们这个愉快的大家庭里往外流出去,又有什么好处呢?②"今天,每一个座位上还摆着一件小小的礼品:一张红黑相间,印制精美的卡片:

---

① 把彭佛瑞(Pumphrey)叫作彭普(Pump),可说是昵称。英语里,Pump意为抽水机、打气筒、唧筒、水泵,也有音译为泵的。这里用作动词,意为"(用唧筒)打气或抽水",也有"盘问""探口风"之意,所以起到一语双关的作用,值得细细玩味。

② 看来"肥水外流"说法,古今中外皆同。

服务与促进精神

服务只有得到最广泛、最深刻的应用,并考虑到它对反应经常发生作用时,方能获得极好的发展机会。本人深信,服务的最高形式,正如最进步的伦理原则一样,在于时刻牢记促进精神的主要准则,积极遵循,矢志不渝,并从其中受到激励鼓舞。所谓促进精神的主要准则——亦即优良公民品德在各方面的具体表现。

戴德·彼得森谨启

戴德伯里·彼得森广告公司敬赠
"欲登广告　请找戴德
功效特灵　包君满意。"

促进会会友们看了彼得森先生的警句,说他们都能彻底了解个中意义。

行将卸任的会长味吉尔·冈奇主持会议,一开始就是每周必不可缺的噱头。味吉尔·冈奇的一头又硬又短的头发,宛如一道篱笆,他的声音低沉,好像节日里的铜锣声。有些会友还携带了来宾,此刻正向与会者一一做过介绍。威里斯·艾詹姆斯说:"这位高个子、红头发、经常报道失实的朋友,就是《新闻报》体育版的编辑。"药房老板H.H.海兹恩兴致勃勃地说:"朋友们,当你们驱车远游,最后开到了一处富有浪漫情调的风景点,停下了车,一面欣赏景色,一面对你太太说:'这个地方真够罗曼蒂克啊。'这时,你将感到浑身是劲了。嘿,今天我的客人,就是来自这样一个地方——美丽的南方弗吉尼亚州的哈泼渡口,到了那里,你不由得想起了善良的罗伯特·E.李将军[①]和英勇的约翰·布朗[②],正如每个优秀的促进会友一样,约翰·布朗永远奋勇向前——"

会上有两位特别显要的贵宾:一位是本星期正在多兹沃兹剧院的极乐鸟剧团饰演男主角的演员,另一位则是泽尼斯市长、尊敬的卢卡斯·普劳特先生。

味吉尔·冈奇大声说道:"今天,我们好不容易才把这位大名鼎鼎的表演艺术家从美丽可爱的女伶中间拉到这里来——我得承认,是我一头蹿进了他的化妆室,对他说,促进会全体会友都非常赞赏他给我们做出的具有高度艺术水平的表演——同时,请别忘了,多兹沃兹剧院的司库也是我们促进会会友,他将对我们的捧场表示深深的感激——此外,特别值得一提的是,我们已把日理万机的市长先生,从他的市政厅里给拉了出来,多承这两位先生赏光,使我们感到无上荣幸。现在就请普劳特先生给我们讲几句话,谈谈有关义务等问题——"

会友们通过起立表决,从来宾中间选出了最美与最丑的人各一句,各得麝香石竹[③]一束。据会长冈奇说,这些鲜花是詹尼弗大街花铺老

[①] 罗伯特·E.李将军(General Robert Edward Lee, 1807—1870),美国军事将领及教育家,在南北战争中任南方邦帮军队统帅,并用武力镇压约翰·布朗起义。
[②] 约翰·布朗(John Brown, 1800—1859),美国杰出的废奴运动领袖,曾于1859年攻占哈泼渡口。下文提到约翰·布朗永远奋勇向前这句话,选自一首歌颂约翰·布朗的美国民歌。作者路易斯通过书中人物之口,将美国历史上两个截然不同的著名人物扯在一起,叫读者看了哑然失笑。
[③] 我国俗称康乃馨。

第二十一章 · 335 ·

板、促进会会友 H.G. 耶格捐赠的。

每星期通过抽签，依次有四个促进会会友慷慨解囊，向其他四名也由抽签决定的会友赠送礼品或者提供服务，这么一来，他们本人也都出了名，真是一举两得，何乐而不为呢。本星期一宣布捐赠人里面有一个是殡仪馆老板巴纳巴斯·乔埃时，引起了哄堂大笑。大伙交头接耳说："要是他提供免费服务的话，我倒很乐于向他介绍两个再合适不过的顾客呢！"

促进会会友们在嘻嘻哈哈的玩笑声中，照例在大吃大喝桌上的油炸鸡肉丸子、豌豆、炸土豆、咖啡、苹果馅儿饼和美式乳酪。冈奇将大会发言安排得井然有序。此刻他就请促进会的对手、泽尼斯扶轮社的秘书发言。这位秘书虽然社会地位不高，但因为他持有一块本州第五号的汽车注册牌照而声誉鹊起。

扶轮社的秘书哈哈大笑地表示承认，说他在州里不管车子开到了什么地方，如此这般小的一个号码总要引起轰动。"有这么大面子固然不坏，但是这个号码，偏偏让交通警察太好记住了。有时候，不知怎的他反而觉得还不如要一个像平常的 B56876 那样的号码。明年要是哪一位促进会友想把第五号汽车牌照从一个生龙活虎般的扶轮社员手中抢走，那可就热闹啦。请允许他赶紧结束发言，为促进会、扶轮社和基沃尼斯会通通合在一起的所有会友欢呼叫好吧！"

巴比特叹了口气，对彭佛瑞教授说："汽车牌照上这么小的号码真不坏！人人见了都会说：'他准是个大好佬！'闹不明白他是怎么把它搞到手的。我敢打赌说，他一定请主管汽车牌照管理处的那个家伙吃了酒席，吃得个稀里糊涂啦！"

接下去，由丘姆·弗林克发言。

"在座各位里面，也许有人会认为，就在此时此地来谈一个纯属高雅艺术的问题，那是太不合时宜了，可我还是想直截了当地提出来，恭请在座各位同意有关成立泽尼斯交响乐团这一建议。你们有不少人，认为自己既然不喜欢古典音乐这类玩意儿，就应该加以反对，要是这样想，显然是很不对头的。我得坦白承认，虽然我的职业是搞文学工作的，但对古典音乐我一点儿也都不喜欢。不管在什么时候，我都宁愿听一个好的爵士乐队演奏，不要听贝多芬的那个玩意儿，它的曲调一点儿不好听，就像一群猫咪在打架，可你又不能拼命吹口哨嘘它，你哪怕搭上命也得听。但问题并不在这里。现如今，文化这个东西，如同柏油马路和银行净利一样，已然成为城市必不可少的装饰和广告。每年吸引成千上万的游客去纽约观光的，不是别的，而是它的以剧院、画廊等等形式体现出来的**文化**。老实说，我们的成就尽管非常辉煌，但我们的**文化**没法儿跟纽约、芝加哥，或者波士顿相比——至少我们在这方面还是默默无闻呢。作为虎虎有生气的、富于进取心的人来说，我们当务之急，就是拼了命都要把文化抓到自己手里，**使文化也变成资本**。

"绘画和书籍对于那些有时间进行研究的人来说，固然都是好东西，可是，它们不会自己跑到街上去大喊大叫：'这就是咱们泽尼斯在文化方面的成果呀。'而交响乐团恰恰就能起到这样的作用。请各位不妨看看明尼阿波利斯和辛辛那提所获得的声誉吧。他们那里的交响乐团，都有第一流的乐师和一位呱呱叫的指挥——我认为我们办起事来就应该办得尽善尽美，要把市场上薪金最高的指挥请来，只要不

第二十一章 · 337 ·

是匈奴人[①]就行——这样的一个交响乐团,就可以打进豆城[②],打进纽约和华盛顿,在最好的剧院里为最有文化修养和最有钱的人演奏;它给一个城市所做这样高级的广告,总是使别的方法望尘莫及;要是有人目光短浅,反对成立交响乐团这一建议,那就会错过了大好机会——那样就没法让泽尼斯美名远扬,传到某个纽约百万富翁的耳朵里,本来他很有可能在我们泽尼斯开设一家分厂的!

"我还可以讲一讲,事实上,要是我们的女士们雅爱高尚音乐,并且乐意任教的话,当地有了这么一个天字第一号的音乐团体,也是大有好处的。不过,话儿不要扯远了,让我们还是注意眼前,讲究实用一些吧,所以,我在这里请在座各位好兄弟——为了文化,为了一个**震撼全球的交响乐团**大喊大叫吧!"

全场鼓掌。

就在群情鼎沸之后的沙沙声中,冈奇会长大声宣布:"先生们,现在我们就开始改选本届干事的年会。"一共要选六名干事,每一干事由委员会推荐三名候选人。副会长候选人中第二个,就是巴比特。

他不由得大惊失色,心里怦怦地发跳。冈奇宣布开票结果时,他更激动了。冈奇说:"我很高兴地宣布,乔治·巴比特当选为下一届副会长。据我了解,老乔治一贯拥护常识和企业,谁个都没有他坚决。好,咱们就最热烈地、长时间地为他欢呼吧!"

散会时,有上百个人挤过来拍他的肩膀。这样美不滋儿的时刻他

[①] 由于匈奴人于公元四五世纪蹂躏欧洲,后来在西方即引申为"破坏者""野蛮人",在第一、二次世界大战又成为"德国兵""德国佬"的蔑称。
[②] 波士顿的别称。

一辈子都还没有过！他就飘飘然地开车走了。他三步并作两步，走进交易所，对麦戈恩小姐傻笑着说："嘿，我说你得好好地祝贺一下你的老板啦！我已当选为促进会副会长了！"

但她的回答却使他大失所望。麦戈恩小姐只是说："是的——哦，巴比特太太好几次打电话来找你呢。"但新来的推销员弗里茨·韦林格说："老天哪，头儿，嘿，真了不起，实在是太了不起啊！我真为你高兴死了！恭喜，恭喜！"

巴比特打电话回家，得意扬扬地对他太太说："听说你打电话来找我，麦拉。喂，你瞧，这一次你的乔吉真够好样的！现在你说话可得小心点儿！你知道是在跟谁说话？嘿，你是在跟促进会副会长说话呀！"

"哦，乔吉——"

"敢情好啊，呃？威里斯·艾詹姆斯当了新会长，不过，赶上他缺席的时候，老乔吉就要主持会议，谁个都得听从他指使，他还要把发言人给大家一一做介绍——哪怕是州长也不例外——而且——"

"乔治，你听着！"

"——这么一来，乔吉跟迪林博士那样的大人物也可以平起平坐了——"

"乔治！保罗·赖斯灵——"

"是的，当然，我马上就打电话给保罗，也让他早点儿知道。"

"乔吉，你**听着**！保罗坐大牢去了。他开枪打了他妻子，打了季拉，就在今天中午。她也许活不成了。"

第二十一章　· 339 ·

第二十二章

一

他开车前往市监狱的路上,一点儿也不莽撞,特别在拐弯时,就像老太太盆栽花卉似的,显得异乎寻常地小心谨慎。他想借此分散思想,不再想到那令人厌恶的命运。

监狱里看守对他说:"不行,时间还没有到,三点半以后才让探视犯人。"

此刻还只有三点钟。巴比特坐了半个钟头,两眼直瞅着白粉刷过的墙上的挂历和时钟。椅子又硬又不舒服,而且吱嘎发响。人们打办公室走过,他觉得好像他们都冲他瞟了一眼。他一想到这架机器正在折磨保罗——折磨他的保罗,不由得先是感到一种敌对情绪,接着又迅即化为有损尊严的恐惧。

三点半整,他请看守将他的名字通知保罗。

看守回来传话说:"赖斯灵说他不想见你。"

"你怎么发昏了!你没有把我的名字告诉他!你要对他说,我是乔治,要见他,乔治·巴比特。"

"是啊,我对他都说了,一点没错,一点没错!他说他不想见你。"

"那好歹你也得带我进去。"

"那不行。如果你不是他的律师,他又不想见你,那就毫无办法了。"

"可是,我的**老天**哪!——喂,让我去见看守长。"

"他可没有空。算了吧,你——"巴比特抢前一步,两眼紧盯住他,样子挺吓人。看守急忙改口,哄着他说:"你还是先回去,明天再来试试看。也许那个可怜虫精神失常了。"

巴比特开了车直奔市政府,这次一点儿都不谨小慎微了,他恶作剧似的紧挨卡车边上一擦而过,也不理睬卡车司机的咒骂。到了市政厅,他猛地一刹车,轮子都擦到街边石了;他急匆匆登上大理石台阶,找到了市长卢卡斯·普劳特先生的办公室。他给了市长的看门人一块钱小费,马上就来到了市长面前,开口问道:"普劳特先生,你还记得我吗?巴比特——促进会副会长——帮过你竞选的?喂,你有没有听说过可怜巴巴的赖斯灵?是啊,我请你批个条子,给市监狱的看守长(或者不管你们怎么称呼的主管人),让我进去见赖斯灵。好。谢谢。"

十五分钟后,他已经迈着沉重的脚步,穿过监狱的走廊,来到了一间小牢房。保罗坐在一张小床上,像个老叫花子,身子缩作一团,两腿交叉,两臂绞在一起,正在啃咬自己紧握着的拳头。

保罗茫然抬起头来,两眼瞅着看守打开牢门,把巴比特放了进去,自己就走开了。他慢腾腾地说:"你要说教,那就请吧!"

巴比特身子笨重地坐在小床上,紧挨着保罗。"这次我可不打算来说教的!不久前发生过的事,我也不想了解了。我只是想就我力所能及,帮帮你的忙。至于季拉落到了这个下场,我也很高兴哩。"

冷不防保罗却抢白说:"不,别责怪季拉啦。我心里一直在想:

第二十二章 · 341 ·

也许她的日子也不那么好过。就在我向她开枪之后——老实说,我可不是存心要打她的,可是她一个劲儿撩拨我,戏弄我,直把我气昏了,就这么一刹那,我抓起了你我常常用来打兔子的那支旧左轮手枪,想拿她来试一试。我可不是存心要——在那以后,我就想方设法把血止住——看到她给打伤的肩膀真可怕,原先她的皮肤该有多美啊——也许她不会死。我真巴不得她皮肤上一条伤疤都不留下。但紧接着,我找遍整个浴室,想找点棉花去止血,无意中找到从前我们挂在圣诞树上玩赏的一只小小的绒毛黄鸭子。我回想起那时节她和我可有多么幸福啊!——真见鬼,我简直不能相信这儿站着的人就是我自己哩。"

这时,巴比特的胳膊紧紧地搂住他肩膀,保罗叹了口气说:"你来了,我很高兴。可我还以为你是来教训我的。唉,一个人犯了杀人罪,我被押到这里来,一切我都过来了——公寓大楼外面围了一大群人,都瞪大眼睛看我,警察押着我,打人群中间穿过——哦,这一切我也不愿意再谈了。"

不过,他还是喃喃自语地继续讲下去,声音单调、令人惊恐,好像发狂了似的。巴比特为了转移他的注意力,就说:"哎哟哟,你脸上怎么还有一道伤痕呢?"

"是的,那是给警察揍的。我想警察也很喜欢教训杀人犯。揍我的那个警察,是个大块头。他们不让我帮忙把季拉抬下楼,送上救护车。"

"保罗,别说啦!你听着,她不会死的,等到一切都了结之后,你我两个人可以再去缅因州。也许我们还可以把那个玫·安诺德也一块儿捎去。由我去芝加哥邀请她。说实话,她是个好女人。以后,我将设法让你在西部某个地方重新开张吧——比方说,在西雅图——人家都说,那个城市是很可爱的。"

保罗脸上露出一种似笑非笑的神色。这时,巴比特说话就乱弹琴了。他也说不准保罗是不是在听,但还是一个劲儿喋喋不休,最后保罗的律师 P.J. 马克斯韦尔走了进来。马克斯韦尔这个人身材瘦削,看上去挺忙,态度很不友好,他对巴比特点点头,暗示说:"能不能让赖斯灵和我单独谈一谈——"

巴比特紧紧地握了一下保罗的手,就到办公室等候,直到马克斯韦尔急匆匆走了出来。"喂,老兄,有什么事要我帮忙的?"他恳求地说。

"没有事,一点儿都没有,至少眼前没有。"马克斯韦尔说,"对不起,我得赶快走了。别再去看他啦。我已经请医生给他打了一支吗啡针,也许他快要睡着了。"

不管怎样,要是此刻就回交易所去,未免太不像话了。巴比特总觉得自己像刚参加葬礼回来。他身不由己地来到了市立医院,去打听季拉的伤情。据说她大概不至于会死亡。保罗的老式零点四四口径军用左轮手枪打中了她的肩膀,子弹向上一偏,就穿了出去。

他溜溜达达地回到了家里,看到他妻子满脸惊恐万状,如同我们在朋友发生不幸时感到又害怕又关切那样。她兴冲冲地说:"当然咯,也不能全怪保罗不好,但是,他一味追求别的女人,不愿像一个基督徒那样忍受苦难,这才得到今天的结局。"

他心里很不以为然,但实在困乏无力,不想跟她论理,只勉强地说了几句有关基督徒忍受苦难的老话,就出去擦洗汽车了。他觉得单调乏味,但又很耐心地把滴油盘上的污垢擦去,又把沾在轮子上的干泥块剔掉。他拿厨房里的粗糙的肥皂洗手,花去了好多时间,连他胖乎乎的指节都给擦痛了,反而觉得挺舒服。"唉,这么细嫩的手——像女人似的。真该死!"

吃晚饭时,他妻子又开始提到了那个不可避免的话题,他大声吆喝道:"你们谁个都不准再提保罗一句话!凡是非讲不可的话,由我自己来说,你们都听到了没有?今晚,尽管全城丑闻百出,至少有一户人家不准说长道短。把那些臭晚报通通给扔出去!"

可是,晚饭后,他自己就看起晚报来了。

九点以前,他到马克斯韦尔律师家去了,但马克斯韦尔接见他时毫无热情地问:"怎么回事?"

"我想在开庭时出一点力。我有一个主意。我为什么不可以走到证人席上,发誓说我当时在场,是她先拿起手枪,他跟她夺枪,冷不防枪支走火了,为什么不可以这样呢?"

"你想做伪证吗?"

"什么?没错,我想也许就是做伪证吧。哦——你说,这样行吗?"

"可是,我的亲爱的朋友,那是做伪证!"

"哦,别傻了!请原谅我,马克斯韦尔,我可不是故意惹你恼火。我只是想说,仅仅为了攫取一小块臭地皮而做伪证的事例该有多少,我见过,你也见过;而眼前是要搭救保罗,使他不至于坐大牢,我哪怕说得自己脸色发紫,也得去做伪证。"

"不行。先撇开道德问题不说,我看这是行不通的。检察官马上把你的证词驳得体无完肤。大家都知道,当时在场的只有赖斯灵和他妻子两个人。"

"那么，就这么着，让我出庭做证，起誓说——这是天地良心，千真万确的事实——是她一直跟他胡搅蛮缠，才逼得他发疯了。"

"不。对不起。赖斯灵断然拒绝接受任何指责他妻子的证词。他坚持服罪。"

"那么，总得让我出来做证——随你怎么说吧。总得让我**出一点儿力吧**！"

"我很抱歉，巴比特，你能做的最好的事情是——我真不愿意说出口，但是，只要你能严格地不插手，就算帮了我们的大忙了。"

巴比特活像一个拖欠房租的可怜巴巴的房客，把拿在手里的帽子转来转去，显而易见，他一下子瘫了下来，马克斯韦尔也态度温和地向他解释道：

"我可不想伤你的感情，但你总知道，咱们两人都是想尽力帮助赖斯灵，咱们就再也不应该考虑到其他任何因素。巴比特，你的毛病就是说话太随便。你太喜欢听你自己说话的声音。也许我可以请你出庭做证，但我担心，你一到了证人席上，说起话来就没完没了，把事情全给毁了。对不起，这会儿我还得查阅一些文件去了——真对不起。"

二

第二天，他几乎整个上午已经开始准备，鼓足勇气地去对付康乐会里那一伙喜欢饶舌的人。他们谈论保罗时一定会添油加醋，真混账！但事实上，在"大老粗"席上，他们并没有提到保罗。他们津津乐道的，是即将来临的棒球联赛。巴比特不由得比以往任何时候更喜欢他们那伙人。

三

巴比特在心里曾经想象过——无疑是受到某部小说的影响——保罗的受审一定是一场漫长的斗争，其中有激烈的辩论，旁听席上群情紧张，突然出其不意地提出了压倒一切的新的证据。事实上，审判不到十五分钟即告结束，主要是听取医生的证词，说明季拉不久即可治愈，并说当时保罗只是一瞬间的神经错乱。第二天，保罗被判三年徒刑，旋即押送至州监狱——当时一点儿都没有戏剧性场面，没有戴上手铐，只不过跟在一个乐乐呵呵的代理警长身边，拖着疲累的脚步走去——巴比特在车站上跟他告别之后，回到自己的交易所，这才意识到，没有保罗，他面前的世界仿佛也就没有意义了。

第二十三章

一

从三月到六月,他忙得不可开交。他尽量不让自己去胡思乱想。他的妻子和街坊邻居都很落落大方。每天晚上,他打打桥牌,或者去看看电影,日子平平淡淡、悄没声儿地过去了。

六月里,巴比特太太带了婷卡到东部走亲戚去了,巴比特可以随心所欲了——只是连他自己都闹不清楚究竟该怎么着。

她们离家以后,整整一天,他总是想到家庭束缚已然解除,他就可以随心所欲,胡闹一阵,用不着摆出一家之主的威严来。他暗自寻思道:"今儿个晚上,我可以痛痛快快地纵酒狂饮一番;半夜两点钟回家,也不用反复解释了。真是棒极啦!"他马上给味吉尔·冈奇和埃迪·斯旺森打电话。可是他们两人当晚都有事,突然间,他觉得有点儿厌烦,真闹不明白寻欢作乐还会碰上那么多的麻烦。

吃晚饭时,他缄口不语,对特德和维罗娜显得格外客气。维罗娜讲到她对肯尼思·埃斯科特的论点有看法时,巴比特不置一词,并没有表示不同意。肯尼思针对约翰·詹尼森·德鲁博士对进化论者的看法发表了自己的意见。暑假期间,特德到一家汽车修理厂工作,他常常谈到自己每天都立了大功:他是怎样发现一个滚珠轴承座圈上有裂缝,他跟那个老是发牢骚的家伙说些什么话,他怎样向领班介绍未来的无线电话。

晚饭后,特德和维罗娜去参加一个舞会。女用人也出去了。巴比特很难得整晚独自一人待在家里。但他却感到坐立不安了。他心中模模糊糊地想去找一些比看报上连环漫画更加有趣的消遣。他款步来到了楼上维罗娜的卧室,坐在她那铺上蓝白二色床罩的眠床上,一面像殷实公民似的发出低沉的哼唱声和咕噜声,一面却在仔细查看她的书籍:康拉德[①]的《援救》、瓦切尔·林赛[②]写的一部书名很怪的诗集《大地的形象》(那准是歪诗,巴比特暗自琢磨道),还有亨·路·门肯[③]的一些文章——文章很不像话,竟把教会和所有正经八百的东西都给嘲弄了一番。这些书他都不喜欢。他觉得这些书里充满了一种逆反精神,旨在反对正当合理的事物。所有这些作者——他想也是四海扬名的——似乎并不注意引人入胜的故事情节,便于读者看了之后忘却自己的烦恼。他吸了一口气。突然,他注意到一本书:约瑟夫·赫格斯海默[④]的《三枚伪便士》。哎哟哟,这对他来说,也许正中下怀!准是一部惊险小说,也许讲的是铸造伪币的事——深更半夜,好几个侦探潜入一幢古老的邸宅。他把这本书夹在腋下,脚步很沉地下了楼,在钢琴台灯下扬扬自得地看了起来。

---

① 约瑟夫·康拉德(Jesoph Conred, 1857—1924),英国著名小说家,《援救》出版于1920年。
② 瓦切尔·林赛(Vachel Lindsay, 1879—1931),美国诗人。
③ 亨·路·门肯(Henry Louis Menchen, 1880—1956),美国作家、评论家。
④ 约·赫格斯海默(Jesoph Hergesheimer, 1850—1954),美国小说家,擅长于创作心理小说。

在树木葱茏、连绵不断的山冈上，薄暮像一片蓝色尘埃，筛落在浅山坳里。虽说还是在十月初，但早霜已经把枫林染成一片金黄色，西班牙栎树上缀满了深红色的斑点，漆树则在变得更黑的灌木丛里闪闪发亮。一群大雁悠然掠过山冈低空，隐没在静谧的灰茫茫的暮霭里。豪厄特·彭尼站在几乎不易被人发觉的林间小路上，断定这远飞的大群雁早已处在猎枪射程以外……但他心里也并不想猎取大雁。随着夕阳西沉，他的敏锐感觉早已烟消云散了；那种习以为常的冷漠感越发强烈，渗透到他……

那又是愤世嫉俗。巴比特放下书本，在万籁俱寂的深夜侧耳细听。屋子里所有的门都敞着。他听到了厨房电冰箱里滴水的声音，老是滴个不停，真叫人心烦。巴比特走到窗前。在这朦朦胧胧的夏天的夜晚，从纱窗里望出去，街灯宛如一个个燃着白色火焰的十字架。整个世界都很不自然。他正在沉思的时候，维罗娜和特德回家来，上楼歇着去了。全家人都睡了，屋子里越发寂静。他戴上那顶相当阔气的圆顶大礼帽，点燃了一支雪茄，在家门口踱来踱去——一个肥硕的、可敬的，但缺乏想象力的人，嘴里哼着《金丝银丝》的曲子。他突然一个闪念："不妨给保罗打个电话。"他一下子全都想起来了。他仿佛看到了身穿囚衣的保罗，但他心中感到极度痛苦，压根儿不信这是事实。在这迷人的雾夜，一切都是不真实的。

麦拉要是在家的话，准会提醒一句："时间已经不早了，乔吉？"如今，他独个儿踱来踱去，虽然有了自由，但不知道该怎么个使用。

整个屋子雾气弥漫。世界仿佛还没有形成，处在一片混沌之中，没有骚动，也没有欲望。

穿过迷雾，急匆匆走过来一个人。他走进街灯底下一圈亮光时，仿佛在狂奔乱跳似的。他每走一步，就手杖一挥，笃的一声再拄在地上。系在宽条缎带上的夹鼻眼镜，正在他肚子前乱扑腾。巴比特一看竟是丘姆·弗林克，简直连自己都不敢相信。

弗林克原地站住，凝神瞅着巴比特，正经八百地说：

"还有一个傻瓜，乔治·巴比特，靠出租房'基'——房子过日子。你知道我——是谁？我——是诗歌的叛逆。我喝醉了。我话说得太多。我也不管啦。你知道本来我可以成为吗样的诗人？我可以成为吉恩·菲尔德①，或者詹姆斯·惠特科姆·瑞莉②，说不定还是个史蒂文森呢。是的，准错不了。喜欢异想天开，富于想象力嘛。喂，你听听这两句诗，是我刚才的即兴之作：

阳光灿烂的夏日草地上的喧嚣，来自
　　甲虫、浪荡子和正经八百的伙计。

"怎么，你听到了没有？多么富于灵感啊。是我写的诗，可连我自个儿都不知道吗意思！开始写的是好诗，儿童诗。可我写的是什么？

---

① 菲尔德（Gene Field，1850—1895），美国诗人、新闻记者，以写讽刺诗、儿童诗闻名。
② 瑞莉（James Whitcomb Riley，1849—1916），美国诗人、新闻记者，在美国东部、中部各州享有盛名。

倒霉的！是给大家鼓劲的诗。真是糟透啦！我原该写别的——可是已经太晚啦！"

弗林克令人吃惊地往前一冲走开了，他走路老是往前冲去，不过好像两脚从来都没有摔倒过。巴比特心里感到的惊愕，不逊于看见雾里跳出来一个腋下夹着自己的首级的恶鬼。但他对弗林克的态度却非常冷漠，咕哝着说："傻头傻脑的可怜虫！"于是也就把他完全置之脑后了。

他慢腾腾地进了屋，特意走到电冰箱跟前，几乎搜取一空。巴比特太太在家时，这就算是大逆不道的行为。他站在有盖的洗衣盆跟前，吃了一条鸡腿、半小碟山莓果冻，埋怨那个熟土豆又黏又冷。他在冥思苦索。他开始觉得他所熟悉的，并且身体力行的全部经商生活，到头来也许都要付之东流：牧师约翰·詹尼森·德鲁博士所描绘的天堂，不仅不现实，而且无聊透顶；他使劲赚大钱，也是毫无乐趣可言；抚养子女，无非是让他们也去抚养自己的子女，就这么着世世代代地传下去，这恐怕也犯不着吧。这一切究竟是怎么回事？他心中要的到底是什么呢？

他走进了小客厅，两手托着脑袋，躺在坐卧两用沙发上。

他心中要的到底是什么呢？是财富，是社会地位，是外出旅游，还是用人？是的，不过，这一切都不是主要的。

"我可不知道。"他叹了一口气说。

但他确实知道他心中要的只是保罗·赖斯灵。同时，他少不得还要承认，他要的是那个年轻的仙子——有血有肉的年轻的仙子。是的，如果说他有过一个自己心爱过的女人，他就会飞也似的奔到她身边，把自己的头靠在她的膝盖上。

他想到了他的速记员,麦戈恩小姐。他想到了桑蕾旅馆美发厅里那个最漂亮的修指甲女郎。当他在沙发上呼呼大睡时,他觉得自己在生活中发现了一些值得注意的东西,并且跟所有一切正派、正常的事物做了惊人的决裂。

二

翌日早晨,他忘了自己是个自觉的叛逆者,但在交易所里,他感到越发烦躁不安,到了十一点钟,电话和来客纷至沓来的时候,他做了一件时常想到可从来不敢做的事情:他竟然跟那些够狠的工头——自己的雇员不告而别,偷偷地离开交易所看电影去了。他为自己享有独来独往的权利而高兴。从电影院出来时,他可铁了心啦,打算爱怎么干就怎么干。

他来到俱乐部,走近"大老粗"们的那张桌子时,每一个人都冲他哈哈大笑。

"嘿,百万富翁来啦!"席德尼·芬克尔斯坦说。

"不错,刚才我看见他坐了豪华轿车来的!"彭佛瑞教授说。

"老天哪,能像乔吉那样机灵才了不起!"味吉尔·冈奇说,"独翠坛那里的全部地产,也许全给他据为己有啦!怕只怕他一个劲儿要把它弄到手,连巴掌大的一小块地皮都保不住呢!"

巴比特一听就明白,他们准定了解到"他的某些事情"。是的,看来他们在存心"取笑他"。往常,他被人愚弄时,他居然还觉得受宠若惊，可今天他突然一下子发火了。他嘟囔着说："当然咯，也许我可以让你们大伙儿都上我交易所去当杂差！"他心里真恨不得这场玩笑快点儿收场。

"备不住他是去跟女人约会。"有人插话说，"不，我想他是在等他的老相识，耶路撒冷·多克爵士。"

他按捺不住了："你们这些傻瓜蛋，究竟说到哪儿去了！开这个大玩笑干什么呢？"

"哈，哈！乔治生气啦！"席德尼·芬克尔斯坦咪咪地笑着说，全桌的人都咧嘴笑了。最后，冈奇透露了惊人的真相：他看见巴比特中午从电影院里走了出来！

他们就抓住不放，没完没了地哄笑着说他在上班时间去看电影。他对冈奇的挖苦话倒不大在乎，可是，他对那个喜欢妄加评论的轻薄、瘦削、红头发的席德尼·芬克尔斯坦却恼火了。甚至连自己的杯子里浮着的那一块冰，他也觉得挺讨厌：冰块太大，他要喝水时，冰块来回乱转，冻得他的鼻子够呛。他在暴怒之余，觉得芬克尔斯坦就跟那块冰块一样讨厌。但是，他终于得胜了，对于所有嘲弄——他都忍受了下来，直到他们那一伙人感到厌倦，把谈锋转向当前更为重大的话题。

巴比特暗自思忖道："我今天怎么啦？看来心情极坏。不过，他们干吗要说了那么多的话。反正我还得加倍小心，缄口不言为好。"

大家都在抽雪茄烟时，巴比特喃喃自语道："我该回去了。"他们一齐高声嚷道："赶明儿你每天上午都跟电影院里的女招待鬼混去吧！"他偷偷地溜走了，耳朵里只听到他们在背后咯咯大笑，不觉感到很窘。他大大咧咧地跟衣帽间的侍者说天气真暖和，心里就像小孩似的，真恨不得直奔到年轻的仙子那里，向她倾诉自己心中的苦恼，以寻求慰藉。

三

他口授函件结束之后，还把麦戈恩小姐留了下来。平时跟她只是公事上保持很一般的关系，因此，他想找个话题，谈得热乎乎的，使她的态度变得友好些。

"你休假时打算上哪儿去？"他兴冲冲地低声问道。

"我想大概到北边一个农场去。西登斯的那份租约，你今天下午要我打好吗？"

"哦，这个事不着急……我想，你一离开我们这些脾气古怪的人，大概一定会很愉快。"

她站了起来，拾掇桌上的铅笔。"哦，我说这儿没有脾气古怪的人，我想打完函件之后，恐怕合同也打好了。"

她走了。巴比特断然否定自己心中有这样的想法：他一直在千方百计地要去接近麦戈恩小姐。"当然咯！我早就料到不会有结果的！"他说。

四

住在巴比特家对面街上的汽车经纪人埃迪·斯旺森星期日请客吃

晚饭。他的妻子洛埃塔，那个喜爱爵士音乐、华装艳服和大笑大闹的年轻的洛埃塔，一下子就来劲儿了。她见了客人就大声嚷道："今儿晚上我们真的就玩他个痛快！"过去巴比特常常认为她对许多男人仿佛都富有吸引力似的，总觉得挺别扭；现在他不由得暗自承认：连他自己都觉得她太迷人啦。巴比特太太对洛埃塔从来不敢赞一词，巴比特心里想幸亏今晚她没有来。

他一个劲儿要给洛埃塔帮厨：从烘箱里取出炸鸡肉丸子，从冰箱里取出香莴笋色拉三明治。有一回他捏了一下她的纤手，可惜她并没有注意到。她好像莺舌百啭似的说："乔吉，你可真是个好帮手。这会儿赶快把托盘端进去，放在靠墙小案几上。"

他真巴不得埃迪·斯旺森能招待大家喝鸡尾酒，让洛埃塔也喝上一杯。他恨不得——哦，他恨不得自己就像小说里所写的那种落拓不羁的艺术家哩。晚上聚在画室里。还有不受拘束的、纵情放浪的漂亮女人。不一定全都是坏女人。当然不是！不过，不像芙萝岗上的女人那样乏味。这些年来，他对那些女人都得忍受——

埃迪并没有请他们喝鸡尾酒。但晚饭之后，他们确实喜形于色，奥维尔·琼斯还不断重复地说"洛埃塔多咱乐意过来坐在我膝上，我马上就把这块三明治搁在一边"，不过，总的说来，他们都彬彬有礼，符合星期日夜晚社交的规矩。巴比特小心翼翼地在钢琴凳子上抢占了一个座位，紧挨着洛埃塔坐在一起。他一面大谈特谈汽车，脸上愣笑着，听她讲上星期三看的那部影片，希望她赶紧把故事情节、男主角的俊美和布景的豪华通通讲完，一面又目不转睛地上下端详着她。她那苗条的细腰上围着一条粗绸带子，两弯浓浓的眉毛、一双热情的眼眸，

第二十三章

宽阔的额角上堆起了一头乌云——在他看来,她就意味着青春似火而又使他越发悲哀的一种魅力。他想:要是开了车子长途旅游,到群山之间寻幽览胜,松树林边野餐,居高临下俯瞰深深的峡谷,她该是一位勇敢的旅伴。她那娇滴滴的模样儿,深深地打动了他;他对埃迪·斯坦森老是在家里跟她斗嘴而感到恼怒。他突然觉得洛埃塔就是那个年轻的仙子。他深信他们俩之间早就一往情深,不由得大吃一惊。

"既然你已断弦,眼下日子,我想,大概过得一定够可怕的了。"她说。

"那还用说嘛!我——是个坏家伙,还觉得自己了不起。总有这么一天晚上,你给埃迪的咖啡里撒一些迷魂药,偷偷地溜到对面街上去,我就教你怎么个调制鸡尾酒。"他大吼一声说。

"那敢情好!只是天机不可泄露!"

"好极了,你多咱准备定当了,就在顶楼窗口挂上一块毛巾,我立马奔去取杜松子酒!"

大家听了这个恶意的玩笑,都咯咯大笑了。埃迪·斯旺森还自鸣得意地说,他每天喝的咖啡,他都要请医生来化验一番。其他的人都话题一转,兴致勃勃地在谈论最近发生的几起凶杀案件,可是,巴比特却一个劲儿跟洛埃塔说起悄悄话来了。

"像你身上这么漂亮的衣服,我可一辈子都没见过。"

"你真的喜欢吗?"

"那还用问?嘿,我打算让肯尼思·埃斯科特在报上写一篇东西,说整个美国衣着打扮得最好的女人,就是埃迪·洛埃塔·斯旺森太太。"

"你别再逗弄我了,好吗?"但是,她粲然一笑,说,"咱们就跳一会儿舞吧。乔治,你可得要跟我跳呀。"

尽管他反对说:"哦,你明明知道我跳得多么糟糕!"他那笨拙的身子早已站了起来。

"我会教你的。不拘是谁,我管保教会他。"

她两眼湿润,激动得连说话声调都变了样。他相信莫非自己赢得了她的欢心。他紧紧地搂住她,感觉到她躯体的柔软温暖,一本正经地踏着挺吃力的狐步舞步子在转圈。只有一两回,他撞上了其他的舞伴。"天哪,我可跳得并不赖;你瞧,可以像地地道道的舞蹈演员带你跳呀!"他沾沾自喜地说。她连忙回答说:"不错——不错——我早就对你说过不管是谁,我管保一教准会——**只不过步子别跨得这么大!**"

这一下子,他失去了信心,他甚至战战兢兢地、全神贯注地竭力设法跟上伴舞乐曲的节拍。但是,他又一次被她的魅力迷住了。"她就得喜欢我呀,我可要使她不得不喜欢我!"他在心中暗自发誓说。他甚至试图去吻她那耳畔的一绺秀发。她毫无表情地一扭头避开,毫无表情地低声耳语道:"别这样!"

这一下子,他觉得她真可恨,但过了一阵子以后,他又像原先那样急不可待。他虽然正在跟奥维尔·琼斯太太跳舞,但是两眼却一直盯住洛埃塔,看她紧搂着她丈夫在满场飞呢。他跟琼斯太太跳舞时,他那胖乎乎的膝盖不知怎的在乱拱一气。"小心!你这可要闹笑话了!"他告诫自己,回头又喃喃自语地对那位可敬的太太说:"嘿,屋子里真热!"不知怎的,他一下子想起了保罗此刻被囚禁的那个阴暗的地方从来没有人跳舞的。"今儿个晚上,难道我真的疯了吗?最好还是回家吧。"他忐忑不安地想道,但他马上撇下了琼斯太太,一个箭步冲到迷人的洛埃塔身旁,提出要求说:"下一个舞跟我跳。"

"哎哟哟,我觉得太热了:这一轮我不想跳了。"

"那么,"他大胆地开口说,"咱们就到前廊去坐一会儿,凉快凉快。"

"嗯——"

在柔和的茫茫夜色中,屋子里传来的喧闹声隐约可闻,他毅然决然地拉住了她的手。她也使劲地捏了一下他的手,就马上放开了。

"洛埃塔,我觉得走遍天下就数你最好!"

"嗯,我觉得你也很好。"

"是真的吗?你就得喜欢我!我太孤单了!"

"哦,你妻子一回来,你就皆大欢喜了。"

"不,我一直感到孤单。"

她两手托住下巴颏儿,他也就不敢去碰她了。他叹了一口气说:

"要知道,当我百无聊赖的时候——"他差点儿把保罗的悲剧端了出来,但是,即使在巧设情网的时候,也万万不能触及那些至高无上的感情,"——当我在交易所里忙活,累得精疲力竭回来,我就喜欢隔街相望,一心惦着你呢。你知道,有一回我梦里还见到了你!"

"是个好梦吗?"

"太令人神往了!"

"嗯,有人常说那是一枕黄粱!我这可得进屋去了。"

她站了起来。

"哦,别走!求求你,洛埃塔!"

"不，我非走不可。我得照应客人去。"

"让他们自个儿照应去吧！"

"我说那怎么行呢。"她漫不经心地拍了一下他的肩膀，滑脚溜了。

他感到羞愧，竟像小孩子似的想偷偷地溜回家去，两分钟之后，他带着喷鼻息的声音说："当然咯，我压根儿不想跟她搞得太热乎！我早就料到会落得一场空的！"他慢腾腾地进了屋，跟奥维尔·琼斯太太跳舞，装出一副道貌岸然的样子来，引人注目的是他连一眼都不瞧洛埃塔。

第二十四章

一

巴比特这次探望保罗的活动,如同那个大雾弥漫、扑朔迷离的夜晚似的不真实。他两眼什么都没有看见,只是穿过一道道刺鼻的石炭酸气味的狱中走廊,来到了一个房间,里面摆着一排排刻上蔷薇花样雕饰的浅黄色长条靠背椅,就像巴比特小时候在皮鞋店里看到的椅子一模一样。看守把保罗带了进来。保罗身穿起了毛的灰色囚衣,脸色煞白,毫无表情。如今他已是胆小如鼠,一举一动都得听从看守的吩咐:巴比特送给他的香烟和杂志,他都乖乖地往桌子上一推,让看守一一检查。现在他已经无话可讲,只是说:"哦,现在我已然习惯了。""现在我在服装工场干活;手指头痛得真够呛。"

巴比特心里明白,在这个死气沉沉的地方,保罗好像早已死去似的。他搭乘火车回家,一路上反复琢磨,他自己身上有些东西,比方说,他对美好世界的忠诚不渝的信念、对受到舆论蔑视的恐惧,以及对个人成功的自豪感——仿佛也已死去似的!他暗自庆幸他的妻子正好在外地。这一点他无须证实,连自己都承认了。反正在他看来全都一模一样。

二

她的名片上赫然在目的是"丹尼斯·朱迪克夫人"。巴比特听人说过她是一个专营纸张批发商的遗孀。她想必年过四十左右,不过,那天下午她来交易所时,巴比特见过她一面,觉得她还要年轻些。她专程来打听有没有招租的公寓房子,因为女会计不熟悉业务,就由巴比特亲自接待。她那秀逸的丰韵一下子吸引了巴比特,使他坐立不安。她是一个细挑个儿白女人,身上穿着一件黑底上带小白花点的、薄如蝉翼的上衣,显得特别凉爽雅致。头上那顶宽檐黑色帽子,几乎遮住了她的脸孔。她的眼睛闪闪发亮,下巴颏儿柔纤丰腴得惹人喜爱,她的粉颊赛过两朵娇艳的玫瑰。巴比特事后猜想过她有没有化过妆,但是,对于女人这种巧妙手段,他了解得比哪个男人都要差劲。

她坐在那里,手里一个劲儿转动自己那柄紫色阳伞。她说话时的声调虽然令人为之心动,但一点儿都不卖弄风情。"我可不知道你能不能帮帮我的忙?"

"自然高兴呢。"

"我找过好多地方——不过,我要的是一套小公寓,包括一到两个卧室,一个小客厅,一个小厨房和一个浴室,不过,我要的是真正说得上优雅别致的公寓房子,既不是那种又肮脏、又破烂的老公寓,也不是那种挂着枝形吊灯的、简直俗不可耐的新公寓。租金贵得吓人的,我也付不起。鄙人名叫丹尼斯·朱迪克。"

"我想也许我手头正好有一套,挺合你的心意。现在你乐意一起坐车去看看,好吗?"

"好吧。反正我有一两个钟头空当子。"

在新的卡文迪什公寓大楼里,巴比特有一套房间原来特意留给席德尼·芬克尔斯坦的,但是,他一想到自己可以同这个标致的女人坐上车子一起兜风去,便把他的朋友芬克尔斯坦抛掉了。他带着大献殷勤的口吻说:"我让你看看我能不能为你出点力!"

他给她拂去汽车座位上一些灰尘,为了夸耀自己的开车本领,有两次拿了性命去冒险的。

"你开车真棒呀!"她说。

她的声音他可喜欢呢。他暗自寻思,她的声音里富有音乐感,听得出有文化修养,不像洛埃塔·斯旺森只会咯咯狂笑。

他乱吹一通,说:"你知道,有许多人胆小怕死,车子开得很慢,老是挡人家的道。开车子最最可靠的人,就要懂得怎样摆弄他的汽车,必要的时候,不怕开快车,你觉得我说到点子上吗?"

"那当然,还用说吗?"

"我敢说你开起车来,真神。"

"哦,不——老实说——可并不怎么样。当然咯,我们有过一辆车——我的意思是说,是在我丈夫去世之前——而且,我还经常假装出开车的样子来,反正我总觉得女人学开车子比不上须眉汉子。"

"嗯,也有一些女人开起车来,顶呱呱的。"

"当然咯,有那么一些女人,竭力模仿爷儿们,打高尔夫球啦,什么玩意儿都来一手,就这样毁了她们的脸容和双手啊!"

"一点儿不错。那些男性化的女人我可从来不喜欢。"

"我的意思是说——当然咯,我心里非常钦佩她们,我跟她们站在一起时,总觉得自己那么懦弱,不够能耐。"

"嘿,哪儿的话!我敢说你钢弹得真帅。"

"不,不——我的意思是说——弹得并不怎么样。"

"哦,我敢说你一定弹得很棒!"他冲她那双柔细光洁的手,她的镶嵌钻石和红宝石的戒指瞥了一眼。这一瞥被她所发觉,她就像小猫咪似的把自己纤细白嫩的手指攥紧在一起,他不由得惊喜若狂。稍后,她不胜悲叹地说:

"我的确喜欢弹钢琴——我的意思是说——我喜欢在钢琴上咚咚地敲出声音来,但我压根儿没有真正练习过钢琴。朱迪克先生常常说,如果我真的练过琴的话,也许我早就成为一个蛮不错的钢琴家了。不过,那时候我猜他无非是恭维恭维我罢了。"

"依我看——他可不是恭维你!我说你有与众不同的气质嘛!"

"哦——哦,巴比特先生,你喜欢音乐吗?"

"那还用说吗?不过,说实话,我可不太喜欢古典音乐。"

"哦,我可喜欢呢!我最喜欢的是肖邦等人的作品。"

"是真的吗?当然咯,那些高级的音乐会我也常常去听听的,不过,话又说回来,我最喜欢的还是一个好的爵士乐队,他们劲儿一上来,那个拉低音提琴的家伙就围着它旋转,而且还用弓往上面乱扣一气。"

"哦,我明白。我也喜欢听好的伴舞的乐曲。我爱跳舞,你呢,巴比特先生?"

"那还用说吗?只不过我跳得不太好。"

"嗯,我相信你会学的。你应该让我来教教你。要知道我来教跳舞,不拘是谁一学就会。"

"你什么时候乐意教教我?"

"当然,我很乐意。"

"你最好还是留点神,要不然我就认为你说话是算数的。等着吧,我会上你家去,那你就非教我不可。"

"哦——哦。"她没有生气,但是态度暧昧。他告诫自己说:"清醒些,你这个笨蛋!别再胡闹啦!"于是,他就自视甚高地对她说:

"当然咯,我希望自己能像某些年轻小伙子那样跳跳舞,可我得告诉你:我认为每一个人都应该充分发挥作用,富有创造性地投身到当前的工作中去,改造环境,那么自己一生也就有一些成就可言,你觉得怎么样呢?"

"哦,我也有同感!"

"这么一来,我原有不少东西挺喜欢的,也就只好忍痛割爱。虽然应该说,高尔夫球——我可打得并不比别人差!"

"哦,我相信你是这样的……你有妻室吗?"

"啊——啊,有……啊,当然咯,还有公务在身——我是促进会副会长,我还主持'州地联'(全州地产商公会联合会)中一个委员会的工作,那就不用说,工作繁多,责任不轻——真是吃力不讨好。"

"哦,我明白!热心公益的人士总是得不到应有的荣誉。"

他们两人都满怀敬意,互相看了一眼。到了卡文迪什公寓大楼之后,他殷勤地帮扶着她下了车,指着公寓大楼摆摆手,仿佛要把房子奉送给她似的。随后,他神气十足地吩咐开电梯的侍者"赶快取钥匙去"。在电梯里,她几乎紧挨在他身边。他心急火燎但还是谨小慎微。

眼前这套房间，白色的门窗木质边框，柔和的浅蓝色墙壁，显得很雅致。朱迪克太太一看，简直大喜过望，就同意租下。他们从过道走向电梯时，她碰了一下他的袖子，娇声娇气地说："哎哟哟，我找到了你真走运！见到一位真正**懂行**的人简直太高兴啦。哦，**有些**人给我看的房子，你简直难以想象！"

他本能地但又敏锐地相信，现在他可以用手去搂住她，但他还是竭力抑制自己，显得格外客气地请她上车，亲自送她回家。返回交易所时，他一路上都在咒骂自己：

"谢天谢地，我头脑居然还清醒……真该死，我干吗不试一试呢？她呀该有多可爱，多吸引人，真像天仙下凡！迷人的眼睛，可爱的嘴唇，腰身又是多么苗条——永远不会像别的女人那样发胖起来……不，不，不！她是一个真的有文化修养的太太。这些天来，我还是头一次见到那么聪明伶俐的小妇人。什么事她都懂，不论是社会问题，还是——真该死的，我干吗不试一试？……丹尼斯！"

三

尽管这件事使他忧心忡忡，困惑不解，但是，他觉得自己正在变得年轻了，几乎就像年轻人似的。有一个姑娘特别使他心荡神移——虽然他从来都没有跟她说过一句话——她就是庞贝美发厅右边最末一个修指甲的女郎。她个儿较小，动作灵快，乌油油的头发，脸上老是笑盈盈。她年轻约莫有十九岁，至多不过二十岁。她身上穿着一件薄如蝉翼的淡红色罩衫，她的肩膀和黑色花边的胸衣都隐约可见。

第二十四章 · 365 ·

每隔两个星期，巴比特去一次庞贝美发厅。如同往常一样，他总觉得自己舍近求远，很对不起他的邻居——利福斯大楼理发馆。现在，他头一次丢掉了这种内疚感。"见鬼去吧，反正我不乐意去，就不去！我又不是利福斯大楼的业主！那些理发师跟我毫无关系！管他妈的，我爱上哪儿理发就上哪儿！这事少啰唆，我再也不要听啦！够了，我不再违反个人意愿去支持别人啦——什么结果都没有！"

庞贝美发厅设在桑蕾旅馆的地下室。桑蕾是泽尼斯最大的一家旅馆，各种设施堪称现代化。从旅馆大厅，顺着镶上黄铜扶手的大理石台阶走下去，就到了美发厅。里面四壁都是用黑、白、红瓷砖铺砌，金光闪闪的天花板无不使人叹为观止，此外还有一座人造喷泉，上面那个肥硕的山林女神让清水从深红色的象征丰饶的羊角里源源不绝地喷溅出来。四十名理发师和九名修指甲女郎整日价忙个不停，门口有六名黑人在暗中接待顾客，恭恭敬敬地接过他们的帽子和硬领，引领他们来到休息处稍候片刻，那里有十几只皮椅子和一张堆满各种杂志的桌子，脚下还铺着一块地毯，在白大理石地坪中间望去有如一个热带小岛似的。

迎接巴比特的侍者是个两鬓灰白、惯于奉承巴结的黑人，他在招呼时用上了巴比特的台甫，这在泽尼斯乃是一种莫大的荣誉。但巴比特还是不高兴。那个专门替他修指甲的漂亮姑娘没得空。这会儿她正在给一个服饰非常讲究的男人修指甲，还跟他一起在咯咯大笑。巴比特恨透了那个人。他心中暗想不妨先等一会儿吧。要知道让庞贝美发厅这架强大机器停下来是难以想象的。隔不多久，他在理发椅上就座了。

他纵目四顾，都是一片富丽堂皇、精致豪华的气派。有一个富于献身精神的人正在接受面部紫外线照射，另一个人则用芳香油洗涤剂在洗发。几个小伙计把富于神话色彩的电气按摩器用小车推了过来又推了过去。从一台晶光锃亮的好像榴弹炮似的镀镍机器里，理发师眼明手快地抓起了一条条冒着热气的毛巾，只在顾客脸颊上敷了一秒钟，就漫不经心地又给扔了回去。面对理发椅的很宽的大理石台板上，摆着好几百瓶护发精，琥珀色的、翡翠色的、红宝石色的都有。现在同时有两个私家奴仆——一个是理发师，另一个是擦皮鞋的——都在侍候他——巴比特不由得眉飞色舞起来。要是再加上那个修指甲的女郎，想来他更要心花怒放了。理发师替他修剪头发时，随便问到他对哈弗·德·格雷斯赛马、某棒球队胜负纪录，以及普劳特市长有什么看法。擦皮鞋的黑人小伙子，嘴里哼着《野营布道会布鲁士》①，正按着曲调有节奏地在擦鞋，把一条油光锃亮的布带子使劲绷紧，每擦一下就像班卓琴上一根弦戛然断裂似的。那位理发师是最懂得如何迎合顾客的心理。他问话时的口吻，使巴比特觉得自己仿佛富埒王侯似的。"您最爱用的是哪一种护发精，先生？先生，您今天有时间做个面部按摩吗？您头皮有点儿发干，要不要也给您来个头皮按摩？"

巴比特最喜欢洗头。理发师先用皂液让他的头发蓬松起来，搅起厚厚的一堆堆泡沫，随后（这时巴比特脑瓜上已围着毛巾，俯伏在洗脸盆上）用热水冲起，冲得他的头发痒痒的，真是淋漓痛快，末了再用凉水冲上一遍。哪知道巴比特头上一浇上冰冰冷的水，他心里马上

---

① 布鲁士（英文译音）是爵士音乐及舞步之一种，其风格忧郁而缓慢。

扑扑地跳了起来，胸脯起伏直喘气，脊梁里好像通上了电似的。这种感觉却给他单调的生活增添了色彩。他昂起头来一坐定，就神气活现地把美发厅扫视了一下。理发师挺巴结的，给他擦干了湿头发，再用毛巾包扎成一个大缠头①，巴比特一下子好像变成一位肥头大耳、白里透红的哈里发②，端坐在一张无比精美的、可以随意调整的御座上了。理发师好像是用一个善良的臣民被哈里发陛下威严所慑服后的口吻，一个劲儿在乞求："来一点儿黄金国护发油膏，怎么样，先生？滋润头皮有奇效，先生。好像上次我给您擦过的，也就是这种油膏吧？"

尽管他上次没有擦过，但还是点头同意说："好吧，就来一点吧。"

他一看见他的那个修指甲女郎刚干完活儿，心里简直急煎煎的，好像有点儿发颤了。

"嘿，我想我还得修一下指甲呢。"他低声耳语道，心情激动地直瞅着她——一个黑头发、笑盈盈、小巧玲珑的姑娘——走过来。修指甲的最后一道程序，都得到她桌子上去完成，那时他可以悄悄地跟她说话，理发师也就听不见了。他得意扬扬地等着，尽量不窥视她，这时她正用锉子给巴比特修整指甲，理发师刚给他刮好了脸，往他发烫的脸颊上涂抹许多奇异的香粉——这些东西不知何年何月由许多理发师发明出来的。理完了发，巴比特便坐到她桌子的对面，赞赏这个大理石桌面，赞赏那个嵌在桌子里、装上小小银龙头的盛水盆，赞赏自己居然可以时常光临这么一个豪华的地方。她把他浸湿了的手从盆里抽出来时，他的手经过温热的肥皂水里浸泡之后特别敏感，这会儿

---

① 信奉伊斯兰教的男子的一种头饰。
② 阿拉伯语译音，意谓伊斯兰国家或地区的统治者称号。

又被她挺有劲儿的小手紧紧地捏了一把，竟然产生一种异乎寻常的感觉。她那闪闪发亮的粉红色指甲，不由得使他为之动心。她的一双纤手，他觉得要比朱迪克太太瘦骨嶙峋的指头更为精美可爱。她用一把锋利的小刀噬去他指甲上的一层护膜时，他得意忘形地陶醉在一阵微微的疼痛之中。她的酥胸和肩膀在薄如蝉翼的绸衫衬托下显得格外清晰可见，他却竭力让自己目光避开不看。在他看来，她仿佛就像是一个精致的小摆设。当他很想使自己在她的心里留下深刻印象时，他说起话来却像一个乡下小伙子头一次进入交际场面似的笨口拙舌。

"嗯，今儿个干活真热。"

"哦，是啊，天气很热。你上次手指甲是自己剪的，是吗？"

"嗯，我想准没有错。"

"你指甲应当经常请人修。"

"是啊，也许应该这样。我——"

"手指甲修得好，比什么都要好看。我总认为，只要一看手指甲，马上就知道这个人是不是真正的上等人。昨天有个经销汽车的商人来这儿理发，他说看一个人的地位高低，只要看他坐的汽车就行；可是，我却跟他讲：'别说傻话，聪明人只要看一下手指甲，马上就说得出此人是吹牛大王呢，还是地地道道的上等人！'"

"是啊，你这话也许说得有点道理。当然咯，我特别要说的是——有了你这么一个漂亮的小妞儿，谁个都巴不得来修指甲呢。"

"嗯，也许我还年轻，但我世面见得可多哩，好人坏人我都认得出来——一看，包管就准啦——要是我认为这个人不是个好东西，我从来不跟他说心里话的。"

她粲然一笑。她的眼睛像四月里一泓池水那么碧澄澄的。他正经八百地在暗自寻思:"有些大老粗觉得一个小姑娘只要是修指甲的,大概也没有好好地上过学,准把她看得一钱不值,可他自己呢,他毕竟讲民主,不分贵贱,善于识别人。"他一口断定她是个俊姑娘,是个好姑娘——是那么好,而且,谢天谢地,一点儿没让人感到虚假。他深表同情地问道:

"我想你准定碰到过不少无赖汉吧。"

"嘿,那还用说吗?你听着,是有那么一些常泡在雪茄烟店里的公子哥儿们以为,只要小姑娘在理发馆干活,他们就可以来胡闹占便宜。他们说了许许多多的话,真是下流透顶!可是,你尽管放心,我自有办法把那些偷腥的猫儿赶跑!我就直指着他们的鼻子问:'喂,你们怎么不知道自己是在跟谁说话!'于是,他们就像年轻人梦里见到情人似的,一眨眼连个影儿都见不到了。哦,你要不要来一盒指甲膏?只要一涂上它,指甲就像刚修过似的闪闪发亮,而且常用也没有害处,还可以一连保持好几天。"

"那当然咯,我干吗不试试呢。喂——你说也真怪,打从这家美发厅一开张以来,我总是这里的座上客,可是——"他故作惊讶地说,"——我至今还不知道你的芳名叫啥!"

"是真的吗?那可真好玩!我也不知道你的——尊姓大名!"

"喂,你别跟我开玩笑啦!你那个好听的芳名叫啥呀?"

"哦,压根儿不那么好听呗。我觉得还有一点儿犹太人的味道。不过,我们一家子都不是犹太人。想当年我爸爸的爸爸在波兰还是个名门望族。有一天,这儿来了一位先生,好像他就是一位伯爵,还是什么的——"

"我想也许你意思是说一个瘪三吧！"

"谁说的——是你，还是我？瞧你多聪明！那个顾客说他在波兰时就认得我爸爸的爸爸一家子老老小小，还说他们有一幢漂亮的巨大邸宅，紧靠着湖边！"随后，她怀疑地说，"也许您不相信吧？"

"当然咯。不，老实说，我，我当然相信。干吗不相信呢？这会儿我就实话实说。别以为我是在跟你开玩笑，亲爱的小娃娃，可是，我每次看到你，心里就对自己念叨说：'那个小姑娘身上可有**贵族的血液**！'"

"是真的，没说假话？"

"当然咯——千真万确。好吧，一言为定——咱们这就成了朋友啦——那你就把自己的芳名告诉我，好吗？"

"伊达·普佳克——这个名字并不特别好听。我老是对妈说：'妈，你干吗不给我取名'多乐蕾斯'，或者干脆取一个更加阔气的名字？'"

"嗯，依我看，伊达——倒是个够漂亮的名字！"

"可我猜到了**您的**尊姓大名！"

"嗯，我看不见得。当然咯——我这个人也不是特别出名。"

"您不就是克拉卡杰克厨房用品公司跑码头、兜生意的桑德海姆先生吗？"

"不，不是！我是——巴比特先生，地产商！"

"哦，请您多多包涵！哦，当然咯，您就在本城泽尼斯吧？"

"是的。"巴比特就像一个伤心透顶的人似的直截了当地回答说。

"哦，不错，不错。我看到过你们登出的广告。真是棒极啦。"

第二十四章 · 371 ·

"嗯——也许你还看到过我的演说词。"

"我当然看到过！老实说，我看报的时间不太多，不过——我想您也许会把我看成一个愚不可及的小傻瓜！"

"依我看，你是个可爱的小乖乖！"

"哦，你知道吗——干我们这一行的，也有一个好处，就是说像我们这样的女孩子有机会接触到一些怪有意思的地地道道的绅士，从他们的谈吐中使自己脑子开了窍，久而久之，你看一个人，只要瞧上一眼，就知道他的人品如何。"

"听我说，伊达，请你不要以为我太冒昧——"他心里热辣辣地估摸着：要是这个小妞儿拒绝了，自然丢脸，要是她接受了，也很危险呢。显而易见，他邀请她上馆子吃晚饭，万一被他那一拨净爱鸡子里挑刺的朋友看到的话——但这时他早已心急火燎地按捺不住了："要是我提出哪天晚上我们俩一起出去吃便饭，你可别认为我太冒昧。"

"说真的，我可真不知道该怎么着，不过——我的那些绅士朋友，他们也总是想邀请我一块儿出去的。不过，今儿个晚上，也许我有空。"

四

他终于使自己确信：不让他邀请一个可怜的姑娘吃晚饭是毫无道理的，何况交上了像他这样一个有文化修养的、成熟的男人，对那个姑娘来说还大有好处呢。但是，为了避人耳目，以免发生误会起见，他打算带她到近郊的比德尔迈耶餐厅去。在这炎热、孤寂的夜晚，他们乐得坐上车兜兜风，说不定他还握住她的纤手呢——不，他连这种事都不会做的。说实话,伊达表现很随和,只要看一下她袒胸露肩,就再也清楚不过了;可是话又说回来,如果说他之所以跟她谈情说爱,仅仅是因为她巴不得如此的话,那他才不干呢。

那一天,他的汽车突然坏了,发火装置出了毛病。可他今晚**非得**用这辆汽车不可!他气呼呼地检验火花塞,两眼久久地盯住整流器。看来即便是他最最凶恶的眼光,也挪动不了那辆存心捣乱的车子,到头来只好灰溜溜地把它拖到修理厂去了。他一想到出租汽车,心里又乐开了。坐上出租汽车嘛,摆阔气,寻开心,同时兼而有之。

但是,当他在离桑蕾旅馆有两排房子远的街角上遇到她时,她说:"啊,是出租汽车?嘿,我还以为你自个儿有汽车呢。"

"我有。那当然有呀!不过,今儿个晚上车子坏了。"

"哦——"她拖长了调子说,反正像这样的假话好像还不是头一次听到。

在去比德尔迈耶餐厅的路上,他一个劲儿想要像老朋友那样无话不谈,可她却在絮絮叨叨地说话,仿佛围上一道墙,使他始终穿不透似的。她简直气愤极了,没完没了地讲她怎么回敬"那个脸皮厚的理发师领班",如果他再敢讲一句她"瞎攀谈比削蹄子的本领更大"的话,她就要给他一点厉害看看。

到了比德尔迈耶餐厅,他们一滴儿酒都要不到。那个跑堂儿的领班压根儿不想了解乔治·福·巴比特是个啥样人物,他们汗流浃背地坐在一大盘热烤什锦跟前,谈起棒球来了。他一个劲儿想拉住伊达的纤手,她却机警而又友好地说:"小心!那个讨厌的跑堂正伸长脖颈呢。"但从餐厅出来时,迎接他们的是诱人的夏夜的景色,空中一丝

第二十四章 · 373 ·

儿风都没有,一弯新月悬挂在不知怎的变了形的枫树上空。

"咱们坐车上别处去,说不定可以喝上酒,跳跳舞。"他坚持自己的意见说。

"那敢情好,哪天晚上再去吧。我答应过妈妈今晚早早回家的。"

"胡扯!夜色这么迷人,有谁回家待着。"

"我自个儿倒也是有这个想法的,可妈妈对我火气就大了。"

他浑身在战栗。在他看来,她全身上下散发出迷人的青春气息。他用手搂着她,她毫无怯色地紧偎着他,于是他扬扬自得了。随后,她连跑带跳从餐厅的台阶上奔下来,好似小鸟啁啾地说:"来吧,乔吉,咱们就坐上车兜兜风,凉快凉快吧。"

那是一个真正属于情侣们的夜晚,在淡淡的月光笼罩下,沿着返回泽尼斯的公路,两旁都有一些停着的汽车,隐约可见里面黑乎乎的,一对对沉湎于幻想之中的情侣紧紧地搂抱在一起。他饥渴难受地把自己的手伸向伊达;当她轻轻地捋了一下他的手时,他简直感激涕零了。既没有什么挣扎,也没有什么托词——他吻了她,可她并没有半推半就,他们俩就这样在那个不动声色的汽车夫背后抱吻着。

她的帽子给弄掉了,她从他怀里挣脱出来去捡帽子。

"哦,算了吧,不必捡了!"他恳求说。

"啊?我的帽子呀?休想丢了!"

他等到她用别针把帽子别住之后,他的手臂偷偷地向她身上伸了过去。她连忙躲开它,像母亲抚慰孩子似的说:"啊,傻孩子,别让你妈妈气恼!好好地坐着,心肝儿,你看今儿个夜晚有多美。你要是个乖孩子,今晚分手的时候,也许我会跟你吻别的。现在给我一支卷烟吧。"

他小小心翼翼地给她点燃了卷烟,问她坐得是不是舒适。随后,他自己尽可能坐得离她远些。因为刚才碰了壁,他心里早已凉了半截。谁都不可能比巴比特本人更加有力、更加确切、更加明智地意识到:原来他就是个大傻瓜。他暗自寻思,从牧师约翰·詹尼森·德鲁博士的视角看来,他是个居心不良的人;从伊达·普佳克小姐的视角看来,他是个惹人讨厌的老不死,只因为刚才饱餐一顿,现在就活该受罚呗。

"心肝儿,你怎么也不会生气吧,是吗?"

她说话的口吻真够孟浪的,他很想掴她一个巴掌。他暗中思忖着:"这个要饭的小娘儿们还胆敢如此放肆!该死的移民!算了吧,让咱们尽快收场,趁早溜回家去,夜里自个儿瞎胡闹去吧。"

他哼了一声:"嘿,我会生气吗?你这个小丫头,我干吗要生气呢?伊达,听着,好好地听你乔治大叔说。我说你要放聪明点,别老是跟你的理发师领班闹摩擦。对付雇员——我的经验可丰富啦,我就老实告诉你,千万别跟你顶头上司干仗——"

到了她住的那座简陋的木头房子跟前,他很客气地匆匆跟她告别了,但是,他一坐上出租汽车开走时,心中似乎在祷告说:"哦,我的老天爷啊!"

第二十五章

一

他一觉醒来,听到麻雀啁啾的声音,舒心地伸了个懒腰,马上就回想到:一切都不尽如人意,他虽然决心离开正路,但他仍觉得那儿也毫无诱人之处!——他暗自寻思着:他为什么要逆反呢?这一切究竟又是为了什么呢?"为什么不放聪明些,不要再像白痴似的东奔西跑,一回到自己的家庭、事业和俱乐部里的朋友中间,还不是其乐融融吗?他从逆反中究竟得到些什么?只不过是苦恼和羞辱罢了——竟被伊达·普佳克这样一个女丐看成一个淘气的小伢儿,真是太丢脸啊!不过,话又说回来——他老是要回到"不过"这两个字上去。既然他怀疑过当今世界越发荒诞不经,所以,不管有多大苦恼,他再也不能跟这个世界融洽相处了。

只是在这一点上,他暗自赌神罚咒地说:他"追女人的事,就到此结束啦"。

其实,到了中午,他对这一点就早已没有那么大的信心了。如果说他从麦戈恩小姐、洛埃塔·斯旺森和伊达身上,都找不到那个独一无二的温柔可爱的女人,那也并不能证明世界上就不存在那个女人。由来已久的旧俗念在他脑子里始终萦绕不去:想必在某个地方一定有一个绝非子虚乌有的**女人**,只有她才理解他、看重他,并且使他感到幸福。

二

八月里,巴比特太太回来了。

从前,她每次离家时,巴比特总是惦念她那令人宽慰的说话声音,一回来,他就像过节日似的高兴。这一回,虽然他不敢在自己信里露出一点蛛丝马迹来,叫她伤心,但他感到不快的是她赶在自己理智恢复正常之前回来了,而且自己还不得不强作欢颜上车站去接她,真叫他发窘呢。

他晃晃悠悠地来到了火车站,他在仔细琢磨避暑旅游胜地的招贴画,深恐见到熟人,他不得不搭讪几句,暴露出自己的不安情绪。不过,他这个人毕竟是常出门,坐惯了火车的。火车轰隆轰隆地进站时,他早已来到了混凝土站台上,探着头向普尔门高级豪华卧车车厢里窥视。他一看到妻子在一长溜旅客中间往车厢出口处挪动,就一个劲儿挥动自己的帽子。他在车门口抱吻了她,大声嚷道:"好极了,好极了,我的老天哪,你脸色很好,脸色很好。"接下来,他看到了站在旁边的婷卡。这才是他真正的心肝宝贝——就是这个小小的鼻子长得挺可笑,一双眼睛水灵灵的女孩子,最爱他,觉得他挺了不起的——他一手把她抱住,高高地托举了起来,直等到她尖声大叫方才撒手。这时候,他又变得像从前那样稳健、镇静了。

婷卡上了汽车后,紧挨着他坐,一只手搁在方向盘上,装出帮着他开车的样子来。他对后座的妻子大声嚷道:"赶明儿这小丫头开起车来准棒,全家谁都比不上呢!她那握住方向盘的姿势,活像是个老司机!"

他一直害怕的是那一瞬间,当他单独和他妻子待在一起,她会耐心地指望他要有热情如火的表现。

三

巴比特家里有一种非正式的看法,认为他单独一人去度假,在卡托巴待上一星期或十天光景,可是,一年前他和保罗同游缅因州的回忆老是在折磨他。他心中想象着自己又回到了那里,在那里心情安静了下来,还想起了保罗,两人置身于一种原始粗犷的生活之中。他突然一个闪念,觉得他实在应该一个人走。其实,他就是走不了;他离不开交易所,何况"他单独一人去那里,连麦拉都会觉得奇怪。当然咯,他早已决定,从现在起他想起什么就做什么,不过——怎么会突然路远迢迢地到缅因州去呢"。

经过长时间的考虑之后,他还是走了。

既然在他妻子面前怎么也难以自圆其说。所以,他只好乞灵于一年前早就准备好、实际上至今未曾利用过的谎言。他说他非得到纽约去,找某某人洽谈生意。他甚至对自己也都说不清楚,缘何要超过实际需要,从银行取出了好几百块钱,缘何他如此深情地吻别婷卡时,还大声喊道:"老天爷保佑你,小乖乖!"他在车窗里还一直在向她挥手,直到她变成了一个小小的鲜红的斑点儿,跟巴比特太太这个较大的褐色斑点儿并排,伫立在长长的钢骨混凝土站台的尽头,背后就是一个个巨大的、装有栅栏的出入口。他满怀忧郁地回首望了渐渐远去的泽尼斯近郊一眼。

在去北方的路上,他总觉得缅因州导游们仿佛历历在目:他们质朴、强壮、勇敢,在没有天花板的棚屋里玩扑克牌时乐乐呵呵,在穿越苍莽的森林和渡过湍急的大河时都是经验丰富的好猎手。他记得特别清楚的是,那个美国北方佬和印第安人的混血儿——乔·帕拉迪斯。要是他能跟乔这样的人在边远林区搞到一小块地,用自己的双手辛勤劳动,身上穿着法兰绒衬衫,无拘无束,吵吵闹闹的,再也不回到死气沉沉,正经八百的人群中去,该有多好!

要不然就像北陲加拿大电影里的猎人那样,深入森林,露宿在落基山,变成一个严峻的、默默无言的穴居人!为什么不可以呢?**他可以做得到**!家里积攒的钱足够生活开支,一直到维罗娜出嫁,特德自立。老亨利·汤普森自然会照顾他们的。说实话,为什么**不可以这样生活呢**?真正的**生活**——

他非常渴望这种生活,他自己承认他有过这种渴望,他几乎相信自己就要付诸实践。当常识嗤之以鼻地说:"废话!好人哪有从很有体面的家庭和合伙人那里逃走的,这办不到,就是这么回事呗!"巴比特立即苦苦求告似的回答说:"难道说这比保罗进监狱还要有更多的勇气吗——我的老天哪,我多么喜欢这样的生活啊!鹿皮靴——六发左轮手枪——边陲小镇——一帮子赌徒——在满天星斗底下过夜——跟乔·帕拉迪斯那样的好汉在一起,做一个真正的须眉汉子——我的老天哪!"

于是,他来到了缅因州,又一次伫立在野营旅馆前面的码头上,

第二十五章

又一次胆大妄为地向微微颤动的水面上啐吐唾沫,这时松树林里沙沙作响,群山之巅还烘托出一片红光,一条鳟鱼跃出水面,旋又落了下去,只见一圈逐渐扩大的波纹。他三步并作两步,奔到导游们的棚屋去,好像回到了思念已久的老家和亲友身边一样。他们见到他竟有这么高兴,一下子蹦了起来,大声嚷道:"噢哟哟,巴比特先生来啦!他可不是城市里那种花花公子!他才是真正的男子汉!"

就在他们乱七八糟的木板棚屋里,导游们围坐在那张油腻腻的桌子周围,用油腻腻的纸牌在打扑克牌:有五六个满脸皱纹的男人,身穿旧裤子、头戴旧毡帽,他们抬起头来,朝巴比特眨眨眼,点点头。乔·帕拉迪斯,那个肌肤黝黑、留着大胡子的老头儿,低声哼着说:"你好。又来啦?"

一片岑寂,只是不断听见筹码的拍击声。

巴比特站在他们旁边,显得特别孤单似的。看着他们全神贯注地玩了一会儿之后,他怯生生地问:"我也可以来吗,乔?"

"可以。坐下吧。你先要多少筹码?哦,我记得,去年你带你老婆上这儿来过,是吗?"

以上就是巴比特回老家所受到的欢迎的全部情况。

整整半个钟头,他一气不吭地玩纸牌。他被烟斗和廉价雪茄的烟雾弄得头晕目眩,他碰到四张同花和一对相同点子的纸牌就厌烦,又见到他们冷淡他而心里窝火。他突然脱口而出,问乔:

"现在有活儿干吗?"

"没有。"

"乐意陪我玩几天吗?"

"那敢情好。下星期以前，我都有空。"

这么一来，巴比特对他表示的那种交情，乔才算认清楚了。巴比特把自己输的钱付清了，好像孩子受了委屈似的离开了棚屋。乔从一圈圈烟雾中昂起头，就像一头海豹从拍岸的浪涛里探出头来，喷着鼻息说："明天我就去找你。"——就又钻到自己的三张 A 牌里去了。

无论在他寂静无声、散发出新锯的松木板的清香的小屋里也好，还是在湖滨也好，或者在黄昏时分沉没在紫雾缭绕的山背后的云霭里也好，他都寻摸不到足以说明保罗此时此刻确实跟他同在一起的幽灵。他觉得那么孤单冷清，吃过晚饭后，就在旅馆办公处壁炉旁边，跟一位气喘吁吁，但是爱嚼舌根的老太太闲聊起来。巴比特跟她谈到特德今后可能在州立大学名列前茅，以及婷卡在寻章摘句方面很有功力，谈到最后，他这个游子情不自禁地思念——他的那个早已永别了的家。

他不知怎的穿过北陲岑寂的松树木，摸黑来到了湖边，找到了一只小船。船上没有划桨，他挤坐在船中间，挺别扭的，不是用桨在划水，而是用一块木板拨弄着水，好歹离开了湖岸。岸边旅舍的灯光变成了小小的黄色斑点儿，望去有如萨切姆山脚下的一簇簇萤火虫。在满天繁星的黑夜里，那山比平时显得更高大，甚至更安详，那湖就像用黑色大理石铺砌而成，一眼望不到尽头。他觉得自己变得渺小、缄口无语，甚至有点儿不寒而栗，但就是那种微不足道的感觉却使他忘掉了他就是泽尼斯市了不起的乔治·福·巴比特先生。他心里真是悲喜交集。这时，他仿佛感到保罗同他在一起了，正在船尾拉小提琴（保罗早已从监狱、季拉和繁忙的油毛毡生意中解脱出来）。巴比特赌神罚咒地说："我就要这样生活下去！永不回头啦！保罗不在，我再也不想看见那些该死的家伙！就因为乔·帕拉迪斯没有跳起来吻我的脖颈，我竟然还生气，这真是太傻了。他这个人是从森林里来的，挺有头脑的，不会像城里人那样喜欢咯咯大笑，一说起话来喋喋不休。不过，跟他一起踩着羊肠小道进山去，搜奇寻幽——那才是真正的生活！"

四

转天早上九点钟，乔来到了巴比特住的小屋。两人见面时，仿佛都是以穴居人自居似的，巴比特对他说：

"乔，我说还是走小路，躲开那些蠢货避暑游客，还有那些太太小姐，等等，怎么样？"

"行，巴比特先生。"

"咱们去博克斯卡湖——听说那儿的棚屋没人住——就在那里过夜，你说好吗？"

"那敢情好，巴比特先生，不过，要是去斯各多特湖就更近了，那儿才是钓鱼的好地方。"

"不，我要到真正的荒山野林去。"

"哦，那就请便吧。"

"咱们背上挎着旧背包，钻进树林子，真的就得安步当车呢。"

"我说走小路，穿过乔克湖，也许还要方便些。我们全程都可以坐汽船——那就是装上埃文鲁德船用马达的平底船。"

"不行，我的老兄！难道让马达的噪声去震破那周围一片岑寂吗？那可说什么都不行！你只要把一双短袜子塞进旧背包，再通知旅馆里的人，给你准备好一些吃的。你一切准备好了，我们就开路。"

"游客十之八九都是喜欢坐汽船的，巴比特先生。走路可远着呢。"

"听着，乔，难道你不乐意撒腿开步走吗？"

"哦，不，不是我不乐意，我说走路我可没问题。只不过，这么长的路我已有十六年没走过了。游客多半是坐船的。不过，既然你说乐意嘛——我想我也准能走呗。"乔挺扫兴地走开了。

乔一回来，巴比特刚才受的闷气早就消了。他暗自捉摸：乔一定会兴高采烈，开始讲一些最最逗人笑乐的事情。哪知道他们上路之后，乔还是老大不高兴。他硬是落在巴比特后面。巴比特肩上压着背包该有多痛，而且又累得气喘吁吁，但是他听得见他的导游也同样在喘气呢。不过话又说回来，这条羊肠小道确实是令人悦目：全被黄褐色的松针盖满了，粗大的树根盘结在一起，到处是凤仙花属和蕨类植物，意想不到还有成片小白桦树林子。他又有了自信心，虽然挥汗如雨，还是觉得乐趣无穷。歇脚时，他咯咯大笑，说："咱们两个老汉赶路，真的还不赖，呢？"

"嗯——嗯。"乔随声附和说。

"这个地方有多美呀。瞧，你从树梢头可以望到湖上。老实说，乔，你可体会不到你住在这儿林海深处该有多么走运，不像我们在城里那样，整天价有电车的嘎嘎声、打字机的嗒嗒声，还有人来打扰你，真的烦得要死！我巴不得也能像你那样，对偌大的森林了如指掌。喂，那种红艳艳的小花叫啥名字呀？"

乔揉了一下自己的后背，气呼呼地瞅了小花一眼。"嗯，谁知道呢，反正各人有各人的叫法。我自个儿总管它叫'小红花'。"

第二十五章 · 383 ·

幸亏两人脚步走得越来越慢，不听使唤时，巴比特压根儿什么都想不起来了。他早已疲惫不堪。看来他的两条粗腿用不着指点，只是自动行走而已，汗水刺痛了他的眼睛，他也只不过无动于衷地揩一揩罢了。沼泽地在烈日烤炙下实在酷热难受，蝇子成群在一大片灼热的灌木丛上空乱飞，他们沿着横越沼泽地的用木排临时铺成的小路走了整整一英里，终于到达沁人心脾的博克斯卡湖滨，哪知道巴比特早已累得要死，怎么也乐不起来了。他卸下背包时，冷不防失去了重心，打了个趔趄，好半天都支不起腰来。他仰天躺在棚屋附近一棵绿荫如盖的枫树底下，乐呵呵地觉得自己恍恍惚惚地如在梦幻中一模一样。

他一觉醒来，已近黄昏，发现乔挺熟练地在做火腿蛋和煎饼子，准备晚饭。他不由得对这位森林之子又充满了钦佩之情。他坐在一个树墩子上，觉得自己真不愧为一个堂堂男子汉。

"乔，你要是有许许多多的钱，打算干什么呢？你说说哪个好——继续当导游呢，还是在林区找一小块地，独自谋生？"

乔头一次喜溢眉梢。他嘴里嚼了一会儿烟叶，随后唠唠叨叨地说："我自个儿心里也常想到那件事！我要是有了钱，就到廷克·福尔斯去，开一家呱呱叫的皮鞋店。"

晚饭后，乔提议玩扑克牌，被巴比特一口回绝。八点钟，乔就心满意足地睡大觉去了。巴比特面对黑乎乎的大湖，端坐在树墩子上，两手不时拍打蚊子。除了那个鼾声如雷的导游以外，方圆十英里内连一个人影儿都没有。他一辈子都没有感到过这么孤单冷清。于是，他心中又恍恍惚惚地想起了泽尼斯。

他又担心麦戈恩小姐在复写纸上面耗费太大了。那帮子"大老粗"

没完没了的嘲弄,再次使他既气恼,而又惦念不已。他心里纳闷,真不知道季拉·赖斯灵此时此刻正在干什么呢。他也不知道特德整整一个暑假在汽车修理厂当过小工后,回到大学里读书是不是"用功"些。他也在想念他的妻子。"只要她——只要她对这种安安稳稳的生活不是那么心满意足的话——不!我才不是呢!我说怎么也不回去啦!过了三年,我就年过半百啦。再过十三年就是六十整。我可要及时行乐啊。管它呢!我的主意早定了!"

他心中想起了伊达·普佳克、洛埃塔·斯旺森,还有那个风流小寡妇——她的名字叫什么呀?——丹尼斯·朱迪克?——他找到的那套公寓房子,就是给那个女人的。他心里幻想着正在跟他们交谈。随后,他忽然脱口而出,说:

"哎哟哟,看来他们这些人叫我怎么也忘不了呀!"

他继而又想,临阵脱逃实在很蠢,因为他自己反正怎么说也逃避不了的。

从那一会儿起,他就想急奔泽尼斯了。这次动身上路,表面上看并没有手忙脚乱,实际上他已是归心似箭;四天之后,他早已坐上了开往泽尼斯的列车。他心里明白:如今他偷偷地逃回去,并不是他甘心愿意,而是出于无可奈何。他对自己最后的发现再三加以审视,结果认为:他永远逃避不了泽尼斯、他的家庭和他的交易所,因为他的交易所、他的家庭、泽尼斯的每一条街道,以及泽尼斯的不安和幻想,想深深地印在他脑海里了。

"可我还是要——哦,我还是要开始干一些事情!"他赌神罚咒地说,并且还竭力装出气壮山河的样子来。

第二十六章

一

他在列车上各个车厢到处走动,很想找到一些熟人。结果,他只看到一个熟人,那就是巴比特大学里的同班同学——律师塞尼加·多恩。多恩有幸在大学毕业之后,曾在一家大公司当过法律顾问,后来变成狂热分子,上了农工政党候选人名单,并跟公认的社会主义者结成一伙。虽然巴比特自己也在逆反,但他自然不愿被人看到他跟这么一个狂热分子在谈话,好在所有的普尔门高级豪华卧车车厢里再也没有别的熟人了,他就迟疑了一下,驻足不前了。塞尼加·多恩此人个儿瘦小,头顶微秃,看上去很像丘姆·弗林克,只是不像弗林克那样时常咧着嘴笑。这时,他正在看一本名叫《众生之道》[①]的书。巴比特觉得这本书宗教色彩很浓,他心里纳闷,也许多恩早已改变信仰,成为正经八百的爱国志士了。

"你好,你好,多恩。"他说。

多恩昂起头来,他说话的声调竟然客气得出奇。"啊!你好,巴比特。"

[①] 英国作家萨缪尔·巴特勒(Samuel Buttler,1835—1902)的长篇小说(一译《如此人生》)。

"是出门吗，呃？"

"是啊，我刚去过华盛顿。"

"华盛顿，呃？咱们政府怎么样？"

"嗯，这怎么说呢——你就请坐吧。"

"谢谢。好吧，我这就坐。是的，是的，好长时间以来，我一直没有机会和你谈谈，多恩。我，呃——我觉得真遗憾，上次校友聚餐你没有到。"

"哦——谢谢你关照。"

"各工会情况怎么样？再次准备竞选市长吗？"

看来多恩有点儿坐立不安。他一直在一页一页地翻书。他说了一声"说不定"，好像压根儿不把它当一回事似的，稍后就笑了一笑。

他的那种笑巴比特挺喜欢的，便没话找话地说："我在纽约看到一次顶呱呱的余兴节目表演，是由在明顿旅馆演出的'你早，可爱的姑娘'歌舞团演出的。"

"是啊，里面有很多漂亮的姑娘。有一个晚上我也在那儿跳过舞。"

"哦，你爱跳舞吗？"

"当然咯。我比谁都爱跳舞、爱漂亮的女人，还有爱吃珍馐美味。天底下哪个男人都这样呗。"

"可是，天哪，多恩，我原先以为你们这些家伙想把我们所有的珍馐美味连同一切的东西通通拿走了。"

"不，根本不是这样的。我巴不得服装行业工人能在里茨旅馆开大会，会后还有交际舞会助兴。难道这就不合理吗？"

"嗯，也许那是个好主意。呃——可惜近年来跟你见的面实在太少。喂,我希望你别埋怨我,为的是我反对你当市长,还有我为普劳特做竞选演说。你要明白,我是个以政党利益为重的共和党人,那就是说,我觉得——"

"是啊,我觉得,你干吗不能反对我呢?我认为你也许就是衷心拥护共和党的。我记得——在大学里,你这个小伙子思想特别开明、敏感。你还记不记得自己对我说过你想当一个律师,不计报酬地替穷人打官司,跟富人较劲儿。我记得自己说过我想做个有钱的人,专门收藏油画,住在新港① 豪华别墅里。我相信当时你对我们思想上鼓舞都很大。"

"嗯……嗯……我的思想一直是很开明嘛。"巴比特感到先是特别窘困,继而自豪,最后茫然若失;他竭力想再变成二十五年前那个小伙子的模样儿,向老朋友塞尼加·多恩微微一笑,声调低沉地说:"我们有许多同龄人,甚至那些最最活跃的人和某些自以为思想先进的人,毛病都出在他们胸襟不够开阔、思想不够开明。而我呢,一向主张应该给反对派一个机会,也听听他们的意见嘛。"

"那可好极了。"

"老实告诉你,我的看法就是这样的:对我们大家来说,碰到一点儿反对是有好处的;所以说,每个人都应当思想开明,对生意人和想做好事的人来说尤其如此。"

"那倒也是——"

"我老是说,一个人应当有**远见**和**理想**。说不定我有不少同行都

---

① 美国罗得岛东南部港口城市,避暑胜地。

认为我这个人相当喜欢空想，反正他们爱怎么想就怎么想吧，我还得照自己的方式生活下去——跟你一样……老实说，有机会见面，坐在一起扯扯，也许你还会说，是在重温咱们的理想抱负，可真不赖啊。"

"不过，我们这些喜欢空想的人，当然，常常要碰壁的。你不觉得难过吗？"

"一点儿也不！反正谁都不敢瞎指挥我什么该想，什么不该想！"

"我正好需要像你这样的人来帮助帮助我。我巴不得你去跟某些生意人谈谈，让他们对待可怜巴巴的比彻·英格拉姆的态度比较开明些。"

"英格拉姆？喂，你听着，不就是被公理会教会开革的那个疯疯癫癫的牧师吗？不就是他在宣扬自由恋爱以及煽动性言论吗？"

多恩解释说，确实大家对比彻·英格拉姆都有这种看法，不过，他个人认为比彻·英格拉姆牧师是传播上帝是天父、人人是弟兄的教义，对于这种教义，巴比特本人也是热心拥护过。既然如此，巴比特能不能让他的一些熟人，不要再跟英格拉姆和他那个倒霉的小教堂纠缠不清呢？

"一定，一定！我要是再听到有谁挖苦英格拉姆，我一定加以斥责。"巴比特满怀深情地对他的好友多恩说。

多恩心情万分激动，不禁想起了往事。他谈到在德国度过的学生时代，谈到在华盛顿游说议员通过单一税法案的经过，还谈到国际劳工会议的情况。他提到他的一些朋友，比方说，威科姆勋爵、韦奇伍德上校，以及比科里教授等人。巴比特总是认为多恩只跟"世产联"[1]有联系，但现在他却一本正经地连连点头，仿佛他也认识好几十个威科姆这样的勋爵，而且，他还两次提到了杰拉尔德·多克爵士。他觉得自己很有魄力，是个理想主义者兼世界主义者。

蓦然间，他在自己崭新的崇高精神境界中，替季拉·赖斯灵感到难过，并且终于了解了她，而促进会里那些凡夫俗子，却永远都不会了解她的。

二

巴比特回到了泽尼斯，跟他妻子说纽约天气真热，约莫五个钟头之后，就去看望季拉了。他脑子里装满了许许多多好主意和宽恕待人的精神。他要设法让保罗出狱；他要为季拉做许许多多的好事情（哪怕还不太明确）；他要像他的朋友塞尼加·多恩一样宽宏大量。

自从保罗开枪打伤了季拉之后，巴比特还没有见过她。在他心目中她依然是胸脯丰满、两颊红润、活泼灵巧，尽管稍欠整洁。眼下季拉所住的寄宿舍，是在专营批发贱卖的商行后面的一条令人气闷的小胡同里，巴比特下车时心里觉得很别扭。有一个女人在楼上正支着胳膊肘儿凭窗眺望，看她的模样儿好像是季拉，但是脸上毫无血色，非常苍老，有如一捆皱巴巴的、发黄了的旧纸。要是季拉的话早就蹦蹦跳跳冲他奔了过来，可眼前这个女人却纹丝不动得真叫人害怕。

---

[1] 全名为"世界产业工人联合会"，成立于1905年，思想比较激进的国际劳工组织之一。

他在寄宿舍的会客室里等候了半个钟头，季拉才下楼来。他把《一八三九年芝加哥世界博览会》的照相纪念册来回翻了五十遍，连墙上挂的那幅名誉主席团的相片，他也上上下下看了五十遍。

季拉一走进房间，他不由得哆嗦起来。她身上穿着一件破旧的玄色长袍子，特意围上一条镶着大红花边的腰带，显得鲜艳些。花边上窟窟窿窿都经过耐心的织补。这一切他很细心，都看在眼里，因为他实在不忍心去看她的肩膀。她的一个肩膀比另一个肩膀矮半截；她有一条胳膊扭歪着，仿佛瘫痪了似的；从前她的脖子晶莹丰腴，如今不仅毫无血色，而且还瘪塌下去，只好用一条廉价花边领子来遮住。

"你说——什么呀？"她说。

"啊——啊，亲爱的季拉！老实说，见到你真高兴！"

"他有事反正可以通过律师传话嘛。"

"你胡说，季拉，难道我就是为了他才来的吗？今天我是作为老朋友来看望你的。"

"那就让你久等啦！"

"哦，你自个儿心里明白就得了。我暗自捉摸过，也许是你不乐意马上就接见他的朋友吧——坐下来谈谈吧，亲爱的，咱们就一本正经地谈吧。咱们大家都干过许许多多要不得的事，不过，也许我们还可以都改正过来。老实说，季拉，我心里很想为你们俩破镜重圆出一把力。你知道我今天心里是怎么想的吗？请注意，保罗一点儿都不知道——他呀，根本不知道我要来看望你的。我心里是这么想的：季拉是个宽宏大量的好女人，她自然心里明白，嗯，现在保罗已经得到了教训。如果你请求州长赦免了他，岂不是更好吗？只要由你来出面，相信州长一准同意呗。不！等一下！我说，只要你宽宏大量，你的心情自然觉得非常舒畅。"

"是的，我巴不得能宽宏大量啊。"她正襟危坐着，但说话时的口气却冷冰冰的，"正是因为那个缘故，我就要让他继续待在大牢里，以儆效尤嘛。打从那个家伙对我下了毒手之后，乔治，我就信了教。是的，有时我也是挺狠心的。是的，我喜欢世俗的欢乐，喜欢跳跳舞、看看戏。可是，在我住院期间，基督复临派①教堂里的牧师老是来看望我，他根据《圣经》里所写的一些预言明确地向我指出，最后审判日即将来临，所有信奉旧教的教友全被打入地狱，万劫不复，因为他们根本不是诚心诚意，而是仅仅在口头上相信上帝，并且，他们对人世间的所有欢乐，肉体的和魔鬼的——通通都是纵容姑息的。"

她就像一个神志不清的人似的谈了十五分钟，絮絮叨叨地劝诫巴比特要回避即将降临的天罚。她满脸涨得通红，刚才说话时死样活气的声音，听起来又像从前的季拉的那种尖厉刺耳的调门，劲头真不小。最后结束时，她简直凶相毕露地说：

"那是上帝亲自嘱咐，现在要让保罗关在大牢里垂头丧气，低三下四，受苦挨罚，只有这样，也许他的灵魂才可以得到拯救，而且，对所有心眼坏透了的、一味追求声色犬马的男人来说，也是个前车之鉴嘛。"

巴比特听了挺烦心的，简直坐不住了。不过，正像他坐在教堂里

---

① 基督教（新教）宗派之一，19世纪30年代产生于美国，由威廉·米勒所创立。宣扬"末世论"，即声称世界已近末日，耶稣基督即将再次"从天降临"。后该派陆续分化，其中最大的一派，即为"基督复临安息日会"。

听牧师布道从来都不敢动一动,现在他觉得也务必装出全神贯注的样子,哪怕季拉谴责时的刺耳声音就像凶恶的黑兀鹰在他头上来回盘旋似的。

他尽量平心静气地用朋友的口吻说:

"是的,这一切我全明白,季拉。可是,凭良心说,宗教嘛——归根到底——仁慈为怀,不就是这样吗?你就听我讲吧,依我看——要是我们活在这个世界上想要有所作为的话,最最要紧的就是为人厚道,心胸开阔。我始终认为待人一定要宽宏大量,不念旧恶——"

"你?你——厚道吗?"这话活脱脱是从前的季拉的口气,"喂,乔治·巴比特,你差不多就跟薄薄的刮脸刀片那么厚道!"

"哦,我当然是啦!好吧,那就让我老实不客气对你说,让——我——老实不客气——对你——说,反正我的厚道绝不比你的虔诚差劲!嘿,**你这个虔诚的!**"

"是的,我就是虔诚嘛!我们的牧师说我是笃信他的教义的台柱呢!"

"那敢情好!用的是保罗的钱来支持牧师呗!只是为了让你看看我这个人有多厚道,我打算寄一张十块钱的支票给这个比彻·英格拉姆,因为许多人都在说,这个可怜巴巴的家伙传道时造谣惑众,宣扬自由恋爱,他们甚至还想把他驱逐出城呢。"

"他们做得对!应当把他驱逐出城!要知道,他还到剧场里去传道——如果你认为可以称作传道的话——那里就是撒旦的魔窟啊!你可不懂得,寻找上帝,求得太平,还有发现魔鬼设置在我们脚底下的陷阱,该是多么重要啊。哦,我有多么高兴,看到了上帝在冥冥之中故意让保罗伤了我,同时也使我改邪归正啦——至于保罗呢,过去他那么残酷虐待我,现在也得到了报应!我说,谢天谢地,就让他在大牢里**翘辫子**吧!"

巴比特站了起来,一手拿着帽子,大声咆哮着说:"得了吧,要是你把那个叫作太平的话,那么,你在打仗之前,看在老天爷面上,先给我打个招呼,怎么样?"

三

城市——具有使人迷途知返的巨大力量。城市比崇山峻岭或惊涛拍岸的大海,更能保持自己的个性,坚定沉着,玩世不恭,表面现象虽有变化,基本宗旨却亘古不变。巴比特虽然弃家出走,逃往乔·帕拉迪斯那里的荒山野林,虽然现在他已经变得宽宏大量,虽然他在回到泽尼斯的前夕颇有自信说,无论是他本人也好,还是城市也好,怎么都不会跟从前一模一样,可是,在他回来之后刚过了十天,他怎么也不相信自己曾经离开过泽尼斯。连他的旧雨新知压根儿也看不出乔治·福·巴比特此人的面目如何为之一新——只不过人们在康乐会里没完没了地开他玩笑时,他的火气也就更大了。有一回,味吉尔·冈奇说塞尼加·多恩应该被绞死,巴比特哼哧哼哧地说:"胡扯,他这个人还没有这么坏吧。"

他在家里看报听到妻子论长说短时,也只不过咕哝着说了一声:"嗯?"他见到婷卡那顶崭新的红色苏格兰式便帽,就觉得挺喜欢。他还公布说:"那个波纹铁皮顶盖的汽车棚实在不够派头。就得盖一个地地道道的木板汽车房。"

看来维罗娜和肯尼思·埃斯科特真的终于订婚了。埃斯科特为纯正的卫生食品呼吁,在自己的报上口诛笔伐经销食品的各批发商行。结果,他在一家批发商行得到了一份优厚的薪金,省得他日后为结婚筹措款项了。与此同时,他还公开谴责那些新闻记者极不负责,说他们简直莫名其妙,竟然胆敢批评各个批发商行。

今年九月,特德进了州立大学,在文理学院上一年级。州立大学校址在莫埃立斯,离泽尼斯只有十五英里,所以特德时常回家度周末。巴比特很替他担心,特德对什么事情都"肯钻研",就是不爱读书。他千方百计想"混进"足球队当一名不重要的中卫,他急不可待地等着篮球比赛季节来临,他还是大一新生交谊舞会组织委员会会员,并且,(作为一个泽尼斯人,他在这些乡巴佬中间简直可以称王称霸)有两个大学生联谊会都在拼命"拉拢"他。要是巴比特问到儿子的学习情况,特德照例一气不吭,只是含糊其辞地说:"嘿,得了吧,这些老教授真是死板板的,净给你讲些破烂货,什么文学呀、经济学呀,等等。"

有一个周末,特德问:"喂,老爸,我干吗不能从大学转到工学院,去学机械工程呢?你老是哗啦哗啦说我从来不学习的,说实话,我到了那儿,就会好好学习的。"

"不行,工学院的名气怎么也比不上这所大学呀。"巴比特气呼呼地说。

"你倒说说为什么比不上呢?工学院的同学任何一个球队都可以参加嘛!"

巴比特就大谈特谈什么"要是你想进入司法界,一张大学文凭就价值连城"啦,又凭他三寸不烂之舌,竟把律师生涯说得真是绘声绘色。说到最后,仿佛巴比特已经让特德当上美国国会议员。

在他一一提到的大律师中间,有一位就是塞尼加·多恩。

"嘿,嘿,多有意思!"特德大为惊诧地说,"我说你一向认为多恩此人十足是个疯子!"

"不准这么胡说一个大人物!多恩始终是我的好朋友——事实上,我在大学里还帮助过他——是我指点他走上正道的,也可以说,是我开导了他。只是因为他同情劳工运动宗旨,许多心胸狭窄、思想顽固的笨蛋就把他看成一个怪物。不过,干脆让我告诉你,像他这样大赚钞票的人倒是寥寥无几的,而且,他这个人交游也很广,其中有些还是世界上最有影响、最保守的人物——比方说威科姆勋爵,呃,此人就是那个大名鼎鼎的英国大贵族。现在,你自个儿想想究竟哪个好:你愿意跟一帮子满身油污的修机器的工人泡在一起呢,还是跟威科姆这样的大人物结为好友,应邀前去他的巨邸做客?"

"哦——我的天哪。"特德叹了一口气。

下一个周末,他一进家门,就兴冲冲说:"喂,老爸,我干吗不可以放下大学课程,去学采矿工程?你不是谈到过名气的问题吗——念机械工程的名气,也许不怎么响亮,可是念采矿的可阔气啦,嘿,最近乐陶陶[①]改选,十一名委员里头念采矿的同学就占了七名哩!"

[①] 按原文译音,指某美国大学生社团。

第二十七章

一

将泽尼斯分裂为白色、赤色两大敌对阵营的大罢工，是在九月底开始的，最先由女电话接线员和线路工人怠工，抗议削减工资。接下来是新近成立的乳品工人工会也罢了工，一是为了表示声援，二是要求每周工作四十四小时。最后卡车司机工会也跟上来了。各行各业陷于停顿，全城惶惶不可终日，都在谣传，说电车工人、印刷工人也要罢工，最后来个总罢工。市民们怒不可遏，想叫抵制罢工的女接线员接通电话，但还是无可奈何地在电话机旁踱来踱去。从工厂开往铁路货运站的每一辆卡车上，都有一名警察负责押送，此人就坐在不参加罢工的司机旁边，尽量装出无动于衷的样子。泽尼斯冶金机械制造公司开出一长溜多达五十辆的卡车，遭到罢工者的袭击——他们从人行道猛冲上去，把司机从车上拖下来，砸坏车上汽化器和整流器，女电话接线员在人行道上喝彩叫好，小孩们一边尖声喊叫，一边在向不参加罢工的司机扔砖头。

国民警卫队奉命出动了。尼克松上校身上穿了一件长长的卡其制服上装，手中握着一支四四口径自动手枪，昂首阔步地从人群中间走了过去；此人乃是普尔摩尔牵引机制造公司秘书凯莱布·尼克松先生。

甚至巴比特的朋友、皮鞋店掌柜克拉伦斯·德鲁姆——此人个儿长得滚圆，乐乐呵呵，在康乐会讲一些逸事笑闻，乍一看，跟维多利亚时代的哈巴狗有惊人的相似之处——顿时变成了一个走起来摇摇摆摆、活像凶神恶煞的上尉；他那圆鼓鼓的肚子上紧紧地箍着一条皮带，这时他气得圆圆的小嘴巴都嘟了起来，冲着簇聚在街角上喋喋不休的人群一个劲儿尖声喊叫："闪开，闪开！不准扎堆儿闲扯谈！"

全市所有的报纸，除了一家以外，清一色反对罢工者。报亭纷纷被砸以后，现在每处都派一名民兵站岗——这些民兵大抵年纪挺轻，真不知道如何是好，有的还戴上了眼镜，原本是出纳会计，或是食品店里小伙计，他们竭力装出满目狰狞的样子来。小孩们一个劲儿乱嚷嚷："银样镴枪头的大兵吃败仗啦！"罢工的卡车司机考虑得更加周到，就问他们："喂，乔，想当年我在法国打仗①，你——是躲在美国后方营房里呢，还是在基督教青年会里学瑞典式体操？小心那把刺刀，要不然你自己给扎上一刀！"

泽尼斯城里没有一个人不谈罢工的，也没有一个人不卷入的。你要么就是同情劳工的勇敢的朋友，要么就是保护私有制的无畏的卫士；不论在哪一方，大家都是同仇敌忾，势不两立；比方说，你的好朋友如果不仇恨你的敌人，那你马上就得跟他一刀两断。

一家炼乳厂被人纵火烧掉了——谁都指控是对方干的——全城人人惊慌失措。

巴比特选择这个时机，公开亮明他的自由主义观点。

---

① 指美国在欧洲参加第一次世界大战。

他属于稳健、殷实、开明的这一派。最初他表示同意，说那些邪门歪道的煽动者应该通通枪毙。他的朋友塞尼加·多恩替被捕的罢工者申辩时，他觉得非常难过，打算去找多恩，向他详细谈谈这些煽动者的底细。可是，他看到一份传单，上面说即使不削减工资，女接线员们照样还得挨饿，他就有些茫然不知所措了。他说："这全是扯谎，数字也是伪造的。"但是话里听得出有怀疑的意思。

查坦姆路长老会教堂公告，下一个礼拜日的布道会由约翰·詹尼森·德鲁博士主讲，题目是"救世主如何调停罢工"。最近巴比特不大去做礼拜，但这次居然去了，希望德鲁博士果然真的知道上帝对罢工者有何看法。跟巴比特并排坐在宽大舒适、油光锃亮、罩着丝绒椅套的长靠背椅上的，就是丘姆·弗林克。

弗林克低声耳语地说："希望这位博士一开头就申斥那些该死的罢工者！本来嘛，我不主张牧师干预政治——让他专心致志地传教，拯救人们的灵魂，而不要引起意见分歧——可是，正当目前多事之秋，我坚信他应当挺身而出，把那些坏蛋痛骂一顿！"

"是啊——是啊——"巴比特说。

牧师德鲁博士布道时声调铿锵有力，他那不大雅观、垂在额前的蓬乱头发，随着他富有诗意和社会学知识的激昂词句在颤动。

"最近这几天里，意想不到的是各行各业连续出现了混乱——在这里咱们不妨坦率一点，大胆承认——扼杀了咱们这个美好城市发展实业的生机，有不少人竟然侈谈什么用科学方法就可以制止混乱——我在这里再着重说一遍，要用所谓**科学方法**！现在，就让我告诉你们大家，世界上最不科学的东西，正是——科学！就拿对坚如磐石的基督教主义进行的攻击来说,在前一个世代的所谓'科学家'中间,早已司空见惯了。哦,是的,亏他们都是知识界巨子大智,而且还是——批评界的权威人士!他们竭力想把教会摧毁,他们还竭力想要证明:我们这个世界从混沌初开、天造地设以来,直至今日在道德和文明方面所取得的惊人成就,完全出于一个盲目的偶然机会哩。不过话又说回来,今天,我们的教会仍然像从前一样岿然不动,尽管有一些长头发的家伙极力反对朴素的基督教的教义,但是我们教会牧师答复他们的,只不过是怜悯的一笑而已!

"如今,还是这些伪科学家,他们竭力想用一些莫名其妙的制度来取代天经地义的自由竞争,不管他们给这些制度取了多么响亮的名字,说到底,无非就是暴君的专制统治。当然咯,我现在不是批评劳资纠纷仲裁,以及旨在制止非法罢工的措施,也不是批评那些劳资合作搞得相当出色的好工会。但是,我要坚决批评的,就是下面这种制度,根据那种制度,独立自主的工人本来有着自由流动的动力,就要被事先杜撰出来的工资级别、最低工资、政府专门委员会、工会联合会,以及其他胡说八道的东西所取代了。

"人们一般并不懂得,整个劳资关系不完全是个经济问题。从根本上说,从实质上说,只是仁爱待人的问题,也就是说基督教主义的实际运用!咱们不妨设想一下,有这么一个工厂——厂里没有设立将厂主摈于门外的工人委员会,那个厂主在工人中间走来走去,总是面带微笑,而工人他们回答他的也是——微笑,简直亲如兄弟一般。哦,他们必须成为兄弟,成为无比亲爱的兄弟,到了那时候,罢工——就会令人难以置信,正如仇恨在一个和睦的家庭里,同样令人难以置信一模一样！"

巴比特听到这个地方，就咕哝着说："嘿——一派胡言！"

"哦，你说什么来着？"丘姆·弗林克问。

"他在胡扯，连自个儿都不知道在说什么——乌七八糟。简直无聊透顶。"

"也许是这样，不过——"

弗林克怀疑地瞅了他一眼；从牧师布道开始到结束，弗林克总是两眼怀疑地直瞅着他，最后真叫巴比特感到很不自在。

二

罢工者公开宣布星期二上午举行示威游行，但是，根据报载，已被尼克松上校勒令禁止。那天上午十点钟，巴比特从交易所驱车西去的时候，看到一群衣衫褴褛的人正朝向法院广场后面那个杂乱、肮脏的街区走去。他之所以恨他们，就是因为他们穷，从而使他感到自己岌岌可危。"该死的懒汉！他们要是肯卖力一点儿，早就不当臭工人啦！"他咕哝着说。他担心说不定会发生一场骚乱。他径直向示威游行的集合处（一个名叫穆尔街道公园的、几乎光秃秃的三角地草坪）驶去——他就在那里停了车。

花园里和大街上，人声鼎沸，挤满了罢工者——年轻的身上穿质地粗糙的蓝色斜纹布衬衫，老年人头戴鸭舌帽。民兵们在人群中间来回走动，使得他们老是乱哄哄的，就像开了锅的沸水似的。巴比特耳里听到了民兵们单调的命令声："别站住——走动走动——快一点儿！"巴比特对他们能沉住气的好脾性感到钦佩。人们在高声嚷道："银样镴枪头的大兵！""癞皮狗——资本家的奴仆！"可民兵们只是咧嘴笑着，回答说："当然，说得对。别站住，快走啊，比利！"

巴比特见到这些民兵不禁激动得欣喜若狂，他对那些妨碍经济繁荣的坏蛋简直恨之入骨，他对尼克松上校蔑视群众的傲气自然佩服得五体投地了。当那个胖乎乎的皮鞋店掌柜、如今已是上尉的克拉伦斯·德鲁姆勃然大怒之后气喘吁吁地走过来时，巴比特肃然起敬，高声嚷道："好样的，上尉！别让他们出发游行示威！"他两眼望着罢工者有如潮涌从公园里出来了。许多人高举起"我们和平游行，谁也阻挡不住"的标语牌，民兵们撕坏了标语牌，但是罢工者都撤退到他们的首领后面，纷纷往四处走散，远远望去仿佛逶迤在闪闪发光的荷枪实弹的士兵行列中的涓涓细流。巴比特怀着失望的心情估摸着看来不会发生什么暴力冲突，正觉得十分扫兴时，他突然怔住了。

在示威游行的人群里，跟一个身躯魁伟的青年工人并排站在一起的，竟然是满面笑容、扬扬自得的塞尼加·多恩。在他前面的，是州立大学历史系主任布罗克班克教授，这个两鬓发白的老人，是马萨诸塞州名门望族的后裔。

"我的老天哪，"巴比特不禁为之愕然，说，"像他这样鼎鼎大名的人物——也跟罢工者在一起？还有咱们的老塞尼加·多恩也在那儿！他们真傻，跟这一帮子人混在一起了。准是沙龙里空谈的社会主义者！不过，他们胆子可不小。尽管对他们自己毫无好处，一个铜子儿都捞不到！原来我以为**所有的**罢工者全是坏蛋。可是现在看来，他们都是普通老百姓，跟咱们完全一模一样！"

民兵们把示威游行队伍挤进了一条僻静的小胡同去了。

"他们同咱们任何一个人一模一样，也有游行的权利！他们跟克拉伦斯·德鲁姆或美国军团一模一样，也都是街道的主人！"巴比特咕哝着说，"当然咯，他们是——他们是孬种，反正——哦，全是胡扯淡！"

在康乐会进午餐时，巴比特默不出声，只听见有人在发愁说："鬼知道事情怎么个收场呢。"有些人还像往常一样，互相"开开玩笑"，聊以自慰。

克拉伦斯·德鲁姆上尉全身上下穿着神气十足的卡其制服，正好大摇大摆地走过这里。

"事情怎么啦，上尉？"味吉尔·冈奇探问了一句。

"哦，全被我们赶跑了。我们把他们挤进了小胡同，弄得他们队伍七零八落的，这么一来，他们泄了气，纷纷回家去啦。"

"干得真漂亮！压根儿没有使用暴力！"

"漂亮个屁！"德鲁姆先生哼哧哼哧地说，"要是按照我的办法，我早给他们一些厉害看看，事情一下子就了结啦。我觉得对这些家伙根本用不着过分迁就照顾，听任混乱的局面继续拖延下去。老实说，这些罢工者都不是好东西，他们就是一帮子扔炸弹的社会主义者和暴徒，对付他们的唯一办法，就是——狠狠地揍他们一顿！我的办法就是这样。非把他们打得皮开肉绽不可！"

巴比特突然喃喃自语说："嘿，胡扯，克拉伦斯，他们看起来跟你我完全一模一样。何况我也根本没有发现他们有什么炸弹不炸弹呢。"

德鲁姆诉苦说:"哦,你没发现,呃?也许你想来领导罢工吧!你就跟尼克松上校说说罢工者都是无辜的羊羔啊!他听了准高兴啦!"德鲁姆昂首阔步地走开了,同桌进餐的人两眼都瞪着巴比特。

"你这是什么意思?难道说你要我们跟那些魔鬼拥抱亲吻,还是怎么的?"奥维尔·琼斯问。

"这帮子恶棍想把我们一家老小的面包和黄油通通抢走,难道你还要替他们说好话来着?"彭佛瑞教授怒气冲冲地嚷了起来。

只有味吉尔·冈奇一气不吭,但他的神色令人望而生畏。他那铁板的面孔,仿佛戴上面具似的;他的下巴颏儿变得像顽石一般;他那又短又硬的头发看上去挺吓人——他的缄默也许比雷鸣还要猛烈。有人安慰巴比特说他们显然误解了他的意思,但从冈奇脸上的神情来看,仿佛对他了解得太清楚了。他像一个身穿长袍的法官似的,听着巴比特结结巴巴地说:

"不,我可不是那个意思;他们一帮子当然是坏蛋。不过,我只是说——狠揍他们一顿,依我看,很不策略。凯布·尼克松可没有这么个想法。他这个人鬼得很,干事情从来不露痕迹。所以才叫他当上校。而克拉伦斯·德鲁姆就是嫉妒他嘛。"

"哦,那倒也是,"彭佛瑞教授说,"但你伤了克拉伦斯的心啦,乔治。他忙了整整一个上午,又是遍体流汗,又是满脸尘垢,怪不得他要把那些狗娘养的狠狠地揍一顿!"

冈奇还是默不作声地在旁边观察,巴比特自然也知道有人在观察他。

三

巴比特离开康乐会时,听到丘姆·弗林克气呼呼地对冈奇说:"真不知道他怎么搞的。上个礼拜天,德鲁博士讲道时,谈到的处世之道精彩极了,哪知道巴比特也不喜欢听那一套。我怀疑——"

巴比特感到了一种莫名其妙的害怕。

四

他看到街上有一群人在听一个站在椅子上的男人演说。他把自己的车子停下来。根据报上的照片,他知道讲话的人一定就是塞尼加·多恩提到过的、声名狼藉的宣扬自由的牧师比彻·英格拉姆。英格拉姆是瘦高个儿,长着一头火红头发,晒得黑黑的脸孔,还有一双充满忧郁的眼睛。他正在苦口婆心地向听众们说:

"——尽管女接线员现在每天只吃一顿饭,衣服也得自己洗,尽管饿着肚子,脸上还是笑盈盈的,如果说她们都能坚持下来,那么,你们这些身子骨结实的堂堂男子汉就更应该——"

巴比特发觉味吉尔·冈奇站在人行道上,正目不转睛地看着他。不知怎的他感到很不自在,就发动了汽车,怪别扭地径直往前驶去,一路上,冈奇充满敌意的眼光好像还在跟随着他。

五

巴比特满腹牢骚地对他妻子说:"现在有不少人认为:工人只要一罢工,就个个都成了青面獠牙的魔鬼。当然咯,殷实的商人和破坏分子之间是有斗争的,他们向我们挑战时,我们务必把他们打得一败涂地才行,可是,说实在的,我真不明白,我们干吗不能光明正大地跟他们斗,而偏偏要骂他们是狗娘养的,通通应该枪毙!"

"你说到哪里去啦,乔治,"她心平气和地说,"我觉得好像常常听你亲口说过:凡是罢工的人通通都得关进监狱去。"

"我可从来没有说过!哦,当然咯,我的意思是——指他们里面的某些人:一些不负责任的头头。不过,我认为每一个人都要心胸开阔,思想开明——"

"可是,亲爱的,我老是听你说过那些所谓'思想开明'的人却是最最坏透了的——"

"胡扯淡!每一个词儿都有不同含义——妇道人家永远也闹不明白。关键在于你要说的是什么意思。一般来说,说得过于那么肯定,也是要不得的。就以这些罢工的人为例,老实说,他们也并不见得都是坏人嘛。只不过是有点儿愚蠢罢了。他们不像我们这些生意人,他们压根儿不懂得什么是商品,什么是利润,不过,有时候我觉得他们跟我们也差不离,原来他们对工资的贪得无厌,就像我们对利润的贪得无厌一模一样。"

"乔治!你刚才说的这种话万一给别人听到——当然,我是**了解**

你的;我记得从前你就是个疯来疯去、无拘无束的小伙子;而且,我也知道,你嘴里这么说,可心里并不是这么想的——不过,要是给不了解你的那些人听到,恐怕就会说你是个地地道道的社会主义分子哩!"

"至于人家怎么想的,跟我有什么关系?得了,现在让我老实对你说——我再一次请求你,永远记住:我从来不是个疯来疯去的小伢儿,我嘴里说的,也就是我心里想的,始终不会变的,而且你就说实话,难道仅仅因为我说了罢工的人也有正派的,人们会认为我这个人思想太开明吗?"

"那当然会的。不过,亲爱的,不要激动;我知道——你说这句话是有口无心嘛。现在该上床安息啦。今儿晚上你盖一床毛毯不冷吗?"

他躺在睡廊里冥思苦索:"她压根儿不了解我。我也说不上了解自己,为什么我不能像从前那样心安理得?

"可我巴不得去塞尼加·多恩家,跟他好好扯一扯!不,去不得!万一突然被味吉尔·冈奇看到我去那儿,那就坏了!

"我多么巴望能结识这么一个女人,是真正聪明而又可爱的女人,能了解我,而且肯听我的——可我心里正纳闷,也许麦拉说的是对的?仅仅是因为我心胸开阔、思想开明,人们会不会认为我疯了?还有这个味吉尔两眼直瞅着我的样子——"

第二十七章 · 407 ·

第二十八章

一

下午三点钟,麦戈恩小姐走进他的那个密室,说:"巴比特先生,有一位名叫朱迪克的太太打来电话——想要谈谈有关房子修理的事情,但是业务员都外出了。您要不要跟她谈谈?"

"好吧。"

丹尼斯·朱迪克的声音清脆悦耳。这个黑色电话筒仿佛已把她那小巧玲珑的倩影映照出来:明亮的眼睛,秀丽的鼻子,柔嫩的下巴。

"我是朱迪克太太。你还记得我吗?那是你开了车子,把我带到考文迪什公寓大楼,帮我弄到这么一套漂亮的房子。"

"可不是!当然我记得!那您找我——有何贵干呀?"

"哦,说起来只不过是小事一桩——我真不知道该不该来打扰你,可是管理大楼的工友好像老是不管用。你知道,我的那套房间是在顶层,入秋以来常常下雨,房顶开始漏水。所以说,如果你能来看一看——我可感激不尽啦。"

"行!我过去亲自看一看。"他万分激动地说,"请问您什么时间在府上?"

"哦,每天上午我都在。"

"要是今天下午，再过个把钟头，行吗？"

"行。也许我还可以陪你喝一杯茶。给你添了麻烦，我想也应该谢谢你呀。"

"那敢情好！我只要事情一脱手，开了车子一会儿就到府上。"

他转念一想："嘿，这个女人倒是文雅、开通，**够得上第一流的!** '给你添了麻烦——陪你喝一杯茶'。她可是真正器重人呀。我是个傻瓜蛋，但我这个人本质上并不坏，只要接触得多了，就会了解我的。而且，我也断断乎不是就像人们心里所想的那么傻！"

大罢工结束了，罢工者被击败了。除了味吉尔·冈奇好像对他有点儿冷淡以外，巴比特觉得自己圈子里的人的背叛并没有对他自己产生什么明显影响。他担心人家会批评他，这种令人压抑的恐惧现在虽已消失，但依然存在一种缺乏自信的孤独感。此刻他心里虽然是那样高兴，但是又要证明他并非如此，他就在交易所里磨蹭了一刻钟，先是看看一些计划蓝图，接着详细关照麦戈恩小姐，说这位斯科特太太要想让自己的房子多卖些钱——价格早已提高了——是从七千块一下子增加到八千五百块——请麦戈恩小姐千万别忘了在卡片上添一笔——斯科特太太的房子——已经涨价了。他就用这样的方式表明他自己绝不感情用事，只对做买卖感兴趣，随即笃悠悠走出了交易所。他花了好长时间才把汽车发动起来，他又查看了一下车轮外胎，揩去了速度计玻璃罩上的灰尘，末了还把挡风玻璃聚光圈的螺丝帽旋得紧一些。

他兴冲冲地开车驶往碧乐坞，朱迪克太太的倩影有如远在天边一道令人耀眼的亮光映现在他眼前。枫叶纷纷扬扬地落下来，铺满了沥青路两旁的水沟。这是一个淡淡的金色和绿色相辉映的白昼,显得安谧而又悠长。巴比特心里既想到这个白天多么令人深思,又想到碧乐坞那一带荒凉的景象——一排排木头房子、汽车房、小店铺,以及杂草丛生的地基。"就得使出一点劲儿来,再加上一点花招,才能博得朱迪克太太这等人的欢心。"他驱车开过长长的、冷清的、难看的街道时,心里就这样来回盘算着。这时微风吹来,真是沁人心脾,巴比特兴致勃勃地来到了丹尼斯·朱迪克楼上。

她忐忑不安地接待了他,她身上穿着一件玄色薄绸罩袍,领圈紧贴她漂亮的脖子,分外素朴大方。但在巴比特看来,丹尼斯显得非常老于世故。他朝她小客厅里的印花细布窗帘和彩色石印画瞥了一眼,咯咯地大声说:"嘿,你在这里布置得真帅!是啊,只有聪明的女人才懂得把家里摆弄得样样都舒服!"

"你真的喜欢吗?我太高兴啦!可你几乎把我全给忘了,多气人呀。当时你亲口答应往后要来这里学跳舞。"

巴比特犹豫不定地回答说:"哦,不过,我想你这是随便说说的吧!"

"也许是的。但你还是可以来试试嘛!"

"得了,这会儿我就算上门求教来了,最好你还得把我留下来吃晚饭呢!"

他们俩都哈哈大笑了,仿佛表示他当然是说着玩儿的。

"不过,我想最好还是先去看一看屋顶哪儿漏水。"

她跟他一起登上了公寓大楼的屋顶平台——在这里,好像遗世独立似的,横着一条条木头搁板,挂满了晾衣服的绳子,高头还有一只贮水箱。他见了各种管道就用脚尖踢踢，尽量让她知道本人对镀铜檐槽最内行；他认为铅管下水道最好穿过镀锌轴环和套筒，并用铜线加以紧固起来；至于屋顶贮水箱箱板，用雪松比马口铁要好得多。

"你干地产这一行，还得懂许许多多东西呀！"她十分佩服地说。

他答应两天以内屋顶准能修好。"我借用一下府上的电话，好吗？"

"我的老天哪，尽管请用吧！"

他在稍陡的屋顶上伫立片刻，俯视着下面一大片乱七八糟的小平房，那里门廊大得出奇，还有许多新的公寓大楼，规模虽然不大，但很大胆，采用了彩色砖墙和彩陶装饰物。再远一些，就在一座小土冈上，露出一大片黄土的凹坳，望过去很像一块大伤疤。每一幢公寓大楼后面，每一座住房旁边，都有一些小小的汽车间。这里就是舒适、勤劳、自信的善良小人物的天地。

淡淡的秋色使新建公寓大楼显得分外柔和，空气就像是阳光闪烁的一泓池水。

"我的天哪，今儿个下午真美。你这个地方景色好极了，一直可以望到丹纳山。"巴比特说。

"是的，非常好看，真可以说一览无余。"

"但是真正懂得欣赏**景色**的人，简直太少啦。"

"可你千万不要因为这个缘故，就增加我的房租！哦，你看我多讨厌！我只不过逗着玩儿。虽然说真的，面对良辰美景——马上情满于怀的人确实很少。我的意思是说——他们压根儿缺乏诗情和审美感。"

"是的——一点儿不错。"他惊异地叹了一口气，欣赏她那纤细

第二十八章 · 411 ·

挺秀的身段,以及她抬起下巴颏儿、嘴边含笑、凝神眺望小山冈时秀逸的丰采。"哦,我想我最好还是打电话给管子工,让他们明儿一早就来干活。"

当他拨好电话号码,故意显一显威风,就用粗声粗气的男子汉的口吻说了一通以后,他脸上却露出犹豫不决的神色,叹了一口气说:"我想也许我该走啦——"

"哦,不行!你还得先喝一杯茶!"

"好吧,我就不妨喝呗。"

巴比特懒洋洋地坐在一只蒙着深绿色棱纹平布椅套的宽大安乐椅里,伸出两条腿来,两眼直瞅着置放电话机的中国式黑色小茶几和他一向喜爱的弗农山[1]的彩色照片,这时候,朱迪克太太却在——咫尺之间——小小的厨房间里哼唱着《我的克里奥尔美人儿》[2]——他真的大有宾至如归之感!他沉浸在一种难以忍受的柔情之中,深深地感到的先是心满意足,继而却是一片惆怅,他仿佛看到了月光下的木兰花,听到了种植园里黑人和着班卓琴[3]在低声吟唱。他心里巴不得——找个借口帮助她——跟她挨得更近一些,同时他又想继续置身于这种恬静的心醉神迷之中。他依然懒洋洋地憩坐在安乐椅里。

当她忙着把茶端进来时,他抬头微笑着对她说:"你真是太好啦!"他破题儿头一遭说话没有敷衍搪塞。他显得泰然自若,和蔼可亲,所

---

[1] 弗农山(Mount Vernon):华盛顿故居所在地。
[2] 克里奥尔(Creole):通常指生于拉丁美洲的欧洲人后裔,也指前者与黑人或印第安人所生的混血儿。
[3] 源自非洲的一种美国民间乐器(五弦琴)。

以她的回答同样也是和蔼可亲，泰然自若："你来这里，我可高兴了。你心眼儿真好，帮我找到了这套小房间。"

他们交谈时一致认为天气很快就要变冷了。他们一致认为禁酒令只不过是形同虚设罢了。他们一致认为家里挂些字画就显得风雅不少。不论谈到哪个问题，他们的看法都很一致。他们甚至变得非常大胆。他们暗示说，眼下这些摩登的年轻女郎，哦，说实话，她们的短裙子真是短得太不像话了。他们沾沾自喜地认为，即使对眼前如此坦率的交谈，自己也不感到震惊。丹尼斯甚至放胆地说："我知道，你是了解我的——我觉得——我简直不知道该怎么说，但我认为，有些年轻女郎，乍一看，她们的穿着打扮，好像都是要不得的，事实上，她们也只是到此为止，断断乎不会走得更远啦。她们只不过暴露出自己身上还缺少一个成年妇女特有的天性。"

此刻，巴比特想起了伊达·普佳克——想起了那个修指甲的女郎竟然对他那么狠，就马上狂热地随声附和；他又想到了整个世界对待他也是不怎么样，他就给丹尼斯谈到了保罗·赖斯灵、季拉、塞尼加·多恩，还有这次罢工事件。

"你看，结果又是怎样呢？当然咯，我跟任何人都一模一样，真巴不得叫那些穷光蛋闭口别吭声，可是，我的老天哪，没有理由不去了解一下他们的思想观点。为了自己着想，每一个人都得心胸开阔，宽宏大量，你说不是这样吗？"

"哦，我说那当然咯！"她坐在硬邦邦的小沙发上，叉起两手，身子向前微倾，全神贯注地听他说话。他觉得受到主人赏识，就忘乎所以地继续说道：

第二十八章 · 413 ·

"那时,我就在俱乐部里对大伙儿讲:'在座各位,不妨请听我说——'"

"哦,那你就是协和会会友吗?我想它是最——"

"不,我是康乐会会友。我就老实告诉你,当然咯,他们老是要我加入协和会,但我每次都这样说:'不行,伙计!别开玩笑啦!'会费开支我倒不在乎,但是那些老怪物——我可看不惯。"

"哦,是啊,原来是这样的。不过,请你告诉我,那时你对他们说些什么来着?"

"哦,这个你不会要听的。我要是叹起自己的苦经来,说不定叫你烦死呢。你听了也许就觉得不像是我这个老东西说的——说得杂七杂八的,活像个小伢儿!"

"哦,好在你现在还很年轻嘛!我的意思是说——你准定过不了四十五岁。"

"得了吧,我可——大得多呢。但是,我的天哪,有时候我还感到自己仍在中年,因为那么多的事情都是我的职责所在。"

"哦,那我知道!"她那柔和的话音抚慰着他,像暖和的锦缎紧裹在他身上,"可我觉得自己很孤单,有的时候特别孤单,巴比特先生。"

"是的,看来我们俩就是——够可怜巴巴的一对儿!不过,我认为我们都是规规矩矩的人啊!"

"是啊,依我看,我们比所有我认识的人不知道要正派多少呢!"他们相视而笑,"但是,请你告诉我,你在俱乐部到底讲些什么来着?"

"哦,就是这样说的:塞尼加·多恩——当然咯,是我的朋友——让人们爱怎么说就怎么说去吧,反正人们不是平白无故地咒骂他的,但是,这里大多数人都不知道:塞尼①却是世界上一些最伟大的政治家——举个例说,你知道,威科姆勋爵这个英国贵族——的心腹伙计。那是我的朋友——杰拉尔德·多克爵士告诉我的,说威科姆勋爵是英国政坛上巨头之一——哦,好像就是多克他们告诉我的。"

"哦!你认识杰拉尔德爵士吗?就是常到麦凯尔维府上做客的那一位?"

"你问我认识他吗?嘿,我说,我跟他可算得上老相识啦,我们都互相直呼其名,他叫我乔治,我就管他叫杰里,我们两个还在芝加哥一起喝得个酩酊大醉——"

"那时,也许你够痛快的了。不过——"她翘起了一个手指头,吓唬了他一下,"——我可不让你喝得个烂醉如泥!我好歹也得把你搀扶起来!"

"那敢情好!……哦,你听着,事情是这样的:我知道塞尼·多恩出了泽尼斯市,名气有多大,但是俗语说得好,本乡先知不出名②。而塞尼这个老兄真是太谦虚,怎么也不让人们知道他在国外时和哪些闻人巨子交游。还有,在罢工期间,克拉伦斯·德鲁姆走到了我们办公桌跟前,瞧他那么神气活现,穿上他那上尉的制服,真是漂亮死了,这时有人对他说:'罢工完蛋了吧,克拉伦斯?'

"瞧,他鼓起大肚皮活像一只球胸鸽,大声干号起来,连阅览室里都听得见他的声音。'是啊,那还用说;是我叫罢工的头头们识相点,免得吃苦挨罚,所以他们就乖乖回家转啦。'

---

① 塞尼加的昵称。
② 美国谚语,犹如"远来和尚好念经"。

"'哦,'我对他说,'没有出现任何暴力冲突,我真高兴。'

"'是的。'他回答说,'不过,要不是我特别提高警惕的话,那暴力冲突恐怕就免不了啦。那些家伙口袋里全装着炸弹。他们都是不折不扣的无政府主义者①呀。

"'嘿,胡扯淡,克拉伦斯,'我说,'我自己把他们全身上下仔细地打量过,我说,他们又哪来炸弹呢。''当然咯,'我说,'他们都很傻,但是,他们毕竟跟你我一模一样,毕竟也都是人啊。'

"那时候,不知道是咪吉尔·冈奇,还是别的什么人——不,那是丘姆·弗林克——你知道,这个著名诗人——是我的好伙伴——他对我说:'喂,你听着,难道说你对这些罢工真的赞同吗?'唉,反正谁有那样的想法,我就最讨厌谁,所以,我就老实对你说,我压根儿不想跟他去解释——犯不着抬举他嘛——"

"噢哟哟,那真是太英明啦!"朱迪克太太说。

"——不过,临了,我还是对他做了一番解释。'如果说你跟我一样在商会好几个委员会那里做了那么多的工作,'我说,'那你才有发言权!不过,'我说,'我还是相信,即使对待你的敌人,也应当有温文尔雅的风度!'哼,我的亲爱的先生,那才叫他们难受!弗林克——我老是管他叫丘姆的——这时他就哑口无言了。不过,我想,他们里头有些人也许认为:我这个人思想太开明了。不知你的看法如何?"

"哦,你真是太英明,而且还非常勇敢!我喜欢一个堂堂男子汉

---

① 无政府主义者亦译虚无党。

就是要有勇气来维护自己的信念！"

"但你不觉得这是一个绝招吗？说到底，这些家伙里头就有不少人过于谨小慎微，气量狭窄，所以对在会上直抒己见的人，总是抱有很大的偏见。"

"那你就随它去吧！从长远来看，他们对促进他们思考问题的人一定会肃然起敬的，何况你的演说艺术早已享有盛名——"

"你怎么会知道我的演说艺术享有盛名呢？"

"哦，我知道的事情，我不打算向你和盘托出！不过，说真的，你自己还不晓得你已是一个名人吗？"

"你说到哪里去了！——说实话，今年秋天我几乎很少发表演说。我想，就是因为这个保罗·赖斯灵的事情，简直弄得我心绪不佳。可是，话又说回来——你知道，你是头一个真正了解我的人，丹尼斯——哦，请多多包涵！恕我大胆冒昧，直呼你的大名丹尼斯！"

"哦，就请便吧！那我不就可以叫你乔治了吗？你说，当两个人具有那么多的——我真不知该叫它什么才好——那么多的共同看法，他们可以把所有那些愚蠢的传统观念扔掉，像夜间相遇的船只那样，相互进行了解，马上熟悉起来，你不觉得是很好的事吗？"

"那当然好啊！好啊！"

他在安乐椅里再也坐不住了，他开始在房间里踱来踱去，最后紧挨着她坐到小沙发上。可是，当他怪不好意思地把手伸向她纤纤白手时，她粲然一笑，说："请给我一支卷烟吧。如果可怜巴巴的丹尼斯抽了烟，你会觉得她太淘气吗？"

"哪儿的话，这我才喜欢哩！"

第二十八章 · 417 ·

平时，他在泽尼斯酒楼餐厅常常看到一些年轻的摩登女郎在抽烟，总是嗤之以鼻；但在他认识的成年妇女里头，只有一个抽烟的——那就是他的那个放荡不羁、举止轻浮的邻居萨姆·道佩尔勃劳太太。他彬彬有礼地给丹尼斯点燃了烟卷，正在寻摸一个地方，好把火柴棍儿扔掉，但不知不觉地放进了自己口袋里。

"我看你也得来一支雪茄烟，你这个可怜巴巴的老兄！"她低声耳语道。

"那你不会介意吗？"

"哦，请便吧！我喜欢闻好的雪茄烟味，是有那么一种醇味——那么一种醇味，简直如同男人的味儿一模一样。我卧室里床头柜上有一只烟灰碟子，你要是不觉得麻烦的话，把它取过来就得了。"

他一看见她的卧室就感到很窘：一张宽大的沙发软床上，覆盖着紫罗兰色绸床罩；窗边挂着镶上金色条纹的淡紫色帷幔；一只古老中国风味的奇彭代尔①式五斗柜；一长溜令人惊异的浅口便鞋，还有一些饰有缎带的鞋楦，而且上面撂着淡黄色长袜子。他觉得让他去取烟灰碟子，正好说明两人之间已经熟不拘礼了。"当然咯，像味格·冈奇那样的笨蛋，要是让他见到她的卧室，也许就会觉得蛮不对劲儿，但我呢却是处之泰然。"可没有多久，他心里也并不怎么泰然了。他刚才渴望交友，虽已得到了满足，但此刻他又在渴望摩挲她的手，真是急得他如坐针毡似的。无奈他每次转过身去凑近她，总是被她的那支烟卷挡住了。它——就像竖立在他们之间的一块盾牌。他只好等着

---

① 奇彭代尔（Thomas Chippendale, 1718—1779），18世纪著名英国家具设计家。他所设计的精美家具，其艺术风格可分为中国式、法国式、哥特式三大类。

丹尼斯把这支烟卷抽完再说。但当她很快把烟蒂在盛烟灰的碟子里熄掉,他不觉喜从中来,哪知道丹尼斯突然又说:"劳驾再给我一支烟卷,好吗?"无可奈何地他看到了他们之间又升起了一道灰蒙蒙的烟幕,以及丹尼斯那只落落大方地微微弯曲的玉手。她是不是乐意让他握住她的手(自然出于最最纯洁的友情),不仅使他感到好奇,而且心里越着急也就越苦恼了。

这一出令人烦躁的戏,表面上似乎一点儿都看不出来。他们兴高采烈地谈着小汽车,加利福尼亚之行,以及丘姆·弗林克的事。同时,他还很委婉地说:"我最讨厌这样的一些不速之客——他们死乞白赖地硬要别人请他们吃饭,可是话又说回来,我似乎已经预感到:今儿个晚上,我将要同迷人的丹尼斯·朱迪克太太共进晚餐。不过,我想,也许你早就有了七八个约会呢。"

"是啊,我心里正想去看电影呢。是啊,我说真的应该出去,呼吸一点新鲜空气。"

她既没有请他留下来,但也并没有叫他扫兴。他在暗自寻思:"我不妨还是小试一番吧!她**不用说**会让我留下来的——那就**有花头**啦——可我犯不着惹那么大的麻烦——真的犯不着——不行,我还是溜走为妙。"于是,他说:"不行,现在时间已经太晚了。"

到了七点钟,巴比特突然拍掉她的烟卷,紧紧地抓住了她的手:

"丹尼斯,别再逗弄我啦!你知道我们——我和你,原来都是孑然一身,怪可怜巴巴的一对儿,我们在一起该有多乐。反正我心里真乐!从来都没有这样乐过!求求你,让我多待一会儿!我就赶紧下楼,直奔熟食店,去买些吃的东西来——说不定碰上是冷冻鸡肉——还是

第二十八章 · 419 ·

什么冷冻火鸡——今儿个晚上我们俩就美餐一顿。随后,如果说你要把我赶出门,那我二话不说,乖乖地就走。"

"哦——行——我看那样倒是也好。"她说。

可她并没有把手抽回去。他紧紧地捏了一把,就浑身在战栗,慌里慌张地去穿外套了。他在熟食店净拣价钱特别贵的买,数量多得吓人。他还从大街对面的药房里给妻子打电话,说他"要和一个客户签订一份合同,因为这个客户半夜就要动身去外地。回家准定很晚。你就先睡,不必等我啦。婷卡上床前,代我吻她一下"。他满怀期待地噔噔噔地奔回朱迪克太太的小公寓。

"哦,你真傻,买了这么多吃的东西!"丹尼斯劈面就说,声调轻快,笑容可掬。

他在那个小小的白色厨房间给她当帮手,一会儿洗香芹笋,一会儿开橄榄油瓶。她吩咐他将餐具一一摆在桌上。他飞也似的奔进餐室;在餐具柜里找寻刀叉时,他觉得完全就像在自己家里一模一样。

"现在还有一件事,"他开腔了,"就是你进餐时打算换上什么衣服呢?我可说不准你究竟穿你最漂亮的晚礼服呢,还是披头散发的,穿上短裙子,说真格的,活像一个小妮子。"

"吃饭时,我打算就穿上眼前身上的那套旧薄绸袍子。你要是对可怜巴巴的丹尼斯那个样子不喜欢,干脆就上俱乐部进餐去!"

"哪有不喜欢呢!"他轻轻地拍拍她的肩膀,"孩子,你是我这辈子见到的最聪明、最可爱、最漂亮的女人!来吧,高贵的威科姆夫人,你如果乐意手挽着泽尼斯公爵的手,我们俩就按照古老的习俗,同赴盛大的宴会去吧!"

"噢哟哟，你真会说笑话，简直叫人逗死了！"

他们俩这顿野餐式的晚饭一结束，他便把脑袋探出窗外一看，说道："天气阴冷得真够呛，我看就要下雨了。你大概不想去看电影啦。"

"哦——"

"我们这儿要是有个壁炉，该有多好！我真巴不得今晚下一场瓢泼大雨，我和你一起待在怪有意思的小小的老式茅屋里，窗外树枝在吱嘎作响，壁炉里炭火烧得又红又旺。——你说有多美呀！这会儿让我们把这只长沙发挪到了热水汀跟前，再伸出腿来，就算是在炉边烤火呗。"

"哦，我听你说得怪可怜的！你这个大孩子！"

不过，他们还是把长沙发挪到热水汀跟前，各自把两腿搁在上面——他脚上是一双笨头笨脑的黑皮鞋，而她脚上是一双浅口漆皮轻便鞋。在朦胧的夜色中，他们俩互诉衷肠，不外乎是：平日里她有多么寂寞，他有时手足无措，没承想到今日里两人竟会喜相逢。当他们俩默默无言时，屋子里却比乡间小路还要岑寂。这时除了汽车轮子的沙沙声，远处一列货车的呜呜声以外，街上阒然无声。只有他们俩默默地待在这个温暖、舒适的屋子里，远离令人烦恼的世界。

他沉醉于一阵狂喜之中，恐惧和疑虑早已烟消云散。翌日破晓时，他回到了家里，狂喜心情渐渐平息下来，变成一种宁静、安详的满足，同时又充满了无穷回忆。

第二十九章

一

巴比特确信自己同丹尼斯·朱迪克建立了交情,因而大大地增强了自尊心。他在康乐会决心要大干一番了。味吉尔·冈奇虽然保持缄默,但"大老粗"桌上其他人却不得不承认:巴比特不知怎的"变得有些古怪"了。他们空空洞洞地跟他争论,但他却趾高气扬,对他的别出心裁的自我牺牲暗中高兴。他甚至还满口称赞塞尼加·多恩。鼓佛瑞教授不得不说这个玩笑开得太过分了;但巴比特却固执己见说:"不!事实如此嘛!我老实告诉你:他已然是国内最孚众望的知识界人士之一。威科姆勋爵本人也加以肯定,说——"

"哦,请问那个威科姆勋爵到底是谁?你一张口就离不开他,已经吹捧了六个礼拜啦!"奥维尔·琼斯愤愤地说。

"乔治是从西尔斯·罗百克百货公司函购目录上把他买来的。这些英国大亨阔佬的函购价格,是每一位卖两美元,你要不要买?"席德尼·芬克尔斯坦出了个点子说。

"别胡扯淡!威科姆勋爵,他——就是英国政坛上最大智囊人物之一。我再重申一遍:我本人,当然咯,是个保守派,但我却非常欣赏像塞尼·多恩那样的人,因为——"

冷不防味吉尔·冈奇突然插了进来，说："我可不信你就是个保守派。我觉得：我自个儿的事照样能干得好好的，根本用不着多恩之流的赤色败类来插手！"

巴比特一见冈奇绷紧嘴脸，恶狠狠地说话的样子，就怔住了；但没有多久，他又神志清醒过来，继续讲下去，讲得大家看来都不耐烦起来，继而恼火，最后就像冈奇那样对他表示怀疑了。

二

他无时无刻不在惦念丹尼斯。他回想起她的音容笑貌就满怀激动。甚至他的手臂也在渴念把她搂抱。他大喜过望地说："我终于找到了她！这么多年来，我一直在梦寐以求的，现在我总算把她找到了！"上午，他跟她在电影院见过面；到了下午四点钟左右，或者傍黑时分，大家都以为他去友麋会了，结果他却开车来到了她的小公寓。他了解她的全部钱财进出，同时还帮她出过主意；而她呢，总恨自己身为裙钗之辈，对理财等事一窍不通，所以常常啧啧称赞他办事果断有力，虽然后来证明有关证券卖出买进方面，她反而比他还要精明得多。他们在回忆往昔时，不免也要自我嘲笑一番。有一回，他们还发生了口角龃龉，他怒气冲冲地说她就像他的妻子一样"喜欢差来遣去"的，当他稍有疏忽怠慢时，她老是嘀嘀咕咕，没完没了。但到最后，这件事情好歹也算平平稳稳地过去了。

十二月里，有一天下午，野外雪橇铃响隐约可闻，他们穿过大雪覆盖的草地，徒步行走，来到了冰封的查洛萨河畔——这就是他们

第二十九章 · 423 ·

最最兴高采烈的时刻。丹尼斯头上戴着一顶阿斯特拉罕[1]盛产的羔皮小圆帽,身披一件河狸[2]皮短外套,特别富于异国情调;她在冰层上溜呀滑呀,不时大声嚷叫着,而他却气喘吁吁地紧跟在她后面哈哈大笑……可是,麦拉·巴比特一辈子都还没有溜过冰呢。

他担心他们俩在一起难免会被人家瞥见。在泽尼斯,要是有人同一个邻居的妻子在外面吃午饭,傍黑以前在他的诸亲好友里头还不知道——那是根本不可能的事情。但是此刻丹尼斯对自己一言一行特别谨小慎微。尽管他们俩单独在一起时,她曾对他表现出如何妩媚动人,但在大庭广众她就凛然变得关系疏远,他真的巴不得人们也许会把她当成一位普通客户。有一回,奥维尔·琼斯看见他们俩从一家电影院里走出来,巴比特结结巴巴地说:"让我给你介绍一下,这就是朱迪克太太,哦,有事该找哪个经纪人,就数这位太太最有眼力,奥维[3]!"琼斯先生对当代社会道德与新式洗衣机器虽然都要吹毛求疵一番,但刚才听了之后倒是仿佛感到挺满意。

巴比特最最担心的是——并不是因为自己对妻子特别厚爱,而是由于遵循礼俗的缘故——他最害怕妻子知道他有了外遇。他确信有关丹尼斯的事她肯定一点儿都不知道,但转念一想,也许在某些方面已使她疑窦丛生。多年以来,她虽然对比吻别更亲热的任何表爱方式都觉得厌烦,但是,他对床笫之欢的兴趣日益衰退(现在他不仅没有兴趣,甚至还产生了一种反感)却使她更加伤心。要知道,他已然完全

---

[1] 阿斯特拉罕,俄罗斯城市,位于伏尔加河三角洲顶端。
[2] 旧时误译为海狸,但至今仍沿用。
[3] 奥维尔的昵称。

忠于——丹尼斯。他看到他妻子从一团团软绵绵的、起了皱的皮肉和千孔百洞的破罩裙里绽露出来的松松胖胖的模样儿,心里就难受,而那条破罩裙她虽然一直准备扔掉,但总是舍不得扔掉。不过他知道,她既然跟他心声相应已有那么长日子,现在对他的种种反感当能一一识破。于是,他就殚精竭虑而又非常滑稽地想要加以掩饰过去,不过那又——谈何容易呢。

圣诞节那一天,他们过得总算还不错。肯尼思·埃斯科特——维罗娜的未婚夫上门来了。巴比特太太不禁热泪盈眶,居然把肯尼思唤作新姑爷。巴比特则净替特德担心事,因为他再也不抱怨州立大学,并已开始表示默认,这反而叫人怀疑。巴比特心里纳闷,真不知道这个孩子暗中在琢磨什么鬼名堂,可自己又不好意思开口去问。至于巴比特自己呢,他就在圣诞节下午偷偷地溜出了大门,把他的节日礼物——一只银烟盒送给丹尼斯。他回到家里时,巴比特太太用一种太天真的口吻问他:"刚才你出门,是去吸吸新鲜空气,可不是吗?"

"是的,只不过开车兜了一圈呗。"他嗫嚅着说。

新年一过,他的妻子就说:"今天我接到我姐姐的来信,乔治。她身子不太好,我想,也许我该去她那里,住上一两个礼拜。"

通常,巴比特太太冬天总是不出门远行(遇到特别紧急的事故,则是例外),何况今年夏天她已经离家过好几个礼拜。有的人对夫妻分离满不在乎,照样可以单独过日子,但巴比特并不是这样的丈夫。他喜欢妻子老是守在自己家里,细心照料他的穿着打扮;她知道他爱吃的牛排应该煎成什么个样子;她那有如母鸡呼雏的咕哝声,叫他听了心里才踏实呢。平时他会说:"哦,难道是她少了你,真的不行吗?"

可是这一回，他甚至连这么一句老调都不敢再提了。当他脸上竭力装出不胜惋惜的样子，当他感到妻子两眼紧紧地盯住他的时候，他心里却充满了跟丹尼斯喜相逢的梦幻。

"那么，依你看——我去还是不去的好呢？"她突然开门见山地问。

"你得自己拿主意呗，心肝儿，我可不知道。"

她叹了一口气，一转身就走了，只见他的额角上已是汗涔涔了。

在她动身之前整整四天，她心里平静得出奇，但他却温存得邪门。她坐的这趟列车是在中午开出的。巴比特看见列车已经远去，消失在站台货栈后面，就心急火燎似的向丹尼斯飞奔而去。

"不，我可千万去不得呀！"他赌神罚咒地说，"一个礼拜之内，我断断乎不去看她！"

可是下午四点整，他早已在她的小公寓里。

三

从前，他的生活一度是循序渐进，不动感情，勤奋稳健，善于克制（或者至少表面上看来善于克制）——如今，在那半个月里，他已被卷入了由犬马声色、劣等威士忌，以及新朋友极其复杂的关系汇合而成的旋涡之中，而且侍候这些新的"挚友"，远比老朋友费劲得多呢。每天早晨，他回想起昨晚自己的蠢事就愁眉不展。他脑袋里感到阵阵剧痛，舌头和嘴唇因为抽烟太多也好像被蜇似的，他正在计算究竟喝过几杯威士忌，多得连自己都不敢相信，因此，他便低声哼着说："不，我就得到此煞住了！"过了半晌，他再也不说："够了，我**要**煞住了！"因为他知道，不管每天早晨他下了多大的决心，一到晚上，他又身不由己，随波逐流了。

丹尼斯的三朋四友他都见过了；他们都是爱喝酒、跳舞、瞎扯淡、穷闹腾的夜游神；他们热乎乎地马上接纳他成为丹尼斯这个小圈子——他们都管它叫作"咱们**那一伙**"——里面的一个成员。他头一次同他们见面，正是他干了一天工作之后觉得特别累，希望到丹尼斯那里去散散心，悠然自得地啜饮着她那一片歆慕之情。

他从过道里就听见尖叫声和留声机放出的扭摆舞的喧闹声。丹尼斯把门一打开，他看见烟雾腾腾之中有一些奇形怪状的人影儿在跳舞。桌子椅子都被挪到了墙根边。

"哦，你看这场面多漂亮吧！"她喋喋不休地对他说，"这个主意是卡丽·诺克出的，妙极了。她觉得大伙儿该聚一聚了，就打电话通知他们都上这儿来。……乔治，这一位就是卡丽。"

在这个卡丽身上，女管家和老处女的特征兼而有之，未免美中不足。论年龄，她也许四十上下。她那带有淡褐色的金发，令人难以相信原是天然本色；她尽管胸脯扁平，但臀部却硕大无朋。她遇到巴比特时，咯咯咯地笑着说："欢迎光临！丹尼斯说你才是——一个真的硬汉子。"

显然，大伙儿都指望他也来跳舞，就像小伢儿似的同卡丽在一起嬉闹，他果然不负众望，尽力而为。他拖着卡丽满屋子乱跳，磕磕绊绊地碰撞其他一对对舞伴、热水汀，以及巧妙地埋伏在暗处的椅子腿。他一面在跳舞，一面还在仔细察看这一伙人：有一个瘦骨嶙峋的年轻女人，看上去很能干，而又自负，喜欢讽刺挖苦人。对另一个女人印象不深，他看了以后怎么也记不起来了。有三个衣着非常讲究、略带脂粉气的年轻小伙子——不是来自咖啡馆冷饮柜的小伙计，至少也是注定要干这一行的料子。此外还有一个男人，年纪跟巴比特相仿，踌躇满志，不动声色，显然对巴比特的莅临很生气。

他像履行公事似的一跳完舞，丹尼斯便把他拽到一旁，求告说："亲爱的，你乐不乐意帮帮我的忙呢？我这里一点儿酒都没有了。咱们这一伙人都想喝几口乐一乐。你能不能赶快到希利·汉森小酒馆去，寻摸一些酒回来？"

"当然可以。"他回答说，脸上尽量不露出难色来。

"我说，那就让明妮·桑塔格陪你一起坐车去。"丹尼斯用手指指那个瘦骨嶙峋、喜欢挖苦的年轻女人。

桑塔格小姐一见他，就尖酸刻薄地说："你好，巴比特先生。丹尼斯跟我说过，你老是一位响当当的大人物，让我坐车陪你去，真是深感荣幸。当然咯，跟你那样的上流社会人士打交道，我可不习惯，所以说，在你们高级人士中间周旋，我真不知道该怎么着才好！"

在去希利·汉森小酒馆的路上，桑塔格小姐说话时就是这么一副腔调，听了她的冷嘲热讽，他心里真恨不得回敬一句："呸，见你的鬼去吧！"但他怎么都不敢开口说出上面那句通情达理的评语。这一伙人的存在，已开始使他厌恶了。原先他听丹尼斯嘴里说过"迷人的卡丽"和"明妮·桑塔格——她是那么聪明伶俐——你准会崇拜她"，但他不信她们是实有其人。在巴比特的想象之中，丹尼斯仿佛生活在一片玫瑰色的真空里，始终在等着他，芙萝岗上一切陈规陋习通通被抛到了九霄云外。

他们回来以后，巴比特对咖啡馆冷饮柜里年轻小伙计的恭维话还得姑息迁就一下。他们那种黏糊糊的友好情谊，同桑塔格小姐的干巴巴的敌意形成鲜明对照。他们都管他叫"老乔吉"，冲他大声嚷嚷："来，快来吧，小伙子！使劲儿跺脚跳吧！"……这些小伙子身穿束腰带的外套，脸上长着许多粉刺，虽然年纪同特德一般大，又像合唱队里小歌手一样稚嫩，但是，不论跳扭摆舞、玩留声机、抽烟卷儿也好，还是给丹尼斯鼓劲打气也好，他们一点儿都不示弱。巴比特竭尽全力，要争当他们里头的一员，他也大声喊道："好样的，彼得！"但他一下子就声嘶力竭了。

丹尼斯跟这些可爱的跳舞迷一起厮混，显然很开心；她虽然对他们平淡无味的献媚调情视而不见，但是每当舞曲一结束，她偶尔还会跟他们拥抱接吻。就在这样的时刻，巴比特心里真恨她。他觉得她已然不太年轻了。他仔细端详着她脖子窝里的皱褶，和她下巴底下松弛的皮肉。她那充满青春魅力、富有弹性的肌肉，如今早已松散下垂。每当舞曲间歇时，她便憩坐在一张最大的安乐椅里，不时挥舞她手中的烟卷，招呼她的那一伙乳臭未干的粉丝拥蓬走过来跟她闲聊天。（"瞧她还自以为是一位可敬的女人呢！"——巴比特心中几乎大声咆哮着说。）她好像哼着小调似的问桑塔格小姐："我的这个带工作坊的小小公寓有多美，可不是吗？"（"什么带工作坊的，胡说八道！那是老处女和小狮子狗合住的普通小公寓！哦，老天哪，我真恨不得马上回家转！可我不知道打哪儿能滑脚溜走。"）

但是，巴比特一喝上希利·汉森的不掺水的烈性威士忌，两眼就

第二十九章 · 429 ·

模糊不清了。他一下子和**那一伙人**融成一片了。他开始觉得高兴的是，卡丽·诺克和彼得（这些动作敏捷的年轻人里面，就数他最聪明伶俐）似乎很喜欢他；现在他觉得最要紧的，就是把那个脾气乖戾、上了年纪的人拉拢过来，后来才知道此人在铁路上当职员，名叫福尔顿·比米斯。

那一伙人的谈话尖声刺耳，模棱两可，暗示地说到的一些人都是巴比特不认识的。他们那伙人显然自视甚高。他们**那伙人**聪明、漂亮，而又惹人发笑；他们都是放荡不羁、玩世不恭的市井小民；泽尼斯市所有豪华的跳舞厅、电影院和路边酒家，是他们经常光临的场所。他们对那些"落伍的人"或是"吝啬的人"就表现出一种讥讽的优越感。他们咯咯地笑着说：

"哦，彼得，昨儿个我来迟了，那个笨蛋出纳说些什么话，你知道了吗？唉——十十足足的废话呗！"

"哦，那个特·迪喝得烂醉如泥！你听着，后来他全身简直发僵了！那时格拉迪斯跟他说些什么来着？"

"你想一想，鲍勃·比克斯塔夫竟然厚着脸皮，硬是引诱我们上他家去！你看，他脸皮多厚呀！你敢说他真的不要脸吗？我说他就是有点儿呗！"

"你注意到多蒂她跳舞时的姿势吗？嘿，真叫人见了难受死啦！"

明妮·桑塔格小姐认为：到了晚上，谁个要是不听听爵士音乐、不跳跳舞，谁个就是怪脾气、小气鬼、可怜虫。巴比特虽然刚才还憎恨她，但此刻却故意扯高嗓门，附和她的意见。卡丽·诺克太太咯咯地笑着问："可你喜欢席地而坐吗？嘿，这才算是——狂放不羁啊！"——他大吼一声说："那还用说吗？"现如今他才开始对这一伙人产生了特别好感。当他提到自己的那些朋友——杰拉尔德·多克爵士、威科姆勋爵、威廉·华盛顿·伊桑，以及丘姆·弗林克时，多承他们也饶有兴味地听讲，他感到很高兴。他完全沉浸在他们那种欢乐的气氛之中，所以看到丹尼斯将身子紧紧地偎依在那个黄口小儿的肩膀上，他都满不在乎，甚至连他自己也紧紧地握住卡丽·诺克胖乎乎的手——只是看到丹尼斯面有怒色时，他才把手放下。

他在半夜两点钟回家时，已然是**那一伙人**里头正式一员了。随后整整一星期，他们欢乐自由生活中非常严格的规矩和非常累人的要求把他完全束缚住了。比方说，他们聚会时，他不得不都要参加；他每次都要被卷入他们激动的争吵中去，因为他们没完没了互相打电话，说当时她讲的话根本不是那个意思，可是彼得干吗偏要到处乱说她讲过这些话呢？

他们那伙人总是一个劲儿查问同伙之间的行踪去向，比家里人盯得更紧呢。他们个个都能口若悬河似的说得出来——或者气愤地提出要求了解——每一个人在一星期里每一分钟究竟到过哪些地方。巴比特发现自己还得向丹尼斯或福尔顿·比米斯解释一下，眼前他偏巧有事，晚上十分钟以前不能上他们那里去，而且还要陪一位同业的老朋友去吃饭，因此赔礼歉意。

他们那伙人每人都应该跟所有的人通电话，每周不得少于一次。"你干吗不给我打电话呀？"——不仅丹尼斯和卡丽，而且连新结识的朋友珍妮、卡比托里娜和托茨，在电话里都是这样呵责他。

如果说他一度觉得丹尼斯姿色渐衰和感情用事的话，那么，在卡丽·诺克主办的舞会上,他上面这种印象早已消失殆尽。诺克太太的房子很大,但丈夫的个子很矮小。他们那伙人个个都赶来参加舞会:要是全部到齐的话,也许有三十五人左右。现如今,被称为"老乔吉"的巴比特,已然成为这伙人里头的一位元老了,因为这些成员每个月总有半数要变换,谁要是记得起半个月以前,食疗专家阿布索洛姆太太动身去印第安纳波利斯,以及马克对明妮"大发脾气"的情况,谁就成为年高德劭的老前辈,对新来的"彼得""明妮"和"格拉迪斯"之流,也就可以倚老卖老了。

丹尼斯这次到卡丽家做客,就无须乎再当东道主了。她的举止谈吐高贵而又自信;她身上穿着巴比特一向喜爱的薄如蝉翼的玄色绸长袍,显得十分素雅宜人。卡丽的房子虽然丑陋不堪,但十分宽敞,巴比特可以悠闲地同她坐在一起。他后悔当初自己有反感,站在她脚跟边直发愣,随后就乐乐呵呵地开了车送她回家。第二天,他特地去买了一条黄灿灿的领带,不外乎让自己在她眼里显得更年轻些。他深知自己再也不能变得更漂亮些,不免有点儿黯然神伤;他眼看着自己体重增加,乃是发胖的征兆,但他还是照样跳舞,照样穿戴打扮,照样絮叨不休,竭力把自己装得就像她那样年轻……或者更确切地说,就像她外表上看来那么年轻。

四

如同所有改弦易辙的人——不论是在宗教、恋爱,或者园艺方面——都会像变魔术似的发现:诸如上述这些癖好直至今日他们总觉得好像根本不存在似的，但事实上却无处不在，充塞了整个世界——所以说，巴比特也一模一样，他一旦变得放荡不羁之后，就发现到处都有花天酒地的大好机会。

现如今，他对他生活放荡的邻居萨姆·道佩尔勃劳有了一种崭新的看法。道佩尔勃劳他们都是体面、勤奋、殷实的人家，但他们认为人生最大乐事莫过于天天沾酒一醉。在他们的生活中，郊外宴饮已凌驾于一切之上，那时他们就纵情狂饮，抽烟，开车兜风和拥抱接吻。整整一星期里，他们这些人工作干得很出色；整整一星期里，他们就是盼望周末晚上，用他们的词儿来说，可以"开派对①"。那时，他们就纵酒狂饮，喧声鼎沸，一直要胡闹到星期天大清早；临了，他们还会坐上汽车，疯狂似的高速飞奔，最后连自己都不知道开到哪里去了。

有一个晚上，丹尼斯刚好走进剧场，巴比特发现自己跟道佩尔勃劳夫妇谈得正热火，并且还一个劲儿同一些人套近乎。而这些人——多年来他一直私下里向巴比特太太斥之为仅仅"一帮子坏透了的泼皮无赖，即使地球上最后只剩下他们几个人，我也断断乎不跟他们打交道"。那天晚上，他郁郁不乐地回到家里，在屋前院子里转悠着。正好最近下过雪，过路行人踩下的脚印都凝成了冰块，望过去如同化石一般。就在巴比特动手铲冰的时候，霍华德·利特尔菲尔德走了过来，一面用鼻子在大声吸气。

"还是在当光棍吗，乔治？"

"嗯。今儿晚上可又冷啦。"

---

① 英语译音，意即聚会、请客，或宴会、晚会等。

"你老婆信上说些啥呀?"

"没什么,她自己身体很好,但她姐姐至今还在闹病。"

"喂,今儿晚上你还是过来,跟我们一起吃便饭吧,乔治。"

"哦——哦,不,多谢多谢!我还得出门呢。"

本来利特尔菲尔德即便对一些根本没有意思的问题都能列举出很有意思的统计资料来,但此刻巴比特却突然感到很厌烦了。他正在人行道上铲冰,嘴里却在低声咕哝着。

这时,萨姆·道佩尔勃劳过来了。

"晚上好,巴比特。干得累了吧?"

"嗯,手脚多少也得活动活动呗。"

"今儿个晚上,你可要冻成个冰棍呢?"

"嗯,这可没什么。"

"还是在当光棍吗?"

"嗯,那倒也是啊。"

"喂,巴比特,你听着,趁你太太出门不在家——我知道,虽然你的酒量不怎么样,但是哪天晚上你能来我家串串门,我的太太和我简直太高兴啦。我想喝它一回上等鸡尾酒,也许你还吃得消吧?"

"还用问吃得消吗?小伙子,我敢说,乔治老叔调制的鸡尾酒,在全美国还是——首屈一指呢!"

"好哇!那可就另当别论呀!这会儿你先听着,今天晚上有几个人来我家——他们是洛埃塔·斯旺森,还有另外几个乐乐呵呵的人——到时候我打算开一瓶战前的杜松子酒,也许我们还会跳跳舞。你干吗不顺便过来玩玩,散散心,换换口味?"

"好吧——那他们什么时候到？"

九点整，他已经在萨姆·道佩尔勃劳家了，这是他第三次进萨姆的家。但到十点钟，他已经把道佩尔勃劳先生叫作"萨姆，老弟"了。

十一点钟，他们一块儿开车到老农庄酒店去。巴比特同洛埃塔·斯旺森并排坐在道佩尔勃劳车子的后座。从前他曾经畏畏葸葸地试图向她调情。可是此时此刻他根本不是什么小试一番，他简直竭尽全力大献殷勤了；而洛埃塔呢，她让自己的脑袋靠在他肩膀上，告诉他埃迪老是唠叨不休，并把巴比特当作一个高雅、老练的浮浪子弟。

仗着丹尼斯一伙、道佩尔勃劳夫妇，以及其他朋友出力相助，巴比特经常乐而忘返，两星期以来每天都是深更半夜跌跌撞撞回家的。甚至当他神志模糊不清，两脚早已迈不开步子的时候，居然他还有本领，照样可以开汽车：汽车拐弯时竟能把速度放慢，让别的车辆先通过。他身子摇摇晃晃地走进了家门。要是维罗娜和肯尼思·埃斯科特在小客厅那里，他还急匆匆招呼一声，从他们身旁一闪而过；他知道他们向他投来的年轻人单调的目光实在很难受，便悄悄地上楼躲了起来。他一走进暖和的屋子，就觉得自己更加醉眼昏花了。他的头仿佛在天旋地转似的。他身子也不敢躺下来。他想洗个热水浴，将酒味冲掉一些。过了一会儿，他脑袋清醒一点了；可是，当他在浴室里走动的时候，他所目测的距离都出岔子了，竟把许多毛巾拉了下来，哐啷一声把浴皂碟子也给碰翻了——这么一来，他心里很怕自己在子女面前露出了马脚。他身上穿着晨衣，冷得瑟瑟发抖，还在看晚报。他简直连一个字都不肯放过，仿佛意思也全看懂了，不过一分钟以后，再问他看过些什么内容，那就通通说不上来了。他上床的时候，脑袋里

第二十九章 · 435 ·

仿佛在团团打转；他赶紧坐了起来，竭力想把自己控制住。最后，他总算恢复镇静，躺了下来，只是有点儿头昏目眩罢了——此时此刻真叫他感到羞惭难言。他的"丑闻"千万要瞒过自己的亲生子女！居然同过去自己瞧不起的那伙人在一起跳舞乱嚷嚷！还说过一些蠢话，哼过一些乌七八糟的小调，一个劲儿吻过那些骚女人！回想起来，连他自己都不相信，当时他一下子就跟那些小伙子熟不拘礼地鬼混在一起，而在过去，他早就把他们从自己交易所一脚踢了出去；他又回想起还有一个最最邋遢的、姿色日衰的女人竟然斥责他跳舞时显得太过火了。当这些情景无情地在他脑际再次凸现时，他大声咆哮着说："我恨我自己！老天哪，我多么恨我自己呀！"但他又怒冲冲地说："我可完了！没治啦！真是该死！"

下一天大清早，他想着这事就觉得更加确信无疑了，但到早餐时，他却又摆出一副严父的面孔，煞有介事地跟子女们交谈。到了中午，他已然不太那么确信了。他并不否认自己做过傻事，这一点他看得几乎如同在深更半夜时一样清楚；但他内心又在搏斗中，觉得那种生活毕竟比重新回到昔日（俱乐部里）那种言不由衷的生活还要好得多。到了下午四点钟左右，他的酒瘾上来了。现如今，他的办公桌里常常备有一瓶威士忌，经过了两分钟的斗争，他就呷上一口。巴比特呷了三口以后，就开始觉得那一伙人个个都是亲切可爱的朋友嘛。到了傍晚六点钟，他又跟他们厮混在一起了……再接下去，不用说就如同上文讲过的一模一样。

现如今，每天早晨他只觉得头痛症状稍有减轻。原先，他常常以喝酒要头痛作为挡箭牌，但现在这块挡箭牌也渐渐不灵验了。没有多久，他可以彻夜通宵狂饮，第二天早晨八点钟起床时，无论在脑子里或者肚子里都不感到特别难受了。那一伙人如痴似狂地在寻欢作乐，他心里既不悔恨，也不想解脱，他要努力赶上去，绝不落在他们后面，所以说，只有他真的到了瞠乎其后的时候，他才产生了极大的自卑感。过去，他的野心不外乎赚大钱，打高尔夫球，开汽车兜兜风，演说辩论和攀附麦凯尔维那类人的上流社会。而现在，他的野心就是要成为那一伙人里头"最最活跃"的一员。但是话又说回来，他有时偶尔也会徒呼奈何的。

他发现，彼得和其他一些年轻小伙子认为丹尼斯那一伙人未免太温文尔雅了，只敢躲在门背后接吻的卡丽，似乎也太囿于一夫一妻制的习俗。正如巴比特偷偷地从芙萝岗溜出来同那一伙人厮混一样，这些年轻的公子哥儿们也偷偷地从繁文缛礼的那一伙人中间溜出去，同他们在百货商场和旅馆衣帽间搭上的鲜蹦活跳的年轻小姑娘们"消磨时光"去了。有一回，巴比特硬要搭上他们汽车一起去。他们把一瓶威士忌带到了车上，还给他找来在派彻尔斯坦商店里传递钱款的一个女人，她个儿矮小，但喜欢大声尖叫。巴比特跟她并排坐着，正在犯愁，真不知道该如何是好。显然，大伙儿都指望他"跟她寻寻开心"，但当她尖声嚷叫"哎哟哟，快撒手，别这样紧紧搂着我，蠢货"，他简直茫然若失，真不知道该怎么着呢。随后，他们都坐在一家小酒店的后房间里。巴比特不知怎的觉得头痛了，而且听不懂他们说的新俚语。他好心地望着他们，恨不得马上回家去，但他先是只呷了一口酒——最后却又豪饮一番。

过了两个晚上，那伙人里面脾气乖戾、上了年纪的男人福尔顿•比米斯把巴比特拽到一边，咕哝着说："喂，你听着，这事虽然跟我无关，天知道我自己也贪嘴爱喝酒，但你怎么不想想自己还得检点一些好？你这个人也是热情一上来，常常过了头。难道你不知道你这是在玩命似的狂饮，烟卷一支接一支地抽个不停吗？依我看，你还是暂时收敛一些为好。"

巴比特眼里噙着泪水说好心的福尔特[①]老兄真是个好人，所以他当然马上就会收敛一些的；可是，当丹尼斯看见他跟卡丽·诺克眉来眼去的时候，他就马上又点燃一支卷烟，喝起威士忌来，而且还同丹尼斯大吵了一场。

第二天早晨，他憎恨自己竟然会堕落到这样的地步，甚至连福尔顿·比米斯这样的小瘪三都敢于斥责他。他还发觉自己只要一见到女人就要去调情，那么，丹尼斯也不再是他心目中唯一光艳夺目的一颗明星，而且他觉得，对他来说，她——仅仅是**一个女人**罢了。既然比米斯已经当面训斥过他，那别人又怎样在议论他呢？那天下午，他带着怀疑的目光，把康乐会里所有的熟人观察了一番。他觉得他们神色都不自在。莫不是他们在背后纷纷议论他吗？他恼火了，恨不得跟他们干一仗。他不仅替塞尼加·多恩说话，甚至还把基督教青年会挖苦了一番。但咪吉尔·冈奇只是用寥寥数语回敬了他。

后来，巴比特就不再冒火了。他心里反而感到很害怕。促进会最近的这次午餐会，他根本没有去，而是躲到一家索价低廉的小餐馆，使劲儿在啃嚼火腿蛋三明治，从搁在椅子扶手上的杯子里啜饮着咖啡，

---

① 巴比特对福尔顿的昵称。

显得十分忧心忡忡。

四天之后,那一伙人又想聚一聚,玩个痛快,巴比特开车送他们到坐落在查洛萨河上的溜冰场去。冰雪开始融解以后,路上还凝结着一层滑溜的薄冰。从宽阔的、望不到尽头的街道刮来的大风,正在一排排木头房子之间嘎嘎发响。整个碧乐坞住宅区,好像是昔日边界前沿的一个小镇。即使四个车轮上都安装了防滑链条,巴比特还是担心车子一出溜滑过去。当他开到了小冈峦的一长段滑坡上时,他便将前后刹车闸踩住,慢慢地往下驶去。冷不防拐弯处蹿出一辆汽车,那个司机驾车大大咧咧,车子一出溜整个儿都向一边倾斜过去,后面挡泥板几乎擦着巴比特的车子。巴比特安全脱险以后,丹尼斯、明妮·桑塔格、彼得、福尔顿·比米斯那一伙人——都高兴得大声喊道:"啊,我的乖乖!"还不断地给后面那个惊恐失措的汽车司机挥手。那时,巴比特看见彭佛瑞教授正在费劲地一步一步爬上小冈峦,两眼像猫头鹰似的直瞪着那些狂欢作乐的人。他相信彭佛瑞这回准定一眼把他认了出来,还会看到:丹尼斯一面絮絮细语说"你车子开得真太棒呀",一面狂吻了他一下。

翌日进午餐时,他很想探探口气,对彭佛瑞说:"昨儿晚上,我开了车陪我同事——还有他的几个朋友——出去。嘿,那路面真悬乎,就像玻璃镜子一样滑溜!好像我看见你正沿着碧乐坞大街往上走去。"

"不,不,我可没有——我压根儿没有看见你。"彭佛瑞急忙回答说,心里好像感到内疚似的。

大约又过了两天,巴比特带丹尼斯到桑蕾旅馆去吃午饭。她先是好像得意扬扬地在自己小公寓翘首等候他,接着从她令人忧伤的笑容

第二十九章 · 439 ·

里开始暗示出：巴比特必定非常看不起她的，一是因为他从来不肯把她介绍给自己的朋友，二是除了在电影院以外，他都不乐意在大庭广众跟她一起抛头露面。他曾经想到过带她去康乐会附设的女子沙龙，但是那太危险了。这么一来，他见了熟人，就不得不要把她介绍一番，哦，说不定人们还可能产生误会，而且——于是，巴比特来个折中办法，选上了这家桑蕾旅馆。

那时节，妇女上街时穿的绝大多数都像晚礼服一模一样，这一天，丹尼斯全身上下黑色穿戴打扮，显得分外雅致：黑色小三角帽、黑羔羊皮短外套（因为衣襟宽大，不时来回摆动），还有那素朴的黑丝绒高领长裙。也许她过分素净文雅了。当巴比特跟着她向一张餐桌走去的时候，桑蕾旅馆金碧辉煌的栎木餐厅里，每一个人眼睛都紧紧地盯住她。他感到很别扭，满心希望侍者领班最好给他们安排在廊柱后面隐蔽的角落里，但偏偏叫他们在餐厅正中央落了座。丹尼斯对那些赞赏她的目光仿佛并没有觉察到，她落落大方地对巴比特笑着说："啊，这里多美！那个乐队真带劲儿！"但巴比特回话时就不那么落落大方了，因为在两张餐桌以外的地方，他看见了味吉尔·冈奇。当他们共进午餐时，冈奇始终在仔细观看他们。不过巴比特即使发觉有人在窥视他，也还得强颜欢笑，免得叫丹尼斯扫兴。"今天我可真太开心啦，"她娓娓动听地说，"我可喜欢桑蕾，那你呢？这里那么活泼泼的，而且又是那么——那么雅雅的！"

他一个劲儿谈论桑蕾餐厅，从招待顾客、供应菜品，一直谈到来这里就餐的客人中他认识的一些熟人，总之，偏偏就是味吉尔·冈奇只字不提。这时，他仿佛觉得已经无话可谈了。他听了丹尼斯的笑话，只好善意地报之以一笑;同时,他又附和她的看法,认为明妮·桑塔格这个人确实"很难相处",而年轻的彼得是个"懒怠成性的傻小子,说实话,就是泼皮无赖呗"。但他自己确实没有什么话好说了。关于冈奇,开头他倒是考虑过,很想把他的心事讲给她听,但转念一想——"不,大可不必了,若要把有关冈奇等等的事情原原本本讲清楚,就太费劲了。"

他把丹尼斯送上了电车,才算松了一口气;回到交易所后,他置身于熟悉、简单的环境之中,一下子又乐乐呵呵了。

四点钟,味吉尔·冈奇就过来看他了。

虽然巴比特感到有点儿紧张不安,但冈奇还是以友好的语调开口说:

"哦,你好啊?我说,我们那里有人正在搞一个计划方案,都巴不得你也来参加呢。"

"那敢情好,味格。讲吧。"

"你知道,在大战期间,肯定无疑有许多不良分子、赤色分子、工会代表[①],以及所有形形色色的满腹牢骚的家伙;大战以后有好长好长时间,他们也还是没得出路;可是,人们却忘记了危险性,从而给了这些疯子以可乘之机,竟然又搞起地下活动来了,特别是那些只会空谈的社会主义者。所以说,现在该是让理智健全的人们自觉地联合起来,大力反对这些家伙的时候了。因此,有人在东部各州特为组织了一个会社,

---

[①] 这里系指从前代表工会到各工厂访问调查工作环境,视察工会合同履行情况,而有时也代表工会与雇主签约的工会职员。

定名为'良好公民联盟'。当然咯,商会呀,美国军团[①]呀,还有其他团体组织,他们也都不遗余力地让那些正经八百的人继续掌权,但他们毕竟另有其他重要的任务,所以对这一个问题也就不能面面俱到地都照顾到。可是良好公民联盟,简称'良民联'(G.C.L),它——就是专门从事这一项工作的。嗯,当然咯,'良民联'在表面上还得要有别的一些任务——比方说,在泽尼斯,我认为,'良民联'就应该支持公园扩建工程方案和城市规划委员会——此外,'良民联'还应该开展一些社交活动,由上流人士组成——主办舞会等等,竭力阻止那些狂热分子参加;所以说,对于一些所谓大人物,要是你用什么方式都接触不到他们,干脆就采用这种社交'杯葛'[②]办法,那是特别灵验也没有啦。如果说那个办法还不起作用,'良民联'最后就会派出一个小小的代表团,去正告那些作风实在太放肆的人,要他们一言一行务必循规蹈矩,不准信口开河,胡说八道。你不觉得像这么一个团体组织将会做出极大的贡献吗?我们早已得到本市势力最大的一些人士的赞助,当然咯,我们也非常希望你加入。不知道你意见怎么样?"

巴比特听了非常难受。过去生活中所有的标准,他思想上虽然模糊不清,但事实上坚决地回避了的,可现在他觉得有一种强制性的力量,硬要把他拽了回去。他笨嘴拙舌地说:

"我想,你们要特别抨击像塞尼加·多恩那样的家伙,要使他们——"

[①] 美国军团(American Legion),第一次世界大战后美国退伍军人组织之一,成立于1919年,常与进步人士、黑人解放运动相对立。
[②] 此处仍沿用旧时英文译音"杯葛",意谓断绝往来。

"你当真敢用你的脑袋打赌！喂，乔吉老兄，你听着，我连一分钟也都不相信，当你在俱乐部替多恩以及罢工者等那些人辩护的时候，你果真诚心诚意想要保护他们吗？我知道你只不过在逗弄席德尼·芬克尔斯坦那种可怜巴巴的蠢货……至少我希望你是在逗弄他们！"

"哦，那倒也是——没错儿——当然咯，你可以说——"在冈奇老练、无情的目光威逼之下，巴比特感到自己说话的声音多么软弱无力，"我的天哪，你知道我的立足点在哪儿！我可不是劳工鼓动家呀！我是——一个生意人，自始至终，一辈子都在做买卖呀！不过——不过，说实话，我并不认为多恩是个那么坏的家伙，你别忘了，他毕竟还是我的老朋友呢。"

"乔治，要知道这就涉及一场斗争问题，一方面要保卫我们的社会秩序和我们家庭的安全，另一方面又要反对赤色祸患以及那些妄想喝啤酒不要钱的懒鬼，这时即使是老交情，你也得要把它扔在一边不管。'谁不站在我这一边，谁就是反对我。'"

"是——是的，我想——"

"怎么样？那你就加入我们'良民联'吧？"

"我得考虑一下，味格。"

"行，就依你说的，得了。"巴比特松了一口气，以为对方总算轻轻地放过了他，哪知道冈奇还是缠住不放地说："乔治，我可不知道你出了什么事；我们大家都不了解你；但是，我们不止一次地谈论过你。开始，我们以为是可怜巴巴的赖斯灵的事弄得你心乱如麻，你过去说了一些蠢话，我们都能原谅你，反正现在看来，那都是一些陈年老账啦。乔治，可是直到现在，我们都闹不明白你究竟出了什么事。

第二十九章 · 443

从个人来说,我总是袒护着你,但是我还得要说真心话,我实在是忍无可忍了。不论在我们康乐会或在促进会也好,大家都感到很痛心,为什么呢,就因为你总是故意吹捧多恩和他那一小撮恶棍,而且还说应该宽宏大量——言外之意,就是说软弱无能呗——甚至于一口咬定说,这个坏透了的传教士英格拉姆并不是专门宣扬自由恋爱的老手。再说,就是你自己的品行不太检点啊!据乔·彭佛瑞说,有一天夜里,他看见你同一帮子娘儿们在外面,个个喝得酩酊大醉、东摇西摆的。今天,你去桑蕾旅馆,又带上一个女的——哦,我说也许她没有问题,还是个完全正派的女人,可是一看她的模样儿,准知道是个骚货,缠住一个老婆不在家里的野汉子去吃馆子呀!这就有点儿不好看了。我说你究竟出了什么事,乔治?"

"我觉得这完全是我的私事,许多人知道得倒比我自个儿还清楚呢!"

"现在,你可不要生我的气,因为我是作为一个朋友,开诚布公地当面跟你说的,心里有吗就说吗,而不是像别人那样躲在你背后搬弄是非。此外,我还要对你说,乔治,你在社会上是个有身份的人,所以社会上也指望你要好自为之。总之一句话——好好想一想,加入'良民联'吧。下次找你再谈。"

他走了。

那天晚上,巴比特独自一人进餐。他仿佛看见全体良民正从餐厅窗户里偷偷地监视他。恐惧好像就坐在他身旁,他自言自语地说今儿个晚上他不打算去丹尼斯的小公寓了;是的,在夜深人静以前,他果然没有去……

第三十章

一

不久前还在夏天的时候,巴比特太太离家后在每封信里,都是心急如焚,恨不得马上回泽尼斯。现在,她信里只字不提回家一事,但在她干巴巴地记述天气和病情的字里行间,闪过那么一句话:"我想,我不在家,谅必你事事都很顺心吧。"不外乎向巴比特暗示说,他可并不急吼吼盼着她回来。他看了之后正在发愁:

"要是她在家里,而我还像现在那样继续胡闹下去——她准要大发雷霆。我应该好好克制一下自己。我还得学会既要优哉游哉,可又不要大出洋相。我想这个——也是不难做到的,只要味格·冈奇那些家伙别再缠住我,还有麦拉最好也离得我远远的。但是——可怜巴巴的女人,看她信上的语气,倒是在想家哪。老天爷呀,我可不想伤她的心!"

他突然起了恻隐之心,就在信上写一家人都惦念她。所以,她在回信时很高兴,说她马上动身回家。

他竭力让自己相信他急吼吼要见她一面。他给家里买来了玫瑰花,预定好晚宴上的雏鸽,还把车子擦洗得晶光锃亮。从火车站回家路上,他兴致勃勃地给她讲特德在大学篮球队里大出风头的详情,但车子还没有开到芙萝岗,他就不知道还有什么事儿可讲了。他觉得她太不聪明了,简直漠然不为所动。他心里正在纳闷,真不知道今儿晚上自己能不能既当一个好丈夫,同时又偷偷地溜出去,跟那一伙人哪怕鬼混半个钟头也好。他把车子停在汽车间后,就噔噔噔地奔上楼,闻到了那熟悉的、温馨的爽身粉气味,他站在妻子跟前,故意乐乐呵呵地说:"帮着你把手提包打开,好吗?"

"不,我自个儿来。"

她慢吞吞地转过身来,手里举起一只小盒子。她慢吞吞地说:"我给你买了一件礼物——一只新的烟盒,算是一点小意思呗。我可不知道你喜不喜欢——"

她一下子变成一个羞羞答答的少女,也就是当年他跟她结婚时的肌肤褐色的迷人的麦拉·汤普森。他吻着她时,出于怜悯,差点儿没哭出来。他轻声恳求说:"哦,你呀,我亲爱的心肝儿,问我**喜不喜欢**?当然咯,我打心眼儿喜欢!这是你给我的,我真是太高兴啦!现在,我正非常需要一只新的烟盒。"

就在此刻,他心中正在盘算,怎样把他上星期买的那只烟盒脱手才好。

"你看见我回来,真的觉得高兴吗?"

"唉,你这个可怜的娃娃,瞧你想到哪儿去了!"

"哦,我觉得——你好像并不非常惦念我。"

等他胡乱哄骗一阵以后,她觉得自己同他又亲密无间了。那天晚上十点钟,他自然不会相信她至今还远在外地了。只是有一点与过去有所不同,那就是应该想出个办法来:既要继续当一个堂堂正正的丈夫，一个符合芙萝岗标准的丈夫，同时又要一如既往，跟丹尼斯以及那一伙人不时晤面。那天晚上，他亲口答应过给丹尼斯去电话，现在看来挺糟糕，显然不可能了。他徘徊在电话机周围，一有冲动就伸出手去，很想把话筒拿起来，可他始终没有这份胆量。这时，他又找不到借口，溜到史密斯街上那家备有自动电话的药房去。他因自食其言而感到心事重重，直到最后他才毅然断了念，自言自语地说："我仅仅是因为给丹尼斯去不成电话，干吗心里就那么烦恼呢？没有我，她还不是照样过日子。反正我可没有欠她什么东西。她是一个好女人，但是，我给过她的，正如她给过我的一般多……唉，这些婆娘们快点见鬼去吧，她们一辈子跟你纠缠不清！"

二

整整一个星期，他对妻子大献殷勤，陪着她上剧院看戏，又去利特尔菲尔德家吃晚饭。随后，那令人烦厌的老一套诡辩和遁词又重新开始了，每周至少有两个夜晚，他要跟那一伙人鬼混在一起。他仍然装模作样，好像到友麋会和商会去开会，但是，只要他对自己编造的有趣的借口越来越灵便，她也就越来越不装出信以为真的样子来。他确信她知道自己至今还跟他们——那就是芙萝岗居民们常说的"那一帮子花里胡哨的家伙"——有交往，但是，他们夫妇俩对此都心照不宣罢了。夫妇之间关系，如用地理学概念来表述，从最初默认破裂到公开承认的距离，就跟从头一次天真的信任到头一次产生怀疑的距离完全相等。

他只要跟妻子感情上越发疏远,在她身上越发清楚地看到的,是一个有血有肉的、优点缺点兼而有之的人,而不是仅仅会走动的一件家具。他怀着惋惜的心情想道:他们婚后二十五年以来的夫妻关系,已然变成一种真正的、可以独立的实体。他在回顾他们度过的一生中最美好的时光:盛夏时节在层峦叠翠之下弗吉尼亚河边草地度假;他们驾着汽车横贯俄亥俄州,畅游克利夫兰、辛辛那提和科伦坡;女儿维罗娜的呱呱坠地;他们建立了这个新的家庭,原是打算白头偕老,颐养天年——当时他们说到他们两人也许就在这里寿终正寝时,几乎为之语塞了。然而,这些弥足珍贵的回忆尽管差点使他潸然泪下,他在吃晚饭时照样大吼一声,说:"是啊,我得出去一两个钟头。别等我呀。"

现在他已经不敢喝得醉醺醺地回家来。虽然他对自己弃恶从善感到高兴,而且还道貌岸然地规劝过特德和福尔顿·比米斯要戒酒,但是麦拉没有说出来的意见——他总觉得有如芒刺在背似的,因而,他郁郁不乐地在暗自琢磨:"一个男子汉老是净听许多女人差来遣去的,那他就连自个儿也都管不好啦。"

他再也不觉得丹尼斯是不是姿色渐衰和感情用事了。他把丹尼斯同扬扬自得的麦拉一比较,认为丹尼斯要灵巧、飘逸、光艳照人,好似自天而降的一位火神,姗姗来到了壁炉边一模一样。尽管他想到自己妻子时不免满怀怜悯,他总是渴望和丹尼斯在一起。

但是后来,巴比特太太突然把掩饰自己不幸的那件体面的外衣给撕去了,惊讶不已的巴比特才发现:她决心凭借自己的力量,进行小小不言的反抗了。

三

有一天晚上,他们都坐在熄了火的壁炉旁边。

"乔吉,"她说,"在我出门期间的家用开支账目,你还没有给我看呢。"

"不,我——压根儿还没有记呢。"他回话时可以说非常心平气和,"今年我们怎么也还得紧缩一下开支呢。"

"那当然咯。我可不知道——那么多的钱都花到哪儿去了。尽管我处处精打细算,但是钱——就像冒出来的水汽,一下子都不见了。"

"我想我真不该把那么多钱都花在抽烟上。得了,赶明儿我尽量少抽一点儿,要不然干脆全戒掉呗。那天我也想过一阵子,倒是有一个好办法,那就是:开始抽荜澄茄①药味卷烟,一闻到烟味叫人恶心,我也就压根儿不想抽了。"

"哦,我真巴不得你不抽呢!这个事本来我不想多管,可是,说实话,乔治,烟抽得那么多,毕竟对你害处太大。你没有想过自己抽烟不妨来个逐步减量吗?还有,乔治——我发现,你从那些地方开了会,回到家里,有时你满身上下都是威士忌的味儿。亲爱的,你知道,我担心的倒不是什么道德品行问题,而是你的胃本来就不好,这么喝酒你可吃不消呀。"

"什么胃不好,见鬼去吧!我敢说我的酒量一点儿都不比别人差!"

---

① 荜澄茄,一种药,可用于治疗黏膜炎。

"得了吧,我说反正你自己还得多加小心呗。你要知道,亲爱的,我可不会让你喝得一病不起呢。"

"一病不起,哪儿来的废话!我可不是一个小伢儿!我偏偏不信我每星期只不过碰巧喝他个一两杯,就会一病不起!娘儿们——就有这种毛病,一点小事老是夸大得比天还大。"

"乔治,你那样说话,我说就不对头了。要知道我刚才说的,正是为了你自己好嘛。"

"我知道,可是我的天哪,真难对付,这些娘儿们——就有这种毛病!她们老是在嘀嘀咕咕,评头论足,刺刺不休,临了还说什么这是——'为了你自己好嘛'!"

"啊——啊,乔治,你对我说话就这么尖酸刻薄,总是不太好吧。"

"嘿,我压根儿不想尖酸刻薄,可是,我的天哪,瞧你自个儿跟我说话的那副腔调,仿佛我还是幼稚园里的小把戏,连一杯酒都喝不了——要不然马上就得叫圣·玛丽的救护车!多亏你把我这个人想得那么帅气呢!"

"哦,不是那样;我只不过是——不希望你得病罢了,还有——噢哟哟,我可没有发觉现在时间已经那么晚了!至于我出门期间那些家用账目,你可别忘了给我看看。"

"哦,真是妙极了,现在干吗还要费劲地补记呢?那一段账目干脆跳过就算了。"

"喂,乔治·巴比特,我们婚后这么多年以来,哪怕花掉一个铜子儿都要上账,一笔也不漏掉!"

"不。也许糟就糟在这里。"

"你说这话究竟是什么意思？"

"哦，我说的可什么意思都没有，只不过——有时候，我对所有这些日常琐事真是厌恶极了——交易所里算账、盘账先不说，回到家里还要算家用流水账，整天价忙乱，焦急，烦躁，全是为了一些无聊透顶的破货，把自个儿折腾得够呛，而且还是那么小心翼翼——老天哪，你说难道我命里注定就干这样的营生吗？本来我可以成为一个顶呱呱的演说家，可现在我只好整天价忙乱，烦躁，操心——"

"那么，依你看，我对乱糟糟的家务就一点儿都不厌烦吗？我可烦腻透顶啦，一年三百六十五天，忙的是一日三餐，还要踏那台吓人的破缝纫机，累得两只眼睛都坏了，给你和罗娜、特德、婷卡一家老小轧衣服，洗衣服，补袜子，还要上市场去买这个菜、那个菜，自个儿拎着篮子回来——**一切的一切**就是为了省钱，免得给人家脚力呗！"

"啊，我的天哪，"他不免有些吃惊地说，"我想也许你就是这样穷忙活！可是你不妨也来个比较——我整天价都得待在交易所里，而你过了中午就没得事啦，你可以出去溜达溜达，访友拜客，上邻居家去串门闲聊天——总之一句话，你心里想干啥就干啥呀！"

"那倒也是哟，你说我这是真的开心吗？我见到的总是这些老面孔，扯来扯去的，也净是些老生常谈，可是你就有各式各样有趣的人物到交易所来找你呢。"

"好一个有趣的！有一些疯老太逼上门来，问我干吗不把她们宝贝的小房子租出去，而租金却要超过房价七倍左右；还有一帮子老头儿会过来指着我的眉毛鼻子大骂一阵，就是因为他们要求在每个月二号格林威治时间下午三点钟以前拿到全部租金，一个铜子儿都不能少!可不是吗?真的有趣极了!哎哟哟,就像小小的天花麻斑一样有趣!"

"乔治,现在你可不要对我那样大嚷大叫呀!"

"得了吧,我觉得最最可恨的,就是——娘儿们总认为男人什么事儿都不干,只会坐在安乐椅里,向一些时髦女人献殷勤,挤媚眼!"

"我想,她们要是走进你的交易所,你一个劲儿给她们挤媚眼,真的够好看呢。"

"你说这话是什么意思呀?难道说我在追逐妖女人吗?"

"可我巴不得不是这样——瞧你已有一把年纪啦!"

"喂,你听着,也许你还不相信——当然咯,你眼前看到的只不过是一个胖墩墩的乔治·巴比特。准没有错,依你看,他在家里就是个打杂的!只要司炉工还没有到,他就去烧锅炉;账单来了,他就掏腰包付钱;此外一点儿都不管用,但他觉得所有这些简直枯燥乏味得要死!嗯,也许你还不相信,但是,有的女人却认为老乔治·巴比特——几乎还是个满不错的好后生呢!她们认为他长得不算丑,反正看上去还讨人喜欢,而且说起话来头头是道。她们里头有些人甚至认为,他跳起舞来那个潇洒劲儿,真是谁都比不上呀!"

"是啊。"她慢条斯理地说,"我深信无疑,只要我出门不在家,你一准去寻摸那些真的把你捧成宝贝的人。"

"哦,不,我只不过是要说——"他郑重其事地说,打算加以否认,但他在气愤之余又转念一想,还是承认一半吧,"可不是吗?我碰到的人确实多得很,都是彬彬有礼的人,他们并没有认为我这个孩子胃不好呀!"

"那恰好正是我要说的呀！不管是什么人，只要你喜欢，尽管可以跟他们交往，可是我呢就得守在家里等你回来呗！你有机会接触到各式各样的文化生活，什么东西都见得到，可是我呢只好老是待在家里——"

"啊，我的老天爷呀，不过，谁都没有拦阻你，不让你去看书呀，去听各种讲演呀，以及其他等等玩意儿，是不是？"

"乔治，我**关照**你，我可不喜欢你对我大嚷大叫**那个德行**！我真闹不清你究竟出了什么事。过去你对我说话从来都不是这样暴躁。"

"我可不是存心暴躁，但是，我的天哪，你自己跟不上时代，偏要责怪我，我当然要恼火了。"

"我可要跟上时代的！你乐意帮助我吗？"

"那当然咯。至于怎样占有文化知识的问题嘛，只要我力所能及，一定为你效劳——下面签字画押：乔治·福·巴比特。"

"那敢情好，下礼拜天下午，我就要你陪我一起去听马奇太太的新思想[①]演讲会。"

"那位太太是谁？"

"奥珀尔·埃默森·马奇太太，美国新思想同盟派往各地的讲演人。她打算在桑蕾旅馆超凡入圣同盟的会上做题为《培养太阳精神[②]》的讲演。"

"呸，废话！什么新思想！还不是乌七八糟的大杂烩！还有'培

[①] 新思想派，起源于美国的一种唯心的、神秘的宗教思潮，路易斯在他的另一长篇小说《埃尔默·甘特里》中对它加以嘲笑过。
[②] 基督徒有时也将太阳作为神的象征。

养——'什么来着？听起来就像猜谜语：'小白鼠为啥踩着轮子转？'一个虔诚的长老会教友，不听德鲁博士的布道，倒是去听什么精彩的演讲会，你啊真有意思！"

"德鲁牧师当然是个学者、传教士，以及具有这类身份的人，但是他缺少的，就是马奇太太所说的**内心的激动因素**；而且，他对这个**新世纪**根本缺乏灵感。而现在，妇女们需要的正是灵感。所以嘛，我就要你陪我一块儿去，反正你已然答应过了。"

四

超凡入圣同盟泽尼斯市分部假座桑蕾旅馆小舞厅开会。这个小舞厅很精致，浅绿色墙壁上有石膏玫瑰花环雕饰，有精致的细工镶嵌的地板，此外还有特别精美纤巧的烫金座椅。到会的有女宾六十五位，男宾十位。男宾十之八九没精打采地坐在座椅上，来回扭动身子，他们的妻子却是正襟危坐，全神贯注，但也有两位男宾——是长着红脖子的大胖子——如同他们的妻子那样虔诚。他们是不久前发了大财的承包商，新近购置了房产、汽车、真迹绘画，以及绅士派头之后，此刻正在购进一种现成的风雅的哲学思想。不过，他们还在举棋不定，究竟是买新思想派、基督教科学派[①]呢，还是买最佳标准的注重教会

[①] 美国的一个教派，1879年由玛丽·艾迪（1821—1910）所创立。该教派宣称：物质是虚幻的，疾病是主观的，是"意识的错误"，只能靠"意识的方法"来医治，而不能靠服药治病，并自称这就是所谓"基督教的科学"，故名。该教派总会设在波士顿，办有《基督教科学箴言报》。

权威和仪式的圣公会教义。

就躯壳而论,奥珀尔·埃默桑·马奇太太似乎还缺少先知应有的仪容。她个子又矮又胖,脸盘很像傲慢的哈巴狗,鼻子却和纽扣一般大小,而且两条胳膊特别短,坐在讲台上等候开会时,尽管拼命地使劲儿,两只手也没法在她肚子前面合拢过来。她身穿塔夫绸袍子,上面镶着绿天鹅绒花边,挂着三串玻璃珠子项链,一副可以折叠的大型手持眼镜,柄上还飘着一根黑色缎带,真可以说文雅得很。

超凡入圣同盟主席是个长得很老相的年轻女人,脚脖子上穿了白色鞋套,嘴边长着小胡子,用一种十分景慕的声调,向大家介绍了马奇太太。她说,马奇太太将用最最浅显明白的道理,来谈谈如何培养太阳精神的问题。因此,凡是有志于培养太阳精神的人,对马奇太太讲演中的一言一语,都应该洗耳恭听;虽然大家都知道,泽尼斯一向是走在新思想和精神进步的最前列,但是即使在泽尼斯,也不是常常有机会,听得到像奥珀尔·埃默森·马奇太太这么一位给人思想上启迪的**乐天派和玄学派的先知**的教诲。马奇太太毕生**潜心思考**,悟出了**人生的最大妙谛**,并在**静坐敛心之中**发现了**自我控制**和**内心钥匙**的**奥秘**,这些奥秘马上要改变不幸的各国的面貌,并给他们带来**和平**、**力量**与**繁荣**;所以嘛,朋友们,在这个极其珍贵的时刻,你们可要忘掉今日这个浮华世界上**所有幻想**,就同奥珀尔·埃默森·马奇太太一起探索深奥的**真理**,进入**至善至美的妙境**吧。

虽说马奇太太身躯如此矮胖,似与人们心目中的斯瓦米[①]、瑜

[①] 意谓"老师",印度人对学者、宗教人士的尊称。

第三十章 · 455 ·

伽[1]、先知与门师的形象不尽吻合,但听她讲演时的声音,却完全是真正内行的调子:是那么文雅,那么乐观,有时是惊人地安谧,有时又像大河滔滔不绝地讲下去,从不间断,使巴比特听得几乎着了迷。她最心爱的口头禅是"永远",可是声音拖得很长,常常读成"宏远"。她最喜欢做的姿势,是竖起两只粗短的手指,就像主教那样为会众祝福,但不免兼有地地道道的贵妇人的派头。

她在阐明什么叫作精神渗透问题的时候,说:

"有那么一些人——"

她在说到"有那么一些人"时,声调显得悠长而又恬美,仿佛微弱的短音阶上传来了一阵遥远的、温柔的呼唤声。它从个人节操方面谴责了那些如坐针毡的男宾,但又给他们指出了灵魂疗救之道。

"有那么一些人 [,] 他们只见到**逻各斯**[2] 的一些浮光掠影的东西 [,] 有那么一些人 [,] 他们只是窥见了一鳞半爪 [,] 便狂热地自以为掌握了**逻各斯** [,] 也有那么一些人 [,] 只是接触了一下**真元之光**[3] 就浅尝辄止 [,] 便到处招摇 [,] 大言不惭地说他们已经融会贯通 [,] 竟与**逻各斯**和**玄学**浑然一体了 [,] 不过 [,] 我给你们指出的这个名词 [,] 我还要把它的概念扩伸开来说 [,] 那些未能窥其堂奥的人 [,] 甚至连入门都谈不上 [,] 因为神圣性 [,] 就其固有的本质来说 [,] 永远 [、]

---

[1] 印度宗教哲学中的一个派别。
[2] 原文为Logos,按音译则为逻各斯,古希腊哲学中的术语,意谓"普遍规律",亦即理性、理念;唯心哲学把它当作"精神的原起""神明的理智",亦即所谓圣子(耶稣基督)与基督之道。
[3] 马奇太太把"道"说得玄而又玄,很像我国道家的说法。"真元"系我国道家用语,这里也许可以借用一下。

永远 [、] 永远是浑然一体的 [，] 而且——"①

说穿了，原来**太阳精神**的本质就是**真理**，而**它所散发出来的氛围，**就是**欢乐心情。**

"你们要永远满怀着先知的热情和带着拂晓时明朗的微笑 [，] 去迎接每一个白天的到来 [，] 因为先知不仅懂得天地万物都是随着**巨轮旋转**工作着 [，] 而且还**欣然肯定地**回答了**破坏者痛苦的心灵**里的责难——"②

讲演就这样持续了大约一个小时零七分钟。

临了，马奇太太讲得更加有劲儿，并且还用上了标点符号：

"现在，让我跟你们各位谈谈由我负责的《**通神学**③ **与泛神论**④ **东方读书会**》的优越性。我们的宗旨就是要集**新世纪**之大成，把**新思想派**、**基督教科学派**、**通神学**、**吠陀哲学**⑤、**贝哈因主义**⑥，以及从这独一无二的**新的光源**所迸发出来的其他火花，通通融合成为一个密不可分的整体。每年只需捐助十块钱，各位会员交了这么微不足道的一点儿钱之后，不仅可以收到《疗救珍品》月刊一份，而且还有权向我读书会会长、我们尊敬的神甫太太多布斯直接去函请教任何问题，比方说，有关神灵复活问题，婚姻问题，保健与福利问题，以及财政

---

① 此处原文整段都没有标点符号，方括号内逗号、顿号都是译者加上的。
② 此处原文整段都没有标点符号，方括号内逗号都是译者加上的。
③ 通神学亦译神智学、通神论，认为：通过精神上的自我发展，即可洞察神性之哲学或宗教；近代通神学还纳入许多佛教婆罗门教教义，具有极其浓厚的唯心的神秘的宗教色彩。
④ 泛神论亦译宇宙即神论，多神崇拜。
⑤ 吠陀哲学，源自印度的泛神论哲学之一派。
⑥ 波斯泛神教之一派，为米尔扎·侯赛因·阿里的信徒所宗奉。

困难等等问题——"

到会的人都在洗耳恭听她的讲演。他们脸上露出温文尔雅的神情,心中所有疑窦好像都已迎刃而解。他们咳嗽时也是文绉绉,悄悄地将两腿交叉在一起。他们还用昂贵的麻纱手绢捂着擤鼻涕,显得彬彬有礼,乐观文雅。

至于巴比特呢,他正坐在那里受罪。

当他们额手称庆地走出了会场,冒着可以闻到雪花和阳光的气息的大风坐车回家的时候,他简直连一句话都不敢说了。这几天来,他们动不动就吵嘴。巴比特太太迫不得已,先抢白了一句:

"你喜欢马奇太太的讲演吗?"

"呃,叫我怎么说——那你从它里面听到一些什么名堂呢?"

"哦,它促使你去思考问题。叫你从老一套的思想框框里跳出来。"

"哦,我可要赞扬奥珀尔不是老一套的,但是,我的天哪——说真格的,她的那些玩意儿,你能有多少听得懂?"

"当然咯,我对玄学一窍不通,有许多东西简直都闹不清楚,可是,我觉得她的这个讲演给人们思想上很有启发。她讲得那么娓娓动听啊。我认为你准能从这里面吸取到不少滋养!"

"呸,我一点儿都吸取不了呀!老实说,我一看见那些娘儿们听得那么出神入迷,简直就发愣了!她们干吗白白地浪费时间,去听她的那一套废话——"

"那当然还不如让她们到近郊小酒馆去抽烟、喝酒好哇!"

"我可不知道——那是好呢,还是坏!反正我个人看不出有什么不同的地方。在上面这两种情况之下,她们只不过竭力想要自我解脱罢了——我想，现在几乎每个人都有这样想法。至于我呢，当然咯，我就是喜欢动动两条腿，跳跳舞，跳他个痛快，哪怕是在一个下等小酒店赌窟。我可不愿像我的卡脖子的硬衣领那样傻里傻气地坐在那里，吓得要命，连吐一口痰都不敢，只好乖乖地听奥珀尔啰里啰唆地嚼舌根。"

"当然咯，就数我最清楚，你喜欢的，就是下等小酒店赌窟嘛。我不在家的时候，毫无疑问，你就是那里的座上常客！"

"喂，你听着！最近以来，你自己也太放肆了，说话时总是曲里拐弯，含沙射影，好像我这个人在过着一种两重不同的生活，或者类似这样的生活——这个，我可听厌了，压根儿不乐意再听呢！"

"你怎么啦，乔治·巴比特！你知道你自己在说些什么呀？我的天哪，乔治，咱们那么多年以来，你跟我说话从来都不是那样的！"

"那是在过去很久以前呗！"

"近来，你这个人变得越来越坏了。现如今，你居然就当着我的面一个劲儿乱嚷乱叫，破口大骂。你听听你自己的声音——那样恶狠狠，难听死了——简直叫我浑身发抖！"

"呸，废话，不要夸大其词！我既没有乱嚷乱叫，更没有出口骂街。"

"我希望你最好还是听听你自己的声音！也许你想象不到它该有多么吓人呢。但是在过去——你说话可从来都不是那样的。你要是没碰上邪魔外道，说话时**绝不可能**会有这样的调门。"

于是，他就干脆横下了一条心。他吃惊地发现自己心里丝毫不觉得特别歉疚。他费了好大的劲儿，才使自己的口气变得委婉一些："得

第三十章 · 459 ·

了,我可不是存心叫你难过。"

"乔治,你离我越来越远,特别是你对我的态度越来越粗暴,你知道咱们再也不能这样闹下去了?我简直不知道往后会闹成个什么结局。"

刹那间,他对困惑不解的妻子开始表示怜悯;可他又转念一想,要是咱们真的"再也不能这样闹下去",该要伤害多少深笃的柔情蜜意啊。不过,他的怜悯毕竟不是真正出自由衷之情。他立即暗自寻思道:"也许这样更好,要是——当然咯,不搞离婚那些玩意儿,但就是要争到更多一点儿的小自由。"

她哀哀央告似的两眼直瞅着他,可他愁容满面,默默无言地在继续开车。

第三十一章

一

巴比特离开妻子之后,就走进汽车房,扫去了汽车踏脚板上的残雪,检查了一下软管有没有裂缝。这时他才感到后悔,干吗他要对妻子大动肝火,连自己都大吃一惊;接着,他又温情脉脉地想道:她跟他婚后一直相依为命,终究比轻狂佻薄的那一伙人着实要牢靠得多呢。他走到她身边,嗫嚅着说,他"很抱歉,并不是存心对她发火的",并问她有没有兴趣去看电影。可是,到了黑咕隆咚的电影院里,他又郁郁不乐的想道:他"这一下子可完了,又得永远跟麦拉拴在一起了"。他心里只好拿丹尼斯·朱迪克来出出气,聊以自慰。"这个丹尼斯,真该死!她干吗把他拖进这些迷魂阵中去,叫他整日价战战兢兢,惴惴不安,动不动就发脾气?麻烦、啰唆的事儿,简直太多啦!得了,干脆就一刀两断吧!"

他需要安静。约莫有十天光景,他没有去看丹尼斯,也没有打电话给她,不料,她马上向他施加压力,叫他受不了。他一直在回避她,到了第五天上,他一会儿为自己的决心感到骄傲,一会儿又琢磨丹尼斯必定望眼欲穿在惦着他。就在这时,麦戈恩小姐正好来通报,说:"朱迪克太太打来电话,要跟你谈谈修房子的事。"

丹尼斯说话虽快,但很平静:

"你是巴比特先生吗?哦,乔治,我是丹尼斯。我没见到你,已有好几个礼拜——反正有很长日子啦。难道说你闹病了,是不是?"

"不,就是事情忙得不可开交。我——嗯——我想今年建筑业又要大发展。我就得——嗯——就得好好地干啊。"

"那当然咯,我的天哪!我也得要你好好地干。你知道我对你希望特别大,比我对自己的希望还要大得多哩。我只是希望你可不要把可怜巴巴的丹尼斯忘掉过一会儿。你就给我打电话,好吗?"

"当然咯!一定一定!你尽管放心!"

"请来电话吧。我这就不再来打扰你啦。"

他在独自沉思:"可怜巴巴的小妮子!……不过,我的天哪,她可不应该把电话打到交易所来找我……她真是了不起——那么富于同情心——'对我希望特别大'。……可是,呸,我才不会硬逼着给她打电话的,只有我自己想打就打。该死的娘儿们,她们老是要提出这个、那个要求来!哦,过了一段时间,我再去看看她呗!……可是,天哪,今儿个晚上我真想去看看她——这个可爱的小东西……哎哟哟,伙计,别睬那个!既然你已然脱身出来,那就放聪明些!"

她既没有打电话来,他也没有去电话,但是过了五天之后,她在给他的信中写道:

难道说我得罪了你吗?你得明白,亲爱的,我可压根儿没有这个意思。现在我太冷清了,多么需要有个伴来消愁解闷。昨晚我们在卡丽家玩得很痛快,你干吗没有来,我记得卡丽邀请过你。明天是礼拜四晚上,你能不能上我这儿来?我独自一人在家,至盼同你晤面。

他看完以后,真是感慨万端:

"该死的,她干吗老是缠住我呢?为什么娘儿们还不懂得男人最恨被人牵着鼻子走?她们老是大喊大叫该有多么冷清,就是想占你们男人的便宜。

"年轻小伙子,你这样说话可就不对头啦。她是一个善良、坦率、正派的女人,但她过的确实是十分孤单的生活。她的字写得太漂亮了。信封信笺也好看极了。素雅大方。我想我非得去看看她不可,谢天谢地,反正最晚不过明天晚上。

"她该有多么可爱,但是——不,算了吧,我才不喜欢**被人牵着鼻子**走啊!我又没有跟她拜过天地。不,老实说,我压根儿都还没有这种打算呢!

"哦,少说废话!反正我想最好还是去看看她。"

二

礼拜四——也就是丹尼斯信笺上定好的第二天——这一天充满了惊心动魄的事件。在康乐会"大老粗"的那张桌子上,咪格·冈奇谈到"良民联"——在巴比特看来,好像故意把他撇在一边,故意没有邀请他参加。巴比特交易所里打杂的老迈特·彭尼曼遇到了**不少麻烦事**,便走进来诉苦说,他的大儿子"太没出息",他的妻子又得了病,他还跟自己的小舅子吵过嘴。康拉德·赖特也有自己的**难处**,但因为赖特是巴比特的最佳客户之一,只得仔细听他陈述。原来现在赖特正患有一种特别有趣的神经痛,汽车修理厂老板就故意向他敲竹杠。巴比特回到家里,全家老小都有自己的**一本难念的经**:他的妻子正在打算把那个新来的没羞没臊的女用人歇掉,可又担心她自个儿悄悄地跑了,而婷卡却硬要把自己的教师说得一无是处。

"啊,不要瞎嚷嚷啦!"巴比特大声嚷嚷说,"我也有我自己的**难处**,可你们从来没有听我念叨过,要不然你们也不妨就试试,来管理管理这个地产交易所——嗯,今天我发现班尼甘小姐有两天时间没有结过账,我的手指头被写字台抽屉轧住,痛得够呛,随后赖特走了进来,此人还是像从前一样不讲道理。"

他满肚子憋了气,吃过晚饭以后,他就相机行事,想溜到丹尼斯那里去。他只是气呼呼地对他妻子说:"我得走了。十一点钟左右,尽量赶回来。"

"噢哟哟!你又要往处走了?"

"又要往外走了!你这个'又要'算是什么意思!整整一个礼拜,我真是难得出去一趟呀!"

"你——你这是打算上友麋会去吧?"

"不是的。我得去访友拜客。"

虽然这一回,他对自己的声音听得很清楚,知道他说话的口气太粗鲁,又看见妻子瞪起两只大眼睛,露出谴责的神情直瞅着他,但他还是磕磕绊绊地走到门厅,赶紧穿好长外套,戴上皮手套,就出去发动汽车了。

他见到丹尼斯身穿一套金色薄绸、衬上栗壳色花边网格的罩袍,光艳照人，喜气洋洋，毫无责备之意，这时他的心情方才感到特舒畅了。"你这个可怜虫，黑灯瞎火的还要来！今儿晚上天气冷得真是够呛。来上一小杯威士忌，你说好吗？"

"哎呀，我的天哪，好一个聪明的女人！我想威士忌嘛，咱们多少能喝一点儿，只要酒量不是太大——不超过三公升，怎么样？"

他无忧无虑地打心眼儿里吻了她一下，完全忘掉自己是她硬逼着来的。随后，他在宽大的安乐椅里伸了一下懒腰，美滋滋地大有宾至如归之感。蓦然间，他开始絮絮叨叨起来。他讲给她听，说他自己多么高贵，可是常常被人误解，他的地位，若同彼得、福尔顿·比米斯，以及他们认识的其他朋友相比，又是如何如何优越。而她呢，俯身向前，纤手托住下巴颏儿，笑盈盈地随声附和。但是，当他逼不得已问道："嗯，亲爱的，您近来过得怎么样？"——没想到她对他的客套话竟会那么顶真，于是他发现丹尼斯也有**不少难处：**

"哦，过得还不错，只不过——我心里对卡丽真生气。她对明妮说我告诉她明妮这个人小气得要命，而明妮跟我说这是卡丽告诉她的，当然咯，我告诉她，像上面那样的话我可从来都没有讲过；后来，卡丽一了解到所有这些都是明妮讲给我听的，她简直一下子冒火了。因为明妮什么都给我说了，当然咯，我也恼火了，因为卡丽对她说是我告诉她的，所以后来，我们大家就到福尔顿家碰头——谢天谢地！——他的妻子正好不在家——哦，他家里细工镶嵌的地板太棒了，跳起舞来可美啦——我们一见了面，就七嘴八舌地吵得不可开交了——哦，我本人就是最恨人们吵嘴，那么你说呢？我的意思是说——那是极不雅观，可是——不知怎的，我妈要来我这儿，打算住上整整一个月；

第三十一章 · 465 ·

当然咯,我是非常爱她的,我想我确实也是如此。可是,说句老实话,只要她这个人在,就碍手碍脚的,真够呛——她对什么事都要说长道短的,真是拿她没有办法。她老是问晚上我都到哪儿去了,我要是对她说了假话,她就开始暗中刺探,到处打听,了解清楚我究竟去过什么地方,然后,她便用有如画在墓碑上忍受痛苦的烈女那样的目光直勾勾地瞅着我,逼得我简直要失声叫喊起来。哦,我**还得**要告诉你——你知道我**一辈子都不讲**自己的事,所以我也最讨厌别人老是喜欢讲自己如何如何,那么你呢?可是——今儿个晚上我却觉得自己有点儿傻了,我知道你听了我讲的那些劳什子,一定感到挺腻味。不过——你倒也不妨说说,我对我妈又该怎么着呢?"

多承他这个须眉汉子出了一些点子,她所有的困难都迎刃而解。比如说,她妈妈要来的事,不妨往后搁一下。至少卡丽嘛,就让她见鬼去吧。她感谢他提出了这些珍贵的意见;随后,他们就如同往日里那样在背后净说那一伙人闲话,一会儿说卡丽是个感情用事的小傻瓜,一会儿又说彼得简直是个小懒鬼,一会儿却说福尔顿·比米斯如何如何厚道——"当然咯,乍一见面,许多人都认为他是一个地地道道的爱唠叨的老头儿,只是因为他听了他们的俏皮话,不会马上就哈哈大笑,但是只要慢慢地接近他、了解他以后,谁个都会说,他这个人确实是顶呱呱的。"

但是,既然他们对每个人都认真地加以条分缕析过,现在即使要深谈也谈不下去了。巴比特竭力表现自己的才智,竟然侈谈天下大事。他完全从正统观点出发,谈到了裁减军备、思想开明,以及自由主义问题;但是他觉得丹尼斯之所以对自己所谈的发生兴趣,就是因为她感到这些东西与彼得、卡丽,或者与他们本人息息相关的缘故。接下来是一阵沉默,使巴比特感到十分难堪。他千方百计地想激起她再次絮絮叨叨的谈兴,但是沉默却像一个灰蒙蒙的幽灵升了起来,并在他们之间来回盘旋。

"我,呃——"他很费劲地说,"我觉得——我觉得失业正在日益减少。"

"那么,彼得也许会找到一个像样的工作了。"

沉默。

他实在出于无奈,这才试探地说:"这是怎么回事,我的心上人?今儿个晚上,你心里好像有点儿不高兴。"

"是说我呀?哦,不,我可一点儿都没有。可是话又说回来——难道你真的会关心到我高兴还是不高兴?"

"关心?一定关心!当然我关心啦!"

"你说是真的吗?"她猝然俯身向他扑去,偎坐在他的安乐椅扶手上。

他恨自己感情源源不绝迸发出来,不由得对她产生了缱绻柔情。他抚摸了一下她的手,勉强地昂起头朝她笑了一笑,又往后靠在安乐椅上。

"乔治,我心里常常纳闷,你是不是真的喜欢我。"

"当然我喜欢啦,傻丫头。"

"你说是真的吗,我的宝贝?说实话,你喜欢不是一点儿吧?"

"那当然咯,尽管放心好了!要不然我压根儿不来这儿,你说对吗?"

"喂,你听着,小伙子,我可不喜欢你那样气呼呼地跟我说话呀!"

"不,我可不是存心这样气呼呼的。我只不过是——"他仿佛用一个受委屈的孩子的腔调说道,"我的老天爷哪,我明明是像平时那样说话,可人人都说我气呼呼,真是叫我讨厌透顶!难道他们非要我说话像唱歌一样好听不成?"

"这个'人人'你指的是谁呀?那么,还有多少别的女人得到过你的安慰呢?"

"喂,你听着,你说话这样含沙射影我可不懂呀!"

她低首下心地说:"我知道,亲爱的。我只是逗着玩儿说的。我知道你这个小伢儿说话可不是存心要气呼呼的——恰巧是你觉得太累了的缘故。饶了这个淘气的丹尼斯吧!可是你倒说说看,你爱我吗,快说呀!"

"我爱你……当然咯,我爱你。"

"是吗,你爱我?!"她的这句话里充满了讥讽味儿,"哦,亲爱的,我可并不是存心叫你生气呀。但是——我毕竟太冷清呀。我感到自己太无能了。谁都不要我,而我对别人也一点儿都帮不了忙。但你要知道,亲爱的,我这个人还是有点儿劲头的——要是有事情干,我是可以胜任的。何况我还年轻,是不是?我毕竟不是个老太婆呀!而且,我也还不是一个愚蠢的老太婆,你说是吗?"

他只好对她温言宽慰了一番。她抚摸着他的头发,这么轻轻地一触摸,不由得使他喜上眉梢,并感到这种诱人的柔情绰态之中含有更多的要求。他就变得不耐烦了。他恨不得马上往外逃走,直奔那个严峻的、稳健的、毫不感情用事的须眉世界。也许,她从自己多情的柔纤的手指之间，猛地觉察到了他那躲躲闪闪的嫌恶情绪。于是，她不再抚摸他了——他暂时轻松地舒了一口气——她把一只小椅子挪到他脚跟边，坐了下来，露出恳求的神情直瞅着他。可是，正如许多男人见到一头畏缩不前的狗、一个受惊后躲躲闪闪的孩子，常常引起的不是怜悯，而是一种始料不及的可笑的残忍态度，因此，丹尼斯的低首下心只能使他更加不快。他看到她现如今芳华已过，开始衰老了。他的这些想法虽然自己也嫌恶，但是始终萦绕不去。她毕竟老了——他不由得退一步想道。老了！他发觉她下巴、眼皮，以及手腕底下，皮肉已经松软，形成细如网状的皱褶。她那脖子窝里的肌肤显得有些粗糙，好像是擦字橡皮留下了一条条碎屑。老了！论年龄，她要比他小，但是看到她瞪起骨碌碌乱转的大眼睛，如饥似渴地直望着他——他不由得打了一个寒噤，暗自琢磨——"仿佛就像是他的亲姑妈在向他谈情说爱来着"，这真是叫他恶心呢。

　　他心里挺气恼地想道："我再也不干这种只有白痴才会干的蠢事啦。我要跟她一刀两断。她是一个可爱的正派女人，我不想伤她的心，但是跟她一刀两断，就要像干净利落的外科手术一样，务必使她少一点儿痛苦。"

　　他猛地站了起来。他开始急促地说话了。为了保持自尊心，他不得不向她，同时也向他自己证明：这一切都是她的过错。

　　"我想也许今儿晚上我有点儿心绪不佳，但是，说句老实话，亲爱的，我将有一段时间来不了这儿，因为要看看工作等等有没有出了差错，闹明白我究竟是在干啥，你应当放聪明些，好好地等我回来。难道说你还不明白，亲爱的，你如果**硬是拽住**我上这儿来，那就只能

第三十一章 ·469·

激起我——这个倔强的笨家伙——的反抗吗?你听着,亲爱的,我这就走了——"

"你还得等一下,小宝贝!先别走啊!"

"不,我马上就走。至于以后嘛,到时候我们再看吧。"

"亲爱的,你刚才说的'以后',这是什么意思?难道是我得罪了你?哦,我简直太抱歉啦!"

他毅然决然把两手摆在背后,说:"你可一点儿都没有错,上帝保佑你,一点儿都没有错。你这个人很好,我看哪个都比不上你呢。只是问题出在这里——我的老天哪,难道你真的不明白我身上责任可不轻啊?我还有公事要去办理,也许这个你不会相信,但是,我毕竟有老婆,有孩子,我打心眼儿里喜欢他们!"他只是说到这里,简直痛不欲生的时候,才突然感到自己德行高尚了,"我希望我们俩能交个好朋友,不过,老天哪,我再也不能像现在这样继续下去了,总觉得好像随时都**得**上这儿来——"

"哦,亲爱的,亲爱的,我可老是对你说过:你来去完全自由。我只不过巴望你万一累得够呛,需要跟我谈谈心,解解闷,或者喜欢跟咱们大伙儿聚在一起乐一乐,那就尽管上这儿来吧——"

她居然是那样通情达理,那样落落大方!他几乎花了整整一个钟头,自己才得以脱身,虽然什么问题都没有解决,但实际上已是万事大吉啦。他一无牵挂地走到了室外,朝着冷冰冰的北风,叹了一口气,说:"谢天谢地,万事大吉啦!可怜巴巴的丹尼斯啊!可怜巴巴的、可爱的丹尼斯多漂亮大方!但是万事大吉啦。我呀——绝对自由啦!"

第三十二章

一

他走进家门的时候,妻子还没有睡呢。"怎么样,你玩得痛快吗?"她嗤之以鼻地说。

"哪儿的话,一点儿都不痛快!难道说我还得解释一番不成?!"

"乔治,看你说话怎么能像这个样子——哦,我的天哪,真不知道你出了什么事啦!"

"去它的,我什么事都没有呀!你干吗老是找我麻烦呢?"他暗中警告自己:"小心留神!说话不要那样别扭。整整一晚上把她一个人撇在家里,她当然很生气。"但是他对这个警告马上就忘得一干二净,当他的妻子接下去说:

"你干吗要出去看那些陌生人呢?我想,也许你又会说今儿晚上你是去参加另一个委员会的会议!"

"不,不是开会去的。我刚才去拜访一个女人。我们坐在壁炉边,互相逗着玩儿,玩得痛快极了,要是你想要知道的话!"

"哦——从你说话的口气里,我想你去那个地方好像又要怪我的不是!说不定还是我打发你去的!"

"那倒也是,是你打发去的!"

"哦,真的是——"

"你憎恨你心目中所谓的'陌生人'。要是由着你自己的性儿,我恐怕早已变成霍华德·利特尔菲尔德那样的老顽固啦。你从来都不请那些饶有风趣的人上我们家来,你只是跟一帮子老八板儿围坐在一块儿,净是空谈什么天气好不好。你想尽一切办法,就是要让我变成老头儿。好吧,现在让我干脆告诉你,这个我可坚决不答应——"

他长篇大论毁谤了一通,虽然这在过去是闻所未闻的,但还是叫她抬不起头来。她只好悲切切地回答说:

"哦,亲爱的,我觉得那都不符合事实的。不,我绝不希望你变成老头儿。也许你有的地方是说对啦。也许我还不善于结识新的朋友。可是,只要你想一想我们在一起度过的所有美好的时光,想一想我们办晚宴,看电影,以及所有这样的——"

他施出了地地道道的男人的诡计,不仅使自己相信是她得罪了他,而且,他还凭借自己扯高嗓门,大张挞伐,竟然使她也信以为真了。甚至他在丹尼斯那里鬼混了一个晚上,也要妻子向他赔礼道歉。他上床的时候很得意,自以为是不惜做出了自我牺牲的一家之主。他躺下后心里又觉得很别扭,怀疑自己不一定完全有理。"我这样欺侮她,多丢脸啊!也许还是她说得有理。也许她从来还没有像刚才那样激动过。可我才不管呢。让她清醒一些也会有好处的。反正我应当得到自由!就让她、丹尼斯、俱乐部里弟兄们——以及所有的人通通离得远远的!我自己的生活反正由我自己来管!"

二

第二天在促进会吃午饭时,他仍旧怀着上面这种心情,所以特别令人不快。当时,有一位国会议员正在发表演说,此人历时三月对德国、法国、英国、意大利、奥地利、捷克斯洛伐克、南斯拉夫和保加利亚的财政金融、人种分布、政治制度、语言特征、矿产资源和农业进行广泛考察之后刚刚回到美国。这些题目他向大家都做了介绍,另外在讲到欧洲人不了解美国时,他举出了三段令人发笑的趣闻,并且还大力主张绝不让愚昧无知的外国佬进入美国。

"嘿,真是见闻广博,所谈的内容丰富极了。确实有气魄。"席德尼·芬克尔斯坦说。

可是愤愤不平的巴比特却发牢骚说:"瞎吹一通!全是空话!那些外国移民——又怎么啦?老天哪,他们并不是愚昧无知,我总觉得,好像我们自己——还都是这些外国移民的后裔哩!"

"哎哟哟,你烦死我啦!"芬克尔斯坦先生说。

巴比特发觉:桌子对过的A.I.迪林大夫皱紧眉头,正在听他说话。迪林大夫是促进会里最重要的人物之一。他不是内科医生,而是外科大夫——外科这个职业使他声名更加烜赫,富有罗曼蒂克色彩。此人身材非常魁伟,长着浓密的黑头发和黑胡子。他历次做过的手术,报刊上时有详细记载;他是州立大学外科学教授,经常出席皇家岭知名人士府邸宴会;据说他还有好几十万美元积蓄。现在,这么一位大人物居然对他瞋目相视,巴比特不由得十分惊慌。于是,他赶紧满口喷啧称赞国会议员的聪明才智，虽然这是对席德尼·芬克尔斯坦讲的，但实际上是故意做给迪林大夫看的。

三

那天下午，巴比特交易所里来了三个人，瞧这三个人的派头，倒是很像遥远的拓荒时代治安维持会①的成员。他们权限既大，办事又很泼辣，全是泽尼斯市大亨阔佬——外科大夫迪林，承包商查理·麦凯尔维，其中最吓人的是白胡子上校拉瑟福德·斯诺，亦即《鼓吹时报》的老板。他们一到，巴比特如临大敌似的，深感自己的渺小和微不足道。

"啊，啊，多承诸位莅临，个人感到非常荣幸，请，请坐吧，有什么吩咐？"他唠唠叨叨地说。

他们既没有坐下来，也没有寒暄应酬一番。

"巴比特，"斯诺上校首先开了腔，"我们就是代表'良民联'来找你的。我们已经决定你就非得加入不可。味吉尔·冈奇说你不乐意加入，但我觉得我们可以再给你解释一下。'良民联'打算跟商会联合起来，一致反对自由雇用企业②，所以说该是你加入'良民联'的时候啦。"

巴比特突然一怔，实在记不起来自己不乐意加入的原因（如果说他当初真的了解得清清楚楚的话），不过他从感情上肯定知道自己确实不愿加入，又想到眼前他们居然向他施加压力，不由得怒火中烧，

---

① 美国一种未经授权、自行组织的民间团体，旨在维持治安、惩罚罪犯。
② 指不论是否工会会员一律招雇的商店或工厂。

也不管他们这三位都是商界巨头。

"请原谅,上校,我还得好好考虑一下呢。"他咕哝着说。

麦凯尔维咆哮着说:"那就是说你不打算加入,乔治?"

巴比特说话时带着某种愠怒、陌生而又凶狠的声调:"你听我说呀,查理!我死也不加入什么组织,不论是谁都吓不倒我,即使你们大老板也不例外!"

"我们对任何人都不想吓唬呢。"先是迪林大夫抢白了一句,但斯诺上校马上打断了他:"当然咯,我们也会准备这样做!必要的时候,我们也可以吓唬一下。巴比特,'良民联'早就详细讨论过你啦。大家认为你是一个机灵、纯洁、可靠的正派人,一贯表现都是如此;不过,最近以来,真是天晓得,不知道究竟是什么原因,我根据各种信息了解到:你跟一帮子狐朋狗友厮混在一起,更糟糕的是,你居然真的吹捧和支持本市某些最可恶的危险分子,比如说,就像多恩那样的败类。"

"上校,我倒觉得这是纯属个人的私事嘛。"

"也可能是这样,但我们要跟你讲清楚。你们,就是说你和你的岳父,如同我在市电车公司里的那些朋友一样,历来坚决维护本市最殷富和最先进的人物的权益,而且我的报纸也常常对你大肆吹捧。好吧,如果说你一定要跟妄图搞垮我们的那些危险分子站在一起,那么,你也就别指望正派的市民会继续帮助你啦。"

巴比特确实大吃一惊,但他从一种痛苦的本能中意识到:如果说这一步他后退了,那他以后势必步步后退。于是,他不以为然地说:

"上校,您未免言过其实啦。虽然我主张要心胸开阔,思想开明,但是话又说回来,我当然跟你们各位一样,也是极力反对那些狂热分子、胡说八道的家伙,以及形形色色的工会组织等等。事实上,现在我参加的组织实在太多,对它们都得一视同仁,所以嘛,我先要好好地想一想,然后再决定我是不是加入'良民联'。"

斯诺上校屈尊俯就地说:"哦,不,我可一点儿都没有言过其实!你问那位大夫,他呀亲自听见你,就是在今天下午,一个劲儿咒骂和毁谤一位最最杰出的共和党国会议员!而你还'要想一想是不是加入',说明你就完全想错啦。要知道,我们可不是来求你加入'良民联'的——现在明明是我们允许你可以加入。而且我也说不准,要是你一再拖拉的话,恐怕就会错过时机。那时候我们还要不要你,就更难说了。所以我说,你最好还得当机立断——越快越好!"

治安维持会这三位大员,简直可以说理直气壮地两眼紧盯住他,硬是缄口不语。巴比特一直在等待时机。他什么都不想,只是一个劲儿等下去,但是,他脑袋里却在嗡嗡发响:"我可不乐意加入——我可不乐意加入——我就是个不乐意。"

"好吧。我们真的替你惋惜呀!"斯诺上校把话刚说完,这三位后背宽阔的大员立即转身走了。

四

那天傍晚,巴比特走出交易所去开车时,看见味吉尔·冈奇正从大街上走过来。巴比特就举起手来打招呼,但冈奇故意装作没看见,径直走到对面马路去了。他心里想冈奇肯定看见了他。巴比特开车回家路上,一直心绪不宁。

冷不防他的妻子马上就问:"亲爱的乔吉,默里埃尔·弗林克今天下午来过这里,她告诉我说,是丘姆讲的,这个'良民联'委员会特地请你加入,而你不乐意。难道你没有想过加入了,岂不是对你更好吗?你要明白,凡是正派人个个都加入了,这个'良民联'的宗旨,就是——"

"我知道它的宗旨是干什么的!还不就是——取缔言论自由、思想自由,以及所有一切的自由!我可不愿意被人生拉硬拽,加入个什么组织,问题根本不在于这个'良民联'是好呢还是坏,或者换句话说,这个'良民联'究竟是个啥玩意儿;我说,问题恰恰是在于,我硬是不愿意被人牵着鼻子走——"

"不过,亲爱的,要是你不加入,人家就会批评你呢。"

"那就让他们批评好了!"

"但我指的是那些**正派**人呀!"

"废话!我——说实话,整个'良民联'只不过是赶一阵子时髦罢了。如同所有类似这样的组织一样,开始都是大轰大闹,大喊大叫——他们好像真的要非闹个天翻地覆不可,但是一转眼没有多久,就销声匿迹了,谁个都把他们忘得一干二净!"

"但是,既然人人都在**赶时髦**,你不觉得你也应该——"

"不,我绝不去赶!啊,麦拉,请你千万不要跟我再唠叨这个!我一听到这个该死的'良民联'就恶心!老实说,我真巴不得一开头味格来游说的时候就入了花名册,事情也算了结啦。再说,他们这个委员会要是没有吓唬过我,也许今天我早就加入啦,可是,我的天哪,只要我还是一个自由、独立的美国公[民]——"

第三十二章 · 477 ·

"乔治,你说话可真像我们家那个烧锅炉的德国佬。"

"啊,难道说我就是这样德行吗?呸,我压根儿不同你讲话!"

那天晚上,他真恨不能见到丹尼斯·朱迪克,从她的同情中寻求支持。全家人都纷纷上楼了,他甚至把电话打到她所住的公寓大楼去,但不知怎的他心情异常激动,当回话的是大楼的看门人时,他嘴里含糊不清地说"不要紧——回头我再打电话",随手将话筒挂上了。

五

如果说巴比特还不大相信味吉尔·冈奇是故意回避他,那么,到了翌日早晨,对于威廉·华盛顿·伊桑也就不容任何怀疑了。当时,巴比特正开车去上班,曾经超越伊桑的车子,看见这位气色难看的大银行家正经八百地坐在汽车司机后面。巴比特挥手大声喊道:"早上好!"伊桑不紧不慢地瞅了他一眼,迟疑了一下,才给他点了一下头,这一鄙夷的姿势,显然比当面不理睬更要叫他难堪。

上午十点钟,巴比特的合伙人兼岳父走进交易所,说:

"乔治,我听说你不乐意加入'良民联',还给斯诺上校讲了一大套花言巧语,是有这么一回事吗?你这是究竟想干什么?难道说非要搞垮这个公司不成?你怎么不想一想,这些大亨阔佬岂能容忍你去造他们的反,听你近来老是在讲的那一大套什么'思想开明'的废话,是不是?"

"嘿,少说废话,亨利·T.,你最近大概一直在看低级趣味的小说吧。反对思想开明的人的种种阴谋诡计,只有在那些小说里才有哩。

我们美国是个自由的国家,每一个人想干啥就可以干啥嘛。"

"当然咯,什么阴谋诡计都不会有的。是谁说有的呢?事实是,如果人们认为你这个人轻浮,一点儿都靠不住,那么,你说他们还会愿意跟你有生意往来吗?只要外面有人在散播谣言,胡说你是个狂热分子,那么,我们这个公司准定马上垮台,比那些傻瓜小说家花上整整一个月时间编造出来的阴谋伎俩还要来得便当啊。"

那天下午,当那个忠实的老朋友康拉德·赖特,亦即乐乐呵呵的吝啬鬼康拉德·赖特走进了交易所,巴比特建议他把独翠坛新住宅区一块地皮买下来的时候,赖特赶紧回答——也许过分急促了一些——说:"不,不,现在不管是什么新的买卖交易,我一概不予考虑。"

一星期以后,巴比特通过亨利·汤普森才获悉:市电车公司的老板们打算在地产交易上再搞一次投机勾当,但经纪人不是巴比特-汤普森地产公司,而是桑德斯-托里与温联合地产公司。

"依我看,现在贾克·奥法特听到人们都在说你坏话,对你总是小心提防。当然咯,贾克是个花岗石脑袋的老顽固,撺掇市电车公司那一帮子人另找经纪人,也许就是他出的主意。乔治,你也得相应拿出一些对策来才好啊!"汤普森激动得浑身都在颤抖了。

巴比特一时冲动,就表示赞同了。人们对他的误解,当然全属子虚乌有。但是——他已经决定:"只要下次再问他时,他立即答应加入'优良公民联盟'。他心中虽然气愤,但也只好默默地等待着。可是谁个都没有来找他了。他们压根儿不理睬他。当然,他也没有胆量亲自登门,要求加入'良民联';于是,他只好从自我吹嘘中寻找慰藉,大言不惭地说他"跟偌大的泽尼斯市顶撞了一下,也没有啥子呀。

第三十二章

谁个都不敢对他发号施令,叫他该怎么思考、该怎么行动啦"。

不过,对他刺激最大的——就是那个绝代美人——速记打字员麦戈恩小姐突然离开了他,虽然她要离去的理由可以说是冠冕堂皇的——她需要休息一下,她的姐姐又在闹病,所以在今起六个月里她不打算来上班了。巴比特对接替她的哈芙斯达德小姐总是觉得很不顺眼。反正哈芙斯达德的教名是什么,交易所里谁都不知道。看来她好像压根儿没有教名,没有情人,没有粉扑,甚至还没有消化力。这个身材瘦小、面色苍白、勤奋干活的瑞典姑娘,毫无独特的个性可言,所以真不该想到她下班以后,回到跟普通人一样的家里,会去吃土豆烩肉糜。她好像是一台加足润滑油、擦得晶光锃亮的机器,每到傍晚时分,就得把它揩拭干净,关进她的办公桌抽屉里,同她削得又尖又细的铅笔放在一起。她听人口述笔录速度极快,她的打字质量也是十全十美,但巴比特跟她在一起工作时总是紧张不安。她使巴比特觉得自己大腹便便,十分可笑;平时她听了他最心爱的笑话,也只是露出困惑不解的眼色罢了。他望眼欲穿,急盼麦戈恩小姐早日回来,甚至还打算给她写信哩。

后来,他听人说起麦戈恩小姐走后一个礼拜,就转到他的最险恶的竞争对手——桑德斯-托里与温联合地产公司那里去工作了。

他心里不仅懊恼,而且惊恐万状。"那她干吗要滑脚走呢?"他心中不免犯了愁,"难道说她真的预感到我的公司马上要破产?谅她知道搞本市电车公司的那笔买卖已被桑德斯抢走了。谁说大船沉底了——呸,废话!"

现如今,阴惨惨的恐惧老是隐隐约约地浮现在他眼前。他仔细打量着年轻的推销员弗里茨·韦林格，心里却在纳闷，此人会不会又要拂袖而去。他每天仿佛都觉得受人歧视一般。他注意到一年一度的商会午餐会没有邀请他发表演说。奥维尔·琼斯有一天晚上请了许多人打扑克牌，也没有邀他去，他终于闹明白这是在故意冷淡他。他去康乐会吃午饭心里挺害怕，可是不去那里他心里更害怕。他相信一定有人在暗中钉住他，他一离开餐桌，人们就窃窃私语。他到处都听得见人们交头接耳时喊喊喳喳的声音：在客户接待室，在他去存款的那家银行，在他自己的交易所，甚至在他自己家里。他不断在琢磨：**他们**究竟怎么议论他的。他整日价在胡思乱想，仿佛听到他们大吃一惊地说："巴比特吗？你们听着，他是一个地地道道的无政府主义者！你们就得佩服他真有胆量，居然思想变得那么开明，老实说，现在他简直完全是一意孤行啦！不过，他是够危险的，是的，不用说，危险得很，早晚也得把他揭露出来。"

现在，他思想上非常紧张不安，赶上他从大街上拐弯，看见两个熟人在谈话——低声耳语——他的心就怦怦怦地乱跳，这时，他好像是个发窘的小学生，偷偷地滑脚溜了。当他看见贴邻街坊霍华德·利特尔菲德跟奥维尔·琼斯待在一起时，他就偷偷地瞥了一眼，躲进屋子，免得他们暗中监视自己，心里挺难过的，断定他们两人一定是在窃窃私语——出谋划策——窃窃私语。

但贯穿他的全部恐惧的却是大胆挑战。他顽强地坚守自己的看法。有的时候，他仿佛觉得自己已将生死置之度外，如同塞尼加·多恩那样大胆；有的时候，他很想去看看多恩，对他说自己多么革命，但只不过是心里想想罢了。他听到周围人们在轻轻地说悄悄话时，常常抽

第三十二章　·481·

抽噎噎地说："老天哪，我究竟干了什么缺德的事呢？还不就是跟那一伙人在一块玩儿，还嘲笑过克拉伦斯·德鲁姆可不要神气活现，耀武扬威。**我**从来没有指摘过人家，硬要他们接受**我**的思想观点呀！"

这种严峻的考验他实在经受不了。不久以前，他承认自己愿意重新投入安安稳稳的传统生活的怀抱中去，只要能顺着一条相当体面的路子走回去就得了。可是他很顽强，又不愿意被人逼回去，他压根儿不乐意"忍辱含垢"。

只是在同他的妻子斗嘴时，他心中的这些恐惧才会泄露出来。她抱怨地说近来他好像老是喜怒无常，真闹不明白他晚上为什么不乐意去"利特尔菲尔德家串串门"。他虽然想过种种办法，但对她还是没法讲清楚，他因逆反而挨罚这些稀里糊涂的事。反正失去了保罗和丹尼斯以后，他已然找不到可以跟他推心置腹地交谈的人了。他叹了一口气说："我的老天哪，现在只有婷卡才是我独一无二的知心朋友啦。"于是，整个晚上，他就寸步不离，跟那个女孩子在一起做各种各样的室内游戏。

他还准备去探望他的狱中难友保罗呢。不过话又说回来，尽管每个星期都要收到保罗写给他一张干巴巴的便条，巴比特却觉得仿佛保罗早已命归西天了。老实说，他中心殷殷为念的，还是——丹尼斯。

"当初我自以为聪明能干，有独到之见，就跟丹尼斯分了手，而现在看来我是多么需要她，没有她可不行！"他大声咆哮着说，"麦拉说什么也不会理解的。她只知道活着就是过日子，跟别人根本没有什么两样。可是丹尼斯则不然，也许她会对我说我样样做得都对头。"

后来，他终于按捺不住了。有一天，已是深更半夜时分，他果真驱车前往丹尼斯的寓所。他简直不敢想望,她居然在家里——而且还是独自一人。只不过她与丹尼斯早已判若两人。她变成了一个彬彬有礼、趾高气扬、冷若冰霜的女人,但外貌仍同丹尼斯一模一样。她用一种极其平淡的声调无动于衷地说:"哎哟哟,乔治,这究竟是怎么回事呀?"于是,他就像挨了一鞭子的丧家之犬似的爬回去了。

他最早得到的慰藉来自特德与尤妮斯·利特尔菲尔德。

有一天晚上,特德从大学里回来,同尤妮斯两人一块儿连蹦带跳地奔进了小客厅。特德咯咯地笑着问:"老爸,这是尤妮①讲给我听的,究竟是怎么回事呀?她说她老爸说你一个劲儿吹捧老塞尼加·多恩,闹得全城人心惶惶。那敢情好!叫他们大吃一惊!触动一下真好!我们这个小城镇简直死气沉沉啊!"尤妮斯猛地跳到巴比特的腿上,一个劲儿吻着他,让她一头短发紧贴他的下巴颏儿,并且得意扬扬地说:"依我看,你可要比霍华德好上一百倍。"她把自己的心里话都给说出来了:"霍华德干吗老是这么老八辈儿的?他这个人心眼儿可好呢,老实说,人也非常聪明,可是真怪,他怎么也学不会踩油门,尽管我一板一眼地教过他不知多少回啦!最最亲爱的,你倒不妨想想看,我们对他还能有什么办法呢?"

"不,尤妮斯,你这样议论你的老爸可不好呀。"巴比特带着芙萝岗认为最庄严的口吻说了这句话,但好几个星期以来,他心里还是头一次感到欣慰。他想象自己是个老资格的思想开明的人物,受到年轻的一代的爱戴而信心倍增。他们三人都到冰箱里寻摸吃食去了。巴

---

① 特德对尤妮斯的昵称。

比特幸灾乐祸地说："好啊，要是给你妈看见了，我们不挨揍，那才怪呢！"但尤妮斯却像主妇似的，给他们炒了许许多多鸡蛋，亲了一下巴比特的耳朵，俨如一位嘘寒问暖的女修道院院长惊叹道："说来也真怪，像我这样一个主张提高女权的人，到头来还得侍候这些大男人！"

于是，巴比特在精神上大为振奋，当他遇见基督教青年会主管教育的指导兼任查坦姆路教堂唱诗班指挥谢尔登·史米斯时，他也显得大大咧咧，满不在乎。史米斯用一只湿黏黏的手紧紧地握住巴比特那只毛茸茸的大手，甜言蜜语地说："巴比特大哥，最近好久没看见你来教堂啦。我知道你事情可多，忙不过来，但你也不该忘掉教堂里的老朋友啊。"

巴比特把自己的手从深情的紧握之中挣脱出来——谢尔登喜欢握住人家的手久久地不放——大声说道："是啊，我想没有我你们大伙儿照样都混得不坏。对不起，史米斯，我得先走啦。回头再见。"

可是过后他心里又嘀咕着说："如果那个可怜虫胆敢把我拉回教堂去，那就是说，他们那里虔诚的会众一定也在议论我。"

他仿佛听见他们在交头接耳——窃窃私语——约翰·詹尼森·德鲁博士，考尔蒙迪雷·弗林克，甚至还有威廉·华盛顿·伊桑。于是，他的独立不羁精神，早已烟消云散了。他独自一人在街头徘徊，害怕人们投来的讥讽的目光和没完没了的窃窃私语声。

第三十三章

一

临睡之前,巴比特竭力讲给妻子听这个谢尔登·史米斯该有多么讨厌,但她回答时只是说:"他的嗓子真好——那么动人心弦啊。我说,你不应该把他说得如此刻薄,只因为你自己根本欣赏不了音乐!"这时候,他觉得妻子仿佛成了一个陌生人;他瞪起两眼,冷冷地直瞅着这个胖乎乎的、大惊小怪的女人和她袒露出滚粗的胳膊,心里在纳闷,真不知道她怎么会出现在这里的。

他躺在凉丝丝的小床上浑身酸痛,翻来覆去,又想起了丹尼斯。"他跟她一刀两断,真傻。他应该有一个真的能谈谈心的知己朋友。他——哦,要是他继续独个儿闷闷不乐的话,他也许就要**完蛋**啦。至于麦拉,不管用啦,反正她断断乎不会理解的。是的,废话少说,用不着回避这个问题。是的,真是太可惜,两人结婚这么多年之后居然还会疏远起来,确实叫人伤心落泪;但是,只要他照旧拒不听从泽尼斯发号施令——老天哪,他呀不乐意受人随意摆布,或者听人甜言蜜语,劝诱哄骗——那么,现在恐怕也很难与他们言归于好了!"

半夜三点钟,他被一辆开过的汽车响声吵醒,好不容易从被窝里钻出来去喝水。他穿过卧室,听见妻子在低声呻吟。他心中的怨气,就像黑夜一样模糊不清,他不由得关心地问道:"你怎么啦,亲爱的?"

"我感到肚子这一边痛——难受得很——哦,简直就像浑身撕裂了一样。"

"消化不良吧?要不要我给你一些苏打片?"

"我想——那个可不管用。昨儿晚上和白天我就感到不舒服——哦,后来却不觉得什么,我自个儿就睡着了——是那辆汽车把我吵醒了。"

她说话时的声音,好像正在穿过暴风雨的一艘大船,剧烈地颠簸着。

"我这就去叫医生呗。"

"不,不!一会儿就好啦。你还是给我拿只冰袋来,也许会好些。"

他蹑手蹑脚地走到浴室取冰袋,接着下楼到厨房去取冰块。他觉得这次"深夜亲驾出征"相当了不起,但是,当他用形如匕首的尖凿捣碎冰块时,他感到自己冷静、稳健、老练;他把冰袋轻轻地放在她的腹股沟上,咕哝着说:"喂,你看,现在这样就好啦。"他的声调里充满了往昔的恩爱之情。他回到床上,但怎么也都睡不着。他听到妻子又在低声呻吟。他马上一跃而起,安慰她说:"亲爱的,还是痛得很厉害吗?"

"是的,我就是肚子痛得难受,怎么也睡不着。"

她说话时声音虚弱无力。他知道她最怕医生的诊断,所以他什么都不告诉她,便踮起脚下了楼,给厄尔·派登大夫打了电话,开始等候医生;这时他冻得遍体瑟瑟发抖,睡眼惺忪地还在看一本杂志,直到最后听见医生的汽车已到。

这位医生年纪还不太大,出诊时总是谈笑风生。他一走进来,好像满屋顿时生辉似的。"喂,乔治,是有一点儿小毛病,嗯?她现在病情怎么样?"他一面忙着说话,一面又喜又恼地把外套往椅子上一扔,就到热水汀上暖暖手。于是,这屋子里的一切全都托付给他了。巴比特跟着医生上楼,来到了卧室时,感到自己好像是多余的,微不足道的。当维罗娜从她房门里探头张望了一下,吃惊地问:"出了什么事,老爸?到底是怎么回事?"——这时医生抿着嘴轻声笑了一笑,回答说:"哦,只不过有一点儿肚子痛呗。"

医生给巴比特太太做过检查以后,好像开玩笑似的对她说:"是常常疼痛吗,嗯?现在,我给你一些药,让你睡得着,我想天亮后就会好些。明儿吃过早饭我再来。"这时巴比特正躺在楼下门厅里等信息,医生叹了一口气,对他说:"我觉得她的肚子不太对头呢。摸上去有个硬块,好像发炎了。她的阑尾从来没有开过,是吗?嗯。得了,你发愁也不管用。明儿一大早我再来,这会儿要让她好好地休息。反正我给她扎过一针吗啡。明儿再见!"

蓦然间,巴比特天昏地黑似的感到万分恐惧。

由于他面对亘古已有的、不可抗拒的亦即习以为常的普通现实:疾病和死亡威胁、漫漫长夜,以及婚后生活所织成的数不尽的牢固的情结,巴比特近来排遣不去的所有愤恨,以及他好不容易才度过的精神上的悲剧,立时变得苍白无力,荒唐可笑。他悄没声儿又回到了妻子身边。当她由于注射了吗啡而发高烧昏迷睡过去时,他便坐在她床沿,握住她的一只手——多少个星期以来,她的手才头一回无限信赖地安放在他的手里。

第三十三章 · 487 ·

他给自己身上乱七八糟地披着一件毛巾布浴衣，还有一块粉红加白色的沙发椅罩，难看极了，简直像一大堆发酵的面团，倒在一张高背扶手椅里。半明半暗的卧室里充满了神秘气氛，窗帘四周围好像是潜伏的盗贼，梳妆台有如一座尖塔耸立的城堡。室内可以闻到化妆品、干净衣服，以及有人在酣睡的气味。他打了一会盹儿又醒了，醒了又在打盹儿了，就这样无休止地来回反复。他仿佛听见她在梦里翻身、叹息；他心里在纳闷，是不是要格外殷勤些，赶紧助她一臂之力，可惜他主意还没有拿定，早已呼呼大睡，浑身上下感到酸痛难忍。漫长的黑夜好像没有尽头似的。等到翌日拂晓，似乎再也不用守夜时，他却又呼呼大睡了。但是，当维罗娜突然闯入，趁其不备把他吵醒，急问"喂，老爸，出了什么事"时，他心里又感到有点儿恼火。

他的妻子并没有睡着；在熹微的晨光里，她尽管脸色蜡黄，没有活气，但他现在早就不拿她来同丹尼斯做比较了；他认为，她不仅仅是一个可以同别的女人加以比较的**女人**，而且也就是他——本人自己；虽然他说不定会批评她和指责她，但是，那也只是像他很有偏心、毫不傲慢，并不指望去改变——或者实际上根本不愿意——去改变婚姻这种永恒不变的本质时批评自己和指责自己一模一样。

他在维罗娜面前又摆出一副严父说话的腔调，表现十分坚定。婷卡一个劲儿在哇啦哇啦哭着，好像人家心里还不够烦，赶着凑热闹似的，所以他还用好言去安慰婷卡。他吩咐提前开早饭，还想要看一下当天报纸，但即使不看一下，他也照样觉得自己英气勃勃，很有能耐。不过，要等到派登大夫再来复诊，他还得挨过多少个令人慵倦和完全没有英雄色彩的钟头啊。

"我可看不出有多大变化，"派登说，"我大约在十一点钟再来；要是你没有什么意见的话，赶明儿我想请另一位像我那样的举世闻名的医生来会诊一下，那就万无一失啦。乔治，现在你就一点儿都没事啦。我已然叫维罗娜去给冰袋添满冰块——我想准定会把冰袋好好地擦在那儿的——而你呢，你赶快撒腿跑吧，直奔你自个儿的交易所，你用不着留在她身旁，瞧你的那副德行，仿佛是你自个儿病倒啦。唉，这些爷儿们——胆量上哪儿去了！他们比娘儿们还要神经脆弱哩！他们的老婆一旦得了病，他们不管什么事，总要插一手，让人觉得好像他们快要咽气了。喂，给我再来一杯浓咖啡，赶快走吧！"

巴比特被医生嘲弄了一番，才觉得这事原来并没有什么了不起。他马上驱车直奔交易所，赶紧口授函件，打电话，但是对方还没有回话，他早就忘了这电话究竟是打给谁的。十点过一刻，他就开车回家。他一开出了闹市区，就加快车速，他的脸上顿时皱痕迭起，真的就像演悲剧角色的面具哩。

他的妻子见到他，就吃惊地问："你干吗回来，亲爱的？我说我自己觉得好些啦。我已关照维罗娜快去上班。我这么着病倒了，真不像话，是吗？"

他知道她需要得到安慰，她果真得到了，心里乐呵呵的。他们真是喜出望外，听见派登大夫的车子突然开到了门前。他探头往窗外一看，吓了一大跳。原来同派登一起来的，是一个长着一大丛乌黑的头发和古代匈牙利轻骑兵式八字胡子、性子非常急躁的人——外科医生A.I.迪林大夫。巴比特心里一急，说话时唾沫星子四处飞溅，但他要竭力加以掩饰，就急忙下楼，直奔大门而去。

派登大夫故意漫不经心地说:"我可不想吓唬你,老兄,但是我觉得让迪林大夫来给她检查一下,那是最好也没有哩。"他仿佛在介绍一位医学大师似的向迪林打了个手势。

迪林态度非常傲慢无礼,点点头,高视阔步地上了楼。巴比特显得痛苦万状,在小客厅里踱来踱去。除了他妻子分娩以外,家里从来没有人动过大手术,在他看来,外科学——既是一种奇迹,同时又是一种可怕的灾难。可是,当迪林和派登下了楼,他知道一切都很正常之后,他恨不得笑了出来,因为这两位医生简直活灵活现,如同一出歌舞喜剧里戴假胡须的江湖医生一模一样,两人一个劲儿在搓手[①],说明他们貌似聪明,实则愚蠢透顶。

迪林大夫开口说话了:

"我觉得很难过,伙计,你太太得的是急性阑尾炎。这就非得开刀不可。当然咯,你应该当机立断,做出决定,可千万不要再犹豫不决啦。"

但巴比特并没有马上懂得这些话有多大的分量。"好吧,"他咕哝着说,"我想也许两三天内我们可以让她思想上有个准备。说不定还得把大学里的特德叫回来,以防万一嘛。"

迪林大夫吼一声,说道:"不行!如果你不希望会并发腹膜炎的话,那我们马上就得动手术。我算是下了大力,劝告过你了。你只要说一声行,我马上打电话给圣·玛丽医院要救护车,三刻钟以内准把你的太太送上手术台。"

---

① 按欧美人习俗,搓手这一动作,表示茫然不知所措的意思。

"我——我——当然咯，我想就数你了解得最清楚——不过，老天哪，要我在两秒钟内把她穿的、用的通通拾掇好，你要知道，这可办不到！何况她的身体是那样虚弱无力，又是那样神经过敏——"

"只要把她的发刷、木梳和牙刷往拎包里一扔就得了；一两天里她要用的东西，全都有了。"迪林大夫说完，就去打电话了。

巴比特无可奈何，只好三步并作两步直奔楼上。他先把室内惊恐万状的婷卡打发出去了。随后，他乐乐呵呵地对妻子说："你要知道，老太婆，大夫认为也许最好还是要做一个小小的手术，这病就好了。要不了两分钟——比临盆还要轻松得多——一眨眼工夫，你身体就好啦！"

她狠命似的抓住他的手，直叫他的手指头酸痛难受。她很像一个突然受惊的小孩忍住性子说："我可害怕——上过麻醉药就昏睡过去，孤零零的只有一个人！"她两眼露出几乎有如孩子似的又哀求又害怕的神情。"你还陪我在一起吗？亲爱的，你可用不着去上班，是吗？你要陪我一起去医院，好吗？如果说一切都很顺利的话——今晚你还会来看我吗？我说，今晚上哪儿都不要去，好吗？"

他两膝跪在她的病床前。当她用一只软弱无力的手轻轻地捋着他的头发时，他嘤嘤啜泣起来，狂吻着她的薄麻纱衣袖，赌咒发誓地说："亲爱的老伴啊，我爱你可要胜过爱世界上任何一个人！过去我一直为卖出买进这些生意经操碎了心，可现在我把它们通通抛在脑后了，我又回来陪你啦。"

"你说这些都是真的吗？乔治，我这会儿躺着，心里正在琢磨——也许我就这么着咽了气的好。反正我老是觉得，好像没有一个人真的

第三十三章 · 491 ·

需要我,或者换句话说——真的心疼我。我心里老是在这么想,我这一辈子活着究竟还有什么意思来着?我这个人好像变得越来越愚蠢,而又难看——"

"哎呀,你这个淘气的老东西!你硬要讨上几句恭维话,可我还得给你拾掇拾掇小拎包!至于我呢,那当然咯,我年轻、漂亮,在乡下还风流得叫人为之倾倒呢——"说到这里,他猛地为之语塞,又是嘤嘤啜泣。于是,他们断断续续地喃喃自语,从而达到了相互了解。

他在拾掇麦拉的东西时,思路却出奇地清晰、敏捷。他心里明白,往后晚上他再也不能放浪形骸,寻欢作乐去了。他承认自己常要为此感到惋惜。他严峻地意识到,在他进入晚年纳福之前,这就是最后一次绝望的恣情放纵。他扮了个鬼脸,不禁笑了笑,心里想:"今日有酒今日醉嘛,去它的,我还得乐一乐!"再说——这次动手术,该要花去多少钱呢?"我就非得跟迪林讨价还价不可!哎,不,去它的,不管它要花多少钱,反正我都不在乎!"

救护车早已停在门口。凡是卓绝的技术巴比特总是赞赏不已,即使此时此刻心中很难过,他还是津津有味地察看医院护理人员娴熟轻巧地将巴比特太太放上担架,然后抬着她下楼。这辆救护车洁白、闪亮、宽敞、素雅。巴比特太太抽抽噎噎地说:"它——我见了就害怕,就像一辆灵车,正要把我往上送。我可要你陪着我待在一起。"

"我就坐在前面汽车司机那里。"巴比特一口答应说。

"不,我要你陪我待在车厢里。"她对护理人员说,"他可以待在车厢里吗?"

"当然,太太,怎么不可以呢?车厢里有一只小小的轻便折椅,挺舒服的。"那个年纪稍大的护理人员神气十足地说。

他就进了车厢,坐在她身旁。车厢里有一张小床、一只小折椅、一只小电热器,还有一块来历不明的月份牌,上面画着一个正在吃樱桃的女郎,再有一家生意兴隆的食品店的字号。当他无可奈何佯装高兴的样子,随手一扬,摸了一下电热器,尖声叫了起来:

"乖乖!我的老天爷哪!"

"你怎么啦,乔治·巴比特,我可不许你说脏话骂人!"

"我知道,就请你多多包涵,不过——我的天哪,看我的手给烫啦!嘿,嘿,我给烫痛了手!烫得好痛呀,就像撞上了鬼似的!呸,那个该死的电热器,真的热得邪门——比下地狱还厉害!你看,那就是它留下的痕迹!"

他们到了圣·玛丽医院,抢救时需用的各种手术器械,护士们早已准备齐全。麦拉反而好言安慰了巴比特一番,还吻了一下他手上烫痛的地方,让它不再疼痛。他尽管想露出老大不高兴的样子来,但还是迁就了她,暗自庆幸她真的像疼孩子似的疼他呢。

救护车飞也似的开进了医院拱形大门,巴比特立时感到自己幻灭了一模一样:仿佛他在一场噩梦里,看见一道道软木地板的走廊,数不尽的房门都敞着,许多上了年纪的女人全坐在病床上,随后是一台电梯,麻醉室里还有一个年轻的住院医生(他对世界上所有男人都瞧不起)。他们让巴比特跟他妻子吻别;他看见一个瘦骨嶙峋、肤色浅黑的护士把面幕罩住她的嘴巴和鼻子;他一闻到喷香的、不祥的药水味,就觉得好像周身僵直了。稍后,他给人赶了出来,头晕目眩地坐在实验室里一只高脚凳子上,恨不能跟她再见一面,重申一遍:他永远爱她，他从来都没有爱过别人，或者偷看过别人一眼，哪怕只有一秒钟。整个实验室里，他感觉到好像只有浸泡在黄澄澄的酒精玻璃瓶里那件腐烂了的人体标本。它虽然叫他见了恶心，但他还是一眼都离不开它。它使他感到比自己等候病人还要难受得多。这时，他心灵空虚，浮想联翩，动不动又想到了那个可怕的玻璃瓶子。他要想躲开它，便推开右边一扇门，希望找到一个专门处理日常事务的办公室。他突然明白在他面前——却是个手术室，一眼就看到迪林大夫，身穿白大褂，头上缠着绷带，样子看上去挺古怪，弯着身子，俯视那台装有轮子、可以转动的钢制手术台，这时，护士们手里端着手术盘子和消毒纱布、药水棉花，此外还有一个盖着白被单的物体，上面仅仅露出一个毫无血色的下巴和一个隆起的白色窟窿，窟窿中间是一小方块蜡黄的皮肉沾着血迹的切口，切口四周围还密密匝匝竖起一把把钳子、镊子，好像紧紧粘住肌肤的寄生虫一模一样。

他连忙把门关上了。也许，昨晚和今晨他经受的惊吓和懊悔，根本谈不上有什么切肤之痛，但此时此刻看到昔日那个可怜巴巴的、深谙人情的妻子竟然惨无人道地正在被埋葬，不由得使他的整个心灵为之震颤；所以，当他重新蹲坐在实验室的高脚凳上时，他就赌咒发誓，要效忠于他的妻子……效忠于泽尼斯市……效忠于办事效率……效忠于促进会……效忠于那帮子正派人恪守的所有信仰。

稍后，有一个护士令人宽慰地说："手术圆满结束！真是顶呱呱的，不久她就会恢复健康。只要麻醉药一过，她马上醒过来。你不妨去看看她吧。"

他发现她躺在一张式样很怪、床头翘起的病床上，面色蜡黄，但她那青紫色的嘴唇却在微微翕动。仅仅凭这一点，他才真的相信她现在还活着。她好像是在喃喃自语似的。他弯下身子，听到她在低声叹息，说："做薄煎饼要寻摸到真正的枫糖浆，可难啊！"他听了按捺不住，哈哈大笑；他对护士粲然一笑，得意扬扬地说："真想不到她说的是枫糖浆呀！我的天哪，赶明儿我直接向佛蒙特订购它一百加仑！"

二

在妻子住院十七天里，每天下午巴比特都去看望她，他们通过长时间地谈心，两人又像往昔那么亲密无间了。有一回，他无意中透露了他跟丹尼斯和那一伙人的关系，但麦拉暗自思忖：一个**坏女人**竟然使她的可怜巴巴的乔治如此神魂颠倒，禁不住扬扬自得起来。

如果说从前他怀疑过他的街坊邻居和那些**正派人**的不可抗拒的魅力，那么，现在他对他们终于深信无疑了。是的，他并没有"看到塞尼加·多恩带着一些鲜花，进医院来陪我的老伴聊天儿"。可是霍华德·利特尔菲尔德太太来过医院，居然还送来了她的惊人杰作——确实富于名酒风味的果子冻；奥维尔·琼斯花了好多时间挑选了一批巴比特太太喜爱的小说——写的都是纽约百万富翁和怀俄明州牛仔的艳情故事；洛埃塔·斯旺森特地编织了一件粉红色家常穿的短外套；席德尼·芬克尔斯坦和他那褐色眼睛、轻佻活泼的妻子在派彻尔斯坦百货公司东挑西拣，才选中了一件最最漂亮的睡衣。

但凡所有他认识的人，不论是旧雨新知，他们早就不再议论他、提防他了。在康乐会，他们每天都要询问他太太的健康状况。有不少会友（甚至连他都不知道他们的尊姓大名）也都拦住他询问："尊夫人贵体如何？"巴比特觉得自己仿佛从满目凄凉的荒山之巅，一下子来到了遍地村舍人家、温馨欢乐的山谷地一模一样。

有一天中午，味吉尔·冈奇对他说："你打算在六点钟左右去医院吗？我和妻子也想去医院看看。"他们俩果然都去了。冈奇说话时真会逗人，巴比特太太不由得求他千万"不要再逗她咯咯地发笑了，不然，说实话，她的伤口差点儿要绷裂了"。他们一起走出来时，冈奇好心地问："乔治，老兄，前些日子你不知怎的好像动不动就光火。我可不知道为什么缘故，何况这又不是我的事。不过，现在你看上去又是顶呱呱，好样的，老兄，你干吗不加入我们的'优良公民联盟'呢？我们在一起可真痛快，何况我们还得请你多多加以指点。"

巴比特一听，高兴得差点儿没掉下了眼泪，因为他们这次对他是好言劝诱，而不再是粗暴吓唬了；并且，在不伤自尊心的情况下，他完全可以停止抵抗，从容退却，再也不想当一个足不出户的革命家了。他轻轻地拍了一下冈奇的肩膀，第二天他就成为"优良公民联盟"的一员了。

两个星期以后，乔治·F.巴比特特别起劲地高谈阔论塞尼加·多恩的卑鄙行径，工会的重大罪行和外国移民的隐患，同时还大谈特谈常打打高尔夫球的乐趣，道德风尚与银行往来账目——这在整个"优良公民联盟"里头简直无出其右。

第三十四章

一

"良民联"虽然已经遍布全国各州,但哪个地方都没有像在泽尼斯那样的城市里备受尊敬,给人以深刻印象;因为这些城市以商业为主,人口有一二十万,绝大多数——虽然不是全部——位于内地,四周围都是沃野、矿山和小乡镇,因此,小乡镇在抵押贷款、文雅风尚、艺术趣味、社会哲学,以至于女子头饰方面,无不仰赖上述商业城市。

泽尼斯所有殷实的市民几乎都加入了"良民联"。他们并不全是那种自称为"正统的生意人"。除了这些热情豪爽的商人、生意兴隆的推销员以外,还有一些"贵族"(换句话说,他们本人就是豪门巨富,或者祖祖辈辈都是富翁):银行总裁、工厂老板、大地主、大企业的法律顾问、时髦医生,以及极少数的遗老遗少,他们整日价无所事事,万般无奈才留在泽尼斯,就像从前在巴黎时那样专门搜集彩陶细瓷和珍贵的头版书籍。但是,"良民联"所有成员都一致认为,务必使工人阶级不敢越轨一步。同时,他们还一致认为,美国的民主并不意味着财富的平等,不过在思想上、服装上、绘画上、道德上和词汇上却要求完全相同。

这就一点来说,他们同任何其他国家——特别是大不列颠——的统治阶级相似，不过区别仅仅在于他们不惜付出了巨大的精力，真的想提出全世界所有统治阶级梦寐以求、通常又难以实现的那些公认的标准。

"良民联"为了自由雇用企业进行了时间最长的斗争——也就是说，为了反对所有一切工会而秘密地进行斗争。与此同时进行的还有一个推行美国化的运动，开设夜校，讲授英语、历史和经济学，并且每天在报刊上发表文章，让新来美国的外国人深信无疑：百分之百地解决劳资纠纷、地地道道的美国方式，就是工人必须热爱和信任自己的雇主。

其他团体组织只要赞同"良民联"的宗旨，"良民联"给予它们的支持也就特别慷慨大方。它帮助基督教青年会筹款二十万美元兴建了一幢新的大楼。巴比特、味吉尔·冈奇、席德尼·芬克尔斯坦，甚至查理·麦凯尔维，都到电影院向观众们发表演说，大讲特讲：这个"呱呱叫的老牌青年会"曾经对自己一生产生过多么巨大的影响，使他们成为堂堂正正的基督徒；这个满头白发、精力充沛的《鼓吹时报》老板拉瑟福德·斯诺上校同基督教青年会的谢尔登·史米斯握手的照片已经上了报纸。真的，后来，当史米斯结结巴巴地说："我们举行祈祷会时——你务必拨冗莅临。"这个火爆筒子的上校却气壮如牛地大声说："干吗我要上那儿？我自个儿家里有的是老酒。"不过，这一段对话并没有在报端披露。

当时，有一些不负责任的小报正在抨击美国军团，"良民联"对参加过第一次世界大战的退伍军人那个组织却给予大力支持。一天晚上，有一群年轻小伙子袭击了泽尼斯社会党人总部，烧毁了文书档案，殴打了办事人员,并且乒乒乓乓把办公桌都给扔到窗外去了。所有的报刊,除了《鼓吹时报》和《鼓吹晚报》以外,都认为这一可贵的但是也许草率的直接行动①就是美国军团干的。于是,"良民联"派出一个机动小组,访问了各家言论不公正的报馆,说明这样的事情哪个退伍军人都不可能干出来的,等到诸位主笔恍然大悟之后,也就保住了客户们在各报刊继续登载广告。当泽尼斯唯一反对服兵役的人刚从监狱获释,又理所当然地被驱逐出城时,各家报纸把作恶多端的人通通说成"来历不明的暴民"。

二

"良民联"的所有庆功祝捷的活动,巴比特通通参加了,于是,什么自尊呀,安宁呀,以及友爱呀,也通通给赢回来了。但是后来,他却在开始抗议说:"老天哪,为了肃清本市不法之徒,我算是已经尽到了一分力量。我可要好好照料照料自己的生意啦。现在"良民联"的事,我想也许还是少管为妙。"

他回到了教会,就像他回到了促进会一模一样。甚至谢尔登·史米斯见面时热乎乎的问候,现在他也能承受了。他担心:不久前他的逆反情绪会不会使自己灵魂得不到拯救。他连自己都说不准究竟有没有天堂,但是约翰·詹尼森·德鲁博士一口说定是有的,当然巴比特并不打算去碰碰运气。

---

① 专用名词,指有组织的工人对抗雇主的直接行动,如罢工、怠工、破坏等。

有一天傍晚,他走过德鲁博士的牧师寓所,突然灵机一动,闯了进去,发现牧师正在自己的小房间里。

"等一会儿——我还得去接听电话呢。"德鲁博士正经八百地说,但一转身,就气冲冲对话筒大声嚷道,"你好——你好!是伯基-汉尼斯印刷所吗?我是德鲁牧师。下个礼拜日行事历的校样,怎么现在还见不着?嗯?当然咯,你早就该送来了。哦,他们**个个**都病倒了,叫我也没辙!那份校样——今儿个晚上我就得要看。赶紧派人送来,快一点!"

他转过身来对巴比特说话,还是刚才那股子热乎劲儿:"哦,巴比特老弟,你——有何贵干呀?"

"我只不过想要问问——有这么一回事,你就不妨照实对我说,牧师:我说,前些日子我好像有点儿不太检点。喝了两口杯中之物,就是那么一回事。现在,我想要问的事,就是要是一个人已经痛改前非,幡然醒悟,那又会怎样呢?是不是有点儿——哦,你也许会说,到最后,反正都得记在他的账上吧?"

牧师德鲁博士突然感到了浓厚兴趣。"嗯,老弟——还有别的事吗?女人呢?"

"没有呀,不妨这样说,压根儿都没有。"

"老弟,你别吞吞吐吐,不给我讲实话!我在这里就是专管那样的事。一块儿出去兜风,寻欢作乐过吗?车子上把小娘儿们搂得紧紧的,嗯?"牧师的两只眼睛贼骨碌碌地忽闪着。

"没有——没有——"

"得了吧,那我就非得开导开导你不可。再过一刻钟,我这儿要来一个'莫把禁酒当儿戏联谊会'代表团,十点一刻,'反对节制生育协会'的代表团也要来。"他连忙瞅了一眼怀表,"但我还是可以挤出五分钟时间同你在一起做祷告。劳驾就地跪在你的椅子旁边,老弟。恳求上帝指引,用不着害臊。"

巴比特脑袋里直发痒,恨不得拔脚就逃,可是德鲁博士两条腿扑通一声早已跪在了他的写字台旁边,而且,由于他沟通了罪人与万能的上帝之间的联系,他说话的声音,也从刚才令人刺耳的官腔一下子变得异常殷勤肉麻。巴比特只好也下跪在地上,听德鲁博士幸灾乐祸地念叨:

"主啊,跪在您眼前的,就是我们的兄弟,他已在形形色色的引诱之下误入歧途。我们的天父啊,快把他的心洗涤干净,使它变得纯洁,就像赤子之心一样纯洁。啊,让他像真正的男子汉那样,了无惧色,弃恶从善,重新得到欢乐——"

这时,谢尔登·史米斯飞也似的走进了小房间,一看见两人下跪在地上,不由得傻笑起来,情有可原地拍了一下巴比特肩膀,扑通一声也下跪在了他身边,伸出一条胳膊搂住了他,同时还念念有词地说:"是的,主啊!帮助帮助我们的兄弟吧,主啊!"这么一帮腔,岂不是使德鲁博士的祷告更加振振有词。

巴比特虽然竭尽全力闭住眼睛,但是透过手指头缝隙,偷偷地看见牧师两眼直勾勾地瞅着怀表,神气活现地把祷词念完:"而且,让他不至于害怕来找**我们**,以便得到忠告与关怀,同时让他知道只有我们的教会方能对他这样迷途的羔羊给予引导。"

德鲁博士猛地一跃而起,两眼扬了起来,凝视那大概是天国所在

第三十四章 · 501 ·

的方向,随手把怀表掖进了口袋里,急吼吼地问:"谢尔第①,那个代表团来了没有?"

"哎哟哟,早已在大门口呢。"谢尔第同样急吼吼地回答说;稍后,跟巴比特说了悄悄话:"老弟,要是你觉得这样要轻松些,我倒是乐意到隔壁房间去,奉陪老弟一起做祷告,反正这会儿德鲁博士在接见来自'莫把禁酒当儿戏联谊会'的代表团。"

"不必了——不必了——多谢多谢——我可没有这闲工夫啦!"巴比特突然大喊了一声,就朝房门口冲去。

从此以后,人们在查坦姆路长老会教堂常常看见他,并且还发现他总是竭力回避同站在教堂大门口的牧师握手。

三

如果说他的品格由于逆反而多少不够标准,以至于他既不是"良民联"历次严峻的运动中依靠力量,也不是教会中狂热虔诚的信徒,那么,巴比特欣然回到家庭、康乐会、促进会和友糜会所得到的欢乐,却是毋庸置疑了。

维罗娜和肯尼思·埃斯科特经过长时间犹豫不决,最后终于结婚了。为了参加婚礼,巴比特对自己的穿着打扮,如同维罗娜一样精心周到。那天,他让全身绷得紧紧的,好歹套上了一身每年三次赴盛宴

---

① 牧师德鲁对谢尔登的昵称。

时才穿的大礼服。当维罗娜和肯尼思坐着豪华的小轿车开走后,巴比特才算松了一口气,回到了家里,把大礼服一脱去,坐了下来,两条酸痛的腿搁在坐卧两用长沙发上,暗自琢磨:从现在起,他妻子和他总可以安安静静地坐在这个小客厅里,用不着再去听维罗娜和肯尼思在一起嘀嘀咕咕,就像读书人那样为最低工资和戏剧联盟的命运发愁。

然而给他最大安慰的,不是浸沉在这种宁静的气氛里,而是事实上,他已重新成为促进会里深孚众望的会友之一。

四

午餐会一开始,威里斯·艾詹姆斯会长默默无言地伫立着,满怀悲痛地两眼直瞅着全体会友。大家不由得心里一怔——以为他就要宣告促进会某某会友的噩耗了。过了半晌,他才慢条斯理地发话了,语调十分沉重:

"朋友们,现在我要向大家透露一个惊人的消息,那就是有关我们促进会里某个会友的可怕的秘密。"

有好几个促进会会友,包括巴比特在内,脸上露出茫然若失的神情。

"一个拎着手提包闯四方的骑士[①] 我的一个可靠的朋友,不久前到我们的州里跑了一趟,在促进会某位会友度过童年时代的一个小镇那里,他发现有一些情况再也没法长期捂住盖子啦。说得更确切些,

---

[①] 指跑码头的推销员。

他泄露了某人的内在本质,而我们一直把此人当作真正的伙伴和我们的自己人。先生们,我的声音已经变了,恐怕一时说不清楚,所以只好把它写了下来。"

他随手揭开了盖在一块大黑板上的遮布,赫然在目是一行大写字母:

乔治·福兰斯比·巴比特——你这个福来①啊!

促进会全体会友高声欢呼,前俯后仰,笑得甚至掉下了眼泪,还纷纷向巴比特扔小小圆面包,大嚷大叫:"说话呀,说话!喂,你这个福来!"

艾詹姆斯会长继续说下去:

"先生们,那就是乔治·巴比特这么多年以来一直隐瞒的惊人的真相,因而我们也一直认为他的名字叫作乔治·F。现在,我就请你们大家依次讲一讲,过去自己认为这个'F'包含什么意思?"

大家一下子都嚷开了——廉价小汽车、蛙状面孔、傻瓜蛋、含淀粉的、海港免税区、胡扯淡,还有雾角②。巴比特从他们对他那样熟不拘礼的欢呼声里,就知道自己又重新博得了他们的欢心,于是,他也就乐呵呵地站了起来。

---

① 此词恐系福兰斯比的昵称,也是一语双关,因按其词义解释,则有"荒唐"之意。
② 以上七词英文都是以"F"字母开始。其中蛙状面孔为医学上专用名词。雾角指在浓雾中警告船只的信号。

"朋友们,这个我可得承认呗。过去我从来没有戴过手表,也没有把自己名字中间分开过,但我承认'福兰斯比'确是我的名字。我唯一可以给自己表白的理由是,我的老爹——他这个人本来就聪明透顶,他下棋时,毫不费劲就叫城里当官的通通甘拜下风——当初就是他给我取的名字,用来怀念给我们全家看病的老医生——安布鲁斯·福兰斯比大夫。朋友们,我就在这里请大家多多包涵了。至于我下一个——不知道你们管它叫什么玩意儿,我一定要另取一个真的实实在在的名字——叫起来,既好听,又响亮,威风得很——说得更确切些,就是像那个家喻户晓的、响当当的名字——那个粗大醒目的、几乎令人倾倒的名字:威里斯·吉姆贾姆斯·艾詹姆斯[①]!"

他从喝彩声中知道他自己又像从前那样深得人心了,他知道自己再也不会离开**那帮子好人**,以致危及自己的地位和声望了。

五

亨利·汤普森突然冲进交易所,大声喧嚷:"乔治!贾克·奥法特说本市电车公司那帮人对桑德斯-托里与温联合地产公司经办他们新近的那笔交易的做法很不满意,他们又乐意同我们打交道呢!"

巴比特想到他由于逆反造成的最后一个伤疤现在已经愈合,心里感到很高兴,可是,在他开车回家路上,一些隐藏心底的思想却使他苦恼不已,即使在既要逆反又得遵循传统的矛盾日子里,这些思想

[①] 此处又是一语双关,因吉姆贾姆斯一词,原指医学上由于酒精中毒而产生的震颤性狂谵症,亦指"怪癖"。

也从来没有使他软弱下来。他发现自己认为本市电车公司那帮人的确不大诚实。"好吧,他就再给他们做一笔生意,反正只要一有机会,也许老亨利·汤普森一合了眼,他就跟他们断绝所有来往。他现在四十八岁,再过十二年,就是六十岁;他想要给儿孙后代留下清白的声名。当然咯,给电车公司那帮人做买卖可以挣大钱,而且,一个人做事也总得讲究一点实际,只不过——"他怪不舒服地把身子扭动了一下。他想要把自己对电车公司那帮人的看法如实地告诉他们。"不,不行,那可说不得,反正现在还不是时候。他要是再得罪了他们,他们可要彻底收拾收拾他了。不过——"

他意识到自己的发展前景似乎十分渺茫。关于他的将来,他真不知道该怎么着。论岁数,他人还年轻;难道说他的冒险生涯就到此结束了吗?他感到他当初怒不可遏地逃离的那个罗网,此时此刻自己又被落了进去。而且,他们还得让他为自己再次落网而感到欣喜,这才是命运的最大嘲弄。

"他们狠狠揍了我一顿,差点儿没把我揍死呢!"他满腹牢骚地想。

那天晚上,家里很平静,他乐呵呵地同妻子玩了一会儿纸牌。他气呼呼地对**诱惑者**说:他还是乐于按照老规矩处世行事。第二天,他去看了电车公司的采购经纪人,他们拟订好计划,打算秘密收购伊万斯顿路旁的地块。可是,他驱车回交易所时,内心发生了矛盾:"我隐退之后,不论什么事情,都要按照自己的心意去办。"

六

  特德从大学里回家过周末。有关机械工程的问题,他再也闭口不谈了,而且对自己的老师们只持保留意见,但是,看来他对大学生活再也不能迁就了,他的兴趣主要放在他的那架无线电收音机上。

  星期六晚上,他带着尤妮斯·利特尔菲尔德一起去德文伍兹跳舞。巴比特在匆匆的一瞥中,看见她一蹦跳到了车上,她身上穿着薄如蝉翼的奶油色绸衫,外面还罩着一件猩红色外套,显得格外光艳夺目。直到十一点半,巴比特一家人都已上床安息了,他们两人还没有回来。半夜里,巴比特迷迷糊糊地也不知道是什么时候,却被电话铃声吵醒,只见他满脸愁容地下楼去了。原来电话是霍华德·利特尔菲尔德打来的。

  "乔治,尤妮到此刻还没有回来。那么特德回来了没有?"

  "没有——至少他的房门还敞着——"

  "他们本来应该早就回家啦。尤妮斯说舞会要到半夜才结束。他们去的地方那帮子人是叫什么名字?"

  "哎哟哟,霍华德,我的天哪,说实话,连我自己都不知道。好像是特德的一个什么同班同学,住在德文伍兹。你看该怎么着?等一会儿,让我赶紧上楼去问问麦拉,说不定她知道他们的名字。"

  巴比特打开了特德房间里的电灯,一看那个房间就知道是男孩子住的:柜子里乱七八糟的,破书本到处可见,此外还有一面中学的小三角旗,以及篮球队、棒球队合影的照片。特德断断乎不在那里。

巴比特太太被他们吵醒以后，气呼呼地说特德那一伙朋友的名字她当然一概不知道，时间那么晚了，霍华德·利特尔菲尔德真的是个天生的大白痴，她又说自己还很倦要睡呢。可后来她怎么都睡不着，好像心里总有事似的；巴比特在睡廊里，不管她嘀嘀咕咕像细雨声那样响个不停，好歹又睡着了。直到天光大亮，她使劲地又是摇晃他身子，又是吃惊地不断叫唤："乔治！乔治！"他这才被惊醒了，问：

"这……这……这是怎么回事？"

"快，快上这儿看呀。别出声！"

她领着他穿过走廊，来到了特德的房门口，轻轻地把门一推开。他看见褐色旧地毯上有一堆轻飘飘的玫瑰色透明薄绸女内衣，而在安安稳稳的莫里斯式大软椅里，还有一只少女穿的银色浅口轻便鞋。枕头上两个酣睡中的脑袋并排靠在一起——一个是特德的，另一个是尤妮斯的。

特德一醒来，露齿扑哧一笑，就喃喃自语起来，虽然不太自信，但还是敢于挑战说："早上好！让我介绍一下我的妻子——尊敬的西奥多·罗斯福·尤妮斯·利特尔菲尔德·巴比特太太。"

"我的天呀！"巴比特不由得大声嚷了起来，而他的妻子却长时间伤心地说："怎么搞的，你们已然——"

"我们昨儿晚上结婚啦。我的太太，坐起来，给婆婆说一声早上好！"

可是，尤妮斯却把肩膀和一头散乱的秀发都藏到枕头底下。

九点钟左右，特德和尤妮斯被人团团围住在小客厅里：这些人包括乔治·巴比特夫妇、霍华德·利特尔菲尔德夫妇、肯尼思·埃斯科特夫妇、亨利·T.汤普森夫妇，余外还有一位就是婷卡·巴比特（她是这次调查团中唯一逗人喜爱的成员）。

整个小客厅里群情哗然：

"按他们的年纪还那么轻——"

"应当宣布无效——"

"一辈子都没听说过有这样的事——"

"他们两个谁都有错——"

"可千万不能见报啊——"

"应当把他们重新打发到学校去——"

"马上就得采取措施，依我——个人之见嘛——"

"要按老规矩，好好揍一顿——"

他们意见就数维罗娜最激烈。"**特德！这会儿一定要**开导开导你，叫你**懂得**这件事该有多么**严重**，你还好意思像个呆木头站着**傻笑！**"

特德开始反抗了。"去你的吧，罗娜，你自己还不是刚嫁了人吗？"

"那可完全不同哟。"

"得了，得了！尤①和我可用不着戴上脚镣手铐，强迫我们抱吻呢！"

"哼，年轻人，休得放肆，"老亨利·汤普森下了命令似的说，"你们都得听我的。"

"你得听外公说话！"维罗娜说。

"是的，听你外公的！"巴比特太太说。

---

① 特德对尤妮斯的昵称。

"特德,你得听汤普森先生说!"霍华德·利特尔菲尔德说。

"哦,看在上帝面上,我就听着!"特德大声嚷了起来,"不过你们大家最好也得听我说一说!我最讨厌的就是像你们现在这种死后验尸的办法!你们要是想宰人,就去宰替我们证婚的那个牧师吧!嘿,我口袋里通共只有六块两角五分钱,却被他骗走了五块!够了,你们可别再冲着我大声乱嚷嚷啦!"

突然有一个大嗓门而又富于权威性的声音震响了全室,巴比特开始发话了。"是的,干预他们事情的人也太多啦!罗娜,你住口!霍华德和我自己还是会分得清,该申斥谁就申斥谁的。特德,跟我到餐室去,我们好好地谈一谈。"

在餐室里,房门关得紧紧的,巴比特走到他儿子跟前,伸出两手搭在他肩膀上。"你多少做得对。他们议论得太多啦。伙计,你说现在你打算怎么着呢?"

"天哪,老爸,难道你真的要把我当成大人似的谈谈吗?"

"哦,我要——记得从前有一回你把我们称作'巴比特家的堂堂男子汉',还说过我们应当互相抱成一团吗?这太合我的心意。当然咯,我不敢说这件事并不严重。但在目前对年轻人极为不利的情况下,我也不能说我赞成早婚。也许你再也娶不到比尤妮斯更好的姑娘了,但是,依我看,利特尔菲尔德找到巴比特家一位少爷做女婿,也是太走运啦!不过,下一步你准备怎么着呢?当然咯,你不妨继续去大学念书,等到你一毕业——"

"老爸,去大学念书——我可再也受不了。也许对别人来说,大学——确实好得很。也许以后我自己也会回到大学去的。可是现在我,我心里只想学一点有关机械方面的技术。我想说不定我还会当上一名出色的发明家。现在有一个人准备把我弄到工厂去，干一个星期，就给二十块钱。"

"怎么啦——"巴比特步子缓慢、沉重地踱来踱去，仿佛一下子变得有些苍老的样子，"可我老是希望你在大学里得到一个学位哩。"他沉思地侧转身子又走了回来，"但是，我自己从来没有——哦，谢天谢地，你可千万别向你母亲再提这件事，要不然，她会把我脑门上稀稀落落的头发都给揪掉了；不过，说实话，我这一辈子都没有做过一件合乎我自己心意的事！我可不知道——除了混日子以外，自己还能干出个啥名堂来。我暗自估摸着，就像这几千英尺的行程，我费尽了力气，满打满算，也只挪动了四分之一英寸呢。是的，也许你将来会走得更远些。可我也不知道。不过，只要你知道自己需要干些什么，并且还干出了一些名堂来，说实话，我心里也就乐滋滋了。现在，他们那些人都是千方百计地来吓唬你，驯服你。让他们通通见鬼去吧！我支持你。你要是自己乐意的话，就上工厂干活去。家里人——你别害怕。不，就算是整个泽尼斯，也别害怕。最要紧的是——不要像我过去那样，连自己都害怕自己。开始干吧，老伙计！整个世界——属于你的！"

巴比特家的好汉们，互相搂住肩膀，迈着大步，走进了小客厅，面对着猝然向他们步步进逼的亲属。

补 跋

修订重印感怀

潘庆舲

二十世纪七八十年代之交,我为填补国内空白而译出了头一位荣膺诺贝尔文学奖的美国作家辛克莱·路易斯一举成名的长篇小说《大街》(53万余字),颇受读者专家青睐。不承想著名英美文学评论家兼翻译家孙梁教授著文(题名《各领风骚 后来居上——评路易斯〈大街〉新旧译本》,详见《孙梁文集》,华东师范大学出版社,1994年)评论,孙梁教授绝妙的评析,越发引起了学界的关注与广大读者的兴趣。拙译《大街》也屡屡重印,至今全国已有十来家出版社竞相印造,长销不衰。是时,漓江出版社刘硕良先生正在统筹出版一大套诺贝尔文学奖得主译文集。承他辱临寒斋,竭诚邀约译介路易斯的代表作《巴比特》。那时节,我正为科研课题忙得不可开交。比方说,准备撰写专著《波斯诗圣菲尔多西》(重庆出版社,精装本),以及比较文学初探《乌浒水悠悠》(北京艺术与科学电子出版社,包括撰写长篇论文《东西诗哲 千古绝唱——评阿诺德和菲尔多西同名英雄史诗》,还有新中国成立后率先译介英国维多利亚时期大诗人马修·阿诺德在英国文学史上已有定评的史诗,等等)。但到末了,我依然被硕良的执着劲儿所感动,便请我老浙大姚祖培学长(他在名校长期任教,熟稔英美文学,桃李满门,自不待言。现为浙江大学退休九旬教授)一起分工合译,最后漓江社要求由我统稿、审校、写译序,并移译诺奖评委授奖词、路易斯受奖时长篇演说、路易斯小传等。《巴比特》译本面世后连续印过五六次,包括平装本、精装本。漓江建社二十周年庆时还被选入"诺贝尔文学奖精品典藏文库",出了精装本(上下两册)。稍后,在外国文学出版社"二十世纪外国文学丛书"出过《巴比特》修订版。

岁月匆匆,转瞬已是几十个春秋。漓江版《巴比特》固然不乏好评,但缘于文学翻译是一种遗憾艺术,难免还有点儿不太尽如人意似的。今年暮春,我时断时续,对照原版书就译文一边审读,一边仔细纠谬,做了较大修改,暗自思忖,质量容或有了些许提高,不过话又说回来,备不住还得请读者方家多多匡正。

在边读边改的过程中,我不由得加深了以下些许感受或印象。美国批评家说《巴比特》是美国经济膨胀亦即出现泡沫的这个十年(1918—1928)的史诗,我觉得此话不假。始自第一次世界大战结束后的这个十年,美国经济固然获得空前的迅猛发展,实质上却饱含大量泡沫的隐患,果不其然,接踵而至的就是1929年美国大萧条,举世为之震惊。开卷捧读《巴比特》,人们随着小说故事进展,仿佛亲临现场,目睹着当时"繁荣兴旺"的经济氛围下的美国,不论城市也好,乡镇也好,浓郁凝重的生活气息,尽善尽美的物质享受,日新月异的时代风貌,广阔无垠的社会场景,特别是呼之欲出的形形色色的人物形象,简直如闻其声、如见其人似的,所以说它是"美国活力和精力的一种象征"也好,或是"真正的美国"的写照也好,都是不算过分的。人们禁不住要问美国这个特定年代的实质与特征,换句话说,当年美国叱咤风云的英雄人物或者神通广大的弄潮儿又是什么来着?走笔至此,我猛地想起二十世纪八十年代初来我们文学所讲学的美国著名批评家、哈佛大学教授丹尼尔·艾伦,他倒是曾经说过,辛克莱·路易斯就是具有一种不可思议的禀赋,善于抓住令大众着魔的题材或主题。当然咯,艾伦教授上述说法,确是不刊之论。而在我译者的印象里,仿佛路易斯的神机妙算,同样也是多不胜数。他好像特别擅长给他笔下这个特定年代看相搭脉,不仅能掐准脉动,而且还信而有征、不爽分毫地定了性。事实上,差不多一百年前,路易斯已在小说中画龙点睛似的做出了令人信服的概括,依我看,堪称他的神来之笔。那就是作者在巴比特与坐在纽约快车包厢里一小群商人旅客的一段精彩的交谈中显示出来:"一个人们未曾预料到的光环悬照着推销这个行业。"

在他们(商人)看来,充满传奇色彩的英雄人物——已不再是骑士、行吟诗人、骑马牧人(亦即西部牛仔)、飞行员,也不是年轻勇敢的地方检察官,而是——了不起的主管营销的经理……他的高贵的头衔是"富于积极进取精神的能人",他自己和他的所有年轻的忠实的伙计们,都献身于销售这个无比伟大的目标——并不是推销某一种特定的商品,也不是专为某一个特定的人,或者专向某一个特定的人推销,而是纯粹的推销。

一言以蔽之,主管销售,纯粹的销售的商人,几乎成了约莫一百年前美国那个特定年代的充满传奇色彩的英雄人物或者了不起的弄潮儿!本来嘛,毋庸置疑,销售与产品经济就有着须臾不可离的相互依存的联系,但在这里,显然早已突破经济学上的范畴,仿佛可以大而化之,延伸或扩展到了所有其他领域。在巴比特这些商人心目中甚至认为,诸如艺术、文化、教育、主日学校、交响乐、旅游景区等等(不管它们是意识形态也好,还是上层建筑的组成部分也好),不妨一股脑儿都给推销出去了。读者诸君如若不信,请看近世以来,美国一以贯之、从不间断地惨淡经营的就是通过销售去推广的商业文化,直到晚近,乃至于包括今日里所谓"色彩革命"的一路货,岂不是照样大摇大摆、畅行无阻地推销到了全世界吗?反正不到一百年前,就是他辛克莱·路易斯,这位俨如先知似的美国讽刺作家自个儿来揭自个儿美国的底——路易斯如许非凡的才智，端的令人绝倒。

余外，好长时间以来，我常常觉得，以前评析巴比特这个人物时，太偏重于他的负面能量、负面表象，多半作为市侩（亦即 Booboisie——愚民、群氓）的典型来说事，现在看来似乎有欠客观、全面、公正。实际上，巴比特这个人物性格相当复杂丰满而又活泛善变；除了虚荣庸俗、冒傻可笑以外，他毕竟如同平常美国人那样，既有正能量，好歹还有不少人情味。诚然，路易斯晚年还说过，"我塑造巴比特这个人物，是出于爱而不是恨"，旨在将谴责的目光从人物身上转向社会制度本身。巴比特只不过是社会制度的牺牲品罢了。美国人为了求生存不得不按照美国社会模式而随流循俗，成为迂腐机械的活物。（直到今日，不少美国人在自我检点时不由得发现自己身上或多或少还有地地道道属于巴比特的味道哩。）巴比特岂能例外？说到底，巴比特在美国人心目中毕竟还是惹人喜爱的人物形象。许多批评家盛赞巴比特这个人物堪与世界上文学大师笔下举世闻名的人物典型不分轩轾，这在美国作家中间恐怕也是罕见的。看来还是研究路易斯的权威马克·肖勒教授说得好：《巴比特》是成功的，是自有出版史以来最伟大的国际成功作品之一。

2016.7.24 识于上海中山公园圣约翰名邸
适值酷暑　时年八十六

图书在版编目 (CIP) 数据

巴比特 / [美]辛克莱·路易斯著；潘庆舲，姚祖培译.
— 桂林：漓江出版社，2017.9
[诺贝尔文学奖作家文集·路易斯卷]
ISBN 978-7-5407-8126-2

Ⅰ.①巴… Ⅱ.①辛… ②潘… ③姚… Ⅲ.①长篇小说－美国－现代 Ⅳ.①I712.45

中国版本图书馆 CIP 数据核字 (2017) 第 140986 号

BABITE

巴比特
[美] 辛克莱·路易斯 著
潘庆舲 姚祖培 译

出版人：刘迪才

责任编辑：张 谦
助理编辑：辛丽芳
书籍设计：石绍康
责任印制：杨 东

漓江出版社有限公司出版发行
广西桂林市南环路 22 号 邮政编码：541002
网址：http://www.lijiangbook.com
全国新华书店经销
发行电话：0773-2583322 010-85893190
北京汇瑞嘉合文化发展有限公司印制
[北京市经济技术开发区荣华南路 10 号院荣华国际大厦 5 号楼 1501 室
邮政编码：100176]
开本：880mm×1230mm 1/32
印张：17 字数：364 千字 插页：4
2017 年 9 月第 1 版 2017 年 9 月第 1 次印刷
定价：50.00 元

如发现印装质量问题，影响阅读，请与承印单位联系调换
[电话：010-67817768]